2021年短篇小说年选

孟繁华 —— 编选

山东文艺出版社

图书在版编目（CIP）数据

2021年短篇小说年选 / 孟繁华编选 . —济南：山东文艺出版社, 2022.1
ISBN 978-7-5329-6462-8

Ⅰ. ①2… Ⅱ. ①孟… Ⅲ. ①短篇小说—小说集—中国—当代 Ⅳ. ①I247.7

中国版本图书馆 CIP 数据核字 (2021) 第 219523 号

2021年短篇小说年选
2021 NIAN DUANPIAN XIAOSHUO NIAN XUAN

孟繁华 编选

主管单位	山东出版传媒股份有限公司
出版发行	山东文艺出版社
社　　址	山东省济南市英雄山路 189 号
邮　　编	250002
网　　址	www.sdwypress.com
读者服务	0531-82098776（总编室）
	0531-82098775（市场营销部）
电子邮箱	sdwy@sdpress.com.cn
印　　刷	山东新华印务有限公司
开　　本	710 毫米 × 1000 毫米　　1/16
印　　张	29.5
字　　数	418 千
版　　次	2022 年 1 月第 1 版
印　　次	2022 年 1 月第 1 次印刷
书　　号	ISBN 978-7-5329-6462-8
定　　价	79.00 元

版权专有，侵权必究。如有图书质量问题，请与出版社联系调换。

序：今年说说裘山山

孟繁华

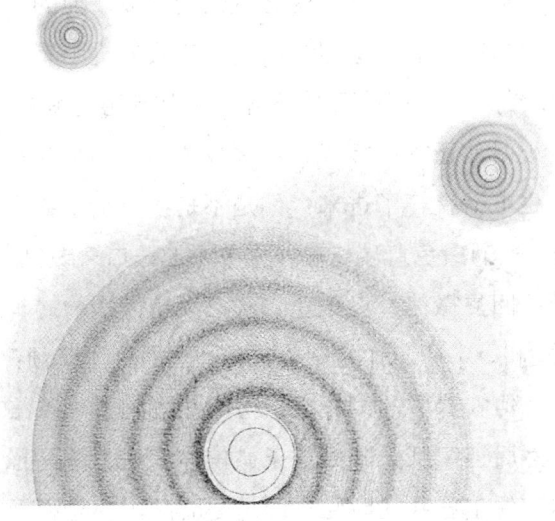

裘山山是著名的军旅作家，她的长篇小说《我在天堂等你》，铁血柔情高山雪冠，一时洛阳纸贵。但裘山山也多写普通人的日常生活，比如长篇小说《到处都是寂寞的心》，短篇小说《曹德万出门去找爱情》《大雨倾盆》《腊八粥》《牛肉面》《我的名字我做主》《课间休息》《天不知道地知道》《一条毛毯的阅历》等，都是名篇。今年选的《一路平安》，是她的一篇极端生活化的小说。确切地说，小说只写了一个旅次，也就是一天的经历，这段经历有如一出轻喜剧，一波未平一波又起，几个波澜处是：讲述者早六点乘出租车去机场，出租车司机一夜未睡，但吐槽精力非凡。路怒症司机一直咒骂收费站单程收费，乘客成了被迫的倾听者。当"我"下车多付了他十元"过路费"后，他喜笑颜开，一脸怒气云消雾散，他的目的就是想多要一份过路费。飞机起飞后，遭遇强气流，颠簸如过山车，邻座一个大男人，貌似强悍，结果被颠簸的飞机吓得完全崩溃几近瘫痪。到达目的地之后，邀约者两小时前还答应接机，却因故爽约，小小的不快刚刚涌上心头，"一个陌生电话就打了进来：你是不是某女士？我是来接你的专车，我在停车场，一辆白色奇瑞，车号是……他一口气说完，我得以应了一个好。然后继续回复微信：没关系，我已经和你预约的车联系上了"。这是一个兼职司机，本职工作是厨师。厨师也遇到了麻烦：他的同学李四月初被撞死了，但安葬后的第三天，他突然收到了一条信息："你好，我是李四。"然后连续几天收到这条微信。"他不像是恶作剧，一脸担惊受怕的表情，偶尔看我的时候，眼神里流露出惊恐和无助。现在，他的身份不只是奶爸厨师司机，还增加了一个恐惧症患者。"厨师平日讨厌李四，原因是他与厨师共同喜欢过一个女生，是情敌关系。"我"的揣测大获成功，厨师佩服得五体投地。就在此时，"我"又收到了邀约者的信息："你到酒店了吗？非常非常抱歉，我中午也不能过来了。事情很棘手，一时半会儿搞不定。以后见面再解释。我先让我一个朋友过来陪你好吗？我晚上一定过来。"一再爽约，"我想了一下，一句话没回，默默将他的微信拉黑"。"我"的不快尚未平息，厨师一再请教如何对付李四的微信。"我"给厨师出的主意是：

  其实你不用紧张，实在不行就换个手机。活人还能被死人掐住脖子？再有，如果你真的想让自己好过一点儿，就去给他扫个墓，正儿八经给他送个行。

  厨师大为高兴，满口答应。其实他并没有听懂"我"的话。"我"要说的话是："其实人生就是不断寻找平衡，平衡了才舒坦。你去扫墓，我原路返回，我们都可以找到平衡。"

小说平白如话波澜不惊。但是，这一如裘山山对短篇小说的理解："值得写的短篇小说有两类，一类是有意义的，一类是有意思的。我不太喜欢象征意味很浓的东西，我的个性气质在艺术家和主妇之间，更接近于主妇，比较生活化，所以我喜欢写很贴近现实的故事。对于那种很深邃、很抽象、很哲理的东西，天生有点儿畏惧，只好敬而远之。很玄幻的题材，穿越什么的，也不会写。同时对那种恶的东西，也有一种本能的排斥。我想我的这种对日常生活的执着关注，可能与生活经历有关。我以为一个作家的创作风格和在选材上的偏好，是和他的生活阅历、情感方式、文化修养乃至价值取向有很大关系的。我一直生活在相对平静的生活秩序中，在今年之前，没有遭遇过重大的人生坎坷，也没有经历过太多的苦难，没有挣扎、痛苦，没有重大的情感打击，这种平顺可能就造成了我心态的平和，也影响了我对那些非常重大的或者尖锐的事件发生兴趣。"《一路平安》除了没有出场的"邀约者"之外，写了四个人：路怒症司机、飞机颠簸恐惧症患者、兼职司机厨师和叙述者"我"。这四个人都是这一天的意气难平者，也就是生活中失衡的人：路怒症司机绞尽脑汁要多收乘客的过路费，收到了，他平衡了；飞机颠簸恐惧症患者，因为他的"他的平衡能力特别差"，飞机落地仍未平衡；"我"因为邀约者的爽约失衡，"一句话没回，默默将他的微信拉黑"，找回了平衡；兼职司机厨师兴高采烈地答应"我"为李四扫墓，显然因为他"心里有鬼"，做过对不住李四的事，不然他心理不会失衡，只有扫了墓，他才会找回平衡，这是厨师没有听懂"我"的话的关键。如果是这样，《一路平安》本质上是一篇心理小说。

我赞赏裘山山对生活如此碎片化的发现，她的短篇小说几乎都是在日常生活中发现的，通过她的小说我们可以相信，生活不是被创造的，生活是被发现的。因此，只有热爱生活的作家，才会在生活的细微处发现有价值的东西。手机，是现代生活中一个重要的物件，与其说它是通信工具，毋宁说它已经是人身体的一个器官。如果手机不在身上，不在自己的掌控之中，不只是生活中的很多事情都会遇到问题，造成极大不便，夸张一点说，没有手机就没有安全感。这是现代日常生活最大的特征之一。小说中从开篇的预约出租车，飞机起飞前邀约者的微信，兼职司机厨师的电话，邀约者的爽约，一直到李四死后的微信，手机几乎是贯串小说须臾不可离的核心工具。这个不经意的细节，从一个方面表达了"工具理性"对当代人的控制——我们貌似在使用手机，实则被手机所控制。这是裘山山对"工具理性"的一种反省和检讨，在当下的语境中，这一检讨和警示意义重大。我们在讨论小说时也一再强调，小说反映社会生活，新知识是一个重要的元素。恩格斯在致哈克奈斯的信中说，巴尔扎克的《人间喜剧》，"汇集了法国社会的全部历史，我从这里，甚至在经济细节方面所学到的东西，也要比从当时所有职业的历史学家、经济学家和统计学家那里学到的全部东西还要多"。我们知道，贵族衰亡、资产者发迹、金钱罪恶是巴尔扎克小说的三大主题。但这三大主题里，有充沛的"经济细节"做支撑。经济细节，就是巴尔扎克时代的"核心知识"。地产、房产、金钱甚至票据以及资本的获得与经营，是恩格斯比从当时所有职业的历史学家、经济学家和统计学家那里学到的全部东西还要多的具体内容。因此，没有一个时代的核心知识，小说的时代性和标志性就难以凸显。在当代中国文学，尤其是都市文学中，之所以还没有成功的作品，没有足以表达这个时代本质特征的作品，与作家对这个时代"核心知识"的缺乏了解有密切关系。诸如金融知识、人工智能、信息知识等的不甚了了，严重阻碍了作家对这个时代都市生活的表达。"核心知识"不仅科幻作家应该了解，传统小说作家也应该了解。另一方面，高科技给现代生活带来了极大的便捷，但潜在的危机几乎无时无处不在。没有危机意识是当下小说创作最大的危机。因此，如果能向巴尔扎克学习，将时代的"核心知识"合理地植入小说中，小说的时代特征将有极大的改观。《一路平安》中，手机作为现代生活的重要符号，强化了小说的时代性和真实性。生活中司空见惯的事物，我们习焉不察的事物，对优秀的小说作品重要无比。这也一如裘山山所说："不要小看短篇，一个小切口，一样会有痛感。大喜大悲、大起大落的人物命运值得写，小人物、小场景、小细节也值得写。勿以善小而不为，用在写作上也是可以的。生活中最普通的情感：喜悦、哀伤、嫉妒、内疚、思念、郁闷、忐忑不安，都是人性的折射。所以我认为，要写好短篇，第一就是不能轻视它，而是要热爱它，要喜欢它。只有你喜欢，才能沉住气，去发现生活中那些微小的却有价值的事情。"生活中难免有意气难平事，比如小说中人物遇到的沟沟坎坎，不如意或小悲情，虽然不至于影响生活，但真实地影响了情绪。这是我们的寻常经历，它不断地发生，我们不断地遗忘。但在裘山山那里，她没有放过这些生活中的细微波澜。而小说，特别是短篇小说，就是表达生活细微波澜的文体。《一路平安》是既有意思也有意义的小说。说它有意思，是在生活的细枝末节中发现了无处不在的"意气难平"；说它有意义，是指"一路平安"显然不只是对不同旅途、不同行者的祈愿和祝福，更是对日常生活保持心绪心境平衡的企盼和祝愿。

目录

序：今年说说裘山山／孟繁华 ………… 001

信使／铁凝 ………… 001
会唱歌的浮云／叶兆言 ………… 017
午后的细节／马晓丽 ………… 034
小野先生／金仁顺 ………… 045
日光照亮北斗／蔡东 ………… 059
萨赫勒荒原／朱山坡 ………… 079
何不顺流而下／喻之之 ………… 094
玉狮子／了一容 ………… 114
笑春风／张鲁镭 ………… 126
那夜／沈念 ………… 142

曾经 / 钱玉贵 ………… 157

虚构的花朵 / 张者 ………… 175

旧情 / 潘向黎 ………… 186

滑着滑板去太原 / 王祥夫 ………… 203

合影为什么是留念 / 乔叶 ………… 219

一路平安 / 裘山山 ………… 238

见面礼 / 温亚军 ………… 252

城里的月光 / 畀愚 ………… 266

猜谜语 / 海飞 ………… 285

蓝牙 / 黄咏梅 ………… 301

莲塘饭店 / 吴君 ………… 317

哈拉海有了太平鸟 / 夏鲁平 ………… 333

重圆 / 杨小凡 ………… 349

雪户型 / 陈昌平 ………… 369

事逢二月二十八日 / 朱辉 ………… 392

告诉我，你的房间号 / 毕亮 ………… 409

半张脸 / 石一枫 ………… 421

苦楮豆腐 / 南翔 ………… 444

铁 凝

信使

四月的这个下午，空气清透，雾霾不在。街边的樱花、榆叶梅忽然就盛开了，白丁香、紫丁香也这里那里喷放着苦而甜的团团香气。陆婧坐在车里，车窗关着，也能感受到樱花的烟云带给她的眩晕。丁香的苦甜有点呛人，她落下车窗，像有意咂摸这春天的"呛"，享用这扑面而至的"呛"带来的鲜亮欢喜。

在一个嘈杂的路口，车遇红灯。陆婧偏头看着窗外，眼光落在临街一间门脸不大的体育用品商店。一辆人力三轮车停在门前，两个年轻人正从车上卸货。一个腿有残疾的女人从店里出来，身体歪向一边。她跛着脚走到三轮车前，弯腰从地上拎起两摞半人高的捆绑在一起的鞋盒。板鞋？跑鞋？当她抬起头无意间扫一眼路口停滞的车队时，陆婧的眼光刚好对上了她的扫视。这是一位已不年轻的妇女，一头染成灰咖色的整齐的直短发，颧骨部位的颜色偏酡红。同样已不年轻的陆婧早就是戴花镜读报的视力，可还是瞬间认出了这张脸：李花开！

李花开是陆婧三十多年未见的故人，虽然这故人如今拖了一条残腿，但陆婧还是很肯定，她就是李花开。拎着鞋盒的李花开没有认出坐在车里的陆婧，她扫视的是车的洪流，临街店铺的门前，哪天没有车流呢。很快，她两手各拎着一摞鞋盒，斜着身子进店去了。

绿灯亮了，车子倏地驶过路口，陆婧甚至没有看清那间商店的名字。她不打算叫车停下，开车的是她丈夫。副驾驶座上的女儿，正掏出气垫粉饼补妆。陆婧盯着女儿的后脖颈，女儿的丸子头使后脖颈落下一些碎发，故意落下的吧，看似不经意的慵懒和风情。她们母女并不交流这方面的话题，但在这个下午，陆婧从女儿的后脑勺上明确地看见了三十多年前的自己：克制地追逐时尚，貌似叛逆，有点虚荣。三十多年前，陆婧和李花开同在一个城市，一个名叫虽城的北方城市。

那还是一个人人需要单位的时代，没有单位的人总显得可疑。幸运的是她们都有稳定的单位，陆婧在一个地方戏研究所当编辑，李花开在市属的印刷厂做文秘。一个时代有一个时代的词汇，20世纪80年代，陆婧和李花开是大学同学，是朋友。套用时下的说法，她们是"闺密"。这"密"后来又通俗成了腻乎乎的"蜜"。当年的她们漠视一些老词，不像今天，人们把老词翻腾出来再做揉捏，变成另一种时尚。传统意义上的闺中密友大多联带着两家通好，陆婧和李花开的两家长辈却互不相识。

从西客站回家时，陆婧在副驾驶就座，女儿已下车，乘高铁去了外地出差。陆婧的方向感很差，这时却发现车子是循着原路返回，再遇那个路口，她那混乱的方向感突然明晰起来。她觑着眼朝马路对面一溜商铺望去，看见了那个小店："时代体育"。

她认出这是东单，同仁医院附近。医院附近的车多人乱又给她的方向辨别带来了困难。她是急切地想要记住"时代体育"的准确位置吗，还是对跛脚的李花开怀有好奇？想不到三十多年后李花开也来了北京，她丈夫，那个叫起子的也来了吧。陆婧心里加重着"也"字的分量，好像北京是她的地盘，李花开的现身让她有种不适感——曾经的闺密往往最方便成为仇敌。什么时候她的脚给跛了？敢情她也受过伤啊。"也"，她心里玩味着这个字，刚刚迎接着她的这个美得令人眩晕的春天，那呛人的丁香、樱花们不也慷慨迎接着从"时代体育"里走出来的李花开吗。

1

那是她们共同的激情时代。先是李花开突然告诉陆婧她要结婚了，对方是虽城的远房表哥。李花开说，表哥在街道办的一个镜框社画出口彩蛋。陆婧嗤之以鼻地抢白道，那也叫单位呀。李花开说就算不是单位吧，可他有房，私房，独院儿。硬道理在这儿呢，陆婧想。

李花开是当年系里的美人，有男生为她那长而柔韧的脖颈献过诗。她的脖子洁净、细润如骨瓷，女孩子拥有这般脖颈，会显得傲然，且十分方便左顾右盼。可她并不自知自己有条好脖子，不会搔首，亦不懂弄姿，还常常爱犯轴脾气。轴，在北方语系里通常形容性格而非品德，和一根筋、死心眼相近。李花开穿家做布鞋，常年背一只紫红两色方格交织的土布书包，好像特意拿自己的乡村出身示众。她家在离虽城百里外的山区，穷。大二时，一次李花开的下铺丢了几张饭票，认定偷窃者是上铺的李花开。李花开激愤地绝食两天以示清白。第三天，同宿舍的陆婧强行背着李花开到校医务室去输生理盐水、葡萄糖。过了一个星期，下铺的饭票找到了，在她送回家去洗的一包脏衣服里。和李花开不同，陆婧家就在虽城，工作之后仍然和父母同住。李花开住印刷厂的集体宿舍，周末经常被陆婧拉着去家里吃饭。陆婧记得母亲第一次见到李花开时还感叹了一句：真是高山出俊鸟呢。

冬日的一个周末，陆婧随李花开去了她将要嫁进去的私房、独院。推开吱嘎作响的单扇榆木院门，眼前的院子只是一条狭窄的夹道。夹道一侧仅有两间西屋，另一侧是院墙，院墙即是前院人家的后山墙。若从西屋推门出来，仿佛走几步就能撞墙。虽不能比喻成开门见山，却可以说是出门见墙。西屋窗下整齐地码着蜂窝煤，挨着蜂窝煤的，是被旧提花线毯盖着的同样码放整齐的大白菜和鸡腿葱，叫人嗅出过日子的烟火气。当年的陆婧不屑于这种烟火气，眼前的蜂窝煤、大白菜只让她相信，李花开真的要结婚了。李花开说这是表哥的爷爷留下的一点房产，爷爷从前是个经营南方竹货的小业主。想必，经过了那场"革命"，这院子是被挤占去大部之后的剩余吧，陆婧思忖。

那天陆婧见到了李花开的表哥，一个微胖的长发青年，李花开叫他起子。起子热情地和陆婧握手，三人进屋后他还伸手从李花开肩上择下一根头发，或者不是头发，是线头，或者什么都没有，他只是愿意让人看见他在她肩上择。这个表示关切或男女关系不一般的动作让陆婧觉得多余，但那感觉仅仅一闪，因为房间正中一只铸铁蜂窝煤炉子引起陆婧格外的好奇。那本是一只普通的青黑色铸铁炉，圆柱形炉身正方形炉盘。在暖气并不普及的时代，北方城市大多数人家都有这类炉子，取暖，做饭，烧水，间或也充当烤盘：烤馒头，烤窝头，烤包子，烤枣儿。起子家这只炉子之所以引人注目，是因为它那锃光瓦亮的炉盘，陆婧还没见过谁家的铁炉子能有这样一尘不染、这样光明可鉴、这样泛着蓝幽幽光泽的镜子般的炉盘。他们围炉而坐，受着这炉子的吸引，又好像这神气活现的炉子才是这家的主人，乃至屋内所有家具的主人。炉子上坐着一把熟铝壶，壶中水已烧开，壶盖噗噗响着，壶嘴冒出缕缕水蒸气。起子拎起壶去给客人沏茉莉花茶，他把热茶端给两位女客，顺手抄起铁炉钩，从炉前铁畚箕里钩起同样锃光瓦亮的炉盖，半遮半掩盖住炉口，复又将水壶错开炉口坐上炉子。这样水能保温，炉口减弱的火力也不至于把壶烧干。陆婧喝着热茶，问起这炉盘如何能这般明亮。起子说用猪皮擦的。他母亲在世的时候每天必擦几遍，即使在肉类凭票供应的年代，也总能想法子省出指头长的一块猪皮供炉盘去"吃"。擦了二十几年，生是把一块粗糙的铁炉盘擦成了镜面。母亲去世后，他接过这活儿，有空就擦，才保持了这炉盘的成色。

陆婧喝着热茶，想着一个大小伙子除了画彩蛋，就是手持一块猪皮在炉盘上擦呀擦的，她好像还听见了猪皮蹭上热炉盘那嗞嗞的响声，闻见了那轻微的油烟味，不臭，也不香。看看李花开，李花开显然对猪皮擦炉盘不感兴趣。煤是金贵的，她家烧柴火灶，上大学之前她就没见过铁炉子，也没怎么见过真的煤。结婚以后起子会让她擦炉盘吗？她可不情愿。这需要耐心，更多的是一种情趣。就陆婧对李花开的了解，她不具备这方面的情趣。出了那院子，李花开只问了一句，你说值吗？陆婧没有回答，眼前只闪过一个模模糊糊的影子——李花开对她讲过的一个中学同学名叫锁成的,和她同村,后来她考上大学了,他没考上。

几天后,一个坏消息震惊了她们:当年那个下铺的母亲,因为厂里分房不公平,吞了过量的安眠药。李花开说,房比命大吗?陆婧说,房是命的一部分吧。李花开又问,你说值吗?她没有听见应答。很快,她嫁给了表哥。很快,陆婧也恋爱了。

2

陆婧的恋爱像是一场无药可救的疟疾。民间对疟疾的归纳有间日疟、三日疟等等,意指隔日发作一次或三日发作一次,高热、寒战乃至抽搐。陆婧的爱之疟疾却持续了近两年。对方名叫肖恩,是她父亲的同学,且有家室。陆婧刚读初中时,肖恩随着他的单位——北京一个大部的文工团来到虽城做集体改造锻炼。他们被安置在当地驻军大院,过着半军事化半农场农工的生活,军队有自己的农场,平时不准离院,每周休息半天。肖恩在这座举目无亲的城市联系到了他的大学同学,陆婧的父亲。当"革命"和运动使熟人、朋友都断了联系的时候,陆家对肖恩在虽城的出现尤为高兴。那段时间,陆婧的家是肖恩吃饭解馋、放松身心之地,每周的半天休息,他差不多都是在陆家度过。那时陆婧叫肖恩叔叔,逢肖恩感冒生病,或者为部队演出突击排练不能前来时,陆婧会自告奋勇地骑上自行车,为肖叔叔送去母亲烹制的鸡汤、榨菜炒肉丝。满满一罐榨菜肉丝够肖恩吃一个星期,也要用掉陆家半个月的肉票。那个推着自行车站在部队大院门口、冒着寒风等待他出来的陆婧,那个围着大红围巾、戴着厚厚的棉巴掌手套、晶莹的鼻头冻得通红的孩子,给肖恩留下了美而干净的印象。他送给陆婧一双淡绿色斜纹卡其布芭蕾鞋,足尖嵌有软木的真正的芭蕾舞鞋。正热衷于校文艺宣传队各种活动的陆婧,连续一个星期每晚睡觉都把这双鞋"供"在枕边。后来陆婧并没有在舞蹈方面有所长进,以她当时的年龄,腿已经太硬,开胯也不再容易。当年那些小女孩对文艺的热爱,充其量相当于今天的时尚女生对奢侈品的追逐。

十年之后，肖恩已是北京那个大部文工团的业务团长，陆婧的父亲也做了虽城文教局局长。肖恩的文工团有时来虽城演出，他会带着演出赠票和茅台，到陆家和老同学畅饮。肖团长和陆局长一改从前的落魄，精神、气色俱佳，都像换了个人。陆婧从旁看着想着，人没换啊，换的是人间。

换了人间。肖恩再见十年后的陆婧，他惊喜地打量着她，喃喃自语着小姑娘已经出落得、出落得……他始终没有说出那后半句话：她出落得怎样？但半句话对陆婧足矣，她尤其喜欢"出落"这个词，一个带有弹性的神奇蜕变的好词。陆婧突然不叫肖恩叔叔了，她叫他肖老师。每逢文工团来虽城演出，陆婧便也忙了起来。她为同学、朋友、同事、近邻向肖恩讨要招待票，她替当地媒体联系采访肖恩以及团里的男女演员。她不是名人，但她已是个认识名人的名人，她为此得意、满足，她和肖恩的关系也就落入了那个时代可能的套路。肖恩开始邀请她去北京看戏看电影——一些尚未公开、只供圈内人优先欣赏的外国电影，陆婧自己也频频寻找去北京的理由。一个地方戏研究所原本没有太多出差北京的机会，多数时间她利用周末自费前往。那些日子她轮流住遍了亲戚家：姑姑、叔叔、舅舅、姨妈。她庆幸他们的家都在北京，就像从前她的父母一样。在北京疯跑的时光里，她作为一个曾经的北京孩子，常常生出些情不自禁的得意和略带焦灼的期盼。

秘密恋爱固然秘密，却仿佛必得选出一个可靠的人分享才更够秘密。几个月之后，陆婧把李花开约到一家卤煮火烧小馆。她脸色潮红，嘴唇颤抖，十指交叠着扭绞着，忽又神经质地把双手搓来搓去。她的讲述琐碎累赘而又宏大激昂，她顾自笑着，眼里有泪光。她已经为自己这高级的恋爱所倾倒，她的闺密李花开也必将为她这不凡的倾诉所倾倒。

李花开的嘴里却只是偶尔迸出一句：我娘！逢关键时刻，李花开的山村口头语还是会冒出来，比如：我娘！听着生硬，但干脆、有劲。这是一个本身不含褒贬的感叹词，但在此刻，李花开喊出它来表达的是决不同意。两人争吵起来，昏天黑地。陆婧急赤白脸，碗中的卤煮火烧一口没动。李花开连吃带喝，一海碗卤煮火烧下肚，也没能堵住她那张压着嗓音、连呼反对的嘴。直到碗空了，她才发现了陆婧的一脸憔悴，她闭嘴了。或许恋爱中的憔悴才能唤起人的怜悯，而绝对平等的友谊也并不存在，似乎总有一方在紧要关头非服从另一方不可，比如让卤煮火烧和争吵弄得满头是汗的李花开。陆婧判断李花开有缓和的迹象，再添些央告加耍赖的言辞，李花开到底让了步。她答应保密，还答应了陆婧的提议：肖恩写给陆婧的信从此寄往李家。在一场无法光明正大的恋爱里，情书寄往当事人的单位是危险的，李花开的家，那私房、独院在陆婧看来最是安全。

北京寄往虽城的平信隔天可到，陆婧一个星期至少两次去李花开家取信。那个当初在她看来有点陈旧、俗气的小院，如今在她生命中已变得如此要紧，如此友善而温暖。她多是在晚上下班后赶往李家，弓着身子把自行车骑得飞快。不能用奔向或跑向来形容她的姿态，那是扑向，扑向一团情话或者简直就是一场约会。她进了门，敷衍地和李花开或者李花开的丈夫——那位叫起子的寒暄几句，接过李花开递上的有点压手的厚厚的信封，便逃也似的夺门而去。她不急着回家，此刻家也危险。她急不可待地找一根电线杆把自行车和自己都靠上去，就着昏暗的路灯开始捧读肖恩写给她的大段的文字。她的心大声跳着，酥着，醉着。在夏日，那些粗糙的松木电线杆上爆裂的木刺有时会扎进她的衬衫。当她回家之后脱下衬衫小心择着上面的细刺时，她会偷着笑。她被扎疼过吗？这样的时刻，疼也是幸福。

有时李花开在厂里加班回家晚，陆婧奔到李家推门进屋后，永远在家的起子会代替李花开把信送至陆婧手中。他并不留她坐一会儿，像通常主人对客人那样。他知道她不需要，就像陆婧也明白起子已经知道了她的恋爱，他和这私房、独院共同知道了她这场恋爱，再坐下假装等李花开回家反倒虚伪了。第一次从起子手里接过肖恩的来信，她只是稍显尴尬，也仅是稍显，对肖恩来信的渴望压倒了一切，一切都不在话下。

3

又是冬天了，起子画了一会儿彩蛋，外贸公司的订单，复活节前要发货的。画彩蛋是个手艺活儿，类似简单的重复性劳动，起子得心应手，或者说熟能生巧。初中没毕业他就跟着邻居一个师傅学画彩蛋，多少年画下来，有时他也感到腻烦，看着纸箱中被瓦楞纸板隔开的那一排排花里胡哨的蛋们，常常觉得自己就是个卖鸡蛋的。李花开没有嫌弃他这份活计，他不用出去上班正好在家做饭。可那个陆婧从一开始就对他怀有轻蔑。那轻蔑是暗含的不易觉察的，但起子还是莫名地感受到那轻蔑的蛛丝马迹。他是个小心而敏感的人，又是一个随着惯性生活的人，每当自卑心翻腾上来，他便会拿他的私房、独院将其打压下去。是啊，在计划经济时代，福利分房时代，有人会为分不到住房吞一把安眠药的时代，他起子能够坐拥一个院子一套私房，你们还要怎么样？"你们"是指他的对立面，有时指李花开和陆婧吧，多数时间是泛指。这时他的情绪又昂扬起来，他尤其喜欢"坐拥"这个词，这是个主动、气派、敞亮的词，他不仅坐拥房子院子，还坐拥单纯貌美之妻子。生活对他不薄。

想想这些，起子放下手中的彩蛋，揉揉眼——画彩蛋费眼。他花三分钟做了一套自编的用力眨眼的眼保健操，接着他要犒劳一下自己。他把沾上颜料的手仔细洗干净，行至那炉盘锃亮的著名炉子跟前，拎起那把铝壶，壶中水开着，顶得壶盖噗噗响着。他沏上一杯茉莉花茶，搬把椅子坐在炉前，喝两口热茶，放下茶杯，起身把房门锁好，然后才从他的彩蛋工作案的小抽屉里拿出一封信，邮递员刚刚送到的北京来信。他举着信复又坐回炉前，将信封一端凑着炉盘上铝壶壶嘴里徐徐冒出的水蒸气来来回回扫那么几次，信封一端便软塌下来。他就势拿根牙签轻轻挑开信封封口一角，封口轻易就打开了，如同吃酥皮点心时用手揭去那层层酥皮，绵软，无声，可心。起子从大张着嘴的信封里抽出不薄的情书，从容不迫地欣赏起来。一些段落仍然让他耳热心跳，但情绪已不像初读第一封信时那般亢奋了。他始终腻歪的是肖恩在信中把陆婧称作"我的小软木塞"。他常常半是艳羡半是鄙夷地把过目后的信推送进信封，再小心翼翼地用胶水封好，以手掌外侧轻按均匀，宛若终于为肖团长放行的秘密检查员。

第一次把北京来信送到陆婧手上，他就已经生出一种身在暗处的优越感。这时期的陆婧，却仿佛处于下风了。陆婧不时会给他们夫妻带些礼物，给李花开买过马海毛的毛衣，还送过起子一件当年正时髦的沙色皮夹克。这本是朋友间的心照不宣，却渐渐让起子愈加不满足了。优越感是什么呢？那就像是人生的一种主动，起子就在一次次优先阅读那些北京情书的亢奋中获得了既朦胧又主动的渴盼：难道他当真要画一辈子彩蛋吗？

这天上午，陆婧在办公室接到起子的电话，只有电报式的两个字：有信。这是个善解人意的电话，起子的积极热情使她连矜持一下的表演也用不着了。她决不打算等到晚上下班后再去取信，甚至中饭也不吃，骑车直奔那"有信"之地。

他和她对坐在炉前，炉膛里淡橘色的火光恰到好处地映着两人的脸。她本不想坐下，打算拿了信就走的，但起子邀请她坐下。她发现他手里没有信。他当然看出了她的疑惑，随即从裤兜里抽出一个他们都已熟悉的信封：红蓝两色斜线圈边的航空信封。在这儿呢。他说。他微微前倾着身子从炉口上方把信封递向对面的陆婧，在陆婧看来这很危险，好像那信是要蹚过炉火才能抵达它的目的地，又好像起子原是要把那信封丢进炉中的。陆婧伸出双手在炉口上方托住那信封，手背让炉火炙烤得一阵干疼。当她终于将那沉甸甸的信封"引渡"到自己胸前，仍然双手托着它，就像托着一个刚从火海里得救的人。接着，她觉得这姿势有点失态，便把信封平放在腿上，这又仿佛肖恩正把嘴吻在她腿上，说着绵绵絮语。她的腿一阵阵酥麻，腿暗示了她拿起信封，掖进棉大衣口袋。这时起子说出了他的想法。

陆局长肯定能办到，群众艺术馆啊，艺术学院啊，画院啊，都行。他说。

你和李花开商量过吗？她问。

这不重要，我的事还是我直接说更好。他说。

可人的调动需要多种条件，特别是艺术类的单位，不是普通人就能去的啊。她像是在提醒他。

但我觉得我不是普通人。他坦然地看着她，也像是对她的提醒。

她听出了话中的厉害，也领会到这位起子的"不普通"。想到李花开随厂领导去南方几家印刷厂参观学习，两个星期才能回来，起子是特意选了这个空当来和她谈如此要事吧？

她从炉边站起来，眼睛并不看他，只答应回家试着跟陆局长去说。

陆婧选了一个晚饭时间对陆局长提及起子的事，晚饭时间家里的气氛是轻松的。陆局长却立刻拒绝了女儿的请求。异想天开，异想天开！他手很重地把筷子拍在饭桌上，一迭声地重复着这四个字，不知是讥讽起子，还是斥责女儿，也许二者皆有。基于对父亲的了解，她知道结果会是这样的，曾经闪过的一点侥幸之念确凿地破灭了。

这天，她又在办公室接到了起子的电话，还是两个字：有信。

4

她和他对坐在炉边，这次他没有空着手，给她开了门便及时送上捏在手中的信封，仿佛以此迎接她将带给他的好消息。她迅速把信揣进大衣兜里，就像生怕这信会遭遇不测。

开口是艰难的，但她必须开口。她向起子道了对不起，说再等等看还有没有其他办法。这明显的官腔让起子十分不悦，他举了某某熟人的例子，那人因为有关系而进入了似乎不可能去的单位。

她打断他说，在我们家真的不行。

他直视着她，放慢语速说，要是不行也得行呢？

她这才有点警惕地向后撤着身子问道，你这是什么意思？

他说，我不是在央求你，是在要求你。

她觉出了他的无礼和过分，但大衣口袋里那沉甸甸的信封可是经由他的手抵达她手中的，她努力使自己克制并且客气。她站起来说，等李花开回来咱们再一起商量也许更合适。

起子也站起来，果决地告诉陆婧不用商量，他就是要去陆局长所管辖的那些单位。

　　陆婧到底没能把持住自己，她扫了一眼对面的起子，第一次发现他那一头打绺儿的"艺术范儿"长发滋着过多的油脂，好像每每以猪皮擦完炉盘都会捎带着再往头上蹭去。她恼火起来，边向门口走边提高嗓音说，你有什么权力命令我啊，你以为你是谁！

　　在她背后传来起子的声音：我知道我是谁，更知道你是谁！你不就是肖大团长的小软木塞吗？

　　她那刚伸向门把手的手缩了回来，后脑勺仿佛遭到了棒击，似有一个黄豆大的小气球在颅内的某个位置炸了，一个瞬间，嗡的一声，她脑海里一片白色。她还是顶着一颗白色的头颅转过了身，并努力让自己站稳，身体却已有点瑟缩，像曾经有过的梦境：她裸体站在街上，到处找不到要穿的衣服，而街上面目不清的人们正肆无忌惮地看着她，比如此刻的起子。

　　起子就像听见了她那无声的感受，加码似的继续抖搂，是啊，不怕你笑话，我全看过，七十七封信，包括现在你大衣兜里这封。

　　她一边下意识地将手伸进大衣口袋，死命握住那信封，好比攥住了肖恩的手，一边咕哝着你怎么能，你怎么能……

　　我怎么不能？起子复又在炉边坐下，凭什么你们里里外外、明的暗的都是体面，又体面又浪漫，我就非得窝在这儿画一辈子彩蛋不可呢？我，我们全家还得替你收着、守着这些个不体面的信。说到不体面，我的要求不过是要通过这些不体面的信得到一份体面的工作，为了我们全家、我们未来的孩子，这有什么过分的吗？

　　她不动地方地站着，努力捕捉着他话里的信息。她想到了李花开，不敢去想这是他们夫妻合谋的，可难道他们不是夫妻吗？还有孩子，李花开是不是怀孕了？陆婧的恋爱袭来之后，目中已无他人，所有的时间更不情愿分配给他人，识趣的李花开也久已不主动和她联系了。她还是不甘心地喃喃着，李花开知道你……

　　他不等她说完，截住她的话说，知道怎样？不知道又怎样？用不着假装清高，也别想对我使用什么不好听的词儿。我就这么一件事，陆局长动动小手指头的事，有什么办不了的呀。

清高，陆婧想到了父亲。本来她有些抱怨父亲那绝不通融的清高，但在这时，她忽然感叹世间毕竟还存在着这么点清高。为了这点清高，她绝不打算接受这蛮横而阴暗的命令。她不接受，还得显出不示弱，她一字一顿地对炉边的男人说，还——就——是——办——不——了！

起子站起来，遭受了冤屈似的，走到摞在地上的彩蛋箱子跟前，从最下面的箱子里拽出一只白得刺眼的纸袋，举起来冲陆婧晃着，叹了口气说，都在这儿呢，六十七封。我用微距拍好，借朋友暗房冲洗出来的，后来的十封没来得及冲洗，不过已经足够了。说着他从中抽出一张印满小字的黑白放大照片，送至陆婧眼前。

陆婧只瞄一眼便认出了肖恩的笔迹。起子这层层递进的胁迫宣告着陆婧的节节败退，她平生第一次感受到巨大的惊恐和侮辱。她的小腹突然开始酸胀下坠，伴随这酸胀下坠的是两条腿的绵软。于是她知道，腿软并不是从腿开始的，是小腹里酸胀下坠的物质游移到耻骨再无情地沉降至大腿、小腿、脚底、脚趾，迅速侵蚀着所有的骨骼、韧带、肌肉、血液……接着无腿感袭来，她的小腹好像直接落在了地面，人也顿时矮了下去。她拼命用意念寻觅着腿脚，顽强地动了动灯芯绒棉鞋里仿佛已经虚无的脚趾，脚趾总算有了些微的痉挛。那么，她是有腿的，她还在站着。她向前几步，本能地伸手要夺下那刺眼的白纸袋，把它投进炉火。起子将纸袋背到身后说，胶卷还在我这儿，烧有什么用呢？如果陆局长帮了我，我肯定当着你的面连胶卷一股脑儿烧了它。不然，你能猜到后面会发生什么。

她腿软着，绝望地站在他面前，望着这个在炉子边上踱着小步的男人，就像望见了一个非人类的物种，比如鳄鱼——不，鳄鱼甚至也要好于眼前这个物种！她把涌到嘴边的所有形容词都压了回去，她的绝望使所有的词语都已失效，这绝望却也迫使她从溃败的谷底捞起了她久已失散的自尊。她被亮在眼前的撒手锏打蒙的同时，仿佛也被打醒了。当她确信自己的两条腿能够带她迈出这间屋子时，她把大衣扣子一个一个扣好，接着，她以自己也未曾料到的动作，突然奔向那炉子，拎起坐在炉盘上的那把沉甸甸的铝壶，高高提起，壶嘴向下，向着那炉火正旺的炉膛猛地浇灌起来。霎时间水火交战的炉膛发出吱吱嘎嘎的怪响，一股股灰白色气体伴着浓烈呛人的臭屁味儿冲上屋顶，弥漫在房间里，也吞噬了炉边的男人。烟雾中她把空壶哐当丢在地上，用力拉开屋门，又狠劲把门摔上，就像将一切的担惊受怕，一切的提心吊胆，一切的错愕、愤怒乃至一切的恶心，全都摔在了身后。她听见门玻璃碎了，起子没有追上来。

她想找个没人的地方大哭一场，但急切地要给李花开打电话声讨的愿望压制了她的大哭。她没能和李花开通话。她的青春年代，和远在南方出差的人用长途电话联系尚不那么便捷。她又跑到邮电局给肖恩打电话，在排队等待接线员叫号的时候，她在长途电话间的门玻璃上看见了自己的脸。一夜之间她的脸怎么会变成这样？腮帮子嗫着，太阳穴瘪着，鼻翅儿扇着，耳朵片儿干着……这是刘宝瑞先生一段相声里的句子，形容的是一个受不孝儿子虐待、饭都不给吃饱的老太太的凄惨面相。她不是那位倒霉的老太太，以她的年龄，也还不具备自嘲的能力，她的脸让她突然想到相声里那老太太的脸，只激起了她更加强烈的愤懑、更加确切的无助。她和肖恩通了电话，当她语无伦次地讲这边的事时，对方始终沉默着。

第二天，陆婧单位的领导收到了起子制作的黑白照片，本市的平信当日可到。陆局长也收到了。两天后肖恩团长的上级领导也收到了。

李花开出差回来，陆婧立刻把电话打到了印刷厂，那是一个悲愤加绝交的电话，一个鄙视的不容分说的电话，一个曾经的"闺密"必须洗耳恭听的电话。陆婧那一波又一波语言的风暴如耳光噼啪，痛打在电话那头的李花开脸上。陆婧只听见李花开一迭声叫着，我娘！我娘啊！又听见她"呕呕"了两声，像在呕吐。陆婧摔了电话。

肖团长受到了处分。

陆婧受到了处分，被陆局长轰出家门。

5

四月的又一个下午,太阳很好,雾霾不在。陆婧打车来到"时代体育"。朋友送了她两张老时光博物馆的门票,她看看地址,发现就在东单,离那间"时代体育"小店不远。这正好是个自然的理由:可以先到"时代体育"看看,再去博物馆参观,这样,走进商店便显得更像顺路。

"时代体育"有年轻的顾客出入,咄咄逼人的青春扑面而来。陆婧夹在其中,自觉有点碍眼。她在跑鞋柜台驻步,但她从不跑步;她在泳具柜台驻步,她也不打算游泳。她在等一个合适的时机,和坐在收银台的李花开打一声招呼。其实她一进门就看见了这位故人,三十多年未见的故人,即便是仇敌,难道不也能生出几分亲切吗?就算谈不上亲切,她至少怀有那么点不愿承认的屈尊的好奇。

时间是毒药,也是偏方。她记起某个作家的句子。

店堂里人少的时候,她来到收银台前,将胳膊肘架上齐胸高的台面,明确地招呼了一声:"嗨,李花开。"

李花开抬起头。她认出了陆婧,随着一声"我娘",陆婧看见了她脸上的惊奇和真切的欣喜。

……

她们对坐在一间粥铺喝粥。李花开说她常到这儿来,离店面近。陆婧要了蔬菜鱼片粥,李花开要了皮蛋瘦肉粥,又点了拍黄瓜和两个芝麻烧饼。

这几十年我常常想着要是看见你,第一句话到底怎么讲,千头万绪的。李花开说。

是我摔了电话。陆婧说。

我放下电话就去单位找你,哪儿都找不到你。后来,单位说你报了一个什么进修班,去北京了,和谁都不联系。过了几个月,又听说你出国了。

是出国了,陪读。算是闪婚吧。年前刚退休,业务荒疏大半,职称副高。女儿自立,丈夫厚道。陆婧以短信似的句子讲述了自己的三十多年。

你呢?

离了。李花开端起粥碗又放下。这粥碗挺大，小西瓜似的。陆婧仿佛又坐在了当年那个卤煮小馆。

就为我？陆婧心有不安地问。

我最怕的就是你这么想。不是为你，是非离不可。李花开的讲述也很简明。开始他不离，让她替肚子里的孩子想想。她上了房，站在房顶逼他同意，不然她就跳下去。他跪在院子里求她，不松口，不信她会真的跳。刹那间她向前两步，眼一闭就跳了下去。

陆婧的心像遭到突然坠落的重物击打，一阵沉闷的钝痛。她下意识地望着李花开的脖子，岁月给这优美的脖子增添了几道皱褶，但它依旧柔韧、光润，且不松垮。从房上跳下万一摔断了脖子……她不敢想了，后脖颈被冷汗浸湿。她不愿用自惭形秽来形容此刻的自己，只朝桌子对面伸出手，却不好意思去握李花开的手。三十多年的隔绝，让人无法产生轻易的肢体接触，即便是曾经的"闺密"。她收回了手，机械地问着，后来呢？

后来就离了。李花开淡淡一笑，告诉陆婧，她原是要把孩子"跳掉"的，这孩子却结实。她残了一条腿，回老家生下儿子，在县中学当了老师直到退休。儿子从小就善跑，初中选进省体工队，再后来又进国家队，亚运会拿过名次。就好像，她拿自己的残腿，换来了儿子日后超速的奔跑。

你这是，轴得不要命啊。陆婧用了一个"轴"字，觉得不恰切，又找不出更合适的词。

李花开把身子靠上椅背说，谁愿意不要命呢，可当时我已经站在房上了。我站在房上往下看，索性想着跳下去无非就是两条路，要么死得更快，要么活得更好。

陆婧竭力眨着眼往回憋着泪说，你是活得更好的。

李花开说，那也先得敢往下跳哇，况且，还得有信使给鼓着劲。

"信使"两个字是陆婧的忌讳，那是旧年的伤口，尽管那伤口已经疲惫得睁不开眼，可她们的会面又无论如何绕不过这两个字。李花开说，其实你也是我的信使。我第一次把信送到你手上的时候，你就已经是了。到最后，没有那些事，没有你摔电话，我也下不了决心去奔真心想要的日子。记得我跟你提过的那个中学同学吧？

陆婧猜到了什么，但他的名字她早已记不得了。

他在老家当导游，我们那儿穷，山水可好看。从前北京人不知道，玩到十渡就不往里走了，其实越往深里走越奇崛，大峡谷，风动石，空中草原。后来他自己开了旅行社，和县旅游局一块儿开发。我回老家后，他一直照顾我，生孩子都是他守在身边。这么多年，我们过得挺好。李花开猛地扬了扬下巴，郑重地介绍说，他叫锁成，姓赵。

这间店呢，"时代体育"。

是儿子的。儿子退役后盘下这个小店，有时间我就过来帮他照应几天。往后他该忙了，区体校聘他当教练，准备国庆游行呢，其中一个方阵有他们参与。

她们共同意识到，这是2019年的春天了。陆婧仿佛又闻到了白丁香、紫丁香那一团团苦而甜的香气。

两人出了粥铺，天已经黑透，李花开要回"时代体育"，和陆婧就此道别。陆婧望着眼前车的河流人的河流，意犹未尽地说，那年我一气之下逃到北京，才知道偌大个北京不会安慰你的委屈。

可偌大个北京能够包容你的委屈。李花开接上陆婧的话。晚风吹拂着她略微倾斜的身体，吹拂着她的短发，那样子实在很飒。

几天后陆婧去了老时光博物馆。她从家里走路去的，有点远，大约十公里。她换了运动鞋，打开手机的导航，调至步行模式，方向感再差也不会迷路。她很久没有这样专注地、长时间地在北京的街上走路了，她要用尚还健康的腿脚而不是车轮，把北京仔细走一走。她走得挺好，近三个小时，顺利到达目的地。那是一间展览旧器物的民间博物馆。在众多旧物件里，她意外地发现了那只曾经那么神气活现的炉子。如今它的炉盘已不再锃光瓦亮，但炉膛里却闪着橘色的火光。她走到近前，把脸探向炉口，发现炉膛里填充着仿不规则煤块的LED盐灯。LED是冷光源，炉子并不发热，只让参观者感受到一种亦真亦幻的安全的温度。

原载《北京文学》2021年第6期

叶兆言

会唱歌的浮云

1

1953年春节是阳历2月14日，老魏单位放假四天，这四天，扣除路上时间，也就整整三天。妻子云裳正好身上来那玩意，好不容易才盼到几天探亲假的老魏十分憋屈，很窝囊，很恼火。时间就这么不凑巧，老天就这么不帮忙，憋屈也好，窝囊也好，恼火也好，反正这事不太好对别人说，只能跟自己生气。

老魏所在的工厂，是一家很大的化工厂，在长江北面的六合，也就是在南京城的江对岸。搁在今天，距离市区并不太远，可是在那时候，长江大桥还没建造，可以说很远很远，相当远。咫尺天涯，一年只能有一次探亲假，怎么使用好，极其珍贵绝对讲究。到了3月5日这一天，广播喇叭突然放起哀乐，苏联人民的伟大领袖斯大林逝世了。当时的悼念规格非常高，各单位立刻设了灵堂，挂上斯大林像，很多人为这个人的离去而哭喊。

这也是老魏第一次从广播里听到哀乐，从此，一旦收音机里播放这段哀婉的旋律，他就知道是死人了，而且一定是死了个很重要的大人物。斯大林的万人追悼大会在新街口举行，时间是3月9日，老魏所在的工厂也派代表参加。他和同科室的老王"有幸"被选中，坐着厂里的两辆大卡车，大清早出发，黑咕隆咚地一路开到江边，乘轮渡过江到下关，然后乘马车到达新街口附近，人已经很多了，人山人海车水马龙。

追悼大会很隆重。结束时，率队的马副厂长发话，说这次活动嘛，有意挑了家在南京的同志，当然，也有家不在南京的同志。马副厂长是南京人，解放前是南京的地下党，老革命，资格也很老。他知道家不在南京的人，譬如几位从东北南下过来的，可能就没在南京玩过，马副厂长的意思，好不容易进了南京城，今天有一部分人可以先不离开。他跟厂部交代过，明早会再派辆卡车到江对面的浦口来接大家，愿走愿留自己定。

于是兵分了两路，一路人马当天先回去，还有一些同志就留了下来。老魏自然属于留下来的，不止老魏留了下来，与他一起的老王也没走。这个老王在南京上过大学，没毕业，他有位同学是南京人，关系挺不错的，当年上大学，经常去这同学家聊天。老王想的是借此机会，去看望一下老同学叙叙旧，没想到老同学久不联系，早已离开南京去了西北。老同学的家与老魏家相距不远，也是顺路，老王扑了个空，老魏正好就在他身边。

老王说，没想到会这样，这怎么是好。

老魏说，没关系，不行就住我们家去，总会有办法的。

老王就跟着老魏去了他家。老魏突然能够回来，全家都很高兴，也很意外。老魏的老丈人没有参加追悼大会，但对追悼会很有兴趣，追着能说会道的老王问这问那。老先生这一年已七十六岁，白发白胡子，穿着中山装，胸前还插着支派克钢笔，依然是民国遗老的模样。老王很有耐心跟他描述，敷衍了好一会儿，一起吃中饭，继续聊国际形势，继续说国家前途。那时候，老魏家也就两间房子，老丈人和丈母娘住一间，老魏夫妇带着两个儿子住一间。

云裳回来很晚，她回来的时候，已经要吃晚饭，桌上饭菜早就摆好，老魏和老王开始陪老人喝黄酒。老王向云裳解释，说自己太冒昧了，冒冒失失就跑来打扰。又说他本来准备去中山码头坐一夜，没想到老魏好心，非要拉他过来，非要让他住到自己家。云裳说你当然应该过来，这不用客气的。老王是个话多的人，特别会讨老人家的好，会说让老人家高兴的话，吃饭的时候，基本上一直都是他在说，老魏和云裳也插不上话。

这一年，老魏三十三岁，云裳比他小两岁。老王比他们都大，他们俩既然插不上话，就只能互相看，你看我一眼，我看你一眼，眼睛里都是话，彼此心照不宣。老魏知道云裳心里在想什么，云裳也知道老魏心里在想什么，老魏想表达的是无奈，想表达的是无辜。他也是没办法，只是顺口说了一句，没想到就真把老王带回来了。恰巧话题到了晚上睡觉怎么安排，老王说老魏跟他说过，反正他们家是地板，到时候打个地铺就行。

老魏家说起来有两个房间，其实这两个房间原来只是一间，是一间大客厅，中间用木板隔了一道墙。吃完晚饭继续聊天，老魏的大儿子胜武很快要上小学，云裳开始教他识字，因为识了几个字，便让他为大家表演，认纸片上的方块字。纸片上的字是老魏老丈人用毛笔书写的，老人家的字很好，非常地道的唐楷。七岁的大儿子胜武很卖弄地表演，两岁的小儿子利和在一旁捣蛋，要抢哥哥手上的纸片。

打地铺确实简单，可是地铺究竟打在哪个房间呢，商量来商量去，最后还是决定安排在老人房间里，毕竟这间略大一点。老魏松了一口气，脸上露出不经意的微笑，正好被云裳看见，狠狠地白了他一眼。这一个白眼反让老魏真的笑起来，一种不加掩饰的笑，掩饰不住的坏笑。云裳便说你笑什么，有什么好笑的。老魏说我回到自己家，为什么不能笑，为什么。

终于睡觉了，终于关灯，老魏迫不及待地掉头睡，摸黑爬到云裳那头去了。大床上还有两个沉入梦乡的儿子，关灯前，老魏与胜武睡在一头，云裳与利和睡在一头。灯一关，他也就不老实了，用不着再老实。云裳害怕弄出声音，不让老魏动，老魏便轻手轻脚小心翼翼。可能是憋得太久，也可能是外面睡着一位老王，距离太近，老王的地铺就在门口，云裳一直在拒绝，一直在反抗，老魏只能霸王硬上弓，不管对方配合不配合，不管对方愿意不愿意，一味使蛮劲，折腾了没几下，刚入港，便心满意足地结束。

这一夜，老魏睡得非常香，一觉醒来，天都快亮了。云裳没睡好，老魏的呼噜声很响，老王的呼噜声更响，隔着门板，一阵阵传过来。迷迷糊糊睡了醒，醒了睡，刚要再次睡着，老魏又来劲了，要二次进宫。这次云裳没拒绝，也没反抗，也谈不上配合，感觉自己是醒着，又好像是睡着了，心里希望老魏快点结束，又好像不太愿意他很快就完事。说老实话，她也不知道自己是怎么想的，有点心不在焉，不知身在何处。隔壁老王的呼噜惊天动地，他已经三十七岁，还是单身，人也很瘦，云裳想不明白老王那么瘦的一个人，为什么呼噜声会这么嘹亮。

2

弹指一挥间，转眼三十多年过去，到了1991年的8月20日。这一天是云裳六十九岁生日，民间有做九不做十的说法，所以老魏决定隆重庆祝一下。他今年七十一岁，夫妻俩岁数相加，正好一百四十岁。老魏很喜欢一百四十这数字，觉得这个数字很吉祥，很有内容。人生七十古来稀，他们老夫妇退休在家，既能吃又能睡，身心健康，这个那个什么都行，活得非常愉快。

所谓隆重庆祝，无非是在楼下新开的一家馆子吃一顿。除了自家人，又喊了一位老朋友过来，这个老朋友就是老王。这时候，老王已七十五岁，精神矍铄，头发居然还没有全白，原来是个瘦小子，现在变成了大胖子。他单身很多年，熬到五十多岁，才与比自己小十五岁的小黎结婚。小黎的前夫在"文革"中患病去世，留下一儿一女。两年前，小黎患乳腺癌走了，老王便与继子一起生活。

老魏的儿女们都已成家，吃完了各回各家。老王喝得有点多，面红耳赤，老魏夫妇便邀请他上门坐一会儿，喝口茶醒醒酒。老王没有推辞，说也好，我是要看《渴望》的，这会儿赶回家看也来不及了，就到你家去看，看完了再回家。那一阵子，电视连续剧《渴望》正热播，已是第二轮播放，老王认认真真地在补看。老魏夫妇第一轮就看过，都觉得不错，很愿意陪老王再看一遍。老魏说我们可以一起看，看完了，你要是愿意，就在我这儿住一晚也没关系，反正床铺都是现成，为小孩回来准备的，空着也是空着。对了，我还告诉你，我们现在有空调了，很凉快的。

电视剧只放两集，打开电视，第一集都快完了，很快又看完了第二集。外面很热，南京的夏天一向很难过，恰巧老魏家今年新安装了空调。那时候，后来大名鼎鼎的苏宁电器，创业还不到一年，只能说是刚刚起步，大多数南京人家里都没有安装空调。因为用电紧张，能否安装空调也和级别有关，必须是相当级别的干部，才能够得到电力部门的批准。当时的最荒唐之处是，商场里已经开始大卖空调，只要花钱，谁都可以买，但买了是否能安装，是否能让供电局盖章，就要看你的能耐。

老魏的女婿下海做了生意，思想比较开放，比较新潮，胆子也大，自己先买了一台空调偷偷地享受起来，又为老丈人老丈母娘买了一台。说是未经允许，不能私自安装，否则就属于非法，就有可能取缔，不过你真大胆安装了，也没有什么人会过来干涉。只是电压经常会有些问题，用电高峰的时候，空调就启动不了，因此每天下午四点钟左右，必须先把空调打开，空调机一旦启动，一旦已经开始制冷，就再也不存在打不开的问题。

老王很羡慕老魏家新安装的这台空调，在南京过夏天，有没有空调，能不能享受空调，完全是不一样的人生。他几乎立刻就下了决心，明年夏天一定也要买台空调，一定要买，不管电力部门允许不允许，管他合法不合法，一定要安装。说起来，老王也算离休干部，也是一把年纪，能享受就应该赶快享受。从老魏所在的科室调走以后，老王一直都在人事处上班。老魏说根据你老王的级别，很可能是可以使用空调的，你可以先申请申请，如果可以，就不用像我们这样偷偷摸摸。

老王说，今天就在你们家，有空调真是舒服，这么凉快，都舍不得离开。

老王又说，还记得上一次住你们家，那次也是冒冒失失，一晃多少年过去，唉，我们是真的老了。

老魏家的空调装在客厅里，老王说住下就住下了，有空调的感觉确实不一样。云裳为老王找了一套换洗衣服，先安排他洗澡，然后他们夫妇分别洗澡,再然后是洗衣服,随手把老王换下来的衣服一起洗了,晾在阳台上。云裳提出要去小房间,说她不怕热,吹吹电风扇就可以睡,说她其实也不是特别喜欢空调。老王便连声说这不行,肯定不行,这不是要让我走的意思吗?云裳想想也对,离开空调房间真的会很热,就说那好吧,我歪在单人沙发上先睡,你们把长沙发放下来,一边看电视一边聊,想怎么聊就怎么聊,想聊到多晚就聊到多晚。

老魏家客厅里有张可以折叠的长沙发,打开来就是大床。两个男人继续聊天,聊到临了,都有些犯困,都开始打哈欠,迷迷糊糊中,电视里插入新闻,说苏联领导人戈尔巴乔夫被抓起来了,莫斯科正式宣布宵禁。报道来得很突然,老魏和老王大吃一惊。男人对政治总会有些莫名其妙的激情,他们立刻困意全无,想弄明白怎么回事,可惜电视里的新闻就短短几句话,播完便没下文。遥控器不停地换频道,换来换去,好不容易有报道,说到一大半,已是最后几句话。电视节目终于都结束了,变成了一个个足球一样的信号测试图,他们仍然没弄明白究竟发生了什么事。

第二天一早,天还没亮,云裳醒了。两个男人还在呼呼大睡,呼噜声此起彼伏,也不清楚哪个是老魏,哪个是老王,声音都响,都是地动山摇。她不由得想起很多年前,也就是上次老王借住在她家的那个夜晚。那时候还住在老房子里,云裳父母都还健在,她和老魏以及两个儿子睡在里屋,老王与她父母睡外屋,睡地铺。那时候,老魏偶尔也会打呼噜,那时候老王的呼噜已经很响,隔着一扇房门,像冬日的西北风一样呼啸。正是因为太嘹亮,云裳永远忘不了。

当然也是因为那一晚特殊,因为那个特别的日子,他们有了女儿玲安。金风玉露一相逢,对于分居两地的夫妻来说,每一次探亲都不同寻常。老魏家的新居偏东朝向,天刚蒙蒙亮,朝霞红了半边天,初升的太阳很快透过窗户射了进来。两个男人还在睡,睡得正香,睡得太香了。云裳悄悄爬起来,上了趟厕所。单人沙发睡觉并不舒服,然而有了空调,总比在外面好,在没有空调的岁月,夏日南京是著名的火炉,晚上根本没办法睡个安稳觉。

老魏和老王终于也醒了,老王还惦记着要听收音机里的早间新闻,云裳说我和老魏天天早晨要去公园锻炼，我们可以一边散步，一边听你的新闻。老王就笑了，说什么叫我的新闻，新闻是国家大事，怎么变成我的了。三个人刷牙洗脸，老王换上自己的衣服，与老魏夫妇一起去公园。老魏家附近有个小公园，不仅有人在散步，还有人在吊嗓子唱京戏。云裳为老王找了个小半导体收音机，因为不经常用，也不知是电池原因，还是接触不好，一会儿有声，一会儿又没声音，老王想听听新闻，想听听来自莫斯科的消息，结果也不能如愿，还是听不明白。

散完步，一起在小摊子上吃烧饼油条，沿街放了一排小凳子，就两张小餐桌，一人一碗豆浆。老王又是羡慕又是感叹，说你们的这个小日子，过得才叫舒心，才叫爽快，天天能散个步，再吃个烧饼油条，这才是人过的日子，现做出来的烧饼油条就是好吃，就是不一样。老魏说天天都这样，也没什么，很容易的事。老王说什么叫没什么，能这样就行，就很不错了。唉，可惜我们这一生，知道什么叫好日子，开始明白人应该怎么活，人生都已经快到尽头了。

老魏说你老王想开一点不就行了，到我们这岁数，到我们这把年纪，钱留着也没用，想吃就吃，想用就用，你说你还留着那些钱干什么呢？老王叹气，说话是这么说，毕竟我是一个人过，也没什么意思对不对？停顿了一下，又接着往下说，我那儿子和儿媳妇呢，对我也不能算不好，不过毕竟不是一代人，话也说不到一起去，想法也不一样。要是小黎她还在，小黎还在，两口子一起过，情况就完全不一样了。

一提起小黎，三个人不约而同，突然都不吭声。看得出来，老王并不想提到小黎，不愿意提到自己已经不在的妻子，尤其不愿当着老魏夫妇的面提。而老魏夫妇呢，也是尽可能地避免谈起。老王只不过是脱口而出，说了便有些后悔。云裳情不自禁地看了老魏一眼，老魏立刻也显得很不自然，有一些尴尬，有一些沮丧。老王低头不语，此时此刻，大家的心情都变得很沉重。云裳叹了一口气，说人生无常，想不到我们几个人中，小黎最年轻，反倒是她最先离去。

3

送走老王回到家，老魏与云裳已一身臭汗。南京的夏天就是这样，南京的夏天就是个大蒸笼。回家的路上，在菜场顺便买些菜，买了几条黄鳝，买了点青椒和洋葱。黄鳝是现杀，老魏很擅长爆炒黄鳝这道菜。一路都无话，云裳有些话想说，憋在肚子里没说，很难受。老魏知道她有话要说，云裳不说，让他这么干等着，要等她说出来，也挺难受。

到了家里，老魏先把杀好的黄鳝放进冰箱，然后摊开纸墨，脱去汗衫赤着大膊，用小楷抄一遍《摩诃般若波罗蜜多心经》。年轻的时候，老魏喜欢写毛笔字，后来多少年都放弃了，退休以后才重新拾起。他最初是习隶书，老了反而转向毕恭毕敬的楷书。老魏坐在那儿写字，云裳开始收拾房间，把收起的长沙发重新放下，理了理，再一次折叠起来。

过了一会儿，云裳拎着老王换下来的衣服，走到老魏面前，说老王穿过的这衣服，我也不准备洗了，直接扔了吧。老魏一怔，说要扔就扔了，你用不着跟我说。云裳说我当时就是挑了一条你没必要再穿的短裤，看这料子也不像全棉的，不瞒你说，我早就想扔了。老魏继续写字，他知道云裳有洁癖，别人穿过的内衣，她肯定是要嫌弃，是不是全棉并不重要，她要扔就扔，也没什么舍不得。

到了中午要做菜，老魏系上围裙，从冰箱里拿出黄鳝，十分细心地洗干净。云裳在一旁打下手，青椒和洋葱已为他收拾好。油锅已经下油了，油开始升温，开始冒起青烟，老魏正准备将黄鳝下锅，云裳轻轻地在旁边问了一句，老魏你能不能跟我说句老实话，你和小黎不会真有过一腿吧？

老魏一怔，将手中的黄鳝倒入油锅，喳的一声，手上快速翻炒，嘴里嘀咕了一句，说什么呢？

云裳不吭声，沉默了一会儿，看老魏做菜。老魏手上一阵忙乱，将爆炒过的黄鳝盛出来，再加油，爆炒青椒和洋葱，加上各种作料，将煸过的黄鳝再次倒入锅中，继续翻炒，加胡椒粉加水淀粉，洒上明油，然后正式起锅，盛菜装盘。云裳不说话，一直看着老魏。老魏终于忙完，终于又一次开口，你脑子里又在想什么呢，真是莫名其妙。

是有点莫名其妙。

让我说你什么好，真不知道该怎么说你。

云裳笑了，说我知道不应该这么问你，不应该问，我也就是随口问问，你千万不要往心里去。云裳说也就是突然想到，脑子里突然就有了这些念头，其实我早就说过，你与小黎真要有什么，也没什么大不了，真要是有了什么，我是说真要有什么，不开心的可能不光是我，老王心里会更不好受对不对？他应该更在乎对不对？云裳的意思是男人肯定更应该吃醋，男人肯定更不能忍受戴绿帽子。明知道老魏不想听这些话，不愿意听这些话，云裳还是忍不住要说，说了，就有点停不下来。她说不光是我在乱想，我在胡思乱想，老王很可能也一直在这么想，对不对？

老魏说，你要让我说什么呢？

云裳说，我又不要你说什么，我已经说了，这事我早就不在乎了。

云裳嘴上说不在乎，心里当然不是这么想。时过境迁，她这一生中，如果说夫妻之间真有什么太在乎的事，可能就是这一桩。老魏也知道她会在乎，知道她很在乎。女人的心思永远琢磨不透，每一次结局都是一样，云裳嘴上说不在乎，说相信老魏，心里还是非常在乎。这次过生日要请老王，说起来也是云裳的主意，她主动提出来。她提出来了，老魏还真没办法拒绝。云裳说我这一辈最后悔的，就是从来也没有与小黎好好谈一次，我也是真够傻的，有太多的机会，好几次话都到嘴边，都没说，都没好意思说出来。唉，为什么不趁她活着的时候，把话说说清楚呢。

小黎显然是云裳心中永远解不开的疙瘩，永远是飘在她心头的一块浮云。三十年前，那时候女儿玲安刚上小学，老王和一个姓宋的女人，冒冒失失地找到了云裳所在的那所中学，在云裳的办公室，和云裳进行了一场非同寻常的谈话。那个姓宋的女人开门见山，问云裳与老魏的婚姻生活，是不是有什么不和谐之处，有没有感情方面的危机。问题很突兀，很无理，云裳一时都不知道应该怎么回答。她转向老王，问他是不是老魏犯了什么错误。老王那时候刚调到人事处，他支支吾吾地说，这事现在也不好说，我们呢，主要还是想先了解了解情况。

云裳第一次听说有个叫小黎的女人，第一次看到了小黎的照片。不能说那个叫小黎的女人有多漂亮，眼睛不大，眉毛细细的，嘴唇有些翘。老王解释说，小黎的丈夫是一名现役军人，他写了一封告状信，说老魏与小黎有着不正当的男女关系。老王特别强调，目前只是那个男的这么说，只是那男的这么认为，究竟有没有这事，组织上也不清楚，他们过来跟云裳谈话，也就是想摸摸情况。那个姓宋的女人始终在观察云裳的脸色，她的表情很严肃，态度很不友好，好像什么事都知道，什么事都在她的掌握之中。

云裳说，你们想让我说什么？

姓宋的女人说，我已经问过了，你们的夫妻生活，究竟正常不正常？

什么叫正常，什么叫不正常？

这个当然只有你们自己才知道。

云裳看着那个姓宋的女人，痴痴傻傻地回了一句，我不知道，我什么都不知道。

风雨晨昏人不晓，个中甘苦只自知。云裳与老魏结婚时二十三岁，婚后很快有了儿子胜武，然后又有利和。同居没几年，老魏就去了江北六合的化工厂，从此开始漫长的夫妻分居。夫妻分居百事哀，一年有一次探亲假，说正常也正常，那年头夫妻分居并不罕见，分了也就分了，老天爷就是这么安排，夫妻因为分居而离婚的也不多。说不正常，当然不应该算正常，绝对不正常，夫妻不在一起过怎么能算正常呢？云裳记忆中，不如意的事情太多，都说久别犹如新婚，最担心的是老魏要回来探亲那几天，自己身上恰巧来例假。有些事拦都拦不住，有些事该来还得来，越担心就越会发生。

那段时间，云裳正准备往六合的一所农村中学调动，只是为了离老魏近一些。她做好了离开南京的准备，为了夫妻团聚，为了能和老魏在一起，她已经决定不再管孩子们。三年的自然灾害时期刚过去，国家经济形势正开始好转，如果没有小黎这事，老魏夫妇很可能会少分居二十年。人生苦短，能有多少个二十年。姓宋的那个女人言辞严厉，说破坏军婚的罪行如果属实，你男人是要坐牢的,这个不是什么闹着玩的事,这不是一般的生活作风问题,军婚可是受法律保护的。

结果是不了了之,老魏不承认,小黎也不承认。事出有因查无实据,组织上做出了最后处理意见,认定他们的关系显然有不妥之处,譬如不止一次相约去电影院看电影,曾经在厂外的僻静处散过步,两人也都对对方表示过好感。小黎与老魏在同一科室上班,因为这件事,小黎被调动,去了别的厂区别的科室。也是因为这件事,流言蜚语漫天飞,到处有人说闲话,云裳和老魏闹得差点要离婚,调动的事也没有进一步落实。她不止一次地逼老魏把这事说清楚,她想要知道真相,可是老魏说不清楚,没办法说清楚,他说根本就没有什么真相。

三十多年过后,年近七十的云裳满头白发,早已不在乎什么真相。真相也许就像老魏说的那样,根本没有真相。真相困扰了云裳大半辈子,真相早就变得不重要,真相有没有也就那么回事。退休后的老魏夫妇,与同样也是退休的老王夫妇,关系相处得挺不错。他们最后都从江北六合的工厂区重新回到南京城里定居。小黎也是地道的南京人,地道的南京女人,她家在城南还有私房,改革开放后私房拆迁,换了新房子,与云裳家一样,居住环境才大为改善。云裳到了晚年,时不时地会感慨人生,恨他们这一代人活得太压抑,活得太窝囊,会觉得他们的所谓夫妻生活,直到退休才重新开始。退休前一切都是身不由己,感觉就仿佛在石头缝里过日子。退休后分配了新房子,孩子们各自独立,他们才有了属于自己的空间,才可以肆无忌惮,才可以在光天化日之下,像年轻人一样,甚至有时候比年轻人还过分,尽情地做些自己想做的事情。

老魏做的爆炒黄鳝,略微有些小失败,稍稍煸老了一些。老魏说这都要怪云裳,怪她不应该提起小黎。老魏说不要说我和她没什么,就算真有什么,你也没必要在今天这个日子里提起。云裳说有什么应该不应该,这事我早就不在乎了,你又在乎什么呢?老魏说我怎么能不在乎,当然要在乎,这很影响情绪的。云裳说影响屁的情绪,你现在的情绪不要太好,骨头不要太轻。吃中饭前,老魏一本正经地拉上窗帘,打开了空调,说今天我们应该喝点黄酒。通常都是在下午四点多钟,用电高峰之前,他们才会启动空调。云裳知道老魏此时兴致勃勃地拉窗帘开空调,显然是有别的目的,是别有用心,无非又是老一套。她知道接下来会发生什么,知道老魏人老心不老,已经蠢蠢欲动。

4

云裳第一次见到小黎,是 1976 年暑假,唐山大地震期间。长江大桥早就通车了,她骑车去江北的六合看望老魏。这是云裳第一次去六合,第一次主动去看望老魏,也是第一次听说老王也结婚了,第一次听说老王娶的女人就是小黎,老王结婚已好几年。

这一代人的称呼很有意思,也不知怎么的,都习惯称"老"或"小",老魏老王小陈小黎,喊着喊着就固定下来。不止旁人这么叫,夫妻之间也如此称呼。老也好小也好,现在都已经有了白头发,小黎比云裳还要小好多岁,但看上去白头发似乎比云裳还要多。这是继上次老王与她谈话后的初次见面,一转眼,又是十多年。当时是从厂部电影院出来,看的是一部叫《决裂》的电影,老王认出了云裳,热情地打招呼。云裳也认出了对方,老王已开始发胖。她不知道他身边的那个女人就是小黎,回到宿舍,才从老魏嘴里得知,才知道他现在的这个太太就是小黎。

第一次见到小黎,云裳心情有些复杂,难免激动又很快平静,反倒是老魏坐立不安,说话都支支吾吾。事发有些突然,没有想到与小黎的见面,会如此直截了当。自从有了那次该死的谈话,云裳整个人生都被颠覆,那以后,她经常会因为这事敲打老魏,找老魏的碴,跟老魏赌气,与老魏冷战。老魏呢,做出各种无辜和生气的样子。这个世界上有许多事说不清楚,云裳自己也不太明白,不知道是应该相信老魏和小黎没事,还是应该认定他们就是有事。有时候她这么认为,有时候她又那么认为。老魏一口咬定自己鱼没吃着,沾了一身腥。老魏说我要是真有这事,你跟我闹我也认,什么事都没有,你凭什么这样,凭什么?

因为夫妻长年分居，长年不生活在一起，最初的那十年，老魏会按时给云裳写信，诉说对妻子的思念之情。云裳一度很享受这个，事实上，她也很想念老魏，然而很少回信，很多话只是放在心里。都说两情若是久长时，又岂在朝朝暮暮，女人和男人不一样，女人再想念男人，那些太肉麻的话也说不出口。自从有了小黎这档事，事情开始变得不可收拾，老魏的情书开始变得尴尬和暧昧，仿佛又有了另外一层含义，可以有另外一种解读，太亲热不好，不亲热也不好。信写来了，云裳懒得回复，故意让它有来无回，一而再，再而三，老魏也就干脆不再写信，先是省了事，再以后也就省了心。感情这玩意就这样，冷了就会淡，淡了也就渐渐无所谓。

两人如果再往前走一步，要离婚也就离了，离了就离了。老魏与小黎究竟是怎么回事已不太重要，很长一段时间，他们的婚姻不死不活，只能说是聊胜于无。云裳平时根本也不会想到老魏，老魏恐怕也是这样，因为分居，一年见一次面，法律上的离不离婚就那么回事。好在那段时间正好是"文革"，这个运动那个运动，世道也不怎么太平，什么事都能忍，什么事都能凑合。到日子老魏还会回来，回来探亲无非老一套，再到日子，老魏又走了。南京长江大桥通车后，两个人都希望有所改变，老魏与云裳商量，是不是考虑买辆自行车，有了自行车，来往可以方便许多。

结果还真是买了辆自行车，只是让云裳先用。当年她是一心想往老魏所在的六合调动，打过申请报告，为了小黎这事犹豫了一下，耽搁了，没想到最后把她调到南京南面的江宁，离江北的六合更远。那个时代的人都很听话，必须服从组织分配，一切听从党安排，领导真这么决定了，想更改都不行。当时的最高省领导是省革命委员会，委员会的主任是许世友将军，许将军在江宁弄了几个小煤矿，配套建了小学和中学，云裳正好就被选中去当化学老师。那地方在今天也不算远，可是搁在当时，骑自行车起码一个多小时，只能每周回一次南京。因此说起来，老魏夫妇的家在南京，事实上那段时间，云裳每周回去一次，老魏一年回去一次，真不太像个正常的家。

云裳在江宁待了两年多，煤矿不弄了，根本就挖不出什么煤。她也重新调回南京城，这时候，林彪事件也发生过了，她已经五十岁，父母都不在了，都已死了好多年。孩子们也一个个地离家，老大胜武大学毕业分配去了石家庄，老二利和中学没毕业就当兵去了，女儿玲安在农村插队。人说老就老，云裳开始有些在乎老魏，开始不断地思念他，少年夫妻老来伴，她突然觉得身边没有男人的日子，真的是很不好。老魏的想法也差不多，过去这二十多年，有老婆的单身汉岁月，实在是太不好过。有了大桥，从六合的厂区回南京方便许多，骑自行车两个多小时也就到了，于是探亲节奏开始改变，不再是一年一次，改成每个月回一次家。

1976年的夏天，云裳五十四岁，再过一年就要退休，忽然心血来潮，忽然特别想念老魏，决定不顾路途艰难，骑车去老魏那里过暑假。没想到会立刻遇到小黎，也没想到很快又会遇到地震。唐山大地震很遥远，与这里风马牛不相及，可是流言不止，大家都生活在恐慌之中。有那么一阵，户外都在搭建简易防震棚。与小黎的见面纯属偶然，这工厂有几千号人，有好几个厂区，隔得也很远，老魏与老王夫妇平时很难见面，或者说根本就不会见面。云裳相信情况就是这样，她变得十分理智，变得通情达理，既没冲老魏撒气，也没让老魏下不了台。大老远骑了三个小时自行车，好不容易才来到这儿，不值得为若有若无的小黎，再闹得不可开交。

再往后，云裳和老魏不仅不再回避，而且可以心平气和谈论。最初向组织交代问题，老魏只承认和小黎一起散过步，散步时拉过手。这事有人亲眼见过，想赖也赖不了。一起看过电影，这也是在群众眼皮底下发生的，同样抵赖不了。坐在电影院里，坐在黑暗中，又干了些什么，又做过些什么，难免有不同版本，坊间传说很多。小黎和老魏各自的表述就不一样，拉着手是肯定的，暧昧是肯定的，有一点过分也不容置疑。发乎情止乎礼，时间是大冬天，都穿着厚厚的棉裤，再怎么暧昧和过分，也就那么回事。

从老魏嘴里，云裳听到不少与小黎有关的"八卦"。按照老魏的交代和描述，显然还是有所遗憾，显然还是心有不甘，与小黎没走到什么实质性的地步。但是可以肯定，从老魏所在的科室调走后，在新的工作环境，小黎起码又与两个不同的男人发生过婚外情。这事很多人都知道，根本瞒不住。小黎有个众人都知道的毛病，只要干那活做那事，就会忍不住发出杀猪一样的声音。破坏军婚的罪名确实存在，小黎的前夫老韩为此很痛苦，非常烦恼，一次又一次给厂领导写信，可是小黎属于那种不怕撕破脸的女人，敢做敢当，老韩也拿她没什么办法。为了保住婚姻，他最后不得不妥协，最后不得不让步，只能灰溜溜地要求转业，转业到老魏他们厂的保卫处，当处长。

老韩所在的保卫处，与老王所在的人事处，房门恰好正对着，大家低头不见抬头见。都觉得小黎这位前夫是个非常不错的男人，人长得也挺帅，都觉得小黎太过分，不应该那样对待自己老公。老韩转业到地方上，夫妻不再分居，关系变得正常，开始恩恩爱爱过日子，老韩对小黎可以说是百般呵护。渐渐地，老韩与老王也越走越近，成为无话不说的好友。他们是同乡，老韩参加过抗美援朝，手臂被炸弹炸断过，身体一直不好。他进厂时正好"文革"开始，不久诊断出患了癌症，拖了没几年，临终前嘱托老王，希望能帮着照顾好小黎，照顾好他留下的一儿一女。

就这样，老王到了五十多岁，终于结束单身生活，与小黎结了婚。婚后感情相当好，据说小黎曾向老王忏悔，说年轻时不懂事，对不住老韩。她对老王的照顾无微不至，还为他怀过一次孕，可惜最后小产了，没有能够保住胎。小黎和老王刚结婚时，厂里单身汉闲着无聊，经常会溜过去听房。小黎家住在一楼，最西边一个单元，楼前有一片很矮的小树林。都把这事当笑话讲，也是因为有人会偷听，老王和小黎不得不小心翼翼，不得不让她嘴上咬住一块毛巾，不得不把床脚垫了又垫。可是真一点动静都没有，很快又传出另外一种流言，就是老王不行了，他的那个什么很可能有问题。

老王很生气，真的很生气，非常不服气。老王最不愿意别人觉得他老，虽然他比小黎大了十五岁。个性倔强的老王好钻牛角尖，知道有人无聊，知道无聊的人下作，不要脸，他索性大气一些，他索性豪放一些。让一切禁忌都去他妈的，老王想怎么样就怎么样，老王要怎么样就怎么样。不就是有人想听个什么吗，不就是想知道老王还行不行吗，那就给他们来一个痛快。老王将计就计，让小黎嘴里不再咬毛巾，床脚不平也懒得再去垫，老王甚至还故意很配合地喊上一两嗓子。厂保卫处派人躲在他家屋外留守伏击，一下子抓到了五个偷听的小年轻，都是厂技校的学生。

口无遮拦的老王说自己直到结了婚，才开始怀疑人生，才开始感慨人生。失之东隅收之桑榆，老王说他想不明白，不明白怎么就单身了那么多年，直到跟小黎在一起，才知道成双结对的好，才明白有女人有家庭的不一样。老魏告诉云裳，老王曾不止一次地对他吹牛，说自己绝对没问题，说自己很厉害。说他的婚姻开始晚了一些，可是宝刀不老，起点很高，过了七十往八十走，仍然天天还照样晨勃。云裳一时不太明白这话，老魏笑着给她解释，她听了十分鄙视，撇着嘴说你们男人真无聊，真是老不正经。老魏说我们这一代人，只能是到了老了，退休了，才能老不正经，年轻时想不正经都不行。

云裳与小黎见面后不久，那一年10月，粉碎了四人帮。老王也到了退休年龄，紧接着云裳退休，小黎退休——女人退休年龄要早一些，最后才是老魏。说退休就都退休了，虽然退休，大家精力依然旺盛，还有用不完的劲，美好生活才刚刚开始，好日子刚开头。社会突然之间发生了大变化，他们的人生也跟着发生了大变化。首先是居住环境改善，这是最重要的一个进步，因为住得都不太远，可以经常聚在一起打麻将。云裳和小黎都喜欢打，女人的麻将瘾往往比男人更大。有一段时间，也就是上世纪80年代，他们几乎天天都要打几圈麻将。

打来打去也就那么几个女人，不是在老王家，就是在老魏家，或者在老钱老杨家。老王和老魏只有遇到三缺一，才会偶尔上场。退休生活别有一番天地，女人们在一起打麻将，嘴里往往不肯闲着，不是嗑瓜子，就是胡说八道，什么都说，什么都敢说。最喋喋不休的是老钱，她是国营菜场的退休职工，回忆起物资匮乏年代，总会有股按捺不住的得意。作为一名卖鲜肉的小刀手，当年讨好她的人实在是太多了。上岁数的人回忆年轻时，都会说当年怎么好，青春总是美好的，说着说着话锋转移，变成了忆苦思甜，突然感慨当年那样的日子，怎么稀里糊涂地就过去了。譬如一说起夫妻分居，老钱就很疑惑，忍不住要问云裳，说你们夫妇是他妈怎么熬的。

有一天在老王家打麻将，云裳和小黎都已听牌，等着有人点炮，结果旧话重提，老钱又说起云裳和老魏的分居，说这都叫什么事呀，这么多年，是怎么熬过来的。没想到她打出去的这张牌，一炮双响，正好是云裳和小黎都想要的，云裳很平静地回了一句：

什么叫什么事呀，这不就是熬过来了吗。

原载《长江文艺》2021年第2期

马晓丽

午后的细节

在我被关进太平间之前，那个午后还有好多七七八八的细节。

记得开过午饭，班长就带着我、豆包、瓷瓶儿围坐在伙房门外择菜。我最烦择芹菜，撸叶子撸得满手黑绿，几天都洗不掉，就抢先拖过一筐豆角择了起来。相比而言我更喜欢择豆角，多少有点技术含量，头上掐一下，尾上掐一下，各拉出一根筋，若是这根筋能从头拉到尾，再从尾拉到头，那就比较完美了。

午后的阳光很足，明晃晃地泼洒下来。颤动的光晕下，所有物件都被晃得变了形，无论是班长伸出来舔莫合烟的舌头，豆包脸上跳跃着不断变换位置的雀斑，瓷瓶儿茂盛得过了头的密不透风的长睫毛，老狗巴力流淌不尽的哈喇子，还是我手里这筐不招人待见的老豆角。

吴八佬吱嘎吱嘎地骑着倒骑驴回来了。他骗腿下车，照例站在那里，先对着车斗里买来的东西端详了半天，然后，就趴在车座上掰着手指头开始算账。班长喊，吴八佬，我这几根手指头也借给你吧。大家就笑，手里虽然还择着菜，但注意力都转到吴八佬身上了。要知道，看吴八佬算账历来是我们炊事班的集体娱乐项目。只见吴八佬的眼皮像棉门帘似的慢慢向上掀起，一帧一帧地全翻到上头后，头才开始向上抬，直抬到仰面朝天的位置定格，正式进入深入思考状态。阳光倾泻在吴八佬的脸上，他竟能毫不躲闪地睁着眼睛一动不动，只有胖大的圆鼻头烤化了般软塌塌地匍匐着，发出拉风箱般粗重的气声。豆包开始掐表计时了，一分钟、两分钟……三分四十秒，豆包举手示意平纪录了！吴八佬仍旧保持姿势没动，直到四分零三秒才转过身。豆包兴奋地宣布：破纪录了！噢——我们立刻欢呼起来。

吴八佬的耳朵像关闭了一样，丝毫不为我们的热情所动。他缓慢地转过身子面向班长说，班……班长，差、差了两角一分钱。班长说没事，核不上账你拿津贴费补上就行。吴八佬的脸立刻涨得发紫，棉门帘眼皮又开始慢慢往上翻，翻到顶上停了一会儿才说，班……班长，津津贴费都……寄回老家了。没事，班长爽快地说，没几天就发下个月的了。吴八佬就说不出话，杵在原地木鸡了。我们看眼儿看得过瘾，在旁边乐得不行。直到班长说，好了好了，等会儿我给你核核账，别磨蹭了赶快卸车吧。吴八佬这才缓过神儿，知道这事有着落了，向班长龇出两颗动人的虎牙。

我见吴八佬从车上搬下来一箱鸡蛋，突然心血来潮喊道，哎，给我留几个鸡蛋呗。豆包警觉地问，你干啥？我说，我孵小鸡。嘻嘻，豆包不怀好意地笑，你怎么孵小鸡？我说用棉花包上保持温度呗。豆包咯咯笑起来，说你以为是鸡蛋就能孵小鸡吗？我一时有点发蒙，说小鸡不就是鸡蛋孵出来的吗？豆包把脸凑近我盯看着，说你见没见过公鸡踩蛋？我心虚地说没。豆包得意地说，那你是不是连鸡蛋受精后才能孵出小鸡都不知道？见我直眉瞪眼说不出话了，豆包立刻一脸鄙夷地转向班长说，班长你看她啥也不懂，她就是毛主席说的四体不勤五谷不分，这样的人怎么能当学毛著积极分子呢？我万万没想到自己能被豆包噎死。以前不管豆包怎么咋呼，我从来也没把她放在眼里，她比我小两岁呢，才十四。没想到她竟然比我厉害，竟然还知道公鸡踩蛋，竟然当众直接就把我给"毙"了。

我错就错在太想挣回面子了，结果脑子一错乱，就自作聪明地冲着豆包大声嚷，别以为我不懂，不就是公鸡踩到鸡蛋上，鸡蛋一受惊就能孵出小鸡了吗？话音未落，我就发现豆包的眼睛瞪成了鸡蛋，班长憋笑的脸胀成了发面馒头，连吴八佬的虎牙都包不住龇到外面来了⋯⋯还没等我想明白是咋回事，瓷瓶儿就涨红着脸冲到我面前，一把揪住我就往屋里拽。我没瓷瓶儿劲儿大，被她拽着跟跟跄跄地进了屋。我一边挣扎一边气呼呼地说，你拽我干啥呀？瓷瓶儿说你胡说些啥呀？我说谁胡说了？瓷瓶儿白了我一眼说，你没看男兵都在那儿偷偷笑吗？瓷瓶儿大我两岁，她历来向着我，不会说瞎话，看来一准儿是我说错话了，虽然我不知道错在哪儿。我气急败坏地说，那我不要鸡蛋了不孵小鸡了还不行吗？说着，眼泪自己就流了出来。要不我不当积极分子了还不行吗？我又说，心里突然委屈得不行，想起昨天班长宣布我被选为炊事班学毛著积极分子后，非让我改讲用稿，让我改成在做好事之前突然想起了毛主席的教导。我说班长我当时没想起来。班长说那也得加上。我说那不是撒谎吗？班长说谁不撒谎？这得看你是为好事撒谎还是为坏事撒谎。我说那别人看出来咋办？班长说为好事撒谎不怕别人看出来。我说我怕。班长剜了我一眼说，没事，长了你就不怕了。这件事弄得我到现在心里还乱七八糟的，再加上豆包嫉妒我，故意找我碴，我是真不想当这个积极分子了。

　　要不是十一床突然出现，我的情绪肯定一时半会儿缓不过来。十一床常满院子转悠，常来我们炊事班，他也是我们炊事班的集体娱乐项目。一见十一床来我们就喊，站住！他立刻就会站住。再喊，向我报告！他立刻就会操着浓重的山东口音说，报告！姓名常立舵性别男家庭出身贫下中农家庭住址山东省齐河县赵光镇公社赵西街俺爹叫常世仁俺娘叫刘桂花。我们说大点声。他立刻再大声喊一遍。我们让他再大点声，他就能把嗓子扯破了喊。十一床可怜，他是跟我们一年的新兵，谁知道他怎么会失足从数米高的哨位上摔了下来，直接把脑袋摔裂了。拉到我们野战医疗所后，给他做开颅手术拿掉了一块头骨，好不容易才把他抢救过来。然后，他就成了现在这个样子——头上嵌着一条蜈蚣样的大伤疤，没头骨的那块头皮呼扇呼扇一戳就破的样子，走路摇摇晃晃，说话颠三倒四。我们都挺同情十一床的，有什么好吃的都想着给他留点。我想起今天半流食间还剩两块核桃酥，就赶紧把眼泪抹干，去拿来给了他。十一床问我，是五好战士奖励不？我说是，他就高兴地接了过去，小心地把核桃酥揣进了兜里。

豆包在旁边撇嘴，说你又骗人。我说谁骗人了？豆包说你昨天晚上就骗十一床说他评上五好战士了。我说那不是骗人，是哄他回病房。豆包说就是骗人。我说你才骗人呢，你说敢去太平间，还没到门口就吓尿了。豆包忽地一下跳将起来，说我憋不住了上厕所还不行呀，那你还吓得把太平间钥匙扔地上了呢……等等，班长听出了毛病，眼睛顿时瞪了起来，说你俩过来，到底是咋回事？我和豆包顿时傻眼了。

班长把吴八佬和瓷瓶儿都喊过来，先问吴八佬知不知道我俩这事，吴八佬慢吞吞地说，我……知不道。班长又问瓷瓶儿，瓷瓶儿老老实实地承认知道这事。班长就火了，说迟丽萍你怎么不制止她俩？瓷瓶儿说我制止了制止不住。班长问谁的主意，我和豆包谁也不想承认。班长就点着我俩的鼻子说，高蕾、蔡小雨，今天你俩不把这件事给我掰扯清楚，我跟你俩没完！豆包迅速蹭到班长身边，把手伸到班长后腰处，飞快地掏出烟荷包，说班长别生气，让豆芽给你卷根烟抽消消气。她边说边把烟荷包往我手里塞，还使劲朝我挤眼睛。都到这会儿了，我心里再有气也不得不听豆包支使，只好接了过来。我卷烟是跟班长学的，卷着玩儿糟蹋了班长不少烟丝。我赶紧卷了老粗的一根烟，胆突突地递到班长面前。见班长接过去了，我就知道这事有缓了。班长刚把烟叼进嘴里，豆包就把火递上去了。等到班长嘴里吐出了烟，等到莫合烟草的刺鼻味道呛进了我们的嗓子眼儿，我和豆包这才觉得踏实了。

其实这事全怨豆包。就因为我当上学毛著积极分子了，豆包昨个儿一整天都中了邪似的跟我较劲，干脆扔下自己的活不干了，专门跟在我屁股后面挑毛病。我切完菜还没来得及收拾，她就咋咋呼呼地指责我，说积极分子干活儿还留尾巴，等谁给你擦屁股呀？看在她比我小两岁的分上，我懒得跟她一般见识，一直没稀得搭理她。正好班长喊，谁跑个腿把钥匙送门诊去？我！我和豆包一起大喊，一起伸手去拿钥匙。班长拿着钥匙在我俩眼前晃了晃，脸上的笑显然很有内容。我赶紧定睛一看，钥匙下面吊着一块木牌，木牌上写着三个吓人的大黑字——太平间。趁我迟疑的当口，豆包一把把钥匙抢到手，得意扬扬地跑了。

问题出在豆包送钥匙回来后找我寻衅，说我是胆小鬼，说我一见太平间仨字就缩脖了。我当然不服，两人就顶起了牛。也不知道谁先提的议，反正最后决定，由瓷瓶儿做见证，今晚天黑后我和豆包一起去门诊偷太平间的钥匙，一起去开太平间的门。我和豆包拉了勾，豆包说不去是小狗！我说东风吹战鼓擂现在世界上究竟谁怕谁！瓷瓶儿本来正转着圈劝说我俩，巴力也急得满地乱窜，一见这情形全一边歇菜去了。

晚上，我和豆包都按时到了门诊，但瓷瓶儿说啥也不肯来做见证。瓷瓶儿比我俩大，处事比我俩稳重，她说要报告班长。直到我吓唬她，说你要是告诉班长我以后就不帮你写讲用稿了，她才勉强作罢。我和豆包虽然不和，但行动配合起来倒挺默契。她去跟门诊护士搭讪，我就趁机溜进去把钥匙偷了出来。说实在话，手里拎着把写着"太平间"的钥匙，心里真挺瘆得慌。我假装镇静地对豆包说，走啊。豆包一仰脖，摆出大无畏的英雄姿态说，走！

刚出门我心里就打了个寒战，天太黑了，关键是还有风。风、雪、雨这几种天气我最讨厌风，无风的雪和雨都挺美，一有风掺和进来就全完蛋了，雨变狂了，雪变暴了，嗷嗷乱叫吹得人心烦意乱。我尽量稳住步子，硬着头皮往前走。太平间在院子深处的一个角落，原来是个油库，我们野战医疗所进驻后就当太平间用了。油库很小，只能摆放下一具尸体，旁边剩下点地方用来堆放所里的一应工具。好在野战所医疗任务不重，太平间基本空着，哪个单位需要用工具就到门诊去取钥匙。就因为班长用完工具还钥匙，才引起了我俩打赌。当然了，要不是知道里面没停放尸体，我俩是断然不敢打这个赌的。

刚拐过弯，就看见前面出现了一个黑影。只见那黑影幅度很大地摇晃着，飘飘忽忽地冲着我俩就过来了。我浑身一激灵，差点掉头就跑，但豆包抢先躲到我身后，死命地抓住我，拿我当她的人肉盾牌了。我无法挣脱，只好壮着胆子问，谁？黑影不应声，仍旧摇晃着向我们走来。豆包躲在我身后瞎咋呼，说你别往前走了，我可有枪！黑影还是不应声，继续迎面而来。

豆包急了，扯着嗓子大喊了一声，站住！黑影突然站住了。我感觉到了什么，回头看豆包，豆包也正扭头看着我。目光对视的那一瞬间，我俩立刻都明白了，几乎同时冲着黑影大喊，向我报告！对面立刻传来浓重的山东口音：报告！姓名常立舵性别男家庭出身贫下中农家庭住址山东省齐河县赵光镇公社赵西街俺爹叫常世仁俺娘叫刘桂花。原来是十一床，我的个天呀，差点吓死个活人了！我和豆包跑到近前一看，光头，脑袋上趴着一条大蜈蚣，脑瓜顶上的头皮直呼扇，没错，就是十一床。豆包立刻气急败坏地尖起嗓子凶道，十一床，熄灯了你还不回病房黑灯瞎火的你满院子溜达个屁呀！十一床说，我要当五好战士。豆包说屁……我赶紧把豆包拦住，对十一床说，五好战士都回病房了。十一床立刻急了，说班长咋没通知我呢。我说你不在病房，班长找不到你。十一床一听掉头就跑回病房去了。

我回过头恶狠狠地瞪着豆包说，你松手！豆包说啥？我指着手臂一字一顿地说，请你把爪子从我身上拿开！豆包这才反应过来，把抓着我的手松开了。我一看手臂上都被掐出血豆子了，就气不打一处来地质问豆包，你掐我干啥？豆包一开始还有点愧意，说那啥，我不是故意的。我说你就是故意的，你是胆小鬼，拿我当挡箭牌。豆包一听我说她是胆小鬼就不干了，马上强词夺理，说我要是不抓住你，你还不得吓跑了呀，我那是怕你临阵逃脱！我说豆包你简直就是墨索里尼！豆包说我本来就总是有理嘛，咋的？我说好了好了，我不稀得跟你吵，咱俩还去不去了？说老实话，被十一床这么一顿惊吓，我是真想打退堂鼓了。但我不能说，谁先说谁就输了，我想让豆包说出来。没想到豆包这会儿倒逞起能了，说，都说好了哪能不去呢，走呀！去就去，我心一横继续往前走，虽然脚下发虚，但我相信豆包肯定不比我强。我俩就看谁能挺过谁了，我心里想，就冲刚才豆包那副熊样，我就不信她能挺过我。

走了没几步豆包忽然问我，你知道十一床是怎么摔的吗？我说知道，不小心从哨位上摔下来的。豆包撇嘴说，切，才不是呢，他是故意跳下来的，想自杀。我说你又编瞎话。豆包说谁瞎编谁小狗，是他老乡说的。他老乡说班长不同意他当五好战士，他就爬到哨位上说不想活了。班长没相信，以为他是在吓唬人，没想到他真就跳下来，一头栽地上了。我说真的？豆包说真的，你没看部队都没人来看他吗？他老乡说大家都挺恨他的，整个连队都受他牵连，为这事他们班长、排长、连长都受处分了。我说难怪他整天五好战士不离嘴。豆包说就是。夜色像不小心兑多了墨汁一样，突然变得又黑又沉，愈发浓重得化不开了。我心里说不出是个什么滋味，只觉得堵得很。我俩沉默下来，谁也不说话了。

　　越接近太平间风越大，快走到门口的时候，一阵风从我俩面前呼啸而过，卷起地上的落叶在眼前上下飞舞，久久不落。我头皮一阵发紧，不由自主地停下了脚步。就在这时，豆包突然叫了我一声，豆芽！我冷不防浑身一抖，手里的钥匙牌啪地掉到了地上，声音在空旷的夜里显得格外响亮。豆包说，豆芽，我想上厕所。我紧绷着的心一下子松了下来，心里明白豆包是挺不过我了。我稳了稳神儿，捡起地上的钥匙牌，明知故问，那怎么办？豆包说憋不住了，我得回去上厕所。我竭力掩饰住内心的高兴，故意轻描淡写地说，那好吧，我陪你回去。往回走的开始几步，我俩还装模作样故作镇静，但没走几步就忍不住开始跑了，越跑越快，头都不敢回，一口气狂奔了回去。

　　弄明情况后，鉴于我和豆包合伙偷太平间的钥匙，企图夜里私入太平间，班长罚我俩切一整筐土豆丝。豆包总算消停下来，没工夫跟我较劲了。这家伙嘴灵但手笨，把土豆丝切得跟手指头似的。班长说蔡小雨谁让你随便改菜谱？豆包说没改呀。班长说那你告诉我今晚什么菜？豆包说炒土豆丝啊。班长说你这叫土豆丝吗？叫土豆条都憋屈，根本就是土豆块！见豆包挨训，我心里这个乐呀。不想班长扭头就冲我来了，还有你，高蕾，你是在剁土豆馅吧？我张了张嘴，真想顶班长，我切得是碎了点，但不至于是土豆馅吧？幸亏瓷瓶儿在后面捅了捅我后腰，我才赶紧把舌头缩回去咬住了。班长操起刀说，我来给你们做个示范。看好了啊，切土豆丝首先要切好土豆片，土豆片要切得薄，切得均匀，这样才能切出漂亮的土豆丝。只见班长飞快地甩着刀，唰唰唰切出来的土豆丝那叫一个细，那叫一个匀，简直漂亮死了。班长一边切一边说，你俩不是想去太平间吗，一会儿给你们个机会，吴八佬要去拿工具修车，我刚才跟门诊打过招呼了，让把太平间钥匙给他。等他取钥匙回来了,你俩就跟他去太平间拿工具。不过我可跟你们说清楚了,以后都得给我消停点,别再半夜三更出去闹妖了。班长越说越生气,使劲剁了一下菜板说,你们哪一个都比我金贵,哪一个出事我都担待不起,万一有个好歹我怎么跟组织上交代?!怎么跟你们父母交代?!

正说着吴八佬就回来了。奇怪的是,他手里不仅拿着钥匙,还拿着一瓶糨糊和一副挽联。班长问吴八佬,你这是干什么?吴八佬笨笨磕磕地说了半天大家才听明白,原来是工程连施工的山洞塌方了,当场牺牲了个战士,遗体已经送到太平间停放在里面了。吴八佬去取钥匙时,门诊护士正要去太平间贴挽联,就顺手把挽联交给吴八佬,让他帮忙贴到花圈上。

一听太平间里面有人,我心里就开始打鼓,头皮发紧,手脚冰凉。我抬眼看班长,无限期待地盼望班长能根据眼前的情况改变主意,别让我和豆包跟着吴八佬去太平间了。没想到,班长竟跟没事人似的,一边继续切土豆丝一边说,那正好,你俩帮忙去把挽联贴上吧。还正好?!我转脸看豆包,豆包的脸煞白,嘴唇翕动着刚要开口,班长就头也不抬地说,怎么着,这就怕了?你俩不是挺有本事的吗?黑灯瞎火都敢去,这响晴薄日大白天的怕个啥?豆包立刻梗起脖子改口,说谁怕了?瞥我一眼又说,谁怕谁小狗。我心里这个气呀,心想你咋回事儿别人不知道我还不知道吗?再说了,都当兵了还像个小破孩儿似的,整天把小狗挂在嘴边逞能。我使劲地白了豆包一眼说,谁怕谁知道,反正我不怕。班长说,哎,这就对了,来医院当兵早晚都得经过这历练。去吧没事,不是还有吴八佬呢吗。见我俩还杵在原地不动弹,班长突然凶巴巴地扬起刀,哐当一声砍在菜墩上,一脸不耐烦地挥手驱赶我俩,说赶快去赶快去,别耽误时间了,回来赶紧把这筐土豆切完。

我和豆包只好跟在吴八佬身后,怀着对班长的满腔怨恨,迈着沉重的步伐向太平间走去。吴八佬打开太平间门的那一刻,我和豆包连气都不会喘了。太平间真是太小了,迎门就是蒙着白布单的遗体,因为半边房子堆了工具,白布单两边只留有一人走的过道,花圈立在最里面,要贴挽联就得从白布单旁边走进去。也就是说，我和豆包必须分开从白布单两侧走到遗体头顶处，在那儿往花圈上贴挽联。

　　吴八佬先进去了，叮叮咣咣地折腾一气，拎出了一些工具。接下来，就轮到我和豆包进去贴挽联了。我看了豆包一眼，一看到她可怜兮兮的眼神儿心就软了。我捏了捏豆包的手，安抚她说，没事，你从工具那边进，那边过道宽敞点。我从这边进，咱俩一起往里走，然后我负责往花圈上贴挽联，你拿着糨糊瓶就行。豆包只能点头，连句话也说不出来了。我心一横带头往里走，一口气走到最里面才敢回头看，别说，豆包还真跟上来了。我和豆包分别紧贴白布单站在了两侧，我想把糨糊瓶递给豆包，但又不敢把手伸到白布单上面。豆包的手也伸了一下想要接，但立刻又缩回去了。我稳了稳神儿，咬着牙尽量抬高手臂，从白布单上面把糨糊瓶递了过去，豆包赶紧接过去了。我展开挽联在花圈上比量了一下，就伸手去抠糨糊，够了两下也没够到。我说豆包你别往后缩呀。豆包就狠下心把眼一闭，使劲把糨糊瓶往前一送，我这才抠到了糨糊。

　　刚刚贴好挽联，我就感觉哪里有点不对劲儿，扭头一看，太平间的大门正在关闭。还没等我反应过来，只听咣的一声，大门突然关上了。太平间没有窗，我们立刻陷入了一片黑暗。几乎同时，随着糨糊瓶摔碎的声响，我听见豆包发出了刺耳的尖叫声。

　　后来瓷瓶儿说，我们去太平间后，巴力显得十分烦躁，不停地在班长身边转悠。班长一开始还继续切土豆丝，但不知怎的突然就切到手上了，流了好多的血。瓷瓶儿吓得直催班长去包手，班长理都不理，扔下菜刀就直奔太平间去了。

　　后来班长说，他正切土豆丝呢，听到巴力喉咙里发出一种奇怪的声响，心里一阵慌乱，莫名其妙地就把手指头切了。看到手指头不断地流出殷红的鲜血，班长忽然有了一种不好的预感，当即扔下菜刀，赶紧往太平间跑。离太平间还有很远一段距离时，班长看见吴八佬在门口仰头看太阳，就知道不好。果然，吴八佬看完太阳，回过身就把太平间的门关上了。班长急得边跑边大喊，吴八佬吴八佬——但吴八佬又把耳朵关上了，一点反应也没有。班长眼睁睁地看见他把大门关上，落了锁，拎起工具走了。

我其实是被豆包刺耳的尖叫声吓到了。我知道，如果任她这样叫下去，我就会疯掉的。也不知道哪来的勇气，我一把抓住豆包的手厉声道，闭嘴！不许叫！豆包浑身一抖，尖叫声戛然而止。我缓了口气说，豆包别怕，有我呢，这是我的手，你抓住。豆包就哆哆嗦嗦把我的手攥得死死的。我俩的手在白布单上方紧紧地攥在一起，我能感觉到豆包的身体在抖，其实我自己也在抖，我们俩一起剧烈地抖动，带着白布单和花圈都抖动起来。我心里害怕极了，总觉得那张白布单随时会突然掀开，我俩必须赶快逃离这里。我对豆包说，豆包你听我的，咱俩就这样互相抓紧，一点点地往门口挪。我听见我的声音从颤抖的喉头挤出，像被挤扁了一样怪怪的，颤颤的，完全不像是我发出的声音。豆包已经说不出话了，我知道她在哭，因为我听到她吸溜吸溜不停地吸鼻子。

就在这时，门外传来了班长的声音，迟丽萍你追上吴八佬把钥匙拿来！然后又听见班长在门口喊，高蕾蔡小雨你俩再坚持一下，马上给你们开门！我和豆包一听到班长的声音，立刻就坚持不下去了，一起大喊班长，哭得稀里哗啦。班长隔着门吼道，哭什么哭？你俩听着，跟我一起喊：下定决心，不怕牺牲，排除万难去争取胜利！喊，大点声，再大点声！我和豆包边哭边喊，下定决心，不怕牺牲，排除万难去争取胜利！……真奇怪，这样一喊眼泪就憋回去了，身上不那么冷了，身体也不那么颤抖了。

门一下子开了，大片的阳光突然涌了进来，刺得我睁不开眼睛，眼前一片模糊——

我隐约看到吴八佬龇着虎牙说，班……班长，你听我慢、慢说……

我隐约看到班长冲上去狠狠地踹了吴八佬一脚，说，你他妈说个屁！滚蛋！

我隐约看到豆包破马张飞地冲出太平间，大喊吴八佬不揍死你我是小狗！

我隐约看到班长迎面走过来，笑着对我说，刚才语录背得不错，关键时刻想起毛主席的教导了吧？我说，嗯。班长突然正色道，别再矫情了，回去赶紧把讲用稿改了。我听话地点了点头。

  我使劲儿睁大眼睛,想把眼前看清楚点。但阳光太强烈,像无数根针一样刺向我,刺得眼睛生疼。我从不知道阳光有这么厉害,从不知道阳光会刺得眼睛这么疼,眼泪不由自主地流了出来,越流越快,越流越多……

原载《满族文学》2021年第2期

金仁顺

小野先生

小野先生是我的朋友莉央介绍来的。他是大学历史学教授，近年来很多精力放在东北亚近当代史的研究上。他对中国并不陌生，汉语也讲得不错。他要来长春，莉央跟他提起了我，或许我可以抽出一天时间陪他四处转转。

我跟小野先生约好上午九点在酒店大堂见面。那家酒店有七八十年的历史，坐落在城市中心的林地中。树林的年头比酒店长得多，建酒店时，为了不破坏景观和尽可能多保留一部分树木，楼房建得不高，分成几栋散落在树林中。

我过去的时候，提前了半个小时，空气清新，我下车去庭院散步。太阳升起来没多久，树林间的空气仍然湿漉漉的，青草和树叶的清香把人浸润其间，鸟儿在枝头上欢闹，时不时地，几只喜鹊在我散步的石板路上起起落落，人走得很近了，它们才展翅飞走。一个男人也在散步，头发是鸽子灰的颜色，穿着同样颜色的棉麻衬衫，腰杆笔直，姿态克制而内敛。我们交错而过时，他停下来对我颔首致意。

"——小野先生？"我冒昧地问了一句。

他愣了愣，随即叫出了我的名字，当然，也是带着"？"的。

我说是的。

我们一起笑了。

我问他什么时候到的，这里的气温和酒店还习惯吗，吃过早餐没有。

他昨天夜里到的；长春的初夏，温度宜人，这个酒店他非常非常喜欢，从他的窗子里能看到湖水，还有这么大的院落、树林和鸟儿，真是惊喜；他已经吃过早饭了，"酒店早餐很丰盛。"

他的汉语除了口音略嫌生硬，说得好极了。以他的语言能力，即使没有我这个业余向导，也能畅行无阻。

我问他想去哪里，可有计划。

他说没有，客随主便。

我跟小野先生说，每次外地有朋友来，最让我发愁的就是长春没什么可看的，不像黄河流域长江流域，文明起源早，很多城市有几千年的政权交替，宫廷官场战场诗坛各种抒写历史。人家清明上河、江山如画、诗情飞扬的时候，我们这里树林茂密、野草丰美，清朝时还是皇家狩猎之地，夏季碧波如海，冬季白雪皑皑，但朋友来的时候，你能带朋友看绿色或者白色吗？

"在我看来，"小野先生说，"长春是心灵幽深之地。"

他很认真，没有故弄玄虚也没有客气。

那就走着瞧吧。

我们往停车场走时，我给小野先生介绍说，他能从房间看到的湖是南湖，最早是日本人打造"新京"时，利用伊通河的支流形成的人工湖，既是风景也是城市的备用水源地。当年很多重要机构的选址都围绕着这个湖，比如说当年的满映、后来的长春电影制片厂；我们现在开车要去的新民大街，也通过一个纽扣似的街心公园，跟南湖缀在了一起。

新民大街是近一百年前规划建造的，八十年对于建筑物来说，不年轻，但也远远说不上老。街道中心有两条车道那么宽的街心花园，绿树如盖，芳草青青，桃花李花杏花刚谢，丁香花开得正当时，香气馥郁，远看像一条蓝紫色的河流。

伪满洲国时期的国务院和八大部——司法部、军事部、交通部等等，都在这条路附近。这些楼房的外观大致还是当年的模样——虽然有几栋楼后来又加盖了两三层，但为了协调，加盖时考虑到了原建筑的风格——土黄色基调，清水红砖，楼的转角弧度优美典雅，带着韵律，窗户原本是窄细的，其中有一半被现在的使用单位扩充加宽了；楼里面的举架很高，老旋转楼梯大部分都保留着，但有些局部结构被现在的使用单位改建了。新民大街的"T"字形尽头的"-"，是当时预备盖的伪满皇宫，最早参与设计的还有梁思成。

小野先生知道他，"了不起的建筑家。"

伪满皇宫刚打完地基，伪满洲国就覆灭了。新楼盖起来以后给了地质学院，这座生不逢时的宫殿被称为地质宫。

梁思成和他的夫人林徽因还在吉林省设计了另外一些建筑，火车站之类。在高铁时代，这些幸存的火车站风尘仆仆，小而倔强，有绝世独立的况味。

我们在伪满司法部的门前转了转，小野先生拍了很多照片。跟另外两栋变成了医院的老楼相比，这栋楼是医科大学的基础部，来来往往的人少，闹中有静。沿着楼房墙面，种着密密麻麻的丁香花，有一人多高，紫色白色开得烂漫无匹。

我跟小野先生说，很多年前我有个好朋友在这里读医科大学，我读书的学院离这里不远，上大学时经常走路或者骑自行车过来玩儿。这栋楼的地下一层，全是供医学院学生解剖学习用的尸体，泡在福尔马林溶液里。夜里在这里散步的时候，难免会觉得整栋楼阴森恐怖。但我朋友就不在乎这个。不过她谈恋爱的时候，有一次约会时在丁香花下面被几个男人劫持，他们带了刀，让他俩把钱掏出来，他俩乖乖就范了。事后我们讨论过那种状况下应不应该反抗，还因此质疑过她男朋友的男子气概和血性、勇气之类的问题。他现在是外科医生，手术刀用得很熟练，但即便如此，再遇到当年的情况，他仍旧会一言不发地把钱给他们。

"勇气是很难定义的。"小野先生说。

他说他从小到大,在学校里面一直被人欺负。

"我不知道为什么他们总是会选中我。我照镜子研究过自己的脸,也在商场玻璃橱窗的映像中审视过自己的步态,我看不出自己哪里不对劲儿。但显然那些人是能看出来的,他们总是能从人群中把我挑出来,开我的玩笑,骂我,打我,抢我的零用钱。"小野先生语气温和,说到最后笑了起来,"我的青春期过得非常悲惨。"

"您从来没反抗过?"

"没有,我总想着,忍一忍就过去了。语言上的侮辱,身体上的疼痛——"他说,"有一次我父亲悄悄跟在我后面——他早就发现我有些不对劲儿了,跟了我好几天也说不定。我被三个家伙拦住了,他们把我逼到墙角,骂我打我,让我把钱交出来。我父亲走过去,抓住最中间、个头也最高的那个家伙,薅着他的头发——"小野先生抬手薅着自己的头发,比画给我看,"就这样,把他掼到了墙上,他的鼻子差点儿被砸进自己的脸里,鼻血流得衣服都被染红了。另外两个家伙吓呆了,我父亲给了其中一个人一个大耳光,把他扇得蹲在了地上,另外一个被我父亲踢在肚子上,在地上打了两个滚。"

"哇!"

"当时我也是这样的反应,哇,好厉害!父亲平时经常一天几乎说不上一句话。那天他'修理'完那几个小子,盯着我看。我很惭愧,我觉得自己很丢脸,我后悔自己没跟那几个家伙决一死战,现在我在父亲眼里,是懦夫、蠢货、垃圾。我差不多能听到涌上他舌尖的话语:'我没有你这样的儿子,滚蛋!'但他什么也没说。他拉了我一把,让我站稳了,冲我点一点头,说了句'去上学吧',转身走了。晚上我放学回家时,他也没提这件事。说来也怪,那次事情过后,再也没有人欺负我了,虽然我照镜子时,看到的还是原来的自己。"

我们从新民大街转到松苑宾馆,开车的话,是一个很大的弧形,如果直线走路,其实并不算远。这里有栋老楼是当年日本关东军司令的宅邸,一样是庭院阔朗，树木高大。楼是欧式建筑，有尖状塔楼、老虎窗和壁柱，外墙的棕褐色面砖和灰白色沙岩石形成了色彩上的对比，正门入口处修建了喷水池。

这栋宅邸建成以后，没有谁能住得长久。第一位入住的是南次郎，然后是植田谦吉、梅津美治郎，山田乙三是最后一位入住的日本高官，他从这里被苏联红军押到了南湖的战俘营。他前脚被押走，苏联红军的司令官后脚就住了进来。但很快，苏联司令官也离开了，国民党的一个军长变成这里的临时主人。这栋楼的际遇，应了那句老话：铁打的营盘流水的兵。庭院中的景致倒是岁岁年年相似，流水落花，空自嗟呀。

老房子里面，通常藏着些老故事，这栋楼也不会例外。战争年代，生离死别都是常态，但官方资料里面鲜有记载。现在这里变成了酒店，人来人往，雨打风吹，又有多少人关心这里面曾经发生过什么。

酒店大堂有个用屏风隔开的茶吧，很清静，我们去喝了杯绿茶。新茶和热水是分别端上来的，我们自己把茶叶倒进杯里，然后看着杯底的小小碧螺慢慢舒展开来，变成鲜嫩的叶片，水变成了浅淡的绿色。

我对小野先生说，去年我和莉央在这里喝的是红茶，那时候是秋天，院子里枫叶正红，是另外的景致和心情。

当时莉央就住在这个酒店，我按约定的时间过来跟她见面。"你的心跳得很快，"我们坐下后，莉央看着我说，"你正在经历一些事情。"

我愣了愣。她说得对，前一天夜里我几乎没睡，心脏就像抗议似的，时不时地闹闹脾气。莉央是怎么看出来的呢？心脏是由骨骼肌肉皮肤包裹着的，还有一个橱柜似的胸腔，而这些又都隐藏在衣服下面；我更相信她是感觉出了什么……

"我读出来的。"莉央镇定而又从容，直视着我。

"怎么读出来的？！"

莉央说她最近参加了一个小组，解释这个小组的性质成分过于繁杂麻烦，就算她能讲清楚，我可能也很难理解，但简而言之，现在，莉央的大脑仿佛伸出了很多无形的触角，能捕捉到很多隐秘的信息。当然，只针对她关心的人。

我讲了我最近遇到的事情，粗线条地阐述，不用莉央开解，已经豁然开朗：多么简单的事情，为什么之前我却觉得身陷重重迷雾？

莉央也讲了她身上发生的事情——要不然，她也不会想到去参加那个小组——她出轨了。那个男人比她大十几岁，善解人意，非常温柔。

"跟他在一起，我才知道什么是爱！"莉央的语气变成了窗外的秋日暖阳，她的表情也被浇铸了阳光似的，有着黄金般的质感，"有那么半年的时间，每一天都很幸福。"

她跟她老公说了一切，然后从家里搬了出来。她现在没有办法专心写作，她要打两份零工赚钱付房租，养活自己。

"那他呢？"

"他离不了婚，即使离婚了，他也不会跟我结婚的。"

"这算什么啊？"我替她不值。他把她领到井底下，割断绳索就走了。当然，是以"爱情"的名义。"你不恨他？"

"你怎么可能恨一个教会你爱的人呢？！"

"您和莉央，"我问小野先生，"是怎么认识的？"

"我们在同一个大学参加创意写作班。"

"您不是研究历史的教授吗，怎么会去教创意写作？"

"我不是去教课，是去上课。"小野先生解释，"我教历史课，历史是浩荡博大的，它们记载的是大事件和大人物。可是，普通人在历史里面，像一粒灰尘，什么都不是，它们能起的作用可能只是让历史学家们因为灰尘过敏而咳嗽几声。可有的时候，在某些光柱里面，这些灰尘是能够被看见的，它们微小、轻盈，在光影里面颤动，舞蹈。我想，或许学习好写作技巧，就相当于有了一束能让灰尘显形、跳舞的光吧。"

"您想当作家？"

"不敢当，想学习写作。"

"可是，"我想起另外的事情，"莉央是很成熟的作家，她好像不需要参加写作班啊？"

"她不是学员,是授课教授的助教,而那个教授是我大学的同事。我们三个人经常下课以后去居酒屋喝一杯。"

"我和莉央是在中日韩三国的笔会上认识的。她看到作家简介上面写着我来自长春,就来找我。她的汉语把我吓着了,后来我才知道,她是在长春上完初中才回的日本。"

"是的,"小野先生点头,"我们聊过很多关于长春、关于战争的话题。"

"除了长春和战争,你们聊过别的吗?"我看着小野先生,非常非常想问他,"比如说爱情?婚姻?"

出门的时候,我把话题又转回建筑上来。现在的长春宾馆,其中有栋楼也是伪满时期的建筑,曾经是日本高官们欢聚的俱乐部,里面有个能容纳百人的小剧场,还有适合开派对的客厅,水晶吊灯,图案漂亮的地毯——对了,那栋楼的门楼很别致,很多摄影师都去拍过照片,有些年轻人拍婚纱照也会去那里。

长春宾馆对面原来是一座日本官员的私人宅邸,日式建筑,一条环形走廊把房间一间间连起来,走廊和所有的房间都铺着木条地板,上面刷着油漆。我曾经工作过的杂志社就在这套老房子里。后院有个天井,种着花花草草,下雨或者下雪时端杯热茶看着窗外,既文艺又治愈。那个地方适合棉布、音乐、老电影、忧伤,以及沉默。十几年前这座宅邸被拆掉了,取而代之的是巨大的火柴盒似的高楼。那座宅邸被连根拔掉,再也不会生长故事和情绪了。

我们在伪满皇宫待了一下午。

这个地方我平均一年来一次,每次来,发现它都有变化。首先是越变越大——不知道是它原本就很大,正在逐步复原呢,还是为了日益繁荣的旅游需求,变得越来越大;其次是越变越新,很多家具和用品都是新的,刻意做旧后摆在那里,结果就像涂了脂粉的脸,没有变好看,还失去了本色。

伪满皇宫是溥仪帝国梦的最后一程。真正操纵这个地方以及溥仪本人的,是当时的日本政府。无论是末代皇帝还是傀儡皇帝,都难脱悲伤和绝望。溥仪在长春住的房子和办公场所,房间狭小,空间逼仄,气息破落凋零。其中有一个天井,一棵树生得很好,但风水师说了,这恰恰是个"困"字。溥仪幼年少年都是在紫禁城里度过,纵使清末民不聊生,但他登上大位时,瘦死的骆驼比马大,气派还是有的。流落到长春这个伪满皇宫时,帝国于他,只剩下一个梦了。这是他的囚困地和伤心处:对外他是个摆设,是日本人的牵线木偶;对内,婉容不只是跟他情感破裂,还有了私情和私生子;他唯一的情感慰藉谭玉玲,得了场感冒被日本军医借机害死,他连替她讨个公道的机会都没有。末世的皇帝都悲凉,故国不堪回首,愁情一江春水向东流。

旧楼、做旧的家具、蜡像,小野先生都看得很认真,但真正让他驻足的,是游客们最走马观花的展览厅。厅里挂了很多当年的老照片,有原件复制品,也有放大件,黑白照片时间久了,变成了浅黄色,加上翻拍,人影有些恍惚。

每张照片他都认真地看过,尤其是有很多人的合照。我在他身后跟着,发现最吸引他的是那些次要人物。他们站在照片的后面或者边缘,为了认清他们,小野先生戴上了眼镜,一会儿踮起脚尖一会儿弯下腰去,一会儿蹲一会儿站,有时候靠得太近,鼻尖都快要贴到照片上了。

"您在找什么人吗?"我问他。

"啊,"小野先生好像考试打小抄被人抓住那样,笑了,"我父亲年轻的时候,曾经在长春服役过,下等军官。我在想有没有可能因为某种机缘,他被拍下来过。"

"哦。"

小野先生是天真还是忘了时间距离?七八十年前,拍照是个大事儿,哪里像现在,人手一只手机,有的人还不止一只,随时随地拍,什么都拍。就算他父亲被拍下来过,他认不认得出也是个问题,人的面相在一生中变化是非常大的。

"我也知道,这想法很愚蠢。"

说是这么说,在下一张照片面前,小野先生又像翻出多年前的毕业照那样,目光从一张张脸孔上筛过。

"小野先生——我是说您父亲,当年是做什么的?"

"是高级将领的卫兵。"小野先生说。

怪不得他和莉央能成为好朋友,他们确实有很多很多话题可以聊。

日本投降的时候,有一些日侨因为种种原因没能回国。莉央的外祖母死在长春,母亲直到"文革"结束才回去,莉央一度被寄养在亲戚家里,80年代末被接回日本。莉央在长春时,有自己的中文名字,很多人都不知道她是日本人。第一个知道内情的男同学是她的初恋。

我们在展厅里花费的时间太多了,出来的时候已经到了闭馆的时间,也是下班的晚高峰时间。伪满皇宫周围,集中了几大批发市场,光是服装城就好几栋楼,此外还有餐具厨具、日常用品、生鲜食品等等。行人、货物、私家车、公交,混杂在一起,就像滞重、黏稠的胶带,把交通焊住了。

"我在照片墙那里耽误太多时间了,"小野先生跟我说,"太抱歉了。"

我和小野先生在车里聊起另外一位小野先生。

"他是哪年在长春的?除了长春,还去过哪里?"

"他1940年入伍,1945年战败后回国。在长春的时候,他是士兵,在关东军司令部服役。"小野先生说,"那以后他去过哪里,我也不知道,他从来不说。"

"那您是怎么知道他曾经在长春的?"

"是他战友说的。"

小野先生高中时,父母离婚了。他妈妈跟别的男人好上了,留了封道歉信,离家出走。他问起妈妈去哪儿了,老小野先生把信给儿子看了一下。

"这么多年忍受着我,"他说,"辛苦她了。"

当时还是高中生的小野先生不知道说什么才好。父亲是个无趣的人,母亲经常跟他抱怨,他自己也感同身受。在家里父亲很少说话,也没什么笑容。他唯一的爱好就是读书,似乎也没有什么目的,只是读而已。有心事的时候,他独自坐在客厅窗前,或者门外木廊台上,一坐就是几个小时。他从来没讲过笑话,逗家人开心。也从来没对妻子甜言蜜语过,他好像从来没注意到她是个端庄雅致的女人,性情温良,厨艺极佳,她出门买东西时,男人们的目光总是围着她转。

小野先生停顿了一下,难为情地笑了笑:"您是作家,说出来只怕您也能理解。"

小野先生小学的时候就发现了妈妈出轨。那是樱花季的一天,下着雨。他放学买文具时,换了一条路回家,在一个胡同口,看见妈妈跟一个男人在伞下拥抱。那个人好像在讲什么好玩的事情,他妈妈笑软了身子,倚在那个男人身上。他转身跑开了。他怀疑妈妈也看见了他,不知道怎么办才好,心乱得像那一地被雨打落的花瓣,在外面磨蹭了一个多小时才回家。

他妈妈正往饭桌上摆晚饭,笑着对他说:"你回来了?"

他父亲那天没回家吃晚饭,这让他松了口气。母亲像平时一样,边吃饭边讲讲鱼店老板的玩笑,菜店伙计的闲话,茶叶店老板夫人的新衣服。她是那么神色自若,小野先生想,她其实一直在外面谈恋爱吧。

"我能理解母亲。"小野先生说,"母亲像朵花,父亲像块冰,冰不能滋养花朵,泥土、水、阳光才可以。"

父亲固然没有优点,但也没有缺点。他是银行职员,工作兢兢业业,不争不抢,深得上司和同事们的喜欢。家里需要男人做的事情,他做得一丝不苟,邻居家的事情也都帮忙做。他不酗酒,不打骂妻子儿子,也几乎没发过脾气。妻子花钱他从不限制,也不过问。妻子离开时,从他那冷静理智的反应来看,他或许早就知道她出轨。跟这样的男人生活在一起,小野先生的母亲只怕是怀着一种"食之无味,弃之可惜"的心情吧。

老小野先生对儿子只有一个要求:好好读书,考上好的大学,能一直深造下去。小野先生年少时,以为这是父亲望子成龙的心情,后来发现并不是。他父亲并不在乎他是否出人头地,他只是希望儿子能通过掌握知识变得强大。

少年时代,小野先生如果考试考得好,不仅能得到零花钱,父亲还会让妻子买牛肉和贵重的鱼回来吃。妈妈离家出走以后,他考出好成绩的时候,老小野先生会带他出去下馆子。

有一次他们去吃寿喜烧，遇到了老小野先生的战友。

他们坐下来点好了餐，陆续上菜的时候，一个包着头巾的男人从厨房出来，拍了老小野先生一下。"我看着就像你！"寿喜烧店老板激动地说，"我想过也许哪一天你会走进我的店，原来就是今天啊！"

"我记得父亲当时的样子。"小野先生说，"他的脸瞬间白了，整个人就像被咒语定住了。那个人好像没注意到这个，在他身上又拍又打的，父亲才慢慢缓过来，恢复正常。"

那个人跟老小野先生年纪差不多大，但性格截然不同。当年他们一起被征入伍，一起到了中国，战败后回了日本。他们拿到遣散费抚恤金，老小野先生利用当时对退伍军人的政策，去上了大学，读了个学位，毕业以后在银行当了职员；他的这位战友则开了寿喜烧店。

他们喝了一下午的酒，大部分时间，老小野先生只喝酒，不说话。即使他想说，只怕也插不上嘴。寿喜烧店老板话又多又密，话语从他的嘴里倾倒似的奔涌而出。他们是在去中国的船上认识的，因为大风，他们在海上颠簸了一天一夜。他们的心情也像海浪，想到异国他乡，想到战场，想到生离死别，思绪波涛翻涌。很多人都吐了，哪怕什么都不吃，也吐个不停，满嘴苦涩。他们没想到参军以后第一次对他们进行袭击的是海上的暴风雨。

在长春，他们俩在一个小分队，经常一起执勤。他们被长官骂过，被扇过耳光，也被踢过；他们一起去电影院看过电影，最喜欢的女演员都是山口淑子；他们一起去过妓院，为了掩饰心里的紧张，他们讲话很大声，说任何话之前先骂别人是蠢货、浑蛋。他们都没想到，苏联红军打过来的那天，从飞机上扔下来的第一颗炸弹正好落在那个妓院。他们还一起杀过人，三个中国人，他们死前的哀求声哭喊声现在还经常出现在他俩梦里；还有他们的血，那么多的血，像红油漆一样，弄脏了军靴的靴底……

那天他们喝了很多很多酒。开始的时候，寿喜烧店的老板娘把酒烫好后端上来给他们，顺便把他们喝空的酒壶拿走。她还应丈夫的要求，为老小野先生多上了两盘牛肉。后来太晚了，她不再出来了。寿喜烧店老板摇摇晃晃地抱来一坛清酒，打开后，把桌子上所有的空酒壶都倒满。

老小野先生醉了三天，他在房间里沉睡，偶尔起来喝杯水。银行的电话打到家里来——小野先生从来没有无故不上班，他们不知道他发生了什么事情。小野先生替父亲道歉，说他感冒发高烧，头脑不清醒，没有及时请假。

老小野先生酒醒后，瘦了一圈儿，脸色灰败，仿佛大病初愈。

小野先生试图跟父亲聊聊，他对那天酒桌上所有的故事都很感兴趣。他试着提了几次话头儿，但他父亲就像没听见似的。他在垃圾桶里发现父亲扔掉了那天离开时寿喜烧店老板塞进他衣服口袋里的名片。于是他明白，父亲再也不会去那家店了，偶然被推开的回忆之门，被父亲重新关闭了。

两年以后，他考上了大学。老小野先生以方便学习为理由，建议他在学校附近租房子住。假期的时候，他打工赚钱，跟朋友结伴旅行，回家也只是待上一两天就离开。他又去过那家寿喜烧店，老板娘没认出他来。他自我介绍了一下，提起那个喝了无数清酒的下午。

老板娘告诉他，三个月前，老板突发心梗过世了。前一天夜里他喝了很多酒——他天天喝，喝多也是经常的——早晨起床时，让妻子给他倒一杯水。她端着水杯走到他身边时，他抬起来的手臂突然垂落下来，眼神飘向她身后。"就好像我身后站着什么人，"她说，"把他的魂儿从身体里吸走了。"

小野先生大学毕业的时候，老小野先生来参加毕业典礼。典礼结束后他们一起去吃饭，小野先生对父亲提起他曾去过寿喜烧店，告诉父亲他的战友去世了。

"死在自己的床上？"老小野先生问。

"是的。"

"死在洁白干净的床单上？"

小野先生不知道寿喜烧老板家的床单是什么样的，洁白还是蓝色，有条纹还是印花图案。

"他不配。"老小野先生说，"我们都不配！"

老小野先生二十年前过世。他给小野先生所在的办公室打电话，请他那天晚上务必回家。小野先生下课后回到家，发现父亲穿着和服，雕塑般地坐在窗前。他叫了一声，没有回应，走到跟前才发现不对劲儿。

老小野先生把家里的东西都处理掉了，日用品杂物衣服鞋一样没留，房子空空荡荡的，他的身边只留了一盆兰草，遗书夹在草叶之间。

"他抹掉了他所有的生活痕迹。"小野先生说。

随着小野先生的讲述，汽车像一粒胶囊，在城市的胃肠里时快时慢地移动。夕阳的光一度强得让我们放下遮阳板，眯起了眼睛，而当我们来到预订饭店的门口时，天空的蓝色变得幽远深沉，夜晚前的光线细腻柔和。

晚餐我定在"长春1939"。在停车场停好车，往里面走时，一个穿马褂的男服务员替我们撩开了门帘，朝里面扬声喊道："贵客到——"声音朝店堂里面一直飘过去。

餐馆的装修更像个博物馆或者杂物馆，走廊设计成了百年前的老胡同，包房弄成了民国时代各种店铺的门脸，米店、布店、药店、杂货店，应有尽有。除了招牌，墙面上还贴了些旧海报和老照片。胡同中间铺了条有轨电车道，车是小型的，最多能坐四个人，移动的速度比人步行还慢，一路咣当咣当响，眼下坐在上面的是两个七八岁的小朋友。

"餐馆为了强调特色，打怀旧牌，形式大于内容。"我对小野先生说，"有些虚假，但感受一下也无妨。"

"您太费心了。"小野先生冲我点头，打量着四周，感慨了一句，"时光走廊。"

往包房走时，他很认真地打量着墙壁上面糊的老报纸和海报。

"很有意思。"他说。

"是什么契机，让您有了写作的念头？"吃饭的时候，我问小野先生，"如果我没猜错的话，您是想写写您父亲吧？"

"是的。"小野先生点点头，"当初考大学时我报了历史系，跟金融、国际贸易比起来，这是个冷门、很不受人欢迎的专业，可我觉得很有意思，回过头来想想，这其实是受了父亲和他那位战友的影响。寿喜烧店里那个夜晚的谈话就像一出戏剧，虽然我只看到几个碎片，却被深深吸引住了，我想知道更多的故事。"他顿了顿，又说，"如果我父亲是另外一种性情，比如说，像那位寿喜烧店老板一样喜欢回忆，喜欢交流，喜欢讲述，那我还会不会去学历史，研究东北亚的前世今生？可能恰恰是因为我父亲什么都不想说，我对历史才那么感兴趣。"

为什么他保持沉默？为什么他撑了那么多年，八十岁的时候选择了自杀？那场在小野先生出生前就结束了的战争，从未在老小野先生的生命中结束，它缩成了一只刺猬潜伏在老小野先生的体内，跟它战斗花费了老小野先生太多的精力，因此他无暇顾及妻子的出轨，对儿子的成长也关心有限。

年纪越大，对历史研究得越多，小野先生研究父亲的兴趣也越来越浓厚。最让他难以释怀的不是父亲的自杀，而是父亲对自己生活的清零。他是怀着什么样的心情，把一切杂事处理好，在空无一物的家中孤寂地死去？一想到这个小野先生就内心酸楚，为了缓解这种痛苦，他想改变一些东西，或许他可以用字词和叙述把老小野先生清除掉的东西一点一滴地还原回来。

"我知道这样做会漏洞百出，"小野先生说，"即使如此，也总好过一片虚空。"

吃完饭我们离开餐馆时，走到门口，小野先生停下了脚步，回头打量着拥有有轨电车的这条仿古胡同。

"假如真的有时光走廊，"小野先生问我，"我在这条走廊里遇见父亲，您猜会发生什么？"

我想象了一下："他会装作不认识您。"

"没错！"他双手击掌。

我们一起笑，笑得很大声，笑得停不下来，到最后，小野先生的眼泪都笑出来了。

原载《人民文学》2021年第2期

蔡 东

日光照亮北斗

感应灯随着脚步声依次亮起，赵佳穿过三道狭长的走廊，从天璇来到玉衡。

两个月前，赵佳和徐璐结伴来星寓看房子。那天下着雨，大雨从高处纵身而下，直扑地面。两人走出地铁口，各撑一把伞，一前一后走在雨中。一阵大风吹来，路边的大树和灌木倒向一边，雨中的世界随着风势倾斜了。两人弓着身子往前走，也不知过了多久，终于看见前方深蓝色的建筑群。

赵佳是在雨声中醒来的。窗帘拉得严严实实，屋里是阴雨天气特有的昏暗，也不知道几点了。她翻个身，指尖碰到手机，屏幕亮了。就在光亮闪过的瞬间，她浑身一激灵，看到了睡前还不曾存在于房间里的东西。

再次触亮屏幕，照向墙壁，只见那里凭空多出来一簇灰褐色的蘑菇。

她拨通徐璐的电话，说被你说中了，这里真不能住了。徐璐说，我这就上去。她愣怔一会儿，听见外面有响动，随便套上一件睡衣，打开房门把徐璐迎进来。她指着窗下，说，怪不得你总觉得湿冷，蘑菇都长出来了。徐璐凑近了，瞅见墙壁上渗出一层稠密的水珠，角落里的蘑菇似乎正在一点点涨大。

两人冒着大雨出门，接连看了几家青年公寓。清一色急切慌乱的装修，哪里禁得起细看，处处透着平庸、粗疏和不上心，似乎所有人已达成共识，不过是个晚上回来睡觉的地方，要求别太高。去星寓的路上，两人都提不起精神来了。

走进星寓接待处，先看到整面墙的彩绘，画面上方投下一束扇面般徐徐展开的光，一猫一狗一女孩待在蜜黄色、毛茸茸的光束里，宛若童话场景。边上一行字，"等你回家"，这话像一个有温度的肥皂泡，依然空洞，但至少不那么冰冷。前台带她们来到展示柜前，走近了，从高往低俯视，这才看得分明。七栋公寓楼耸立在一块绿地上，通过一道道长廊相连，赫然显出北斗七星的模样。最西边的一栋命名为瑶光，接着是开阳、玉衡、天权、天玑、天璇、天枢。好半天，赵佳回过神来，说，北斗落在地上。徐璐摇晃她的手臂，说，不，咱俩这是要住到天上去。

看到价目表，两人就不兴奋了，在前台磨磨蹭蹭，没有租下来的决心，也舍不得就此离开。工作人员退到一边，并不相劝。好房子不愁租，推销太热情反而掉价了。

雨声渐渐稀落，赵佳透过接待处的两扇玻璃门向小区里看，玻璃门外站着一棵白玉兰树。一片叶子正离开树枝，姿态美妙地往下落，中间随风翻转一下身体，继续飘坠，最后啪嗒一声坠入地上的积水。接待她们的工作人员建议，要不你们去里面转转。赵佳拉着徐璐，推开玻璃门进入小区。一只暗绿色的绣眼鸟从玉兰树的枝叶间飞出，在空中画过一道半弧。叶子上的雨珠簇簇落下，落在她们的头顶和肩上。眼前是瑶光楼，也就是勺子尾巴所在的位置，从瑶光开始，一排公寓楼次第延伸，逶迤而去。赵佳测一下方位，说，还是夏天的北斗七星呢。

一时恍惚起来，逝去已久的夏夜从时光的深处汩汩涌出。遥想那些年，暑气最盛的日子里，晚饭就挪到院子中的石桌上了。晚饭最常吃的是凉面。黄昏时分橘红色的天光下，面条安静地浸泡在冷水里，等候配菜和调料鱼贯而来、炒豆角、烧茄子、黄瓜丝、芝麻酱、蒜汁。吃过凉面，赵佳把折叠钢丝床打开放在一丛月季花旁，拿把蒲葵扇躺上去。她轻轻摇动扇子，仰面看着天空。夜晚是从天空深处渐渐渗出来的，耐心弥漫出一大片宁静的深蓝色。第一颗星星出现了，接着，繁星浩浩荡荡而来。满天星辰中，北斗七星和北极星是最好辨认的。夜渐深，她半闭双眼，似睡非睡。猫在院墙上走动，时有凉风吹来，裹挟着墙角晚香玉的香气，纱门被风甩到木门框上，砰的一声，随后小院陷入更深更庞大的寂静中。时光从容、悠闲、没有穷尽，仿佛日子会一直这样过下去，无所用心地过下去。那时候并不知道，良夜去而不返，家里的平房不久便拆迁了，明亮的灯火黯淡了星空，难以复现的，还有那个年纪的心境。

两年前，赵佳再次遇见北斗七星。她跟恋人瞿一行去黄山游玩，爬到排云亭已是下午。一路上先是毛毛细雨，接着阳光普照，忽然又一场骤雨。傍晚时分，天色依旧明亮，两人站在亭前平台上，只见前方豁然开阔，郁郁苍苍的群峰一览无余。起先，浑圆的落日挨着一座瘦削的山峰，似乎站住不动了，不知不觉间，它从高处的山峰走到低处，天色暗了一层。瞿一行忽然大叫一声，赵佳循声看去，见云雾从峡谷里升起，带着澎湃的声响般轰隆隆涌上来，雪白的云块在松石间翻卷，质地轻盈的云烟被风一吹就散开了。一朵云挂在一棵老松上，缠绵缭绕许久，一丝一丝地飘走了。云海消散后两人来到附近的餐厅，吃过饭，天已黑透，走出来立刻感觉到山间空气的清寒冷冽，让人浑身一凛，紧接着，远处的星空已迎面而来。旁边的小男孩喊道，那是天狼星！赵佳仰起脖子，漫天的星星蜂拥至眼前，真叫人眩晕。定了定神，她先认出来的依然是北斗七星，随后，竟用肉眼看到了银河带。银河悬挂在夜空一侧，亮而轻。在意识到那是银河的一瞬，空气仿佛凝固了一般。她跟瞿一行对视一眼，两人都说不出话来，瞿一行有些笨拙地搂住她。夜静更深，银河延伸到更远的地方，银河中心似乎出现了一个巨大的、无底的旋涡，浩大壮丽，又散发出令人心悸的气息，叫人忍不住低下头去，不敢多看。山风吹来，映在岩壁上的树影随风摇晃，赵佳缩缩脖子，身体紧偎着瞿一行。山上的夜晚犹在昨日，男友却早已是前男友了。

两个月前下雨的那一天，赵佳和徐璐站在瑶光楼前，只见开阳居于东北方向，玉衡、天权与开阳微有错落，天玑陡然南下，天璇转东，天枢径直北上。七星匝地，在雨水中闪动着深蓝色的幽光。

　　某个时刻，赵佳觉得自己被摄了魂，被什么东西深深打动了。只是理智没那么容易溃散，仍在老练地等待激荡的情感重归平静。她暗中劝自己，别为一个名字冲动，这里并不是离天空和太阳更近的地方。正要转身往外走，一只手拽住她。徐璐的声音从身后传来，佳佳，等新游戏上线就有一笔奖金拿了，咱们住得起。赵佳停下脚步，看同伴一眼就知道她真动心了。徐璐又说，来，这次咱俩都选有阳光的房间。听到这话，赵佳的眼睛也亮了。

　　一直到签合同的时候赵佳仍在做徒劳的辨析。她俩决定住进星寓，不是因为画册上"高品质青年社区，城市理想家"的宣传，那更多的是一种安慰，里头也含着些善意；也不是因为社区里恍如美剧场景的、巨大滚筒一起转动的自助洗衣房，真实的生活像卷心菜的叶片般蜷曲在一个个单间里。可是，她们被某种更虚幻的东西打动了。狭长不规则的地块上，七座公寓楼站立成星座的形状，风雨之中，神采焕然。眼前的景象显得有些不真实，那股奇异浪漫的气息在她们的生活中已近乎绝迹。因为罕有，所以更无从抗拒。暗处好像藏着一个人，了解她们，也知道她们想要什么。

　　我们住在北斗七星上。说话时徐璐一脸神往，双手用力交握在一起。她不是爱激动能咋呼的人，只是地下的小屋被命名为天上的星辰，这让人头脑发热，让人再度揣起满怀的浪漫和希望，让人误以为住进这里便拥有了真正的生活。赵佳嘴上不说扫兴丧气的话，心里却不踏实。徐璐那组开发的游戏在内部竞争中不占优势，别说拿奖金了，赵佳担心同伴很快会被优化，也就是被新鲜能干也更便宜的劳力取代。以前的人丢工作叫下岗，轮到她们时，叫被优化了。

　　此时，赵佳穿过三道长廊，从天璇来到玉衡。徐璐住在玉衡楼的东头，屋门已打开，火锅的香味飘在楼道里。赵佳走进来，见小方桌上放着羊肉卷、平菇、冻豆腐。屋里没有多余的椅子，她往地上一坐，水蒸气立刻扑到眼镜上，眼前一片迷蒙。她上来就说，有事跟你商量。徐璐问，啥事这么严肃？

赵佳摘下眼镜，用棉T恤擦拭镜片，说，我爸妈又要来。徐璐紧张起来，说，他们到底放心不下，是来看阳光吗？因为在欧佩君房间里拍的那张照片吧！

赵佳来深圳有些年头了。盛夏的季节，暮色降临的时刻，她坐上一列火车，看着求学多年的城市越退越远，逐渐消失在沉沉的夜色中。一路向南，风景变换，不变的是车轮滚过铁轨的声音，哐当哐当单调出了一种地老天荒的感觉。她想起天气预报里自北向南而来的寒流和雨雪，一场又一场，它们走的路程可真远啊。历经一个完整的昼夜，终点到了。她拖着行李，走进潮湿稠厚的空气中，身上露出来的皮肤立刻变得湿漉漉的。出了站，先注意到的不是建筑物，而是层层叠叠的绿色，凡有土的地方都生长着植物。这里树木长得密，长得野，长得健壮，绿到发黑了，成了精一般在夜色中呼呼喘着气。路边一丛丛灌木蹲伏在黑暗里，细看上去，叶片肥大，色彩浓重，散发着动物般的生命气息。

那时候，徐璐、瞿一行和欧佩君尚未走入她的生活，满眼的植物也是陌生的，叫不出名字来。她住进一家小旅馆，熬夜在网上找房子，把"性价比高"的房子记在纸上。几天内她把房子看了个遍，看完一处就默默拿出笔来，用一道横线把它划掉了。标价便宜的房间大都没有窗户，她颇震惊于这个事实，一座阳光充足的南方城市里居然隐藏着这么多开不了一扇窗的房间。

她对南方最初的想象，是长满了一座座闪闪发光的金色楼房的城市。她喜爱阳光也渴望独居，只是承受不了两者兼得的租价。几天后，她选定了一间朝西的合租房。租约签一年能打折，为了确定的折扣，她愿意承受长租一年带来的各种不确定。

小屋的窗户朝西，下午的时候，阳光会在某个时刻照进小屋，刹那间，如群鸟在长久的静默后突然开始鸣叫。她喜欢那骤然变得明亮的一瞬，黯淡局促的空间变得通透，有生气，充满希望。屋里的温度很快升高，她宁愿把空调风量调到最大，也不肯用窗帘遮住阳光。小屋里，窗框的影子投在地上，悄无声息地往远处伸展。阳光乍现，如金色的潮水汹涌而来，转身离去时却是踟蹰的，脚步徘徊，缓慢挪动。薄暮时分，夕阳低悬于道路的尽头，疲倦的光线斜斜地扫过来，当最后几缕光线几乎贴着地平线照过来，楼房、街道、树木仿佛被温暖的松脂包裹，正在缓缓凝固成一大块琥珀。

周末，赵佳跟家里例行通电话，父母你一句我一句，说心里闷得慌想去看看她，说着说着赵佳才发现他们已买好车票。赵佳嘴上埋怨你俩也不问我有没有空，心里却有些难过，父母老了，老得足以变成小孩子了。对了，他们还坚信核桃露可以补脑子呢。

二老坐上南来的火车时，赵佳去宜家买了几件小摆设。细陶瓶，花瓣形的蜡烛托，人造豌豆花，花茎里面是细钢丝，可以任意弯折。十几块钱的小东西往屋里一摆，敷衍度日的气息退散，有了点用心生活的调调。

第二天下午，赵佳去车站接父母，在人群中认出他们时，她眼眶热热的。赵佳妈身穿一条印花连衣裙，一见女儿就说，佳佳，南方天气热，我特意买了件冰丝裙子穿。赵佳不用摸就知道那是化纤的，嘴上却混过去，嗯，不沾身，看着就凉快。赵佳嘱咐出租车司机绕到主干道上，好让父母对深圳有个大致印象。路上，父母对车窗外掠过的著名地标毫不在意，他们关心的是女儿的落脚之处，问房间有多大，离上班的地方远不远。虽然小屋经过突击装扮，赵佳还是觉得没什么可说的。只是个短暂停泊之地，她别过头去不愿多谈。

赵妈走进房间，没注意到精心摆放的装饰品，倒迅速发现朝西的窗户。她说，这是西晒的房子啊？

老妈，你知道这点阳光多稀罕吗！赵佳一步迈进阳光里。

稀罕？南方不有的是阳光吗。母亲低声说。的确，这里一年四季满城清透的阳光，不像赵佳的老家，太阳常在浓雾后挣扎，苍白的光把小城照得更加荒芜。

父亲拉动窗帘，遮住一小半窗户，说，毕竟比北向的房间好。赵佳这才注意到，窗帘早被晒得褪了色，从一种颜色变成另一种颜色。小房间变得燥热起来，她打开空调，空调外机总是激动地颤抖一下才开始工作。凉飕飕的风吹出来，心里的燥热仍在升腾。她猛然意识到房间有多小，一家三口挤在里面，呼吸的空气都不够用。她把父母引到客厅嘴唇形的二手沙发上。两个老人被玫红色的嘴唇含着，看上去有点滑稽。

父母快速进行眼神交流，母亲调整神色，说初来乍到的，有个地方住就不简单了。父亲跟着附和，先站住脚再说。他们起身去公用的厨房考察，对灶台上的陈年油垢视而不见，说能做饭就好。说到晚餐，赵佳提议出去吃，赵妈坚持为她烙茴香馅的盒子，强调还是"家里"的味道好。经过一番不太激烈的争论，赵佳最后一次确认，不嫌麻烦吗？赵妈说，吃饭还有怕麻烦的？

三人来到附近的超市，遍寻蔬菜区，未见茴香苗。赵妈询问超市的工作人员，有的人听都没听过，有的人表示知道，把他们带到调料区，拿起一瓶小茴香递过来。赵妈摆摆手，不对，是蔬菜。工作人员一脸茫然，说那就没有了。这会儿，赵佳也开始想念起那宛若绿色羽毛、散发奇异香味的菜苗了。记忆里它总在春天时出现在北方小城的菜摊上，即使远离了土地被扎成一捆一捆的，它依然是身姿优美的蔬菜，亭亭玉立，远远看过去像绿雾一般的文竹。

赵妈有些沮丧，她不得不拿起两把壮硕的芹菜，将晚饭更改为包芹菜饺子。

几天后，赵佳送父母去车站，一路活跃气氛，唯恐冷场。父母看上去多了心事，但嘴上只说让人高兴的话。优等生女儿的新生活和预想的不一样，他们心头积滞了太多需要消化的东西，羞愧和着急也是有的，凭那点退休工资，看样子也帮不上大忙。赵佳目送他们进站，在栏杆外挥手。他们真老了，脸上是怯怯的又带点恍惚的表情。她故作轻松地笑，别担心，都是暂时的，只要努力，未来总比现在好。

漫长的夏天快要过去了，早晚时分有了些模糊的秋意。有一天早晨，赵佳正准备出门，忽地瞅见了什么，人就定在那里了。她在小屋的墙壁上发现了一小片阳光。她惊喜地看着这片淡金色的阳光，舍不得移开眼睛。长方形的光斑像精灵一样，会忽然跳动一下，又重新落回到墙壁上，静静地趴着。

大清早的,你从哪里来到朝西的小屋呢?她往窗户外面看,看到了阳光蜿蜒的来路。晨间的阳光打在对面楼房的一块玻璃上,折射进她的小屋,穿过窗户,落在墙壁上。

　　过了一段日子,随着太阳的移动,这一小片阳光消失不见了。她盯着空白的墙壁,盼望它会再次出现,等了一阵子才死心,看来要等到下一年了。

　　搬离小屋后她还是经常想起那一小片阳光,心里暖暖的,像在怀念一个亲密的好朋友。

　　从房门走到床铺是五步,从电脑桌走到厕所,只需要三步。地上铺着半米见方的米色瓷砖,长七块瓷砖,宽四块瓷砖,就是一个房间了。

　　几年时间里赵佳搬家数次,在一套套合租房中辗转居住。去外面吃饭她依然喜欢找靠窗的座位,敞亮,光线好,但她已习惯了居所的昏暗,进了黑洞洞的房间,如鼹鼠躲进地洞。从一块屏幕到另一块屏幕的循环往复几乎构成了生活的全部。工作日从早到晚上班,靠人体工学椅支撑腰背和颈椎,所谓休息日,便在睡觉和看剧中度过。

　　唯一的城市历险是挤地铁。一日在地铁上看到广告,宣称"品质租住"时代到来,打广告的是一家叫"窝暖"的青年公寓。"窝暖",这名字真叫人神往,赵佳记下电话,打算周末去看看。

　　一拖就是几个星期,直到一墙之隔的合租者又在弹吉他唱《花火》。每次到"现在我有些倦了"这句,他就试图唱出沙哑的感觉。怪异的声音穿墙而来,赵佳从《基本演绎法》的剧情里抽离,离开显示屏,离开穿透晶状体对视网膜造成损伤的短波蓝光,关上电脑,走出房间。去"窝暖"的路上,一个日光充足的亚热带世界徐徐在眼前展开,马路上,公园里,建筑物的玻璃幕墙,到处闪烁着阳光。路边的植物高低错落地生长着,在争夺阳光的生存博弈中形成了交织镶嵌的精巧结构。而此刻为行进的汽车提供动力的透明燃料,亦是储存了上亿年的太阳能。她把手伸到车窗边,阳光落进手掌里,生动,欢悦,它经过一亿多公里的太空旅行抵达她的手掌,带来真切的光亮和温暖。

虽然一眼就能看出窝暖是从工业厂房脱胎而出，虽然经过观察，识破了公寓管家用手机放录音假装不断有人租下房间的小诡计，赵佳还是被管家的话打动了：哪怕房间再小，也是独立空间。是呀，不用做贼一般地上厕所，不用跟陌生人共用一个门户出入。可以大声打电话，可以慢腾腾地洗澡，可以穿着睡裙到处走，可以自在畅快地呼吸，当然也可以坐在光线最好的地方晒太阳。

从房门走到床铺是五步，从电脑桌走到厕所，只需要三步。脚步即可丈量的房间，却独门独户，还拥有一面通透的玻璃窗。窗外的围墙下栽种着一排竹子，修长的青竹，竹节圆润的罗汉竹，都是年轻竹子，像刚刚经过变身改造的公寓一样新鲜翠绿。最后选房时，她在西向的房间后勾了对号，她告诉自己，因为西面能看到竹子呀。其实是经过精确计算，朝南的房间负担起来有些吃力。人有时候就是差一点，怎么也够不着。

无论如何，她一个人住了。休班的时候她喜欢在窗下坐着，一坐就是半天。时间悄悄流逝，不知不觉，阳光变软了，紧绷了一整天的世界也松弛下来。

黄昏是光线不断发生变化的时段，眼前熟悉而直白的景物笼罩在朦胧光晕里，有了明暗和虚实。西边天空的颜色有时是温柔的玫瑰粉，一层层微妙渐变，不露痕迹地柔缓过渡；有时热烈斑斓，不知哪里泼出来的金红色漫天流淌，简直是伦勃朗式的颜料堆积和华丽厚涂，未干的巨幅油画铺展了大半个天空，映得地上通红通红的，天地间涌动着一股摄人心魄的神秘力量。赵佳心里感叹，最美丽的色彩往往不是来自"产品"，而是由自然赋予，比如张掖的砂岩、五角枫的叶子、金刚鹦鹉的羽毛。当夕阳滚落光线隐没，天边的鲜丽油彩随之消失，一切都沉入淡淡的墨色里，窗外的世界仿若一卷素净水墨。

赵佳的父母又来探望，已学会了假装不在意阳光，赵妈因窗户小晒不进太阳得关节炎的早年往事也不提了。赵爸把老家带来的土特产食品放在桌上，赵妈进门几步就走到床边了。她坐下来，从包里取出一样东西递给赵佳。赵佳没想到是一小株豆瓣掌，用白色塑料袋裹着。赵妈说，家里豆瓣掌折下来的。记得咱家的豆瓣掌吧，越长越旺分了好多盆。这东西皮实，插在土里就能活。赵佳拿过来放在手心里细看，豆瓣掌吸饱了阳光，叶片油亮，绿如碧玉。父母对房间的大窗户很满意，夸赞几句，但他们只在屋里略一停留就出去了。赵佳往冰箱里放土特产，听到他们在楼道里小声议论，什么青年之家，这不就是筒子间吗，又兴回来了。还有，你看见了吧，迷你冰箱迷你沙发迷你桌子，跟小孩过家家一样。

赵佳环视房间，米色地砖，蓝色窗帘，统一配备的家具固定在它们应该待的地方，不越轨，不逾矩。或许安迪·沃霍尔也不会想到，可以大量复制的不仅是可乐瓶和梦露的脸孔，还有房间和生活。入住前管家对墙面拍照留底，警示墙上不能挂画不能挂照片。管家说，可以"装饰"房间，但退租的时候要恢复原样。所有这一切，凝聚成一种叫作暂时感的东西。人们都学会说了，租来的地方也是家，但无论赵佳怎么布置，眼前都不像家居生活的场景，狭小的空间不耐分隔和迂回，缺少隐藏和留白，就这么直愣愣地把一个人的生活和盘托出了。

父母走后，赵佳把电脑里关于海洋、草原和荒野的纪录片翻出来，有空就打开，看两眼开阔苍茫的自然风景。

她也来到一个开阔的地方。四下一望，看不见墙壁在哪里，周围是大片的空地。她走两步，心里纳闷，怎么好像走在空旷的野外呢？突然一个趔趄，身体沿着一段斜坡往下滑，滑到最底下停住了。坐起来，看见一道长长的白色沟壑。站直身体，用胳膊扒住沟壑上缘往外看，一个米色的世界朝着远处延伸，望不到边际。不是纯粹的米色，细看上面布满烟丝一般明暗交错的纹路。她攀爬出来，又经过几道沟壑，眼前暗下来，仰头看去，一大块厚重的帷幕沉沉垂落，帷幕表面有粗糙的凸起，还垂下来一根根蓝色的绳子。她跳起来抓住一根绳子，手臂一使劲，身体在空中来回荡起来。

荡了一会儿，她顺着绳子溜下来。巨幅布料的下面有两道棕色的深沟，她越过深沟，看见前方躺着一只绿色的小船。她走啊走，走到小船前面。小船通体碧绿，泛着清光，两头尖尖的，船身上排列着一道道清晰的平行纹路。她跳进小船，仰面躺下，阳光跳到她身上，在脚尖和胸口间来回蹦跳，全身暖烘烘的,她翻身侧躺,阳光也跟着她移过来。她小睡一会儿,睡醒后离开小船继续往前走,走到一处阴影里,仰头看去,头顶上罩了一把黄中带绿的大伞。她走到有亮光的地方,抓住一个柔嫩的绿色弯角往上爬,伞面上竟如此宽阔,像一面巨大的手掌向四周伸开,手掌中间是一条由细变粗的路。她沿着手掌中间的路往前走,看到无数条浅绿色的小路通向手掌的边缘。不知走了多久,路消失了,她从路消失的地方往下跳,双手扶地,双脚重新踩在一大片米色上。地方真大,云天一般空阔无边,她在大片的米色上尽情翻滚。

可这是哪里呢?越想越迷糊。地面上有一根看上去很柔软的长棍,她俯身细看,长棍一头是白色的,一头是金黄色的。再往前走,又有一根软软的长棍,她枕着长棍躺下来。

一头是白色的,一头是金黄色的。这颜色很熟悉,她记得在哪里见过。闭上眼睛再睁开时,好像一道亮光从眼前闪过,她认出来了,刹那间也知道自己身处何地了。

入住前打扫房间,扫起来一小堆猫毛,原来前任租客是养猫的。清洁后,角落里、下水口里还积着不少猫毛,扫地的时候也经常看到几根猫毛飘起来。猫毛上有两种颜色,根部是白色的,前梢那里变成金黄色。

原来仍在窝暖的房间里,只是她变小了。沟壑是瓷砖间的白色勾缝,表面有蓝绳子的是猫爪挠过勾丝的窗帘,棕色深沟是推拉门轨道,绿色小船是一片竹叶,黄中带绿的大手掌只能是梧桐树的落叶了。

她喉咙干渴,想喝口水。沿着桌腿往上爬,爬到桌面上,看到平时使用的玻璃杯装着半杯水,此刻分明是一个透明的巨型圆柱,不慎掉进去就好比坠入深湖。她向四周呼喊,谁把我变得比蚂蚁还小,能变回原样吗?不,不用变回原样,比现在大一点就行。大一点是多大呢?大概就是玩具屋人偶的大小吧。这个比例正合适,家具和物品不再是庞然大物,可以正常使用,同时屋里又能分隔出两个空间——她不贪心,需要的仅仅是把日常活动的地方和睡觉的地方分开来而已。

继续呼喊,无人应答。突然水杯翻倒,一股洪流冲过来,她徒劳地奔跑跳跃，但转瞬间就被大水淹没了。

醒来时，雨已停，玻璃窗上挂满雨滴。她躺在小床上，眼睛看不见那排竹子，但脑海里浮现出一幅画面：竹叶淋了雨，颜色豁然鲜明，是一种冷冷的、清脆的绿色。一阵风吹过，竹子摇动，萧萧作响。她凝神遐想，围着她嬉戏的阳光是怎么回事呢？就叫它小阳光吧，从云层后面偷偷溜出来，找小人一起玩耍的小阳光。

赵佳住进星寓的第一晚就认识了欧佩君。那天夜已深，她听到敲门声，还以为是徐璐过来找她。打开门，看到一个穿湖绿丝质吊带裙的女孩，妆很浓，嘴唇上敷着一层果冻般的唇釉。女孩说我叫欧佩君，住隔壁，找你借个红酒开瓶器。赵佳摇摇头，说不喝红酒。欧佩君说我再问问别人。赵佳不知道她为何深夜借开瓶器，但租房这么多年头一回有人敲她的门，"邻居"这个词重新出现在她的生活里。

这之后，她经常看到隔壁的门敞开着。她偷偷往里看，有时候看到欧佩君坐在粉红色梳妆台前，面对支起来的手机，捏着嗓子说话。有时候屋里还有一个拿相机的人，身体快趴在地上了，对着欧佩君啪啪按下快门，而欧佩君不理镜头，压住下巴低头看地面。拿相机的人时而鼓励：又仙又美！时而提点：跟身边的火烈鸟玩偶互动一下！

一个周五的晚上，赵佳接到欧佩君的邀请，说周日下午我要拍一组大片，来玩吗？她问，在哪儿？欧佩君说，还能在哪儿，在房间里。她点点头，说还有一个朋友也住星寓，能一起吗？欧佩君说，叫上她。

周日天气阴沉，午后开始下小雨。赵佳和徐璐来到欧佩君的房间，只见阳台堆满纸盒，床上到处是衣服，地下扔着快餐盒。欧佩君的房间似乎总是处在搬家前的紧急状态中。这会儿，房间中央的一块地方收拾出来了，摆着胡桃色圆几，几脚有弧形雕花，看起来很不日常。圆几上立着几本外文书——嗯，外文书的书壳，还有一盆龟背竹。赵佳忍不住摸摸叶子，是塑料的。这块收拾干净的地方不具备真实感，如临时舞台的布景。

徐璐看看外面，说赶上了阴雨天，光线不好。

别担心。欧佩君转过头来,等下让你们看看什么是阳光感。

让赵佳心头一震的,不是欧佩君只画了一边的眼妆,而是她嘴里的词语:阳光感。

摄影师就位,欧佩君说再等等,等小男孩到了就可以拍了。赵佳和徐璐对视一眼,心里都在想,还有小男孩要来呀?

小男孩一身卷曲的白毛,眼睛像黑豆粒,毛茸茸的耳朵耷拉下来,松软的脖子上系着亮蓝色丝巾。小男孩是雪白毛线团般的贵宾犬。

欧佩君揽住小男孩,坐在圆几前,抬头,低头,时而绽开笑容,时而出神地看着远方——远方是近在咫尺的墙壁。快门快速按动,小男孩试图从陌生的怀抱里挣脱出来,被欧佩君摁住头,摆了个亲吻的造型。

与狗狗的拍摄告一段落,欧佩君把小男孩交还给主人,说再见啦,小男孩。她走进卫生间,再走出来时,身上的拼色卫衣换成了白色廓形衬衫。她坐在方凳上,转身在床上找着什么,很快,她从散落的衣服中扒出来一个东西。

赵佳定睛一看,呆住了。欧佩君扒出来一把全新的铲子,是那种中间有几道条形沟槽的漏铲。接下来,让赵佳更想不到的是,摄影师拿出一个手电筒,旋转开关,昏暗的室内立刻出现一束光。他把手电筒交给赵佳,接着,欧佩君把漏铲递给徐璐。

欧佩君说,没有阳光我们就制造阳光。

按摄影师的指示,徐璐站在欧佩君的侧面挥动铲子,赵佳用手电筒照向铲子,栅栏般的光影落在欧佩君身上。赵佳看着柔和光线中的欧佩君,眼热心跳。从未见过这样的欧佩君,几缕长发挡住她的侧脸,她似乎忘记了周围的一切,沉静地泡在光线里,睫毛在眼睛下面投下折扇状的影子。

原来这就是阳光感。

赵佳和徐璐凑到摄影师身边,通过显示屏回看照片。显示屏里没有阴天和小雨,温柔的"阳光"仿佛透过一层木质格栅,落在欧佩君身上。阳光是有魔力的,它照到的平淡角落会显得格外美好,它凝固在画布上会让整幅画活过来,几乎可以感受到光影和烟雾的微微颤动;阳光也会帮助照片里的人，表现出她本不具有的宁静气质。

摄影师巧妙选取角度，照片里看不出房间有多小，也看不出房间有多乱。她俩不停地发出惊叹，欧佩君倚在床头上，说有什么好稀奇的，我们圈里都是这么拍照的。打灯光再加上做后期，也能出来有阳光感的照片，就好像，好像所有的阳光都迈开步子跑到你屋里来了。徐璐问，看上去假吗？欧佩君说，谁会怀疑阳光是假的？

接着，欧佩君穿上波点茶歇裙拍摄红茶系列。金边茶杯里注满热水，袋泡茶在水里一晃就拿开了，水变成漂亮的深红色。摄影师举起相机，将热气袅袅上升的画面凝固下来。

最后，摄影师准备收拾器材了，赵佳鼓足勇气开口，能给我俩也拍一张阳光感照片吗？摄影师还没接话，欧佩君满口答应，怎么不行，多拍几张，好好选一选。拍完你们要请我喝东西呀。

就这样，赵佳和徐璐也拥有了充满阳光感的照片。怀里没有小狗，手里没有红茶杯，但阳光伸出手臂，一把抱住了她们。

三人来到楼下的茶饮店，仰头看饮品挂牌，金风还是玉露？蓝莓还是橙子？好像喝什么真是一个大问题。赵佳手扶下巴，认真挑选了一番，生活中可供选择的东西并不多，这是其中之一。

她们坐在外面墨绿色的晴雨伞下，一人抱着一个高高的塑料杯。旁边，一只流浪猫蹲坐在花砖上，伸出粉色舌头濡湿爪子，接着抬起爪子，在耳朵和脸上来回画着小圆圈。欧佩君翻看新拍的照片，时而露出欣喜自得的神色，时而嘟起嘴巴抱怨：这张把我拍成死鱼眼了！

不久，赵佳发现，一直用风景照当社交媒体头像的徐璐，悄悄把头像换成了"阳光感"的个人照片，而她呢，有一天没忍住，把照片发给了父母。

不管赵佳怎么劝说，二老都不肯改变主意，说不能拦着他们去珠海旅游，既到了珠海，来深圳看看也是正理。

赵佳住上了南向的房间，但房间所在的楼层并不高。星寓前横着一排玻璃写字楼，夏天的时候窗下还有一溜韭菜叶宽的阳光，现在天气转凉，大半个天璇被笼罩在前面高楼的阴影里，她又一次生活在白天也要开灯的昏暗房间里。工作这些年，她放下了很多，早不像上学时那般进取了，她怕见到的，是父母有了心病又无能为力的模样。老经验不顶用了，他们能做什么呢，只能忧心忡忡地回到老家，只能每天并排坐在沙发上，一遍又一遍地看抗日反特连续剧。

她找徐璐絮叨过几次，徐璐这样好的人，从来不嫌她烦。跟瞿一行分手那会儿，徐璐有空就陪着她，听她哭诉，安慰她会过去的，也提醒她，知道你心里难受，但不幸的事情不要逮着谁都说，看笑话的人多，真疼你的人少。话说瞿一行是突然不理她的，她不知道自己做错了什么，但对这样的消失并不感到陌生，不过又一次遇上了异性的退缩。面对热情的追求者，开始时她冷淡抗拒，防止自己再次堕入爱情的强烈幻觉里，但随着时间推移，她总会变成更投入的那一方。每次吵架主动和好的都是她，她想过建立家庭、养育孩子，憧憬过走进餐厅对服务员说"两大一小"的时刻。她当然知道一个人可以生活得下去，也预见到自己在婚姻中注定是那个牺牲的角色，但当她鼓足勇气，对方却跑开了。瞿一行在刚认识的朋友面前，能够收起自负和自私，看上去友善、风趣、充满魅力，但他对建立长期情感关系充满恐惧和逃避。因为大公司工作强度太大，"没有生活"，瞿一行跳到小公司，后来很快离职。离职是委婉说法，实际上是被解雇了。有一阵子他迷恋创业，常跟几个朋友聚会，一聊就是一下午，后来赵佳才知道创业是开一家火锅店。瞿一行在南方的暖冬里消失不见，隔年春天，赵佳已从心底原谅了他。男孩们总是更容易遭遇挫败和迷失，他们看上去强韧，却不知道哪一天忽然就彻底折断了。

这次，记挂着她的人也是徐璐。公司午餐时段，徐璐照例走过来，挨着她坐下，说不用发愁，我想到办法了。赵佳问，去其他地方租房子吗？徐璐摇头，不用那么麻烦。我的房间在东头，这些天我观察了，早晨能有十几分钟的阳光呢，瞅准时机，带你爸妈来我房间就行。

能有十几分钟的阳光呢。赵佳听得鼻子发酸，心里一抖。她不想让徐璐看出异样来，笑着点头，行，连房间都不用换，早晨带他们去你的地方，事情不就解决了。徐璐交给她一页纸，说这是阳光出现和消失的准确时间，连续记录了几天，短期内不会有太大变化。

临到把父母安排进星寓附近的宾馆，赵佳心里忐忑起来。回到星寓，她给徐璐打电话，说还是调换过来住一晚吧，我去你房间里适应适应，这样心里有底。徐璐说，也行。徐璐知道赵佳心里不踏实，单纯地想做点什么缓解焦虑。其实星寓的房间是一模一样的格局，标准化装修，个性的居住需求被泯灭，好处是拎出来一间房，说是谁的都行。

夜里，徐璐把基本生活用品用背包一装，来到赵佳所在的天璇楼。两人见了面，徐璐压低声音说，欧佩君就住在我隔壁呀。她们至今不清楚欧佩君从事何种职业，如何维持生活。搁在以前自是鄙视所谓的不务正业之人，如今却觉得，星寓里住了另外一类人，不全是好好读书然后老老实实找份工作的人，这样挺好的。

第二天一早，赵佳掐算好时间，把父母领到星寓来。赵爸看到星寓门口七栋楼房的标志牌，说名字真宏大，哪个高人想出来的，有气魄。赵妈注意到小区来往的住户，说，都是体面干净的年轻人，看起来层次很高。赵佳心想，这已是租金价格筛选后的结果。至于高层次，她并不敢"认领"，她只知道，大家上班一个小格子，下班一个小格子。

一行人在小区花园里转了一圈，依次看到自助洗衣店、伦敦风格的红色电话亭、贴满活动照片的青年之家，赵佳爸妈不断点头对环境表示满意。前方绿草坪上散落着几个鬼脸南瓜，赵妈问，这是做什么的？赵佳说，再过一个月就是万圣节，南瓜灯是节日标志。赵爸感慨，现在年轻人过的节，我们那时候一个都没有。

赵佳看看手机，差不多到点了。她深吸一口气，说，我们上去吧。

阳光果然在那里等他们。窗帘已拉到一边，窗户也敞着，上午的阳光金缎一般铺在地上。阳光是赵妈心坎里的事，一见阳光她就有笑容了，说，见不着太阳可不行，到处长白醭，人也发霉。这才像个住的地方。赵妈吸了吸鼻子，赵佳知道她闻到了阳光的味道，阳光是有味道的，温热柔软好闻的香味。

赵爸稍做观察，说不如上一个住处宽敞，但好在是东南朝向。上一个住处是屋角长蘑菇的那一间，她和徐璐未熬过雨季就搬离了。早些时候她们以为好事真的发生了，给她们租到物美价廉空间大的青年公寓"美满屋"，直到雨季来临蘑菇冒出，才回过神来，美满屋是海砂房。她正想着，忽然注意到徐璐脸色一变，走到阳台上，用身子挡住什么东西。她走近了，看到徐璐身后放着一盆太阳花，神态萎靡，半死不活的，眼看就快养成干制标本了。太阳花容易养活，有光照就会开出五颜六色的花，而眼前这盆显然得不到足够阳光。徐璐瞅准机会，用阳台上的纸箱盖住花盆。赵佳刚松一口气，忽又想起一事，惊出一身冷汗——千里迢迢送到她手里的那枝豆瓣掌忘了拿过来。还好父母在专心研究屋里的可变形家具，忘了问豆瓣掌长得怎么样了。

徐璐冲她使个眼色，意思是受欢迎的客人——阳光——要走了。她立刻想念起小阳光来，若小阳光转身欲走，她会耍赖地拉住小阳光的手腕，把它留在房间里。

想想罢了，她挪动脚步，引导父母往外走，说下去喝早茶吧，爸喜欢虾饺，妈爱吃萝卜糕，都记着呢。赵妈没有走的意思，说，一天能有多长时间日照？

说不准，时有时无的。赵佳的声音明显紧张起来。徐璐上前一步，搀住赵妈的胳膊。赵妈又看一眼屋里的阳光，几乎是被徐璐架着离开房间。

赵佳看着徐璐的身影，心里很不是滋味。人活一世总喜欢攒物件，越攒越多，一直留在身边，亲近的朋友却留不住，难免四下散落，音信渐稀，直到杳如黄鹤。徐璐那一组开发的游戏在内部PK中又落败了，未能上线。赵佳一直揪着心，怕徐璐会跟很多曾经的同事一样，以各种理由被优化掉，匆匆路过便永远离开。仅仅想一下那个画面，赵佳的心就变得空荡荡的。

夜幕垂落，笼罩着叶片落尽、树枝伸向天空的枯树。半空中，一群蝙蝠张开翅膀，正飞过淡蓝色的巨大圆月。幽幽的黄光在黑暗中飘浮闪动，诡谲的笑声从空心南瓜灯里传出来。眼前的一切似出自沉沉的梦境，站立成北斗星形状的公寓楼也仿佛陷入一场冥想中。

一路上，赵佳和徐璐遇见了狼人、李小龙、海盗杰克、哆啦A梦、德古拉伯爵、红心皇后。还有两位蜘蛛侠，他们穿着一模一样的红蓝紧身衣，看到彼此，停下脚步，隔着头套互致问候。赵佳和徐璐并肩走向绘有圆月、蝙蝠、枯树的背景板，迎面走来的绝地武士挥挥手中的光剑，冲她们吹了声口哨。她们此刻都已变成另外一个人了，赵佳扮作多萝茜，徐璐扮作绯红女巫。

夜晚的星寓园区很少出现这么多人。租户们是为了少出门不得不信任外卖的一代人，是春末夏初鸟类长出繁殖羽、花粉和种子在空中飞翔时也懒得动的一代人，下了班就待在房间里，看剧，刷帖，打游戏。今天不一样，数不清有多少超级英雄在园区闲逛，到处闪动着缀满亮片的披风。不需要经过痛苦的变异，穿上从网上买到的廉价服饰，他们就化身为更有力量的人了。

11月，南方的天气还没有凉下来，空气里流动着令人微醺的温热气息。绯红女巫被雷神和金刚狼拉着合影，多萝茜看看身后，并没有跟着稻草人、胆小狮和铁皮人。也是，这个时候，谁想扮成没有脑子、没有胆量和没有心的童话人物呢？

多萝西在园区漫步，路边的植物她大都认得了。蟛蜞菊贴着地面蔓延，再高一点的是龙船花和朱槿，叶子半红半绿的是红鳞蒲桃，叶面硕大比人脸还宽的是海芋，高大的乔木有糖胶树、黄葛树和大叶相思。

游园会之后，种植活动开始。公寓管家打开草坪上方的聚光灯，把黑暗中游荡的异能人士吸引过来。南洋楹巨大的伞形树冠下，事先平整好的泥土在静静等待接下来的种植。一对情侣拿着一棵蓝花草，更多的人拿着花的种子。多萝茜听见人们的对话：你种什么？三色堇。你呢？波斯菊。多萝茜拉着绯红女巫，走，咱也去种。绯红女巫说，事先没准备，你打算种什么？多萝茜捏捏身上的挎包，说过去你就知道了。

角落里，多萝茜用铁锹挖出一个四方形的洞。她从挎包里拿出一样东西，在女巫面前晃了晃。我没看错吧？女巫的眼睛在夜色中瞪大了。多萝茜说，没看错。多萝茜把东西放进洞里，说，来，把它种下去。两人用铁锹铲起新鲜的泥土，一层层覆盖上去。

离开种植区，女巫挽起多萝茜的胳膊，有些激动地说，你种下去的居然是一座小木房子。多萝茜凑到她耳边，说，种下去的是家。

不早了，众英雄陆续散去，回到自己的房间，脱下制服，变回凡人。星寓的小房间从各自的内部被点亮了，它们足够多，足够密集，一层层堆砌起来，就不再是一个个平淡的、无人知晓的小格子，而是汇聚成一座明亮耀眼的水晶之城，璀璨而动人。

多萝茜和绯红女巫躺在草坪上。女巫问，我们住哪里？多萝茜愣一下，马上反应过来，说，我们住在太阳系距离太阳第三近的行星上。女巫说，答对了！这重复了很多次的问答总能让两人高兴一阵子。她们的经历和境遇是相似的：生长于县城，从小朴实安分爱学习，始终坐前三排，一路考前十名，高中时忍着不看书屋里租来秘密传阅的言情小说，最后上了好大学。毕业后踏实工作，每天清晨被地铁口吐出来，像鱼群里的一条小鱼，游动也消失在庞大的集体里。她们不敢多欠债，以为努力存钱就能存够首付。在上岸的人眼里，她们的头脑和眼光都不行，既看不清社会发展的趋势，也不懂人性。

此刻，她们放松地把自己摊在草地上，听着彼此的呼吸声，无须没话找话。多萝茜想起了瞿一行，她多想小心翼翼地问问他，你在哪里？日子过得好不好？既不纠缠，更不哭闹。但记忆里瞿一行急于摆脱她的样子制止了这个问候。他最爱的衣服是一件红色曼联球衣，洗变形了，她现在都还想着送他一件新的。分手后她伤心过一阵子，很快就看上去跟以前一样了。只有她自己清楚，她往更黑更安全的地方退了一步，悄然把自己多封闭起来一点，她比以前更难靠近了。

欧佩君又在哪里呢？上个月她已搬走。赵佳时不时翻翻她的动态，最新动态发了一张坐在浴缸里的照片，光洁的小腿从蓬松的白泡泡里伸出来。浴缸线条优美，被四个花纹繁复的黄铜底脚支撑着。浴缸照的日期和地点当然是个谜。之前抱小狗、晒太阳、喝红茶的照片她分三次发布，三个完全不同的享受精致生活的场景。但赵佳知道，它们都拍摄于下着小雨的一天，在一个凌乱狭窄的小房间里。

几点了？女巫先坐起来，走吧多萝茜，去我那里，给你看看我做的 demo。

回到房间，她们褪去造型服装，再次成为赵佳和徐璐。徐璐一言不发，触亮手机屏幕。赵佳看到一幅熟悉的画面，是她们居住的公寓楼，排列成北斗七星的形状，只是毫无光彩，灰蒙蒙的一片。接着，徐璐伸出手指在屏幕上轻轻一划，七座公寓楼离开地面缓缓上升，先越过树木，接着越过前面的高楼，越升越高，轻盈地飞离城市，在高高的天空中停住了。

北斗七星悬挂在太阳边上。赵佳眼睛有些湿润，说，要不咱俩开发一款小游戏，叫《万物向阳》？徐璐说，好，不设宝箱、点券、金币、钻石，奖励机制是阳光，照进房间的阳光。

两人聊到深夜，聊很多过去的事情，却无法触及说不清在哪里的未来。到分开的时候，赵佳也没有问出口，假如被优化了，你是选择留在深圳还是去往别的地方？

赵佳穿过三道长廊，从玉衡来到天璇，走进一模一样的小格子里。她打开抽屉，拿出一个软皮笔记本。这是调换房间那天徐璐不小心落下的东西。徐璐本科阶段学电信专业，研究生的时候才转到计算机，她一直说自己技术不过关，经常在本子上记要点。此时，赵佳猜测，本子上或许还有别的东西。

她翻开封皮，一页页地看，上面记的大多是技术要点。翻到最后，一列文字出现了，很像高中时代制定的学习计划。她看到，白色纸张上用黑色墨水笔写着：

1. 了解游戏开发的最新发展趋势，不断磨炼技术。
2. 不买贵衣服，只买快消品；少出去吃大餐，盒饭足矣。攒钱供一套小房子（有一个小时以上的阳光）。
3. 争取每两个月细读一本书。
4. 培养几个不太需要开销的爱好。
5. 注意锻炼身体，身体是工作和生活的本钱。

原载《江南》2021 年第 3 期

朱山坡

萨赫勒荒原

抵达尼日尔首都尼亚美的那天晚上，是一个叫萨哈的尼日尔黑人来机场接我。因为天黑，我看不清他长得怎么样、面部有什么表情。从机场到宾馆，我和萨哈几乎没说什么话，他跟我想象中热情奔放、擅长胡侃的非洲人形象不太一样，一路上拘谨得略显尴尬。第二天，天还没有完全亮，萨哈便推开我的房门，将我从床上提起来，简单收拾一下就出发了。我无法弄明白我的房门为什么未经同意就被粗鲁地打开。这个时候我才发现，他的脸憨厚纯朴，身材中等，看上去很强壮。只是他的性子有点儿急，收拾东西，走楼梯，跨过路障，风风火火的，我的行李箱被扔进车里时我都来不及提醒他小心轻放。我有些不愉快，但不能怪他，因为我已经被告知，哪怕一路顺风，从尼亚美赶回津德尔中国援非医疗队驻地也要走完整个白天。总队领队反复叮嘱我们，一定不要走夜路。上个月，在卢旺达的一支中国援非医疗队就因为赶夜路出了车祸，虽然没有出现重大伤亡，但使馆一再强调：出门在外，安全第一。萨哈觉得他的责任十分重大，不仅要负责我的安全，还要保证车上的药品食品一件不少地送达驻地。

"日落之前必须赶到。因为夜幕降临，魔鬼也跟着降临。"萨哈对我说。非洲人习惯日出而作，日落而息，不习惯走夜路。他们认为夜路不是给人行走的。看得出来，他是一个经验丰富、值得信赖的老司机。

我们迅速出发。

按原计划安排，我本应在尼亚美法语强化班培训半个月，下个月初才赶往津德尔接替援非满两年的老郭，但老郭突然病倒，紧急送回尼亚美，抢救无效，前几天去世了。我和他的遗体在空中擦肩而过。老郭一走，津德尔地区医疗队就缺少拿手术刀的医生了，而那里等待做手术的病人排起了长队，我只好提前出发赶赴津德尔。

从市区出来，很快便走上了横跨尼日尔东西部全境的"铀矿之路"。此路全长有一千多公里，津德尔就在路的另一头。由于年久失修，路况很差，坑坑洼洼，像国内的乡村公路。车在路上走，像一艘驳船漂荡在风急浪高的海面上。我坐在副驾，双手牢牢抓住右侧车顶上的扶手，时刻担心被抛出车窗之外。萨哈开车很专注，对我的狼狈和紧张熟视无睹，应该是习以为常了。我时不时提醒他"开慢一点儿"，但他把我的话当成了耳边风。为了安全，我还是忍不住一次又一次提醒他慢一点儿，但越是提醒，他开得越快，仿佛故意跟我较劲。越往前走，越辽阔，越荒凉，越凋败，村落和车辆越来越少，天色越来越明亮。已是深秋，满眼萧瑟，举目苍茫。

萨哈给中国援非医疗队当司机有三年多了，在尼亚美就看得出来，他对中国医生的信任和爱戴发自肺腑，源自骨髓。他比我年长十几岁，总是用父亲一般的目光看我，让我有些不自在，但又觉得很有安全感。我对非洲大陆的了解仅限于书本和影视，对这里的一切很陌生，所以很忐忑，尤其是两个人行进在如此辽阔的大地上，前路迢迢，我心里更加惶恐。萨哈话不多，不愿意跟我闲聊，但对我偶尔提出的疑虑，他总能给我满意的解答。有时候，他还忍不住纠正我的法语发音。我按他纠正的发音再练习三遍，他满意地转过脸来朝我露出肥厚的嘴唇保护下的洁白整齐的牙齿。

萨哈话多起来是因为进入了一片一望无际、渺无人烟的荒凉之地。

"萨赫勒大荒原。"萨哈说，"穿过去就是我们的驻地了。"

我想象中的萨赫勒荒原跟看到的完全不一样。它太辽阔，太平坦，太荒凉！不像新疆的戈壁滩，也不像内蒙古的大草原，这里简直看不到人类活动的痕迹。路边全是荒凉的灌木、荆棘和草甸，并朝着四周蔓延开去，一堆堆，一丛丛，像是一个又一个部落。每一棵树，每一只鸟，每一根草，都仿佛相处了千年，早已经看腻了彼此，却又不得不互相为邻，紧挨着搀扶着度过漫长的岁月和亘古的孤独。开始时我对此等风景感觉很新鲜，甚至有些兴奋，仿佛处处有惊喜，但很快便审美疲劳，因为此景近处是，远处也是，比远处更远的地方还是，仿佛全世界都是，像懒惰而马虎的画家留下的巨幅草图。画家来不及完成它，或压根儿不懂得如何完成它，便在被孤独折磨死之前赶紧逃之夭夭。路的前方偶尔有风刮起的黄土，黄土里偶尔有羊群和野牛乍现，以及空中盘旋的黑鹰和乌鸦。环顾四周，在荒野里只有我们这一辆车，渺小得像一只爬行的蚂蚁，此刻我觉得我们不应该闯进这个原始的寂静的世界。最让我绝望的是，无论头抬多高，也看不到路的尽头。毫无疑问，这是世界上最孤独的公路，从荒凉通往荒凉，从寂寞通往寂寞。

我问萨哈，穿过大荒原要多久。

"日落之前。"萨哈脸上的淡定让我惊讶。

何时才日落呀？这太阳似乎才刚刚升起，那么高迥无际的天空，太阳会落山吗？极目远眺，毫无尽头，山在哪里？

"山在我的心里。"萨哈说。

我刚想哂笑，萨哈突然肃然起来。

"老郭就是一座最高的山。"萨哈拍了拍方向盘，仿佛是刻意提醒我，不容我置疑。

怎么突然说到老郭了呢？

我故意对他隐瞒实情："我不认识老郭，只知道他是天津市著名的外科医生，曾给非洲几位总统做过手术，医术很高明。"

"你怎么会不认识老郭呢？"萨哈惊讶地质疑我，并朝我投来不满的目光。也许在萨哈的眼里，我只是乳臭未干的新手，他不相信我能取代老郭。

我说:"中国有很多跟老郭一样技术高超的医生。"

萨哈说:"我知道。但老郭不仅仅是一个医生……你竟然不认识老郭!"

因为我说我不认识老郭而惹萨哈不高兴了,因而又走了很长的路,他都一言不发。眼前令人忧伤的苍凉和不知道何时才走到尽头的绝望,让我也不想说话。

"我一共有过七个孩子,夭折了四个。"萨哈说。

不知道从什么时候、什么地方开始,萨哈突然开了口。他说夭折了四个孩子把我镇住了,我好久才反应过来,直了直身子:"怎么啦?怎么会这样呢?"

我知道,在疾病和饥荒的多重打击下,尼日尔的死亡率很高,尤其是儿童。在国内培训时,看纪录片或听期满回国的同事讲述得知,在瘟疫流行的尼日尔一些地区,人命如草芥,尸体随处可见,人走着走着倒地就再也爬不起来。

萨哈没有回答我的疑惑。或许他觉得我压根儿就不应该有这样的疑惑,因为在这里,死亡不分年龄,是一个常识。他又陷入了无边无际的沉思。

我想打破尴尬的沉默,刚要向萨哈打听一下老郭的故事,萨哈突然一个急刹车,我的头狠狠地碰到了车窗上。当我抬起头来时,萨哈用手指了指车头前面,一条身材臃肿的蜥蜴正慢吞吞地摆着尾巴横穿公路,不慌不忙,霸道得像是大荒原的主人。我明白了,是萨哈给蜥蜴让路。

我感觉我的额头肿了。萨哈若无其事地说:"还好吧?"也不向我道歉什么的。我说:"有点儿晕。"但萨哈并不理会我,车子继续往前走,加快了速度,身后扬起的尘土遮住了公路。

"要不,我们聊聊老郭?"我说。

萨哈的脸上突然布满了悲伤,连皱纹的缝隙里都堆积着难过。他好一会儿也不吭声,只是喉咙咳了咳,像是被什么卡住了。看到此等情景,我也不好再提老郭了。萨哈也没有了说话的兴趣,面包车像辽阔海面上的飞鱼跳跃着前进。我担心车子会散架,双手紧紧抓住车顶上的扶手。但萨哈的驾驶技术真不错，车子跃起落地都很平稳，没有左右摇晃得很厉害。我不再提醒他"开慢点儿"，因为我也希望他尽快带我走出这片寂寥的大荒原。

荒原越来越苍茫，阳光越来越刺眼。我看着干旱的土地，喉咙突然有冒烟的感觉。我拿起矿泉水吸了一大口，然后把头探出车窗，朝饱受干渴之苦的灌木、荆棘和草甸，以及那些可能隐匿其中的动物用力地喷洒过去，希望能滋润一下它们。

"你真是一个傻瓜！怪不得不认识老郭。"萨哈看了我一眼，摇头道。

"我后悔没有从国内带来足够多的水，否则我能把整个大荒原都浇灌一遍。"我说。

萨哈笑了，用力踩了踩油门，车像一叶扁舟跃过海面。

车子跳跃之间，我的肚子饿了。这个点儿，也是午饭时间，但萨哈没有停下来歇息片刻的意思。我可受不了饥饿，从挎包里掏出一包饼干。萨哈不吃我递给他的饼干，也不吃车上公家的食物，只吃自己随身携带的粟饼和水。我听说了，萨哈自尊心很强，从不贪小便宜，从不吃别人的口粮。他一边开车，一边啃了一半粟饼，喝了一小口水，算是午饭。剩下那半块粟饼，他不忍再啃，放回衣袋里。我不相信那么高大壮实的一个人吃那么点儿就饱了。我可不那么省，但在萨哈面前也不好意思吃得太奢侈，只吃了几块饼干和一罐从北京带过来的八宝粥。饭后，我迅速有了睡意。尽管车子一路颠簸，我还是迷迷糊糊地睡着了。

不知道睡了多久，我是被萨哈又一个急刹车惊醒的。当我睁开眼睛时，看到车头前站着一个身材高瘦的黑人男子，他双手张开，拦住了车的去路。

我大吃一惊，以为碰到劫匪了。在尼亚美的时候已经被告知，近年来由于旱灾，尼日尔遭遇了大饥荒，疾病盛行，饿死、病死的人随处可见，人们求生的欲望超过了对法律和戒条的敬畏。有些地方并不太平，常有劫匪出没。去年法国一支医疗小分队在穿越萨赫勒荒原时便遭遇了悍匪，两个医生和一个司机被枪杀。我心里下意识地说了一声：完了！

萨哈倒很镇定，伸头出去，朝那个黑人质问："尼可，你要干吗？"

原来萨哈认识他。我悬起来的心顿时放了下来。

那个叫尼可的男人走过来跟萨哈哗哗啦啦地说:"我等你们两天了。三天前,有人看见你的车子往尼亚美走,我以为你昨天回来。如果今天等不到你,我会疯掉的。"

萨哈扭头对我解释说:"一个熟人……郭医生给他的老祖母做过手术。"

尼可朝我草草地瞧了一眼,对我说:"他是我爸。"

他指的是萨哈。我仔细一对比,他们还真有几分像。尼可虽然长得很高,脸也黑得成熟,但仔细一看也就十五六岁的样子。萨哈知道无法隐瞒,耸耸肩对我说:"是的,他是我儿子。"

此时的阳光已经变得很柔和,有了黄昏将近的意思了。

尼可穿着一件灰白相间的衬衣和一条白色的中裤,赤着的脚脏得黑乎乎的,上面是一张温顺老实的脸。

萨哈说:"祖母还好吗?"

尼可说:"情况很不好!本来她快要不行了,一听说郭医生得病,她又活过来了。"

萨哈说:"你告诉她,还早呢,不要急着上天堂。"

"祖母要去津德尔看郭医生。"尼可焦急地说,"郭医生是被魔鬼缠上了,祖母说要给他驱魔。"

萨哈说:"郭医生去了尼亚美……"

尼可说:"祖母说了,只要魔鬼还缠着郭医生,即使郭医生回到了中国,她也要去找到他。"

萨哈说:"没……没必要。"

尼可说:"祖母说了,她必须救郭医生。"

萨哈说:"郭医生能自己救自己。"

尼可说:"祖母说了……"

父子两人争执起来,互不相让。

我大声地劝了一声:"你们不要吵。"二人安静了一会儿。突然,尼可醒悟了似的,对父亲的话产生了疑虑:"郭医生不可能去尼亚美的,他不会丢下津德尔不管。祖母的心比眼睛更明亮,你骗不了祖母……"

萨哈无可奈何，对尼可吼了一声："我没有骗她！魔鬼也没有死缠郭医生。什么事情也没有。你赶紧回家去！"

尼可偏不相信父亲，要把头伸进车里来看个究竟："说不定郭医生就在车里面。"

萨哈一把推开他说："车上什么也没有……"

其实车里堆满食品和药物。津德尔，乃至整个尼日尔都缺这些东西。在国内很平常的东西，在这里却十分稀缺，甚至比黄金还珍贵。萨哈对自己的儿子都如此警惕，不让他看到车里的东西。

"如果见不到郭医生，祖母是不会瞑目的。她只剩下最后一口气了。她要我等到郭医生，她说如果等不到郭医生，我就不必回村里了，让我跟着魔鬼走。"看样子，尼可固执起来比父亲萨哈更倔。

我知道，在非洲部落中，祖母和母亲的地位很高，她们的命令或遗言是不能违抗的。

萨哈转过身来把嘴巴凑近我的耳边，轻声而严肃地说："不要告诉他郭医生已经去世了。"

我答应了萨哈。尼可的目光越过萨哈落在我的脸上，他从我的帽子认出了我的身份："你是中国医生？"

我向他点头致意，他向我露出纯真而谦卑的笑容。

也许因为我，父子二人冷静下来，不再争执。萨哈的脸上露出了慈祥的神色。

"你回去告诉祖母，郭医生的病已经好了，没事了，过段日子他就会回来的。"萨哈对尼可说。貌似老实的萨哈说起谎来竟然一气呵成，毫无障碍。

"真的吗？"尼可盯着父亲的脸问。

"是真的。尼亚美的中国医生很厉害，把他的病治好了。"萨哈说，"世界上没有中国医生治不好的病。"

萨哈看了我一眼，希望我出语相助。为了打消尼可的顾虑，我挤出笑容对尼可说："是真的，郭医生休息几天就回来。"

萨哈说:"缠在郭医生身上的魔鬼也松手了,放过了他……"

我附和说:"是真的,现在郭医生一天天好起来了。"

尼可很高兴,竟然手舞足蹈起来。萨哈突然变得有些悲伤,转过身来,不让尼可看到他的神色。他朝着远方看了一眼,不经意地发出一声叹息。

"太好了,祖母可以放心了。"尼可兴奋地说。

尼可向后退了两步,让我们的车离开。萨哈说:"回去照顾好祖母!你就告诉她说,郭医生现在很好,他很快就会回到津德尔。"

尼可频频点头,像孩子一样向我们挥手告别。我也向他挥手说再见。

萨哈重新出发,但刚走出十几米,他又停了下来,跳下车,往回跑。我也看到了,身后的尼可瘫倒在路边!

职业的直觉让我赶紧跳下车,向尼可直奔过去。

萨哈扶着尼可坐起来,问他:"怎么回事?"

"我饿。我感觉我快饿死了。"尼可说,"我在这里等你们两天两夜了。我以为天上会给我掉下一块粟饼,但连一滴露珠也没有。"

我摸了一下尼可的额头,好烫啊,而且他的身子在颤抖,还在流鼻涕。

"他没有什么问题,只是饿了。"萨哈轻轻推开我,轻描淡写地说。

我返回车上,从我的挎包里取出一块黑麦面包、一罐上海产的炼乳,跑到尼可跟前,塞给他。尼可端详着炼乳,双手震颤了几下。

"喝吧,是好东西。"我催促尼可。至少它能迅速补充能量。

但萨哈阻止了尼可打开炼乳,从自己的衣袋里掏出半块粟饼,正是午饭吃剩的那半块,送到尼可的嘴里。

尼可狼吞虎咽把粟饼吃完,喝了我递给他的半瓶水,很快便恢复过来,脸上慢慢绽放出生命的光彩,像一根快要枯死的草被甘露唤醒。

萨哈从尼可手里夺回我塞给他的炼乳和黑麦面包,还给我。

"你不能送他任何东西。"萨哈说,"因为对其他人不公平。"

什么叫公平?人都快饿死了,公平还那么重要吗?

"真主对每个人都是公平的,我们不能去破坏真主的旨意。"萨哈好像在给我普及常识。

我尊重常识。但尼可盯着我手里的炼乳，眼睛里充满了强烈的渴望。"能送给我吗？"尼可羞怯地问我。

他怕我拒绝，赶紧补充说："我想让祖母尝尝。我发誓，她一辈子也没见过这东西。我不会动它，我只给她尝。"

不顾萨哈严肃的反对，我答应尼可说："可以。"

尼可似乎一下子恢复了力量，从萨哈怀里站起来，举着炼乳，向我表示感谢。

萨哈看到我态度坚决，也不再作声，愧疚地闭上了嘴。尼可双手把炼乳紧紧地抱在胸前，生怕父亲把它抢回去还给我。

我和萨哈要走了。尼可突然有点儿舍不得，走近我拉住我的手，看了他父亲一眼，胆怯而害羞地对我说："我……我想跟你去津德尔……"

萨哈忍无可忍了，突然恼羞成怒，一把打掉尼可拉着我的手，厉声命令他："你还想干什么？回家去！"

萨哈威严和凶狠起来连我都胆寒。

尼可喏喏地退回去，眼神里忽然塞满了绝望。

我惊愕地看着不近人情的萨哈，有点儿意外，而且很尴尬。这让我想起了小时候父亲对我的样子。

萨哈推着我回到车上，继续前行。

为了把刚才耽误的时间抢回来，他把车开到了最快。

前面是一片绵延数十里的黄叶灌木，使世界变得金黄。我相信这是大荒原为了取悦我而变换的风景。当然，它也让萨哈的怒火迅速平息下去了。

也许为了缓解刚才的尴尬，萨哈把车速放慢，主动跟我聊老郭。

"去年，郭医生，也就是老郭，给尼可祖母做过摘除白内障的手术，使她瞎了十五年的眼睛重见光明。你不知道，尼可祖母看见了亲人和草木的模样可高兴了，一连好几天都像小孩子一样又喊又叫，还像一只野鹿在荒原上撒欢儿。去年，我的两个儿子患脑膜炎，都快死了，也是老郭治好的。尼可祖母对老郭感恩戴德，视他为儿子。上个月，她就是沿着这条公路，一个人走了十二天。鬼才知道，她是怎样在这条公路上度过十二个日夜的。当她突然出现在津德尔中国医疗队驻地时，衣衫不整，蓬头垢面，像一株干渴的树，让大家大吃一惊。我也吃惊不小，还有点儿生气。我斥责她，你跑来这里干什么？你是怎样来到这里的……她是赤脚走路来的，靠吃野果和露珠走过了漫漫长路——穿越大荒原，路上差点儿被饿狼和野狗吃了。她是要去见老郭的。她说，十二天前的夜里她做了一个梦，梦见老郭被七只萨赫勒荒原恶魔缠住了，她看到老郭很难受、很危险，惊醒过来，从床上翻身下地，二话不说，谁也没有告诉，马上推开门，借着星光和月色就出发了。她是来解救自己的儿子老郭的。在我们这里，萨赫勒荒原恶魔专门对人世间最好的好人下手，死缠烂打，比毒蛇还恶毒，比鬣狗还可恨。尼可祖母要带老郭回我们的村子里做一场法事，替他驱魔。每个月的某一天，先人的魂灵都会聚集在村子里，她要借助先人魂灵的力量才能将老郭身上的恶魔驱散。那时候老郭的身体没有什么问题，只是因为经常超负荷工作有点儿疲倦而已。而且，你们中国人不信邪，不把老太太的话当回事，都劝她不要胡思乱想。

"'我能看见它们。它们像毒蛇一样折腾郭医生。'老太太固执地说，'我是萨赫勒荒原活得最长的人，它们也不害怕我。过去我在黑暗里活了十五年，它们不害怕我。现在我的眼睛看得见了，它们终于害怕了，但仅靠我一个人的力量赶不跑它们。先人的魂灵比活人固执，不愿意到津德尔……'

"老郭不相信这些乱七八糟的东西，况且，他哪有时间去做无聊的事情？他太忙了。无论老太太怎么说，他都无动于衷，坚决不肯跟老太太走。排队等他做手术的人都责备老太太，嫌她干扰了老郭工作。老太太蹲在手术室门外哭，哭得很伤心。老郭安慰她说：'我没事，身体好得很，你不要把眼睛哭瞎了，瞎了便看不见那些恶魔了，它们就不怕你了。'

"老太太听老郭劝，不哭了。她知道劝不动老郭，央求我把老郭送到她的村子里去。

"'你是我的儿子，郭医生也是我的儿子。我们的先人围着火堆坐着等他，再不去他们就要散了。'老太太对我说。

"我对她说：'你看看，那么多病人要医治，郭医生哪走得开呀？'

"'忙也得顾性命呀！荒原上的野兽还会想方设法活下去呢！'老太太愤怒地对我说。

"老太太在驻地纠缠了大半天，大家都有些不耐烦了。我劝她离开，不要耽误大家工作，她不听我的，还要我把老郭强行'抢走'。我们僵持着，我快要跟她吵起来了。老太太比母牛还要固执，一辈子都是这样。那时候，我宁愿她的眼睛没有被治好，那样就不会打扰老郭他们了。"

"我也不知道母亲什么时候离开驻地的，"萨哈说，"回去后便病倒了。尼可说她快不行了。"

我听说了，中国援非医疗队工作量很大，经常超负荷工作，生活环境恶劣，营养跟不上，常常有累倒在岗位上的。更大的危险来自疾病的侵袭。非洲有各种传染病，一不小心便会感染上，这给中国医护人员带来了很大的威胁。萨哈说，老太太离开驻地后不久，老郭便出事了。那些天他每天都要做两三台手术，经常连续工作七八个小时，本来他身体就比较瘦弱，终于扛不住了。那天给一个病人做完手术后，他突然昏倒在手术台前……

太阳早已经开始西斜，我看见地平线上的霞光了。但我的视线模糊不清，因为泪水不知道什么时候溢了出来。

萨哈突然把车停了下来，质问我："你认识老郭，对不对？如果你不说实话，我就把你扔在这里喂狼。"

我怔怔地看着萨哈。他是认真的。

我只好说："他是我的博士导师。"

"你为什么要对我隐瞒？"萨哈说。

"老郭也对你们隐瞒了实情。他有心脏病，医学上比较罕见的心脏病，很危险，一般仪器检查不出来。除了他自己，这个秘密只有我知道，他要我替他隐瞒。他说哪怕他死了，也要替他隐瞒。"我说的都是实话，"两年前，本来应该是我来这里的，但老郭跟我抢。他说他一定要去援非，这是他最大的心愿。"

我哭了。老郭是我的恩师。平时他一副玩世不恭的样子，但其实是省内最顶尖的医学权威，一说到医学，他比谁都严肃，对细节比谁都严苛。我们经常为学术上的事情争论不休。虽然我的业务能力在有三百多名医生的单位里只输给他一个人，但他没少当众责怪我。在工作中我没少跟他顶撞，同事都说我和他是冤家师生，可是我内心对他无比崇敬。然而，在外面，我从不说我是他的学生，不想以此博得别人对我另眼相看。

"我担心我把老郭的秘密说出去，所以干脆说不认识他，这样你们就不会向我打听了。"我说。

萨哈满意地拍了拍我的肩头："我原谅你了。我们继续走吧。"

我没有替老郭永久地隐瞒秘密，有些自责。但把秘密说了出来，这让我心里很舒坦。

我想起送老郭去机场的那天，阴雨连绵，春天的气息竟然让我们有些伤感。他放心不下身体不好的妻子和准备高考的儿子。我最后一次问他："非要去吗？"他依然坚定地说："要去。"此时，压在心底的悲伤突然翻滚起来，溢出我的胸膛，在大荒原弥漫开来。

萨哈好像有心灵感应一般，猛然拍了拍方向盘，发出一声重重的叹息。

"老郭到津德尔报到的那天，也是乘坐我开的车。就像今天这样，坐在你的位置。但他没有你那么木讷，他对大荒原的风光无比喜欢，不断用相机拍照。不过，那时候是春天，是大荒原最美丽的季节。"萨哈说。

是啊，一路上我竟然没拍一张照片。其实，秋天的萨赫勒大荒原也很漂亮。

车子朝着太阳滑落的方向飞驰。几只乌鸦盘旋在车的上空，不断发出饥饿的喊叫，不像是保驾护航。

我突然想起刚才尼可脸额发烫，身子发抖。我那时以为他只是在烈日下晒了那么久，饥渴到了极点才那样的。但职业的直觉和敏感让我醒悟过来，我猛叫了一声："停车！"

萨哈下意识地刹住了车，疑惑地看着我。

我说:"掉头!"

"为什么?"萨哈对我命令式的语气有点儿不满。

"我们回去看看尼可。"我说,"我怀疑他患上了疟疾。"

萨哈没有马上掉头,脸上也没有震惊和焦急之色。

"疟疾很危险,会死人的。"我说。我第一次到非洲,经验还是不足,敏感性也不够,我为刚才自己的疏忽大意感到羞愧。如果老郭在,他肯定又会把我骂得狗血喷头。

萨哈重新启动了车。但他没有掉头,而是继续往前开。

医生的责任感让我对萨哈的麻木很生气,大声命令他:"掉头!"

萨哈没有听从我的命令。可能我不是领队,只是中国医疗队的一个新兵,没有资格命令他。

我提高嗓门再次要求他:"尼可很危险!我是医生,我请你立即掉头救人!"

萨哈沉默了一会儿才平静地回答我:"我知道尼可很危险。经验已经告诉我,他就是患病了。他只是患病而已,但天黑之前我们必须赶到津德尔驻地!"

我明白。萨哈说的是对的,但我不能见死不救。掉头回去,我能给尼可治疗,给他打一针,给他几片药,耽误不了多少时间。救人比按时抵达更重要吧?

我把语气放得柔软,恳请萨哈:"尼可是你的儿子,他回村子里会传染其他人。"

萨哈说:"也许是村子里的人传染给他的。这里到处都有疾病,每天都有人死去。在死亡面前人人都是平等的,连老郭也不能例外。"

我说:"你真冷血!我来尼日尔是治病救人的,不是来听你普及狗屁常识的。如果错过了救尼可,我会内疚一辈子。老郭在天堂看得一清二楚,他不会原谅我们。"

萨哈脸上依然没有什么表情,好像尼可是别人的儿子。他不打算回头。

"你已经送给他一罐炼乳,这对其他人已经不公平。你看看这个大荒原,每一棵树，每一棵草，都忍受着饥渴，每年都要枯死一次。你拿着几瓶水去救活几棵草，但救不活整个大荒原。用不着担心，到了明年春天，荒原上的一切又会重生。"萨哈若无其事地说。也许他看见过太多的死亡，所以不再有惊讶和悲伤。

我乞求萨哈："回头吧，救救尼可。"

萨哈不为所动，淡淡地对我说："老郭，你们中国医疗队，已经救了我的两个儿子，治好了我的老母亲，如果我再让你们救尼可，村里的人会说我替你们开车是为了谋私利、得好处。我宁愿死也不能那样做。"

原来，萨哈不返回救儿子还有这样的一个理由！也许这才是真正的原因。

"在萨赫勒荒原，死并不可怕。好人死后能上天堂。"萨哈说，"你应该看得出来，尼可是一个好人。老郭也是。"

看萨哈的表情，他是认真的，没有商量的余地。他的脚没有松开油门。

"日落之前我们必须赶到驻地。"萨哈说，"他们等着药物救人。"

日落时分，荒原更加苍茫，天色慢慢暗下来。我忍不住回头看，但飞扬的尘土遮住了一切。

我总感觉尼可在我们的身后，一路追赶着，向我招手，乞求我救他。我仿佛听到了他奔跑的声音，他用最后的力气向我们冲刺。他快要追上来了，但萨哈加快了车速，似乎在故意摆脱尼可。

地平线在遥远的前方，太阳朝着地平线缓缓下坠。大荒原很快便要到尽头了。

我如坐针毡，几次要推开车门跳下去，但车速越来越快，车子像是要飞起来。我狠狠地瞪了几眼萨哈。最后一次瞪他时，意外地发现他已经泪流满面，泪水重重砸在方向盘上。我一下子便瘫软在座椅上。

夜幕降临前，我们终于穿越萨赫勒大荒原。抵达津德尔驻地时，已经是繁星满天，月牙挂在头顶上。

到了津德尔驻地的第二天，我便接替老郭开展工作。病人出乎意料地多，药品必须省着用。听说很多病人在送来驻地的途中便死了，亲人便将他们就地掩埋。我跟同事们每天都救治不少病人。我的手术水平得到了同事们和病人的认可，说我不愧是老郭的学生，这让我很高兴。但我时不时地想起尼可，他本应该是我到非洲后第一个救治的病人。我不知道他现在怎么样了。萨哈经常外出，大约是两周之后，我才再次见到他。

我自然而然地问起尼可的情况，但他对尼可避而不谈，只说起尼可的祖母。

"当天晚上，她喝了一口尼可带回去的炼乳，半夜里便去世了。"萨哈说，"她说她喝到了世界上最好的东西，肯定是她的儿子老郭带给她的。圆满了，可以满嘴乳香去见祖先了。"

我听后很欣慰。不过，话说回来，炼乳真的好喝，那是师母在我出发前塞到我行囊里最好的东西。她说，老郭也喜欢喝这个牌子的炼乳。我本想到了弹尽粮绝之时才喝的。

"但是，请你不要见怪。"萨哈遗憾地告诉我，"尼可欺骗他祖母说，炼乳确实是郭医生送的。"

我耸耸肩，张开拿着手术刀的双手，向萨哈表示我并不在意。但我向萨哈提了一个要求：再次穿越萨赫勒荒原时，我想顺便到萨哈老家的村子里看看。

萨哈沉吟了一会儿才答应我：

"等到我们先人的魂灵聚集时，你也许能看到尼可的祖母。"

我很期待。到了那时候，我真的希望还能够见到尼可。

原载《人民文学》2021年第3期

喻之之

何不顺流而下

1

老K很想养一匹马。

老K在繁华的闹市区有一套不算宽敞的两居室,有一年,我们去他家时,看到空房间里有两捆稻草,我们都很好奇,为什么家里会有两捆稻草呢?老K说,哦,我打算养一匹马的。

后来呢?

后来没养。

为什么呢?

因为住三楼,马没法上楼梯。你知道的,会劈腿。老K指了指自己的踝骨。

我们都没有表示很惊讶,因为我们多多少少都有点儿了解老K。

老K是我们这个城市有名的才子,熟读四书五经,擅画花鸟人物。三十出头,便参加过好几次国家级的兰亭大展。曾有一次,到北京参加某画展,会毕,大家纷纷铺纸研墨,要即兴画几笔。他撇了几笔兰草,当时已经退休的文化部部长走到他面前,说,一花一世界,一叶一菩提。老K

却题，欲遣蘼芜共堂下，眼前长见楚词章。老部长一笑，问，你来自楚国？老K笑道，正是，香草美人的故乡。部长又问他楚地的风俗和《楚辞》中的几个典故，老K均笑答如流。自此，部长便对他高看一眼，老K的画也在京城水涨船高。回到市里，自然身价又涨一倍。

后来不知怎的，他那个想不开的老头，硬是要托个什么关系，把他塞进文化局。要知道，当你的才华不像烟火那么刺啦刺啦连续往外冒的时候，这种单位是很消磨人的；或者反过来说，这种单位是很消磨人的，你的才华就很难像烟花那么刺啦刺啦往外冒，因为总有一两瓢土灰或冷水在你正要往外冒火花时，让你嗝屁。

其实老K后来偷偷告诉我，他没养马并不是因为不能上楼。他曾无数次梦见过自己在雄楚大街或者中山大道骑一匹意气风发的枣红马穿街过市，然后到达单位。他会把马系在院子中央的那棵海棠树下。啧啧，想象一下，院子正中央有一棵海棠树，春天，海棠花盛开，在春风的摇曳下，花枝迎风摆动，树下系着一匹毛发油光的枣红马。这匹马在等待它的主人，一个画家，等待着他下班，然后驮着他，风驰电掣地穿过整个城市，回到自己家。

可慢慢地，老K的脑海里又浮现了其他的镜头。他仿佛站在办公室的窗前，看到那些王八一样顶着乌黑发亮的壳的小汽车一辆一辆划进来了，它们各自划到自己的车位停好。开始，并没有哪辆小轿车愿意和一匹马停在一起，可是后来，所有的车位都停满了，那辆新开进来的车，左找找，右找找，都没有找到停车位，只好停到了海棠树下。那车不停地按喇叭，要马把腿收进去一点，马很配合，一点一点被挤到两车之间的缝隙里。它甩动着尾巴，低垂着头，打着响鼻，大眼睛眨巴眨巴的。它感到很委屈。他仿佛看到它的大眼睛闪亮着，像是蓄满了泪水。

我觉得自己受不了这一幕，才放弃养马的。老K说。

还有很多问题，比如，冬天道路结冰，马走路肯定打滑，容易骨折。我说。老K点点头，表示赞同，他拿起酒杯跟我碰了一下。

还有，比如说，马到底该走机动车道，还是走人行道，这也是个问题。老K继续说。这回，换我点了点头。我想，老K想得可真够细致的。他是对的。

2

老K他们单位的院子有点儿大,有几棵松树,几棵樟树,几棵海棠,还有几棵苹果树,另外还有亭台楼阁和花草,反正就是一眼望去,它就在告诉你,我很风雅,我很风雅。文化单位嘛。

老K跟单位有点隔膜,像是半边身子在门内,半边身子在门外。做起事来,他肯定是有一份的,但大家在内心里呢,又不跟他亲,觉得他不像是单位的人。平时大家不把他当回事,但有时候也挺重要的。遇到什么事,需要找一找什么社会关系"公关"一下,就想到老K。又或者某位领导的女儿要考学,想要拿老K的画去贿赂一下校方,就又想到老K。再或者,单位需要个人垫底,还没投票,大家就一致想到他,就老K吧!大家异口同声,出奇一致。

老K最近到单位去得少,因为他刚谈了一个小女朋友,女孩年龄很小,正在饱受抑郁症的折磨。她一会儿抱着老K说,老K,我觉得我快要死了,你杀了我吧,掐住我,掐住我的脖子,使劲掐,或者用刀,大卸八块,细细地切碎了丢到长江里去喂鱼吧……老K捏着女孩瘦弱的手腕,心如刀割。一会儿又说,老K,我们回乡下,买块地,过那种田园生活吧。老K不知如何回答,因为他知道,他女朋友是一刻也离不开城市的,因为下一秒,她有可能向他要一个古驰的手包或香奈儿限量版的口红,还勒令他半小时之内带着包和口红出现在她面前。他该怎么办呢?

女孩在繁华闹市的老里弄里开了家咖啡馆,怀旧情怀的,兼带书吧的那种。女孩会冲调咖啡,心情好的时候还会亲自烘焙。咖啡馆的房子是她前男友的,她之所以一直赖在这里不走是因为,她认为一直占着他的房子,他不可能不理她吧,至少有一天,总要来收租的吧?好笑的是,他真没出现,好像不仅忘了她的存在,甚至连房子的存在也一起忘了。有时候老K会想,她到底是为了开咖啡馆才跟他在一起,还是因为跟他在一起,才开了咖啡馆呢？

这个问题有点儿纠结，好像结果差不多呢。我们说。

不不不，这是不一样的。老K连连摇头，捋着下巴上的那几根胡须。

有什么不一样呢？关键是，人家现在还没忘记他呢。我看着他，不大理解。

你们觉得这是个问题，可我觉得不是。因为，这个，她一直都是这样，也就是说，在这个问题上，她一直没有欺骗我。老K看着我们，像是想在我们脸上寻找同盟的记号，可惜，他失望了。

那条老里弄最近拍了部电影，很快成了网红打卡地，有不少年轻人喜欢到那里去看书。无事的时候，老K就在那里跑堂。三台，一杯绿茶拿铁。五台，一份蔓越莓小松饼。老K就系了白围裙送过去。女孩最近心情好点儿了，推出一个酬宾优惠，凡进店消费一百元，就送老K手绘的折扇一把。老K便穿了淡蓝色长衫、手工圆口布鞋，拿串金刚菩提，坐在案头，屁颠屁颠地画。我们私底下都替他抱不平，那些小屁孩，点一杯咖啡消磨一下午，一百块钱！一百块，能买什么呀！老K，你的墨都不止那个价呀。你大名的那三个字都不止那个价呀。

老K嘻嘻一笑，不理我们，喝喝喝，今天我买单啊。一副如人饮水冷暖自知的样子。

老K最近一次去单位，也是因为他女朋友。那天下雨，下雨天，小女朋友的心情就不好，她要老K开车载着她在城里转。从汉口开到汉阳，再从汉阳开到武昌，反正武汉够大，够他们转。

我喜欢在雨里。她扭过头来看着他，眼里闪烁着泪花，他不知道她是因为感动，还是因为想哭。我喜欢雨天在雨里，就好像回到了母亲的子宫里。

老K心里一惊，心想，这应该是诗人的句子啊。

女孩突然扳过他的头来吻他。老K一边享受着突如其来的恩赐，一边拼命把眼睛往外睒，说，开车开车，我在开车。女朋友还是狠狠地吻了他一顿，吻得他都快窒息了。结束之后，他感到自己的上嘴唇像是被某种凶猛的脊椎软吻类动物啃掉了一样。不过，他心里是甜的，他像是一只自由自在吐泡泡的鱼，而且还有点小贱，我吐一个，我锥一个，我吐一个，我锥一个。哈哈。

就在这时，老K接到了单位工会打来的电话，说他的生日快到了，请他去单位领蛋糕卡和电影券。一般像这样的小福利，老K就会说，给某某某吧，或者随口说送给您家吧。但那一天，他感到小女朋友正关切地注意着他的通话，便一边说，哦，一边把目光投向她。小女朋友立即握紧双拳，放在下巴下，睁大了眼睛，一副跃跃欲试的样子。老K立即说，那好，我正好待会儿要去单位办点儿事，一会儿来拿。好的，好的，不耽误您下班。

老K在大雨中把车子调转头，一路开上二桥，高远的天空上有大片大片铅灰色的云涌动，好像有一场铺天盖地的雨要来。

老K，我真想跟你就这样一直开一直开，不要回头。小女朋友说。

3

小女朋友要老K喊她小布丁，老K很乐意这么做，他觉得这个名字很配她。她长得很瘦弱，小个子，细骨棒，爱穿粉色白色羊羔绒质地的衣服，上面会有两个耳朵，她一拉下面的一条绳索，耳朵就会立马竖起来或者折下去。yes是一下，no是两下。当她心情好的时候，就会用这种方式跟老K说话。

其实老K也想去单位看看。他不喜欢下雨天，但他喜欢下雨天的院子，特别是春天里，站在办公室窗前看楼下的院子。

春天的长江中下游，总是一场雨又连着一场雨，大的，小的，小的，大的，反正没什么歇气的时候。唉，真想把屋顶掀开来晒晒啊。原来住在老里弄时，母亲总这样说。所以他不喜欢下雨，不喜欢那种无处不在的黏湿感，但现在，他喜欢院子里的下雨天。春天里，院子里的各种树都喝饱了雨水，樟树换新叶，苹果和海棠在一夜之间冒出了花蕾，就连松树的松针都显得格外油绿。老K最喜欢的还是樟树，从高处往下俯视，硕大无朋的樟树树冠，真像一朵淡绿色的轻云。老K也喜欢狂风猛烈地摇动他们，把它们的枝叶往这边吹，又往那边吹，发出沙沙的美妙乐音。

有时候雨停的那一刻，老K就在想，要是水泥地面都长出绿草，绵延开去，马儿站在树下，清风吹动树叶，把樟树红色的老叶吹落到马身上，马吃一会儿草，看一会儿苹果花，看一会儿海棠花，再用嘴巴把身上的樟树叶叨下来……老K觉得自己是春天的一部分，要弥散在这春风里了。

到了单位楼下，老K本想让小布丁在车里等他的，可她提出要跟老K一块儿去办公室看看，老K犹豫了一下，还是答应了。

老K拖着小布丁，走得很慢。他感到她最近又瘦了，从走廊那头走到这头像是要了她半条小命，这令老K心疼不已，要不是在单位，他恨不得把她扛在肩上。

他们去工会主席那儿领了蛋糕卡和电影券，因为带了个女朋友来，少不了多说几句话，多开几个玩笑。然后两人又去了老K的办公室，办公室长年没人来，到处布满灰尘，老K让女朋友站在外面，他找了块抹布，先把沙发茶几擦了一下，才请她进来。

刚进来坐定，小布丁正满怀兴致地这里看看那里瞄瞄，斜对面的电梯就丁零一声开了，里面走出来一个高个子女人，后面跟着一个大胖小伙子推着轮椅，轮椅上坐着一个嘴眼歪斜的小个子老太太。

女人眼里含着悲戚，但尽量显得很平静。她向前走了几步，尽量用温和而不失威严的声音说，我找你们局长。

本来走廊上还有几个人的，正在说话办事，或端着杯子喝茶，看到女人之后，都闪回了办公室。

安静了片刻，不知谁回了句，局长不在。

女人没有要走的意思，也没有一间一间办公室去找局长，而是站定，尽量克制着声音里的愤怒，用平缓的语气慢慢说道，你们不能这么做，把你们大家做的事情，都推到老葛一个人头上。我也不会让你们这么做的。声音不算很高，但足可以传到每一间办公室里。老K注意到，整层楼都安静了，仿佛这声音通过空气传到每个人的耳膜中了，大家正在心里掂量这句话的分量。

老K想起来了，这是单位会计老葛的老婆。曾经有一次，单位组织春游，老葛把老婆带去了，那大概是大家第一次见她，惹得几位领导拍着老葛的肩膀说他艳福不浅。其实她也不是特别漂亮，只是个子高，话不多，看上去有几分高冷。有段时间，老K跟老葛走得比较近，两人都爱下象棋，而且棋技相当，所以特别爱凑在一起厮杀。有一次，下班了，天都黑了，两人还在办公室下棋，他老婆找来了，找来了也没说什么，只是静静地在办公室外站着，等着他们下完。后来呢，老K突然就对象棋失去了兴趣，跟老葛都没联系了，自然就没再见过她了。

女人说完，并没有要走的意思，但似乎也不知道接下来该怎么办。老K和小布丁站在门口，你看看我，我看看你，有点儿尴尬。就在这时，老K看到女人的肩膀耸动起来，似乎在抽泣，他有点儿看不下去了，把三人让到办公室来，又洗了水壶，给三人烧了开水。可女人端着水杯，却什么也不愿意说，只说，这事你没参与，你不知道，现在也没必要知道。老K本也不是八卦的人，知不知道无所谓，坐了一会儿，就把女人一家送回去了。可他，还是被这事儿给缠住了。

第二天，老K没去单位。手机响了，他从小女朋友的脚头伸出脑袋来，摸到手机，一看，是单位一哥们儿打来的。这哥们儿跟他关系不错，有时候会一起去球馆打球，一年会碰在一起喝两次酒，但一大清早给他打电话，还是头一回。简单寒暄了两句，那哥们儿便问，老葛的老婆跟你说什么了？什么也没说啊，她不愿意说，说我没参与。老K的大脑还没醒过来，何况在小女朋友的床上，他可不想撒谎。但即便如此，他也能听得出来，那头在犹豫，在考量他的话。老K感到，这个电话是别人让他打的。犹疑了片刻，那哥们儿笑了，又恢复了那种惯常的轻松语调，说，老K，有时间还是要来上班呐，不能荒淫误国啊。老K一阵大笑，笑得鼻涕都快出来了，说，好好好，荒淫也不误国。说着，他就挂了电话。可这事还是没完。

又过了一天，晚上的时候，七点多钟，天已经很黑了，下着倾盆大雨。老K收到了一份快递，是寄到小布丁住处的。老K心想，我没买东西啊，但还是撑着伞去拿了。街上已经亮了灯，里弄里各家各户的窗户里也都透露出温馨的灯光来，几家做生意的小咖啡馆和书吧都亮起了闪烁的灯带，其他居民都在做饭，煎炒烹炸，鲜香麻辣，各种市井生活的气息伴着雨声涌到了老K面前。他往外走，雨点打在黑布伞上噼噼啪啪，轰然作响，又顺着伞沿流到地上，地上已有一鞋板厚的积水了，又被这雨水砸出大大小小的坑来。弄堂口就是繁华的街道，川流不息的车灯正在外面闪烁，红的，黄的，各种颜色，倒映在这一长条的雨水里，又被雨打碎，跳跃着，闪烁着，像一幅凡·高的画。不，比凡·高的画更灵动。

积水漫过了凉鞋，把老K的脚丫子都打湿了，他有点不适，感到这水很脏。他想，待会儿一回去，一定要用热水好好冲一下脚，不然要得脚气了。老K就这么一路走一路想，到了弄堂口，他看到那个高大的快递员已经拿着快递等在门口，有一点不耐烦。他接过来，问了句，什么？不知道，一个本子。他说，带一点鼻音。老K朝他看了一眼，他穿着雨衣，戴着帽子，帽檐压得很低，连他的脸都没看清，他就转身走了。老K站在雨里，把快递拆开，把包装袋扔进旁边的垃圾桶。拿在老K手里的是一个账本，崭新的。老K以为上面会写点什么的，但他从前面翻到最后一页，什么也没有。他想再看看快递袋，但它已经进了垃圾桶。去翻垃圾桶？显然也没有必要，想要你知道的人，总会让你知道的。

老K撑着伞，把账本夹在腋下，回了咖啡馆。他把账本往桌上一放，就去卫生间了。

怎么，你买了个账本？小布丁问。她趴在桌上，饶有兴致地翻动起来。

不是，大概是你的哪个粉丝，见你总亏本，特地给你买了个账本，让你记账。老K并没忘记冲他的脚丫子，他在卫生间把水放得哗哗响。突然，他一拍脑袋，明白过来了，怕是被人利用了。

果然，第二天早上，上班时间一到，那个沉寂了大半年的单位QQ群，突然有人发了一组照片。老K收快递的，老K叼着烟在灯下拆快递的，老K翻看账本的，老K把账本夹在腋下走回里弄的……有一张老K仔细点开看了，照片上有他，也有那个高大的快递员，照片上四分之三都是快递员的背影，老K只在他的帽檐下有几厘米高。如果从这张照片来看，当时拍照的人就躲在弄堂口对街的屋檐下。老K回忆了一下，想不起那天有谁躲在那里举起了相机。弄堂口灯红酒绿，路过的车辆络绎不绝，又下着雨，所有人都打着伞，为那人提供了有利的掩体。

老K点开了那个发照片的QQ号，是一个新号码，没申请两天，里面相册、说说，什么内容也没有。那是谁把他加到单位群里的呢？老K问过了管理员，都说不是谁拉的，是他自己搜索群号申请的，说是楼下广告社的，要传资料。他这还真是发广告来的，广而告之……

种种迹象看来，就是蓄谋已久的了？搞得老K半上午都没心思做事。他心性单纯，最讨厌这些乱七八糟的事儿，一有点儿什么，就弄得他五心烦躁。可偏偏等了一上午，到十一点多，才等来了第一个电话，是副书记老王的。老王是单位的一个人精，小个子，长得黑，枯瘦，你看他走路，就感觉到像一个树精在移动。他象棋下得极好，全单位第一名，可没人愿意跟他下，不是怕输，是因为他一粒子儿可以想半上午。

老王说，老K啊，你收到一个账本了？

是啊是啊。老K甚至都有点儿兴奋了。

啊哈哈，老王打着哈哈，写的什么呀？

无字天书！

啊？一个字儿都没有？

千真万确。

真一个字儿都没有？

真没有！

那是你买的？不是。那是谁寄的呢？不知道啊。对话有点儿绕，大概就是这么几句，没什么意思，只是到临了，老王突然红缨枪一挺，向里捅了一枪。老王说，老K呀，我知道你跟老葛关系好，我知道你爱跟老葛喝点儿小酒，老葛原来还想把自己的姨妹介绍给你，你们在中山公园的石桥上约过两次会，我听说你还跟他姨妹拉过小手儿，亲没亲嘴儿我就不知道了，也许有，也许没有，但……老K急了，连忙打断他，说，哪有什么亲嘴啊！他正想说，他那姨妹长得跟姨姐可是天壤之别，不知道为什么，姐儿俩这么大区别，却突然感到不对劲了，说，你调查我？你们调查我？喂，老王，你们这就不地道了啊。

老王连忙在电话那边扇了自己一耳光，说，你瞧我这嘴巴。你知道，我这嘴巴是有点碎，但我想说的关键是在那个"但"字后面的，但你不能包庇他呀，你不能跟发你工资养你的单位为敌呀。

我哪有？

你保护他那个账本干吗？

我说了，那个账本是空的！空白的，崭新的！

那谁给你寄了个崭新的、空白的账本呢？

我也不知道啊！

你没看地址？

我拆下包装就扔了啊。

为什么要扔？

因为脏啊，这是我的习惯。

那你查一下啊……

老K突然陷入了一种绝望，他不知该如何跟老王解释他是怎么收到这个账本的，不知该如何解释，老王才会相信他根本不知道是谁给他寄的。

老K怒气冲冲挂了电话，看到那本无字账本赫然摊开放在吧台上，气不打一处来，狠狠一拳砸了上去——账本没痛，他疼得咧嘴。他突然想到，他有领到快递就拆封的习惯，大部分人也有，但不是所有人都有啊。假如，他领到了快递，没有拆封，直接夹在腋下，回了咖啡馆，会怎样呢？他们追着跟踪拍摄？他马上明白过来，咖啡馆是个营业场所，他们当然可以追过来拍摄。或许，或许那个快递员也是假的？

要不，给老葛的老婆打个电话，问问？可老K想起她抽泣的肩头，怎么问呢？是你给我寄的账本，拍的照片？问不出口。再说，如果人家真要这么做了，也就是横下心来要你进局了，问个啥问个啥？问个锤子哟！

老K感到自己的头快被钻子钻穿了，他倒在沙发里，伸出双手来给可怜的自己揉着太阳穴，同时，心里涌起了多少年来在单位积攒起来的对琐事与庸俗的厌恶感。一股反胃的感觉从下腹直冲胸口，让他猛然俯下身去，干呕了两口。

4

这件事不难。

老K在龟山上摆了一道茶局，请我们喝茶，要我们给他解局。我们都说这事不难。

你想啊，出手的，必定是有利可图的。我们解给他听。

你们说老葛家？他们想拉我入局？不太像啊，如果真有什么，那天在单位告诉我不就得了？老K不解。

也许他们手里根本就没有所谓的账本呢。老岳敲着坚硬的黄花梨茶桌，木板发出沉闷又悦耳的响声。

他们知道你的社会关系，想利用这个虚张声势。

老K不作声了。他歪在圆椅里，仰头看着天花板，手掌搁在桌上，油光可鉴的桌面倒映出他的手指，这双手修长白净，连指甲都剪得很干净。他有点接受不了这个。老葛一家利用他？利用就利用呗，直说不行吗？还把他卷进来，被动地卷进来，他们不知道吗，他是喜欢简单的人。老K走了出去，走到阳台上，外面还在下着小雨，像雾一样的小雨濡湿了一切。浩瀚的长江就在眼底，细雨行舟，一切都朦朦胧胧的，但还是能看到对面的蛇山，黄鹤楼瓦掩映在绿树丛中。这时候，应该画一幅画，题上烟雨江南，或者写上，烟花三月下扬州。可惜，他现在正在干什么啊。

还有一种可能，也许不是老葛家。出手的还有第三方，希望事态变得更复杂的人。希望你跟局长继续纠缠下去，或者说，希望老葛跟局长继续纠缠下去。老岳灌了一杯茶，大概是茶太好了，他不好意思不把自己的全部智慧贡献出来。

可老K不吱声了，他附身趴在栏杆上，远眺着对面蛇山上的黄鹤楼。他在想，唐玄宗开元十五年，李白出蜀壮游，寓居安陆，与长他十二岁的孟浩然结下深厚的友谊。开元十八年三月，李白得知孟浩然要去广陵，便托人带信，约在黄鹤楼相见，写下千古名篇《送孟浩然之广陵》，几天后，孟浩然乘船东下。为什么是乘船，而不是骑马呢？当然是乘船，那时候乘船轻便，快。李白不是有诗曰，"千里江陵一日还"吗？

孟浩然去广陵是公干还是私游？孟浩然一生没有入仕，曾数次往返于长安求仕。最著名的是那次，因张说私邀，他入内署，玄宗突然来了，他竟然躲到了床下，后来玄宗还是知道了，张说不敢隐瞒嘛。玄宗叫他出来，他出来吟诵自己的诗，却念到一句"不才明主弃，多病故人疏"。玄宗不悦，当即说："卿不求仕，而朕未尝弃卿，奈何诬我！"于是放归襄阳。这一生，他又几次往返于长安洛阳，却再也没有得到过这么好的机会了。

茶楼建得很雅致，三面都是落地大窗，风吹起轻纱一样的窗幔，在老K身后舞动着，他留给我们一个落寞的背影。

这事儿，也未必完全是件坏事呀，三岔口，看你怎么选了。老K，你积极点，迎难而上，说不定又打开另一番局面呢！

老K没有理老岳。

事态没有变得更明了。王书记又给老K打了几次电话，还请他去了几次单位，无非是找他谈话，希望他交出账本。老K忍无可忍，夹着那个空账本就去了。可老王把账本从第一页翻到最后一页，每一个小格子都认真查看了，最后思忖半天，把眉头的每一根神经都拧断了，才开口说，就是这个？

就是这个，我打赌，不是这个我把我的K字倒着写。

你的K字倒着写还是K呀。老王说。他走过去，给老K倒了杯茶，今年的新茶，上面浮着一层细腻的绒毛，草木的馨香扑鼻。他亲自端给老K，又趁老K接茶的时候，拍了拍他的肩膀，说，小伙子，有，就交出来，这个关系到单位的生死存亡呢。

老K又急了，说，就是这个啊。

老王连忙把手掌往下压，示意他平静下来，说，小伙子，这是一个好机会啊，局长很器重你呢。

老 K 坐下去的人又弹起来了，他表示很无奈，说，真是这个啊！您为什么不相信我呢？

老王没有回答他的问题，而是说，老 K 啊，我是你的朋友，但现在我是以纪委书记的身份跟你谈话啊。

王书记，我知道，我从踏进这个门第一刻就知道。老 K 已被磨得疲惫不堪，声音里已带了祈求，可王书记却丝毫不为之感动，说，那为什么他要寄一个空账本给你呢？有什么作用呢？

有可能根本就是吓你们的。瞧，你们不是被吓得不轻吗？老 K 想这么说，可是不敢，他跟他们耗不起，他们可以打车轮战，对付他一个人，他吃得消吗？当然吃不消。这么三天两头跑单位，害得他跟小布丁亲热的心思都没有了，再这么耗下去，怕是要连那什么功能都消失了。

要不，你查查，看看是谁寄给你的？老王又说，一张皱脸装出一副亲热的样子。

快递袋早进了城市的回收系统。

可以从你的手机号查起，顺丰、圆通、百世……逐个排除嘛。

老 K 脑海里浮现出那个浩大的工程，所有的快递公司，一个一个地打电话，查询给这个手机号码寄过快递的电话、联系人……可我又如何证明他们给我寄的是一个空账本呢？老 K 陷入了一种深深的绝望之中。

要不，你写个证明，证明老葛寄给你的就是这个空账本，或者说，你也认同老葛有罪……

老 K 似乎醒了，终于用自己的眼光看了老王一眼，突然站了起来，问，这个跟我有关系吗？我收到一个快递，怎么了？不是单位的公共财产吧？不是贪污的，也不是偷的你老王的吧？我为什么要配合你调查？

老王一愣，还没来得及回答，老 K 又说，还三番五次？我想请问，我收到什么东西跟你有关吗？没必要向你汇报吧？同时，我要郑重地说一句，我，从来，没有认为老葛有罪！如果有，那一定是你们栽赃的！

说着，趁老王的眼珠子还没掉下来的当儿，老 K 走了出去。

你你你！这是你的单位啊，小伙子，你可想好了，你这么走出去了，还回来不?

听到这句话,老K停下脚步。的确,这个问题他还没想好,那么就从现在开始,他要好好考虑一下了。一匹棕红色的高头大马在老K的脑海里奔驰而过。他眼里又浮现出那匹系在海棠树下的马,它正一点一点地被小轿车挤去位置,它被挤在车和车之间的空隙里,低垂着头,眼里露出难过的神色,连尾巴都甩不开。

5

老子不干了!本老爷不屑与你们为伍!你们这些社会的残渣,知识分子的败类!

小爷我天戴其苍,地履其黄,我是天地之间,五百年间一顶天立地的男儿,岂能为你这区区五斗米折腰!

后来,在无数个酒足饭饱的残局,老K的这段挥手,成为炙手可热的保留节目,不断被我们演绎,老岳、老檀、老肖都演过,他们也拉我演过,我们都加上了夸张的语言和动作。只是我不明白,为什么要在五斗米前面加上"区区"二字呢?音韵效果,音韵效果,纯粹是为了顺口,老岳说。

可事实呢,老K悄悄跟我说,我就说了一句话,我不干了,就走了。

你看,英雄就是这么乏味,其他的,都是我们想象出来的。说不干就不干,当然是痛快的,可老K也为此付出了代价。笼中鸟,失去了自由,但每天有吃的,现在老K得自己找食儿,何况他还养着一个花钱如流水的小女朋友。第一个星期,老K闷在家里画了一打花鸟,第二个星期画了一打人物,第三个星期准备画山水。我推门去看他,吓了一大跳,胡子眉毛寸把长,他惯常留的那个山羊胡子卷曲而发翘,呈可疑的蛇形。一定是太久没喝酒、太久没吃肉了,连胡子都营养不良了!我不由分说拉了他去酒馆,三杯酒下肚,老K的脸色才红润起来。

老K的功底在那里,名气也有一些,可卖画这个事,毕竟武汉不比北京,市场就那么一小块,何况老K还不愿意画行画,酒馆茶楼要的,他不愿意画,他画好的，别人又不一定买得起。虽说是三年不开张，开张吃三年，可如果想急用钱，或者过安稳日子，肯定是不现实的。但老K硬是没叫过一声苦，每次聚会，依然抢着买单，我买我买我买！他的声音总是最大，有时候醉了，趴在桌上，要睡着了，嘴里还不忘嘟囔那句，我买单。

但老K还是挺过了那段艰难的日子，不是看他的出手，也不是看他和小女朋友的穿戴，而是看他的神色。过了一段日子，他便能一约就出来了，吃饭喝茶，能放松地坐在那儿，想说话时说两句，不想说时低头沉默，或拿毛笔随便在纸上画点什么，而不是随时都想着要买单。我便放心了，知道他心里有底气了。我听老檀说，那段时间，他画了一组《送孟浩然之广陵》，非常好，不论是外行还是内行，但凡读过点儿书的，一看就觉得非常好，有功力，有劲道，有气蕴，苍茫的水墨气蕴之上还有高远。一个广州老板拿全房的红木家具换了这四幅画，第二次来时，见老K又挂了一幅在那里，他给老K添了个零，跟他约定，以后再不许画这个题材了。老K果然不画孟浩然去广陵了，他画孟浩然在襄阳，李白在终南山，孟浩然锄豆，李白醉酒，王摩诘在辋川别墅晒肚皮……有的没的，他都画，画了别人没画过的题材，画出了别人画不出的味道。那些人像活在他心中似的，随随便便就那么几笔——惜墨，像墨是金子做的似的，几根线条，几点淡墨，但大家一看，谁都觉得像。谁也没见过李白、孟浩然、王摩诘，但都觉得他们就应该是那个样子，一举手一投足，就是从诗中走出来的李白、孟浩然、王摩诘。

辞职是一个坎，老K挺过去了，也成就了他，当今画坛的文人画，有他一席地位。老檀说。我们那次碰面是在一个饭局，已是冬天了，我们俩分别是两拨朋友带去的，一落座，看到隔着桌子的是老熟人，想要换位子，已经来不及了。坐下吃完后，我们俩在饭店大堂里边抽烟边聊了两句，话题自然绕不开老K。老檀跟字画行当沾点儿边，做红木生意的，好像久而久之沾染上了木头的习性，他话不多，但说一句就像钉了根木桩。他这么说着，我们俩都凑在烟灰缸上弹了弹烟灰，看着对方的眼睛，露出了一丝宽慰。

那个老葛。他就这么丢了半截子话头，等着我问，哪个老葛？我确实好一会儿没想起来。你不记得了？老檀看着我，拧着眉头问。确实不记得了。老檀就没有话了。我们俩默默地抽了一会儿烟，好半天，他又问了一句，老K跟他的小女朋友怎么样了？

我看着老檀，他把过滤嘴塞回嘴里，眼睛看着前方，有点儿迟疑。他话不多，这么一问，就问得我心里一紧，连忙问，怎么了？还好吧，我前几天还看到他带她到老肖那里吃烤虾。老檀迟疑地看了我一眼，含含混混地说，问题就在这里，他们分了没有？

我当时没想明白，心里想，这个老檀怎么回事，不是说了吗，好着呢，怎么偏要问人家分没分呢？以为他可能多喝了两杯，就没再接他的话，然而，实际上问题正出在这里。

或者说，往深里想一点，问题出在老K太喜欢小布丁。

老K遇到小布丁，在我们看来，那就是像他遇到了他钟情的那一类艺术品，真正的一块雪糕，放在嘴里怕融化得太快，拿在手上呢，又怕沾了灰，还怕太阳烤哩。他对她几乎百依百顺，然而这个年代的小女孩，哪像我们那个年代的，还有点贤良淑德，她可是什么都不管不顾。实际上，老K在她那里一直没捞着什么好处。每次去她那里之前，老K都围着里弄前前后后跑三圈，一边跑还要一边拿着冰绿茶——不是康师傅那冰绿茶，是真正的绿茶，里面加了冰块的货真价实的冰绿茶，一边跑一边喝，为的是泻火。老K跟小布丁没有男女之实，两人睡也睡过，但老K大多数时候在脚头，偶尔抱着她睡一晚，那都是抑郁症发作的时候，一边拍着哄着，一边给她揩眼泪。这事老K跟我说过，也是他喝得过了几分的时候说的，一脸的衰字。他问，你说，这到底是她有问题呢，还是我有问题呢？老K交往过几任女朋友，我们知道他没问题，但小布丁，她就有问题？我看不是，估计是你们俩的问题。我想，但没说，现在说这个没意思。我说，你图什么呢？缺一个祖宗供着吗？他没回答，脸呈猪肝色，红润里透着乌气，眼睛、嘴角都向下撇着，像一个刚失去江山的太子，头发丝里也能挤出眼泪来。我不忍心看他，把眼睛掉转向别处，拍了拍他的肩膀。后来好长一段时间，老K都不敢看我的眼睛，他大概后悔跟我说了。我也只好装作忘了这事，慢慢地，也就真忘了。但老檀这么一说，回家后，我酒一醒，就想起来了。

这事让我心里有了个结，这个结让我坐在书房抽了两根烟，但也仅此而已。过了那天，我也只好选择把它遗忘了。人家的私房事，关乎男人的尊严，兄弟最好装作不知道，即使看见了，也要假装没看见，像石秀那样，把潘巧云扯到杨雄面前，硬把她脑袋往他刀底下塞的事儿，我们不能干。我想老檀也是这么想的吧。

6

也不知怎么的，老K就知道老葛他儿子的事儿了。据说，是这么回事。

有一天，老K下午没事，就在小布丁的咖啡馆闲坐。正在门口抽烟的那会儿，遇到原单位的老马带几个外国友人去那儿看老建筑，老K留老马多坐会儿，老马就让他们先逛去了。两人坐着喝茶抽烟的时候，老马就找话说，就说到了老葛。他说，你知道吗，老葛进去了。

哦。老K愣了一下，但也没有太吃惊，只是心里多多少少有些悲凉。从他进单位起，老葛就在那里当会计，戴黑框眼镜，戴袖套，客气而严谨，不论你差他，还是他差你，连五毛钱都是不行的，没想到，现在落了这么个下场。

也许是他没有接话，老马又说，你见过他儿子吧？老K点点头，一个高大壮实的年轻人。老马也点点头，说，他通过了今年的招考，到我们单位来了。

老K终是一愣，惊得烟头都差点掉了，半天才回过神来。等回过神来的时候，老马看着他，说了段掏心窝子的话。他说，老K呀，你有时候太较真，有时候太实诚。老葛那事，我们都知道是怎么回事，为这事儿，把工作丢了，不值得。他摇着头，快把脑袋摇掉了。继而，他看了看老K的脸色，又马上说，不过，你走了也好，我们那种单位，哈哈哈，你现在更好了更好了。

正说着，外国友人已转回来了，老马便走了出去。走到院门口，他转回头来，朝老K挥了挥手，说，别往心里去啊，有时间来单位玩儿。

老K坐着抽了根烟，把整件事情想了一遍。离开单位当然是对的，可……可什么呢，他说不上来，感觉那种不自在、那种污浊仍然跟着他。他把烟蒂弹出去，弹到了门口的睡莲池里，几条昭和三色摇头摆尾地游过来，大概以为有人投食了，老K看了看，进到里间，准备做晚饭。

这天的晚饭，是老K老早就备下的，他打算做寿司、三文鱼、海鲜刺身。原本他心情很好，当然，这会儿也没有坏掉。他关掉手机和音响，开始专注地对待大米、紫菜、鱼虾和芥末。

晚餐很成功，小布丁吃得很高兴，吃了两块寿司、两片三文鱼、三小块海参，对于她来说，这已经是非常多了。老K很高兴，摸了一下她的小鼻头，说，就要这样吃下去呀，争取长胖一点呀。

这天晚上，破天荒地，小布丁没有让老K睡脚头。老K还在刷盘子，小布丁就穿着她的粉色睡衣，躺在床上冲他招着手，老K一下没忍住，鼻血差点都冲出脑门儿了。他扔下刀叉，飞快擦了把手，以脱衣舞娘都比不上的速度脱光了自己。老K扑到床上，抱住这个他心心念念想着的身体，开始像小猫一样舔着她，亲吻她的耳垂、眼睛、鼻子、脸颊，他顺着她的指引往下滑，锁骨，以及根根肋骨突显的胸脯。她抱住他的大脑袋，喘着粗气问他，喜欢吗喜欢吗？喜欢喜欢喜欢。他嘴里含着东西，含混不清地回答。他吻住了肚脐，那里有一个小小的银色脐环，老K刚认识小布丁的时候就见过这个脐环了，小布丁一走路一转身一跳舞的时候，那个铃铛就响起来。那个他从一开始就开始想念的脐环，终于咬在嘴里了。他用牙齿咬住，轻轻撕咬起来。喜欢吗喜欢吗？她还在问。喜欢喜欢喜欢！他一把握住她的细腰，往上一推，她惊叫了一声，继而说，轻点！

为什么要轻点为什么要轻点！

嘘！她把食指放在嘴上，轻声说，我怀孕了。

老K一愣，泰山差点就垮在眼前了。过了好一会儿，他才问，你不是开玩笑吧？

不是。小布丁脸上带着绯红，还陶醉在喜悦之中。我们很快就会有个儿子了，或许是个女儿，像你，或者像我，不好吗？

老K不知如何回答这话。他说，到现在他都没想明白，该如何回答这话。他从小布丁身上爬起来，没穿衣服，像个真正的"思想者"那样，在床沿上坐了一下。小布丁看到老K这态度，开始哭泣，喃喃说着，你就是不爱我，你说的那些，都是假的，你还说为我做什么都可以，为什么不能跟我养个孩子呢？何况，他还要喊你爸爸。

老K说，说实在的，他很心疼，看见小布丁哭，他就很心疼。可是他更不知道该如何回答她的那些话，便穿好衣服走了出去，他需要一个人静静。后来他走到了里弄的夜色里，咖啡馆和书吧依然闪烁着灯光，煎炒烹炸，咸香鲜辣，各种声音和味道依然迎面扑来。有些老住民已经认识他了，纷纷跟他打招呼，K画家，你吃了没？K画家，喝一杯！可一句话都没传到老K的耳朵中来，他失了魂一样地往外走。他走到里弄口，再往哪儿走呢？兜里的手机振动了一下，是他的大学老师发来的微信消息，一篇公号文章，题目是：孟浩然是吃蝙蝠吃死的！

紧接着，手机又振动了一下，还是老师发来的消息，上面写着：这是我最新考证出来的，千真万确，因为当地有一种迷信，认为吃蝙蝠可以壮阳。

老K感到自己像被余震击中了一样。他想了想，像丢那个快递袋一样，把手机丢进了垃圾桶。

7

第二年的四月，春汛涨起来的时候，我收到了一封来自天兴洲的短笺。拆开后，发现是老K写的。当然是老K写的，我应该想到，只有老K会给我写信。

他在信中描述了一个新的世外桃源。

他说，他回到了故乡，那个他很小时跟着父亲一起回去过的故乡，那个西瓜很甜的故乡。就在武汉的下游。那时候，只要在街上喊一嗓子，天兴洲的西瓜喽，便能从众多西瓜中脱颖而出。现在，天兴洲整体搬迁了，留下了非常多的房屋、浅滩、沙洲、草坡，还有田地。他终于买了一匹枣红色的马，高大，矫健，毛皮油光发亮，他托朋友运到了洲上。

他还说，他种了很多西瓜，闲时也画画，但不急着卖，更多的时候，是跟马一起迎风跑步，有时候他跟着马跑，有时候马跟着他跑。洲上困难的是没有电，他得完全靠太阳光过活，太阳出来的时候起床，太阳落下的时候睡觉，晴天的时候出门，雨天的时候画画。最令他难过的是，寄信太难，他等了半年，才等到了一艘愿意在天兴洲停靠的游船。

我可能再不会给你写信了。在信的末尾，他说，来吧，最好是夏天来，西瓜熟了，一个个圆鼓鼓的，铺满了地。在月光下，我们坐在瓜地里喝酒，啪，用拳头砸开一个瓜，就用西瓜下酒，甜丝丝的，我保证你没吃过这么甜的西瓜。月亮一望无垠，瓜地一望无垠，瓜地里有窸窣的声音靠近，那是兔子、刺猬和野狐狸，它们也想来吃西瓜。当然，还有枣红马的声音，它唰唰地甩着尾巴，远远地站着，像是在看月亮，又像是在看我们。

我把信放下，站在窗前，点了一支烟。我不知道我什么时候能去天兴洲，春天？夏天？或者永远也去不了？

原载《长江文艺》2021年第1期

了一容

玉狮子

"艾布家的马匹越来越多,没个人放牧,打算花血本找个放牧的巴郎子呢!"哈里克的婆姨罕古丽对丈夫说。

"他这两年光阴好了,有钱了,能得很,人前头绕达来绕达去,今天说是跟乡上领导吃饭着呢,明天又跟县上的老板研究创办赛马场呢,口气大得刹不住车了。真是人有钱了扎哩,马有膘了乍哩。我惹不起他,还躲不起吗?"

"你猜人家要找谁给他放马呢?"

"热合曼?"

"不是,热合曼下个月要出天山,去内地学技术了。"

"那是巴图尔吗?"

"不是,巴图尔那个巴郎子脾气犟,不可能听艾布的,他宁愿在草原上逮蚂蚱、掏鸟窝、耍松鼠,也不会给人放马的!"

"那是艾则孜了?"

"艾则孜家的马都没人放牧着呢,能指望上他吗?指望不上他。"

"都不是,那你说是谁啊?"哈里克也有些疑惑了。

"你猜不着了吧？我告诉你，人家要叫咱们把伊斯哈格让给他们呢，说伊斯哈格为咱家放了两年马，我们连一双鞋子都不给买，娃娃精脚片子在草原上跑，两只脚都被刺扎得到处是伤，流血流脓的！"

"这跟他有什么关系？这个巴郎子的确能吃苦，风里雨里泥里水里跑着放马，这是咱们家的造化，我好不容易才找上这么个娃娃，他干吗抢？"哈里克有些气呼呼的。

伊斯哈格其实还是个不满十四岁的孩子。三年前，伊斯哈格从家里逃出来，拽着大人的衣襟混在人群里挤上了从内地开往新疆的火车。那个内地的小站上，伊斯哈格将瘦小的脑袋伸出火车车窗，怅然若失地看到送行者里面有人在哭，他的心里霎时变得乱麻麻的。未经大人许可，他是偷偷跑出来的。他正要把头从窗外缩回去，一道从未见过的风景闪电般击中他的小心脏：原来火车顶棚和窗沿上爬满了密密麻麻的麻雀，这些小精灵也搭乘火车上新疆呢。麻雀由平日里在村子的树冠上的叽叽喳喳和争争吵吵，变得一声不响，仿佛用一种庄严肃穆在向曾经养育过自己的瘠薄的土地做最后的道别。

伊斯哈格倒吸了一口凉气，担心地想，不知道那些可怜的小家伙能否用自己纤细的爪子抠住奔跑的火车到达新疆。也许有一些麻雀会疲劳过度而跌落，成为遥远戈壁荒漠迁徙路上的牺牲者。

记得在村子里时，伊斯哈格常见大人们摇头叹气，说是干裂的土壤已经被破坏了，从国外引进的粮食种子完全代替了以前种子公司那些传统的种子，种子公司和农民都再也不留种了，用农家肥的种植方式也被国外的化肥替换了。这些进口的粮种，一经播进田里，就必须得用国外进口的化肥进行催长。等到种子长出来后，各种以前没见过的杂草就迅速把庄稼缠住了，即便是全家人出动猫着腰除上一个多月，累得半死不活，还是无济于事。于是，就又得用国外进口的农药了，不用进口的农药，这些没见过的各种杂草就无论如何也除不干净。等到庄稼出穗的时候，突然田里的庄稼上就又会生出蚕蛹一样大小的各种颜色的小虫子。一时虫子泛滥成灾，爬得到处都是，粮食一粒粒被吃没了。虫子吃完粮食，又爬到村子的各个巷子里，甚至爬进村民的家里找东西吃，人不小心踩在脚底，就发出吧吧吧的响声，让人心惊胆战的。没办法，进口的农药才能对付得了这些虫子。可是，进口农药用上后，村子里的猫死了，喜鹊、乌鸦、猫头鹰都统统死了。不知何时，大家发现村子里一下子冒出许多黄老鼠，黄老鼠成群结队，个头大得都快成精了。说个稀奇话，有些老鼠长得比猫还大，猫不仅不敢抓这样的大老鼠，还被老鼠频频追着跑。因此，该生存的在这古老的村落里生存不下去了，倒是大家认为不该生存的那些稀奇古怪的东西都全部出世了。有些人，动不动还会生一些怪病，不是这个肿瘤就是那个癌症，治也治不好的。大家都隐约感觉得到可能是这些进口种子的问题，不想再种它们了。可是以前的种子去哪儿了？农民们渴望能恢复以前那种传统的农家肥的种植方式，然而种子却找不回来了。也许有一天，即使种子找回来了，但不知需要多少代人才能恢复土壤的健康和元气啊！人们放弃家园，逃往口外。新疆口外大呀，随便养几只羊都能活人。那些有灵性的麻雀，也跟着人乘火车去新疆了。

在乌鲁木齐二道桥子，伊斯哈格混在那些打工的人流里等着看有没有人找他干活。可他还是个孩子，谁都不肯要他。这样下去，他会被饿死的。他在马路边的道牙上凑合了一个晚上，第二天下午的时候，一位身材壮硕的大叔走过来问他："哎，巴郎子，吃饭了没有啊？"

伊斯哈格乏乏地摇摇头，他饿得连说话的力气都没有了。

"那就赶快跟我走，赶快跟我走，跟上我吃香的喝辣的走！"

伊斯哈被他牵着小手，拐了几道巷子，就已经辨不清方向了。他被领进一个饭馆，吃了一碗羊肉泡馍。吃饱了也吃香了，这个新疆老板才又开始问了：

"跟上我经常吃这样的羊肉泡走，能成不能成？能成的话就跟上我走！"

伊斯哈格心说，既然吃了人家的饭，就跟上人家走吧，多大的苦都能吃得下。伊斯哈格回答说："能成！"于是，他便跟着哈里克大叔乘坐班车来到天山深处的草原上牧马了。

"说一千，道一万，人家艾布明天就要把伊斯哈格领走了，说明年还会把他送到区里学习呢。不久在草原上还要打造新疆最大的赛马场呢，到时候伊斯哈格就是天山真正的雄鹰了，有多少漂亮的羊羔子（姑娘）会慕名而来，希望能嫁给他呀！"

"不要胡说八道了，怎么可能呢？"

"真的，就在今天早上，你去了镇上的巴扎，艾布带着一位领导专门来和伊斯哈格谈了，人家也征求了哈格的意见。那位和他一起来的领导也发话了，说伊斯哈格愿意去谁家就去谁家，不能干涉，干涉是要吃官司的。我只好给人家说了，等坚守完今天最后一天，明天要走就走吧！"

"领导？你能认得领导长的啥样子吗？嘴别伸长胡说！"

"哎哟哟，我把领导不认识吗？衣裳、脸，还有手，一看就不是劳动干活的。"

"真倒霉，看来，咱家的马以后得靠自己放了！唉，也怨我，昨天伊斯哈格出去牧马的时候把咱家的玉狮子用绊马棒绊住，绊马棒把玉狮子的两条前腿都打烂了。玉狮子不就是爱到处跑吗，它跑你不会跟紧点吗？干吗用绊马棒呀？这娃娃经常把马群往草山上一赶，就在草甸子上不是看他的那些破书，就是睡大觉去了，一天好像老是钻进书里不出来了。我实在气不过，就说了他几句，他还嘴里胡嘟囔，气死个我了，让我照准他的背子美美抽了几鞭子，可能抽的劲大了，受不住，想逃跑！"

"不要紧，你晚上好话给哄一哄，让别记恨咱们。你不哄一哄，晚上马群回圈，他今晚半夜连夜草也不给马添了，只想着明天早早一走了之。"

此时，哈里克家的晚饭已经吃了，天已经黑下去了，暗影慢慢地遮蔽了草原上的一切，远远近近，黑咕隆咚的。夜的颜色有厚有薄，带给人一种草原神秘的力量。草原深处星星点点的帐篷里闪着忽明忽暗的灯火，像磷火似的。

伊斯哈格居住的窝棚里一派寂静。旁边的鸡棚里，几只新疆芦花鸡卧在半截木头上。它们放松了全身的羽毛，凌乱着翅膀，一只依偎着一只栖息在一起，发出梦呓般的咕咕声，仿佛喃喃自语着要做一个什么好梦似的。鸡喜欢把自己的嗉子用翅膀和脖子捂住，不让它受凉。如果夜里偷鸡贼拿一根长木橛塞进炕灰里烫热，再轻轻塞在鸡棚里的鸡嗉子下面，鸡感到温暖就会立马自动跳上橛子，叫都不叫一声，安心地蹲在橛上面被轻而易举地端出鸡棚抓走。

草原上的各种鸟类和小动物的声音，还有牛哞驴叫马嘶羊咩，以及蛐蛐虫虫在白天演绎的大型交响乐已经逐渐减弱和平息下来，就像大河激越时发出的川流不息的响声被分流到四路八岔，渐渐由洪涛变成了低吟浅唱。那些习惯在白天活跃的草原上的野物，大多回巢躲藏起来睡觉去了，而另一些刺猬、野兔和在夜间才肯出来觅食和恋爱的昆虫们却探索着爬出来行动了。那喜欢在黑暗的掩护下活动的动物和虫子的声音也开始由弱到强地传递着，慢慢打破了这无垠的夜的草原的寂静。

有几只野兔从草木掩隐的窝里偷偷地跑出来，寻找着自己喜欢的嫩草。草原在微风下，就像水波一样微微荡漾，发出空幻的声音。

有一对獾跑出来，在一个洼陷的草坡下面，始终保持着警觉和多疑的姿势，此刻在小心翼翼地东看看西瞧瞧，似乎一旦情况不妙就跑回洞穴里去。

村口，在那片总是被哈里克家的老黑乳牛占据着的草坡上，这头没有什么野心、不肯走远的乳牛从早到晚已经吃了一天的草，完全吃饱了，它静静地立在那里慢条斯理地反刍着。远处，有走在回圈的路途中的马群里的马儿发出哝儿哝儿的叫声。

哈里克听出来，这是他们家的马群。他们家这群马匹里，有一匹全身血红的儿马，看上去个头比所有的马都高大，威风凛凛的，伊斯哈格给它取名叫大特级。大特级嘶鸣一声，马群就会情不自禁地向它靠拢。一般情况下，在去往草原或者回马厩的路上，所有的马都会排成一列竖长队，从未牧过马的人听了这些是难以置信的。大特级要么在队伍的第一个领着马队，让马群不要跑得太快，要依照它的速度和节奏行进；要么就是走在最后一个，驱赶着马群向前。倘若队伍里某匹马儿调皮捣蛋，不肯听话，从队伍中跑出来，大特级就会毫不犹豫地扑上去撕咬，离队的马儿就只好灰头土脸地回到队里去了。但一个群体里总会有不同的声音，总会有唱反调和不愿随大流的音符，这是非常正常的。玉狮子就是这样的一个家伙。它若是一匹儿马倒还罢了，可偏偏玉狮子是一匹骒马，它全身雪白，犹如和田白玉，亮光闪闪，色泽润滑。它常常不惜被咬的代价，不听大特级的话，常常趁其不备溜出队伍，尥着蹶子逃之夭夭。有时离群后就走失了，无论伊斯哈格怎么找都找不到，直到它自己觉得了无趣味了才会跑回来，或者伊斯哈格找了半晚上，才能在一个水草丰美的偏僻角落里发现它在独自品尝别的马永远品尝不到的野草。

此时，哈里克大叔心烦意乱地提着鞭子，走出去在马厩前的路口子上等马群归圈。

婆姨罕古丽依旧像一只造窝抱儿子的老母鸡，叽叽咕咕地自说自话："这个伊斯哈格怎么还不赶着马回来啊？哈里克就这么个脾气，我们谁没有挨过他的打呢！"

整个草原上一派深邃，草海在夜间显得愈加苍茫。回头看，马厩的轮廓和村舍也渐渐变得越来越模糊，就像淹没在黑色的潮水之中。特别远的地方，孤独的草原帐篷里，尚有一丝萤火虫般的光芒。

哈里克的马群踏出隆隆的声音，排着整齐的队形回来了，径自往马厩里走去。大特级依旧断后，它把所有的马匹驱赶回马厩，自己才最后一个昂首挺胸走进马厩。

当马蹄声安静下来，叫蚂蚱和蟋蟀开始在门前的草坪上缓缓争鸣，草原的夜空更加空寂。

哈里克检查了，玉狮子没有回来，牧马的巴郎子伊斯哈格也不见了。这个狗日的，是不是跑了？哈里克心里特别沉重，思忖着，我的玉狮子啊！

哈里克钻到马厩最里面，一遍又一遍转着圈寻找玉狮子，那些马匹谁在哪儿站立，都按平时的习惯和自己的强弱抢占好了位置。位置和秩序是永远不会轻易改变的，要维持好久的，只有谁打败了大特级，登上了新的王位，一切才会重新调整和安排。所以，马厩里缺少了谁，就像单位里大伙儿聚在一起摆椅就座一样，清清楚楚，一目了然。牲口的世界和人的世界是一模一样的，都是弱肉强食、论资排辈，按级别大小进行待遇优劣的分配，如若不是你的位置，你一旦侵占了，后果是非常严重的，要受到严厉的惩罚和撕咬。动物为了维护和巴结首领，会对某个不合时宜的冒犯者群起而攻之，直到它夹着尾巴顺从为止。

玉狮子没有回来，是不是出了什么问题？不好说，人心难测。哈里克知道，伊斯哈格不是个用暴力能够征服的娃娃，这他已经多次领教过了，尽管鞭子抽在身上，但伊斯哈格就是不肯低头认错。

玉狮子跟其他的骒马也不一样，它不肯顺从大特级，大特级所规定的一切秩序被它一次次颠覆了。玉狮子也不恋群，常常特立独行，它宁愿跑很远的路和哈里克家马群之外它所欣赏和尊敬的儿马谈情说爱，也不愿意让大特级碰它。它不接受大特级的呵护和奖励，也似乎不怎么看好大特级的王权和独裁。玉狮子在哈里克家的马群里是最漂亮的一匹骒马，从来都是干干净净，全身雪白雪白的，让大特级情不自禁地眼馋，多次都想扑上去震撼它，让它变成自己的妻妾，但都遭到了玉狮子猛烈的拒绝和反抗，均以失败而告终。这令大特级十分沮丧和懊恼。玉狮子十分厌烦独裁者，它喜欢那种和大家平起平坐、具备儒雅气质的儿马，即便是年龄大一点它都觉得没有关系，关键是要能和所有的马儿打成一片，无为而治。

哈里克觉得自己就像是在梦里一样，脑海中浮现出玉狮子与众不同的身姿。现在，他再不能胡思乱想了，得抓紧去找它。它究竟跑哪儿去啦？这个狗日的伊斯哈格啊，怎么丢了玉狮子就逃了呢？

哈里克走出马厩，闩好厩门，提着鞭子，再一次想起他用这条皮鞭抽伊斯哈格的情景。他一边想一边沿着马群常去的草场，寻他的玉狮子去了。

繁星似海，月亮就像降落在草原上的草丛中了。伊斯哈格还在很远很远的草场哭哭啼啼地寻找着丢失的玉狮子，这是他的工作和职责所在啊！一般情况下，等到太阳快落山畔的时候，伊斯哈格就开始归拢散在草原上的马匹，将它们驱赶到一个固定的位置，数一下，一匹不少，就吆着它们回家。只要赶着这些马到达回马厩的那个岔路口子上，它们就会自动排好队，根本不用人管，大特级会把它们领回去。

伊斯哈格越走越远了，草也越来越深了，各种怪石峥嵘，有些石头就像面目狰狞的野兽或传说中成精的怪物。他听有些人讲，鬼魂有时会躲在某个角落窥视着你，于是他的头皮立刻就麻辣辣的，像是有一些微小的虫子钻进头发里爬动着。

这草原上有蟒蛇和狼，还有老虎都难以对付的大熊，希望戴着马绊的玉狮子不要遇上这些天敌，否则他觉得自己的名声就要毁了，草原上就没有他立足的地方了。牧马人有牧马人的规矩和讲究，更有牧马人的责任和尊严。他一边跑，一边借助月光观察，他也不敢因恐惧和着急而出声地哭，担心会惊动了野兽来围攻他，这样也会被人嘲笑他不是一个真正的草原男人。他擦干眼泪，用手掌抹着头上的汗水。

白天，中亚大地上毒日头晒出的温度似乎尚未消散殆尽。伊斯哈格继续一片草海接一片草海地寻找，汗像水一样流，浑身上下全湿透了。他口干舌燥，眼睛也干巴巴的充血一般，犹如狼的眼睛一样红苍苍的。他仔细地搜寻着每一个玉狮子有可能藏身其中的地方。有些灌木被他跑过时划出哗啦啦的声音，有时回音让他立即凝神静听，以为是玉狮子就在附近。但一次次都由希望变成了失望。他光着的脚丫子被草原上锋利得像刀子一样的石头、木刺划拉刺割得伤痕累累。他在草原上三年都是精脚片子，常常是旧伤刚愈，又添新伤。他尽力用面积较小的脚尖和脚趾踮起来，跳跃着行走，脚尖刚一落地，他就迅速弹跳起来，这样就能避免那些藏在草丛中的利器扎入脚心。他把裤腿用冰草绑住，避免蛇和蝎子之类钻进去叮咬。当然，在草原上有一字蒿，可以治疗蛇毒，用嘴嚼烂，抹到伤处就好了。家有一字蒿，不怕毒蛇咬三遭。一字蒿草原上到处可见。

伊斯哈格找遍了玉狮子习惯去的草场的每个角落，都没有发现它的影子。这匹年轻貌美的白骒马呀，尽管戴着马绊，但是倔强的性格使它不肯听命于命运的摆布，它忍着马绊剧烈敲打的疼痛，独自离开了马群，向谁也不知道的地方走了。

伊斯哈格因为丢失马匹所感到的痛苦和自耻，使他变得有些愤怒，变得忘记了独处在夜晚的草山上的害怕。他知道他已经走到了毒蛇和野狼出没的那片领地。他有些控制不了自己的情绪和理智，杜尔杜尔地呼唤起了玉狮子，只要玉狮子发出一声嘶鸣，他是能够立时辨别出它的声音来的。三年了，他是能够听出所有自己放牧的马的叫声的。

灌木变得越来越多，越来越深，出现了许多乔木，走进这里似乎有再也走不出去的感觉，草长林深，就容易找不到方向。现在，该找的地方几乎都已经找了，只能冒险在这野兽出没的地方一试了。经过长时间的跋涉和奔跑，伊斯哈格的腿肚子像灌满铅一样沉重，拖都拖不动了。他一屁股坐在淹没人身的乱草里，一边休息，一边难过。从未有过的孤独、绝望紧紧攥住了他的心，饥饿、疲惫和鞭伤经过汗水的浸滋，疼得深入骨髓。煎熬跟疼痛交织在一起，折磨着他。一会儿，眼前也变得模模糊糊的，他似乎是要晕过去了。

哈里克提着皮鞭转了一圈，又走回来坐在马厩前不远路口的一块白石头上望着草原的深处。他没有看见玉狮子，也看不到他雇的牧马的小伙计伊斯哈格的踪影。他想在这里一边休息，一边再等等，也许玉狮子自己会走回来的。

罕古丽一个人在家里越想越蹊跷，玉狮子丢了，伊斯哈格是不是已经被艾布领走了？她是很喜欢艾布的，年轻的时候还偷偷地跟他约会过，在茂密的草丛里滚过蛋蛋，现在滚不动了，但她依然对艾布充满好奇。她嘴里依旧自言自语地埋怨和诅咒着，唠唠叨叨，嘟嘟囔囔，没完没了。她趁着哈里克去外面找玉狮子，就想去艾布家看看，从他们家到艾布家约两箭的距离，她摇摇晃晃扭着身子去了。

· 122 ·

就在家中无人看管的这段时间，一公一母两只野狼带着自己的狼崽子闯进了哈里克家马厩后面的羊圈，把三只最好的头梢子羊咬倒，把血吭哑了。另有几只羊也被狼咬倒了，这些喂养得特别肥壮的绵羊，个个都是钱疙瘩，这下损失可惨重了。狼有时被附近草场上的牧民们称作卦先生，意思是能掐会算，它们算中了今天哈里克家的人都会出去，就下山蹲在他家的墙头上守候着。狼能够闭毛缩骨，把自己变得跟猫一样大小，偷偷藏在墙头上或者草丛中，一般情况下人是发现不了的，待时机成熟，它们才会发起突然的袭击，从来都鲜有失算。

等到哈里克跟罕古丽两个人都累了，不约而同回到家里的时候，发现了狼制造的惨案，便拍膝叫娘，更加怨恨和迁怒于伊斯哈格。

野狼的叫声让累得昏昏沉沉的伊斯哈格又紧张地爬了起来。他竖起耳朵，仔细谛听，似乎就在不远处传来玉狮子不同往常的嘶鸣声。带玉狮子回家，这是他的责任、尊严和使命。他顾不得许多，一下子从灌木丛里蹿起来，就往玉狮子嘶叫的方向狂奔。

他想起白天他给玉狮子戴的马绊是一截青冈木制作的。青冈木是非常结实的木头，柔韧性特别好，是轻易断不了也坏不了的。马绊的绳子也是不容易坏的牛皮绳子，耐磨性特别好。他原本是躺在草丛里读书的，太阳正好晒着他的脚腕子，那些被石头和木刺刺割得如裂开的树皮似的伤口痒酥酥的，特别舒服。"老人在黑暗中感觉到早晨在来临，他划着划着，听见飞鱼出水时的颤抖声，还有在黑暗中凌空飞翔时挺直的翅膀所发出的咝咝声。他非常喜爱飞鱼，拿它们当作他在海洋上的主要朋友。"他在读他从内地背到草原上的《老人与海》。他出门时，一共带了两本书，还有一本是《新华字典》，他一年四季，大部分时间都是在读这本字典的，每当生活变得枯燥无味的时候，《新华字典》中那些字，就是他深入的迷宫。今天他在读《老人与海》，他已经读了五百遍了。"他替鸟儿伤心，尤其是那些柔弱的黑色小燕鸥，它们始终在飞翔，在找食，但几乎从没找到过，于是他想，鸟儿的生活过得比我们的还要艰难，除了那些猛禽和强有力的大鸟。"他想,草原上也是如此,草原和大海一样宽阔浩瀚,一样可以让人的胸襟变得特别大。海洋是残暴的,也是仁慈的并十分美丽的。但是,他长这么大,还没有见过海洋呢,当然他可以想象海洋,通过海明威的书,他对海洋怀有好感和梦想。他突然想起玉狮子会偷偷跑远,乃至丢失,这会影响他想海明威的心情。他在做好标记的草丛里找到了备好的马绊,将一根手指伸进口中,一声响彻云霄的口哨,黑豹狂飙而至,来到他的身前。这是他的专用座驾,全身无一丝杂毛的黑骏马。他提着马绊翻身跳上黑豹,追赶玉狮子。玉狮子也警觉了,知道是在追它,开始拼命狂奔。一白一黑,两匹马在草原上飞奔角逐,在地平线上旋转,中亚大地的胸膛上传出密集的鼓点般的韵律。黑豹在瞬间的爆发力犹如幽灵一样,很快就开始跟玉狮子比肩了,刹那又越过了马头,这时候伊斯哈格会准确无误地将马绊的绳圈套入玉狮子的脖颈。只要马绊入项,就跟枷锁上身一般,再不敢跑那么快了,因为跑得越快,那根木棒会绞绕在马前腿的里里外外,敲打得更加猛烈,会钻心地疼。草原牧民的智慧真是让人叹服啊!

　　伊斯哈格跳下马背,又读《老人与海》去了。"他慢慢划着,直朝鸟儿盘旋的地方划去。"大海太美啦,那个打鱼的老人其实并不孤独,因为在这中亚的大草原上有个年轻人在牵挂着他!

　　倔强的玉狮子还是忍受着疼痛逃跑了。这匹不肯向世俗低头、不愿随波逐流的白马啊!

　　玉狮子被困在一个三面都是悬崖的三角形草丘上,似乎是狼堵在那个出口的地方。他知道,倘若不是那害人的马绊,玉狮子是不会惧怕区区几只野狼的。玉狮子看见了伊斯哈格,发出阵阵嘶鸣,仿佛是在呼唤主人。

　　伊斯哈格蹲下,双手扬起一些干土面,顿时土面像烟尘滚滚,吓得野狼跑远了。狼是怕火和烟的。马是陆地上的旱龙,是能通人性的。伊斯哈拔了一把青草,走近玉狮子。玉狮子似乎被折腾得有些困顿,吃了他递过来的草,不那么紧张和恐惧了,似乎在慢慢适应和接受这个要做它主人的人的爱抚和亲近。他解下了它的马绊,它并没有逃跑,而是继续等待他用马绊的绳子做了一个简易的笼头戴在它的头上。

他骑上了玉狮子，冲下了草丘，向北斗星指引的方向飞奔。那些狼只是远远地跟着，不敢紧追上来。因为马给人壮胆，人给马壮胆，当生命有了伴侣，一切都变得不那么恐惧和孤单了。

草原上的月亮已经升上中天，天地亮如白昼，草木在骏马的蹄下轻轻地挣扎，发出唰啦啦的响声。伊斯哈觉得他是在草上飘着的。

四个小时后，伊斯哈格望见哈里克家一夜都没有熄灭的灯火，他感到一阵激动。

哈里克和罕古丽经过一晚的折腾，都累得倚着炕头闭着眼睛打盹。他们被逐渐跑近的马蹄声惊醒了，惊讶地睁开眼睛，互相看着对方。

天快亮了，洁净无染的大海一般的草原上，一抹薄纱一样的色彩微微地在中亚大地铺陈开来，钢蓝色的亮光从草原的地平线上一点一点地释放。

哈里克两口子一起长长地出了一口气。

原载《天涯》2021年第4期

张鲁镭

笑春风

人面不知何处去，桃花依旧笑春风。

——唐·崔护

小夏买了一瓶香水，她把自己喷成一只甜甜蜜蜜的大香瓜。

这是一个阳光尚好的星期天，小夏一下子冒出一大串美好的愿望。买漂亮衣服做精致发型，对，还要染一手闪闪发光的指甲。这些愿望像青蛙一样在心里跳呀跳，按都按不住。

这些愿望啊！就像新婚的缎子被面，又绵软又体贴，把一个平淡无奇的星期天浸染出温润的光泽。小夏蛮喜欢星期天，无论阴雨霏霏，无论雾霾重重。因为这一天她可以心怀坦荡地睡到日上三竿。

这个星期天小夏依旧赖在床上，做着那些不着边际的美梦。她居然梦见校园里那棵大树结满了拳头大的金元宝。小夏正苦于够不到，一个男同学跑过来帮她摇树干，噼里啪啦，噼里啪啦。天，这不是发财了？——嘟嘟嘟，枕边的手机炸开锅。

小夏愤怒地摁掉手机，将被子拉过头顶，那满地黄灿灿的金元宝，多么难得的机会，就算做梦也要爽一把。然而呢，胳膊腿断了，打个石膏还能接上，一个断片儿的美梦就没那么容易接了，小夏闭着眼睛努力了半天也不行。她翻身坐起来想吼人。吼谁呢？

现在家里边没有一个目标能让她攻击，丁坤带着丁丁一大早去了补习班。丁坤这个人虽然没大本事，但他任劳任怨，洗衣服擦地板做早餐，还包揽了星期天丁丁所有补课的陪读兼整理课堂笔记。丁坤并不擅长数学，但他有钻牛角尖精神，为求证一个圆的面积，能死抠到下半夜。

丁丁也上进努力，自从上了补习班，成绩一下子由班级三十名改写为二十名。这么一想小夏就不气了，索性翻开手机，哎哟，同学群里足足趴着上百条信息。什么情况？

原来下个周末要在海岛山庄搞同学聚会，周五去周日返，连来带去共三天。召集人马小军扯着嗓子喊，注意了！注意了！所有费用均无须自理，大家把自己带去就好！

此时群里正在踊跃接龙买船票。小夏思量片刻，在第二十八位后面敲上自己名字。她把被子拉到身上，这一刻心窝和被窝一样柔软，那些美好的愿望也争先恐后跳出来。

小夏平时对自己马马虎虎，顶多往脸上贴个萝卜片黄瓜片算做面膜。这里边有对生活的懈怠，也有经济原因。丁坤是公务员，小夏自己在一家物业公司上班，万儿八千的收入，对一个三口之家蛮说得过去。

然而小夏是个伟大的母亲，早早立志投资教育。在丁丁升初中之前，他们果断花重金购置了学区房，现在还背着一肩膀贷款呢！微信群里还在嘟嘟叫，小夏拿上挎包，春风它吻上了我的脸，告诉我现在是春天……

美好的事物当然要从头开始，小夏转到商业中心，发廊在这里已经升华得面目全非，焕然造型、摩斯密码、曲直空间、AD工作室，要不是有门前的旋转灯，你都不知道里面是干什么的。

小夏的腿不知该往哪个门里迈，正犹豫着，一旁的玻璃窗咚咚响。只见一个大头盔贴在玻璃上，头盔下面是半张脸，那半张脸下面的嘴正朝她一张一翕。来啊，进来啊。小夏忽然联想到丁丁的变形金刚。她站在那儿丈二和尚摸不着头脑，店里出来一个服务员，快请进，你有个朋友在里面。

小夏看见那个变形金刚正把脑袋从头盔里抽出来，原来是同学肖林。虽然好久不见，但这张脸并不陌生——肖林常在同学群里晒她的生活照，时而面朝大海，时而仰望星空，时而嘴里叼着一粒葡萄，时而与京巴狗赛跑……满满的文艺范儿。

照片虽然使用了美颜和瘦脸，但与这个从头盔里钻出来的脑袋大体差不多。肖林对她笑，隔着玻璃我见你走了好几圈，就在这家做吧，手艺蛮好，去年我在这儿办了VIP。我不想把头发弄得太复杂，就简单营养一下。

服务员递过一个价目表，上面的数字从两百八到两千八依次排出阶梯。小夏有种被绑架的感觉，又没退路，一狠心点了四百八的，约等于丁丁两节数学课。

小夏习惯把物品的价格用课时费换算。比如一台微波炉八百元，那就相当于数学一对一四课时，英语小班五课时，语文大班八课时；比如给朋友结婚随份子五百元，约等于作文六课时。小夏正琢磨拿四百八换算，服务员递过热毛巾帮她敷脸，不一会儿小夏的脑袋也被套上头盔定型加热。

做头发的过程漫长又无聊，不过小夏遇见肖林了，她们可是久未谋面的亲同学，还曾经是同桌。况且还有共赴海岛山庄的计划，区区几个小时倒也容易打发。

肖林的嘴像个喇叭，哪个同学日子过得富裕，哪个同学日子过得恓惶，谁赚了大钱，谁把老本赔个精光，谁正在闹离婚，谁背地里偷偷找相好的……

知道吗，这次的同学聚会的幕后操手是付强。我看见召集人是马小军啊！他只负责张罗跑腿儿，付强刚刚晋升心情正爽，据说海岛山庄的老板是他的铁哥们儿。

肖林忽然停下来看小夏，眼睛一眨一眨的，付强晋升这事儿你不知道？人家都局长了！小夏摇头，整天相夫教子，早就两耳不闻窗外事。听到付强两个字，小夏嘴巴寡淡，心里却扑棱一声，仿佛飞进一只鸟。

她忽然想起早晨的金元宝梦，那个帮他摇晃树干的人不就是付强吗？

身穿湖蓝色运动服，里面衬着白衬衫，从头到脚都清清爽爽……小夏心里边那只鸟扑棱着飞呀飞，直把她带到多年前的那个晚上……

晚自习忽然停电了，大家都如释重负一声长叹。最好别来电，最好别来电！就这样趴在桌子上，什么也不想，什么也不做。高三的晚自习就像在黑夜里背着一座山前行，都快累趴下了。不知谁喊了一句：地震了。顷刻间桌子板凳一起响，书包文具飞满地，哈哈，一群胆小鬼……

小夏在黑暗中蹲下去寻找滚落的钢笔。她先摸到一本书，接着摸到一把尺，然后摸到一块饼干，再然后摸到一只热乎乎的手，潮潮的，散发着青春少年的体温。唰，灯亮了。除了满地狼藉外，小夏还看到一张红通通的羞涩的脸，那么年轻，虚火正旺，鼻尖上屹立的那颗青春痘正蓄势待发……

小夏收到情书了，不对，是纸条。豆腐块大的巴掌宽的，还有一筷子窄比打小抄纸条还细的。与此同时小夏还收到了大白兔奶糖巧克力豆炮兵步兵骑兵等小玩偶……

小夏不讨厌付强，甚至有点喜欢。十七八岁女孩子的心啊，一粒小石子儿丢进去，也会荡出层层涟漪。那付强丢下的何止小石子儿，简直就是一块大砖头。新年礼物居然是一块卡通表，甭管多少钱，也算一个大物件儿。

小夏对人对物都不反感，但她能管住自己。如果没有高考这道门槛也罢，年轻的朋友尽管去恋爱。关键小夏的成绩不错，关键她还梦想着利用高考给自己插上翅膀，飞到北京飞到南京到上海，总之外面的世界对她诱惑极大。小夏用红笔在付强的作业本上写了四个大字：远走高飞……

服务员送来一杯蜜水，小夏并没觉得甜。肖林还在唠叨，知道马小军为什么鞍前马后？傅强帮了他一个大忙。什么？帮他儿子去了重点高中。那孩子的分数离重点差了一大截。

付出都有回报，银子不会白花。儿子去补习班，成绩就往前跑了。自己来发型屋，头发就柔顺了服帖了。服务员指着墙上的一张画，要不要在前面漂一缕棕红色，就像画上那样？又减龄又洋气，还能讨个红运当头的彩！这次小夏倒爽快，连价格都没问。

肖林把整个头都染成枣红色，乍看像只火鸡。她们抚今追昔地聊啊聊，十几年的光阴在她们舌尖倏忽跳过。结账时小夏借光享受了会员价，这么一算，前额那缕红头发等于免费赠送。

两个女人从发廊里出来，彼此打量着心情都不错，都有旧貌换新颜的感觉。难得偶遇，尤其小夏，她今天获得的信息量，远远超出之前几年的总和。她们都不愿意就此收兵，便像亲姐妹那样，挽起胳膊逛街去了。

很快肖林的手上胳膊上都挂满了购物袋，远看像棵圣诞树。小夏就谨慎多了，锁定目标后，偷偷打开手机淘宝。经过反复比较，她买下一条裙子。

自从有了淘宝，小夏几乎没逛过街。现在生活仿佛跳回从前，漫不经心地走在大街上，没有目标，没有方向，东游西逛。

累了，她们要坐下来小憩吃点东西。商场里刚好有一家西餐厅，小夏决定这一顿她请——刚刚在发廊已经沾人家光了。

小夏要了两份牛扒，她在手机上快速翻找美团，这家店怎么没上美团？她让肖林看同学群，报名人数还在增加。肖林笑，这回是白吃白住，还有人给买船票。这话让小夏心里很不舒坦，她悻悻地放下手机。

肖林看看她，你蛮仔细的。我老公成天骂我败家。这话更烦人，简直是在炫耀了。我发现你还是个手机控，几乎寸步不离。机会来了，小夏说老公带儿子去补习班，遇到弄不明白的题及时发过来，刚刚一边买衣服一边还解了道数学题。

这么说的时候，小夏就找到了信心，也在提醒肖林，当初她可是班里的学霸，到现在这些功课还是她做人的底气。肖林讲现在的课本可比我们那时候难多了。小夏挑起一块牛扒，只要我认真研究没问题。

你不给孩子辅导吗？小夏明显地不厚道了。肖林功课差，当初作业小考都依靠小夏，连高考都没参加。这便是女人，刚刚还挽着胳膊跟姐妹一样，现在又杠上了。

辅导可轮不上我，他爸爸就是教数学的。中学老师？对。那他也在外面开辅导班吧？是的，他在这个领域有名气，学生还不少呢！

小夏知道现在学校里的老师差不多都在外面开班挣外快，家长们辛辛苦苦赚俩钱，都奉献给他们了。不是昂贵的补课费，她哪至于过得这么紧巴。

小夏提醒她，据说现在抓得紧，被逮住要开除公职的，你老公可千万小心。肖林满不在乎，大不了不干了。现在有多少老师辞掉公职开补习班，一年收入过百万。这个话题太拧巴，容易把刚刚捡起来的友谊破坏，停，就此打住！

小夏开始说儿子。她平时也爱聊孩子，当然要谈祖国的花朵，将来天下是他们的。大人有什么好讲的？昨天和今天一个样，今天和明天差不多。

由儿子又说到学区房。眼下学区房是小夏最牛的硬件，家里的收入和学区房隔着一道鸿沟，然而小夏就是天不怕地不怕地买了！凭着勇气凭着母爱凭着魄力，她该出手时就出手。

肖林说女儿在国际学校，高中准备去国外念。肖林变了，曾经小绵羊似的她，此时正顶着一头红发坐在那儿。她穿着入时声音响亮，貌似生活得可以。肖林答应把内部数学试卷发给小夏，并免费教丁丁答题技巧。

打西餐厅出来，两个女人又挽起胳膊。经过美甲店，小夏要进去看看，肖林说明天请你去美容院，那边美甲免费。哦，只要做得好，不免费也没关系。

小夏很久没这么开心了，她套上新裙子，刚漂的那缕棕红色头发画龙点睛一样，让她显得越发白净。小夏忽然就不那么心疼钱了，钱不光要服务于儿子，还要服务于自己。她对着镜子嫣然一笑，都有笑靥如花的意思！

在美容院的软床上，小夏被三个人精心侍弄着，一个给她做脸，一个给她按脚，还有一个给她涂指甲。对面床上的肖林在打鼾，张着嘴巴一点都不雅观。她在做梦吗？

她会梦见校园吗？那可是她不得志的地方，倒数第一那把交椅归属她好几年。肖林课堂上喜欢画小人儿，把书上本子上都画上古代美人。老师夺下笔一声叹息，肖林啊！你以后要和这些美人过吗？

老师说，小夏啊又考了第一名！小夏啊你会飞得更远，飞得更高……

小夏睁着眼睛也在做梦，她的梦不是深藏在梦里，而是浅浅地像云絮一样飘浮在眼前,老师、同学、操场、大白兔、巧克力……

雨很大,小夏后悔早晨没有带伞。正拧着眉头发愁,一把雨伞花蘑菇般在头顶撑开。回家的路很近,两个人却愿意舍近求远。他们来到一条又窄又泥泞的小路上,深一脚浅一脚蹚水玩儿。再弯再绕的路也有尽头,小夏嘴里含着巧克力把两条胳膊搭在窗口,那个背影正渐行渐远……

怎么又下雨了?小夏叫!哈哈,原来美容师正往她脸上补水。肖林坐在对面床上喝茶,什么美梦让你笑出声了?

小夏问,这次同学聚会邀请班主任袁老师了吗?马小军打过电话,她在外地给女儿看孩子。小夏内心一阵喜悦,肖林却狠狠把茶叶啐到地上。

记得吗,那次课堂上我给你饼干,袁老师看见一下子就火了,你不思进取可别耽误人家小夏。饼干算什么?蛋糕油条鸡腿,将来小夏都有得吃,有人就只能看着了。

呵呵,从举的这些例子看,她也没吃过什么好东西,没见过大世面!当时这些话就像刀尖一样在我心上划,后来她就把我换到最后一排……真心盼着那老太太来。

这话茬别扭,也是小夏的痛点——她后来仅读了本市一个财务大专。一失足造成半辈子恨,所以她跟同学中断来往,所以她痛下决心买了学区房,想把曾经的遗憾从儿子身上捞回来。能捞回来吗?现在的努力跟将来的生活状态能成正比吗?

马小军儿子读哪个重点高?最牛的一高,还不是付强的本事!肖林忽然盯着小夏,那时候人家追你追得多苦,都买手表了!小夏不以为然,我老公也很好啊,身体健硕心地善良,疼老婆爱儿子,事业蒸蒸日上。

美容师忙完递过一杯茶,感觉如何?小夏看看闪亮的指甲,摸摸滑嫩的脸蛋儿,很天真地点头。那就办一张年卡,肖姐的朋友给八折。

办一张,肖林怂恿着。学区房都能搞定,一张美容卡算什么?女人怎么能远离美容院?小夏骑虎难下了,美容卡红红的像一簇火焰,小夏被烤得脸红胸闷。

小夏去家附近的小卖店,老板娘夸她气色好。小夏去信箱拿报纸,邻居大婶说她今天好漂亮。小夏胸口就不闷了。

她对着镜子照了又照,丁坤和丁丁好奇,这是要……周末去海岛山庄同学聚会。丁坤点头,那就对了。去年我们同学聚会,女同学们浓妆艳抹争奇斗艳。有个女同学喝多了哭,眼泪把脸上的粉底冲出两道沟来。还有个女同学,也穿了一件你这样的葱心绿连衣裙,把身上勒出好几个游泳圈。丁坤边说边笑。

看小夏没笑,丁坤也就把笑收住。我们小夏身材皮肤都没走样,比这再绿也撑得住。对,从下周开始数学课每节上调四十元,这帮老师真他妈的黑,挣钱挣疯了。丁坤挥着手臂把牙咬得咯咯响,恨不得把那补课老师揍一顿。

小夏说肖林她老公是数学老师,也在外面开着班。看她那消费水准,估计老公没少赚钱。两个人同时感慨,当年都没人愿意读师范,三十年河东,三十年河西,谁又能看那么远?

丁坤拿上笔和纸,小夏一个哈欠钻进被窝,她把头蒙起来让被窝变成自己的小世界……丁坤和小夏每晚都要有个类似碰头会的仪式,就是把第二天所购物品一一罗列,咸盐、酱油、辣椒面、丁丁的笔记本、小夏绑头发的橡皮圈……

碰头会认真严谨,开源节流,慢慢变成一种生活习惯。开源的办法是,丁丁的打印试卷、家里的充电宝,两个人分头拿到单位里搞。节流为丁坤在他们食堂买馒头,雪白的大馒头一块五俩,有时候临下班还能碰上五块钱一大兜子的好运气。都是小喜悦小甜头。今天小夏临时休会。

刚刚肖林发过来一堆数学卷子,还约小夏明天傍晚去逛街。小夏确实想去买双鞋,那会儿她把所有鞋子都试了一遍,没一双和新裙子搭,不过她想自己去。

小夏,小夏!商场里好几个人朝她喊。小夏皱着眉头不想听见,可她又不聋,那么多人把她当目标,连路人的眼神都朝她看。都是老同学,肖林也在其中。小夏赶紧做出惊讶兴奋状,并和每个人抱抱。

小夏看看表说自己赶时间,然后她把自己隐藏在卖健身器材的角落里,然后看着同学们从女鞋柜台辗转到化妆品柜台，又辗转到金银首饰柜台。然后她们手里就添了一个又一个购物袋，然后推旋转门离开……

小夏看好灰色和棕色两双鞋，拿不定主意。服务员说刚才一个红头发女人一下子买了三双。两双都买给你打七折。小夏听话地买了。

丁坤看见小夏拎着两个鞋盒进来，眉头那里就拧出个川字。今天食堂里的馒头也涨价了，原来一块五俩，现在一块钱一个。

晚上丁坤想继续碰头会，小夏立刻闭上眼睛假寐。她心里琢磨着，衣服鞋子有了，头发指甲做了，看看还差哪里？她可是曾经的学霸，不好让人看扁……

夜里小夏悄悄爬起来，把行头再次武装上，总觉得哪里欠点火。差哪儿呢？对，首饰！今天看见那些同学，脖子上耳朵上手腕上，走起路来丁零响。没必要那么夸张，但起码的点缀还是必要的。

首饰盒里的宝贝们已尘封多年，都是小夏当年的嫁妆，金戒指、金项链、金耳环，它们已经被岁月染上风霜，陈旧又黯淡，都让人联想到外祖母和奶奶。这些可不是一咬牙就能买的玩意。笨蛋，金子能以旧换新的。

小夏在金店用零零碎碎的细软换了一只稍有分量的手镯、一条精细的项链。黄灿灿的一粗一细，戴起来有分量还不张扬。

公交车上，小夏望见对面女孩背着一个精巧的小包，她当即发现自己还缺个包，于是赶紧下车。小夏不买品牌包，价格太贵。她也不买A货，那有失尊严。她买了一个手工编制的草包，又文艺又便宜。

天空蔚蓝晴朗，棉絮似的白云在天空不紧不慢地飘。晚霞是一年中最纯正的金红，多情地洒落在每一个地方，小区里的花还香着，树上鸟儿在叫。小夏拎着购物袋抬头望，一缕头发被风吹到额前，那缕红头发。

丁坤在厨房忙，小夏迅速将购物袋塞进衣柜。她想把所有的新品都披挂起来看效果，可丁坤总在眼前晃，小夏巴望他赶紧睡。

丁坤不睡，他要讨好小夏，水灵灵的桃子送到嘴边。小夏刚咬一口，他则快速递过来一张纸，上面赫然写着煤气费物业费补课费若干开销。小夏愤然将桃子丢到地上，丁坤捡起来用手擦擦咬一口，不就是个同学聚会，怎么都重新做人了？丁坤说完赶紧闪身。

小夏没追出去，她要反思一下。

小夏的日常像一杯白水，慵懒透明，无色无味。晚上丁坤把从食堂带回来的馒头热热，再炒两个菜。饭后他陪丁丁做功课，小夏则躺在床上追剧，追个三两集也就睡了。小夏爱犯困，就算坐在办公室也能睡一觉。

一次丁丁问妈妈的爱好是什么，小夏回答得干脆，睡觉。世上没有比这更实惠的爱好了，小夏不像别的女人又美容又健身节目那么多，因为她内心没想法没波澜。女人臭美也好打扮也罢，都需要一个展示的平台，小夏没有，她每天所面对的外部环境很简单。

小夏所在的物业分公司，在一个不足百户人家的小区里，经理加她再加上保安保洁只有八个人。经理和四个保安都是男性，年龄都五十开外。余下的就是小夏和两位保洁大妈。

外部没压力没竞争，没有嫉妒没有攀比，连穿件漂亮衣服都没人多看一眼。内里丁坤则像头老黄牛，最有成就感的事，就是用两个小时解出一道数学题。最开心的事，就是花五块钱把食堂里的剩馒头都买回家。没有酒局，没有牌局，没有夜生活，他六根清净没一点花花肠子。

这样的背景容易让人随弯儿就弯儿，小夏就要破罐子破摔了，春雷一声响，同学聚会在即，新发型、新裙子、新鞋子、新包包。小夏沉浸在物质和期待的喜悦里，丁坤的臭脸就像一个屁，散了就散了。

这几天同学群里一直热闹，大家都在努力回忆过去。忽然说到那年夏天蚊子特别多，有一天小夏带着一身清香来上学，那味道美好得能让人联想到森林、小溪……小夏喷花露水了。那个晚自习她用身体支起了一个隐形的蚊帐，好多人都想躲进去，小夏也因此得名香香女。

明天再去买一瓶香水。丁坤已经在客厅沙发上睡了，身体像孩子似的佝偻成一只虾米。这人睡觉从不打呼噜，安静得像只猫。家里还没穷到揭不开锅，只是他们已习惯了仔细，面对集中消费，这男人心里没底。

丁坤性情温暾，已经做了十几年科员，不出意外的话，他会在科员的位置上地老天荒……

临下班肖林打电话约小夏去洗浴中心桑拿，肖林说她手里有票。小夏就给丁坤发信息，晚上同学请客去洗澡。

　　坏菜了，小夏忽略了一件事，早晨她随手套上一件烂背心。烂背心的优点是软和，和没穿差不多。谁想到肖林会约她洗澡？偏偏她又忘记了身上这破烂玩意儿。在更衣室她以迅雷不及掩耳的速度将其扯下，往衣服箱里投掷时，没投准，啪叽，一小堆绵软的泛黄的带着几个斑驳小洞洞的针织物掉到地上。小夏瞥见肖林的眼神很有内容。

　　小夏都想拉着肖林去家里看看，她衣柜里就有一套黛安芬，商标还没拆。她的生活绝对没这么不堪，上周单位还发了两千块奖金！可这活生生的烂背心，让人有口难辩。

　　小夏不是好惹的，这样的笑话能让你白捡？等着瞧吧！在休息大厅她问肖林，你现在都不工作吗？不去，忙一个月还不够那人讲一天课的。我主要是享受生活，养生、美容、瑜伽……刚刚还去城西看了别墅。

　　其实工作也不单单为赚钱，那是一种自我价值的体现。社会上有交往，生活上有规律。这俩人又杠上了！

　　小夏在心里骂，中学教员的老婆，派头摆得倒像大款夫人，怕是忘了当初为了抄她答案那副低眉顺眼。物质方面不行，小夏就在精神方面巧取。

　　小夏说春天她都会把槐花晒干做成槐花饼，夏天把玫瑰晒干做成玫瑰酱，秋天把野菊晒干泡水喝，冬天会收集落雪煮茶……

　　小夏说她喜欢一边听落雨声一边记账，效果是账目一分钱都不差，我们财务工作者几乎不得老年痴呆。小夏很认真，讲得像真事儿一样，完全进入了角色。她还要再上个档次，于是又谈到海明威和米兰·昆德拉。

　　肖林差点笑出声，她使劲儿摁住嘴巴。昆你个头啊！穿那么烂的破背心还玩这套。肖林控制住情绪说，让我们一起发财吧。小夏说，生命不能承受之轻。呵呵，无论轻重，没钱的日子终归不好过。小夏说，一个人可以被毁灭，但不能被打败。那个……我老公是市级教研员，他愿意把知识传播得更广泛，有计划在市中心办一个大型补习班，等我把收费标准课时内容发给你。介绍一个生源提成五百，介绍十个五千，介绍二十个三十个……

没有任何本金,等于白捡的钱……

小夏说,现在不要去想你缺少什么,想一想凭现在的条件能做些什么。你现在的条件嘛,你儿子那些同学都是发展对象,可以大力宣传,我们有自己独特的教学方案。小夏翻翻眼睛,丁坤在政府机关上班,下一步要考虑给他提干,只怕会给他带来影响……

家里空荡荡的,趁没人,小夏把这几天购置的东西一股脑堆在床上。簇新的衣物把整个房间都点亮了,小夏赶紧穿戴,此刻衣服在她身上已不仅仅是衣服,而是具有了神奇的抚慰身心的力量。

镜子一向是女人最亲密的朋友和死敌,现在成了小夏的闺密。这样一张清秀白果脸,即便站在娇美贵妇身边也不逊色,她怎么就给忽略了?小夏忽然觉得有一大段好光阴被自己白白弄丢。肖林已经把招生简章发过来,一个大型辅导班,包括所有主科。还有各科试卷,肖林说这试卷就是鱼钩。

从丁丁上幼儿园到现在,小夏手头一大把的家长资源,凭着耐心凭着当初的学霸精神,做大做强完全可以。有了钱能更好地爱惜自己,小夏想其实肖林这人也不赖。

有人敲门?小夏赶紧将身上的衣服往下撤。找对门的。小夏为刚刚的举动骂自己,怕啥,不就美一下?要让那父子俩渐渐习惯。都要挣外快了,去你的碰头会吧。怎么还不回来?丁坤生气带着儿子离家出走了?

小夏在家长群里问,有人看见丁丁吗?片刻回复,他爸爸带着去奶奶家了。小夏躺在床上设想着明天见面的情景。大家都变样了吗?女同学大体认得出,她们的微信头像都是自拍照。

付强的头像是一片海,他和小夏一样在群里潜水。她想点进去看看,那边却设了密码。小夏拿新买的香水把自己从头到脚喷了一遍。钥匙开门声响起,小夏赶紧关灯。

第二天一早老天爷就阴个脸,小夏去单位请了半天假,回家收拾东西准备出发。除了衣服和洗漱用品,还拿了一本书一把檀香。这属于精神层面的需求,也是生活姿态的一种。

小夏乘出租车去码头，群里忽然通知，因为台风原因，所有客船停运。马小军在群里急呼，天公不作美，同学聚会不能如期举行。小夏依旧去了码头，她看见通往候船室的大门紧锁，那个通知停运的大牌子被风吹得左右摇摆。

小夏拖着箱子在岸边走得很慢，海风把她做好的头发吹散吹乱。她有些烦还有些伤感，索性把脚下的小石子儿一个个踢向大海。此时在她身后正站着个巡逻老大爷，这位大爷已观察她好半天，台风就要来了，谁不急着往家赶？这人……姑娘，想开点，人这一辈子没什么大不了，过着过着就老了……

台风过去又赶上暴雨，一个星期又一个星期。总算盼到风和日丽，马小军却在群里说，有同学因为出差不凑巧，再等等，好饭不怕晚。

天凉了，人们从单衫换成毛衣，出差的同学还没回来，肖林说那出差的同学就是付强。渐渐地，这个同学聚会就变成挂在鼻尖前的苹果，能看到能闻到却咬不到。

小夏被苹果的香气牵引着，从肉体到灵魂。

她每天晚上都给家长们发模拟试卷，连业务经理的名片也印好了。然后给自己敷上面膜。丁坤不再计较碰头会的事，小夏都是业务经理了，经理就该干属于经理的事，比如联系各方家长，比如发发试卷。他也不再对老师们咬牙切齿，认为那是劳动致富，比贪官污吏强多了。

小夏不躺在床上追剧了，她坐在阳台上喝红酒。红酒是婆婆自酿的，最初装在矿泉水瓶里，小夏把它倒进一个大肚子小细脖的玻璃瓶，还买了高脚杯。叮，和窗台碰一下。

小夏脸蛋红了，眼睛亮了。她看着远处的星光，想着曾经的年少时光。花非花，巧克力非巧克力，都是甜美的记忆。

一颗空落落的心，被红酒和回忆填充着，被淘宝和唯品会填充着，真丝睡袍文胸鞋袜……手指轻轻一点，这些东西就归她了。

小夏也不再嗜睡，在阳台上一坐半宿，音乐、回忆、憧憬……它们像春日里的小雨，淅淅沥沥落地生根。小夏非常喜欢恩雅那首《唯有时光》，当初付强送她的CD。再听，荒凉许久的心，忽然有了绿意……此刻小夏睡衣里包裹的不仅仅是肉体，还有那复苏的灵魂……

小夏想在阳台上安一个橙色壁灯，橙色是青春和梦的颜色。她用眼睛寻找着合适的位置，忽然看见墙上一个飘忽的鬼影，啊！那个复苏的灵魂被吓出窍，原来是丁坤。那什么，石头妈和你要一套数学卷。丁坤手里捏着小夏的名片，这是眼下不开碰头会的心灵慰藉。

这一天，沉寂很久的同学群又热闹了，马小军放炮仗一样说，注意了，大家注意了，这个周末我们海岛山庄见。

小夏第一个反应是买衣服去。夏天置办的那些统统用不上了。网购来不及，下了班她直奔商场。这个季节的服装要比夏天的贵，小夏买了一条羊毛连衣裙，一件质地沉坠的米色风衣，一双黑色短靴。回到家又觉得先前的睡衣颜色偏暗，于是打车重返商场，选了件橙色的。

小夏幻想着几个人挤在一张铺上，自己就是那万绿丛中一点红。其实也不是虚荣，要说女人的虚荣，很多时候是用来支撑人生中最基本的东西，譬如自尊，这时候虚荣就不再是奢侈，是生活的必需品。

星星一颗一颗亮在天上，祈祷明日风平浪静。

小夏把拉杆箱拖到街口时，又出岔子了。某同学被临时派往外地学习，马小军高呼，再等等，酒越陈越香。

小夏今天画着精致的妆容，穿着漂亮的衣服，连假睫毛都贴上了，就这么回去太浪费了，她拖着箱子在街心公园左一圈右一圈转。远处飘来一首歌：是等待春去春来，还是等待一朵花开。春去春来呀，花谢花开呀……

如果你碰巧从那里经过，就会看到这样一个女人，她步履缓慢，面带微笑，偶尔还停下望望天空的白云，宛如外来游客。

殊不知她的家就在附近，她的男人和儿子正风风火火赶着去补习班。小夏打电话给肖林，怎么搞的，又这样！不去挺好，正事还忙不完呢！出来逛逛？不好意思，正忙呢。一个同学聚会，别太在意。你现在主要是开展业务，我这边手续办好，你那边生源可要跟上。

天空飘着雪花，转眼入冬了。群里也和这冬天一样安静，几个女同学偶尔发发自拍和天气预报。

小夏和肖林碰面谈业务，肖林感慨现在办事太艰难，手续现在都没落实。那天看见马小军了，你的初恋情人这个月中回来，同学聚会指日可待，开心不？小夏问，怎么没在群里通知？之前两次都放了鸽子，这次是该谨慎些。

小夏在商场里看好一件羊绒大衣，偷偷拍了照片在网上搜，没搜着。小夏着实喜欢那大衣，去商场看过好几次。接到聚会通知第二天，小夏果断入手，同时还买了羊毛打底裤和丝巾。

付强终于浮出水面，说都是自己耽误了这么长时间，他准备自罚三杯。为表达歉意，他还给每位同学准备了一份海鲜大礼包。马小军大赞，友谊万岁！群里一片喝彩。

小夏整理行装，丁丁祝她明天一切顺利。丁坤附和，同学聚会还送海鲜大礼包，上档次，不像我们去年，就一个笔记本。好啊，新年不用买海鲜了。

肖林来电话，亲爱的，明天在海岛山庄争取把付强拿下！拿下？对，煽情啊，美人计啊，管你用什么办法！你不知道，之前为了补习班的事找他好几趟，满嘴都是官腔，同学的情分一点不讲，这事他正主管……

带上那张《唯有时光》的CD，去唤醒你们初恋的记忆。明晚还有舞会，我给你准备了连衣裙，橙色的……那，那不成勾引了？小夏呀，做生意都要略施小计的。我可不行！小夏呀，把钱赚到手是目的，有了钱才能表里如一，你那烂背心真让人上火……小夏一颤，手里的香水瓶掉在地上……

小夏翻出一个纸壳箱，里面有CD、笔记本、漫画、书签、糖纸、头花、士兵小玩偶……

当晚，她做了个梦，梦见纸壳箱里的物件都活了。糖纸上的大白兔问她，姐姐，你知道那个炮兵小子去哪儿了吗？我们已经很久没见到他。他呀，去前线了。他还回来吗？不回来了。他牺牲了？大白兔就要哭出来。哦，没，他长大了……

天空挂着一弯月牙，小夏坐在阳台的藤椅上，手里端着酒杯，耳边萦绕着那首《唯有时光》。此刻，那个小岛的上空也挂着一弯月牙，一群中年人正在昏暗的月光下高歌舞蹈……

窗台上士兵玩偶乖乖地站成一排，它们可是她最珍贵的宝贝，要好好保护着，不能蒙上灰尘。小夏用酒杯撞撞它们的头，然后一扬脖，干了……

原载《中国作家》2021年第1期

沈 念

那夜

　　那夜极其寒冻，鸟声叫出口，就冻在了树杈上。枯枝挂不住，喳喳掉落，冻在半空，又被大风吹移，硬生生撞到鹿后义家的墙上，撞出扑扑的声音。鹿后义心疼那面土墙，咒骂该死的天气，仿佛墙上的洼洼洞都是鸟造的孽。

　　老金笑了三声，声音拐出一个大弯，咯咯嗒。喝下几杯他就这调调，半戏侃半劝慰，老鹿，造新屋时，多糊几层水泥，铜墙铁壁。

　　鹿后义老婆睁着左眼，连忙摆手，盖什么铜墙，鸟会撞死的。她没上过一天学，从记事起母亲跑了，就跟着父亲水上漂。一只眼睛儿时染疾，没有治好，眼睑粘连，眨巴了大半生，后来落下瞎病。有人说，上天讲公平，夫妻配好了，她的眼睛长到了鹿后义脸上。

　　鹿后义比常人多只眼睛只是个笑谈。他相貌平常，并无异相，眼力好却是属实。他打开半边门，一团湿雾从脚底下钻进来，像条养壮的家狗，懂事地溜到角落趴下，看都不看来客们一眼。

　　换在早些年前，鹿后义这个时节出门，一件色快掉光的军大衣裹紧脖子，冬帽檐拉得罩住整张脸，只剩两只眼睛看路，两只鼻孔呼气。他的长电筒向掉光叶子的树棘丛里照过去，慢慢移动追光，待到猎物出场，另一只手举起他的长枪，斜乜着眼，都谈不上瞄准的工夫，就听见冰冻的空气像一匹布被撕裂。夜裁去一截，或是空了一块缺。

嗤！

然后听到的就是一团沉闷的黑影落地声。

扑通！

弥渡湖的人，没有谁不佩服他的枪法。老班子说他是天王眼，越黑看得越清楚。

他耍心眼，喝酒装迷糊，不否认，也不应承有什么特异功能。老班子说这是遗传基因使然。鹿家祖上从安徽跑江过湖来到湖南，水上为家，原是东洞庭湖上的天吊户，直到父亲鹿子林买了块地，盖了一间上岸栖身的茅屋。湖洲上有些本事的人被以"姓氏＋佬"相称，久而久之，有人忘记了鹿子林的大名，却在茶余饭后唏嘘，鹿佬天王眼，死得冤枉。事起何因，是一个谜。

鹿后义从没讲过父亲的旧事。过去别人说，他一只耳朵听，夹一块鱼肉丢进嘴里，张嘴理出一排长长的鱼刺，直到桌上大致摆出一条鱼的骨架。他酒量好，方圆几十里排得上座次。老金坦言，几次想探个深浅，未果。像是与一口井在喝。这是原话，他识时务而退。为此他掏了不少酒钱，我也带过几瓶龟蛇酒。当地的龟蛇酒广告商瞎编：井下通往龙宫一段路，湿寒冷冻，柳毅帮牧羊龙女传书前，喝过一渔家土法酿的酒，取的君山岛上一口大井水。现实中这家酒厂貌似经营得热闹，又被诋毁做假，破产倒闭是迟早之事。但酒确有功效，老金边说边笑，喝过后身体热烘烘的，只想脱光衣服钻进被窝里打滚。我们好几回劝鹿后义多喝几杯，他坚决地盖上了瓶盖，转身掖进墙角的木柜子里。

上次的酒还剩着，这次喝光了它吧。他蹒跚几步，从柜子取出半瓶剩酒。我多看了他的背影一眼，和前一次见面相比，双肩前倾，脊背佝偻，仿佛是这个夜晚突然变老的。我好奇他这么多年湖上的经历和心里的秘密，连同他父亲。他们从那么遥远的地方风餐露宿漂流到此，水中双桨下去、抬起，堤岸长到看不到尽头，湖上水路也看不到尽头。他在人前总是沉默，像另一口已掏干坍塌的枯井,井沿偶尔躺几片落叶,被风吹得跳着旋圈舞。

到弥渡湖的乐趣之一,就是喝酒。唯有喝酒可疗治悲伤,这是老金酒桌上最喜欢的台词,我曾讥笑他站着说话不腰疼。他是乐天派,成天在微信朋友圈晾晒小幸福,呼朋唤友,山野桃源,纲举目张,平常事物都被他标注上美好的名字,普通日子也能雕刻出阳光雨露。他当着一家户外运动俱乐部的大股东,理所当然如此。他还是一个水生动物保护协会的副会长兼秘书长,每年要张罗各种名目的活动。我那时有个做环湖田野考察的想法,与他一拍即合,此前也随他参与过几次水鸟越冬调查。我这半年间照顾重病的父亲直至他去世,悲哀凝结未化,前面走着的那个挡风雨的身影没了,屋檐下的生活变得磕碰,又无法道出心底被踩实的琐碎。这次老金喊我一起来弥渡湖,几杯酒下去,我已深为认同他的疗治一说并非虚言。在这旷野之地,冷风浸进骨头,心中那些虚无顿时就消解了。

这次我们住在路口的崔百货家,前年蹭着贫困户危改名义新起的屋,他去年加盖一层,楼上有四间对外客房,楼下几排东横西竖的货架,南杂用品上一层硌手的尘灰。主人崔世美出门了,他老婆是外地人,唐山滦南的,带着两个孩子守店。这么冷的天,生意都被风刮跑了,货架摇晃,窸窣作响。老金让滦南女人关掉半边店门,女人嘴上答应,犹豫不动。老金学着北方话骂了句,缺心眼的老娘们。厨房是加搭的一截瓦棚,崔百货说加盖完楼上所剩环保砖不多,所以砌的墙体瘦薄。瓦棚空间狭窄,肥胖的他走在里面,像是随时要挤破。当然也烧不了柴火。老金看着两个挂着鼻涕冷啾啾窝在炭火盆边的孩子,叹了口气,去鹿后义家喝酒吧。

我说,会不会麻烦他?

老金一跃而起,麻烦他才要去啊。

湖洲上天黑得早,彤云密布,芦花聚在一起的白光,把天空擦出羽毛状的微亮,愈远愈亮,也看得愈清晰,仿佛不是夜晚,而是另一个世界的白昼。

堤坡下，长路无人，空中盘旋着一团团的雾，你追我赶，野旷天低树的诗中景象也不过如此。往前扒些年头，闯到东洞庭湖来的人，当这里是钱窝子，挖金挖银。一湖水，一片洲，四时不同，遍地是宝，水里有鱼，洲上垦田，种什么就发什么，插根柳枝也能成活。原来逃命的人死活赖在这里，聚成了一个个村落一间间土坯屋。

弥渡村与东洞庭湖一堤之隔。围湖造田，湖像一张大桑叶，密密麻麻的人群像蚕一般拱上去，吐出一块块阡陌田地，围成一道道长堤矮垸。更早的时候，鹿后义的祖辈住在往西五十余里的湖洲之上。洲就是水中滩涂，那片滩涂特别奇怪，每一个人都会称呼它不同的名字。鹿后义说，他那算得上朝中官员的曾曾祖父遭贬逐，带了点家产顺水而下，遇白马精，船损人亡，醒来时发现自己被一个老渔民救下。四面水波平静，压根不像飓风大浪降临过的样子，湖洲上长满芦苇，正是芦花盛开时，一棵棵艳艳地站成一片银光灿灿。我查证过，周文王之子康叔是鹿姓始祖，当年被封于叫作五鹿的河南濮阳一带，后人遂以先祖封邑名称为姓氏。

鹿家曾曾祖醒来后问的第一句话是，这是哪里？当他听到"鹿栖湾"三个字后，心中百感交集，决定在此定居，并学着渔民下水捕鱼。当他知道住在这里的百十户人家，没有一户姓鹿的，顿时傻了眼。后来他才明白，这并不是上天给鹿姓人氏赐予的安身之地，而是一种健壮的四不像的动物曾经出没于此。那是麋鹿，我曾曾祖父他们不知道呀。鹿后义掰着指头给我数地名，他是要告诉我，因为那种被认为绝迹却"死而复生"的动物，湖汊洲滩有多少地名与它有关。

鹿角，鹿湖，麋荡，麋子国，麋子山，麋滩湾，黑麋嘴，鹿栖湾……后来很多人又把麋滩湾叫成了煤炭湾，好记。

夏天涨水，煤炭湾就消失了，直到退水后才露出一角、一片。芦苇比人高，越冬的白鹭、天鹅钻进去，稍有人声，就惊飞一片。流沙卷沉了多少往来船只，后来都成了传说，有人冲着被埋在水底的财宝而来，经常会看到一具具被鱼群掏空的白骨。洲上有很多衣冠冢，年深日久，无人认领。饥饿，仇恨，凶杀，情欲，苦难……年深月久，依旧是在故事里相互较量厮打。

鹿后义的父亲，那个叫鹿子林的男人，黑炭般的肤色，眼睛像猫眼，会发光，人们不敢和他对视，似乎怕被看出心中旮旯里的污垢。这是弥渡湖老人的记忆，鹿后义始终缄默，像一块冻僵的石头。

鹿后义不多去谈论父亲，我深有同感，也许并不是为逝者讳，只是每个男人心中都会留点秘密，为那个创造自己的人。凡墙都是门，秘密以深为海，凡能透出的光均被遮蔽，严严实实。

老金步子迈得碎且急，像是跌撞着扑向那几栋看似相连又隔段距离的瓦屋。这些房子在一望无边的湖洲之上，矮墩墩的，没有看相。湖洲上的屋从来没有盖得高大气派一说，打鱼种田攒的钱吃了喝了，顶多买几亩水田，绝不会去想着造屋。闹水灾的年代，汛期人人担惊受怕，外洪内涝，内垸积水，房屋浸泡，水成群结队啃咬攘推着屋脚，人唯有逃到堤岸上等待洪水退去，或是看着自家屋墙摇晃坍塌，心痛得没有眼泪，就着锅里滚烫的鱼汤喝酒哀悼。

风中掺着食物的味道，掠过鼻翼。风太猛烈了，好像有人用手挡着你，前面是地雷阵是万丈深渊。老金几次回过头，怕我被风刮没了，还让我猜，鹿后义在家炖的什么鱼汤。他张开嘴，声音就拆成枯枝败叶吹远了。

大约是一年多前第一次见到鹿后义，那时他个子矮胖，脸上永远涂成土黄色。他说自己是这几年长胖的，过去瘦条子。问是什么原因，他没说，也许说不上来。凡能说出的答案都不是原因，他一句话就堵住老金的追问。上次去他家，正好从七星湖打到一条大雄鱼，切下鱼头也有十余斤，一锅炖了半个下午，起筷前半小时撒些辣椒，慢火出味，汤味鲜美。吃鱼，只有在船上，在这种偏乡僻野，才是回味无穷。没有道理可讲，城里再好的厨师也做不出来。鹿后义说，凭什么，接地气呀。

老金指着前面不远的屋子，你闻到了吗？是黄鸭叫。

我摇头，差点跄了一步，空胃在呼唤了，脑子里浮出一盆热气腾腾的黄古鱼，火锅端上煤灶，绿火蹿起老高，哧哧地舔着热气。

放上陈年花椒，老鹿的最爱。

我的肚子当即咕咕地发出抗议。

腊月的寒风是最吃人面的。上一次水鸟越冬调查，鹿后义怕我不懂渔民的话，告诉我意思就是风厉害，伤脸不看人。我提前做了防护，脸罩、围脖、连帽衣，但还是低估了湖风。野外行走一天，晚上缩身于小趸船的舱内，就着改造为过滤器的油桶里的水简单洗漱后，身体有了些暖意，才发现脸像刀割火烤，手摸一下，生怕脸没了。他说，吹上一冬，脸就废了。我再端看身边几位渔民脸上的纹沟，都是风拿刀刻上去的，锉不掉了。他们毫不在意，人活着也不只是为了一张脸。命运躲不过，脸就是命运的影像。

老鹿，我们来了！老金破口一声，回答他的是一片死沉的寂静。

鹿后义家灶屋亮着灯，雾气弥漫，看不清人影。灶膛里烧着很旺的火，像大地上升起的一面火焰之旗，横扫着妖娆雾瘴。家户烧过一段沼气，又回归到柴木，无人认领的野树、自家种的树，入冬前会砍倒一片。这座土坯房已很老旧，但当年是弥渡湖最先砌起的大屋，鹿佬死后在鹿后义手上推倒重建，那时他风风光光，是最有资本的人。

像是预先知道我们的到来，桌上已经摆了几副碗筷。鹿后义老婆说，是你们啊，白天扫屋，看到蜘蛛吊在大门口，我就说有客来，真就应验了。鹿后义示意往堂屋请，他端起一锅鱼，老金帮着提起煤炉，煤球眼里的火，半青半红，像蛇吐出的芯子，一次次舔着他的手。

一碗鱼汤很快暖和了经历过寒风的身体。开喝吧，老金举杯，示意碰一碰。我们一口饮尽，鹿后义只用舌头咂咂啜了一口。辣辣的液体顺着齿舌入喉进肚，身体瞬间就被打开、点燃。

鹿家堂屋又高又尖，像教堂，光线弥漫，闪烁不定。乡下电压不稳，圆肚细嘴的节能灯发出的光，像一条细长的舌头被夜晚的大嘴吐纳。炉火伴有炸裂之声。光线偏暗，并不适合拍照，老金指挥我的头向左略略偏斜，大光圈慢快门，给我拍了一张面部特写。我仅有的几张所谓被抓住灵魂的照片，皆出自这位不停更换新机器的朋友之手。我说机器好就是不一样，他对我否认他的技术嗤之以鼻。他拨拉着相机上的转盘，放大屏幕上的一只眼睛，甚是得意地发出啧啧之声。一缕跳动的火焰映亮我神色乱漾的脸。我凑过去，眼睛已经放大变形，长满浮萍般的暗物质。有那么一块镜面般的角落，鹿后义的身影停在了上面。

很奇怪呀，鹿后义明明是我们拍完照后进来的。他摸出半瓶泸州老酒，摇晃着递过来，我发现他一脚深一脚浅，身体浮在雾气里，眼睛半眯着，闪着精光，突然感觉他是远在云端的人。

老金声音变了调，喊道，老鹿，你别转来转去了，坐下来好好喝酒。

老鹿的老婆靠着墙，袖子上抹了一层白灰，边拍打边说，他成天说要死了，不怕死，一死百了，你们劝劝，劝劝他。

火熏眼睛，我睁开泪湿的眼，对面空无一人，老鹿不知去了哪里。

说吧！老金把筷子伸进汤锅的雾气中夹起一条江黄。他给我说过鹿后义的一夜成名，也是一战成名。至于那夜的细节，有很多传说，我们没听当事人讲述过。洪水猛兽之地，随便裁一小块人生，丢在荒洲野滩、湖里岸上，就会长成一段令人唏嘘的命运。

年迈的鹿后义，愈加少言寡语，像山间断流的溪水。

七星湖在堤垸内，以荷多著称，站在高处远看，其实是一条S形的湖湾。冬天落水，洲滩浮出来，湾就显得更狭长。莲荷长在开阔的水面，挤挨着生长。过秋之后，荷叶枯萎，花谢莲落，无人打理的枯荷杆杆在水中，不惧风雨寒暑，直到北风舔干身体里的最后一点水分。夜间常能听到脆生生的折断之声，像巴掌响亮地甩过一张张脸。

度冬的白鹭、大雁、绿头鸭，还有珠颈斑鸠、乌鸫、彩鹬，年胜一年，裹着游云涌落洲滩。它们喜欢七星湖的浅滩、密林与细鱼小虾，结伴成群散入枯荷丛中。鹿后义入冬就忙碌起来，生产队长也尊他为座上宾，管他晚饭喝酒吃饱，然后由他领着渔猎队的伙计们出发了。他疾步如飞，把抬铳的甩在老后面，打着手势不让跟紧了。他像条猎狗，走到湖洲上就细细地嗅着空荡荡的风，仿佛风会告诉他水鸟落脚的地方。有人背后给他又取了个外号：狗鼻子。

走到两岔河，他选择了往穆铺咀走。鸟也是聪明物，穆铺咀那一带有个回水湾，一片浅滩拐角，茂密芦苇挡风遮雨，又有很多细鱼虾螺。"狗鼻子"嗅到离穆铺咀半里地，立定不动了。风也似乎消失了，道路两旁绵延的芦苇丛发出踩水般的响动。

抬铳的人走近了，他腾出一只手立了一个大拇指。穆铺咀历来都有打不完的鸟，只是这里地形复杂，苇丛深密，单铳收获不大。鸟儿精明，稍有响动，纷纷飞远，有时一哄而起，遮天蔽日，叫声凄厉，仿佛天塌地裂，湖洲搬离。

20世纪70年代初，农场批准弥渡湖成立一支渔猎队，名正言顺去打飞鸟走兽，捕获鸟兽都统交队部，算作副业收成。队员都拿平均工分，吃饱喝足，盈余拿回家。好差事，当过猎户的争相报名，三十一岁的鹿后义当仁不让成了队长，配了最新的猎枪和新铳，每月单独发一份工资。誓师会上，瘦得像根杨树的朱场长宣布渔猎队成立，还恨恨地骂了一句，龟儿子的，比老子当场长的工资还高，你不好好打，老子抠掉你的三只眼。

鹿后义举起新猎枪，头都没抬，朝天空开了一枪，枪管烟还没冒出来，有人就指着不远处掉落的一只大雁，惊呼着奔过去。朱场长激动起来，又骂道，鬼崽子的，好枪法，好兆头！

朱场长如此看重鹿后义另有原因：他无师自通地鼓捣弹药配制，霰弹的范围控制得恰到好处，能最低程度地伤到鸟的羽毛。那时，一只只往外运送捕猎水鸟的船，只要说是弥渡湖来的，就能在县城的外贸公司计上最高的价，像是后来的免检标牌、特别通行证。鹿后义也就名声在外。当上打鸟队长的个把月时间，他整天在堤垸上眺望，发呆。几个队员问过几次受到冷遇和呵斥后，躲得远远的，有的索性私底下邀约着去打鸟。朱场长听说后，拍了桌子，骂得很难听，鬼崽子，当了队长不打鸟，他还想干吗？

但朱场长终归没有亲自来问罪，后来反而劈头盖脸训了"告密"的村长一顿，你搞清楚他在想什么，你不知道跑到我这里瞎胡搅，快滚，该干吗干吗！

村长揣着一肚子火回来了,迎面看到鹿后义家门前围了一排人。他挤进去,鹿后义正让人把十多把大口径的鸟铳摆成扇形,每把铳上有一个点火板,导火线连接,点燃连接的导火线,鸟铳齐发,就相当于一个人打出了十个人的火药威力。几个打鸟队员听得津津有味,摩拳擦掌,仿佛胜利近在眼前。村长也来了兴趣,一扫心中阴霾,却又放心不下。未经试验的新法,还不能预祝它的成功。

鹿后义制止了村长的试验之举,胸有成竹,说他早已反复验证。

村长不信,非要眼见为实。

鹿后义来了脾气,偏不依他,说不信就一起去伏鸟。村长是个老寒腿,当年驾船捕鱼,贪着最后一网,被一夜极寒冰冻锁在茫茫湖上,差点把命也丢了。

祭完湖神,鹿后义带着打鸟队员出发了。他吊着一张脸,不怎么说话,喜欢用眼神指挥。处久了,有队员懂得按眼色行事。到达穆铺咀后,众人蹑手蹑脚散入苇丛,像潜入的另一群水鸟。鹿后义带两个精干队员择地躺下,铳枪用油布包裹住铳膛,以防寒冻上潮到时哑火。他抱枪在怀中,背倚一截掩沟,枪口面朝一片U形湖荡,数百只白鹭、雁鹅浑然不察,悠闲地踱步觅食。此时是日暮,血红的太阳西落,垂挂在远处的苇穗上随风摇摆。

枪声是凌晨响起的。弥渡湖村和邻近不少村庄的人都在睡梦中惊醒,感觉到了大地的震动,房梁的摇晃,木床的战栗。有人争论过,是响了一声,还是响了十声。那支排铳上有十把铳枪。

等到后半夜,鹿后义睁开似睡非睡的眼睛,看到密密麻麻的水鸟占领了整个湖荡,才用脚踢醒了缩着脖子裹在蓑衣雨服里的队员。他打开三层油纸包,取出火药和子弹,逐一装进铳膛里。几个队员早就用嘴里的热气,给铳膛暖了身体,他们称这是暖枪。

导火线是鹿后义点燃的,他的手有些颤抖,此前的试验并没有真枪上阵,他靠经验解答未知。幸运的是,他担心的哑火并没有出现。一声巨响,他们听到簌簌的泥土和苇花漫天飞舞,又扑簌落下,落在他们头顶和衣服上。朱场长的父亲是村里的老私塾先生,说出了一个陌生的词:哀鸿遍野。人们只知道，湖上到处都是鸟，有队员吆喝着远处驶过来的船，装满了四条载货渔船，堆得像山一样高。

天亮了，穆铺咀变得空空荡荡。村长不知是高兴还是郁闷，一会儿喜笑颜开，一会儿骂骂咧咧。这一铳，很快在弥渡湖周边传开，到了晚上，归来者告知，这一铳打了五千九百八十斤。在县上，没有人相信这是鹿后义的一铳之作。来了不少人要见这位鸟王、猎鸟大王，人们对他充满敬佩和嫉妒。去了县城开会的朱场长派人送来喜报和奖品，那是一条带过滤嘴的香烟和一把半手臂长的手铳。还有记者从省城特意来采访，没过多久，有人从场部送来一张油墨抹出重影的报纸，鹿后义扛枪的照片威风凛凛，下面写了"神枪鸟王"四个黑体字，而鹿后义的名字，已被看报纸的人抠出了一个洞。弥渡湖很快热闹起来，湖区垸内乡镇、村庄的人组团来学习，那年代，打鸟天经地义。

值得一说的是，那铳管太长，有一端露在外面，贴着他的左额，待到他起身，铳管硬生生扯开额头一块皮。当时他哪有感觉到疼，第二日天明，有人说，鹿后义，你额头怎么了，怎么多了个缺疤？他摸了摸，哎呀，整张脸都疼了起来，刀戳似的疼。另一个人凑近盯视，说像只眼睛。然后嗤嗤笑着大呼小叫，额的天啊，鹿后义长的眼睛，第三只眼睛露形了。

自那以后，老班子说，鹿家父子是鸟的克星，鹿后义浑身上下散发着冷兵器的杀气，崽比爹更克，从洲野上走过去，天上飞过的鸟也会颤几颤。

鹿后义一战成名，回去的傍晚就去了父亲的坟头，杯中倒满烈性白酒（父亲一辈子只喝酿酒坊出的头道酒），点了两支烟。他把酒慢慢洒在残碑前的草丛，烟被风吸尽（长长的烟灰差不多是完整地掉落在地）。他一句话也没说，看着斜阳落水像药片般溶解，从坐下到离开。

你是要祭告鹿佬，他当时的反对是无效的？老金心直口快。鹿后义再次陷入沉默，只是望着炉上一团团升起又散开的水汽。

鹿后义八岁就搬铳学习射击，十岁偷着磨制弹药，当然是旁观父亲学的。待到十五岁，成了弥渡湖有名的神枪手。他第一次悄悄跟着父亲去打鸟，伸手想去触碰扳机，被父亲一巴掌打开，跌倒在泥淖里，鞋子进了水。父亲把铳打响，扔下他去捡鸟，枪管冒出呛鼻的硝火味，久久散不开。父亲呛得咳嗽，他屏住呼吸，嘴唇之间吐出一口长气，硝味便顺着气流绕道而走。后来他踩着湿鞋，走了一个多小时，像赤脚踩在冰上，每走一步，会发出肌肤撕扯的声音。他一辈子都记得这种声音。父亲用力拍打他的头，那么重的硝味，也不知道躲开，吸进去烂掉你的肺。他不吭声。摸枪打鸟不是个正事，当个渔民，当个农民，睡得安稳。他也不吭声。趁着父亲酩酊大醉，他把比他个子还高的铳枪搬到外面，对着家里那面朝东的外墙射击。

关于他的父亲鹿佬倒活霉的旧事，朱场长讲过一个版本。他著名的归纳就是，凡事都有预兆，命运安排好的不可改变。起因是那段日子鹿佬屡屡想起曾祖母留下的遗言，湖上知名的大财主阙金龙曾在屋子周边埋下一缸金子，阙姓在湖洲上也是唯一的，吃着山珍海味，吃得油光发亮。鹿佬想不通唯一的姓氏也有天差地别的贫富差距。曾祖母在梦中告诉他那缸金子就埋在他买的宅基地旁。做过几次失败的尝试后，他不肯善罢甘休。那天他喝得微醺，突然推倒酒杯，大呼想到了，遂扛起锄头前去柴屋西侧的厕所，一蓬杂草处，臭烘烘的草堆收藏了很多被风刮到角落来的废旧垃圾。他奋力挥锄，结果真挖出一口破缸，缸里有绞成一团的土币公蛇。正在冬眠的蛇当然不会醒来，但在乡下，这是件顶不吉利的事。十一岁的鹿后义长得细细瘦瘦，站在远处看着那团绞在一起的蛇，似动非动，像一阵大风突然在湖面刮起的浪纹。

挖到蛇缸，恼怒的鹿佬手忙脚乱，一锄头下去捞起盘成一团的"乱麻绳"，丢进屋后池塘的冰窟子里。有几条盘落的蛇，在他的锄尖下锄成两段。他想跑近去看死蛇的模样，鹿佬不许他过去，手上力重，他被推倒在地，一屁股跌在泥水坑里，袖子和裤腿被打湿。半截蛇睁着眼睛就死在他脚跟前，僵硬的样子，像极了一截黑皮树枝。

鹿佬一日三顿，酒不可少。喝酒是湖上男人的共同喜好，祛湿御寒，酒和辣椒，皆不可少。酒胀英雄汉饭胀死木头，这句话被鹿佬挂在嘴边。回到酒桌上，鹿佬一杯压惊散心的酒刚喝下喉，就扑哧一声吐了，第二声，吐的是血。他缓慢地擦掉嘴角的血迹，咬咬牙，把杯中剩酒倒入口中。那时鹿后义还在屋后，衣裤打湿，皮肤瑟抖，恨恨地和半截死蛇对峙，不知父亲在家里发生的一切。母亲去了堤坡上采藜蒿，几户喂猪的人家喜欢将藜蒿切碎掺入一锅煮开的猪食，但鹿佬发现，它去根后的嫩茎，配以切成丝的腊肉煸炒，脆爽味鲜，散发一股特别的清香。洞庭神仙草，鹿佬多次劝大家与猪争食却被人耻笑。那天晚上，母亲端上一盘清炒藜蒿，父亲从头到尾没有说一句话，吃过饭剔完牙出了门。晚上去伏鸟的他，后来就死了自己的铳下。朱场长父亲说，本不该外出，命中注定谁躲得过啊。

那夜鹿佬是单独行动，并无伴同行，排除了他杀可能。究竟是谁打出射向他额头上的那一铳，人们来回分析，惊讶地想到凶手是一只长脚白鹭。鹿佬捡回的白鹭甩在铳旁，尚未断气，挣扎之中细脚触碰到扳机，枪膛余下的火药再次射出，击中返身走回的鹿佬。有人拍腿而起，这就对了。第一个到达现场的渔民也补充说，白鹭的爪子是和扳机挂在一起。大家信了白鹭打死鹿佬的说法，唏嘘这桩怪事。朱场长父亲说，天下之大，湖洲之广，何怪未有？

鹿后义当晚发烧说胡话，母亲用热水一遍遍擦着他的腋窝，用瓦片刮着颈椎和脊椎之间凹陷的大椎穴。他从迷糊中回归正常，鹿佬已经下葬。墙上多了一个人，像是屋里挖了一个洞。他突然想去看水，想听湿淋淋的声响，湖上日头西沉，寒光战栗，拱出水面的洲滩被一片殷红浸透。

鹿佬的坟你迁去了哪里？老金喷喷地喝完杯中酒。这个声音挠心，他坚称这是高手才会喝出的声音。

鹿后义醒来后看到那个蛇坑已经填埋的坟堆上，落红点点，烧融的香烛胶结。他以为自己在做梦，他不知道，昏沉迷糊地睡了五天，鹿佬已入土为安。迁坟是多年之后的事，母亲离世，他看到有蛇在那坟堆出没，就想到那团在睡梦中被送到冰窟子的蛇，是它们的后代回来了。某一天他请来乡里的阴阳先生，做了个法事，捡了半坛罐子骨殖，挪到了六门闸的坟山场。

这片湖洲上有多少人死在沉寂的囚禁里，没有人记全过。人来了去了，也和洲上的一株草一棵树那般。悲喜也仅留存在最亲近的人内心，未见得。鹿后义身心疲惫地走在田野上，有人在背后细细地喊他，杀鸟魔。他听到了，心里一颤，如同过去有人说他出现在哪里，天上飞过的鸟都会惊颤不安那样。

那把手铳鹿后义没有打过一枪。他有段日子挎在身边，在人们面前把玩，举枪向着空旷的湖洲瞄准，手扣在扳机上，就是没有响过一次。后来，农场出公告要收缴所有鸟铳枪支的命令再三下发后，朱场长亲自登门又把这把手铳取走了。

没有枪的鹿后义像丢了魂，从早到晚在草坡上走来走去，或者是钻进小密林里，使尽全身力量发出几声吼叫。树叶下的虫豸、沟窝里的越冬鸟，扑簌簌地四散，骚动之后又归于无边的沉寂。死神降临般的沉寂。

一切尘埃落定。场部派人下来，把第一张不准打鸟的公告贴在离鹿后义家不远的电线杆上。他离得很远，并不想凑那热闹，打鸟队员都涌过来看。不识字的就听人一行行读出声来，直到最后停在"特此公告。君山一分场"，有人重重地叹息。人群散去，鹿后义没说话，一个人走近那纸公告。

有邻村信教的人上门劝说他一同去祷告，求主赐圣灵感化他，饶恕他过去犯的一切罪，洗净他一切的不义。他犹豫再三，临了，还是拒绝了几个兴致勃勃前来的"兄弟姊妹"的一片热心。其中的一个姊妹愠怒，说了几句不中听的话，咒他罪孽深重，也会重蹈其父亲的覆辙。他更加对这些人有了反感，连做好的饭菜也没留他们坐下来吃。

屋里的雾气越来越浓酽。喝酒啊，别光看我们喝。老金说，老鹿不喝酒就没意思了。我看着他的神情，像是一尊老庙里的木菩萨。

我从没见过鹿后义和他老婆之外的家人。老金说也是，养儿防老是件奢侈的事了。他儿子一家租房住在镇上，常年在广东打工，每年换一种营生，日子过得潇洒，回弥渡湖变成了一种恩赐。

又读到人家写你和白鹤了。老金说，鹿后义救治一只白鹤又放飞的事早不是新闻了。老鹿五岁的孙子在七星湖的水边玩，失足溺水，四周无人，白鹤飞到家里啄他的脚，用翅翼推他的腿。他突然意识到什么，喊着孙子的名字，白鹤在前面飞，他跟着往七星湖跑。鹿后义嘴角咧动一下，模糊地答了一声。老金翻找手机中的链接，借着酒意，朗读一段：

> 这只鹤羽翼洁白，长喙鲜红，颈脖修长，盘曲出一条优雅的弧线，左脚根部伤口殷红，四周的羽毛被渗出的血浸透。这只鹤后来成了老鹿家的一员，不愿离去。老鹿与鹤日久情深，有如北宋林逋传为千古佳话的"梅妻鹤子"。

鹿后义扫了一眼雾气中发亮的手机屏，屏光给他的脸加了一些亮度。他说他很少照镜子，有一次走过一个小水洼，水波清澈，突然看到自己，竟然不认识就是他自己。老金抖着醉眼把他的脸收纳入相框之中，这张脸的额头嘴角长满皱纹、眼袋、法令纹、抬头纹，像湖洲上车轮碾过脚印踩过的坑洼沟壑，像无数的路通往不知道的远方。

每天晚上都做噩梦。鹿后义说。

梦些什么？老金眯着醉眼问。

变成了一条鱼。披着鳞甲，发出白光，四处寻找有流水的地方，逆流而上。那些长脚的水鸟，最多的是长嘴白鹭，逐着我，尖嘴啄在我身上，鳞甲一片片掉落，像从身上撕下皮肉，像是铁子子一粒粒打在身上。我这才知道，那些年，我打过的铳，都是打我自己了。

梦而已。老金摇头，没事的。

鹿后义不紧不慢，说他还反复想起父亲生前最喜欢说的一句话：头顶有神明！年轻时他因为父亲不许他摸铳，不许他学会打鸟而置气，心里有个结，就像一个癌，以前没有，或者说很难发现，直到人老了才懂得，没有领悟到父亲阻挠的深意，还赌咒要违逆要超过。头顶有神明，五个字如炸雷声声，在他心里炸起一片焦土，屡屡有惊魂动魄之感，正如他的噩梦，一个接一个。

老鹿，我们走了。火炉渐熄，老金拍了拍我。

我们发现，老鹿没有坐在我们身边，他何时离开的却不知晓。

门打开，灰雾后退，道路向前延伸又戛然而止。田野、沟渠、栖息的水鸟，若隐若现，弥渡湖一片混沌，不知清晨日暮。湖水退去，那些蝼蚁般的人群，也在远处天光的映衬里速速退去。

回崔百货家，脚下生风，路程像缩短了很多。门是虚掩的，老金进屋突然冒出一句，见了鬼，今晚感觉不对，老鹿像是一个没了魂魄，死到临头的人。

我沉默不语，脱掉衣裤倒身床上后，就看到天花板上一只蜘蛛来来回回爬动，像是醉酒找不到家的人。我眼不见为净，跟老金说起我的田野调查已经编号建档，每个人的档案里有真实履历，也添加了道听途说无法证伪的故事。我质疑过这般是否不严谨，想和他探讨可行性。他说，真伪并不重要，湖洲上的每一根草，都是真实的，拉长时间维度，也可能是虚构的。他突然停下说话，同时发出笨拙的鼾声。我翻来覆去，酒精的催眠效果似乎有些差，耳边像是鹿后义在说什么，声音遥远地传过来，似听一只孤独的夜鹭说话。

那夜过去，清早的光景尚在迷糊之中步步相挨，崔百货砰砰拍打着我们的门。窗外一片灰雾，如同天空长满阴翳。窗缝处有几颗冻结的水珠，似发光的记忆。门不依不饶地响着。老金惊醒，吼道，谁呀？

崔百货并不顾及屋里人的不悦，粗着嗓子说，鹿后义死啦！昨半夜的事。

我弹身而起，喉咙里的声音被堵住了，像是水淹及脖颈呼吸困难，要使劲地往上昂，往上昂，心却是针扎似的，掉进无底黑洞般的疼痛。老金将身体翻了个边，背对我，过了一会儿，发出孩子般尖利的抽泣。

原载《山花》2021年第3期

钱玉贵

曾经

1

高铁的速度确实考验了张铭思考的速度,他觉得自己好像还没有最终拿定主意,G市站就到了。只有两分钟的上下车时间,他突然从座位上站起身,对自己说了句什么,从行李架上拿下提包,就匆匆下了车。他买的并不是到G市的车票。

出了站,张铭对出租车司机说:"去长江饭店。"

司机是个年轻人,侧目望着他。"没有长江饭店,"他说,"你是不是要去世豪大酒店,据说它过去就叫长江饭店,就是长江路上的那家。"

那可是当年这座城市最高级的饭店。这话张铭没说,而是直接坐进了车里,说:"那就去世豪大酒店吧。"

像所有日新月异的城市一样,G市也是翻天覆地变了样儿:街道、高楼、商场、车辆,包括流动的人群、衣着、举止,乍一看,一点辨别不出跟大都市的差别来。

是的，现在全国的城市的建筑风格，几乎都是一个模板的不断翻版，而潮流几乎又都是统一的。二十年，城市，都脱胎换骨了。

果然是过去的旧址，但酒店完全是崭新的，豪华的，四星级的。

站在十九层楼临街的窗前，张铭发现过去这条狭窄破旧的街道如今高楼林立，车水马龙，昔日的景象和气息早已荡然无存。他内心泛着淡淡的伤感。他突然想到了一句"故地重游"，不禁哑然一笑：还有故地可游吗？他抬眼望向淡蓝的天空，喟然许久。

这个曾经满载着他的青春激情和政治抱负的城市，他在这里几经起伏，到最后仓皇出逃（他一直认为那就是"仓皇出逃"），如今又悄然回来，究竟意欲何为？

T大学举办的学术研讨会的最后一天，会务组征求各位教授返程如何安排时，张铭才决定乘坐高铁回京。同组的专家们对于他突然退了事先预订的机票而改坐高铁，都感到纳闷不解。张铭只好拿来高铁路线图，指着上面的G市，说："我没有想到高铁经过这里，而这里我可是工作过二十多年啊！所以，这次我想顺道去那里看看。"

"二十多年，那一定是有故事的吧？"一个教授说。

"会不会是有相好的？"另一个接茬道。

"什么相好，说不准就是老情人吧！"众人都来了兴致，起着哄。

张铭收了图就走开了。他并不想跟他们展开那个话题。

说归说，他最终还是买了回京的车票。他当时只是还没有想好是否真的要去那里看看。

2

张铭原打算不惊动任何熟人，悄悄地来，悄悄地走。然而，在变得几乎完全陌生的市区走了一遍后，随着黄昏临近，他开始改变主意了。

回到酒店后，他把手机打开，在通讯录里查找到了毛大明的号码，就拨了过去。

"不会是张铭——张大教授吧?"手机嘟嘟了两声后,对方却先说了话。

"正是在下。"张铭说,脑际想象着毛大明那张大方脸笑得绽放开来的模样。

"是在伟大首都北京呢,还是在华盛顿,东京,巴黎?"对方调侃道。

"在贵市世豪大酒店19楼1908房。"

"真的假的?"对方惊叫道,"他奶奶的,你这是鬼子进村啦!"

毛大明是张铭的大学同学,当年是一同分配到G市来的。毕业二十周年聚会,在昔日校园里,张铭与毛大明彼此留了手机号码。张铭就在那次聚会上得知,毛大明如今已是G市政协副主席了。

原以为只是两个老同学叙叙旧,不承想毛大明约了一大帮子张铭昔日的同事和部下,就在世豪大酒店里摆了一桌丰盛的接风宴。这些人现在大多是部委办局的头面人物,最不济的也有一官半职,个个面貌体态也都有大变化,不经毛大明一一介绍,张铭恐怕根本对不上张三李四。是的,毕竟二十多年过去了。在金碧辉煌的宴会厅里坐定,张铭多少是有些感慨的。倘若当年不离开这里,不离开这个群体,他现在会怎样呢?是他们中的一员,或是更高级别的领导?

酒杯里倒满了,茅台酒的浓香漫溢开来。对桌上一圈人的面孔熟悉后,张铭的心里莫名有些失落,因为直到此刻,他才相信,他之所以再次回到这里来,是另有隐情,或者说,他真正在这里想见的人,并不是他们,甚至连毛大明也不是。

毛大明举起酒杯发表即兴讲话。老同学张铭,从一介书生,到官员,又到教授、研究员,如今又轻车简从,悄然荣归,蓬荜生辉云云,这才算开了场。于是,众人纷纷起立,互相碰杯,就喝开了。

酒过三巡,众人的话匣子打开了,老故事,新段子,层出不穷。围绕当年那个风光无限的张铭,二十年前的陈芝麻烂谷子又重新晒了出来。

渐渐地,张铭发现,谁也不愿意把话题扯上当年他在纺织厂任职的那段经历,而那段经历其实才是他人生最精彩的篇章。当然,也是他人生的转折点。

酒意染红了毛大明宽大的脸庞，他拍着张铭的肩膀说："老同学，当年你若不改弦更张，选择放弃仕途，如今起码也该是市长一级了吧！想当年，你可是这个城市的风云人物啊……"

是啊，当年张铭大学毕业即分配到政府部门，从秘书干起，直到市长跟班秘书，春来冬去，官至市委办副主任，又调任团市委书记，那年二十八岁，正处，被列为厅局级后备干部人选。那个时候，改革劲风正吹向各个领域，全市上下一片红火。张铭也坐不住了，跟自己的老领导，也就是G市当时的市委书记提出要下基层锻炼，这也正合老领导的心思。当时的市属重点企业纺织厂正面临着班子调整，一把手人选几经推荐都不理想，过去班子派性斗争复杂，于是市委书记就顺水推舟，张铭当年就走马上任了纺织厂的总经理、党委书记。

这时候，众人也插进话来，附和毛大明的恭维。张铭羞赧了，频频举杯，口中不住地念叨"哪里哪里""不敢不敢"，以此来阻止毛大明及其他人的滔滔不绝。

事实上，那些话如今听来，令他愧疚，甚至难堪——

张铭再次意识到，他现在真正想见的人就是郑蔓丽。

3

其实，张铭在担任团市委书记时，就熟悉郑蔓丽。她那时是纺织厂兼职的团委副书记，本职工作是纺纱车间副主任，兼任"巾帼女子班"班长。团市委换届前夕，郑蔓丽作为纺织系统推荐的下届委员候选人的材料，就曾引起过张铭的注意。黑白二寸照片，齐耳短发，眉清目秀。而且，跟自己同龄，已婚，中专生，年年先进，优秀团干，全市"青年突击手"，荣誉称号几乎写满了一页纸。等张铭来到纺织厂任职后，才发现郑蔓丽真是不简单，三十多号人的一个女子大班，她指挥若定，产量质量总是名列前茅，而她自己又总是率先垂范，以身作则，群众口碑好。观察了一年后，张铭觉得这个女子要大胆起用，于是第二年，郑蔓丽就担任了纺织厂副总经理，分管生产和质量管理。那个时候，产品质量是最大最头痛的问题。

潜伏的舆论，也就是从这个时候开始悄然酝酿的。

当时，厂领导班子里只有张铭和郑蔓丽两个是60年代的同龄人，那时叫少壮派、梯队干部，加之在团市委时彼此就熟悉，两人的关系自然很快就热络起来。分管生产和质量的副总经理郑蔓丽，同样让张铭刮目相看，全厂各车间产量质量陆续都上去了，尤其是质量，也就是成品一级品率连创新高。张铭终于发现了，郑蔓丽的本事就在于实干和带头干，她下车间跟班走，跟职工一样三班倒，依然拿出她当大班长时的作风和干劲，A车间产量质量上去了，她就转战B车间——就这样，一个车间一个班组地蹲点示范，不仅解决了生产方面的问题，更重要的是，把大家的心拢成了团儿。特别难能可贵的是，她平易近人，一派大姐风范，但对违纪违规的事情处理起来却一点不含糊，原则立场坚决不动摇。有这么一个帮手管生产和质量，张铭放心了，一门心思地去跑市场，搞出口，于是，过去始终处在保本不亏边缘的纺织厂，经济效益开始节节攀升。

生意火了，效益上去了，于是，迎来送往的应酬就多了。两千多人的纺织厂食堂小灶院里的五间包房，几乎天天宾客盈门，酒香四溢。作为党政一把手，张铭经常要泡在酒桌上，有时候实在顶不住了，就只好吩咐班子其他领导分头陪客，轮番上阵，也就是说，郑蔓丽也要出马迎战。而郑蔓丽每每出马都大获全胜，原来那个平日风风火火又温文尔雅的郑蔓丽居然还拥有惊人的酒量——内地客商不说，港商台商根本就不在话下，就是东北来的身高六尺的大老爷们儿，几番推杯换盏之后也会甘拜下风。于是，凡张铭出席的宴请，一般情况下，郑蔓丽也会如影相随。对于张铭来说，有了郑蔓丽，真是如获至宝，如虎添翼。有一次张铭酒后吐真言，他在物色管理生产和质量的副总经理人选，言下之意，就是他准备让郑蔓丽接手销售工作，包括进出口贸易。确实，那个时候的销售工作应酬多，压力大。当年底，他就这么调整了领导班子的分工。

那个时候，潜伏的舆论已经暗流涌动，而且就要择机形成沸沸扬扬之势。

酒宴总算散了，毛大明提议去茶楼喝茶。其他人则跟张铭握手道别，看得出，这两位老同学要谈些私密话。茶楼就在酒店一侧，沿一条小巷进去，古朴典雅的徽派风格，曲径通幽，回廊一端就是茶房。两人坐定，服务小姐就将沏好的极品猴槐茶连同茶具端了进来。张铭呷了一口茶，清香无比，好像一下子就化解了先前肚子里的酒水鱼肉，禁不住又连呷了几口。毛大明一直望着他，嘴角露出嘲讽的笑意。

"不至于吧，张教授？"张铭那种猴急地喝着茶的样子，似乎是做给他看的。"这回走，我给你送几斤。"毛大明说。

张铭放下茶杯，说："真比不上你的日子滋润啊。所谓我们是活着，你却是生活啊。"

"没那么夸张吧。"毛大明看着他，神情肃然多了，"别跟我兜圈子，老同学！说实话吧，这回故地重游，不可能仅仅是为了看望我这个老同学这么简单吧？"

张铭觉得脸有些烫了。他回避了毛大明的眼光，又握起茶杯在手里转动着："是的，这回来，也想见见郑蔓丽。去年老同学二十周年聚会时，我就跟你打听，可是那会儿人多，也顾不过来。老实说，这么多年了，我根本就没有她的任何消息，也不知道她现在过得怎么样。"

毛大明阴险地一笑，冷冷地说："是不是想到她，心里有些愧疚？"

张铭只是愣了一下，但没有否认，点了点头。

4

流言蜚语就是从郑蔓丽担任经营副总后才浮出水面的。

那时候客户上门，最后都是在酒桌上把订单喝定的。觥筹交错，也是刀光剑影。一般重要的大客户来了，郑蔓丽就要请张铭出面，也叫"压台面"，既是对客人高看一格，也是为了今后的订单。郑蔓丽作为女人，那个时候就像一朵迟开的鲜花终于怒放开来。她不仅美丽热情，而且豪爽得就像个汉子。尽管时常有郑蔓丽"保驾护航",但张铭还是不胜酒力,经常喝得东倒西歪,甚至洋相百出。于是,从厂食堂小院里出来的张铭常常是郑蔓丽搀扶着上车的,然后,小轿车呼啸而去。后来,张铭又带着郑蔓丽去参加广交会,厂里订单签了多少、贸易收获成效如何好像并不重要了,那个时候重要的是,有人看到两个人在一个房间里出入了。

一天上班,郑蔓丽突然闯进他的办公室,随手便把门关上,张铭顿觉蹊跷。郑蔓丽低着头走到桌前,他这才看清,她面色苍白,眼睛红肿,头发蓬乱,好像一夜不曾合过眼。不待他问,郑蔓丽带着哭腔就诉说开来,而且就那么站着说,好像不这样,她就无法把话说完;其间,声音也几度哽咽。她丈夫已经提出条件,要么不当经营老总,包括今后不参加那种公务的喝酒应酬,要么就干脆离婚拉倒——那个男人不仅感到了流言蜚语的伤害,而且自认为张铭已经把绿帽子给他戴上了。

张铭故作镇静地笑笑,好像刚刚听说似的。他一边让郑蔓丽去沙发上坐下,一边去给她沏茶;其实,那一刻他的内心已乱作一团,至少他没有想到事情会严重到这种程度。关于流言蜚语,他早有耳闻。他当时的女朋友,一个漂亮的市直机关机要员,也跟他闹情绪了,认为他跟郑蔓丽之间的关系"不清不楚",他当即正色道:"一派胡言,纯粹无稽之谈!"

办公室里静默下来。这是一把手的办公室,此时正是上午最忙碌的时候,走廊里听得见脚步匆匆走来走去的声响。郑蔓丽是班子成员、副总经理,一大早这一男一女就关在办公室里干什么呢?何况又是这种舆论最敏感的时候!想到这些,张铭觉得得长话短说,尽快把郑蔓丽打发出去。他在椅子上坐直了身子,说话保持着一个领导者应有的沉着稳健的腔调,也就是那种见怪不怪、从容不迫的态度。

"郑蔓丽同志,不要被谣言吓倒了!谣言终究是站不住脚的!要相信组织,更要相信群众的眼睛是雪亮的。工作要继续做下去,而且要做得更好。当然了,今后也要注意影响,也要——(他脸涨红了,觉得有些话是说不出口的,比如喝酒可以少喝嘛,注意控制嘛。可是,他脑海里浮现出来的画面全是酒宴上的那种难以控制的场面,也就是说,不可能做到少喝)"

他索性转移了话题,"怎么能说离婚就离婚呢?这是赌气的话嘛!回去跟你丈夫好好谈谈,谣言终会不攻自破的。这样吧,过几天,我去找他谈谈,你还是要安心工作。"

张铭至今记得,郑蔓丽走的时候,用一种特别凄婉无助的目光望了他片刻,好像仍然有许多话要说的样子。而张铭已经冲她直摆手,示意她赶紧出去,也就是"安心工作"去——那举动就像是在说:"有我在,天塌不下来的!"

没等张铭找郑蔓丽的丈夫谈,那个男人倒是主动找上门来。是个留着长发、络腮胡须的粗野汉子。张铭后来才了解到,郑蔓丽跟她的丈夫是发小,从小学到中学都仰仗着这个发小的保护和爱慕。到了郑蔓丽读中专时,这家伙在社会上打架滋事,后来顶职当了锅炉工,到处扬言郑蔓丽就是他的女人,谁也碰不得。郑蔓丽嫁给他更多的是出于害怕——就像他扬言的,谁敢碰郑蔓丽,老子就敢杀了谁!这汉子闯进办公室,二话不说,抓起张铭桌上的茶杯狠狠地砸在地上,啪的一声响,把张铭震惊得当场说不出话了。

"姓张的,我正式警告你,我老婆郑蔓丽要是再被你拉去陪男人喝酒,或者你敢再带她出差到外面去,老子杀不了你,也要让你身败名裂,让你遗臭万年!"他手指直直地点着蜷缩在椅子上的张铭,指尖快点到他的鼻子上了。

"你要是不信,咱们就走着瞧!"说罢,他扬长而去。

后来,事情真的闹出了大动静。市里居然派来了工作组进驻厂里开始调查核实有关张铭与郑蔓丽的绯闻,包括张铭任职以来的所作所为。

一个月后,张铭调离了纺织厂,调任社科联的调研员,其实是被边缘化了。郑蔓丽降职,调任厂质检中心副主任。尽管组织上鉴定张铭和郑蔓丽都是清白的,但谣言的污水早已把两人淋了个透湿,洗是洗不干净了。张铭的那个漂亮的机要员女朋友也离他而去。就是从那个时候起,张铭断了走仕途的念想,一门心思想去做学问了。他几乎不再有机会跟郑蔓丽见面,两个人经过谣言这番淘洗,好像再见面都是一件羞耻的事情。

郑蔓丽后来还是离了婚,是她下决心离的。直到那个时候谣言也没有放过他们，郑蔓丽的前夫放言，郑蔓丽之所以要跟他离婚，就是为了跟那个狗官张铭结婚而去的。于是，躲避在社科联小院子的一间办公室里的张铭，终日闭门不出，埋头刻苦复习。他要赶紧考研走人，离开这个小城，离开这个是非之地。

5

张铭考上研究生后，在即将离开这个城市的前夕，觉得有必要跟郑蔓丽见上一面。不，是必须见一面。他那个时候已经听说了，离婚后的郑蔓丽在纺织厂的处境非常不好，背地里的舆论早已剥去了她昔日所有的光环；在她那个漂亮而能干的女汉子形象背后，是生活作风的放荡而糜烂——传说她不仅跟张铭有一腿，而且跟许多有头面的男人都"劈过腿"，且有时间地点，有情节细节，且都说得绘声绘色——据说，郑蔓丽从此几乎变了个人。

约会的地点是城郊一家小酒店。这里傍着一个大水塘，掩映在一片竹林之间，跟周围村庄也相隔较远，环境隐秘而僻静。约的是午饭。张铭早早地到了小酒店，在临水的窗边坐着，喝着茶。老板娘过来问过几次，要不要点了菜厨房好准备，张铭只是说再等等吧。那时已经过了十一点钟，他心里也并没有把握郑蔓丽一定会来。那个时候移动通信刚刚兴起，纺织厂原有一部像砖头似的摩托罗拉"大哥大"，曾是张铭的专属，现在连同他别在腰间的BP机一并上交了。他知道郑蔓丽办公室的电话，但他从没有给郑蔓丽打过，那是一间七八个人共事的大办公室。他在三天前给她写了一封信，信上约了这个吃饭的地点，理由是自己考上研究生了，马上要离开这个城市，见个面叙叙旧。

其实，之所以想见这个面，是张铭觉得自己心中有愧。郑蔓丽原本平静的生活，不是因为他的提携，就不至于弄到如今这般糟糕的局面。当这个糟糕的局面出现后，他又为她做过什么吗？——什么也没做！他唯一做的就是躲进小楼成一统，一心只读圣贤书——早早地离开这里。那么，对于郑蔓丽而今的境况，他能说自己是没有责任的吗？

过了十二点，郑蔓丽终于来了，是骑自行车来的。她穿着浅绿运动服、白色运动鞋——她是纺织厂原女篮队员，打边锋的。头发修剪过了，短发，黑亮亮的，还留了一绺俏丽的刘海儿挂在白净的额头上；脸上打了粉底，眉毛描得细长，眼眶也涂了眼影，显得妩媚。只是眼眸不再像过去那般晶亮传神，脸颊也明显瘦了，像是病了一场刚好的样子。

"祝贺你呀，大研究生！"她微笑着说，声音干涩。她把手伸给他，他握着，觉得她那只手又硬又凉。他看着她，忽然发现她眼眶里好像抑制不住地在往外涌动着泪水，嘴角也微微地哆嗦着，就像快把持不住自己了。他赶紧松开她的手，转身去给她倒了杯茶，说你先喝口茶吧，我去厨房那边安排菜去，就走开了。其实，他自己也差点儿绷不住泪崩。

再回来时，他看到郑蔓丽坐在先前自己坐的那个临水的窗口座位上，侧身望着外面光芒炫目的水塘，阳光映出她脸颊的红润。那一刻他发现郑蔓丽仍然是美丽的，甚至是诱人的；对于男人，她有一种与生俱来的女人魅力。他知道，只要自己开口对她说，嫁给我吧，那么这个女人就可能把命运与自己紧紧地拴在一起。他其实很早就感受过她那种深沉而隐秘的爱慕之情，但他自始至终也没有开口说过那句话——不，他根本就没有那个愿望。

那顿午饭，他们喝了一瓶红酒。郑蔓丽喝得很少，只倒了一杯酒，每次也只是意思意思地抿一小口，完全没有了当年那种女汉子"一口闷"的豪爽劲头。大半瓶酒都是张铭喝下去的。她好像也没有什么胃口吃，动一次筷子后就停下了。彼此都能感到对方的克制、隐忍，甚至是难以掩饰的拘谨，好像才刚刚认识似的。另外，就像是事先商量好的，他们都没有提及当年共事时的那些经历，就连后来发生的那一切，竟也只字未提，仿佛他与她之间从来也没有发生过任何事情。张铭只是说到他从小在农村里的那些故事，摸鱼捉虾呀，放牛割草呀，抓蛇偷瓜呀，直到考上大学。郑蔓丽几乎不插话，就静静地听着，眼睛不时眨巴几下，似乎听得很入神的样子。而她自己似乎什么故事也没有，就像一张洁净的白纸。

分手的时候,他们没有握手,甚至都没有说话。郑蔓丽突然显得有些慌乱而匆忙,她不再用眼睛看他,而是立即飞身骑上自行车,奋力地蹬着,好像急着要去处理一件天大的事情。郊外的公路上很快就看不见她的身影了。

那一刻,有一句话都涌到了张铭的嗓子眼儿,但他最终也没能把它说出来……

6

毛大明的仕途可谓一帆风顺,从机关科员、副科长、科长、副主任、主任,到秘书长,直到政协副主席,几乎没有遇到大的波折。他对张铭说过:"你就是我的前车之鉴,我哪里也不去,就在机关里耗着熬着。怎么样,结果证明,我的选择是对的。"当年组织部门动员过下基层锻炼,言下之意他的仕途会晋升得快些,也更扎实些,但他始终以才疏学浅呀、能力不足呀、孩子还小呀、爱人身体不好呀……总之,以种种理由予以推辞。谁都知道,机关人事关系错综复杂,有些时候甚至险象环生,但是张铭的经历让毛大明意识到,较之机关,所谓基层锻炼可能是更加险恶的江湖。

这会儿说到了郑蔓丽,他就直接把话题转过来:"你要是没走,你敢说跟郑蔓丽之间不会发生点什么?她当时那么漂亮、性感,你就不想跟她上床?"

张铭当即面红耳赤。他没有想到毛大明会这么赤裸裸地说到自己。他愣愣地望着毛大明,似乎疑惑于他怎么会变得这么无所禁忌了。他记得,当年在市府办共事时,毛大明是多么谨慎而谦逊的人,一般非亲眼看到的人或事,他一律不予置评,且口风极紧。

"好吧,就算想过,那也是当年的事了。"张铭红着脸苦笑,握着手里的茶杯转动着,望着杯中飘逸如水草的茶叶。"跟我说说吧,那个郑蔓丽如今过得怎么样?是变成富婆了,还是——"以张铭的预想,凭郑蔓丽的自身条件,加上能力和才情,她的人生总会有翻盘的时候,或者说,有时来运转的时候。

毛大明又那么阴险地一笑:"亏你还想得出。富婆?据我了解,那个郑蔓丽如今的日子过得……唉,怎么说呢……"

郑蔓丽人生真正的大变故还是始于纺织厂关停破产。曾经那么红火的工厂说倒就倒了,员工下岗解散,回家待业。郑蔓丽又回到了那个前夫的身边,没有复婚,只是又住到了一起。好像时间不长,据说是郑蔓丽无法忍受那个男人酗酒、赌博和嫉妒心引起的暴力侵害,又从他身边跑了出来。她跟几个过去共过事的好姐妹集资承包了一家酒店,生意也一度红火过;郑蔓丽当了女老板,又一度恢复了昔日光彩照人的风姿,既要堂前厨后地忙碌,又要陪重要客人们应酬。后来,喝酒吃饭打白条的多了,生意开始走下坡路;后来,来白吃的甚至是来寻衅滋事的也多了,这其中就包括郑蔓丽的前夫三天两头来找麻烦,甚至下班后躲藏在暗处尾随着郑蔓丽……他那个时候还扬言,郑蔓丽不睡他了,但别的男人也休想睡到她!

就这样,饭店也开不下去了,还拖欠了十多万的白条款。

郑蔓丽后来下决心又嫁人了,是个二婚的中年男人。这个男人部队退伍,前妻是早年病死的,身边带着个十二三岁的男孩。郑蔓丽之所以嫁给他,大半原因还是想摆脱前夫的无耻纠缠——这个男人当时在一家国企机械厂里当保卫科科长,在部队里学得一身好武艺,郑蔓丽的前夫根本不是他的对手。一次在光天化日之下的大马路上两人就交过手,这个男人三拳两脚就把郑蔓丽的前夫打趴在地,并且警告他,以后胆敢再来骚扰郑蔓丽,见一次就揍他一次,直到有一天打死他这个畜生东西!那个以往一向凶神恶煞般的前夫还真是被打怕了,后来竟然消失得无影无踪——而另一小半原因也是郑蔓丽想找个依靠了,茫茫人生是真茫茫,那个时候对于一个临近中年的女人来说,有个依靠可能比什么都重要了。

后来,郑蔓丽跟这个男人生养了一个女儿。

她去市政府找过毛大明。当年张铭当纺织厂一把手时,请毛大明一帮政府办的同事们吃饭,郑蔓丽也参加过,所以彼此认识。她是希望政府能给予政策支持，主要是贷款方面的问题。那个时候，郑蔓丽想再次创业，这回动静有些大，要租赁郊外一家集体企业的厂房，干老本行——纺织厂。毛大明倒是替她跑了不少部门，也找过银行，但结果贷款还是没办下来。最后，郑蔓丽把房产家产全抵押给了银行才贷到款，厂也真办了起来。又是一阵生意高潮，但很快又跌入低谷，这回是金融危机带来的厄运，资金链断了，厂子又关了门。这回破产也带来她第二次婚姻的破产——丈夫不能容忍她居然私自把房产家产拿去银行抵押，尽管后来把欠债讨了回来，也就是把房产家产保住了，但他们的婚姻还是走到了尽头。离婚后，女儿判给了郑蔓丽抚养。

如今退休后的郑蔓丽还住在她二十多年前的老屋里。据说，她现在身体不好，很少出来，也从来不参与大妈们的广场舞活动。

张铭始终没有插进一句话，不是不想说，是觉得说了也无趣，也于事无补。那个昔日的女汉子就像火焰一般熊熊燃烧了一阵后，就旋即熄灭下去，尽管后来又数次欲重燃希望之火，却最终都偃旗息鼓。对此，他能说什么呢？

茶楼里变得安详而静谧，窗外夜市的灯光也黯淡下来。原先清香的茶水续了几次水，已变得寡淡无味了。这个时候，张铭心里想说的是："如果当年我不提拔她，不让她那样出风头，她的命运或许就是另一种境况……"这话他没有说出来。

至于那"另一种境况"是什么样的，他其实也说不准。

毛大明抬腕看表，说快午夜了，该休息了。他问张铭明天是否要走，张铭抬头看着他，神情有些诧异。毛大明说："如果明天你不走，我来想办法联系一下郑蔓丽。如果联系到了，请她出来吃顿饭，你们见个面，你看怎么样？"

张铭的心怦怦跳着，但外表倒还平静："好吧，那我就后天上午走。"

走出茶楼时，毛大明摇晃着脑袋调侃道："张铭啊，你那点心思都写在脸上了呢！"

7

这一夜张铭没有睡好，兴许是猴槐茶的兴奋功效，他下半夜睁着眼，看着黑乎乎的天花板，直到拂晓时分。

毫无疑问，过去发生的一切又在他脑海里上演了一遍，有些特殊的画面甚至来回倒腾了几遍。譬如，决定提拔郑蔓丽前，在办公室里跟她的那次谈话，郑蔓丽那时就深情地对他说过："你真好——"接着又改口，"你真是我的贵人——"再譬如，一般重要的宴请开始前，郑蔓丽会把他叫到隔壁无人的房间里，请他喝下一碗莲子银耳汤（是她嘱咐厨房事先做好的），她知道他的肠胃不好，这样能减少即将下肚的烈酒的伤害。她往往就站在跟前，要亲眼看着他喝下去，态度和举止都像是他的领导或者家人一般。再譬如，当年他总是系不好领带（至今也系不好，不，是系不标准吧），出差在外，就由郑蔓丽替他先系好了，放在旅行箱里，用的时候往脖子上一套即可。那年广交会期间，会见客人前，就在宾馆房间里，是郑蔓丽面对面地替他系上的，他跟她从来没有贴得那样近。她呼吸起伏挺大，乳峰几乎顶上了他的西装，而且两条伸展的手臂也微微颤抖着；她脸颊绯红，眼光竭力保持在领口那个位置，但他还是注意到，她其实是在深情地觑视着他……

起床后，都快十点了，他拉开窗帘，阳光把房间里照得通亮。他没有急于去洗漱，而是给毛大明拨去了电话，他现在最关心的就是郑蔓丽是否联系上了。毛大明在电话里哈哈大笑，说就猜到他会猴急地打来电话，一夜都没睡好吧？毛大明说事情正在办着呢，一旦落实就通知他，让他安心在宾馆里休息。

午饭后，房间里实在待不住了，于是他在宾馆的花园里逛了逛，从小径晃到花鱼池，又从甬道走到长廊，后来索性出了宾馆大门，到大街上闲逛去了。他把手机抓在手里，生怕没有第一时间接到电话或看到短信。先后有几条短信进来，是大学里的同事们发来的幽默段子。手机也响过几次，也是同事关于课题方面的问题。其中一个电话是妻子从北京打来的，问他什么时候回来，会议不是结束了吗。他迟疑了一下，咳嗽一声后才说："明天就回去了，这边还有点事呢。"妻子追问一句："你现在人在哪儿呀？"他又迟疑了一下，目光望着街头穿梭的车辆，声音重重地回过去："在 T 大学啊。"

下午，毛大明的短信终于来了：今天晚宴就订在世豪大酒店里，方便；郑已经联系上了，并且答应参加晚宴，你做好二十多年后与她面对面的准备吧。后面还附了三个窃笑的表情。

他重重吐出一口气，一颗悬着的心终于落下来。

回到房间，他洗了澡，换了干净的衬衣，在镜子前把头发梳理了几遍。他知道镜子里的这个男人早已不是二十多年前那个英俊青年了，现在的他头发斑白，眼角满是皱褶，眼袋也垂挂下来，眼镜度数比当年增加了一倍。他几乎想不起来自己当年的模样，只是依稀记得当年自己的满头乌发是中分的，他便对着镜子用梳子开始中分。终于把又稀又松的夹杂着一丛丛银丝的头发中分好了，再往镜子里端详一番，竟觉得这个中年男人既陌生又古怪，像个小丑似的。于是，他还是用梳子把头发回归到往右边一顺的状态，这样一看，自然多了。

天色暗下来。毛大明直接去了包厢，给张铭打了电话。两个人在包厢见面后，毛大明说："今晚就咱们仨，等郑蔓丽来后，你们要是谈得投机的话，我就撤，免得在这里碍手碍脚。"张铭开始想反对，可是一想，毛大明的想法也对，真要跟郑蔓丽交流起来，他在旁边也确实是个闲人。

毛大明叫来服务员把酒菜都点妥后，才说起这一天为了联系郑蔓丽的折腾。一早上班就给秘书布置了这个任务，他自己也给过去纺织系统熟悉的领导打了一通电话，没有结果，最后还是秘书亲自跑到社区才查找到郑蔓丽住的是红星村的老地址。秘书找上门去，对郑蔓丽说当年的老领导张铭回来了，今晚想请她一起吃个饭叙叙旧。据秘书回来对毛大明说，郑蔓丽愣了半天才反应过来，后来犹豫了很久，就是拿不定主意的样子，在秘书的再三催促下她才勉强答应。

张铭说:"她知道来这个地方吃饭吗?"

毛大明又是一声冷笑:"我派秘书带车去接她了,这你还不放心?"

这会儿,两人都不约而同地抬腕看表,都快七点了,应该接来了吧。正纳闷着,包厢门开了,是毛大明的秘书进来了,一个年轻帅气的年轻人。秘书毕恭毕敬地说道:"主席,哦,还有张教授,对不起,郑蔓丽同志本来说好要来的,等我去接她时,她又变卦了,死活不肯来,还给了我这个(他把手里拿着的一封信递过来),让我交给她的老领导——您。"

张铭接过信,心里顿时哇凉哇凉了。

秘书走了,这顿饭,毛大明和张铭两人在闷闷不乐的氛围中勉强吃罢,随后草草收场。

回到房间里,张铭才打开那封信。

张铭老领导:

你好!

真想不到你又回来了。是回来处理公务,还是顺路来看望老朋友?一晃都二十多年了,你突然回来我才想起都过去这么多年了。想当初,怎么也不会想到人生就这么走过来了,而且大多是想不到的结局。

你过得不错吧?我从媒体上看到过,也在网上查询过你,知道你现在是大学教授了,还带了研究生。这么多年过去了,我觉得你总是有办法让自己过得充实而自在。跟你比起来,我就老觉得自己的人生其实是真的有命运之说的——我不是不努力,不是不想让自己生活过得更好些,但人终究是拗不过命的——我这样想着,也就坦然了,心也平静了。

本来今晚是打算跟你见个面,吃顿饭,说说话的——我已经很久都没有跟人在一起好好说话了。可是转念一想,还是不见面的好。

我是怕跟你见上面，就会想起往事，想起那些伤心的事，我又会感情用事，心里又会不平静了。不瞒你说，要不是身边带着个女儿——她今年就要高考了——我可能早就出家了。这是玩笑话，总之，我现在生活得很平静，只是不再有什么梦想罢了。

就说这些吧，祝福你！

郑蔓丽

8

街头已经没有多少行人的踪影，除了路灯昏黄的灯光外，街面上那些高耸的建筑物就像突然僵死的巨人一般，阴森森，黑沉沉，无声无息。过去的小巷小道都不见了，他凭着方向感朝东边走去；他知道红星村的方位。一只孤零零的黑狗儿从一个楼道里蹿出来，吓得他停下脚步。他依稀记得郑蔓丽是住在这片街区的，那幢房子好像还是红砖砌的，三层楼房，紧挨在一座叫物资大厦的高楼后面。现在，那幢物资大厦不见了，这里变成一个停满了车辆的小停车场。黑暗中，他突然惊喜地发现，那座矮小破败的三层楼房还在，仿佛被左右两座高楼挤压在中间，看得见那幢楼里依然亮着昏暗的灯光。

那么，能确定郑蔓丽还住在这里吗？

他在街角站立了很久。那会儿已经过了凌晨，于是他返身往回走去。

明天，他就要离开这里了。

是的，明天！

翌日一早，他又来到了昨天深夜站立的地方。太阳尚未出来，但天色完全放亮了，景物也渐渐清晰地呈现出来。是的，那幢老楼依然耸立在那里，只是严重破旧了，或者说在左右两侧时尚的建筑当中显得极其破败而寒碜；熟悉的红砖砌就，但墙壁上早已黑乎乎一片，且斑驳不堪，楼角下方也是杂草丛生，垃圾成堆，污水横流。他吃惊地看到，就在这座旧楼的一面墙壁上，居然还悬挂了一张破旧的白床单，上面歪歪扭扭地用黑墨写着：拒绝拆迁，还我公正！

他站的位置正好是街角路口，有行人来往走过，他挪步到了楼边的角落里。他忽然发现自己心跳得有些异样，似乎预感到有什么事情要发生。他正想着自己是不是该马上离开时，一个穿着皱巴巴的花格睡衣的中年妇女从楼房中间的通道走出来了。

是她！

那摆动身躯的姿势，那依然有些前趋的步态——就是她，那张尽管干枯了苍老了，但仍显姣好的面庞轮廓还在，只是那一头曾经乌黑油亮的头发斑白了，但那样随风飘动的自然卷曲还在，就是说，作为女人的风韵还在。

迎上去，拉住她！或者，走上前，告诉她我是谁——这一刻他内心的斗争激烈而复杂，当这个显得潦倒而憔悴的女人将要走到面前时，他居然猛地背过身去，就像是遇见了根本不敢面对的敌人。他的心揪成了一团，就像一个窃贼险些被人逮住。

女人径直走过去了，似乎根本就没有注意到屋角的这个风度翩翩的教授模样的身影。她沿街道往菜市场方向去了，手里提着一个空荡荡的菜篮子。

街面上刮起一阵风来，把那些枯叶、纸片、碎屑吹扬起来，向那个女人的方向吹去。

原载《安徽文学》2021年第4期

张 者

虚构的花朵

沙漠和绿洲只有一步之遥。

在绿洲和沙漠之间有一条细细的水渠,渠水流淌,滋润着绿洲。我们的学校就在这片绿洲内。如果你来到教室,跨过那条水渠,爬上不远处的沙丘,就能看到一望无际的塔克拉玛干了。那是"进去出不来的地方",我们当然不敢贸然闯入,但我们却喜欢爬上沙丘晨读,读高尔基的《海燕》,能读出大海的感觉。

"在苍茫的大海上……海燕像黑色的闪电,在高傲地飞翔……"

晨读犹如晨祷,声音空灵,庄重,悠扬……能将大漠唤醒。

站在沙丘上远望,大漠广阔无边,沙丘连绵不绝,就像前赴后继的海浪。只是,那海浪却没有涛声,海上也没有海燕劈波展翅高傲地飞翔。天地沉默不语,万物寂寥无声。那种广阔的"无",却比"有"更能震撼人心、摄人魂魄。面对死亡之海晨读,那是需要勇气的。

如果你的魂魄都没有了,还能读懂课本上的文字吗。

你读,你诵读,你朗读,无论读错读对,大漠都沉默着。无论是爱是恨都可以朝大漠喊出来，大漠会无声地告诉你，它都知道了，它可以收纳一切，隐藏一切。我曾经站在沙丘上大骂过数学老师，也曾经喊过："陈红梅我爱你。"这一切谁都没听见，只有大漠知道，这是我和大漠的秘密。

有一段时间那沙丘还成了我们上作文课的地方。

语文老师叫张小纸，奇怪的名字。他年轻，洋气，也阳刚；白脸，分头，说话自信，好像一切都在自己掌控之中，仿佛什么都知道。他是一位上海知青，他们自称"上海青年"，一字之差，意味深长，仿佛他们代表了整整一代年轻的上海人。

他喜欢上作文课时带我们爬上沙丘，让我们极目远眺，他说这叫观察世界。他问我们，看到了什么？很多同学都会朗朗上口地来上一句，"大漠孤烟直，长河落日圆"呀，啊哈哈……

张老师笑笑，说我可没有看到这些，我看到了上海。他这样说让人十分吃惊，随着他极目远眺，当看得眼花缭乱、泪光盈盈的时候，我们真看到了远方的高楼大厦，车水马龙，花映人影，江水迷蒙……可不就是上海吗。上海栩栩如生地出现在我们眼前，是那么缥缈、梦幻、多情……美不胜收。

老师说这是海市蜃楼，有缘人才能看到大漠中的上海，你们都是有缘人呀。

有同学问，是不是有缘人将来都能去上海呀？

大家都笑了。张老师也笑了，说那就得好好学习，考上上海的大学。

我们都是新疆兵团人的第二代，简称"兵二代"，出生在沙漠边缘的绿洲内，谁也没有去过上海。海市蜃楼就是我们对上海的第一印象。这印象太深刻了，它象征着现代、美好、高级……那是我们努力的方向，那是我们向往的天堂。

在这个天堂里，我们还认识了一位天仙般的上海姑娘，她是我们张老师的女朋友，叫王筱洁。我们当然没有见过王筱洁，是从张老师的嘴里认识的，并且已经相当熟悉。她是上海某国棉厂的纺织女工，他们是同学，估计是在初中时好上的，属于早恋。王筱洁初中毕业被招工，张老师上了高中，毕业时却没有找到工作，他闲着没事干就去厂门口接女朋友下班。

那么多纺织女工，张老师能在万人丛中一眼钉牢她。王筱洁身材高挑，穿一件那个时代流行的暗红色格子外套，戴无檐帽，套白色围裙，胸前有两个红字：国棉。

张老师陶醉地说："她出厂门一般都戴着口罩，不苟言笑，目不斜视，亭亭玉立地向我走来，只有见了我才会把口罩摘下，露出笑容。口罩摘了也不取下，就挂在耳朵上，高傲得不得了哇。"

当年，去纺织厂大门口接女友下班是上海的一景。上海有三十七家纺织厂，下班的时候，有几十万纺织女工从各个厂门走出来，相当壮观。上海纺织女工走出了那个时代最美好的景致。上海的美女都在她们中间，上海的帅哥都站在门口等待。没有女友的小伙子也赖着不走，热切地张望，用一声尖利的口哨声去吸引姑娘的注意，企图入梦。

张老师能丢下那么好的女朋友到边疆来，到祖国最需要的地方来，让我们肃然起敬。张老师是一个文学青年，据说他在《新民晚报》上发表过文章，这也是他能成为我们语文老师的重要原因。张老师是《新民晚报》的忠实粉丝，他和很多上海青年一样，哪怕是到了大漠边缘，也坚持订阅《新民晚报》。《新民晚报》通过邮局到达大漠已经是"新民月报"了，可是上海青年却看得津津有味。那些收到《新民晚报》的上海青年如获至宝，洗干净了手，还搽上雪花膏，搬个小凳，坐牢，在宿舍门前看。这时会有孩子撅着屁股看背面，他们会抬起脚，踢一下，然后瞪着眼骂："小赤佬，阿勿卵，呆开，呆开。"

张老师不但是那个时代的热血青年，而且还充满了浪漫的小资情调。他把自己的恋爱拉长了距离，一直从上海拉到了遥远的塔克拉玛干。张老师认为爱情就应该拉开距离，在那遥远的地方有位好姑娘嘛，有了思念才叫恋爱。

张老师在大漠边和一位上海姑娘恋爱，这场恋爱谈得惊天动地，轰轰烈烈，成为我们那一带无人不晓的大事。张老师从来不回避这场恋爱，每一封情书都会在上海青年中流传，然后掀起波澜。那些想家的上海青年，会在忧郁中来找张老师谈谈王筱洁，让张老师念念王筱洁的信，以了却对上海的思念。可以这样说，张老师的恋情成了上海青年情绪波动的晴雨表，随着两人感情的高潮而激动，随着感情的低潮而忧伤。

十万上海知识青年支边进疆，成为新疆兵团的一员。他们带来了城市文明，把我们这些生在沙漠边缘的绿洲人从蒙昧的原始状态唤醒。上海青年在我们一个团就有上万人，这已经不是张老师一个人和王筱洁谈恋爱了，是大漠边缘的上海青年和王筱洁谈恋爱。

张老师和王筱洁谈恋爱的主要方式是写信，来往情书不断。无论是来信还是回信，张老师都会在上作文课时给我们宣读，读到我们最爱听的地方，他总是羞中带笑地说以下省略五十字之类，吊我们的胃口。可见，张老师的省略法比后来的作家提前了很多年。每周的作文课都是我们最期待的节日，现在看来张老师的情书是那时候我们真正的文学教材。情书就在我们眼前收发，鸿雁往来，充满了现实感，比课本上的文章有意思多了。通过王筱洁的来信，我们对上海有了一些了解；通过张老师的回信我们学会了怎么抒发自己的感情，学会了怎么写情书，这为以后给班上的女同学写情书打下了坚实的基础。

问题就出在张老师的某一封情书上，那恐怕是张老师比较得意的一封情书。依稀记得有这样的句子："你就是冰山上的雪莲，冰清玉洁；我是那坚强的雪鸡，守卫在你身边。在天将破晓的时候，一唱雄鸡天下白……"

老师念这封情书时，我们心里都犯嘀咕。我们属于南疆，有沙漠，有戈壁滩，有荒原。荒漠中生长最多的是红柳。红柳开花的时候当然也很美丽，能把沉睡的荒芜唤醒，把大地打扮起来，涂满一望无边的红。雪莲生长在雪线之上，没有雪山和冰大坂，哪来的雪莲呢？我们这些南疆人，从来没有见过真正的雪莲花开。

后来有同学说，张老师抽的是"雪莲牌"香烟。他把女朋友比作雪莲，相当于天天和雪莲接吻，这是真正的爱情呀。这种脑筋急转弯的解释，让我们恍然大悟。我们也只见过香烟壳上的雪莲，那是一幅画，而画上的美丽只能入梦。张老师却要把画上的东西当成现实的，还声称要保护。可不是吗，他确实保护着那朵雪莲，或者说那包雪莲烟。香烟就藏在他的胸口，外面还套着一个高级的塑料盒,透明的。

关键是张老师的这封信起了作用,她女朋友的回信很快就来了。她对雪莲之喻充满了惊喜。惊喜是惊喜,却有一个不情之请,大意如下:你把我比作雪莲,阿拉谢谢侬,可是"上海雪莲"从来没见过"冰山雪莲",你能给我寄一朵冰山上的雪莲花吗?我会把她插在花瓶里。冰山雪莲在床头开放,我们互相面对,那该多么美妙呀。

王筱洁的回信完全是"人面桃花相映红"的意境。

王筱洁把冰山雪莲当成江南的荷花了。把冰山雪莲插在床头的花瓶,这真是心血来潮呀。

此信一来,张老师蒙了,我们也傻眼了,连所有大漠边缘的上海青年都不知所措了。有上海青年就骂,阿勿卵兮兮,阿纸呀,你见过雪莲吗?到哪儿去给她采雪莲呀,十三点。

张老师面临两难的选择:一个选择是回信老老实实告诉王筱洁,我们所处的南疆,只有大漠没有雪山。雪莲生长在冰山上,我并没有见过,对雪莲的描述是一种虚构。

虚构是什么?虚构就是把没有的说成有的,在文学作品中是允许的,在现实生活中这不就是骗人吗?明明没有的东西,却说得天花乱坠,这会让女朋友觉得你不诚实,这是欺骗。

欺骗是恋爱的大忌,虚假是爱情的毒药。

第二个选择就是坚持有雪莲之说,那你就得寄,不寄就说不过去了。既然我们的爱情是那么纯洁无瑕,我不要金子也不要银子,我要一朵雪莲你都满足不了?雪莲是啥,就是一朵花嘛,给女朋友送花不是天经地义的吗。

张老师当然不敢承认雪莲是他虚构的,却也不敢贸然答应给女朋友寄去雪莲花。没有,怎么寄?他给女朋友回信闭口不提雪莲,顾左右而言他。

张老师爱情的小轿车,方向盘有些失灵,眼睁睁地偏离了美丽的爱情之路,驰向危险的方向。

这时,有上海知青给他出主意,让他求助北疆的上海青年。没想到北疆的上海青年很爽快地答应了,真给他寄了一朵雪莲花。这个消息让我们为张老师欢呼，这下就圆满了。终于，张老师收到了一个来自北疆的包裹，那肯定是雪莲。我们都急切地等待着张老师打开包裹，想第一时间目睹雪莲的美艳。那也是我第一次见到雪莲，只是那雪莲一点也没有我想象中美丽。雪莲就像一朵刚要开放却又死去的向日葵，干瘪，枯黄，没有任何美感。

　　啊，这能象征爱情吗？你敢说这就是冰清玉洁，这就是你心中的王筱洁……张老师可不敢把这样一朵雪莲花寄给王筱洁。

　　接下来，在相当长一段时间里张老师都在为雪莲发愁。他上课时无意识地将那包雪莲香烟拿在手里，翻来覆去地琢磨。上作文课时给我们的命题作文是《雪莲花生长的地方》。

　　我对每周五的作文课比较重视，因为张老师总是讲评我的作文。张老师还表扬过我，说我是一个写作天才，这让我忘乎所以。我开始疯狂地读书，想方设法从上海青年那里借书看。最主要的方法是偷家里的鸡蛋换书，两个鸡蛋可以借一本书。那些五花八门的书都是从上海带来的，散发着都市的气息。小说当然是最多的。

　　我在上数学课时看小说《青春之歌》，被数学老师发现，把书没收了。这问题就严重了，两个鸡蛋换一本书看，赔一本书要一只老母鸡。我除了在沙丘上冲着大漠骂数学老师外，还偷了自己家里的下蛋鸡去赔偿。我娘满世界找鸡，我说你别找了，鸡逃进大漠了。我娘不明白为什么鸡要逃进大漠，我说你天天抠鸡屁眼，谁受得了，人家不逃进大漠才怪。

　　其实，会写作文没啥了不起，只要拼命读书，写作文自然就得心应手。这是我的秘密。

　　张老师让大家写《雪莲花生长的地方》，他一下给我发了十张纸。每次写作文都要发格子纸，那是张老师刻蜡纸油印的。张老师给每位同学发两张，每一张四百个格子，要写八百字，却给我发十张。这是对我多大的期待呀，我不把纸写满就对不起张老师。为此，我的那篇作文写了四千字。

　　我写了雪莲花在雪山上傲霜怒放，也写了一只雪鸡守护在那盛开的雪莲花旁。其实，这种守护有些牵强，为什么动物会守护植物呢？当然，这用的是张老师情书的意境，算是散文笔法。然后，我笔锋一转，在风雪中出现了一位少年，他手持长剑，上了雪山。这个有点像现在的武侠小说里的形象，可我当时并没有看过《七剑下天山》之类的武侠小说。开始那少年手持的也不是长剑，是羊鞭，这是当年受《草原小姐妹》的影响。我嫌羊鞭太软，曾经还改成铁锨，又觉得铁锨太土，居然就改成了长剑。长剑好呀，可以挖雪莲，还可以防身，因为雪山上往往会有狼出没。

我塑造了一个英雄少年，还有情节，这基本上就属于小说笔法了。我知道要想把作文写长，必须有情节和人物。我写了一个英雄少年为了爱情，爬雪山过草地去采集雪莲，最后手捧美丽的雪莲花献给了自己心爱的姑娘。张老师非常喜欢我的这篇作文，可能被那美好的结局迷住了。他把作文用毛笔抄写，贴在了教室的黑板报上。为了让更多的人看到这美好的结局，张老师还偷偷把我的作文寄给了《新民晚报》。

我在作文中塑造了一位英雄少年，这位少年英雄和草原英雄小姐妹不一样。前者为了公社的羊，为了革命事业斗风雪，我这是为了爱情斗风雪。我敢写爱情，可能是刚读过《青春之歌》的缘故。写出这样似是而非的有些奇幻色彩的爱情故事，这在当年是新鲜的，也许正是因为这种新鲜，《新民晚报》居然刊登了出来。

作文在《新民晚报》发表，这在我们那一带是件大事，在大漠边缘的绿洲内立刻就引起了轰动。这件事给我带来了很多好处，第一个好处是，我收到了五块钱稿费，这是我平生第一次挣钱；第二个好处是，上海青年从此无偿借书给我看，不再用鸡蛋换；还有，就是我收到了人生中的第一封情书，我暗恋的陈红梅首先给我写了信，这让我冲着大漠嗷嗷叫。

当然，对张老师的影响更大，他在我的作文中找到了解决自己问题的方法，那就是爬雪山过草地采雪莲。

暑假时张老师去了北疆，据说，在北疆上海青年的带领下还上了冰大坂。张老师真的采撷到了美丽的雪莲花。只是，当张老师捧着雪莲就像盛夏里捧着雪糕，坐火车回到上海时，那雪莲同样凋谢了。那花还不如我们看到的那朵呢，那朵经过了风干处理，还有花形，可以入药。张老师采撷的雪莲花，到了上海后几乎就成了一把花泥。无论张老师一路多么当心，都无法阻止那朵雪莲花的凋谢和腐烂。张老师都不敢把风干凋谢的雪莲送给女朋友，更不要说把充满了腐臭气味的花泥送给王筱洁了。张老师甚至都不敢见女朋友，也没脸见，只是躲在棉纺厂的大门口远远地张望，在我们开学时从上海回到了大漠边沿的绿洲。

这时，在他的办公桌上已经摆了三十封信。在张老师去采撷雪莲花并回上海期间，王筱洁几乎每天写一封信。在第三十封信中，王筱洁把她和张老师的爱情画上了句号，结束了。王筱洁无法忍受张老师一个月的失联。在这一个月里，张老师一直幻想着手捧雪莲花，在棉纺厂大门口，在成千上万的下班女工面前向王筱洁献花的美妙情景。那冰清玉洁的雪莲花会轰动整个上海滩。他认为这比写信更重要，更能表达自己的爱情。

张老师读完那三十封信后，心如刀割，泪流满面。刚开学的那段日子，他一封一封地回信，写了三十封回信，每天寄出去一封，试图挽回他的爱情。当三十封信都寄出去后，他进入了漫长的等待。

我们也进入了漫长的等待，等待着王筱洁情书的到来，那是我们的文学教材。

这期间，张老师给我们的命题作文是《雪莲是怎样生长的》，可以看出这是从《钢铁是怎样炼成的》套用过来的。这次，张老师给我发了二十张作文格子纸，这意味着我要写八千字。

我在作文中首先写了雪莲生长的过程。这些生长过程一部分是我想象的，另一部分是我从北疆的那位哈萨克补鞋匠巴合提处听说的。还有就是四处找上海青年借书，希望在书上找到雪莲的影子。有一本养花的书让我如获至宝，那上面介绍说：

"雪莲花，顶形似莲花，故名雪莲花，简称雪莲。为菊科、风毛菊属多年生草本，花果期七至九月。有白色或淡黄色长柔毛，茎棒状，中空，叶互生，花两性。从发芽到开花需历经三至五年，种子在零摄氏度发芽，三至五摄氏度生长，幼苗能够抵御零下二十一摄氏度的低温。"

在繁殖方式一栏，介绍了雪莲生长在雪山上，适应冰天雪地的气候。开花后种子在山间随风飘散，只有遇到适宜环境才可能发芽和生长。我看完书怦然心动，也就是说雪莲花的繁殖有点像蒲公英，这让我展开了想象的翅膀。这次作文我塑造了一位帅气的农学院大学生为了爱情培育雪莲的故事。我还写了一些生动的故事情节，让大学生在实验室里模拟冰天雪地的气候，不断试验，从播种，到萌芽，然后含苞，最后开放……结局当然是美好的。这次，我让雪莲花在花盆中开放。大学生手捧花盆坐上了特快列车去远方，向美丽的姑娘献花。当时，我无论如何也想象不出高铁，飞机也没敢想，特快列车是那个时代最快的交通工具。

然后，我在作文中煞有介事地论证：只要有冰雪，有寒冷的气候，雪莲就应该能人工播种。既然它可以随风而去，人工播撒有什么不行。最后，我下了一个重要的结论：南疆的气温和北疆一样寒冷，南疆干旱，降水量极少，不下雪，但可以洒水成冰，碎冰成雪。在一个特殊的小环境里，雪莲完全可以在南疆人工栽培……

张老师看了作文如获至宝。这篇作文有八千字，用毛笔无法抄录，黑板报的墙上也贴不下，他就用上海普通话拿腔别调地在课堂上完整读了一遍，并声称推荐给《新民晚报》，肯定能发表。

那作文当然没有在《新民晚报》上发表。就在我热切地盼望着《新民晚报》到来之时，张老师突然收到了王筱洁的回信。

王筱洁在信中告诉张老师，她已经结婚，不要再给她写信了……

张老师看了那封信，没有照顾我们的热切期盼给我们宣读，而是显得很轻松很陶醉的样子，微笑着给我们一遍又一遍地朗诵高尔基的《海燕》，仿佛《海燕》就是王筱洁的情书。

那天晚上，我们学校的操场上放露天电影，应该是《庐山恋》。这部电影我们已经看了好几遍了，但是每一次重新放映，都是我们的节日。因为看电影时就是我们的幸福时刻，我和陈红梅可以在一起。电影开始前，我和陈红梅会相约在某个地方见面，然后在巴合提那里为陈红梅买一缸子葵花子。补鞋匠这时成了卖瓜子的小贩，他喊着："瓜子，瓜子，好瓜子。上海的缸子，新疆的瓜子。"他这样吆喝让上海青年倍感亲切，仿佛用上海生产的缸子舀瓜子，那瓜子就会变得更香甜了。电影《庐山恋》看到紧要处，我和陈红梅的手会越握越紧。第二天早晨我们还会在沙丘上见面，把《庐山恋》回忆一遍，然后就像张瑜和郭凯敏一样面向大漠晨读英语。我们都暗暗下定决心，一定要考上大学，逃出大漠，去过电影中的日子。

我们在看电影时会悄悄耳语，谈论张老师和王筱洁的事。同学们都看过王筱洁的照片，我们都坚定地认为，王筱洁长得像《庐山恋》中的张瑜。那次看露天电影我们谈论这个话题时，却出现了状况。电影放到一半时，有人突然大喊："王筱洁，我对不起你呀！"

我和陈红梅吓了一跳，我们听出来这是张老师的声音。

"王筱洁，你对不起我呀！"

张老师又大喊了一声，然后是哀号。不知道到底是他对不起王筱洁，还是王筱洁对不起他，颠三倒四的。

我们的张老师在看电影时突然发疯了。

第二天，他没有来给我们上课，第三天也没给我们上课。我们盼望着张老师给我们上课，可是，他再也没有走进我们的教室。

张小纸当然不能当我们的老师了，他的精神已经错乱。按照上海青年的说法，他已经成了"刚笃"，刚笃就是傻瓜的意思。还有上海青年说，都是张小纸的名字没有取好，命如纸薄，一张纸哪能套牢王筱洁这么漂亮的上海姑娘。

我再一次见到张老师时，他正在沙丘旁游荡，那是曾经给我们上作文课的地方。他嘴里不断地念叨着："都是我的错，我的错，使人笑话，使人笑话……"

我捧着语文书，在那金色的沙丘上晨读。我已经不再南观大漠，而是北眺天山，因为在雪线之上可能有雪莲花开。

我们这里也是天山山脉，同为天山，为什么这里没有雪莲？

在晨读时，我还会寻找语文老师的踪迹，看到了他的身影才会放心地去教室，天天如此。

我时常会发现张老师在沙丘的背风处挥舞着坎土曼，弥漫的沙尘就像要酝酿一场沙尘暴。原来，他挥汗如雨地劳动，是在开垦一块沙地。为了阻挡可能来的沙尘暴，老师移栽了大量的红柳。那些正开红花的红柳，来年肯定不能成活，但眼下却极为壮观，像燃烧的火。

到了冬季，张老师开始在水渠里凿冰，用抬筐挑去沙地，把他的沙地变成人工的冰山雪地。我知道张老师这是要种植雪莲。

一朵雪莲花能拯救他的爱情吗？

一直到我们高中毕业，张老师也没有能种植出雪莲来，不过他却没有放弃，夏季挖沙，冬季凿冰，无穷尽也。

兵团人的第二代通过高考纷纷离开新疆，飞向了全国。陈红梅同学考上了上海的大学，而我却去了西南，天各一方，先是情书往来，后来就不了了之了。

临行前，我用生活费给张老师买了一条雪莲牌香烟。就在我要拿去送他时，没想到他居然找到了我。他给我背来了一捆作文格子纸。我看到他的瞳孔中有两朵雪莲在开，他的目光似是而非的，无法和我的目光对视。

我们能看到他眼睛里的雪莲，他却无法看到我眼睛里的雪莲。

我望着那捆纸，下定决心要把那些格子填满。虽然在那个年纪，我已经无法通过想象和虚构来拯救我的老师了，但是，我要写下去，希望能拯救张老师的灵魂。

我把那条雪莲烟递给他，他拆开了，抽出一根，就像抽出他自己的魂。我给他点上，我看到他的魂从鼻子里冒出来，魂飞，魄散……

几十年后，我的学生，一位哈萨克姑娘大学毕业回新疆。临走时她问我最需要新疆的什么礼物？

"雪莲。"我答。

她说我每年都会给你寄一朵雪莲花，我告诉她最好寄两朵。她问为什么是两朵，不是三朵或者更多。我说一朵是我的，另一朵送给我的老师。

后来，我每年都可以收到两朵新鲜的雪莲花。雪莲花在保温箱内通过快递伴随着冰雪开放，只是，我的张老师却再也没有找到。

原载《当代》2021年第2期

潘向黎

旧情

　　守在母亲的病房里，齐元元像一个进入决战的战士。这场决战是大多数人都要经历的，就是父母得了重病——重到所有人都明白，不论这场病要延续多久，都是这个人此生的最后一场病。为人子女的，要在巨大的惊恐、难以置信、接踵而来的打击和绵绵不绝的痛楚伤心委屈的夹攻之下，蒙头蒙脑地迅速武装起来，和战斗力已经所剩无几或者已经失去战斗力的亲人一起，面对一种力量无穷的秩序的无情碾轧，顽强抵抗，不到最后一刻，决不放弃。

　　是决不放弃，而不是决不言败。因为实际上，头脑清楚的人，从一开始就明白了这场战争是必败的。而且这场战争的残酷还在于：任凭进攻的力量攻城略地摧枯拉朽，防守一方浑身是伤、弹尽粮绝、精疲力竭，但是却不能投降——无处投降无从投降。因为死神不受降。战斗惨烈，投入所有的体力、财力，动用从幼儿园开始积累下来的所有人际关系、从高中同学开始直到现在单位保安的所有人脉，但依然是必败的。明明谁都看出来是必败的，还必须一丝不苟地打到底，似乎对面那个巨大而看不见的敌人需要在抵抗者的奄奄一息和勉强抵抗中获得足够的快感，而注定战败的这一方，需要在这样残忍的过程中赢得一种失败者的尊严，或者，无憾地撒手的机会。

对于独生子女来说，这场战役的可怕之处还在于：弹尽粮绝之际，不要说有援军，连一个由于血缘天然地可以和你百分之百同感、随时可以抱头痛哭的兄弟姐妹都没有。

如果已经结婚了，也许会好一些。人生第一次，齐元元怀疑自己没有及时把自己嫁掉也许是错的。她没有想到，母亲会在她还没有结婚的时候就要离开她。确切地说，齐元元没有想清楚过，母亲会离开她。现在这件事像一个突然从高处吊钩上脱落的集装箱，从天而降，砸在了她面前，带来地震般的惊吓和惊恐，然后是不知所措。但是没有人理会她的不知所措，一张张病情通知书和化验报告就扔到了她的面前。齐元元相信，这个世界上，会有一些女孩子能够做到，在母亲这样的病情下，冷静地关闭部分感官，去处理去应对，但是，这个人应该不是她，她不是这样的人。可是，她发现当战斗突然打响，自己也只能拿起从来没摸过的武器，一边学习，一边迎敌，还要安慰母亲，感谢医生、护士，讨好护工、清洁工和开电梯的，没有时间去悲伤去自怜，就这样开始了战斗。起初以为是遭遇战，后来发现陷入胶着，然后就知道是必败的了，但是只能死撑到底。因为她只有母亲，母亲只有她。

父母在她刚上初中时就离了婚，一年后父亲还另外有了新家，但是母亲一口气死死地撑住了，没有流过一滴眼泪。后来齐元元发现这似乎是上海女性的一大优点：平时看上去娇贵秀气，遇大关口却很能沉得住气。母亲从工作到生活到家庭氛围都稳住了阵脚，一个人带着齐元元，过得一点不比整条弄堂里的任何一家差，齐元元穿得比别人漂亮，她们家吃得也不比别人差。初中的时候，齐元元去别人家做功课，人家也到她家做功课，同学们对别人家的伙食，都是一清二楚的。十年间，齐元元几乎没受到任何困扰，和同学们来往也不避讳这个话题。

坐在她后面的男同学王诗雨问她："你多久见一次你爸爸？"

齐元元笑嘻嘻地说:"大概一个月两次。如果他出国或者出差,过期不补。你呢?"

"一星期一次,太多了,有点烦。我爸爸假惺惺地说他不放心我,我只好照顾照顾他情绪。你每次是到你爸爸家里去还是在外面约会?"

"在外面。啥叫约会?你能不能换一个词?"

"在外面碰头啊——那个女人看到你不适意啊?"齐元元知道,"那个女人"是指父亲新家的女主人。王诗雨这样说没有恶意,他对自己和齐元元名义上的继母都一视同仁,用"那个女人"来指代。

"没有,一点都没有。"齐元元想了想,"她总是一副接待外宾、热情周到、为国争光的样子,但是她再客气,我还是觉得我爸爸有点左右为难,而且和不搭界的人应酬我也吃力的呀。所以就基本上外面碰头了,两个人吃一顿,有时候给我买点东西,反正我爸爸不缺钱,这样大家省点力气。"

"我不管,我不帮他们省力气。我一会儿要到他家吃饭,一会儿要到外面,折腾那个女人,谁叫她明知道我爸爸有家,还要和他勾搭的。"王诗雨先是咬牙切齿,后来自己也笑起来。

"你这个神经病。"

"我妈妈也说我十三点。她说没必要,她说:'王诗雨,侬听听好,你爸爸这种男人,能力一般般,本来卖相还可以,后来挺起只肚皮,也不灵了,还要花插插,想想也蛮搞笑。他跟别的女人跑了,你妈妈赛过清理不良资产了,你不要再生他的气了。'"

离婚已经不是什么大事情,父母一代都与时俱进想得开,起码摆出想得开的样子,年轻一代当然普遍情绪稳定。

齐元元功课也还不错,考上了一个过得去的大学。留学,她和母亲都不考虑,因为心里知道两个人不能分开,不然会带来人生大到不能估量的损失。那时候一个过得去的大学本科,就可以找一个不错的工作了,所以齐元元花了半年四处投简历之后,就找到了一家公司,没有怎么在招聘摊头上去挤得皮鞋上都是脚印。

那些世界五百强公司的招聘摊头,拥挤的程度,让他们想起了小时候挤过的公共汽车。但是后来地铁多了，私家车多了，上海的公共汽车再也不像过去那么挤了。在招聘摊头，齐元元听到有人大呼："这样挤进去再挤出来，一个个就直接破处了！"齐元元闷在肚子里笑得抽了筋。

齐元元的第一个正式的男朋友是杜佳晋。他们是大学同学，一个学院，隔壁系的，大二的时候谈的。起初是杜佳晋追齐元元，齐元元觉得他看上去很舒服，脾气也很好，脸上经常有笑容，也是上海人，就开始谈了。齐元元不喜欢那种看上去很酷的男人，她觉得那种男人往往不是有缺陷，就是比较自恋，觉得自己是一大朵牡丹花，找女朋友是来当花泥的。齐元元不想自找苦吃。两个人谈恋爱以后，齐元元越来越喜欢杜佳晋，却忽略了杜佳晋的温度变化。后来，大四的时候，有人说杜佳晋和自己班上的一个女同学走得很近，还说那个女生是跳艺术体操的，身材非常迷人。齐元元追问，杜佳晋否认，但是对齐元元确实越来越淡。齐元元哭了，杜佳晋就哄，但是哄完继续心不在焉，也继续和那个跳艺术体操的女同学来往，齐元元的心思就淡了。最后在毕业之前，两个人约了去看电影，约的时候齐元元半是灰心半是试探地说："就当成最后一次约会吧。"杜佳晋居然说："好吧。"

又过了一两年齐元元才听说，杜佳晋之所以没出校园就和她分手，是因为有一次和他母亲说起，说和这个女朋友已经谈了快三年了，引起杜母的注意，就问了一下齐元元的家庭情况，一听是单亲家庭，就坚决反对。杜佳晋在一次小范围的同学聚会上喝了酒，透露了这些内情。他还带着醉意说，本来他母亲只说，不要找外地人，尤其是想通过婚姻留在上海的人，谁知道还有补充规定，真是好烦，有规定不一次性说清楚。别人说，你到底爱不爱人家呢？怎么老妈一反对就分手？你又不是妈宝男。杜佳晋说，一开始真的不算爱，只是有点喜欢，追求齐元元的原因是都上大学了，没有一个女朋友未免伤自尊。而齐元元看上去各方面还过得去，长得也是"农夫山泉有点甜"，校园里一起晃过来晃过去不丢脸。后来天天泡在一起，两个人谈得来，不再是交作业心态，想在工作之后继续谈下去，在家和父母经常提起，才引起了老妈的重视和反对。为什么要分手？一方面觉得大学里的恋爱，本来就不可能谈到民政局，毕业的时候正好可以做个分水岭；另一方面他知道母亲特别重视他这个独生子，温柔体贴里包含了控制倾向，所以就希望听话一次，在父母面前落个人情，让他们尤其是母亲在自己找工作的问题上不过多干涉，等于是一个潜在的交易。

　　听到这些的那个晚上，齐元元独自到一个咖啡馆，坐在昏暗的角落大哭了一场。和杜佳晋分手的时候，因为是第一次恋情，而且实际上是对方提出来的分手，心里当然有些挫败、伤感、失落和困惑。但是马上就要毕业了，找工作、办离校手续、适应新环境，职场又是一个和学校完全不一样的天地，紧紧张张，忙忙碌碌，环境的巨大变化吸引了人的注意力，加上同事里面也有对她献殷勤的人，所以似乎没有真切地失恋过。但是听到这些杜佳晋的真心话的时候，她觉得自己很难过，难过得很扎实。悲伤、委屈、不甘，埋怨杜佳晋，又怀疑是自己魅力不够，今后恐怕也不容易遇到一个出色的男孩子。就是遇到了，也很难想象他能看上自己。更何况，人家的母亲不知道会不会又挑剔单亲家庭这档子事呢？她边哭边想，可不能让母亲知道，那样好像把母亲这么多年的努力都给抹杀了。可是，父母离婚，又不是她的责任，已经倒霉了，还要被人这样挑剔和嫌弃，凭什么呢？长到二十四岁，齐元元第一次觉得自己是不幸的。她哭了很久，最后，在她眼泪汪汪的视线中，整个咖啡馆都浮动着一片紫色的凄凉。

　　然后也就过去了。生活在上海的人，其实都是不容易的。上海的太阳，每一天都会有点疲惫地沉入黄浦江的波涛里，然后第二天洗得干干净净，神神气气地升起来，照耀得江的两边一片华丽明亮。在这片土地上，当初的冒险家也好，外国人也好，贩夫走卒也好，升斗小民也罢，今天的坐办公室的也好，吃体力饭的也罢，高高在上发号施令的也好，成天没命狂奔的快递小哥也罢，都被那轮被水洗过的新太阳照耀着，也感到自己的面前是有奔头的。一时不知道奔头在哪里，也是有想头和盼头的。有时候，刚有点沮丧，外滩的钟声一响，传统的威斯敏斯特旋律也好，后来的整点钟声也罢，在滔滔不绝的江水和见多识广的建筑之间盘旋，被钟声提携了的江声在上海滩浩大地升起，人不由得腰就挺起来，手里的各式提包握紧，皮鞋、高跟鞋、运动鞋，脚下都加快了步子。说总是充满希望，也许过于主观而不准确，但上海人是皮实的，上海的"芯"是有韧劲的，所以上海这座城市，沧桑兴衰，海纳百川，总和"颓废"二字没有关系。

上海姑娘齐元元专心工作，一路走得很稳。因为学历不是很高，所以她很谦逊，因为是新人，所以她很肯学很乖巧，加上她空窗期，可以三百六十五天工作不分心，过年过节遇到同事和她换值班，她总是很爽快地帮忙。甚至有个女同事是自己一个人在上海，生病住院了，齐元元也会去探望，发现她没人陪夜，干脆留在那里陪夜，帮人家度过痛苦和狼狈的手术后第一个夜晚。这样一来，在不是懒就是娇就是傲的年轻人里面她就变得很醒目。公司里的人年龄和背景不同，人多口杂，自然横看成岭侧成峰，大多数人都不能收获一致的评价，但是对齐元元，大家评价相当一致：小姑娘人好，做事靠谱，还不计较。曾经有个别老江湖发表不同意见："其实她门槛也蛮精的，你看进公司这几年，升也升了，收入也上去了，说她不计较，她可没吃亏。"当场好几个同事说："那是应该的呀。这年头，还能要求人家做活雷锋吗？""你今年春节帮我值班，我明年部门先进就投你一票，你肯吗？""你上次出国休假，她不是还帮你值过班吗？你现在这样讲她，以后我们怎么敢帮你呢？""你想说什么？人家一不是抱老板大腿，二不是和客户亲嘴，就是牢牢屏住一口气死做，这种小姑娘就算成了我的上司，我也服气！"上海人很少当面开销人，这样众口一词，对齐元元已经是很仗义了。齐元元听说了，笑了起来，很舒心，有一丝丝感激。

最开心的时候，是母女两个出去旅行。齐元元每年的休假，都是和母亲一起度过的，母亲收拾行李，打扫冰箱，关掉水电气总闸，她负责选出行地、规划路线和订机票、车票和住处。她们总是选四星级或者"舒适"级别的公寓酒店和民宿，一般每天的房钱都控制在三四百块；火车选高铁，这样可以多一些享受美景的时间，但是只买二等席，这样又省下来不少钱。到了目的地，齐元元经常说："幸亏是母女，可以两个人住一间，又亲热又节约。"母亲说："儿子和妈妈住一间也没什么吧。"齐元元说："长大了，都工作了，还是有点怪怪的吧？如果是一家三口，就应该来一套家庭房……"然后停住了，有点抱歉地看看母亲。他们家从来没有三个人旅行过，在父母离婚之前也没有。为什么？齐元元一直想问，但是怕母亲伤心，就没有问。

齐元元喜欢到处玩，只要是没有去过的、新鲜的、有特色的地方，她都喜欢。但母亲只喜欢南方，她喜欢南方的太阳、海洋、河流、天空、气候，还有植物。母亲没有实现的人生理想是成为一个植物学家。听见这句话的时候，齐元元有轻微的惊讶，没想到母亲也曾经是个有梦想的少女。母亲说："你的理想是当个画家，对吧？"小时候，齐元元在少年宫学了一个暑假的素描，随口说过长大要当一个画家。其实，后来，她不再去想长远的事情，似乎也没有空洞的所谓梦想了，她的梦想就变成了一个个迫近而具体的目标：考上高中，考上大学，选专业，拿学分，争取奖学金，写论文，找工作，完成任务。不论是从容不迫还是不吃不睡连滚带爬，反正要完成。在她心里，经常有一个声音在说"齐元元，你一定行"；事情完成了，那个声音会说"齐元元，好样的"。

被母亲一问，她才觉得，她内心唯一真正的梦想是：要有美妙的爱情。要在对的时间，遇到对的人，她爱他，他也爱她，彼此非对方不可，能结婚最好，不能结婚也没关系，要那么整个人、整颗心投入进去，如胶似漆、丝丝入扣地谈一次恋爱。临死的时候躺在病床上回想起来可以无遗憾地闭上眼睛。结婚不重要，恋爱重要。齐元元知道，这种想法就像要渡过宽阔的黄浦江面，不乘车过隧道，不走大桥，偏偏要自己站在一截竹子上，颤颤巍巍划过江一样，老土不说，又因为完全不切实际而显得格外搞笑。上海人都活得很明白，一要实际实在实惠，二要个面子，最怕活成个笑话，所以，齐元元的这个梦想有点说不出口。找个好工作也好，找个合适的对象结婚也罢，倒都是光明正大堂堂正正说得出口的好梦想，好就好在可能实现，而且听上去就是合情合理，相当靠谱。可是，要谈一场真正的恋爱，好像要在家里的金鱼缸养一条大鲸鱼一样，不合情合理，不靠谱了。

在医院里，也不都是脚不沾地，也有在母亲床前坐下来的时候。往往是母亲睡着了，齐元元坐着歇一会儿，积攒一点力气，好独自回家。这种时候，最不能回忆的就是母女一起旅行的情境。有一次想到在台湾两个人一起爬太鲁阁的情景，再看看现在躺在床上枯瘦焦黄的母亲，她的眼泪一下子涨满了眼眶。

幸亏钱不太成问题。母亲还没退休，大部分费用靠医保，单位也有重病补助，剩下自费的部分，齐元元的存款可以负担。父亲知道了母亲的情况后，来看望过一次，当着母亲的面，送了一大包进口奶粉和一些水果。齐元元感到轻微的失望：就这样？但送他出去的时候，他把一个厚厚的信封给了齐元元，说："先用，不够再说。"齐元元说："爸爸，你能不能微信转给我？在医院里微信付款更方便。"父亲说："微信……不是总有痕迹吗？她知道了会不高兴的。还是现金给你吧。"齐元元就说好。虽然这个男人对母亲的情况看上去有点冷漠，虽然他给钱还要忌惮着现在的妻子，让齐元元觉得有点窝囊，但他终究还是肯来一下，终究还是给了钱。前妻病重，人到，钱到，这也不是每个男人都能做到的，已经把许多自私冷漠吝啬的男人比下去了。齐元元知道，虽然不能依靠，但是有个这样的父亲，还是比没有强，强很多。或者说，齐元元现在的心力，不足以怨恨父亲，所以她选择了感激和体谅，这样她的消耗才是最少的，这样她才能继续孤军奋战下去。

但是，齐元元放过了父亲，母亲却没有放过她，她突然提起了杜佳晋，说对他印象很好。齐元元大吃一惊，说："你只看了几张照片，哪来的印象？"母亲笑了。

原来母亲曾经好几次偷偷去了学校，埋伏在齐元元去食堂、教学楼的必经之路，不远不近地看过几次。她看到齐元元和杜佳晋走在一起。第一次看见，是在夜自修结束的时候。校园里的路灯，因为被过于茂盛的树枝树叶遮挡，有点不够明亮，但是作为母亲，她还是一眼就看到了齐元元，让她惊讶的是，她几乎不认识自己的女儿了。脸还是那张脸，个子还是那么高，但是女儿的笑容是那么舒畅和甜美，整个人闪闪发光，弥补了路灯的昏暗，照亮了她身边的男孩子。她努力地看杜佳晋，是一个身材高大、眉眼整齐的男孩子，头发很多，蓬松着，让人觉得他是每天洗头洗澡的。

第一眼的感觉是松了一口气。但是他为什么不怎么转过脸来看齐元元？元元多么美啊，不但整个脸庞闪闪发光，像一朵燃烧的玫瑰，连她飘起来的头发丝都在闪光，擦肩而过，不断地有人在偷偷看她。不过齐元元一直在仰望他，在对他笑，是那种无限欢喜、别无所求的笑容。等到了女生寝室楼门口，齐元元和他拥抱了一下，然后进去了。这时候，母亲目不转睛地盯着杜佳晋，生怕他马上走开，但是他没有走开，而是站了一会儿，然后仰头望四楼上的某个窗户。母亲知道那是齐元元的寝室，那个窗口像个取景框，这时齐元元出现在那里，取景框正好齐胸，像一帧电影剧照。她笑着对他挥了挥手，他也笑着挥了挥手，等元元从那个取景框里消失了，才转身走开。母亲的眼眶热了，她觉得女儿有眼光，这个男孩子可靠，而且开始希望这两个人能一路走下去，直到建立一个家庭。如果女儿能有一个自己的家庭，而且幸福，那么母亲这辈子就算有了莫大的成就，或者说，在这个世界上最大的心事就放下了。

他们分手以后，母亲没有多问齐元元原因，齐元元知道她怕自己难过。现在谈这件事，不是因为现在就可以谈了，而是母亲觉得必须谈了。人生很多事情，如果没有截止期，其实人人都想拖着躲着不去碰它，幸亏有截止期，也可悲在有截止期。

母亲一开口，齐元元就知道，本来开通的母亲，终于不得不担忧自己的终身大事，因为怕自己一个人今后孤孤单单。于是齐元元老老实实地说了分手的经过，但后来听到的分手的原因，只说是他母亲反对，没有说为什么反对。

母亲说："那孩子在上海工作吗？""在。""你们毕业五年了，他后来结婚了吗？""应该没有。如果结了，同学里总会有人知道。""他有女朋友了吗？"齐元元说："不知道。和我没关系。"

母亲后来又找了个时间说："元元，人还是要结婚的。"

"不一定。有的人是结不成，有的人是不想结。而且一个人，真的也没有什么不好的。"

"这是什么戆话！"齐元元正在给母亲揉手背上输液针头扎出来的淤

青，母亲笑着，用另一只自由活动的手打了一下她的手背。

齐元元看母亲心情还可以，趁机说："真的。结婚，有两种情况，幸福的，不幸福的；不结婚，也有两种情况，幸福的，不幸福的。所以关键是，怎么让自己幸福，而不是怎么让自己结婚。"

母亲的目光闪了两下，没有说什么，似乎有些意外，又似乎是不同意，但一时找不到合适的话来反驳。

齐元元以为母亲就这样不会再谈论男朋友的事情，至少，不再谈论杜佳晋。但是她错了。

两次化疗的中间，会有一个比较舒服的阶段，精神和胃口都比较好，齐元元会给母亲做各种好吃的。这几年她已经学会独当一面，从买到洗切煮四菜一汤，一小时全部搞定。今天给母亲送来的是排骨猪肚瑶柱鹌鹑蛋汤，齐元元总说这是"家庭简化版佛跳墙"，母亲也很喜欢。母亲喝完"家庭简化版佛跳墙"，擦了擦嘴，突然毫无征兆地说："杜佳晋，那是个好孩子。当时我看到他站在你窗子下面，目送你进去，妈妈真的好感动……"

"我没说他不好，只是说他是过去式了。这样吧，以后我找男朋友，一定要他送我到楼底下，也目送我上去，好吗？"

"哪有那么容易？说找就找到了？"

齐元元说："慢慢找呗。"

母亲白了她一眼。

又一次，母亲说："元元，你一定要结婚的，记住了哦。"

齐元元说："我没说不结婚啊。"

"你一点不起劲！"

"妈，我又不傻，干吗要起劲？我从生下来到大学毕业，读书苦得要命，但是人总归要自立，要养活自己，这个没商量。我现在好不容易过上了幸福的生活，要是一结婚，马上要照顾老公、老公他们家的人，还要做家务、生孩子，明摆着要吃苦头，而且在公司里马上就被边缘化，成了拉家带口的阿姨妈妈，好惨的。这么明摆着的亏本生意，到底为什么要做？还要起劲？"齐元元故意嬉皮笑脸。

母亲说:"你看我,现在还有你这样陪着我、照顾我,你将来也要老的,你老了,怎么办?"

齐元元张了张嘴,没有说什么。反驳的话都是现成的,但是她看到母亲的眼神,就默默地把话咽了下去。

又一次,齐元元正在床头削苹果,母亲说:"不懂你们年轻人。"

齐元元说:"怎么啦?"

"明明两个人都单着,为什么不能回头再去见见面呢?"

"都分手了,还拉拉扯扯干什么?现在的人,对前任就是事过无悔,老死不见。"

"可是如今是陌生人社会,你们大学同学就算知根知底了,随便放掉,到哪儿再找这么了解的人呢?"

"哟,你还知道陌生人社会啊?老妈威武!"齐元元半真半假地佩服。

"收音机里听到的呀,说现代城市不同于村庄,都是陌生人社会。"

"你知道陌生人社会,那你知道低温青年吗?"

"现在的人体温低,都不到三十七度了,一般也就三十六度五左右。"

"哪是说这个呀!是说开心了不笑,难过了不哭,决不麻烦别人,也最怕别人麻烦自己,不喜欢和人来往,这种低温。"

"你不要和我玩名词解释。去和杜佳晋约了见见,说不定,人怕见面,说不定他也忘不了你,正好——"

"哎呀,妈妈,你满脑子浪漫,生活当中哪有这么简单的。"

"你懂什么?这件事想太多也不行的。人一辈子,生下来不能选,死不能选,当中自己能决定的最大的事情其实就是这件事。你这样浪费,要年轻干什么?"

"和另一个人在一起,多麻烦啊,选错了更麻烦。"

"怕什么?经历过,就比空白强。什么低温青年,将来都要后悔的!"

齐元元被逼到墙角了。蜷缩在墙角的齐元元有点生气了:你猜也猜得到,是人家不要我的,好不容易忘得差不多了,你这么一次两次揭旧伤疤做什么?何况他嫌弃我的原因,就和你有关啊,你和我爸爸,想生我就生,生完了你们想离婚就离婚，你们知道对我的影响吗？我怕你伤心，一直不说，你还没完了，你生病也不能这样啊。这可是你逼我的，那我也没有办法了。齐元元就破釜沉舟了："见面也没用。他妈妈挑剔，说我是单亲家庭长大的，说这样的女孩子坚决不能娶。"

"是杜佳晋这么想，还是他妈妈？"

"都一样，杜佳晋听他妈妈的。"

齐元元说完，就把目光转向窗外。过了片刻，看了看母亲，见她有点发愣，似乎听到了一件奇怪的、很难理解的事情，但是没有生气，也不像伤心，沉默了一会儿，开始用牙签吃起了齐元元切好的苹果片。平时这些苹果片都会是厚薄均匀的，今天的明显不均匀，显然，齐元元心乱。

那天从医院出来，一个人回家的时候，齐元元破例用软件叫了一辆出租车。车来了，她上了车，把沉重的头靠在座位靠背上。这种时候如果有个男人的厚实肩膀靠一下，当然再好不过，但是齐元元知道，为了那种短暂的幸福，之前之后，不知道要费多少心思、有多少麻烦。况且，关键时刻永远有个肩膀靠一下，也是水中月镜中花，在心力交瘁的时候，真不如一个叫车软件、一辆准时到达的出租车来得真实。

靠在靠背上，看着车窗外迷离掠过的灯光，齐元元心想：只有母亲，把自己女儿当成天下少有的宝贝，在别人那里，她算什么呢？不过是上海滩最普通的一个女孩子、小白领。杜佳晋的母亲，根本就是看不上我们，过去说我是单亲家庭的，这个缺陷就已经改不掉了，现在要是知道母亲才五十多就得了这个病，估计又要说了：家族遗传有问题，这种女孩子更不能要了。

这话当然绝对不能说，说了等于要母亲的命。对母亲不能说，又能对谁说呢？对谁也不能说。说了没有用，白丢面子。

刚才自己是不是还是说过头了？也许，应该说自己不爱杜佳晋了……但母亲一定会问为什么不爱了。就说杜佳晋花心了？母亲一定会追问真的假的，他花心的对象是谁，齐元元怎么知道的，当时为什么不争取不挽回……还是没完没了。

齐元元想不动了,她的太阳穴直到两鬓发丛都一跳一跳地疼了起来,这是睡眠不足加精神压力导致的结果。

第一眼看到杜佳晋,齐元元没有反应过来。他在住院部的门口,齐元元都走过他的身边了,但是余光扫到了一张脸,一张似乎让她应该停住脚步的脸,就在她完全反应过来的前一秒,她听到了有人叫她:"元元。"

杜佳晋。五年没有见过面了,他看上去有了不小的变化,过去像一荚青涩、微鼓的毛豆,如今已经是饱满、结实的黄豆了。

齐元元很意外,脱口而出:"你怎么来了?"

杜佳晋的回答显然是想好了的:"我来看看阿姨,也来看看你有没有什么需要我帮忙的。"

齐元元有点惊讶。这么多年,想起他,就像心里揣着一个气球,虽然气不是很足了,却仍然是鼓鼓的,堵在那里。现在这个气球吹气口的线突然解开了,所有的气一下子从吹气口跑了出来,而且变成了一片温暖的雾气。

"你怎么知道我妈妈生病了?"

"从你的微博上知道的。"

齐元元一直不知道,杜佳晋是不是还关注自己,她以为永远不会得到答案,没想到答案突然就这样有了。原来一直没有联系自己的杜佳晋,一直关注着她的微博。好啊,他关上了门,然而并没有走远,而是趴在门缝上看着这个他离开的房间。

齐元元这几年每天都会更新一段微博,天气啊,衣服啊,午餐吃什么啊,路过的小店的橱窗啊,花坛里的花啊,看的展览、电影、话剧,遇到的奇怪的人和事情,猫儿狗儿……杜佳晋看着,起初有点生气,因为她似乎没有变得失魂落魄,看上去不像很在意他的样子。渐渐就觉得挺好的,而且觉得莫名地安心,对她甚至有一种感激:谢谢她依然活得很好,谢谢她明显地流露出没有男朋友。判断一个女孩子有没有男朋友,其实很简单,看她朋友圈,或者看微博。虽然一样是打扮得漂漂亮亮的,背景是咖啡厅和餐厅,但是没有男朋友的女孩子往往照片上是几个女友一起扎堆出现,如果是单独的照片,就都是自拍的;旅行的时候,大多是风景,偶尔有几张母女合影,所以那些齐元元单独的照片,也肯定是她母亲拍的了。判断出这一点,杜佳晋暗暗松了一口气。

当齐元元的微博连续一个月出现"医院"的字眼和做菜煲汤、送菜送汤的内容,他知道齐元元的母亲病了,而且病得很重。因为齐元元再也没有关心过天空和花花草草,而是透着忙碌,透着无奈。直到昨天,他看到齐元元写的微博:"人生有些时刻真是无奈啊,被躺在病床上的母亲追问终身大事何时有着落就是一种。"

他想:不去看看她,不去帮帮她,自己大概这辈子都不会好过。

齐元元知道他要帮忙是真心的,于是就说:"我妈妈一直对你印象很好,最近总和我说起你。"

"她没有见过我,怎么会有印象?"

齐元元就说了母亲偷偷去学校看他们的事情,还说了看到杜佳晋送她上楼,等在楼下,就认定杜佳晋特别靠谱。说着说着,忍不住要流泪,拼命忍住了,但声音还是有点异样。这时候才知道那些电视剧里一边笑一边流眼泪的女主角并不是在飙演技,人生真的有这种时刻,你忍不住想流眼泪,但你不能流,还必须笑着。

杜佳晋有点不好意思地笑了:"那不是依依不舍。我那时候被犯罪片吓破了胆,总怕万一有坏人就躲在楼梯口,我只能送到女生宿舍楼门口,总要看到你到寝室,我才放心。想象力过分发达,过分发达。"他眼圈也红了,这时候又自嘲地笑笑,脸上表情也很奇怪,但是也没有刻意掩饰:在自己人面前,不要紧。

静了一会儿,杜佳晋递过来一个纸袋。齐元元一看,是一家著名药房的袋子,里面是一大盒虫草,大只大只的虫草,每一只都用红丝线固定着,整整齐齐地排成一个扇面。齐元元从来没有见过这么大、这么多的虫草,家里从来不会买这种贵死人的东西。

齐元元低头看着虫草,似乎是拿不定主意要不要收下,然后她抬起头,说:"虫草也救不了命。我只想让她开心一下,不如你去看看她,我们假装和好，你肯帮忙吗？"

杜佳晋心想：假装和好，这话好难听，难道我们就不可以真的和好吗？

齐元元看他没有马上回答，就说："你放心，今天演了这一场，不会再麻烦你，我就说你要出国一年，医生说她最多两个月了。"

杜佳晋说："不麻烦，我们去吧。"

齐元元的母亲一眼就认出了杜佳晋，脸上立即闪出了耀眼的笑容，就像漆黑的天空中绽放出烟花。齐元元一见，眼泪唰地流了下来。

杜佳晋本来不太自然，结果齐元元的母亲这一笑，齐元元这一哭，事情就简单了，而且是水到渠成，再自然不过了。

"好孩子，你来了，我就知道你会来的。我们家元元那时候不懂事，我一直在骂她。可是她真的是好孩子啊，你不知道，她一直没有忘记你，所以这五年都不肯找男朋友呀，女孩子痴心啊。可是又不敢去找你，要面子啊，死腔啊。不过女孩子总归是女孩子呀，佳晋，你也能理解她的，是吧？"

杜佳晋说："阿姨，不怪元元，都怪我。"

"你们和好了，对吗？"

"对的，阿姨。"

"我本来应该随你们再捉捉迷藏，可是我没有时间了。"

杜佳晋说："我们不捉迷藏了。"

母亲就喊："元元过来。"

齐元元只好坐到母亲的床上，杜佳晋坐在母亲床边唯一的椅子上，她一坐下，三个人就凑得非常近了。

母亲拉住他们两个人的各一只手，放在一起，说："我活了五十多年，看人的眼光肯定比你们好，佳晋、元元，你们真的特别合适，好好在一起，一定会幸福的。"

母亲的语气带着一股强烈的推力，齐元元有点惊慌，想把手抽出来，但是杜佳晋把她的手握住了。杜佳晋不看齐元元，自顾自对着病人说："阿姨，以前是我不成熟，总想着结婚还早，说不定会有更好的人出现。现在我知道了，人遇到真正喜欢的人是很难的，对方也喜欢我就更难了，我会珍惜元元的。"

"不光是现在珍惜。"

"我会一辈子珍惜的。"

"遇到别的女孩子很优秀很讨人喜欢，又看上你，你怎么办？"

"我选了元元，就是她了。"

"日子长了，难免吵吵架，她和你发脾气，女孩子最多就是嘴巴上凶，其实心都是软的，你要让让她。她没有父母，只有你了。"

"阿姨，您别这么说，您会出院的。不过，我会让着她的，因为我爱她，我要让她幸福。"

病人在枕头上用力地点头，一边笑着，一边眼泪溢出了眼眶。

齐元元有种荒诞的感觉，这种电影、电视剧里的场景，做梦也没想到有一天真的会在自己人生中上演。

而这个临时友情客串的杜佳晋，演得如此投入，效果如此之好，都是出乎意料的。到底还是个好人，到底还是念着一份旧情。别说，居然真的有几分援军到来的感觉。

告别的时候，杜佳晋将虫草塞进病人手中，病人拿着那个盒子，目光依然停留在杜佳晋的脸上，一脸如释重负兼得偿所愿的笑容。齐元元觉得，自己今天做得真是再正确不过了。

把杜佳晋送到住院部门口，齐元元以一种"演出结束了"的轻松口气说："今天谢谢你。"

杜佳晋还停留在某种情绪里。他刚刚劈头盖脸地体会到了一种"非你不可"的绝对信赖和神圣责任，长到二十七岁，这是第一次，因此他心不在焉地说："不用客气。"

齐元元说："改天请你吃饭，大家有空的时候。"

齐元元转身走了几步，杜佳晋叫她："元元！"

齐元元站住了，没有马上转身，停了超过三秒钟，转身了，看着他。

杜佳晋走了过来，两个人面对面站着。好像起风了，风细细拂着齐元元的头发，刘海像花蕊一样轻轻颤动。

杜佳晋觉得有一句很重要的话堵在胸口，很想说出来，一时却不能明确是一句什么话。但是这句话，是他今天想对齐元元说出来的，对，是他想说的，而不是什么人逼迫他说的，或者出于什么道义应该说的。这句话很重要，此刻不说出来，以后就没有机会说了。

齐元元也觉得有一句话要说，不说出来，今后杜佳晋和自己都会有麻烦，麻烦还不小。杜佳晋帮了自己的大忙，不应该恩将仇报，不应该给他增添任何麻烦，包括心理负担。自己今后有很多事情要做，更不想增加一件要应付的。这一句话，她先想出来了，于是说了："今天，就是为了哄我妈高兴的，你不会当真吧？"

杜佳晋不说话，盯着齐元元的眼睛，好像她在说一门他没有学过的外语，他完全听不懂，又好像在思考一个其他时空的难题。

齐元元突然感到心跳有点不规律，就在她平静下来的时候，听到对面的人说："她都这样了，我们怎么可以骗她？"

齐元元觉得奇怪，也似乎有点生气："不然呢？"

"当真呗。"

"怎么当真？你天天来演戏啊？"

"我们结婚。"

"开什么玩笑？这回你妈妈该说我们家遗传不好了。"

"我们家遗传也不行啊！"杜佳晋说，"我家的祖先都死了，而且他们没有一个活到一百二十岁。"

齐元元想笑，又觉得不妥，把笑意闪电般收了回去。

杜佳晋伸手揉揉她的刘海，说："结婚吧。简单点，来得及。"

原载《青年文学》2021 年第 4 期

王祥夫

滑着滑板去太原

然后,他们就分手了。

现在就剩下王生自己了,背着包,用胳膊夹着他的黑色双翘滑板。他在想是不是应该坐长途大巴回去,不像来的时候,一路滑来,五个人说说笑笑兴致有多高。他们都是滑板爱好者,他们是通过滑滑板认识的,前不久,也就是半个多月前,太让他们兴奋了,他们忽然决定要滑着滑板去太原。他们是一拍即合,他们兴奋异常,这实在是太让人兴奋了。一不坐飞机,二不乘火车,三不坐大巴,四不靠越野自行车,他们要滑着滑板去创造一个大奇迹,滑着滑板去太原。雨季还没有来,正是滑滑板的好时候。如果这次成功了,他们下次要滑着滑板去更远的西藏。他们是从这个省份最北边的城市大同出发一路向南。路两边的杏花刚刚谢,远山刚刚泛绿,也就是说,这个季节是出行的最佳时机。

也是拍照片的最好时候。郑生说他获得了一次难得的边走边拍的机会。

你不吃亏,回去就是一本画册。黄生笑着对郑生说。

你们将永远活在我的摄影画册里。郑生说，等着吧。

他们五个，都是城市青年，他们没有任何的乡村生活经验，他们之中甚至有人都没有去过郊外。他们是在城市里长大的，他们从小到大只在大城市间穿梭，他们有时会飞到国外去旅游，比如泰国、日本或者韩国，或者再远点的加拿大和美国。但现在出去玩对他们已经没有太大的吸引力了，又是核酸检测，又是刷人脸，又是检查各种证件，这让他们很烦。他们合计好了，带上滑板，带上可以放水杯和药品还有睡袋的大包，反正路上所需要的东西他们都带齐了，当然还有指南针和打火器、手机充电宝和电动剃须刀，他们有人甚至还偷偷带了避孕套。他们希望自己在路上有艳遇，可以让他们做爱。他们带好了这一切，出发了。滑着他们"极限公社"牌子的黑色双翘滑板，这种滑板真的很牛，他们都喜欢这个牌子，可以说再也没有比这种滑板更好的滑板了。他们五个，风格简直一致，都是狼尾头。留这个发型，他们最少要三个月不理发才可以。狼尾头滑起滑板来很好看，脑后的长发会飘扬起来。用他们的话说是有动感，而用有些人的话说是性感。他们五个，对外介绍是"狼尾头五人滑板组合"，就这么，他们从山西最北边出发，像勇敢的候鸟，向南向南再向南。他们厌倦了城市的生活，他们希望体验一下乡村旅馆，或者直接住到乡下人的家里去，脏点乱点根本没什么关系，他们想多知道一些自己生活圈子之外的事。他们早就把路线看好了，他们要努力避开高速公路，再说高速公路可以让人们滑滑板吗？好像是不行。他们一边研究路线一边抽着他们都喜欢的电子烟，这里要说一句的是，他们还都是电子烟爱好者，现在玩这个很时髦。别人都在戒烟，而他们却要开始抽了。他们总是这样。

但是现在，王生和他们分开了，不得不分开了。
王生犹豫不决的时候郑生对他说，回吧回吧，路上出点事对谁都不好。
就这么，王生不再随着滑友滑着滑板一路向南，他停下来了。
他们在一起快快乐乐地滑行了七天，走了几乎有一半的行程，现在却分开了。王生现在的心情真是很沮丧，太沮丧了，他觉得自己真不应该进到那个小庙里去，也不该去摇什么签，这下好，他要半途折返了。那个小庙也太诡异了。

别难过，回去见。郑生拍拍他的肩。

下次咱们去西藏。黄生说回去的路上多加小心。

王生站在路边，心里很难受，两眼泪汪汪地看着滑友们在公路上滑远了，看不清了，看不见了，然后他才在路边坐下来。他看着自己脚上的土黄色新鞋，这双鞋是他前几天在路边超市里买的，原来的那双鞋突然掉了底。这本来没什么，但随后郑生的话让他心里很不安。郑生说，咦，好好的怎么把鞋底掉了？这是什么兆头？这句话忽然让几乎所有人都有那么点担心，你看看我，我看看你。其实他们五个都不迷信，又什么也不信，他们是天不怕地不怕，虽然看过大量的鬼片和别的什么片，但他们真的是什么都不信。但那天，他们来到了河边的那个叫"骑洋马"的村子，并且在那里住了一夜，那一夜的经历他们五个人可能都会毕生难忘。那间让他们留宿的大屋子实在是太吓人了，那种感觉怎么说呢，是一进屋就让人感觉有什么地方不对头了。他们五个都被吓得不轻，都几乎一夜没睡。

那是间坐北朝南的正房，一条大炕，够他们睡的，这样的北方大炕，即使是十个人也睡得下。炕的北面墙上贴了几乎有两张世界地图那么大，用黄表纸画的符，黄纸朱砂，简直是太吓人了。那天晚上他们睡在一起，五个人合盖了三条被子，这里没有多余的被子，但还算干净。可他们怎么也睡不着。郑生小声说墙上的这个东西就是符，城里这种东西可不多，村子里是用这种东西镇那种东西的。

那种东西是什么？王生问。

那种东西就是那种东西。郑生说。

是鬼吗？王生说。

你说有鬼吗？郑生说。

这种事，说它有也有说它没有也没有。王生说不好说。

反正这屋子有问题。咔嚓，郑生用照相机拍了一下墙上的那张符，小声说。

但这个叫"骑洋马"的村子再也找不出别的什么可以住人的地方。

也许晚上我们都会变成一块一块没有生命的石头。郑生小声说。

你别吓我们好不好。黄生笑着说。

滑友们都看着郑生,他们都洗了脚,准备睡了。

郑生说他有一个民间的办法。

我什么都不信。何生说,我可以睡在最边上保护你们。

那就是我们睡的时候把内裤都脱下来。郑生说,那种东西最怕的就是男人的家伙了,如果有那东西的话,这个办法应该是很灵的。

如果是女鬼呢?黄生笑着说。黄生一路上总是在喝酒,他自己带着白酒,刚才又喝了两口,待会儿睡之前他还会再来两口。

那不正好吗,你都不用戴套。何生开玩笑说。

那可不行,太危险。黄生是学医的,还有一年就要毕业了。

到了睡觉的时候,王生他们真的都把内裤脱掉了,他们都一丝不挂,王生睡在东边的边上,何生睡在西边的边上,他俩把边,其他人睡在中间。然后,他们熄了灯。然后,一切都静了下来。然后,他们听到了河水流淌的声音。然后,还有一些更远的什么声音也传了过来,像是鸟啼,那种会在夜里啼叫的鸟。叽里咕噜,叽里咕噜,像是在说梦话,如果鸟会说梦话的话。

睡着了没?隔了一会儿,王生小声问睡在一旁的郑生。

别说话,睡吧。郑生说。因为是一丝不挂睡在同一条被子里,他们只好背对背。你听,什么声音?过了不一会儿,郑生把身子轻轻转了过来,把嘴附在王生的耳边小声说。其实这时候其他人也都还没睡着,说实话他们五个人都根本就睡不着,这不是他们的事。虽然他们白天滑滑板滑得都已经够累了,应该是一躺下就睡着了,但他们就是睡不着。这是屋子的事,这是他们谁也说不清是什么事的事。屋子里有什么?肯定有,但他们谁都说不出有什么。

你别不相信,我听到了。程生又把嘴附在王生耳边小声说。其实别人也听到了，有人在动桌上的东西，啪啪啪啪，啪啪啪啪。

我的天哪，听。郑生又小声对王生说。

睡在边上的何生把灯猛地打开了，五个人都一下坐了起来，头发都几乎竖了起来。屋里当然什么都不会有，但他们发现原本放在桌上的一个大纸盒子被挪了地方，那纸盒子现在在桌子旁边的椅子上。之后，他们又熄了灯，都连头带身子缩到了被子里。他们只好在被窝里看手机，互相发微信，这么一来呢，他们就更睡不着了，而且都被吓出了汗。之后他们是不停地又开灯，又熄灯，又熄灯又开灯。那个纸盒子像是有了生命，只要一熄灯就会跳到另一个地方去。王生突然又坐了起来，他觉得好像有什么钻进被窝猛地摸了他一把，凉凉的，王生惊叫了一声。他不敢再睡在边上，他跳起来，钻到了黄生的被子里，这么一来他就睡在了中间。他们五个人已经很累了，他们滑了一天的滑板，但他们谁都睡不着，用被子蒙着头，几乎一夜。

你说会不会是老鼠？王生在被窝里发微信消息给郑生。

老鼠能把盒子从桌上弄到椅子上吗？郑生的微信消息马上发过来了。

会是鬼吗？王生又发给了郑生。

你自己说吧！郑生马上又发过来了。

他们把自己埋在被窝里，不敢说话，只能发微信，虽然他们一个挨着一个。

王生就这么和滑友们分手了。

王生准备吃点东西再上路，他会顺着来时的路向北向北再向北。路那边有个小饭店，小饭店的墙上写着"环球面馆"四个字，这真是有点滑稽。王生就是在这里和滑友们分的手，分手的时候郑生还给他拍了张照片，背景就是"环球面馆"那四个大字。王生已经注意到那个年轻胖子了，那个年轻胖子也在看他。那个年轻胖子可真是胖，目测三百斤都不止，头和肩膀之间简直就没有脖子。王生觉得这个年轻胖子可能有很长时间都看不到自己的家伙了，肚子已经挡住了他的视线。当然他也不可能看到自己的两只脚,这是肯定的,他要是想看自己的脚就必须用两只手把自己的肚子用力往回搂,用力再用力。王生这是第二次看到这个胖子了,王生心想他可能也是出来旅行的,或者他也许仅仅是为了减肥而出来步走的,这种人现在不少,他们相信身上的肥肉会通过不停地行走被甩在路上。但他怎么什么也没拿?这个年轻胖子,也站在路边,他是不是也不想再走了,也想在那家饭店吃完东西再上路?

刚才,王生已经进店去问了一下。那个瘦男人正在剥煮熟的鸡蛋,好大一盆。瘦男人对王生说十一点半才会有饭,他们现在正在做准备,准备先把鸡蛋给卤出来。王生已经闻到了那股味,很香,是油泼辣子的味道,王生很想吃一碗路边这种小店的油泼辣子面。这时那个年轻胖子也进来了,进门的时候身子在门框上不小心蹭了一下,他也太胖了。

年轻胖子也问了一声,是不是有油泼面?

十一点半。瘦男人把这话又说了一次,

王生朝胖子那边看的时候,正好和胖子的视线碰在了一起。

年轻胖子朝王生和气地笑了一下。

年轻胖子朝这边走过来了,看样子他想和王生说什么话。

王生听到咝咝的喘气声了,几乎所有的胖子都有的喘气声。

年轻胖子过来的时候,王生在心里想,他这个块头肯定滑不了滑板。王生现在养成了一种习惯,只要看到一个人就总是在心里想这人能不能上滑板。

年轻胖子问王生,你抽的是什么香型,真好闻。

王生还没来得及回答,年轻胖子又说,我可不可以试一下?

王生觉得自己是应该拒绝的,但还是把电子烟递给了胖子。

年轻胖子抽了一口,嘴真肥嘟嘟,说,挺好。随后就又把烟还给了王生。

年轻胖子又问,滑滑板可不可以减肥?是不是可以减肥?

王生不知道该怎么回答,他看着胖子,觉得这人是不是有点儿傻。

我再来一口。几乎是紧接着,年轻胖子又把电子烟要过去抽了一口。

怎么样,滑滑板是不是可以减肥?胖子又问了一句。

王生本来想回答一下胖子的这个问题，但他突然不想说这个话题了。因为王生觉得这个年轻胖子很蠢，再加上王生的心情并不是那么好。

　　年轻胖子是没话找话，他又说，吸电子烟是不是也可以让一个人瘦下来？

　　这次，王生回答了一句，你上百度。

　　真热，我得脱件衣服。年轻胖子看了一眼王生，说。

　　当然你想不到会这么热。王生笑了一下。

　　别笑，我小时候本来没这么胖。年轻胖子说，问题是我小时候做了一个手术。

　　王生想问胖子做的是什么手术，这时饭店的瘦男人朝他们走了过来，真是看不出他是店员还是老板。他招呼王生和胖子再往里边坐坐。

　　差不多了，里边的桌子刚收拾过。瘦男人说。

　　王生说还不到十一点呢。不过当然还是早点吃为好。

　　那个瘦男人对王生和年轻胖子说，差不多了。

　　年轻胖子脱外衣的时候，王生也开始脱。

　　我以为只是我觉得热，其实这种天气穿短裤也可以。年轻胖子的话好像一半是对王生说，一半又像是对饭店的瘦男人说。

　　穿短裤都可以，真的。年轻胖子又说，如果再热我就穿短裤，我带着呢。

　　瘦男人说你们不是一块儿的吧？你们是不是都来油泼？

　　年轻胖子说我现在吃饭都很注意，吃面条一小碗就够了。

　　碗都一样大，我们这地方不分大碗小碗。瘦男人进里边去了。

　　瘦男人很快就把面端了上来，用一个橘黄色的塑料大托盘托着。碗特别大，毫不夸张地说像个小洗脸盆，胖子说的那种小碗根本就没有。碗虽然大，里边的面却只有一半。饭店的瘦男人说咱们这地方吃面都这样，碗大了好拌，碗小了就没法拌，这样的半碗其实要比别处的一整碗都多。

　　我看你说得不错。王生比画了一下，广州的碗才这么大。

　　还真是这样，太小。年轻胖子也说。

　　这样的半碗比别的地方一整碗只多不少。王生开始用筷子拌面。

你怎么和他们分手了？年轻胖子突然问。他这时候已经开始呼噜呼噜、呼噜呼噜地吃面，声音真大。

王生觉得这不太好回答，关于那个小庙，不是几句话就可以讲清楚的。如果不是因为那个小庙，他和滑友们也许现在还在一起，像候鸟那样向南向南向南。王生太喜欢那种感觉了，五个人一起在路上滑行，狼尾头的头发飞扬起来飞扬起来，可真是性感。王生忽然很想把小庙的事情对这个年轻胖子讲一下。如果不是年轻胖子坐在对面，王生觉得自己也许都会对饭店里的瘦男人讲一下这事。这件事，也就是小庙的事，他不讲是不行了，这是一种欲望，他要把心里的欲望释放出来。这件事也太诡异了，他都相信这个世界上真有鬼了。

给咱们再来一碗。让王生吃惊的是年轻胖子这时候已经吃完一碗了，怎么这么快？这简直是让王生吃了一惊，王生的面几乎还没动呢。

王生看着年轻胖子，真是有点吃惊。

我吃饭很快。年轻胖子说，不过这面真的很好吃。

瘦男人把又一碗面端过来的时候，顺便又把油泼辣子拿过来了，放在了王生和胖子中间，这个你们可以随便加。

太好了太好了。年轻胖子吃面的呼噜声马上又响了起来，声音可真大。他一边吃一边说，太刺激了，这个可真是太刺激了。

我们这地方的辣子主要是香，是印度辣椒。瘦男人已经在旁边的椅子上坐了下来，他给自己点了一支烟，店里现在还没什么人。

可不可以再来点面汤？年轻胖子说。

瘦男人马上站了起来，当然有。他进厨房里边去了。

王生看着胖子，准备讲小庙的事了，王生觉得自己已经憋不住了。

我不得不跟他们分手，太诡异了，可吓坏我了。王生说。

呼噜呼噜，年轻胖子看着王生，什么吓坏你了？

那个下下签吓坏我了。王生又说。

呼噜呼噜，什么签？你说什么签？年轻胖子又一句。

一连三次都是那个下下签。王生说。

呼噜呼噜，签是什么？什么签？年轻胖子又一句。

年轻胖子一边吃一边说一边呼噜呼噜。

签就是庙里的那种签，你连这个都没听过吗？王生说。

好像听过。年轻胖子想了想，算卦用的那种吧？

这时有条狗从外边进来了，又马上出去了，很奇怪的是它马上又进来了一下，然后又出去了。这时有车从外面过去，发出轮胎在路面上碾轧的声音。王生吃好了，开始抽自己的电子烟。想不到，年轻胖子这时居然又要了一碗，这已经是第四碗了，王生有点被他吓唬住了。王生看见有汗正在从胖子的腋下流下来，背心那地方都湿了。王生站起来绕着年轻胖子走了一圈儿，这家伙的后背也湿了。

你可不能再吃了。王生对年轻胖子说。

我平时也不这么吃，我平时只来一小碗。胖子拍拍胸，又拍拍肚子，以后不会这么放开了。问题是我小时候做了一个手术，所以才这样。

加上这碗你吃了四碗了，你还喝了一碗面汤。王生走来走去。

你说你摇签的事，别说这。胖子说。

你需要减减肥，别吃这么多。我吃完饭习惯走走。王生说，这样对身体好。

问题是我小时候做了一个手术。年轻胖子说，也许是做坏了。

你说说你的事好不好？胖子又说。

那个庙那个庙那个庙……

王生坐下来，开始说自己的事。

你慢点说，你别急。胖子说，我也可以慢慢吃。

这时候胖子的第四碗面其实已经又吃完了，他在喝碗里的面汤。他背心肚子那地方的汗也开始沤出来了，在扩大。

一般来说，乡下都会有庙，这个你知道，这个庙啊那个庙啊或者是其他什么庙，但你根本想不到那个庙会叫"大圣庙"。王生对胖子说。那个小庙其实是在一个小山坡上，从上边可以看到北边的一些房子，还可以看到对面种的树，都是些小树，应该是树苗吧。我们是滑着滑板从北边的水泥路那边一路过来的，你知道滑板在这个季节的水泥路上会很不舒服，但要是到了夏天沥青路就更不行了。我们从北边一路滑过来，我们是雁式滑，也就是滑的时候要把两个胳膊抬起来摆平，像大雁的翅膀，太好看了。这样滑的时候技术不好千万别拐弯，但我们拐了，我们照样拐，拐过那个弯我们一眼就看到了那个小庙，我们都认为那地方发生了火灾，浓烟滚滚的。

什么大圣庙？不对吧，应该是大雄吧，大雄宝殿。胖子说。

也许你说得对。王生说。

大圣可太难听了，还大圣，你知道什么东西才叫作圣。胖子说。

王生马上就明白了，这谁不知道，就是那个嘛。但不是那个字，只不过是那个音，音同字不同，不是下边有个月的肾，而是上边有个又的圣。

知道知道，胖子笑了起来，庙里供的什么？

待会儿我告诉你。王生说。

不过我不喜欢庙，我喜欢教堂。胖子又说。

不管怎么说你总是去过庙会吧？王生说，但我说的这个庙可真是个小庙，因为庙太小了，人就显得特别多，因为是赶庙会，也就显得特别热闹。远远看去，这个小庙真有点吓人，浓烟滚滚的，其实是烧香的人太多了，那个小庙的规矩是不烧香就不许进去，人们只好在一进庙门的那地方先把香买好了，但还是不停地有人出来，不停地有人进去。

浓烟滚滚的。王生又说了一句，站在远处看就像是火灾。

胖子闭了一下眼睛，然后又睁开。

真还想象不出来。胖子说，你继续说。

王生对胖子说碰上这种事最兴奋的就是我们那个郑生。郑生是一下子就兴奋了起来，开始忙他的。郑生有一个老古董莱卡相机，镜头都露出黄铜底子了，他是走到哪里拍到哪里，经常喜欢把他拍的片子给旁边的人看。这一次出来，他的计划是一路拍下去然后出个画册，他算过了，这差不多要一百多个胶卷。现在胶卷并不像有些人想的那样很难买，其实在网上买是很方便的，而且也不贵，只不过现在用胶片的人是越来越少了。其实网上还能买到那种古董级的玻璃底板,不过太贵了。王生对胖子说这些都是郑生告诉他的。王生说郑生不太喜欢用手机拍照,他也根本就不会用手机去拍,说那太不专业。郑生只喜欢用正经的照相机拍照片,他热衷这个。郑生还有一个小暗室,没事的时他会一个人待在里边又是冲洗又是放晒。为此他还带了一个同学,女的,他有时会带她到暗室里去工作一会儿。郑生的专业水准还表现在他出来的时候总带着一个暗袋,就是里边是红布外面是黑布的那种暗袋,郑生用这种暗袋给相机换胶片的时候简直就像是个变魔术的。

平时他那个暗袋里就放着一些乱七八糟的零碎东西,比如小茶叶筒。

现在谁还喝茶,我只喝咖啡。胖子说。

去星巴克吗?王生对胖子说,但你最好不要加糖。

你继续说你的。年轻胖子说。

王生就继续说,说郑生在小庙外边拍照片的时候别的滑友就都陆续进了小庙里边。外边其实也没什么好看的,不过是小庙的院墙上插了些各种颜色的彩旗,因为那些彩旗是庙会期间才会拿出来插一插,所以颜色就显得特别鲜亮好看,而且,旗子都是那种三角形的。

黄生和何生还有王生他们就都挤到里边去了,他们想看看里边供的到底是什么佛。因为进门的时候他们不得不买香,所以他们都准备把香在佛前烧了,这种东西不烧也不能扔,又不能交给旁边的人。黄生说,真他妈挤,待会儿挤上去的时候我要给我母亲磕几个头。他这么一说何生也就想起了自己也要磕几个,给自己的父亲,他父亲前不久病了。就这么回事,但人太多了,他们想看看跪在里边的人怎么磕头都看不到,磕头这种事也好像是个技术,手怎么这么一翻再那么一翻,怎么举起来,再怎么放下来,就像学校里的眼保健操。做完这些动作人才能再伏在那个各种碎布缝的花花绿绿的垫子上许愿。小庙的佛殿里人真是多。黄生他们终于还是挤到了前边。是黄生第一个忍不住先大声笑了起来,他一眼就看到供在那里的佛原来是个孙悟空的像,立着,拿着根柳木棍子。那像也不大,像个小孩儿那么高,身上的彩绘有点脱落了。但他手里的棍子上挂了不少红布条子,像流苏,还有一条蓝色的哈达。

他妈的，原来供了个孙猴子。黄生马上就笑了起来。

我上初中读《西游记》就认识他了。黄生已经把身子转过来了。

谁想烧谁烧吧，我是不烧了。黄生说。

站在黄生旁边的人都用那种多少有点惊恐的目光看着黄生，其中的一个人对黄生说，年轻人这可不能开口胡说，可灵着呢。这人说话的时候黄生已经抽身从里边挤出来了，别的滑友也都紧跟在他的后边，都把滑板在手里高高举着，这样才不会碰到别人。从这个门好不容易挤出来之后，他们举着滑板往西边走，然后就看到了旁边的那间屋子，桌子上放着签筒，有不少人安安静静排在那里等着摇签。因为是小庙，也没有解签词的人，也不需要用签上的号去对签条看自己摇到了什么吉言祥语，竹签的头上都直接写着，上上、中上、平中、平下、下下。下边就是那些词，合辙押韵的，都是一些好听话。当然下下签上边的话就不好听了，还挺吓人的。那些签都是用比较厚的竹片做的，已经被人们放在签筒里摇来摇去弄得像古董。但写在签上的字还能让人们看得清，上边的字是用红油漆写的，一般都不会被磨损掉。

黄生他们就排在那里准备摇签了，这才发现这个摇签的地方倒是坐了一个像和尚又不像和尚的人，因为他没穿和尚的衣服，所以不能说他是和尚。等到黄生要摇签的时候，这个人却突然开了口，说，先敬香后摇签，要不不灵。黄生便把香点着插在桌上的香炉里，然后开始摇。他把签筒放在手里哗啦哗啦摇了好长时间，真是好长时间，之后才从签筒里跳出一根签来，啪啦一声，一下子就跳了出来。据说有时也会跳出两根，如果两根，一根是上签另一根是下签，这两根就叫作阴阳签。黄生摇的这根签是平上。黄生想让坐在那里的人给他看一下，讲一讲，那个人说现在都是有文化的，你自己看，我只负责给老人和盲人看。

你自己看吧。那个人说。

其实我也不相信这个。黄生对那个人说。

不相信你就别摇。那个人说这种事不能开玩笑。

宗教还不都是骗人的把戏？黄生说。

那个人就不再说话了，看样子像是生气了。

县长和市长都来摇呢，还上布施呢。这个人又突然开了口。

那他们更是胡闹，只能说明他们没文化。孙悟空又不是佛，孙悟空不过是个小说里虚构的人物。黄生有点结巴了，黄生一急就结巴，我们第一学期学的就是这，古典文学没有不讲这的。

说这些做什么？你在外边等着我们。程生拍了一下黄生。

黄生就笑着出去了，举着他的黑色滑板，往外挤，一挤一挤的。

黄生摇完，该着何生来摇，何生也是个平上。何生摇完该着程生，程生欢天喜地笑得都合不上嘴，他是个上上签。他想让那个人给看一看，那个人说年轻人你自己看吧，上边那不是写得清清楚楚的吗，你这个签好，上上还有不好的吗？那个人突然把他自己的手机掏了出来，要想看详细的解释你就加一下微信。

十块钱加一下，回去仔细看，想怎么看就怎么看。那个人又说。

程生马上就加了一下那个人的微信，而且还把他刚才摇到的那根签用手机拍了一下，说要马上发到群里给朋友们看看。

签也是古老文化的一部分。程生对那个人说。

那个人马上就高兴了，你一看就是高才生。

我明年毕业。程生说。

大学吧。那个人说。

当然大学啦。程生说。

年轻胖子一只手放在自己的肩膀上，另一只手放在自己的肚子上。他听得很认真，王生说话的时候他就一直看着王生，他微微有点喘息，发出轻微的呲呲声。

我手机里也有那根签的图。王生对年轻胖子说，你想不想看？

我还真没见过签是什么样。年轻胖子说，这都是什么时候的事？

昨天啊，是昨天的事。王生对年轻胖子说。

你摇的是什么签？怎么就把你吓坏了？年轻胖子说。

可吓坏我了，所以不能继续走了，毕竟是在路上。

你还真信了？年轻胖子说。

一连三次啊！王生对年轻胖子说自己真被吓坏了，别人也被吓得够呛。就相信一回签上说的话吧，这种事，宁可信其有不可信其无。郑生这么说，黄生也这么说，何生有点发呆，说这种事真不可思议。

他们都劝我不要再继续向南滑了，所以现在就只剩下我一个人了。

你刚才说你一连摇了三次，不是说只能摇一次吗？年轻胖子说。

按规矩只许摇一次，但我和我的那些滑友当时都被吓坏了，紧接着就又摇了一次，摇完第二次就更吓人了，我就又摇了第三次，让任何人都想不到的是第三次摇出来的签还是前两次摇到的那根下下签，周围的人当时脸色都变了。

你是说你一连三次都摇了下下签？胖子说。

王生把手机打开了，他要把那根下下签的照片从手机上找出来让胖子看看。

一连三次，怎么会这么巧？胖子又问。

所以你必须要信，有些事谁也说不清，你信就行。你看。王生找到了，用手指在手机屏上放大了一下，又放大一下，递给年轻胖子。

有些事真是说不清，但说不清不等于不存在。年轻胖子把手机接过来。

一连三次都是同一根签，三次都是同一根，你说吓人不吓人。王生说。

所以你就退出了？所以你就不滑着你的滑板去太原了？胖子说。

太吓人了。王生说。

放签的那种筒里边有多少根签？年轻胖子问王生。

不等，有的也就十多根。王生说。

怎么这么不清楚，看不清。年轻胖子又把手机还给了王生。

我念给你听。王生说，王生已经把签上的那几句话背会了：三春一场黑雪飞，外出老少快自归，如若不听人相劝，病倒路上无人埋，性命人财一堆灰。

第一次摇出的就是这？年轻胖子问。

是。王生说。

第二次摇出的还是这？年轻胖子问。

是。王生又说。

第三次又是吗？年轻胖子说这可真是不一般了。

你说怕不怕？一筒签，摇来摇去偏偏跳出这一根。王生说。

你说怕不怕？一筒签，再摇来摇去跳出来的还是这一根。王生说。

你说怕不怕？一筒签，第三次摇，摇来摇去它又跳出来了。王生说。

年轻胖子不说话了，他有点吃惊。他看着王生，这种事，他从来都没听说过，但他对这种事是既不怕又不那么热衷。他倒是对王生很感兴趣，他很喜欢王生留的这个发型，狼尾头真的很帅，这种发型能让整个人都显得精神起来。

年轻胖子对王生说，我爸在森林派出所当森林警察，要不我们去森林？

一筒签被我摇来摇去摇了三次，三次都跳出的是这同一根，你说怕人不怕人吧？但我现在不怕了。王生又说，我想过了，越想越怕还不如不怕。

对。年轻胖子说，虽然我不明白这是什么事，但你别怕它。

我现在已经不怕了。王生说。

回去的路上一定小心。年轻胖子说，其实你坐大巴更方便。

下午一点多的时候，王生和年轻胖子都已经吃好了，也歇好了，他们该离开这家小饭店了。王生把自己的包收拾好了，年轻胖子原来也有一个包，已经被从小饭店的角落里拿了出来。这时有人从外边进来了，是开大卡车的司机，满脸都是黑，他们进来吃中午饭。他们先洗脸，扑哧扑哧，扑哧扑哧，洗完这一盆，哗地泼出去，再来一盆，别人又接着洗，扑哧扑哧，扑哧扑哧。

我可以陪你走一段，因为我也要朝北走。年轻胖子对王生说。他跟在王生的后边，王生走在前边，拎着他的黑色双翘滑板。他们从饭店走出来。

王生上滑板的动作真是漂亮，他不知怎么就把滑板在地上一下立了起来。不知他是怎么使的劲，立起来的滑板在原地转了起来。王生把身子又轻轻一蹲一纵，真是漂亮，人已站在了他的双翘滑板上。王生不知又使了什么劲，让滑板和他的身体同时跳了起来，落地的时候，滑板又开始旋转，然后才是蛇行，蛇行出七八米然后再倒退着回来。王生踏着滑板倒退着回来的时候身子轻轻碰了一下年轻胖子，王生用一只胳膊搂了一下年轻胖子。

再见，以后千万要少吃点。王生说。

再见。年轻胖子也说。

再见。王生又说，接着挥挥手。

年轻胖子马上就叫了起来，那边是南，你怎么朝南？

没错，我就是要继续朝南。王生说。

你不回家了吗？年轻胖子把两手放在了嘴边。

我要滑着滑板去太原，我现在什么都不怕了。王生也大声说。

路上小心——年轻胖子把双手放在嘴边大声说。

滑着滑板去太原，滑着滑板去太原，滑着滑板去太原……王生的声音远去了。

滑板此刻和王生是一体的，公路被太阳照得很亮，在这很亮的公路上王生滑出的每一个弧度都是那么优美，他的狼尾头在飘扬起来飘扬起来飘扬起来……

原载《芙蓉》2021 年第 3 期

乔 叶

合影为什么是留念

1

晚饭依然有饺子。自从宝从老家回来，她就开始每天做饺子。宝在厨房探了一下脑袋，说，又是饺子。口气顺畅得很，是任性吐槽的纯天然状态。她应道，吃絮烦了？宝急转弯道，怎么会。饺子好啊，好吃不过饺子嘛。妈妈，下半句是啥来着？我绞尽脑汁都想不起来呢。

舒服不如倒着。

对对对，还是老妈聪明。都说儿子的智商随妈，我这跟您可差远了呀。

这一波马屁拍得明显敷衍，毫无质量，但她还是很受用。对于宝，能有什么抵抗力呢？没有。

妈宝男，她知道流行这么一个称谓，带着贬义的调侃。可她还是这么愿意叫儿子：宝。小时是小宝，大了就是大宝。此外还有乖宝、臭宝、香宝、胖宝……各种宝。她最常用的是大宝。这唯一的孩子可不就是最大的宝贝？

只是这宝一年到头也没几天能在她跟前闪闪发光地晃悠啊。

必须要有饺子的，今晚。作为最后一顿晚餐——当然当然，这最后一顿仅限于现阶段。他以后的晚餐还多着呢，无穷无尽，福如东海，寿比南山……自从宝去国外留学后，她就格外在意用词的准确性，绝对不允许有任何不吉利的言语甚至念头。哪怕是不说出口的碎碎念，她也要在心里做出严格的界定和修正。

在老家也是天天饺子。为什么一定要吃饺子呢？宝问。

还不是因为你又要滚了，老祖宗留的规矩，送行的饺子接风的面。

这规矩，到底有什么内涵？

不知道。总归是有道理的吧。

迷，信。

我就迷信了，怎么的？

不怎么的。

和好了面，她还是抽空上网查了查。一个专家说，此乃北方民俗。民俗不是凭空而来，自有其意。饺子外形饱硕馅料丰富，寓意收获多多圆圆满满。面条外形修长犹如道路，寓意行程顺畅平安，还双关着"见面"的面。简而言之，就是"长接满送"。

果然还是有道理的。

宝的这个暑假其实挺长的，从五月末到九月末，算起来有一百二十多天。只是因为新冠肺炎疫情，回国的机票不好买，总是买了不久，航班就会取消。反反复复好几回，她终于发了狠，让宝一下子买了三个航班，总算如赌博一般押中了六月中旬的一趟。飞机落地在成都，宝在成都隔离了两周，回到郑州已经是七月初了。在家里待了一周，他就跑到了北京某电商巨头企业，说是早就约好的实习，机会难得，不能浪费。这实习回来才多久，就又该走了，去英国读研。

想想也是辛苦，大学四年的课程，宝硬是三年里以优等成绩拿下。每到暑假，他也一定会给自己安排实习。第一年去了上海的一个国际公司，第二年去了斯坦福大学，跟着教授做项目，第三年也就是今年了。她看过他做的简历，里面有一摞她看不懂的证书，还有他大学期间的成绩排名。她既惊讶，更疼惜，完全可以推测出这每一行字里浸泡的日夜，是另一种意义的秉烛挑灯和悬梁刺股。想到那些说留学生们都是花天酒地混日子的言论，她就忍不住切齿暗骂，你们懂个屁。

2

六点过后，大小姐和二小姐陆续回了家。大小姐是哥家的孩子，是侄女；二小姐是姐家的孩子，是外甥女。大小姐在公司是行政高管，御姐范儿；二小姐在公司是首席 UI 设计师，文艺腔。她叫她们大小姐二小姐，宝叫她们大姐二姐，她们则叫宝学霸。对于独生子女来说，这也就是最近的血缘关系了吧。她们大学毕业先后到了郑州工作，房租贵，她的房子大，就都容了进来，一住就是五六年，一直到现在。都是纯良可爱的好孩子，在一起很愉快。宝留学后，更凸显出了这两个女孩子的重要。三个女人整天柴米油盐，钗环脂粉，过着过着，也就越来越亲。有时候她觉得自己像个老姐姐，有时候又会觉得自己有一男二女，家底儿厚实得很。

女孩子们换了家居服，便来到厨房，听着她的指令，把饺子馅、面盆、案板、擀面杖、盖帘等一堆家伙什都搬到了客厅的大茶几上，一边看电视一边包饺子。宝和大小姐负责擀皮儿，她和二小姐负责包。宝只擀了一个皮儿就被大小姐开除了劳动权，瘫在沙发上看球赛。三个女人按照熟悉的节奏边干活儿边聊天。大小姐一个月前做了双眼皮儿，说自从做了这个双眼皮儿，公司的人说我发飙的时候眼睛特别大，特别圆，显得更厉害了。还有，骑电动车的时候，感觉那小虫子噼里啪啦往眼睛里飞呀，飞呀。你们可别说我，我只整了眼睛，是最接近母胎原装的了，公司的女孩子们，谁都比我过分。她们整天左整右整的，都整出了一张标准的网红脸，在刷脸机那里老是撞脸，比如第一刷是张三，后面几个来刷，刷出来就还是张三。总之她们刷一次肯定不行，就得各种找角度，找好几次才能刷到她们自己的名儿。刷脸机笨，分不清啊。

哈哈哈哈。

喂，学霸，现在男生们也都可注重颜值了，你也做一个吧。

不做。身体发肤，受之父母。

妈妈在这里呢，同意你做。她连忙说。

您可算了吧。

在"身体发肤受之父母"和"母亲逼你做双眼皮"这两者之间，你觉得遵照哪个做才是孝顺呢？她问。

艰难人生，请勿挖坑。儿子远远地白了她一眼。

学霸今天忙什么去了？二小姐问。

吃饭呗，和同学。

吃的啥？

粗粮坊，不过一粒粗粮也没见着。

那很正常呀。商家嘛，主打的就是一个概念。真做粗粮你能吃得下？都是假装粗粮的细粮，和假装荤菜的素菜一样，谄媚你们的胃，安慰你们的心。

你们吃饭都怎么买单啊，AA吗？她比较关心这个。

可以说是项目AA，一个同学请奶茶，一个同学请唱歌，我请吃饭。

那请奶茶的同学可省钱了呀。

大小姐也嘎嘣脆地笑了，我也想说这个。

唉，不要计较这个。再说了，奶茶也不一定便宜。

照相了没？二小姐问。

没。你们女生就是爱照相，也不知道有什么可照的，有什么意义。

就是玩嘛，谈什么意义。

所以手机的美颜功能才开发得那么花哨，就是为了哄你们女生玩。真想不通你们为什么那么爱照相，那么爱合影。

有个古早的固定词组叫"合影留念"，没听说过吗？就是为了留念呀。尤其是合影，更代表着留念。二小姐幽幽道。

为什么一定要合影才是留念呢？留念方式可多得很。

那不一样。

有什么不一样的。还有,留念这个词也很奇怪,留什么念,又不是不见了。

这一次见和下一次见,肯定是不一样的。每年回来,每年照相,你把一年年的照片放在一起看,一定会发现点儿什么。

还能发现什么,还不是大家都老了。

哈哈哈哈。

……

他们在说老。老,如今对这个字,她已经很敏感了。老朋友,老物件,老房子,老家具……老自己。年轻人说起老来毫无障碍,那是因为隔靴搔痒;老人们说起老来自然而然,那是因为水到渠成。而她呢,人到中年,朝着两头张望,一边是回不去,一边是未到来,一边是越来越远,一边是越来越近。远的并不想远,近的并不想近,能怎么办呢?

没办法。只能手里忙活着,默默地听着他们说话。能插上几句就插上几句,插不上就专心致志地听,还努力地想去记。其实能记住的寥寥无几,她也知道,可她就是觉得这个过程很迷人。他们的这些闲话意味着什么?什么都意味不了,但是,似乎也意味着一切呢。

3

突然想起八岁那年去照全家福的事。那是她童年记忆里第一次照相,也是唯一一次照相。在一个清晨,全家很隆重地出发了。家里原本只有两辆自行车,为了去照相,还借了两辆。那种加重的、带着横梁的28式自行车。春天,麦苗正在返青,绿得生机勃勃,散发出淡淡的清新气息。父亲载着奶奶,大哥载着母亲,二哥载着弟弟,姐姐载着她。父亲的车在最前面,像是率领着一支小小的队伍。路上碰到熟人打招呼,问,这一大家子人去干啥呀?父亲回答,去照相。哎哟,照全家福啊。嗯。

印象里,几乎所有人听到父亲"去照相"的回答时,都会"哎哟"一声。那时照相刚刚在乡间兴起,算是一件时髦的事,因此也多半是年轻人的事。

全家都去照相，在村里之前应该没有过，所以才会引出那么多"哎哟"。其中蕴含的讶异，恰到好处地印证着专程去照全家福是多么稀罕，让她小小的虚荣心得到了波澜起伏的满足。父亲甚至没有选择镇子上的照相馆，对镇子上的照相馆都有些看不上了。他们去的是市里。

至于为什么会去照相，在整个过程中，很奇妙地，没有人问起，也没有人谈起。仿佛去照这个全家福，是一件极不正常又极正常的事。因为极不正常，所以没人说起；也因为极正常，所以无须说起。逐渐长大之后，一个问号才慢慢画出来：为什么呢？为什么要去照那张全家福呢，在那个时候？

没有答案。

多年之后，她一次次地想起那个场景：四辆自行车。父亲载着奶奶，大哥载着母亲，二哥载着弟弟，姐姐载着她。没有比这更合适的搭配了。照相时的格局是两排：前排坐着三个长辈，奶奶居中，父亲在左，母亲在右。五个孩子站在后排，中间是大哥，左右依次是姐姐和二哥，她和弟弟把着两边儿。也没有比这更合适的格局了。

一切都是那么好。没有多一个人，也没有少一个人——没有爷爷，但他们并不觉得缺少他。他很早就不在了，到现在至少已经三十年了吧，连大哥都没有见过他，连父亲都记不得他的样子。爷爷已经不在这个家里太久，很难想象他和奶奶坐在一起的样子，他于他们而言，只是概念上的亲人。

她穿着一件黑红格子外套，羊角辫子上扎着大红的蝴蝶结，脸上也搽了胭脂。

那张唯一的全家福里，没有一个人笑。

第二年，父亲去世了。

过了五年，母亲也去世了。又过了四年，奶奶也去世了。十年间，老人们都去世了。在老人们陆续去世的过程中，他们又照过几次全家福。照着照着，老人少了，孩子多了。照着照着，老人又少了，孩子又多了。就是这样，人少，人多，人多，人少。让她惊叹的是"全家"这个词的弹性：可以那么大，也可以那么小，可以人多，也可以人少——好像就是人少人多加剧着照全家福的必要性。在世的活色生香,于镜头里皆得见。去世的沉默寂静,于镜头的空白处也皆得见。

4

饺子包好,坐锅烧水。大闸蟹也上屉开蒸。她早早就在熟悉的店里预定好了八只大闸蟹。刚刚入秋,大闸蟹还不是很肥,要搁往年,她会再往后延一延,等一等最好的时令。眼下还等什么呢?能让宝吃着,这就是最好的时令。

一边在厨房里锅碗瓢盆,一边耳听着客厅那里聊得火热。

大姐,对象谈得怎么样了?

正谈着呢。

你这年龄,可得抓紧啊。

住嘴。再过几年你就会知道有姐姐在前面为你顶着有多幸福了。

二姐,你有没有三十五岁危机?

你可真能把天聊死。什么三十五岁危机,我三十岁还没到呢,没看今年最火的电视剧吗,三十也不过是《三十而已》,三十五又怎么样?

不是说性别意义,是说职业意义。IT行业三十五岁就是一个坎儿。

那倒是。要是到了三十五岁,还没做过什么特别有名的大项目,就得偃旗息鼓,该考虑往管理岗转型了。技术更新得太快,三十五岁的老人家一般都跟不上趟。就是勉强能跟上趟,别的方面也会扯后腿。比如我的领导,那么能干,这一两年肯定也得离职,因为想要生孩子嘛。她那个年龄,不能再耽搁了,总是在念叨着得回家备孕。我就等着她走的那一天吧。

你要这么想的话,二姐,别人也会等着你那一天的。

所以我不结婚,不让后面的人等到那一天!

哈哈哈哈。

大姐,你天天早出晚归的,好像比过去更忙了。忙啥呢?

请人喝茶。

喝什么茶？

查人呢，傻瓜。我管纪检这一块儿，整天负责查人家的小黑料。

能查到吗？

只要查，肯定能查得到。

人人都能查得到？

对。

真可怕。会开除吗？

要看情况。国企开人，都是因为违纪，没有人会因为工作不力被开的。无论你干得多差，最多就是被下放到基层机构，被开的全都是因为收了这样那样不该收的。唉，干得不好就是平庸，干得好呢也容易出问题，这个分寸很难掌握的。

对了，我们是忙上班，你这是忙什么？饭局这么多，社交达人啊。也太社交了吧？这才在家里吃了几顿饭呀？

每次回来不都是这样吗？两顿正餐，一顿家里吃，一顿和朋友们吃。

这话头让她忍不住了，从厨房里跑出来接茬说，之前你每次回来都能待一个月，这次只待几天，情况不一样，就不能像以前那样分配额度。如果你只回来一天，难道也要分出半天给你的朋友们？家里和朋友们的份子，难道能均等吗？

哦，原来你是这么想的。我想着之前从来都是这样嘛，就没想那么多。

以前这样就对吗？

哎呀妈妈，看把您气的，都说出鲁迅先生的话了——从来如此，便对么？

哈哈哈哈。

妈妈，别生气。姐姐们都在，可以作证。这样，您说个比例，在家吃几顿，在外面吃几顿，您规定好，我照办。

她没来得及反应，大小姐和二小姐像说相声一样开始了。

我来规定吧。以后呢，只能和你的朋友约早餐，去喝胡辣汤吧。

早餐？大姐你可真想得出来。

哈哈哈哈。

要么这样，你不是说请你吃饭的人太多吗，总有主次轻重之分吧。你可以申报项目，把所有的邀请都报上来，我们几个一一评审，过审的项目就可以安排。

哈哈哈哈。

对了，你还可以这样，把你各路的朋友："海龟"的、高中的、初中的、足球球友、网友球友、乒乓球球友等等等等，约到一桌上，请一大顿，批发式搞定。

哈哈哈哈。

对了，你还可以这样，把朋友们约到同一家饭店，定好不同的包间，你像我们领导一样，挨个儿去包间敬酒。我们领导管这叫"串摊儿"，是批发的升级版。

对了对了，你还可以这样，每次正餐吃两顿，先在家里吃一下，再到外面吃一下。这样你一天能吃五顿饭。如果还排不开，就再加个烧烤消夜什么的吧，一天六顿。这样下去，你简直可以搞吃播了。

哈哈哈哈。

别逗了你们。

对了，你实习的感觉怎么样？

好啊。同事们都对我挺好的。我年纪最轻，资历最浅，学历最低，技术最差……

还排比句呢。

实际情况嘛。年纪最轻的不一定资历最浅，资历最浅的不一定学历最低，学历最低的不一定技术最差……我是所有短板俱全。人家都是硕士博士的，也都不嫌弃我，还都主动教我，氛围真的很好。前两天我要走，正赶上团建，就一并欢送了我一下，我都被温暖得快哭了。

可别瞎感动，等你正式入职就是另一码事了。团建的本质嘛，就是表演，表演其乐融融，表演团结一心。

哈哈哈哈。

那到时候再说吧，反正我这个阶段就是享受。

对了，照相了没？

又是照相。没照，为什么要照相啊？

照相非要为什么吗？不为什么也可以照相呀。

如果你非要问为什么，我也能给你一个响亮的答案：想看看有没有帅哥！

5

漫长的青春期，她都不爱照相，因为觉得自己丑。她变得热衷于照相，是从谈恋爱时开始的。谈恋爱后，他说喜欢摄影，约她去旅游，穿着贴满口袋的马甲，拿着个相机，一副煞有介事的样子。他让她站在这儿，站在那儿，摆这个姿势，摆那个姿势，这样逗着她，那样逗着她。照片洗出来，她的笑容很多，他赞她美，她也觉得取景框里的自己不一样了，眉目之间，像是换了一个人。

新婚时，跟着他单位的人去旅行，之前跟他说，要他借个相机，想要多拍点儿照。此时他对摄影已经兴味索然，没有借，说一个关系不错的同事带有相机，可以借人家的相机照。两人为此吵了一架。但免费旅游的机会不多，去还是要去的。她远远地和他同事的相机拉开着距离，敬而远之。照片照得很少，照出来的也没有一张好的，倒也没什么遗憾。

等到手里宽松了一些，她就补偿似的，前前后后买了好几个相机。用胶卷的老式相机就换过三个，淘汰掉后，就是卡片机、单反、微单，什么都有。逮住个什么由头就会拎着相机去，照啊照啊。到底也不知道照了多少，还喜欢挑出好的洗印、装册。多年过后，搬家，整理房间，她赫然看到一摞体积惊人的大相册，全是合影，培训班结业的，同学聚会的，同事聚餐的，单位会议的。她毫不犹豫地都扔掉了。小相册里也有很多小合影，她仔细翻检了一遍。曾经不错的朋友，现在居然叫不上名字的，她也毫不犹豫地扔掉了。还有越来越厌恶的那种人，想起来就觉得厌恶的，她也扔掉了，只是扔之前把自己留了下来。可看着自己这半张又觉得怪异，明明是张合影，此时只剩下了一个人,那个被剪掉的人就真的剪掉了吗?末了,她还是把自己也扔掉了,仿佛是殉葬。

和丈夫离婚时,宝正上高三,已经拿到了七个大学的offer(录取通知),都是国际名校。这些offer仿佛也是他们离婚的offer,两个人终于离掉了彼此都想离的婚。但还是一起参加了宝的高中毕业典礼。典礼结束,其他家庭都是孩子和父母一起照相,前夫看了看她,她没看他,想要走,又有些踟蹰。终于,前夫说,照个相吧?她没说话。宝这时刚帮别人照了相,那个同学也过来说,我来给你们照。宝便一边揽住父亲,一边揽住她,不由分说地,拍了那张合影。她不想笑的,可是宝在揽着她啊,她便笑了。后来看照片,几乎看不见她的笑意,可是她知道,是有的。

照相的时候,又甜蜜,又委屈,又感慨,五味杂陈。

宝后来劝她说,不是什么大事,不重要,不要太在意。

他一连串的"不"让她突然有些懊恼。

既然是这么不重要的小事,那干吗还要做呢。她说。

宝不说话了。不说话的宝有些可怜,她的心迅速地软了下去,跟宝道了歉。宝拍了拍她的肩膀。

出国后,照相成了他们母子之间的一个高频词。为了照相,他们还时常有些龃龉。比如,她让他发照片给她,他总是顾不上,总是应付她,有一次还发了小火,说,妈妈,我不是在玩,学习任务很重的,你就别烦我了。好像让他发照片,是在陪她玩的一种方式似的。她沉默了一会儿以示情绪,其实也不过两三分钟吧,便回复道,对不起啊大宝,你忙吧。

宝也沉默了两天后,发来了两张照片,说,妈妈,对不起。

她一边掉泪一边回了个大大的笑脸,说,没关系啊我大宝。

有一次,他支差给她发来一堆街景,她一张一张地看着,看着看着就气得笑了起来。这个熊孩子,她是为了看街景吗?又不是没有出过国,她稀罕看街景吗?

还有一次,两人半开玩笑地聊起来照片的事。宝说,要不要签个合同啊,比如,每周发一次照片,每次不少于五张,背景要不同,面部要清晰,还要有表情，露出八颗牙最好……母子两个商量着，就乐了起来。

她建了好多个文件夹，收藏着宝发来的所有照片。他的录取通知书，他租住的房间，他去谷歌参观时的临时通行证，他和朋友们去看 NBA 总决赛时偌大的球场。他去中餐馆吃饭，点了凉皮和肉夹馍，有一次还点了"左宗棠的鸡"。他去哈佛比赛，嫌酒店既远且贵，就在草坪上过夜，买了个小帐篷，照片里的他从帐篷拉链里探出了黑黝黝的脑袋……她统统都分门别类地收藏起来，有空就看，有空就看。

大二回国的时候，宝从老家回来，去洗澡，她偷偷翻了翻他的手机，想看看里面有没有新照片。果然有。其中有两张里，多了一个中年女人和一个女孩子，前夫的嘴角微微上挑，表明他在笑。女人则笑得很努力，看着很温柔，温柔得几乎没有形状。女孩子没有笑，十五六岁的样子，脸上绷得很紧，是一副想要拒绝又不知道该怎么拒绝的倔强又尴尬的神情。齐刘海并不很齐，凌乱的那几根头发挑动出不逊和不驯，也隔着虚拟的空间，针一样地刺痛着她。

唯一让她舒服的是，宝没有笑。但她还是朝着宝发作了。问宝，为什么要配合拍这张合影。宝用浴巾擦着头发，道，不就是张照片吗，爸爸也不容易嘛。她道，我容易？宝说，都不容易。所以，差不多得了妈妈。

她没话说了。她不希望孩子有后妈，可自己又不能回去。回不去了。还能怎样呢？她的前夫永远是孩子的爸爸，这是决定性的结果。所谓的前夫前妻只是他和她之间的，对于孩子而言，只有亲生父母，没有前爸前妈。

后来，那女人还是带着孩子走了，据说是跟前婆婆水火难容。她听到消息后长长地松了一大口气，再看宝和奶奶的合影，觉得这位前婆婆慈眉善目了许多。

6

饺子煮好，大闸蟹也蒸好了。还有一道清蒸鲈鱼和一个烩菜，是早就备好的料，出菜快得很。烩菜里有竹笋、白玉菇、牛肉、火腿、豆角、木耳、粉条等种种，整个儿就是乱炖，看着卖相一般，味道却很不错。

一切齐备，开始吃饭。先吃蟹。如以往一样，每个人都笨手笨脚地剥着螃蟹。到底是北方人，不习惯吃螃蟹，每次吃螃蟹都像是第一次，一边吃一边吐槽螃蟹肉少，没啥吃头。

你们都没有喝过茅台吧？

没有。

要不要喝点儿啊？她提议。

不！三个孩子异口同声。

我希望你们人生第一次喝茅台，是和我一起。

三人全乐了。说喝茅台是什么重要节点吗？重要节点必须喝茅台吗？不喝不喝不喝。

好吧，那就不喝。

家里有两瓶茅台，算起来也存了快十年了。她也从不嗜酒的，可是不知怎么的，看到茅台，她就会想到孩子们，和孩子们吃饭，就会想，要是喝酒一定喝茅台。嗯，将来一定要和孩子们把这两瓶茅台喝掉。

边吃边聊天。聊什么呢？聊杨紫，聊易烊千玺，聊刘昊然，聊韩剧，聊海底捞，聊抑郁症，聊双性恋，聊健身，聊平板支撑，聊动感单车，聊漫威，聊桃总为什么叫桃总，聊死士为什么叫死士，从正播着的《中国好声音》聊到了《乐队的夏天》，聊整天加班头发都要掉光了，聊买假发片。

终于吃完。宝去了房间，好一会儿都没出来，她便跟了过去。还是在收拾行李。行李总是这样，不到临行时就不可能收拾妥当。巨大的行李箱摊开在地，真当得起一个乱字。不过在她眼里，这是气势磅礴的乱，也是欣欣向荣的乱。她目不转睛地看着宝拎拎放放，取取拿拿，他在家的时时刻刻，她都想跟在屁股后面看着。看不够。

妈妈，你去歇着呗。我整理行李很有经验的，不要担心。他说。

他大多时候叫她"妈"，撒娇的时候才会叫她"妈妈"。她耳中最动听的称呼，就是他口中的"妈妈"。把女儿比作父亲的小情人，把儿子比作母亲的小情人，她曾经很反感，但是现在慢慢理解了。情人之间爱到最美好的时候、最纯粹的时候，就接近于父母对儿女的这种爱。情人之爱是血缘之外的极致，父母之爱是血缘之内的极致。有意思的是，情人成家方为父母——血缘之外的极致诞生了血缘之内的极致。也许是两种极致之爱无从映照，就只好互相映照，哪怕映照得有些荒唐，却也在不可理喻中获得了某种理喻。所谓的天地造化，大概就是如此吧。

宝卧室的书架上，摆着几张装框的照片，都是他格外心爱的。小学时的乒乓球队合影，初中时的网球队合影，高中时的足球队合影……从小到大宝都热爱运动，球队是他业余生活重要的组成部分。她从书架上抽出一本影集，翻起来。宝的照片，她按时间做了排序。满月照，百天照，夏天露着小鸡鸡的洗澡照，幼儿园毕业的全班照，和同学去春游的，在学校操场上跑步的，代表学校去台湾进行交流的，全家游时在清明上河园穿着武士盔甲的，在家里打扫卫生的，每年过生日的，戴红领巾的，第一次坐飞机的……各种，各种。这本影集旁边，是一本大红色的小影集，装的全是他们三口之家的合影。她摸了一下，到底没有打开。手指微涩，已有淡淡的灰了。

哎哟，又在那儿欣赏呢。有那么好看？宝说。

是啊，好看。

我觉得吧，小时候的照片还挺逗的，长大以后就没啥意思了。

嗯，再放几年，就有意思了。照片如酒，是需要时间来发酵的。

您又抒情来了。

所以，你首先得现在多照，将来才能拥有很多意思。

您可得了吧。

这次回老家，照相了没？

那还用说。

给我看看呗。

在手机里，自己看。

他回老家，照例要照相，和爸爸，和奶奶。这次依然是非常正式的那种照相：老太太坐在前面的太师椅上，他和爸爸立在后面。她看到过几张，十分端庄，甚至悲怆。她不能看太久，看太久会落泪——每一张都可能会是祖孙的最后一张合影。

可笑吧，这么照相。宝也凑了过来。

可笑什么，不可笑。

妈妈，为什么一定要这么合影呢？

她看着这张脸，思忖着该怎么回答。这张脸，乍一看已经是成熟的男人脸了，在外面也一定会被人们看作成熟的男人——完全民事行为能力人，法律是这么界定的吧？可是，在她眼里，他还是个孩子。突然想起在哪里听到的笑话，一个三十多岁的男人，闯了祸被警察抓捕了，他母亲哭喊着求情说，饶了他吧，他还是个孩子啊。讲的人都乐得不行，听的人也没有不乐的。可是，此刻，和那位母亲之间，她居然也有了一种荒诞的共感。在母亲眼里，孩子永远是孩子。有错吗？没错。这世界上绝大多数的母亲都会有这样的心理吧，愚蠢得可爱，可爱得愚蠢。

请回答，妈妈。

你二姐不是说了吗，为了留念呀。她笑。

为什么一定要合影才是留念呢？视频也是留念嘛，语音也是留念嘛。

她又陷入了沉默。这个问题貌似刁钻，其实稍微梳理一下就能给出点儿说法。

很容易找到像样的答案，比如，因为视频和语音都是需要播放的，都是流动的。流逝流逝，流动就会逝去，当然不宜留念。可是照片，只要你按下了快门，就能将近在眼前的这一刻凝固且保鲜为绵长光阴。这薄薄的存在啊，就是被截取下来的瞬间真实，就是在无尽岁月里可以被反复验证的瞬间真实，就是有能力打败强大时间的瞬间真实，就是将所有稍纵即逝的珍贵的一切储存下来以便反哺和抚慰羸弱人心的，瞬间真实。

它还那么安静。安静的事物总是有种不可思议的力量，能够让人依托和信任。

——这些个话，作为回答，是不是很像样？

可她没有说。她不想对他讲太多。她不想在这个时候搞一个小型学术研讨会。

这个问题太难了吧？宝很得意。

是啊，挺难的。她说，我们还是在实践中去寻找答案吧。

妈妈——

快点儿，去照相！

7

但也不是立马就能照的。之前当然得做准备，换衣服，化妆。哪怕是在家里，是和家人一起照相，也得收拾收拾。宝屹然不动，穿着他的T恤和牛仔裤，等着女生们各种打扮后，光鲜亮丽地走出卧室，预备开拍。宝努力经营出一副没脾气的样子，下一句就露了原形，计划照几张啊？

她们全笑了。

照到满意为止！大小姐说。这是标准答案。

每个人都要站一次C位，每个人都要和宝照合影，然后，是各种角度的大合影，谁在前头显得谁脸大，脸大就是吃亏，自然了，排到最末就是脸小，脸小就是沾光。于是就挨个儿排到最前头，挨个儿吃亏和沾光。

够了吧，我要倒数五个数了。行李还没收拾好呢。宝说。他忍无可忍了。

于是就按他说的，又拍了五张，他终于解脱了，逃也似的跑回了卧室。剩下她们继续拍。她和大小姐合影，和二小姐合影，大小姐和二小姐合影，三个人一起合影，一起嘟着嘴的，一起做鬼脸的，一起瞪眼睛的，好玩啊，真好玩。对于女人来说，照相似乎就是一种特别好玩的游戏。拍照状态中的女人，或多或少都有戏精的潜质。

终于拍完，回看照片，再把满意的精修，把不满意的删去。人人都只顾着看自己。相对于自己，她更爱看宝。可是这个宝啊，只有有限的几张能看出他在笑，其他那些照片里，他的样子就是个路人，衬着女人们戏精的表情，居然也别有一种戏剧化的喜感。

她又逛到宝的房间，继续看宝收拾行李。二小姐是收纳高手，也过来帮忙参考。一大一小两个箱子，要装多少东西呢？春夏秋冬的衣裤鞋袜，帽子围巾手套拖鞋，牙膏牙刷剃须刀沐浴露，感冒的消炎的跌打损伤的各种药……庞杂得像一个小型超市。还不时有计划外的建议冒出来想要挤进去。箱子早已经鼓胀得此起彼伏，多一点儿都要崩溃的样子，但其实还是能再塞一点，再塞一点。

她看着她的宝。宝手指上的小肿块，是疣。他在国外已经发现了好几个月，却不告诉她，怕她胡思乱想。自己也不舍得去看医生，怕花钱太多。一回到家，他们就去了医院，确定了是最寻常的疣，她才松快舒展了下来。不过当晚也没睡着，在某度上查了又查。他们一起呵斥她，查什么查，"某度查病，起步癌症"，没听说过呀。

她看着宝的白牙，衬着他小麦色的皮肤，显得分外白。他一回国就去洗了牙。他洗牙的时候，她也跟了去，一边看着他洗牙，一边和医生聊天。医生问他在哪里读的大学，准备去哪里读研，听到学校的名字，照例赞叹了两声，夸奖了几句。又说几乎所有的留学生回国都必然会去看牙医，因为国外看牙特别贵，特别特别贵。也有在国外的华侨利用假期全家回国内看牙的，因为飞机票和看牙的钱相比简直可以忽略不计，划算极了。

一边看着，她一边用手机悄悄拍着。拍了几张宝的单人照，又调到自拍模式，远远地把宝框进镜头里，和宝合影。她调了静音，没有快门声，宝应该没察觉到——抬起眼，才发现宝在斜睨着她。她的脸唰地红了，仿佛是一个被抓了现行的小偷。

你这执念也太深了吧妈妈，为什么呢？宝的语气是嗔怪。有些严厉了。

她突然也有些恼羞成怒。

因为——她一字一句地说着，自己也知道自己在此刻显得很幼稚，幼稚就幼稚吧——在生活中，我们不会永远在一起，但是在合影里，我们可以永远在一起。

喊，永远。您这话听着，牙都要倒了。宝轻轻哂笑。

是啊，永远。她也笑。只能笑着，只适合笑。不这么说，又该怎么说？能说这些吗——因为我会死去啊。因为我会比你早些离开这个世界。在我离开这个世界后，你会想念我的，想念我的时候，看照片就是最简便最有效的方式。照片不占什么地方，还真是特别适合留存和思念，嗯，就是留念。

当然不能说。不能。

宝看着她的脸，愣了一下，似乎明白了什么，嘴唇动了一下，却也什么都没说。那一刻，她知道，他仿佛意识到了这是一件什么事。他的小脸很严肃。

8

第二天，她很早就醒了。确切地说，是根本没怎么睡。宝就在隔壁，他的呼吸离她这么近，她舍不得睡。还有些事情少不得要操心，尽管宝安排得井井有条，根本用不着她操心。她刷着英国的疫情，计算着郑州飞广州的航班与接下来的国际航班之间的时间，又去查这趟国内航班的准点率——准点率还行，不至于因为这趟拖累了下趟。又寻思着再给他带点儿什么药，能不能再塞进去几只口罩……

六点多，她轻手轻脚地起了床，煮好了鸡蛋熬好了粥，又去外面买了胡辣汤肉包子素包子水煎包牛肉盒子各若干。琳琅满目地摆好了一桌子早餐，宝也醒了。两个姑娘也起了床，她们三下两下吃完，和宝拥抱告别，各自上班去。

她又让宝把行李检查了一遍，护照什么的证件也一一又验视过。突然，她想起了昨晚剩下的几个饺子。

再吃两个饺子吧？她问。有些小心翼翼。

好的妈妈。

宝很痛快地把她煎好的饺子全吃了。

他们早早到了机场，他同学还没来，他们便先办着手续。终于，他同学来了，送行的有五六个人，七嘴八舌的，越发显得他们这边冷冷清清。那孩子却是一派心不在焉，有一搭没一搭地草草应对着他们，一边和宝聊得欢天喜地。忽然，她清晰地听见他父母亲在商量要不要再拍张合影，说刚才吃饭的时候拍的照片糊了,得重新拍。商定之后,他们察言观色地跟儿子提了出来,那孩子却断然道,怎么没完没了啊。又是照相,照什么照,别照啦,不照!

一群人都尴尬在那里,她也跟着尴尬起来。突然,宝就走上前去,拍了拍同学的肩膀,说,时间还来得及,照吧,赶快照。我来给你们照。

那孩子看着宝,有些蒙蒙的样子。宝又拍了他一下,呵斥道,赶快照!

原载《人民文学》2021年第6期

裘山山

一路平安

　　早上去机场，八点的航班，预约了一辆六点的出租车。下雨，还好我到小区门口后，车很快来了。司机没下车，只是让后备厢盖翘起来，我只好自己把行李放上去。一坐定，司机就连打俩哈欠，好像以哈欠问候我似的。他收住哈欠问我，怎么走？我说就走新机场路吧。他没说什么，开动了。

　　我也困，一夜没睡好，今天要面对的事让我不得安宁。可是我又很怕自己一脸倦容出现在他面前，于是想眯一会儿，养出一点儿精气神来。以我的经验，什么面膜营养霜都比不上一个好觉。每每睡了一场好觉，自己都感觉容光焕发。

　　司机师傅却开聊了，你自己叫的车吗？我说是啊。我听出了他语气里的意思，特意说，我在手机上看着你从西二环转德胜路开过来的。他哼了一声，看不出。我心想，难道我的样子像是不会叫车的人吗？真是没眼神儿，说不定我会的你还不会呢。

　　天还是黑的，大街上冷冷清清。彻夜未熄的路灯显得疲倦不堪，努力撑着，在期盼拉电门的那一刻。雨不大，空气却因此清新。这是好雨，很贵。

雨也是有地位的，春雨地位就高。"好雨知时节，当春乃发生。"杜甫早就赞过了。我猜街两边的树木正愉快地享受着。对我来说，他是好雨吗？是当春乃发生吗？我闭上眼，思绪还是理不清。

可是师傅又说话了，这条路，这条新机场路，简直不合理，妈哟，专门整我们出租车。

我没接茬，也没明白他是啥意思，只是很烦被打搅。

他说，政府还说给我们减压，骗人！全部是骗人！

我还是没吭声，希望他住嘴。

可他继续说，而且越说越生气，反反复复骂骂咧咧的，弄得我不得安宁。我终于被迫听明白了：原来这条新机场路有个规定，去时不收费，返回才收费。

应该去收十块，回来收十块才对，凭什么回来的时候收二十块？他们这样做就是为了剥削我们出租车！太黑了！

后面还跟了一串脏话。

这人的逻辑思维显然有问题。我发现很多时候，人们对问题的看法有分歧，不是立场导致的，而是逻辑导致的。逻辑混乱。为了让他停止谩骂，我婉转地说，其实这个规定不是针对你们出租车的，所有车辆都是按这个标准收费，去不收，返回收。可能有什么原因吧。

他看我接话，更来劲儿了，能有什么原因？就是几个老头坐在屋子里想出来的，想多赚我们的钱。太黑了！太可恨了！

我还是耐心地说，不会吧？你想一下，分开收二十元和单边收二十元，对他们来说收入差不多嘛。我本来还想说，过路费不是乘客付的吗？除非你是空车。但我忍住了，说多了他更生气。

他愣了一下，但继续骂骂咧咧，反正就是对我们出租车不公平。当官的坏得很！坏得很！

我只好不说话了。也许他生气，有一部分是针对我，因为这一趟我不用付过路费，我属于"去时不收费"的。可是等过几天回来的时候，我不是要付二十元吗？我占不了便宜。

他吧啦吧啦骂个不停，很多话我无法复述。耳边总有人骂街，哪怕不是骂你你也会很烦。我真无法想象这样一件事会让他生这么大的气。他是天生如此还是最近如此？也许他有路怒症？或许是被迫害妄想狂，总觉得什么不好的事都是冲他来的？

我决定转换话题，强行转换，咱们要用正能量抵御负能量。我说，今天是惊蛰呢，真正的春天到了。春暖花开了，好舒服。他鼻子里哼哼两声，到处飞起毛毛，有什么好。我继续说，我特别喜欢春天，上有天堂，下有春天。"春眠不觉晓，处处闻啼鸟"，还有"好雨知时节，当春乃发生"，你都会背吧？他从后视镜看我一眼，可能觉得我有点儿神经。我只好问，那你喜欢哪个季节？秋天吗？他说，我哪个季节都不喜欢，季节再好也不是我的，是老天爷的。

他总算说了一句还算有趣的话。

我从后面看到他的侧脸，腮帮都掉下来了，看上去恶狠狠的。看来他还是放不下过路费的事。我只好放弃春天，回到他的话题上，并有意顺着他说，其实呢，最好把所有的收费站都撤了，全部免费。

这下他高兴了，好像我是决策者，大声附和说，就是就是，撤了，全都撤了，凭什么收费？

我还来不及高兴，就发现自己失策了，因为他并没有因为高兴而闭嘴，而是把我当成了他的猪队友。我跟你说嘛，上次有一对老夫妻坐我的车去医院看病，我就骂了几句政府，说当官的没一个好人，坏得很，那老头就生气了，跟我大吵，还说不去医院了，要送我去法院！太笑人了。

我忍住没搭茬。跟不能沟通的人沟通，不仅徒劳无益，还会增加新的摩擦。看来出租车司机也该做个心理测评，不然真会影响行车安全。

我问他，你这个车是跟人合开还是自己开？他说，我自己开。我说，那挺辛苦的，这么早就得起来。他说哪里，我还没睡，昨天晚上接到你的单，我就想跑完机场再回去睡。

这更让我提心吊胆了。一夜没睡，还生气。出租车公司应该有规定，一夜没睡的不能接早上的单。我不敢打瞌睡了，我得为自己的安全跟他说话。

我用体贴的口吻说，那么辛苦，收入还好吧？他哼哼一声，马马虎虎吧。钱再多，都是拿命换的，一天在车上坐十几个小时。过了一会儿又说，女儿在读大学，压力大得很。这让我很意外。我带着一半真诚地拍他马屁说，哦，女儿都上大学了，你看着挺年轻的。他还是气哼哼的，读大学也不懂事，一天到晚买衣服。我说，年轻姑娘嘛，都爱美。他说，穿也不好好穿，穿些乱七八糟的，这儿破个洞，那儿掉截线。我说，她妈妈呢？他说，离了。离了好几年了。这我倒不意外，肯定是被他骂跑的。

我努力调节他的情绪，但收效甚微，他的腮帮子还是往下掉。做个乘客也不易啊。我又没有什么奢望，不就是想在正确的时间抵达正确的地点吗？坐过那么多次出租车，还是第一次遇到这种情形，我也缺乏应战招数。

天渐渐亮了，春天的景色从暗夜里显影出来，因为雨水更加鲜亮了。葱绿的树，还有时不时闪过的粉白的花朵，不知是杏花梅花还是海棠。我的心情顿时明亮了许多。我是真的喜欢春天，天堂的样子，就应该是雨水的样子，惊蛰的样子，春分的样子。这次之所以答应他去，也是因为春天。春天让我内心充满希冀，总觉得万物生长的大地上，或许真会长出一朵属于我的花。

可是这么美好的季节，这位司机师傅感觉不到吗？他这辈子，有没有因为春暖花开而高兴过？有没有因为清风拂过脸颊而舒畅过？

过收费站了，我们果然一路开过去，没有缴费。他恶狠狠地说，妈的，等会儿老子回来就要交二十！我说，回来你肯定拉着客人，客人付嘛。他生气地说，反正你不用付。

果然是生我的气，真是毫无道理。我不再说话。我想我是不是太好脾气了？我也应该像他骂的那个老头一样，和他做斗争：老子不去机场了，去派出所！这么一想我又乐了。

终于到机场了。清晨的机场竟然灯火闪耀，车水马龙。看来赶早班飞机的人很多，大家都想在正确的时间抵达正确的地点，以完成必须的有几分无奈的行程。

我掏出手机付款，脑子里忽然闪过一念：也许我该平复一下他的满腹怨恨，不要让他成为马路上的潜伏杀手，为和谐社会做贡献。于是我说，我多给你十元吧，算我出一半过路费。

他顿时眉开眼笑。原来他也会笑，笑起来还有几分可爱。他大声说，可以可以，那就谢谢你了。你这个人不错。我说，我也是看在你女儿的分上。他没听到，把箱子拿下车递给我，大声祝我一路平安。

这让我很后悔。我真是笨，干吗不在他一开始发牢骚时，就表态说愿意多给他十元呢，这样路上我还能清静一会儿，不必跟他聊什么春天，背什么唐诗。太失策。钱在很多时候是相当管用的，可以买清静，还可以买时间。比如追剧，如果不花钱加入会员，每集都要忍受长长的广告，一旦付钱成了会员，片头马上会出现一行讨好的字：尊敬的 VIP 会员，已为您跳过片头广告。就是这样。我应该一开始就说，我出一半过路费吧。那他的后脑勺也会跳出一行字：尊敬的乘客，已为您跳过旅程噪音。

还好，登机很顺利。

若有若无的小雨只是湿润了空气，完全不影响飞行。乘客们似乎都还在梦里，迷迷糊糊地潜入机舱，又迷迷糊糊地潜伏到各自座位上，连空姐说话都放低了声音。

我的座位不好，在中间。本来我总是选靠过道的座位，昨天因为忙乱，错过了选座位的第一时间，没有过道了，连靠窗的也没有了，只剩后舱的中间座位。好在就两小时，忍忍吧。

左右两侧都是男人。左边靠过道这位，是个中年壮汉，面色微黑，还有些沧桑。他上身穿了一件旧夹克，下身是条牛仔裤，也很旧了，头上戴了顶黑色棒球帽，帽子上印着纪念什么公司多少周年。从坐下后，他就两手放在腿上，眼睛平视前方靠背，很拘谨。我心里便暗暗猜测，他肯定很少坐飞机，也许是个农民工。

虽然人们常说不可以貌取人，但是根据大数据显示，以貌取人也还是靠谱的。有一回我坐飞机，前排一个男人，头顶是光的，后脑勺留了一撮头发，穿了件黑色中式服装。我当即想，应该是个画家吧。下机时他打开行李箱，取出长长的几卷画轴，我不禁哑然失笑。

不过我还是不能确定。他的一双手开始不安分地交叉相握，左右扭动。他的手指又白又长，不像体力劳动者。

反倒是右边靠窗的这位小伙子安静，上来就戴着耳机看手机视频，一副拒绝交谈的样子。

飞机起飞后，空姐来送报纸，壮汉不要，送毯子，他也不要。就这么一直僵坐着。送餐了，他接了过来，摆在小桌板上，也不动，还时不时瞟我一眼。我不禁悲悯地想，看来他不知道怎么开盒子。我曾经遇到过这样的同伴。我很想指点他一下，又怕冒昧。

就在我纠结时，他终于打开盒子开始吃饭了。我庆幸自己没有好为人师。接着让我惊讶的是，空姐送饮料时，他居然要了咖啡，而且不加糖不加奶，很西化。

收拾了早餐盒子，我放倒靠背准备睡觉，局促的座位闭上眼或许还宽松些。壮汉拿出耳机开始听音乐，在他把耳机塞进耳朵的瞬间，我听见了小提琴的声音。看来我的判断完全失误，显然这位是个白领，说不定还是个海归，只是不修边幅而已。我在美国的时候，看到大部分美国人都穿着随意，夏天大裤衩配T恤，冬天连帽衫配牛仔，除非是要参加正式会议或者晚宴，才把正装行头拿出来套上。

我决定放弃分析。我又不是心理测写师，管他是干吗的。刚吃了饭，血氧都跑到肠道去工作了，大脑罢工，正好睡觉。

我闭上眼，心事又浮上来。刚才关机前，我收到他最后一条短信，他说他已经安排好了，会来机场接我。我忽然有些忐忑。我真的要大幅度地改变自己现有的生活状态吗？真的要整机更新吗？他就是一个朋友的朋友的同事，三十天前还跟我八竿子打不着。但如果不如此，我后几十年的生活，真的就这么一直平庸下去，平庸至死吗？人生到底应该娱乐至死还是平庸至死？这个你只有以身试法了，而且没有改错的机会。

有人拍我，胡思乱想被打断。我睁眼，正是那位喝咖啡的壮汉。他像哑巴一样指指我座位前面插袋里的报纸，显然是想看。我连忙抽出来递给他。那是空姐送来的，应该算公物。他哗啦啦摊开报纸，报纸扫到我脸上，我只好往里挪挪，头歪向舷窗那边，继续眯眼思考那些永远无解的问题。我常用这种方式催眠。

突然，飞机剧烈抖动起来，机身大幅度起落摇晃，机舱里发出一片惊叫。我刚有点儿迷糊就被惊醒，感觉是遭遇过的前所未有的颠簸，双手立即下意识地扶住了前排座位的靠背。

飞机上正在反复广播，说由于天气原因，我们的航班遇到强气流，请大家系好安全带。

不是飞机故障就好，我暗想。身边的人开始抖腿，一定是左边这位壮汉，抖的频率很快，像发加急电报一样，嘚嘚嘚，嘚嘚嘚。我很想咳两声表示厌烦，但忍住了。右边靠窗的小伙子还算淡定，只是关了手机视频，盯着窗外。

我换了个姿势，想继续睡，实在是太困了。再说我有个习惯（或者叫法宝），每次外出遇到危险时，我就睡觉，感觉一觉醒来危险就会过去。去山区采访，行驶到那些危险的路段时，我就闭眼睡觉，不去看，不去担心，相信驾驶员。本来到了高海拔的地方缺氧，也容易犯困。有一次从睡梦中醒来，同行的人说，你居然还睡得着，刚才我们与死神擦肩而过。我想，就算不是擦肩而过，撞个正着，那我提心吊胆也没用。

但飞机持续颠簸着，让我很难再下潜到梦里。闭着眼，也能听到有人呕吐了。广播里不断地说，请大家回到座位上，系好安全带，看来是有人坐不住了。于是想起一个段子："我们抱歉地通知大家，本次航班临时改为翻滚列车。"

我也被"翻滚列车"搞得难受起来，早上吃下去的面条在胃里翻涌。这大概是我遇到的最厉害的一次颠簸。我强忍着，再睁开眼，发现我左边位置空了。看来那位喝咖啡听小提琴的壮汉去卫生间了，棒球帽和揉成一团的报纸被遗弃在座位上。

老天保佑，十几分钟后，颠簸总算过去了，飞机渐渐平稳，机舱安静下来。

这时广播里说，我们的航班还有半小时就要降落了，请大家收起小桌板，系好安全带，卫生间停止使用。太好了。我暗自松口气。可是，我左边的壮汉始终没回到座位上。怎么回事？他换到别处了吗？

我看到空姐在敲卫生间的门了。机舱中部那两个卫生间，其中一个始终是红灯。降落前卫生间停止使用，这个谁都知道。我环视了一下，所有人都在座位上，显然，里面就是我的左邻。但无论空姐怎么敲门他都不开。不会是在里面出问题了吧？

空姐只好用钥匙打开卫生间的门，对着里面说，先生，请您回到座位上，飞机马上要降落了。

没人出来。大家都盯着卫生间。

空姐劝了好一会儿，没用，乘务长来了，又是一番劝说，还是没用。怎么回事？是呕吐得太厉害了吗？如果不出来，会影响降落吗？大家都开始感到不安。

我忍不住站起来走过去，空姐以为我们是一起的，没有阻止。卫生间的门开着，我看到那壮汉坐在马桶盖上，头伏在洗漱盆上，一动不动。我冲着他大声说，落地了！下飞机了！

他终于抬头了，即使肤色偏黑，也能看出面无血色。他手上可怜巴巴地捏着塑料袋，衣服前襟上有着星星点点的污迹。他费力地站起来，身子有些晃悠，两个空姐立即上前搀扶住他。

举座皆惊。这么一个壮实的男人，竟然被吓到那个地步。他被搀扶到座位上，立即瘫倒下去，一屁股坐在自己帽子上。跟着，飞机咚的一下着陆了。机舱里响起集体松气的声音，很响亮，很悦耳。我虽然貌似淡定，但也盼着迅速踩到坚实的大地上。

有人马上开始打电话了，刚才好吓人啊，我们遇到强气流了，我差点儿吐了。

可是我的邻座依然紧闭着眼，面如土色，一动不动，仿佛还在死亡线上挣扎。我想侧身挤出去，很困难，他块头太大。我只好拍拍他肩说，麻烦让一下。他咕哝了一声对不起，但身子仍不动。也许他的身子不听他的指挥了，真正吓瘫了。

幸好空姐很负责，又过来扶他。我终于得以离开座位。

一场颠簸竟然把他弄成这样，真让我瞠目结舌。或许不是吓的，是他的平衡能力特别差？据说人和人的差异，超出了人和动物的差异，我今天算是真正见识了。

我一边朝外走一边打开手机，急于知道朋友在哪里接我。

不料竟看到朋友发微信说，他临时有急事，不能来接我了。

今天这是怎么了，出门没看皇历吗？落地时我还想，终于不用再和陌生人打交道了，不想还得继续战斗。他说他为我叫了一辆车，把司机的手机号告诉了我，还说中午会过来和我一起吃午饭。

我隐忍着，准备回复一个"没关系"，还没发出去，一个陌生电话就打了进来：你是不是某女士？我是来接你的专车，我在停车场，一辆白色奇瑞，车号是……他一口气说完，我得以应了一个好。然后继续回复微信：没关系，我已经和你预约的车联系上了。

他会遇到什么事呢？肯定很重要，否则不会爽约。是他请我过来的，还给我买了机票。转念又想，不来接也好，此刻我状态那么差，先去酒店小憩一下或许更好。

我还是很擅长安慰自己的。当然，是个中国人都擅长安慰自己。比如丢了钱，会说舍财免灾；打了碗，会说碎碎平安；胖了，会说富态；瘦了，会说精干。总之都可以找到说辞。

清冽舒适的空气迎面扑来，把我从机舱里带出来的郁闷吹散了。显然，此地也下了一场好雨，好雨完成任务就走了。

我很快找到了车，远远就看到一个小伙子站在一辆白色小车旁张望。他见到我，马上对上号了，上前接过箱子，态度很好地说，您就是某女士吧？请上车。我习惯地想坐后面，他抱歉地说，可以请您坐前面吗？后面有孩子的座位，没来得及收。

我瞟了一眼，后座果然有个儿童座椅，还丢了些小毛毯玩具什么的。照理说他应该收拾好，等我的时间足够了。他显然是懒得收，估计是下午还得用。我坐到了副驾驶的位置上，挺好，一个奶爸开车，或许更让人放心。

车上似乎有气味，也许是孩子经常坐车的缘故？我系好安全带，他递给我一瓶矿泉水，显得颇为专业地说，现在咱们去酒店。我说好，有些没精打采。

和司机并排坐着，让我不好意思闭目养神，但也不想说话，我就拿出手机看了下股市，小小操作了一下。又打开电子邮箱，收了两封邮件，简短做了回复。再去看朋友圈，点了几个赞。把这些琐事处理了，到酒店就可以小睡一会儿。

奶爸司机一边开车，一边时不时扫我两眼，感觉到他是想和我说话。好吧，我关了手机。他马上说，您是公司老板吧？我说不是。为什么觉得我是老板？他说，就是吧，感觉你像个女强人。

我暗笑。虽然涉嫌马屁过度，但远远好过早上那个路怒症司机。我回问他，你是兼职开车？他马上点头说是，就是吧，有了孩子，开销太大。我说，现在已经十点多了，你今天不上班吗？他说，我是下午三点上班，每天上午送了孩子跑两单。我说，还有这么好的工作？他有些不好意思地笑笑，就是吧，我在一家酒店做厨师，下午三点到晚上九点。哦，原来是厨师。我反应过来了，车上有厨房的味道。

他特别爱说"就是吧"，听得我难受，真想给他删了。但我还是第一次遇见厨师，挺好奇的。我说，你是烹饪学校毕业的？

他说是的。我说，听说你们烹饪学校的毕业生很走俏，毕业前就抢光了。他没否认。我又说，听说还有好多被各国大使馆抢去了，去外国烧菜做饭。他说是的，我们班就有。我说，你怎么不去呢？他说，女朋友不让，她是独生女。

奶爸厨师司机好像对我关注他的职业没兴趣，回答我的语气都很对付，看得出并不是他不热爱这个职业，而是有些心不在焉。

他忽然问，老师，你是不是特别会玩儿手机？

我说，还行吧。

他说，我想请教你一件事。

我的虚荣心上来了，什么事？

虚荣心真是害死人。我当时应该说，不行我不擅长。或者说，玩儿手机肯定是你们年轻人厉害。我干吗去管人家的事，我应该闭目养神，我的神经急需养护。但他马上开始讲了，就是吧，这个事已经好几天了，搞得我心神不宁，又找不到人说，我跟你说说。

我只好默许。

他说，就是吧，我有个同学，叫李四，这个月初被车撞死了。

我心里咯噔一下，好像那个撞字是个动作，直接撞了过来。

他却很淡然地说，他夜里下班回家，骑个电瓶车，被一辆大货车拐弯的时候撞上了。就是吧，刚好是个死角，把他一下撞倒在河边的护栏上，头破血流，当场就死了。

我说，天哪太惨了。

他说，我们班同学群发了讣告，有几个同学还去他家看了，孩子才两岁，唉。后来，就遗体告别什么的，安葬了。我都没去。就是吧，我每天早上送孩子去幼儿园，下午上班到夜里，根本没时间嘛。不过我还是给了份子钱的。

我心说，你主要是舍不得挣钱的时间。但我说出来的话是，这和手机有什么关系？

奶爸厨师司机说，就是吧，他安葬以后，我就想人都死了，就把他微信删了。反正我也没和他聊过天，加了跟没加一样。他不爱发圈，我也不爱发，我们连点赞之交都没有。

我还是不得要领。这不很正常吗？我的微信好友也有很多这种状态，有时候我都忘了还有这么个人存在。不过，近几年我也有几个朋友去世，我一直没删他们的微信，因为我们曾经有过珍贵的聊天。

他终于转折了，没想到，过了两天，就是三天前，早上起床，我忽然收到他的一条微信，上来就是：你好，我是李四。真把我吓死了。他怎么会给我发信息？我看了下时间，是夜里两点发的。

我也吓了一跳。我问，会不会没有删掉，他家里人发的？

他说，不不，我完全删了，我连他电话都删了。我查了通讯录，没他的名字。我老婆让我把手机重启一下，我就重启了。但是第二天早上又来了，还是一句：你好，我是李四。我差点儿没把手机扔了。

我心里有些发毛。若是我遇到这事，也会三魂吓掉两魂。

他接着说，我老婆胆子比我大，她说，你回一条试试看呢？我就回了两个字：你好。结果弹出一行字：对方还不是你的好友。你说，你说吓人不吓人？

是有点儿吓人。我说，看这情况，你的确是删了他的微信号。但他手机上的微信号还没删，否则应该出现"对方账号异常"才是。

奶爸厨师司机说，对对，肯定他的微信还在，可能他老婆舍不得删。就是吧，昨天晚上睡觉的时候，我生怕再出什么幺蛾子，就把手机拿到厨房去放着，想尽量离我远点儿。

我说，你关机不就行了？

他说，不行，没用，这几天我都关机了。就是吧，我设置成早上七点定时开机，今天早上我第一件事就是看手机，果然又收到了，还是那句话：你好，我是李四。你说这是咋回事？闹鬼吗？

我真后悔让他讲这些。我虽然喜欢侦探小说，但并不打算亲临案发现场。幸好高速路两旁鲜花盛开着，有一段是迎春花，有一段是蔷薇。天上是蓝天白云，人间阳气十足。若是刮风下雨，肯定更心里发毛。

我瞟了一眼奶爸厨师司机，他不像是恶作剧，一脸担惊受怕的表情，偶尔看我的时候，眼神里流露出惊恐和无助。现在，他的身份不只是奶爸厨师司机，还增加了一个恐惧症患者。

好吧，既然揽了瓷器活，总得假装有金刚钻。我做出淡定的样子说，我猜，你和这位同学的关系不好。

他很意外地看我一眼，嗯，不算好。

我说，不是不算好，是很不好。对吧？

他又看我一眼，惊诧莫名。

我说，你别看我，看路。你们之间是不是发生过冲突？

他含糊地说，冲突倒没有，就是吧，我烦他。

为什么？我问。

他沉默了一会儿说，不好说。就是吧，有时候同学聚会，他去我就不去，看到他我心里别扭，我也不想假装热情。

我说，人和人的关系大部分都一般，能成为好朋友的就几个。但你们是同窗，曾经近距离相处过，如果关系不好，通常是发生过冲突。

他还是支支吾吾的，他那个人，怎么说呢，就是吧，人都死了，我也不想说他坏话。

这种表达我们常见，是一种还算善意的掩盖，为对方，也是为自己。于是我试探着揭秘，是不是你们之间有过情感纠纷？比如，你们喜欢过同一个女生？然后……

他吱的一下踩了刹车，吓我一跳，话也被卡住了。好在他很快稳住了，只是脸有点儿发白。我明白了，不再往下说，不能搞得我像个巫婆似的。但我心里还是有点儿小得意的。

我们的车下了机场高速，进城了。太阳明晃晃的，车流量增大，街边人头攒动，可谓阳气爆棚。

奶爸厨师司机说，老师，你有点儿厉害哦。

我咧了一下嘴，感觉自己气血很旺，嘴角都要起泡了。

忽然手机振动，我又收到他的信息了，还挺长：

你到酒店了吗？非常非常抱歉，我中午也不能过来了。事情很棘手，一时半会儿搞不定。以后见面再解释。我先让我一个朋友过来陪你好吗？我晚上一定过来。

我有点儿发呆，想不出该怎么回复。我不能再回复"没关系"了，我又不是过来等皇上召见的臣子。我想了一下，一句话没回，默默将他的微信拉黑。

奶爸厨师司机继续倾诉，我们之间那些破事儿我就不说了，你肯定也不爱听，你也能猜个八九不离十。就是吧，我想知道，他干吗老给我发信息？他老人家的在天之灵干吗不放过我？我都原谅他了。

我放下手机淡定地说，我猜，可能是手机程序出错了吧，是自动发送的。

"你好，我是李四"这句，估计是他平时加好友打招呼的话，你删了以后，他又自动来加你。就这样，哪有什么在天之灵。

他还是疑惑，会自动发送？那干吗只发给我？我问了我们班上两个比较要好的哥们儿，他们都没收到。

我说，他惦记你嘛，你们关系特殊嘛，你们的结还没解嘛。

我说得有点儿恶狠狠的，带了几分不耐烦。说到底，我们对陌生人的善意还是有限的，何况我心里刚添了堵。

酒店到了，是一个很普通的连锁酒店。奶爸厨师殷勤地帮我把箱子拎下来。他放下箱子后，仍可怜巴巴地看着我说，老师，你再跟我说说嘛，我该咋办？

好吧，送佛送到西天。我说，其实你不用紧张，实在不行就换个手机。活人还能被死人掐住脖子？再有，如果你真的想让自己好过一点儿，就去给他扫个墓，正儿八经给他送个行。

这下他脸上有了笑意，还过阳来，哦，对哦，我怎么没想到。我去给他扫个墓，正好要到清明节了。我去跟他告个别，做个了结。

其实人生就是不断寻找平衡，平衡了才舒坦。你去扫墓，我原路返回，我们都可以找到平衡。

他没明白我这几句突兀的话，急于想走。我说，加个微信吧，司机师傅，我也想知道你后来怎么样了。就是吧，这样的事，百年难遇。

他笑了，摸出他那个闹鬼的手机。

原载《北京文学》2021年第7期

温亚军

见面礼

只要是碎舅来，不管是下午还是深夜，母亲第一句话总是问他"吃了没"。母亲从没换过别的词，她似乎也不打算换。为此，刚升小学三年级开始上了几天作文课的弟弟从炕上爬起来，当着碎舅的面纠正母亲："妈，你能不能讲点逻辑，这三更半夜的问碎舅吃了没，到底指的是明天的早饭还是今天的晚饭？"母亲会顺手砸向弟弟一些物什："给你的逻辑！"有次，母亲手里拿着顶门杠，刚给碎舅开了门还没放下，要不是碎舅反应快将顶门杠抓住，母亲没扔出去，估计弟弟就惨了。弟弟不长记性，下次碎舅来，只要是母亲问"吃了没"，他照样反驳。

母亲这样问自有她的道理。外公外婆去世早，还没成家的碎舅跟着大舅一家过日子。大舅生性懦弱、木讷，对精明能干的大舅妈言听计从，他只埋头干活，家里事情都是由大舅妈操持，自家子女的成长、学习都是如此。碎舅在大舅家的屋檐下，得不到大舅的庇护，大舅妈心思在自家孩子身上，眼里哪有碎舅的影子，碎舅自然是矮人一头。幸好有个比碎舅小两岁的侄女红娟，是碎舅陪伴、保护着一起长大的。红娟视碎舅为一家人，而且是长辈，以前一起上学放学，饭好了喊他，衣服破了帮他缝补，碎舅才不至于经常饿肚子、穿破衣服。可碎舅饿肚子的时候肯定是有的，比如侄女偶尔走个亲戚或者去知青点找那个女知青瑛子，俩人闲扯起来没完，经常错过饭点。舅妈做好饭从不喊碎舅，爱吃不吃，她认为没有侍候小叔子的义务。

碎舅生性腼腆，当然也懦弱，与大舅是一个娘，性格里怎能少了这一点。他有时从地里回来迟误了饭，红娟会给他盛好暖在锅里，可红娟不在家没人操心，回到家冷锅冷灶，连点残羹剩饭都没有，他又不便重新生火做饭，只能饿着肚子。尤其是晚上，白天干活体力消耗大，没点进食，饿得撑不住，就走三里多的路来我家，保证能填饱肚子。当然，碎舅饿肚子也不是常态，红娟跟外面没多少交往，初中毕业后没考上高中，还不到下地上工的年龄，在家帮舅妈打理家务，对碎舅缺不了照顾。只是到了晚上，大舅一家人钻在屋子里有说有笑，碎舅一个人在自个儿屋里没事干，他又不能厚着脸皮钻进大舅他们屋子，凑上去听人家说话，睡觉又太早，实在无聊。红娟偶尔会进他屋说几句话，也是红娟说得多，特意找话，安慰似的，碎舅也就应答，回应红娟的安慰。这样一来，倒让红娟越来越不知道说啥，说啥都让碎舅回应得小心翼翼。就是说，碎舅大多夜里来我家，打发夜晚的孤寂、排遣孤单的因素更多。可母亲不这样想，她固执地认为是舅妈不给碎舅留饭，故意饿着碎舅。母亲一边骂舅妈，一边点火要给碎舅做饭，碎舅拦不住，也解释不清，脸憋得通红，一着急便有些磕巴。弟弟有次偷偷地对我们说，妈再这样不讲逻辑，非得把碎舅逼成磕巴不成。他背地里已经悄悄地叫磕巴舅了。

星期六晚上，父亲骑着自行车从公社回来度周末，母亲叨叨个没完，父亲为了不听母亲的唠叨，迅速扒拉完饭，打着手电筒带我们几个去打麦场学骑自行车。这是我们的节日，惹得村里的小孩围满了打麦场，他们羡慕地看我们兄弟几个轮流骑车，还是不怕摔坏的公车。

碎舅经常会出现在那些观看的小孩堆里，只要一看见他，弟弟就有些得意忘形，会大声喊起来："磕巴舅，磕巴舅，到跟前来，我这轮让给你骑。"

父亲听着不对劲，厉声制止，高举起的手落在弟弟头上，像柔软的梳子理顺弟弟的头发，并没制止住弟弟的张狂。他喊得更来劲，还空出一只手冲着碎舅的方向挥了挥，要不是一只手的控制力度不够，自行车开始七扭八歪地不听使唤，他大概还要继续挥手绕上一圈，享受这种被艳羡的快感。父亲面子上过不去，待弟弟把车子骑稳，才将射向自行车的手电光收回，忽地抡到碎舅脸上，命令道："他碎舅，过来！"

碎舅扭捏着，从孩子堆中挤出来，一手挠着头，一手扯着衣服下摆。他只有在父亲跟前才这么紧张，可能在他心里，父亲不只是他的姐夫，主要还是公社的干部。但碎舅没法控制自己，走三里路来打麦场就是为凑这个热闹。

碎舅走到我们跟前，无论轮到谁，都会把自行车让给碎舅骑，可他连连摆手，身子像碰着火似的往后退，退到离自行车两三米的地方，着急起来更磕巴，惹得扶着自行车的弟弟狂笑不已。弟弟往前送，碎舅向后退，一个坚决要让，一个坚决不骑，惹怒了父亲："回！"一字定音，我们只能悻悻地回家，心里埋怨着碎舅。碎舅讪讪地跟在后面，为提前中止我们的骑行体验而深感不安。但到了下次，相同的情景依然重演一番。

有个周六晚上，父亲突然放慢吃饭速度，对母亲说："哪天我给大队说说，让他碎舅去南山看秋吧。"

母亲顿时眉开眼笑，给父亲夹了一筷子菜，说："这就对了。以前给你说，还给我扣大帽子，说咱干部家亲戚不能搞特殊化。不就看秋吗，也不是轻松活儿，钻深山里冷清，夜里蚊子还多……"

父亲吸溜了一口玉米糊糊，烫到嘴似的："那就算了，别让他碎舅去受这份罪。"

"别别别，"母亲急了，"你是干部，可不能这么快反悔。你看看，他碎舅年龄小身子骨嫩，天天挣壮年男人的工分，个子越长越小了，回到家还吃不饱饭，不如去南山看秋，能混个肚子圆，好歹还有机会再蹿蹿个子。"

碎舅去南山看秋了。刚开始那几天看不到他的影子，还不觉得什么，十天半个月后，尤其是到了晚上，看不到碎舅瘦小的身影，听不到母亲那句缺乏逻辑的"吃了没",我们心里空落落的。有天晚上睡不着,弟弟轻声对我说:"也不知道磕巴舅想我不,反正我想磕巴舅了……"话音未落,弟弟莫名其妙挨了母亲一巴掌。他火了,吼道:"我又说错啥了?就知道打人!"

母亲却轻声说:"你爸舍不得打你,别以为我会手软。打你长点记性,啥磕巴舅,要传出去成了外号,你碎舅找不到媳妇,看我不剥了你的皮!"

弟弟冲着我轻声说了句:"咱碎舅是磕巴嘛……"

母亲听得明白,瞪起了眼:"他哪儿磕巴了?他就是胆小。这要出去练练,练出胆来了,比谁都强。"弟弟没再吭声,悄悄地拉被角蒙住头,还装着打起了呼噜。

碎舅的磕巴外号没叫响,却有人上门给他提亲了。大舅把这个好消息带到我们家,也是晚上。白天大舅得上工,他又不会偷奸耍滑,回家吃完饭赶到我家时,我们都快睡觉了。有两个多月晚上没人上我家的门,我们都很兴奋。母亲显然也很欢迎这时候来人,习惯性地问了句"吃了没",猛然清醒过来,这是大舅不是碎舅。大舅不会饿肚子。母亲瞅瞅炕上的我们,尤其在弟弟身上多停留了一下,眼神有些羞愧。弟弟不知道是时间长了忘了这句话没有逻辑,还是想念碎舅而选择故意忽视,这次没有纠正母亲的错误。他很认真地看着大舅,想听大舅匆匆赶来要说些什么。

母亲知道,她要不问,大舅绝对能沉得住气不说一个字,他有这个本事。母亲叫了声"哥",没什么好脸色,语气松散地问道:"这么晚来,啥事呀?"

大舅扫了眼炕上的我们,不紧不慢地说:"也没啥要紧事。就是,土桥坡爱说媒的那个——那个,你知道的,就是那个婆娘——"

弟弟的神情松懈下来,不失时机地嘟囔了一句:"又是个磕——"自知不妥,将"巴"字硬生生捂死在嘴里,憋得咳嗽起来。母亲居然顾不了管他,直勾勾地盯着大舅。

"不说那个婆娘了——就是她——她来给咱小弟说了个媳妇。"大舅终于说出了重点。

母亲惊愕地问:"没说是谁家的女娃?咱见过没有?"

大舅顿时两眼放光，非常难得地不是把话挤出来，而是顺顺溜溜地说了出来："就是土桥坡大队支书康拉财的闺女康娜娜。那女娃咋能没见过？跟红娟以前是同学，还来过咱家里，眼睛水灵得能滴出露珠，个头比红娟还高。听红娟她妈说，媒人告诉她，是康拉财主动让她把闺女说给咱小弟呢。你说这么好的事咋让咱碰上了，我都不敢相信是真的，红娟她妈说是她和我前世修来的……"

母亲挥挥手，赶紧制止大舅再往下说。她心里明显不悦，嘴上却说："哥呀，是你和嫂子平时把小弟管教得好，小弟也确实惹人疼爱。可康拉财那么高傲的支书，要把闺女说给咱小弟，你还看不明白？他是看你妹夫在公社当干部，想攀咱的高枝呢。"

大舅点着头说："是呀是呀，有这层意思。"又说了些筹备怎么见面、怎么送见面礼的事。这才是大舅此行的真正目的，连我们都听得出来，他是舅妈派来索要见面礼的，要不，这么好的事，舅妈怎能不来！

母亲叹口气，说："哥呀，你又不是不知道，你妹夫现在还没转正，看着在公社当干部，可记的还是生产队的工分，同你我一样年底分成。他平时在公社食堂吃饭都是从家里背的粮换的饭票，不像他们那些正式干部每月有几十块钱工资。我这情况明摆着，四个孩娃都上着学。小弟是我的亲弟弟，他说媳妇相亲、送见面礼我得出力，可眼下就是能凑些钱，没有那么多肉票，到哪儿去买肋条肉啊？"见面礼除过一条烟、一瓶酒，最重要的得有四五斤的肋条肉。

大舅不吭声了。这个时候他的性格优势明显展露出来，不吭声意味着不退让。屋里的空气都凝固了，窗外的秋虫却叫得挺欢，一片声嘶力竭，欢欣鼓舞得像庆祝什么似的。我们几个在气氛凝重起来时已经躲进了被窝，大气都不敢喘。这个时候谁要是敢多嘴，母亲手里把正纳的鞋底握得很紧，随时都会毫无征兆地抽向谁。

沉默像面厚厚的鼓，带着挥散不去的沉闷气息。屋里听不到一点声音，像什么东西在吞噬着所有的声息。大舅歪着头，一门心思地盯着门后面的日历，好像能从日历上寻找到满意的答案似的。那可是父亲从公社拿回来的日历，别人家不可能有的稀罕物。我们从被子里露出头，受不了气氛的压抑，又悄然扯住被子盖上头。最后，还是母亲打破了僵持的局面，她笑着说："哥，你先给土桥那个媒婆回话，这么好的事，咱高兴还来不及呢，让她定相亲的日子，见面礼咱一起想办法。没啥大不了的，肯定会有办法。"

大舅要的就是这句话，心里顿时踏实了。他自觉这门亲是他和舅妈修来的福，已经是替碎舅操了很大的心，剩下的不该是他们的事。这大概也是他不急不慌半夜来我家的意思，他吃透了我母亲对碎舅的操持之意。大舅目的达到，站起来习惯性地拍了拍屁股上的土，心满意足地走了。

送走大舅，母亲把顶门杠很重地砸到门板上，气道："人是你家的人，挣的工分在你名下，分成都在你手里攥着，却让我出见面礼，我上哪儿凑去！"

话虽这样说，母亲还是不敢耽搁碎舅的终身大事。这才星期三，她等不到星期六晚上父亲回来，便去大队给父亲打电话商量借钱的事。大队的那部黑色手摇电话一般不让人随便打，父亲不是一般人，母亲让会计给公社挂通电话，会计拿着话筒喊叫了半天，总机才回了句，父亲下去检查工作了，不在公社。

母亲焦急地等到周六晚上父亲回来，还没把情况说完，父亲已经不高兴了。他说筹备见面礼的钱他可以想办法借，这个不是太难，只是有钱也难买到肋条肉，得去县城找人。他大舅这样做不像话，太会算计了，平时都不给他碎舅吃个饱饭，这会儿又一推干净。父亲埋怨着，当即要去大舅家理论，被母亲拦下了。母亲说："就我哥那个尿样，能是他的主意？事情明摆着是婆娘让他这么做的。眼下不是理论的时候，咱先想办法凑钱应这个急，回头我去找那个婆娘说去，她至少得出一半吧。"

父亲哼了一声，阴阳怪气地说："凭啥她出一半，她得全出！他碎舅挣的工分可都落在他们家了。"

母亲哭了，抹把泪说："谁让小弟和我是一个娘生的。可怜我爹娘死得早，不然哪用得着我为他操这份心！"

土桥坡大队那个媒婆回话，定在八月初六双方见面。大舅来告诉母亲，还说红娟她妈找人看了，初六是个好日子，得给南山捎个话，让小弟初六前必须回来。

　　捎话的活儿自然落到我们头上。大哥大姐都以作业写不完为由，不愿走山路，弟弟却很兴奋，像在学校上课似的，高高地举起手冲到母亲面前："我去我去，我去给碎舅捎话。"母亲见状，也只能同意，不过担心弟弟路上贪玩，就把我搭配上，星期天一大早跟弟弟一块儿去南山。山路不好走，我与弟弟走了半晌，满头大汗才爬到碎舅看秋的山坡。碎舅见我们来了，高兴得不知说啥好，连忙掰了一大堆玉米棒子，煮给我俩吃。山里的玉米棒长得小，却很香甜，我们一口气吃了四五个，还想吃，碎舅却不让吃了。他说："留点肚子，我给你们找更好吃的去。"

　　碎舅跟另一个看秋的同伙说声他去巡山，让我们留在看秋的屋里等他。过了大约两个小时，碎舅背着鼓胀的袋子回来。他走了十几里山路去一个叫石峡的山谷，给我们摘来一尿素袋紫色的野葡萄、红色的五味子，还有黄绿相间的苦李子。我们哪见过这么多好吃的，抓起来往嘴里塞，酸甜的五味子，甜得倒牙的野葡萄，还有带点苦味的苦李子，太好吃了，真后悔中午玉米棒子吃得太多。我边吃边想，难怪都争着来山里看秋，不光不用顶着日头干活儿，还有这么多好吃的，真似神仙过的日子。碎舅瞅着我俩吃得欢实，他一脸满足的样子像是特别慈祥的老汉。

　　吃着吃着，弟弟突然想起正事还没说呢，于是，他咽下嘴里的东西，用手背在嘴上抹了一把，把相亲的事告诉碎舅，又一五一十地把见面礼的来龙去脉顺便也说了。碎舅听着听着，脸色先是羞涩地红了，慢慢地变黑，渐渐凝重得似下雨前的乌云。

　　天色不早了，碎舅将袋子里的水果分成两半，分装成两个袋子，让我们背回家，叮咛我，一袋子留给我们，另一袋送给红娟。

　　父亲毕竟在公社工作，虽然不乐意，但他还是按捺住，给碎舅置办见面礼。父亲有这个能耐，他有时也很享受这种特权，通过公社供销社主任，竟然在县城屠宰厂订好了肋条肉,只是一时凑不够这么多肉票,先欠着。烟和酒都由供销社主任准备好了。

初四晚上,我们刚关灯睡下,外边突然传来通通的踢门声,紧跟着是碎舅轻声唤我母亲。母亲跳下炕,冲过去拉开门,碎舅一头撞进来,喘着粗气从背上甩下一个黑乎乎的东西。刚要问"吃了没"的母亲只来得及说了一个"吃"字,便吓得惊叫道:"啊!这是啥?"

碎舅嘿嘿一笑:"我打到了一头野猪。姐,你看这个当见面礼行不?"

"野猪?"母亲不知怎么办了,"这个野猪……我不知道呀。对了,你吃了没?"母亲的惊讶还没消退,就惦记上碎舅的吃饭问题,可见她对碎舅的关心根深蒂固。

"没吃!"这次,碎舅回答得很爽快,"这头野猪可能有八九十斤呢,死沉,我一路上歇了二十多次。"

母亲很高兴,俯下身又看了看地上的野猪,扯着碎舅去洗手,她说立马就把饭做好。碎舅却不动,转着身子躲避母亲的目光。母亲起了疑,硬扯住碎舅走,发现他的右腿不对劲,蹲下身仔细瞅,突然惊叫起来:"天哪!"碎舅的裤子撕烂了好几处,血泅红了裤腿。

碎舅在山里追野猪时,被另一头野猪撞倒,右小腿骨裂,他又一路急着负重下山,没有及时处理伤口,导致骨裂加重。母亲扶着碎舅连夜去大队医疗站,把赤脚医生从炕上叫起,也只是清理了下创口,撒了些消炎粉,吃了几粒止疼片。

碎舅在家躺了一天,初六早上,在母亲的陪伴下,一瘸一拐地推着我父亲的自行车,驮着那头死野猪,去土桥坡相亲了。

用一头野猪作为相亲的见面礼,稀罕又隆重。弟弟和我忍不住走漏了风声,先是惹得孩娃们来围观,后来大人们也来了,碎舅家外面的土巷子人挤人,很是热闹。母亲一会儿高兴一会儿生气,不知该打骂我们还是该赞赏。

挣脱众人的目光,母亲和大舅把碎舅送到土桥坡村庄外边,母亲拍拍碎舅的肩,没说一个字,转身走了。母亲不敢看碎舅高低不平的背影,她的心里已经被碎舅晃动的肩头动摇得没一点底气了。父亲却不这么想，从得知碎舅扛回一头野猪，他更加自信，凭这么重的见面礼，康拉财在土桥，不，在全公社出尽了风头，腿瘸点算啥？再说，还有他这个公社干部身份的姐夫，这桩婚事已经铁板钉钉子。他赶紧退了供销社在县城屠宰厂订好的肋条肉，及时将自行车送回家，供碎舅驮着一头野猪的见面礼去相亲。

碎舅得到了康拉财全家热情的接待。相亲回来，碎舅心里高兴，伤腿也不觉得疼，从医疗站拿了些止疼片和消炎粉，非说玉米快成熟了，偷食的野物越来越多，同伴一个人顾不过来，当天赶回了南山。

中秋过后不久，天气渐渐凉了。大舅家的红娟说要给碎舅送些厚衣服，本来说好要带着我一起去的，可到了周末，我因为单元测验不及格，被老师罚星期天补课，红娟便约知青瑛子一起去。瑛子早有此意，谎称生病，请假陪红娟去了山里。那时碎舅腿伤好得差不多了，可不能长久走路，没法给红娟和瑛子采野葡萄，再说进入深秋季节，五味子和苦李子肯定落了，就是野葡萄也不好找。玉米粒早成熟得咬不动了，碎舅苦于没有能招待红娟她们的吃食，在山坡上急得转来转去。秋高气爽的山谷里，凉风又黏又稠，碎舅山上山下跑了几趟，急得出了一身热汗。他担心两个女孩受不住山里的凉风，咬咬牙便到邻队的地里偷刨了几窝红薯。山地的红薯真是好，烤熟后的香气塞满了整个山谷，吹着气咬上一口，味同板栗又面又甜，吃得两个女娃直不起腰。尤其是女知青瑛子，声称红薯是她的最爱，可她从没吃过这么好的红薯。碎舅苦于自己在山里没种点红薯，又不好再去挖别人的，空着手遗憾地将侄女和瑛子送走。

寒露前后，秋收冬种，玉米成熟待收，腾出地种冬小麦，其实比夏收还忙。这个时候雨水又多，秋雨绵绵，好不容易天晴出了太阳，地里还是烂泥，人们为赶时间泥里水里地抢收，为播种下一季麦子争分夺秒。这叫双抢，属于平原土地上的收种。山里就不一样了，由于气温低，每年春夏只种一季玉米或者高粱，不能种冬小麦，所以，收获山里的庄稼就从容多了，把平原的收种利索，喘口气，才不慌不忙地进山收秋。

碎舅在山里就得多待一个月。

这期间，土桥坡的媒婆捎来康拉财婆娘的话，让碎舅抽空去一趟土桥坡，有话要当面说。大舅从媒婆嘴里多问不出一个字，便来给母亲说。母亲感觉不对劲，有什么事不能托人捎话，非要当面说呢？到底是女人的直觉，母亲有种不祥的感觉在脑子里闪。农忙季节，不可能抽出人去换碎舅下山，大舅她打发不动，当然打发去了也不顶事。母亲没办法，只能去大队给父亲打电话。甭看母亲啥事都风风火火，说到底，很多事她都是依仗父亲去实施。母亲在电话里把情况一说，父亲当即给土桥坡康支书打电话。康支书像是一直在等待这个电话似的，把准备好的套话说完，进入正题：知青点的邓名超一直在勾引康娜娜，康娜娜是跟我碎舅定过亲的，他们一家人都是本分人，怎么可能看上邓名超。邓名超流里流气的根本不像个好人，三十多岁的人，年龄也太大。可是，这种事又不是想防就一定能防得住的，人家死缠烂打，谁知道哪天会出啥事呢。所以，康支书希望我父亲能够帮忙，让邓名超尽快返城，别坏了康家名声。

什么康拉财的婆娘有话，分明是康拉财本人有话要说，而且是说给我父亲这样有用的人。知青返城不像凑肉票订肋条那么简单，不然，知青们早都跑光了。父亲本来可以一口回绝，这种关乎政策的事，确实不是他一个还没有转正的公社干部能轻易办得到的。但他犹豫了一下，说出口的却是，他看看吧，能不能争取一下。

父亲在公社真好，他居然给邓名超争取到返城指标，而且很快办完手续，让邓名超从乡村彻底消失了。父亲认为这下万事大吉，才将事情原原本本告诉母亲。我想父亲的内心一定是有着某种得意的，谁能想到这么高难度的事情会被他做成呢。没料想母亲听后一点都高兴不起来，满脸担忧的样子让父亲也意识到了什么。父亲看了一眼炕上的我们，压低声音说："你担心啥呢，康拉财都赌咒发誓了，说他们一家人本本分分，难道他真的不要脸啦？"

这次，让父亲不幸说中，康拉财的脸也没法要，他闺女康娜娜突然失踪了。康家的亲戚朋友分头去找，元旦跟前了连康娜娜的影子都没找到，反而听到一些传言，说什么康娜娜去城里找邓名超了，有人在集市上看到他们亲亲热热地搂抱在一起……

从山里回来不久的碎舅，像被山里的重霜打蔫了一般，很少去上工，也不来我们家，整天提不起精神。

一天深夜，康拉财扛着一尿素袋红薯，揣着一条烟、一瓶酒，敲开大舅家的门，对一脸懵懂的大舅弯腰深深地鞠了一躬，放下东西，便转身钻进漆黑的夜里。

康拉财算是退回了碎舅的见面礼。烟酒好说，还没享用，至于那头野猪，早进了康家乃至他家亲戚朋友的肚子，变成粪便，没法还了。怎么办呢？康拉财没法搞到一头野猪，只能硬着头皮，扛一袋红薯顶替。

康拉财太缺德了，野猪他是没本事搞到，可退回个肋条肉也说得过去呀。当然买肋条肉也需要一定本事。再不济，退回一尿素袋麦子或者玉米，也比红薯强啊，红薯才值几个钱？舅妈弄清情况后，踢着那袋红薯，越踢越气，把大舅骂得狗血喷头："一头百十斤的野猪，换回一袋红薯，你是猪脑子呀！"

大舅在舅妈的骂声中，抽了半夜的旱烟，把嗓子抽哑了，第二天一大早来我家说这事时，我们还赖在热炕上没起来，竟然没听出是大舅来了。母亲听着大舅的话就来气，给我们的饭也不做了，解下围裙，跟着去了大舅家。

后来，我们听说，大舅来我家的这个时段，碎舅早晨起来做的第一件事，就是扛起那袋红薯，去知青点当着众知青的面，把红薯送给了瑛子。自始至终，碎舅没说一句话。瑛子听说了碎舅的事，也不好问，只是看着碎舅把红薯放下，然后转身离去的背影，瑛子的心一上一下跳动得很厉害。她为碎舅急促离开的身影心酸，心里一片茫然。这是后来红娟告诉我们的，她说瑛子亲口这么说的。

本来，母亲去大舅家看那袋红薯，是准备向康拉财兴师问罪的。康拉财家不要脸在先，还让我们家成了别人的笑柄，现在又把碎舅厚重的见面礼给轻飘飘地退回来，这也太瞧不起人了，简直就是把我们家的脸面掼到地上踩踏呢。母亲被气愤催促着,她想把那袋红薯砸到康拉财的脸上,让他的脸面无处可藏。碎舅的举动让母亲的气无处可撒,他无缘无故地将红薯送给了知青,还是个女的。处理了康拉财背来的那袋红薯,等于认了退回的礼物。认都认了,母亲怎么去拷问康拉财,怎么指着他鼻子撒泼?

听大舅妈说了红薯的去向,母亲的火气更大,只是风向突然变了,她只能让这把火去烧碎舅。母亲冲进碎舅的屋子,碎舅的屋子除了炕没其他物件,炕角叠放着几件旧衣服。碎舅在炕上躺着,或许是听到了母亲的声音,他把头蒙在被子里装听不见。母亲这次没操心碎舅"吃了没",一把掀开被子,质问碎舅:"你为啥把那袋红薯送人?"

碎舅侧着身子,脸朝着墙,背过手拉扯过被子重新把自己蒙上,第一次给母亲犯犟了:"你管不着!"

母亲回头看了看跟进来的大舅、舅妈,又把被子掀开:"我就是要管!谁不知道我驮过去的是一头野猪,为这见面礼,瘸了一条腿。这下倒好,他康拉财退回来一袋红薯,他不要脸,我、大哥、大嫂还要脸呢!我得原样给他康拉财退回去!他康拉财做了不要脸的事,倒让我来受人白眼,让人嘲笑?凭啥?"

"够了!"碎舅呼地坐起,难得地发起了脾气,"送回去就更没有脸了。要不要脸还不都是自找的。"随即他把自己又摔倒在炕上,扯过被子,蒙住了头。

"你、你,是怪我、怪你姐夫多事——"母亲哭起来,"我们还不是为你好?哪样不是考虑你?你当你姐夫有多大本事,他怎么低声下气求人的?康拉财那鬼心眼,将来他会有报应的……"

"我不怪你们,是我自己的事。你们就别管我了。"碎舅蒙着头说。母亲的哭声像把锉刀,锉没了他心里刚刚冒出来的刺。他把红薯送人的勇气成为他刚强与坚硬的唯一屏障,屏障之内,所有的狂风暴雨都会悄然消退。而现在,他又仅剩下盖在身上的这一床被子,能拒绝被子之外的所有声息,他觉得这才是安全的。

大舅悄悄地退了出去,停止哭泣的母亲只能无奈地与大舅妈面面相觑。

她的怒火落在碎舅熄灭的灰烬里也已悄然熄灭，她不知该怎么应付碎舅的这种反应，反而伤心起碎舅的伤心和无措。

大舅妈似有不甘，嘟囔着："就是不退给康拉财，也不能白送人呀，还是个知青。"

舅妈的意思是便宜都叫知青占了，还不知个好歹。母亲白了大舅妈一眼，没再说话，默默地擦了把再度涌出来的泪水。

这次对碎舅的打击是毁灭性的，他拒绝吃饭、喝水，也不去上工，把自个儿关在屋里，谁叫他都不理，红娟也一样。本来，红娟也生碎舅的气呢，她也爱吃红薯，上次去山里吃红薯，碎舅明明看到她也是喜欢的，为啥把整袋红薯都给了瑛子，也不知道给她留点。红娟本来想跟碎舅赌气，不跟碎舅说话的，可碎舅一连几天不吃不喝，红娟害怕，放下自己的小心思，一遍又一遍去叫碎舅。碎舅躺在炕上，好像长在炕上一般，对红娟的喊叫无动于衷。大舅不管，大舅妈更是懒得插手，还嫌红娟多事。红娟没办法，跑到我家来叫我母亲去劝。母亲气还未消，扔下一句"饿死了消停"，只顾忙自己手头的活，红娟只好含泪走了。

红娟一走，母亲反而失神了，不知道该干吗。她的心里自然还是惦记碎舅的，她想不出别的办法，竟然跑到知青点找瑛子。母亲磕磕巴巴把想法说出来，瑛子不知所措，又不好说推辞的话，试探着说："我还是把那袋红薯还回去吧。"

红薯这会儿是敏感词。碎舅当着众知青的面送给她红薯，大家后来都知道了这袋红薯的来头，知青点里传得风言风语。瑛子一个红薯都不敢吃，也不知道怎么处理才好。

母亲看了看靠在墙根的那袋红薯，勉强笑了一下："红薯是我兄弟专程送给你的，再还回去，那是打他的另半边脸，要我兄弟的命哩。瑛子姑娘，跟红薯没关系。我没别的意思，你与我侄女走得近，我兄弟特别看重你，只要说起你，我兄弟的话多了，眼睛也亮了，我就想请你去试试。我们去都没用，或许你去了，他不好意思再赖着不起来。再这样下去我兄弟可吃不消，要是你能帮忙劝下我兄弟，我肯定不会……亏待你的。"

母亲当然是没辙了才会请瑛子劝碎舅的。至于下意识里是不是还有别的想法，母亲其实也不知道，当务之急，是让碎舅从炕上起来。瑛子没负我母亲之托，诚惶诚恐地去了碎舅那里。瑛子跟碎舅到底聊了些啥，没人知道，却起到了效果，碎舅不但从炕上爬起来吃喝，还正常上工挣工分了。甚至从那以后，碎舅不允许自己伤心，起码不允许自己流露出伤心的样子，也不允许自己产生难受的念头。他要自己看起来很精神，一点都不像被打垮过。

这是瑛子的功劳。母亲记着自己说过的话，她可不愿意像康拉财那样失信于人。找准时机，母亲趁父亲心情好时，说了当时趁着那劲给瑛子允诺过的事。父亲毫不犹豫地泼了凉水："门都没有！你以为返城指标掌握在我手里，想给谁就给谁？再说，你凭啥答应人家？你就一个农民，公社干部的家属。"母亲急了，跳起来冲着父亲吼道："家属怎么了？农民怎么了？你偷偷给人办事，拆了我兄弟的台，我就不能指望你帮一下真正帮过我兄弟的人？"

父亲气结。话怎么能这样说，他把事办成了笑话，难道不也是为了帮碎舅？母亲的不讲理却让父亲无力反驳。父亲并不是不愿帮这个忙，可知青返城越来越敏感，尤其是女知青，比男知青更难。不过，父亲还是没有完全驳了母亲的面子，过了一段时日，他瞅准调整教师的机会，将瑛子安排进大队小学，当了三年级的语文老师，脱离了风吹日晒的田间地头。

父亲真正享受到权力的成果，是第二年的秋季，瑛子自愿嫁给了碎舅。瑛子对红娟说过，她是心甘情愿嫁给碎舅的。红娟不信，瑛子是知青，怎么可能甘愿嫁给碎舅这个农民！瑛子微笑着说："你叔的见面礼我都收了，还能有假？"

原载《北京文学》2021年第6期

畀愚

城里的月光

孙其良不是没想过,退休那刻就想明白了。人生几度夕阳红?他要在有生之年带着老婆到处走一走,看一看,用双脚去丈量一下祖国的大好河山。如果条件允许,他还想漂洋过海,到别人家的国度里去见识一下。当然,这得趁旅行社淡季的时候。

然而,老婆不争气,行程还在规划阶段呢,买菜的路上让车撞了。肇事司机是个白净的年轻人,觉得自己有点冤:我怎么知道她走道不走直线呢?她走着走着就横过来了。交警一边听他申诉,一边用警车把两人一起拉进医院里。

刘继英的伤势不算严重,只在左胯骨上撞出了道不太明显的裂痕。医生看着X光片,说给她开点药,内服外敷的让她带回去,并叮嘱要注意多休息,多躺,少动,少干家务。刘继英还是有点惊魂未定,躺在急诊室里,仰望医生,说她有胃病,吃不得伤药的。说完,马上想起来了,又说下午还得去排练呢,这个礼拜天就是街道上的广场舞决赛了。

医生充耳不闻,转身去开他的药方。刘继英只好扭头看看交警,又看看那小伙子，开始责备人家是怎么开车的，怎么没一点安全意识，这得耽误她多大的事呀。说完，等了会儿，见小伙子低头不语，就问那交警，我家老孙呢？你们怎么还没通知他过来？

孙其良赶到医院时，老婆已经被推到了走廊上。小伙子赶忙上前表达歉意，一口一个大叔，口口声声说医药费都已经付清了，其他费用也是好商量的，现在还是让他先把阿姨送回家，先歇着，等晚上他带着爱人再来看望两位。

不急，不急。孙其良大度地摆了摆手，低头看完老婆的气色，掏出老花镜戴上，一边浏览着诊断报告，一边随手推门进了医生办公室，那样子就像是退休后返聘回来的老专家。他把诊断报告放在医生桌子上，轻轻推到他面前，用一种很有把控力的语气，说，这样吧，再做个全面扫描，系统地查一遍。

医生有点吃不准，上下打量了他几眼后，又把自己出具的诊断报告仔细看了一遍，说，该查的都查了，这报告哪里不全面了？

那就留院观察观察。孙其良换了种商量的语气，对医生说上了年纪的女同志不比年轻力壮的小伙子，万一晚上再来个内出血什么的，医院也负不起这个责不是？

急诊科的医生见多识广，他摘下眼镜重新看着孙其良，问他是干什么的。

孙其良说家属。说完，又特别强调了一句，家属的意见也是意见嘛。

医生说医院照章办事，医生对症下药，家属要是有意见可以去医务科反映。说完，他戴上眼镜，也强调了一句，出门，下楼左拐，医务科就在行政大楼的二楼。

孙其良相当窝火与无奈，背着手出来后，直接走到小伙子跟前，劈头盖脸就问他怎么办吧，我们就在这里谈呢，还是上交警队里去谈？

小伙子看来也是认清了形势，晃着手里的手机，说不急的，保险公司的理赔员正往医院赶呢。

当晚，夫妻俩在床上都有种莫名的失落与懊恼，四只眼睛瞪着天花板，谁都没出声，连电视机都没打开。孙其良是忍不住嘟囔起来的，娶了媳妇忘了娘的东西，你看他，微信微信不回，电话电话不接，你说这一天到晚的，他到底在忙什么？见刘继英没吱声，他抓过床头柜上的手机，戴上老花镜，点开，翻了会儿，往被子上一丢，又说，小芹也是的，你说这两口子怎么都一个德行？

刘继英仍然不想开口，索性闭上眼睛。第二天一早，她在床上忍了会儿，没忍住，就扯着嗓子对阳台上的丈夫说，你还不给嘉伟去个电话。

可是，儿子还关着机呢。儿媳的手机倒是响了几下后通了，只是电话那头有点反常，小芹不出声，连起码的一声爸都没叫。孙其良只好冲手机重申了一遍，我，老孙哪……嘉伟他爸。电话里仍然寂静无声。孙其良不由瞥了眼床上的老婆，又叫了声小芹，站着喂了好几下后问她怎么了，是不是身体不舒服？是不是跟嘉伟吵架了？是不是这小子欺负你了？孙其良最后用屁股找着床沿，坐下，说，你跟我说，我给你骂他去。

小芹这才淡淡地吐了句，你还是问他吧。不等孙其良开口，她又淡淡地吐了句，先不说了，我要进地铁站了。

说完，电话就挂断了。

她怎么搭地铁了？她陪嫁过来的那辆小红车呢？孙其良扭头睁大眼睛望着老婆，好一会儿才回过神来，发现自己要说的那些话一个字都没说。

儿子从来都是父母的骄傲，孙嘉伟尤其是，从小都是。

他高考那年，孙其良还在支行的后勤部门当会计，挂掉电话当父亲的就坐不住了，在办公室里踱了好几个来回，直到同事们都抬头看他，才伸出一根食指，一个劲地往天花板的方向捅，用力地说上了，上了。大伙明知故问，都问他，上什么了？他这才发现有点失态，赶紧坐回位子里，抓过茶杯连着喝下好几口后，还是憋不住，咧开嘴，不以为然地说，这小子，竟然考了个区里的状元。

相比之下，刘继英要显得沉稳得多。捧着那张烫金的入学通知书，她用半个小时就把儿子的全部人生都规划好了——进了大学还得好好地念书，学习这口气不能松。空下来就去竞选学生会的主席、副主席，哪怕当个宣传部长、纪检组长的，反正表现要积极，做事要踏实，而且还要做在明处，要让人人都看在眼里。然后就是读研与公考。刘继英最近刚选上社区居委会主任，正在意气风发的兴头上。什么叫再创辉煌？对于一名曾经的下岗女工来说，这就是再创辉煌。

她顺便拿儿子跟自己的顶头上司对了对标，说，你看我们街道的黄主任，全区最年轻的科级干部，人家进进出出的，都有秘书帮着拎包了。

可是，儿子最终让母亲失望了。大学一毕业就在家里宣布了，他要继续留在杭州，他要成为第二个马云。

现在的孩子也太痴心妄想了，就是不知道天高地厚。刘继英不光生气，更多的是忧虑，母子俩为此几天都没怎么说话。最后，只能由孙其良去做老婆的思想工作。在嗡嗡作响的空调声里，他对刘继英说，马云就马云吧，只要别成了马加爵。

放屁。刘继英一脚踹过去，说，你什么不好比，拿个杀人犯跟儿子比。

不就是个比方吗。孙其良要说的重点在后面，你是没细想过，孩子心理层面的问题，说穿了大都是让父母给逼出来的。

刘继英怎么没想过？儿子从来都是妈的一块心头肉，就是那种捧在手里怕捂馊，松开手指又怕掉地下的那种。这个问题，她养了儿子二十三年，也足足想了二十三年。刘继英只是不说。

好在儿子争气，几年下来已经干到了区域的销售经理，手底下管着好几十人呢。最引以为傲的人当然是父母，同时也是为了给儿子助力，在相当长的一段时间里，孙其良上哪儿都随身带着儿子的名片，碰到熟人发一张，很谦卑的样子，说是请老朋友帮帮忙，有机会就照应照应他儿子的生意。

刘继英实在是看不下去，说，儿子卖的是远程交换机，他们知道什么是远程交换机？

我管他们知不知道。孙其良要人家知道的是儿子年纪轻轻就当上了经理，而且还是区域的。他坐在客厅的沙发里，就着花生米小酌，酒到酣处有点得意忘形了，竟然数落起老婆来，你也算是搞群众工作的，你就不知道宣传也得讲究方式方法的吗?

几年后的一个春节,儿子第一次带了小芹来家里过年。小姑娘夫妻俩是看得中的,模样漂亮,说话轻声细语的,脾气应该也不会差到哪里去。大年三十的深夜,春节联欢晚会都结束了,刘继英仍然没有一点睡意,捂在被子里出神地望着那盏白晃晃的日光灯。她忽然对孙其良说,最好是谈到后年结婚。孙其良睁着眼睛也在想心事,随口问她,为什么?刘继英说,你想呀,大后年我退休了,就可以腾出身来给他们带孩子了。

孙其良一下有了种岁月如梭般的恍惚,但又转瞬即逝。他从被子里探出脑袋,对刘继英说有件事得抓紧了,就是儿子的婚房。照现在的情况看,房子肯定是买在省城里了,账他也算过,夫妻俩这些年的积蓄付个首付应该不成问题。至于每个月的按揭,就从儿子的工资卡里扣。孙其良有点自说自话了,说这样也好,就让这套房子替他们看着儿子,省得他花钱大手大脚的,心中没个数。

两口子的婚房,干吗非得我们一家子出钱?刘继英是真心心疼那些存款,还有那么一点愤愤不平,可话一出口马上发现有失身份了,赶紧又说,到时候看吧,等他俩真定下来了再商量也不迟。

女人说到底还是头发长,见识短。孙其良在心里摇了摇头,说现在买,那就是婚前财产。说完,他索性从被子里坐起来,以一个银行工作人员的专业角度出发,给她稍稍普及了一下置业跟投资的关系。见老婆还是无动于衷,孙其良抓过她的一只手,语重心长地说,儿子给我们争气,我们也得替他长脸不是?我们不能让女方家小瞧了嘉伟。

父母为子女掏出来的不光是银子,还有一颗滚烫的心,得到的回报当然也是孩子们的孝心。孙嘉伟的孝顺邻里间都是看在眼里的,每次回来汽车后备厢里大包小包的,有时候一趟还拿不完,还得下楼来再跑一趟。虽然,他这次回来已是两天后了,但也是情有可原的,人家在深圳开订货会呢,机票没了。孙嘉伟是跳上火车心急火燎赶回来的,连替换的衣服都没带一件,一来就蹲在母亲床头问长问短。

刘继英都快要掉出眼泪来了,当着儿子的面,只能张嘴先埋怨丈夫,跟你说过多少回了，事情要分大小轻重的，别动不动就给儿子去电话。人家忙，人家不像你，一天到晚闲在家里就知道没事找事。

孙其良也不分辩，乐呵呵的，咧着嘴，看着母子俩。他发现儿子明显瘦了，头发是刚理过的，看上去面貌都有点不一样了，可又说不上变化在哪里。吃晚饭时，儿子破天荒地拿过一个酒杯，要陪父亲喝两盅。孙其良觉得他是有话要说，等了会儿，没忍住，就问他，是不是小两口闹别扭了？

没有。儿子一摇头，顺嘴就把酒干了。

酒可不是这么个喝法。孙其良还是觉得儿子心里藏着事。

儿子根本没在意，两杯酒下肚话就多了，说他正在谈笔大买卖，等成了后就把那套做婚房的两居室换了。他要把房子买到钱塘江边上去，还要给老两口也备个房间。

刘继英警觉起来，从卧室的床上喊出来，家里可掏空了。

有我也不能要呀。孙嘉伟笑了，扭头对着洞开的房门，叫了声妈，说，你们这大半辈子都是为了我，现在该我孝敬你们了。

孙其良听得心头发热，一口酒闷下去，人也跟着松爽起来。他插嘴说，换房子可以，老婆可不能换。

儿子一愣，看着父亲，怔怔地点了点头。

老实人终究是老实人，在外头做多大的事都是改变不了的。孙其良深感欣慰，却也有一丝丝的失望，就怕老实人会吃亏。

第二天，他还在床上眯着眼睛养神呢，床头柜上的手机响了一下。孙嘉伟在微信里说公司临时出了点状况，得赶回去处理，这会儿已经在长途汽车上了。他祝母亲早日康复，还叮嘱父亲也要注意身体，喝酒要适量。

孙其良赶紧下床，光着两条腿跑去隔壁房间看了眼，回到门口对着刘继英说，他什么时候走的？怎么没一点声响呢？

当妈的又无端地心疼起儿子来。

刚开始那会儿，孙其良接到电话以为是电信诈骗，通常不等人家说上几句就挂了。直到有一天，两个西装革履的男人敲门进来。他们手里拎着公文包，几乎是从半开的门里硬挤进来的，也不换鞋，更没有客套，只顾伸着脖子在屋里打量，像是来看二手房的。

孙其良更加警觉了，说，你们是干什么的？见两人都不开口，他一把抓过桌上的手机，又说，你们不走，我要报警了。

报吧，看警察来了会抓谁。他们中的一个说着就近坐下，伸手从另一个手里接过一个文件夹，往桌上一放后，用两个指头在上面敲了敲。

孙其良拿过来，翻开看了几眼就有点乱套了，忙去卧房找着老花镜戴上，才想起要给刘继英打电话。他对着手机，前后只喊出了七个字，赶紧回来，赶紧的。

刘继英腿脚刚利索就在家里待不住，一早去了社区的活动室，为的也是露个脸，不然人家怎么还会记得曾经有过她这么个主任呢？等她开门进来，就见丈夫的脸色不对，坐在两个男人一边，看上去老了很多岁。

不等刘继英开口，孙其良是连着一口气吼出来的，你把房产证放哪儿了？还有我们两个的户口本？你还不快去给我找出来！

刘继英完全是被震住了，要是放在平常绝不会这么听话。又看了眼那两个男人，她夹着屁股去了房里翻箱倒柜。

事情基本上清楚了，是儿子拿着他俩的户口本和房产证把这房子抵押了。按合约下面签字画押的时间推算，应该就是他从深圳赶回来探望母亲那天晚上干的。那晚，父子喝了不少酒，说了不少话。孙其良后来还不止一次地展望过，用不了几年他就要住到杭州的钱塘江边上去了。

两个男人中的一个是律师，取出一张函让夫妻俩签了回执后，他给出两个方案——要么连本带息替儿子还款，要么等到期了他们来收房。

昔日的社区主任一直绷到两人出门，再也绷不下去了，一拍大腿不禁老泪纵横。她问丈夫，也是在问自己，我十月怀胎，怎么到头来养了一个贼呢？

孙其良呼地站起来，手指了老婆好几下，想骂人，但又无从开口，只好重新坐下来，对自己说，也是对老婆说，事情还没搞清楚呢，事情没这么简单的。

那你打电话，你打电话叫儿子回来。

看了眼桌上的手机，孙其良又想起了儿子那晚在酒后规划的宏图愿景。他若有所思地说，耳听是虚，眼见为实。

可以说，父亲寻找儿子之路就是这么开始的。孙其良一到省城就直奔儿子的公司，他要搞个突然袭击，为的就是让儿子猝不及防。然而，公司前台的小姑娘眨着眼睛直摇头，说公司里没这么个人。这怎么可能？孙其良从包里掏出儿子那些名片，给了小姑娘一张，说，孙嘉伟，负责你们销售部的孙经理。

小姑娘拿着名片，继续摇头，说他们销售部的经理姓刘。

孙其良按捺着，用手机给儿子打电话，一连几次都没人接听后，只好悻悻地对小姑娘说，那我找林鹏，你们分管销售的副总经理，这个人总该有了吧？

林副总是典型的东北汉子，身材高大，嗓门洪亮。儿子婚礼当天他是证婚人，后来在宴席上喝多了，握着孙其良的手连声向他道谢，口口声声地感谢他为公司培养了一位优秀的销售人才。

可是，儿子辞职都有大半年了，至于现在去了哪儿、在干些什么，林副总不清楚，也不愿多说。他还在生小孙的气呢，看来这小子早有预谋，是卷了部门一个月的销售提成走人的，只给他留了一张借据，而且还是第二天快递过来的。说着，他把借据和领款凭证的复印件一起拍在小会议室的桌上，伸着巴掌在空中翻了两翻，嗓门也跟着变了，说这个数，够判好几年的了，要不是他尽量压着，公司法务早拿着这些上法院了。

法律孙其良还是了解一点的，随身的拎包里就揣着本《民法典》，来的时候在车里面已经翻了一路了。他戴上老花镜，把那张借据仔细看了一遍，说判刑不至于，顶多是个债务关系。说完，还顺便提醒了一下林副总，贵公司的财务制度方面是有点问题的，怎么可以让人自己拿着自己的签字去领款呢？

看来，林副总也是个听不进意见的人，皱着眉头岔开话题，说公司原打算忙完这阵再处理这事的，现在当爹的既然来了，那也好，把这些个复印件都带回去吧。他也顺便提醒了孙其良一句，别让几个小钱坏了孩子后半辈子的名声。

孙其良可是当过三十年会计的人。他抬眼看着副总经理，轻轻地回了句，法律上可没规定子女的债务非得由父母来承担的。

林副总经理点头，又岔开话题，说业务部那些同事也都不容易，每天早出晚归的，个把月干下来也就这么点提成……话说到这里，他刹住了，咂了下嘴巴，拿过桌上的手机，起身走到门口，想了想，又回过头来，望着孙其良那半秃的后脑勺，说，老孙，要不……吃了中饭再走？

儿子那套两居室在城市的西北角，地方是偏了点，但环境好，边上有个生态公园。这里还是工地时，孙其良就已经来过。到了收房那天，他背着双手站在阳台上，眺望远处的高速公路，如同在回望自己的一生。

孙其良扭头看看儿子，话却是说给准儿媳听的：装修起来不要自作主张，要多听小芹的意见。

小两口的手又挽到了一起，脸上洋溢着幸福的笑容。孙其良记得，自己当时也是一时兴起，还忆苦思甜了一下，提了提他结婚那会儿，婚房是银行里分的半间办公室，晚上起来上个厕所都得从后门先出去，黑灯瞎火地穿过大半条弄堂。

那些往事就像发生在昨天，不想它都不成，一个劲地从脑袋里面往外钻。靠着儿子家那扇紧闭的大门，孙其良站一会儿，蹲一会儿，又起来站一会儿。门厅天花板上的灯亮了后，他又给儿子去了个电话，仍是没人接听。孙其良实在是忍无可忍，打开微信就吼，你跑得了和尚跑不了庙！你躲得过初一，躲得了十五吗？一下子，情绪上来，当父亲的都快要哭了，赶紧推开边上消防楼道那扇门，撑在那里喘了好几口气后，再次点开微信。孙其良几乎在哀求了，说，嘉伟啊，我是你爸，你有什么事不能对爸妈说的？

儿子很久才在微信里掐着嗓子叫了声爸，说正开会呢，在北京，等散了会他就来电话。

孙其良一屁股坐到楼梯上，对着微信终于流下眼泪，说，你就不能对爸说句实话吗?

儿子那头沉默了,老半天回了八个字,中间还夹着个逗号——我跳槽了,换公司了。

又过了很久,门厅里的电梯叮地响了一声。孙其良慌忙起身出去,见到那个开门的背影,叫了声小芹。

长发披肩的女孩扭过脸来,是个戴着无框眼镜的小姑娘。她飞快地打开门,飞快地闪身进去。

你是谁?孙其良上前,不假思索地说,你哪来的钥匙?

女孩在门里又看了他一眼,砰地关上防盗门。不一会儿,两个拿着对讲机的保安上来了,把孙其良带进保安室,查遍电脑里的业主名单,都没找出他儿子与媳妇的名字。最后,他们只能把他送去派出所,让他有什么话、找什么人都跟警察去说。

可是,儿子竟然连派出所的电话都不接。值班民警倒也没太在意,打开电脑查了查,很快找出好几份判决书来。他们让孙其良放心,既然是个失信被执行人,这行为就好理解了。

其实,孙嘉伟赌博也只是这一两年的事。刚开始是在手机上赌球,输赢一大就有点控制不住了,哪里开的盘子都敢进,什么样的钱都敢出去借,只要手机里还有电,他坐在抽水马桶上都如同置身澳门的葡京娱乐场。

妻子当然是最早发现端倪的人。小芹为此哭过、闹过,也苦口婆心地规劝过,到头来才发现婚姻就是一场似醒非醒的梦。那天晚上,孙嘉伟抓着她的一只手,捂在自己脸上。女人的手指缝里湿漉漉的,尽是一个男人滚烫的泪水。可男人的嘴呢?从来都是骗人的鬼。他到了这时还说得像在唱歌——他是想要赢得一个未来的,却一不小心输了现在。

小芹轻轻地抽出手。她累了。她无力地说,离就离吧,别说这些没用的。

可有些话是一个男人必须要说清楚的。孙嘉伟当着妻子面第一次吐露实情,他欠的那些债里不光有同学和同事的,更多的是高利贷。说着,他就起身去包里拿出一份草拟的协议,让小芹别着急,好好看看有没有要补充的。他打算趁现在还有点余地，先把这房子卖了，去除房贷，多出来的钱一半用来还债，另一半作为夫妻一场对小芹的补偿。

孙其良是听到这里插嘴的，几乎脱口而出，说，你们那房子可是婚前财产。

小芹的眼神有点凌厉了，在鼻腔里哼了一声后，打开手机里的相册，往他面前一搁，说，你别急，你儿子是什么人你还不清楚吗？

手机相册里是儿子打的一张欠条。他连夫妻一场的这点补偿都没放过，只在字据后面多加了几句，说他不求小芹的原谅，只希望看在往日夫妻的情分上，这次一定要相信他。孙嘉伟在欠条的最后，用他的人格保证，日后一定加倍奉还。

小芹又等了会儿，见孙其良还拿着她的手机不放，就起身，将手机用力从他手里拔出来，扔进包里，扭头看了眼站在一边的协警。其实，她一开始就没打算来这一趟，接到民警电话时都已经躺在床上追剧了。不过，人家警察说得也有道理，老人这把年纪了，这大半夜的，不说过往那点亲情，就算人情也总得讲一下的吧？

孙其良这时忽然开口，喃喃自语似的，说出了这么大的事，怎么都没人跟他们两个老的说一声呢？说完，他仰起那个半秃的脑袋，老眼昏花地望着小芹，说得就更不像话了，你们这么一下子，毁的可是我跟他妈的一辈子啊。

小芹是想还嘴的，但咬牙忍住了。她又瞥了眼协警，把包往肩头一挂，挺起那对并不算太大的胸，头也不回地出了警务室的门。

孙其良一直追到派出所大门外才赶上她，气喘吁吁地叫了声，颠三倒四地说他刚才不是这个意思，真的没那意思。孙其良到这时总算说了句人话，小芹，我知道那混蛋对不住你，他也对不住我们这两个老的。

前夫再怎么混蛋都是人家亲生的儿子。小芹心里悲凉，嘴上却淡淡地说没关系，这都过去了。说完，见孙其良还挡在自己的去路上，就再次重申，我跟你儿子已经离了。

那你叫我上哪儿找他去呀？孙其良张着两只大手，眼巴巴地望着儿子的前妻，那么无助与无措。他是一把抓住小芹那个挎包的，就像抓着根救命稻草，脚软得在派出所门灯的暗影里都快要站不住了。孙其良翕动了半天嘴巴，莫名其妙地说了句，小芹，我知道的，你是个好媳妇。

刘继英忽然赶来了，招呼都没打一个，就大包小包地来了，还背着个电饭煲，孤零零地等在出站口。孙其良接到电话赶来时正值下班高峰，他心急火燎的，一见面就说，不在家里待着，你来干什么？

刘继英不吭声，紧抿着嘴巴，一脸的决绝。当晚，她把包里那些锅碗瓢盆与油盐酱醋，一样一样摆开在小宾馆的房间里，完全是副要打持久战的架势，然后叫丈夫连着拍了好几个视频，一个个地发给儿子。刘继英在视频里告诉他，当儿子的可以电话不接，微信不回，可以忍心不要父母了，可做父母的办不到。她还说她跟孙其良已经下定决心了，就算找遍杭州城，找遍全中国，哪怕是死在半路上，只要他们当中有一个还活着，就会继续找下去。刘继英越说越激动，眼中噙着泪花，语气里头又恢复了当社区主任时的气势。她对儿子说，没有过不去的火焰山，没有蹚不过的流沙河，天底下哪有儿子不要父母的道理？

儿子总算有了回音，在电话里听上去嗓音有点干涩，却出奇平静，说他明知纸是包不住火的，既然都知道了，那他也不多说了，反正这辈子他是成不了马云了，就是没想到拖累了父母……

你没想到？孙其良一把夺过手机，对着就吼，你现在马上过来，有话跟我们两个当面说。

儿子在电话里顿了顿，说他过不来，他这会儿在新疆呢。

隔着电话，孙其良一个耳光扇过去的心都有。他说，你放屁。

儿子又顿了顿，电话就挂了，不过很快发了条视频过来。他在画面里已经穿上了羽绒服，还戴着顶滑雪帽，站在夕阳下，嘴巴里喷着热气，说他真的在新疆，过得很好，在熟人的货场上帮忙。说着，镜头一转，让夫妻俩看清楚，货场很大，这一箱一箱的，都是运往哈萨克斯坦与吉尔吉斯斯坦的。

刘继英一闭眼,泪水就顺着脸颊流下来。她闭着眼睛,说,你儿子是没救了,他到这会儿还满嘴的鬼话。孙其良没理她,又把视频放了一遍。刘继英睁开眼睛就是一嗓子,你别看了,天都黑了,他那里哪来的太阳!

那是新疆。这点地理常识孙其良还是有的,说,那边日落得晚。

刘继英记起来了,是听人说过的,忙拿自己的手机打过去,开口就说,那你快回来,我跟你爸回家等着你。

儿子一时回不来,也不想回来。去都那么不容易了,又坐不了飞机和动车,只能一趟一趟地转车,一路地搭车,好几次都是在高速公路的服务区过的夜。这些,儿子都没能跟父母说,他只是语气平淡地说他知道错了,他捅的娄子,他自己来补,就当是命运对他的惩罚,他自作自受。他只求父母保重身体,不要老记挂着他。孙嘉伟的声音到后来听上去有点哽咽了,说他可能这几年都不能回来尽孝了,他会在远方为父母祈福的。

那过年回来,我们一家三口团团圆圆的。刘继英说到后来,像是在菜场里讨价还价,用力一抹脸上的泪水后,才又狠狠地说,你今年不回来,我就跟你爸到新疆去过年,我们说得出就做得到。

儿子沉默了一会儿,说他要挂电话了,司机在催他了,今晚他要押车去吉尔吉斯斯坦。

房间里很快静得出奇。孙其良倒下去,仰面躺在床上,眼睛望着天花板上的吸顶灯。他忽然发出一声冷笑,说,还吉尔吉斯斯坦?老赖什么时候能出国了?

刘继英始终坐在床沿,脑袋一动不动地挂在自己的胸口。她是慢慢回过头来的,看着丈夫。刘继英那双眼睛里又开始流泪了,说,你别说得这么难听好不好?自己的儿子,你就信他这一次好不好?

问题是你叫我拿什么去信他?话一出口,孙其良就有点后悔了,伸手拉了拉老婆,声音也变得轻柔了很多,叫了声继英,说,这几天里,我一直在想,要是我们没生过这个儿子……

过了很久,刘继英是自动蜷缩进他怀里的,还把脸埋在他胸口,抓着他的衣襟,说,要真没生过,我们还会有这几十年吗?

孙其良老家在市郊的小镇上，每年除了清明去拜祭已故的父母，他基本上是不回去的，除非碰上要紧的事情。这些年里，儿子结婚前他匆匆回过一次，是给两个姐姐送请柬。还有一次是为了出租孙家那几间老宅，房客也是他从城里找来的。人家把旧屋重新改造后开起了民宿，每年光租金，姐弟三家就能分上好几万。

可是，大姐好像并不领情，每次一说起那几间旧宅，总是免不了要抱怨，一会儿怪人家在围墙上开了个门洞，一会儿又心疼她小时候种的那棵黄杨树，几十年都活得好好的，怎么让人一开客栈就死了呢？最让刘继英气不过的是，有一次她竟说隔壁那汪家，同样的几间屋子，租金高出了好几万。

她什么意思？她说这话是什么意思？刘继英当时是忍住了，却像含着颗老鼠屎，回家把气都撒在了丈夫身上。她对天发誓，以后再不去镇上了，清明节上坟都不去了。刘继英说，那副嘴脸看着都恶心。

孙其良不勉强，姑弟媳之间的矛盾从来不是一两句话的问题。但这次不一样，这次是去求人家。他反复考虑过，夫妻俩不光要一起去，还得多忍让，委屈才能求全。

可是，刘继英竟低不下这个头。临出门了，她拉了拉孙其良说，你真忍心让我去求她？

孙其良说，那是为了儿子。

两人走到小区门口，刘继英又站住了，咬着下嘴唇想了想，还是扭头回了楼里，只扔下一句话，到她跟前去丢人，我死也办不到。

好在大姐不跟弟媳一般见识，开门见是老三，脸上先是惊，后是喜，伸着脖子往他身后张望，说，继英呢？她没跟你一起来？

孙其良只好说继英让车撞了下，好几个月了，腿脚还有点不利索。

大姐站在门口就埋怨他了，怎么也不来个电话告诉一声？那上心的样子，好像转身收拾收拾就要去城里看望弟媳妇了。

孙其良忙说不碍事，不碍事的。

大姐不等他入座，扭头冲着里屋喊老吴，蔬菜和肉冰箱里都有，让他上菜场再添点水产去，中午老三要在家里吃便饭。

姐夫退休前是中学里的历史教师，现在还兼着镇上文史办的顾问，有时也在小区的老年活动室里吟诗作画。他提着一支斗笔出来，笑呵呵的，见到桌上的礼盒，脸上笑得更开了，一边招呼小舅子入座，一边客套，说来就来嘛，还带什么东西。不等孙其良开口，他依旧笑着，开始唠唠叨叨了，说他们夫妻两个都是这把年纪的人了，要是有什么好消息，听了也高兴，那是会增寿的。比如上回，嘉伟考了全区第一名，还有他办喜事那回……至于那些不好的事情嘛，来了也不要说，说了也等于白说，他们都会一个耳朵进，一个耳朵出的，那叫清空垃圾箱。

孙其良没想到会当头吃了这么记闷棍，好在他是做过预案的，忙咧开嘴，说他今天来当然是有好事情，嘉伟现在不卖远程交换机了，在吉尔吉斯斯坦呢，在做跨国贸易，眼下就有个好项目……

吴老师不等他说完又笑了，说，我跟你姐加起来都快一百五十岁了，别说是项目，就算放着一座金山，你说，我们还有几年好搬的？说完，他一指孙其良，又加了句，你跟继英也一样，要想得开，看得穿，退休了，就是活个通透嘛。

孙其良想再争取一下，劝他那也要为两个孙子多着想，多给他们备着点，中国人这一辈子不都为了孩子吗。

吴老师哈哈一笑，从椅子里站起来，先吟了句诗：儿孙自有儿孙福，莫为儿孙做马牛。说完，上厨房里拿了只环保袋，要去买菜了。他走到门口，回过身来看着小舅子，冷不丁地说，其良，你的脸色不大好，你跟继英可都要注意身体呀。

孙其良一下觉得自己在姐夫面前就像光着屁股，但仍不死心。好在还有一手准备呢。他兜兜绕绕，跟大姐商量，是不是先找人把老宅做个评估，等转让出去后，再用这笔资金来投在那个项目里。孙其良特意用了评估、转让与资金这些个字眼，听上去很唬人、很靠谱的样子。大姐却出神地看着他，让他说实话，到底出了什么事？是不是她侄子出事了？

孙其良一口咬定，没事，好着呢，能出什么事？

没事就好。大姐扭脸不去看他，起身去厨房里择菜。

孙其良在椅子里干坐了会儿，再也坐不下去了，也起身走到厨房门口，说这也是让他赶上了，嘉伟这些年生意发展得太快，资金链上头难免有点跟不上，他们这当长辈的总得帮一把不是？

大姐不出声，也没回头，只顾弓着背，在水槽里把那些菜洗了一遍又一遍。孙其良就在那里反复地说要是实在不敢投资，那就当是借给他，大不了他多出点利息，总比那几个房租来得挣钱。他说，把钱借给自己的亲兄弟，你有什么不放心的？

大姐总算出声了。她关掉水龙头，回过身来，问他，老二那边去过了没有？跟你二姐他们是怎么说的？

孙其良摇了摇头，说还没去呢，他要来肯定是先来大姐这里。

大姐点了点头，在围裙上擦干双手，走到外间重新坐下，仰起她那颗白发苍苍的脑袋，说，老三，你在城里待久了，你是忘了，妈活着那会儿常说一句话。

孙其良站着想了想，说，哪句？

她住医院里那会儿不是每天念叨吗？六十不放债，七十不过夜。

那不一样，你是我亲姐。孙其良说，一笔可是写不出两个孙来的。

吴老师回来时，孙其良已经离去。他一点都没觉得意外，把买来的鱼养进水槽里，就去了里间，戴上老花镜，打开电脑在网上搜了会儿，不禁由衷地说，网络真是个好东西呀，它什么都不瞒人。见老婆没搭理他，就歪着脑袋想了会儿，摘下眼镜出来，说，那句话怎么说来的？有什么样的父母就会有什么样的子女，这话看字面的意思，肯定是不对的，不过有时候想想，也不是没道理。

你有完没完？吴师母说，你闲着就去外头把鱼杀了。

搬家那天，天上刮着北风。

从不抽烟的孙其良特意揣了包烟，打算在楼梯口逢人递一递，要说的话也准备好了——儿子在省城换了套江景房，非要老两口赶在年前搬过去，一家四口好在新居里面过新年。可是，直到搬家公司装完车，竟然没一个邻居上下楼梯。孙其良有点失望，也有那么一点庆幸，拆开烟盒包装，给了来送出门证的保安一根，随口聊了几句。最后，他还得故作无奈地摇晃着脑袋，说，没法子，现在老子都得听儿子的。

保安也是个自以为是的人，说他看得出来，业主是个念旧的人，儿子都住省城的江景房了，老两口还舍不得这么一堂旧家具。

孙其良张着嘴，里面一下灌满了西北风，只好扭过头去吆喝那几个工人，动作麻利点，绳子捆结实点，得开好长一段路呢。

事实上，从城里搬到城外也就大半天工夫。夫妻俩租住的地方虽然有点乱，也有点杂，但房租便宜，站在公路边就能远眺到整座城市。当初在找这房子前，刘继英是给出了三条方针的：一是抓紧时间，要赶在人家来收房前把屋里腾空，然后和平交接，不能让人看了笑话；第二是便宜，又不是没过过苦日子的人；第三，得为儿子备着个房间，嘉伟迟早是要回来住的，他还得再婚，还得生儿育女呢。

大年三十的傍晚，出租屋里出奇安静与冷清，只有桌上的电火锅冒着热气。孙其良在桌边坐下，破天荒地点上一支烟。刘继英看了他一眼，也破天荒地给自己倒了杯酒。夫妻俩谁也不说话，默默地吃了会儿，刘继英起身去抓了把葡萄干来，搁在桌上让丈夫下酒。那是儿子从新疆寄过来的，寄件人用的还是别人的名字。

孙其良忽然想起上一次两个人这么过除夕，还是他们刚成婚的第一年，就问刘继英记不记得。那会儿住在他单位分的那半间办公室里。刘继英想了想，问他吃饱了没有，吃饱，她就收拾桌子了。

孙其良愣了愣，低头看着面前那小半杯酒，拿起来一口干掉后，起身说他要出去逛逛，透透气去。

除夕之夜的城外同样安静与冷清得出奇，不光半空中没有月亮，连路上都不见半个人影与车辆，有的只是远处城市里连片的灯火。孙其良原路返回时，老远看见刘继英已经等在那里，手里拿着他的帽子和围巾。

两个人并肩又走了会儿，刘继英伸手挽住他的胳膊，很快脑袋也靠到了那条胳膊上。

第二天是大年初一,继任的社区主任照例给老主任打电话拜年,在手机里匆匆恭贺了几句新禧后,简要地传达了一下防控领导小组的一号令。疫情防控压倒一切,这是一场人民战争。主任在电话里说这话不是她说的,是文件上的精神。她还说街道上在布置工作的时候,领导特意问起了老主任,说刘继英业务精、地头熟,要是没搬走就好了,她可是带人走访与排摸的一把好手。

挂掉电话,刘继英看着孙其良,说要是没搬走,她这会儿应该忙起来了。过了会儿,她仍然看着孙其良,说,人还是忙点好,忙起来就什么都不想了。

当丈夫的完全是为老婆着想。孙其良找出自己的退休证,还有他俩的暂住证,连同刘继英在社区里时得的那些荣誉证书,这一天里找了好些个地方,总算在一个卡口上找着村长。他气喘吁吁,长话短说,开口就要求为村里的疫情防控出点力。孙其良还特意提了提,他爱人刘继英那可是当过两届社区主任的人了。

村长有点感动,四下找了找,一时没找着红马夹,就脱下自己身上的,双手交进他手里,再三强调,任务重、责任大,首先是要保护好自身的安全,一定不能忘了戴口罩。

孙其良连连地点头,当场被安排在离家不远的卡口值守。每天三班倒,可仍是在家待不住,动不动就披上军大衣,捧着茶杯,去卡口的岗亭里帮忙。那件军大衣还是当初在银行值班时发的。

村长也是照顾女同志,让刘继英在村委会里守着热线电话,每天负责回复与记录。她早上八点上岗,晚上六点下班。有时,路过孙其良值守的卡口,就在板凳上坐一会儿,拿过他手里的茶杯喝几口。夫妻俩也不怎么说话,都安安静静的,在冬日的暖阳与刮过的北风里。村里的乡亲们都是有所发现的,城里人就是不一样,见过世面的人就是能静得下来。

这天夜里,风停了,天地间又静得好像什么都没发生过。刘继英头上裹着条围巾来了,手里提了个热水瓶。她拿过孙其良的茶杯,往里面添满热水后,焐在自己手里。两个人就这么并排坐在卡口的板凳上,面朝城市的方向。

遥远的灯火如同碎成一地的月光，隐约而清澈。

孙其良早几天就注意到了，天上的月亮是一点点圆起来的，从无到有，从初一到十五，从天空的这一头到天空的那一头。他像是记起来了，扭头对刘继英说，待在城里那会儿，我们从没离月亮这么近过。

原载《长江文艺》2021年第6期

海 飞

猜谜语

一

2020年的黑格比台风天,真是令人厌烦的日子。这一年景深三十岁。

二

于浅喜欢躲进地铁站里。每次他穿着深灰色风衣从地铁站入口进入的时候,总觉得有一股力量把他给吸了进去。他乐意被这样吸入,每次被吸入地下那一大片亮着灯光的空间,都让他觉得特别安全。所以他总是长久地站在地下通道里,心里幻想着,这地铁站如果突然与地上隔绝,是不是就会成为另外一个世界。于浅喜欢在动荡的地铁车厢里看书,这种心灵上的熨帖让他觉得地铁车厢简直就是他的天堂。而事实上,他是一个活跃在车厢里的小偷。他偷各种各样的东西,也能窥见各种各样的秘密。有时候,他觉得自己和地铁的关系,简直像墙上的一块青苔和一堵墙的关系。

一个女人脸上泛着潮红，眉眼间有笑意，面容上有一种疲惫而满足的神情，她手里还拎着双溪宾馆的袋子，袋子里装着一小束鲜花。看上去她是一个已婚妇女，脸上细小的雀斑因为愉悦的心情而熠熠生辉。她背着的包是廉价的，双溪宾馆也是一个不起眼的宾馆。于浅的目光从书上移到女人身上，迅速地判定这是一个刚刚结束偷情的少妇。然后于浅的目光慢慢地扫向人群，像扫描仪一样扫过去。他扫见了一个绝望的病人，手里拎着一只装着医院X光片的袋子，双目失神，甚至能看出不久前有过一小段默默流泪的时光；也扫见了一个猥琐老头，正用眼睛解开前面一位少女的衣裳……于浅像一个侦探一样，在车厢里推理着各种各样的人生。

一个十岁出头的小女孩站在了于浅的面前，盯着于浅看。她穿着灰格子毛呢连衣裙，安静得像一尊蜡像。于浅的目光停留在手里的那本诗集上，他头也不抬地说，你想干吗？

女孩说，叔叔，能不能请你猜一个谜语？

于浅说，不能。

女孩犹豫了一下，还是说，七夕一相逢，打一个字。

于浅说，我说了不能。

于浅特别喜欢坐地铁去武陵门站，因为他要去B出口附近的中医院看他的女朋友。刚刚交往不久的女朋友景深已经成了植物人。景深喜欢拉小提琴，她所在的卫生系统文艺汇演的时候，穿着演出服的她站在舞台的聚光灯下，像一堆明亮而忧伤的往事那样动人。她拉的曲子叫作《夜莺》，那是她最喜欢的。景深家住在镜湖园，建于2006年。那房子不是小区房，也就是说，没有围墙、保安和门卫，但是离这座城市一片著名的湖特别近。这让犯罪分子有机可乘。犯罪分子在客厅的沙发上把她掐昏了，因为昏迷时间过长，导致部分脏器衰竭，她成了植物人。区分局刑警队一个叫华良的警察来找于浅了解过情况，因为于浅是景深的男朋友。于浅说，人民警察为人民，你得把那个罪犯找出来。

华良就笑了，点着一支烟说，找出来了，你又想怎么样？

于浅想了想就说，我也让他变成植物人。

华良又笑了,说,那你也就犯罪了,值吗?

于浅没有再说话。于浅看到华良带着刑警队的人,走访了楼上楼下的邻居。邻居们的说法综合起来有三点:一是这个小姑娘长得蛮漂亮的,像那个叫倪妮的明星;二是这个小姑娘喜欢拉小提琴,有时候夜深人静还拉,稍微还是有点儿吵到了别人的;三是她从来不跟邻居讲话,那邻居凭什么要低三下四跟她讲话。一位退休的中学女老师一把拉过了华良的手,语重心长地说,人是平等的呀,难道又漂亮又会拉小提琴,就可以不跟邻居讲话吗?

华良想了想说,对!

这让退休教师好半天没有回过神来,最后她只好说,你刚才只回答了一个字。

华良想了想说,一个字都嫌多。

三

华良的侦查结果几乎为零。因为不是小区房,只有出口处有摄像头,但是那也只是一个摆设。屋内没有留下任何打斗痕迹,如果不是因为景深脖子上的掐痕,会让人以为根本就没有发生过凶案。门没有被破坏,显然是用钥匙开的。窗是开着的,但窗台上并没有留下任何可疑痕迹……

于浅经常去找华良,他想要找华良了解案情。他们不仅互加了微信,还一同去一家素菜馆吃了一次饭。事实上,华良是喜欢剥小龙虾的,他总是把盱眙小龙虾念成"于台"小龙虾。他喜欢一边一言不发地剥小龙虾,一边想他的案情。他是学刑事侦查的,从警察学校毕业后的十年时间里,却一直在当社区民警。后来终于调到派出所的刑侦科,但是每次有案件,都是分局刑侦队里来人。再后来终于调到区分局刑侦队,运气不错连破了几次凶杀案,比如百向公园的抢劫杀人案、萧县的一起碎尸案……

于浅却不喜欢小龙虾。他不喜欢一切荤菜,他说,那些明明会动的东西,被煮熟了吃,想想都恶心。他一直吃素菜,所以他和华良吃素菜的时候,华良有些不太高兴。华良说,你以为素菜都不会动吗?它们也会迎风招展。我告诉你,用刀子割青菜的时候,青菜会痛苦地喊叫。

于浅斜了华良一眼说,骗鬼。

当于浅听说华良喜欢吃小龙虾的时候,真诚地说,小龙虾太脏了,小龙虾头部含铅多。你要多吃素。

华良就盯着于浅的眼睛说,我可不是吃素的。

于浅有些不高兴了,说,你们这些喜欢吃动物尸体的人,没有理想,没有情怀,庸俗。你知道景深吗?景深就很素,她就是一棵朴素的青菜。她为什么那么美?她美就是因为她是一株植物。

四

于浅和华良那天在孙荡桥站偶然相遇。那时候他们刚好同时下了同一趟车,随着人流一起向D出口走去。于浅十分热爱地铁,他觉得流动的人群像春天水沟中的蝌蚪,热闹而且充满生的气息。快到刷卡点的时候,他们像久别重逢的老朋友一样相遇了。两个身材都还算不错的男人,微笑着对视了一眼,短暂地交流以后,他们一致决定去于浅家坐坐。于浅家在蓝石板新村,离地铁口不远。一走进于浅家,华良就觉得这屋子里,最脏的就是他自己。于浅的家里纤尘不染,明亮得像一道光。华良在沙发上坐了下来,他不停地用手掌拍打着自己的大腿,好像要把自己的腿从身体上拍下来。在茶几上,华良发现了一本打开的书,《暴风雨使我安睡》,顾城的。于浅就说,你看,顾城看上去就很干净,也很安静。

华良就说,他是杀人犯。

于浅说,杀人犯怎么了?杀人犯就不是人吗?

华良就说,准确地说,被杀的那个才是人。

那天华良抬起头,看到了挂在墙上的一把小提琴,像一个来自唐朝的美人。他从烟盒里抽出一支烟,点着了,隔着升腾的烟雾看那把小提琴。

于浅说,你最好不要抽烟,我的屋里很干净。

华良说，可是我想抽。

于浅就无奈地笑了一下，他像电影中的人物一样，还耸了一下肩。华良抽完了烟，抬头看着墙上的那把小提琴，终于说，走吧。

华良想，这把小提琴，应该是景深的。

华良曾经仔细检查过景深的手机，他让网警给手机解了锁，却没在微信通讯录里发现于浅。

于浅并不是景深的男朋友，一直以来，于浅只是跟踪和暗恋着景深。但是他自己不知道，他像生活在梦中一样，以为自己就是景深的男朋友。他就是那个入室行凶者，同样他并不知道自己入过室，行过凶。他是一个忧伤的年轻人。

在他的内心里，一直有这样一个声音：这么美的景深，她是我的。

于浅的姐姐于欢就是在十六年前的一起凶案中被害的，所以他一直想要保护一个像他姐姐于欢一样的人。但是景深并不认识他，对于一个跟踪者，景深怎么会觉得他是一个会保护自己的好人呢。那天景深发出了尖细的声音，她的脸涨得通红，惊恐而巨大的声音在屋子里冲撞着。这把于浅吓了一跳，于浅想，景深这是怎么了？于是他一把就环住了景深的脖子说，不要叫，你不要叫。

于浅的力量很大，一会儿，景深就没有了动静，像一件扔在沙发上的毛衣。

华良又重复了一句，走吧。

于浅说，你要带我去哪儿？

华良就说，到了那儿你就知道了。

五

那天华良带着于浅离开蓝石板新村，他们在孙荡桥站坐上了一趟开往良渚方向的地铁。华良其实是要带他去分局。他没有叫同事来，没有叫警车来，因为他知道于浅特别想再坐地铁，他也想坐地铁。于浅照例穿了深灰色风衣，随手带上那本叫作《暴风雨使我安睡》的诗集。从于浅走路的姿势来看，他很像一位驻校作家，或者是中文系的一名学生。于浅并不知道华良带他出去是想干什么。他觉得如果可以的话，最好是再吃一次素菜馆。

那天在地铁上，那个背着小提琴的小女孩又出现了，就站在于浅的座位面前。她又想让于浅猜谜语，她说，七夕一相逢，打一个字。于浅依然不猜，他抖了抖手中的诗集说，我要看书。华良坐在于浅的身边，他望向小女孩，说，你叫什么名字？

女孩说，我叫景深。

华良说，你多大。

女孩说，十四岁。

女孩又指了指不远处。一个中年女人背着小提琴盒，靠在车厢中间的不锈钢杆子上，看上去像被一团秋风吹瘪的青椒，显得有些木讷和疲累。景深说，那是我妈妈，她送我去湖畔花园学琴。我最喜欢一首叫《夜莺》的曲子了。

华良说，那你说说，你喜欢这首曲子的什么？

女孩就笑了，说，我不是喜欢莺，我是喜欢夜。

##

2020年，那场名字叫黑格比的台风刚从杭州经过，城市有了肃杀的凉意。大胡从遥远的古巴回来，戴了一顶帽子，很有切·格瓦拉的味道。他最烦那个小国家了，什么都不方便。可是麦豆喜欢，麦豆说，人活着不是为了方便的。麦豆又说，这儿多么安静，在哈瓦那还有海明威的故居。老胡终于在狠狠地抽完了一整支他从来没有抽过的雪茄后说，我要同你分开，你是疯了，海明威跟咱们的婚姻有关系吗？麦豆就显得很惊讶的样子说，你疯了，你连安静都不需要吗？

大胡就说，安静得跟死一样，那还叫活着吗？

大胡结束了和麦豆的婚姻。麦豆在异国他乡，流下了一些眼泪，她觉得爱情破灭了，所以她一边流泪一边喝一杯朗姆酒。大胡在麦豆泪眼迷离的目光中回了国。当初出国的时候，他把镜湖园的房子留给了前妻，但没有把钥匙交出。当他回到"亲切得像金子"一样的杭州，用钥匙试探着打开房门的时候，门打开了。屋子里很安静，大胡就站在客厅的中间，长久地沉默着。他看到了前妻的遗像，挂在墙上的面容平静。这让他心头一酸，突然觉得墙上这个人，从陌生人变成了亲人，又变回了陌生人，看上去却又像个亲人。所以他流下了热泪，并且长久地流着泪，他觉得他应该是可以把眼泪流干的。前妻姓景，女儿也跟着前妻姓了景。大胡看到了柜子上的相框里女儿十四岁时候的照片。那是2004年的时候拍的，而现在已经2020年了。大胡就想，人生怎么就会过得这么快，快得你连后悔的时间都没有。

他当然不会知道，女儿长得跟地铁中让人猜谜语的小女孩一模一样。

大胡在结束了和麦豆的婚姻，刚想回国的时候，接到公安局一个叫华良的警察的电话，说是他女儿遇害，在市中医院里，现在是植物人状态。大胡就想，老天爷就爱跟他过不去。现在，他什么都没有了，他就只有像一粒灰尘一样的自己。

七

从地铁闻星站下车的时候，华良一直看着景深背着小提琴，和妈妈一起离去的背影。走出站台，四面八方的风就吹了过来，华良突然看到了街对面一排破败的房子，一家药店的灯光微弱而顽强地亮着。药店旁边开着一家教育培训机构，大门外的一张标语上分明写着：2004年奥数速成提高班招生。这让华良有些不知所措，远处，仍然是景深和妈妈头也不回的背影。而他一回头，看到地铁站变成了一座邮政售卖亭。华良猛然间仿佛明白了，他从闻星地铁站下车以后，竟然不可思议地到达了2004年。刚才的那个小女孩景深，将会在十六年后被于浅害成植物人。华良又转过头去，远远看到一个男人接走了景深和她妈妈。他那时候还叫小胡,其实就是2020年和麦豆离了婚并从古巴回来的大胡。在2004年,显然他还不认识一个叫麦豆的女人。

2004,2004,2004……一串2004的数字,排列成一条通往远方的路,这让华良有些不知所措。他转头四顾的时候,发现他从蓝石板新村带走的嫌疑人于浅并不在自己的身边。街上的行人稀少,他们集体生活在2004年云淡风轻的杭州城里。春天的晚上,温软得让人昏昏欲睡,华良就在这样的温软中叫住了一名匆匆而过的中年人。他很像一名公务员,他有着公务员的笑容和一只属于公务员的手提包。他说,什么事?

华良说,今天是几号?

公务员说,3月5号。今天是惊蛰。

公务员话音刚落,天边就传来了隐隐的雷声。华良不知道公务员是什么时候离开的,他只记得自己像一只木鸡一样,久久地站在邮政售卖亭的门口。又一阵雷声滚了过来,华良的脑子疾速地旋转着,他猛然之间想起了,2004年自己是一名入行不久的警察。而惊蛰那一天,杭州城的桑木场,发生过一起命案。华良看了一下手表,夜里九点三十五分,离案发时间还有两个钟头。

华良开始了春天里的一场飞奔。他突然想起地铁上小女孩景深出的那个谜语,七夕一相逢,是个"死"字。很快,华良觉得春天的风被他撞碎了,七零八落地散在地上。

八

华良阻止了桑木场的那场凶案。他边奔跑边挥手拦出租车。他拦下了出租车,又迅速地打通了110。犯罪嫌疑人是一个十四岁的少年,他就是于浅。他把一个穿着薄毛衣的文艺女青年勒死了,文艺女青年就叫于欢,她热爱诗歌,并且还刚认识了一个多愁善感的杂志社的诗歌编辑。于欢的心头,洋溢着一千个小欢喜,她认为她和编辑之间将会有一场发生在杭州的爱情。

就在就时候，于浅突然用手臂勒住了她的脖子。很快，警车响着巨大的警笛声，向这边开过来了。冲在最前面的是穿着便衣的华良，他踹开了于欢宿舍的门，对着于浅就是一拳。于浅松开了于欢，他冲向了阳台。他就站在阳台上说，你不要过来。

华良并没有过去。华良说，你下来，你往里跳。你站在阳台上很危险。

于欢也轻声喊着，于浅，于浅，于浅你不能犯傻你一向聪明。

于浅说，那你们都走开，让警车也赶紧走。我要离开这儿，我要去上海，我要去黄浦江边上走一走，我真是太厌倦杭州这座城市了。于浅的话还没有说完，他的脚底滑了一下，整个人倒栽葱跌了下去。华良和于欢对视了一眼，然后华良看到于欢闭上眼睛，整个人像面条一样瘫软地倒在了地上。

于浅死了。华良后来看到第二天的《都市新报》上报道了这条新闻。华良知道，其实自己回到 2004 年之前就收藏了这一天的报纸，但是现在他看到的报纸，和他收藏的报纸，新闻标题是不一样的。他收藏的《都市新报》上的标题是："桑木场一公寓发生命案，凶犯逃之夭夭，警方正全力侦破"。而现在这张《都市新报》上的标题是："桑木场一公寓发生入室行凶案，歹徒杀人未遂，逃走时不慎失足坠亡"。

于浅死了，那么后面的于浅就没了，而那个本应死去的姐姐于欢，必须要活下去了。华良突然想，如果这样回到 2020 年，多少人的命运都会被自己穿越时光隧道的一次旅行打乱了。警察在现场维持着秩序，强光灯猛烈地照射着，此起彼伏的对讲机轻微的啸叫声不时地传来。华良离开了现场，离开之前，他回头望了楚楚动人的于欢一眼，她完全陷于惊惶中，像风中一株刚发芽的嫩草。令华良想不通的是，于浅为什么对姐姐下了手？

并没有人注意到华良离开现场，就像没有人会注意这篇小说。华良的背影显得十分细长，细长得像是一个被光线拉长的晃动着的影子，瘦削而孤独。他知道警察会处理这个案件的善后工作，也会带走于欢进行问询。他现在想做的只有一件事，尽快回到 2020 年，所以他必须找到地铁的入口。

华良始终进入不了地铁。他长久地站在邮政售卖亭前,对着售卖亭发呆。他再次看到了景深。景深不知道是什么时候出现的,她孤身一人,还是那个十四岁的小女孩。她朝着华良笑了一下,笑得纯朴而无邪。她说,我不能让爸爸认识麦豆。我爸爸是我的。

景深的爸爸就是大胡。而那个叫麦豆的女人,是个画家,这一天按既定模式,麦豆会烧炭自杀。有一部分女人自杀,是因为失恋。麦豆失恋了。她在画室里烧炭,被警察救了,送到了医院。她是被医生大胡救活的,按既定模式,大胡成了她的主治医生。大胡比较温柔,说话随和。其实有许多女病人对主治医生是有好感的,麦豆也是。麦豆把爱转移到了安静的大胡身上,麦豆说,大胡你救的不是我的命。

大胡说,救的是什么?

麦豆说,救的是灵魂。

大胡说,有什么两样吗?

麦豆说,灵魂更重要,更高贵。就像艺术比生命重要。

大胡不假思索地说,还是生命重要!

总之是麦豆离不开大胡,而大胡突然被这个年轻的、长相过得去、气质也算出众的女人俘虏了。在他缴枪投降的时候,景深的妈妈一次次把景深送往各个地方,学习写作、奥数、小提琴。妈妈不修边幅,打着哈欠,一次次带着景深四处奔走。她有一个梦想:景深以后必须要有闪闪发光的日子。她对大胡是这样说的,我不希望她将来像我这样,输得一败涂地。

大胡说,你怎么了?你跟人打仗一败涂地了?

景深妈妈说,我要有闪闪发光的日子,但是我没有,所以我得让景深有。

现在,十四岁的景深对华良说,我要阻止我爸爸认识麦豆。我爸爸是我的。就在刚才,我爸爸接到了医院的电话,让他处理一个急诊。那个急诊病人就是麦豆。我爸爸刚吃完饭,要离开家,我让他陪我,但是他让我别胡闹,他坚持要出门。我用一根擀面棒砸晕了他。他倒在地上,把我妈妈看呆了。但是,他最后没有去成医院,也就没有成为麦豆的主治医生。现在我的爸爸还没有醒过来,现在麦豆还没有主治医生……

华良望着面容平静的小女孩，觉得自己进入了"盗梦空间"，一切变得不可思议。这时候他听到嘈杂的人声响了起来，一片白光中，那个邮政售卖亭渐渐淡去，变成了地铁闻星站的 D 出口。华良望向景深，景深微笑着点了点头。华良转身进入了地铁站的入口，人的声音越来越大，很快华良就踏上了电梯。就在这时候，景深的声音再一次传来，华警官，谢谢你在桑木场那起案件中，让凶手摔死了。

华良的脑袋就嗡了一下。原来景深什么都明白，如果凶手于浅在桑木场案件中摔死了，那么也不会再有镜湖园公寓楼中于浅对 2020 年的景深的行凶案件了。景深一定是得到了什么力量，她是来改命的。

华良很快进入地铁。在地铁晃荡的车厢里，他觉得现在的自己生活在一局电子游戏中，不过是扮演了一个刑警的角色而已。

九

第二天中午，华良在地铁武陵门站下车后，去了边上的中医院。他查了所有的住院记录，确认了景深没有住过院，甚至连门诊记录都没有。然后华良去了镜湖园公寓楼，他找到了景深家。开门的是大胡，戴着老花镜，问他找谁。景深果然生活得很平静，她朝华良笑了一下，也说，你找谁？华良拼命地回忆着之前案发现场的场景。他看到了墙上景深妈妈的遗像，那么景深妈妈确实不在了，她是得了一场大病死了。她辛苦培养女儿，但并没有看到女儿闪闪发光的日子就走了。这让华良想到，不是所有的努力，都能抵达自己的理想。华良看到墙上还是挂着小提琴，柜子上还是有景深小时候的照片，她穿着灰格子毛呢连衣裙，嘴角含着笑，并且露出了一粒灿烂的小虎牙。餐桌上放了几个菜，还放了两个酒杯。于是华良就想，看来他们就要吃饭了，他不能打扰他们平静的午餐。

华良离开了景深的家，他觉得很放心。但是他又觉得这个世界很不真实。

十

后来华良把这个故事告诉了我，他讲得十分投入，刚好讲了两个钟头。在我的办公室里，他时而平静，时而激动，不时配合着一些带有表演性质的手势。我一边听他说话，一边看着窗外，窗对面是一座山。我总觉得，那些绿郁的树丛里，藏着无数的秘密，像一些深藏在洞穴中的蛇蛙一样。

我们看不到，并不等于这些秘密或者谜团不存在。

我叫胡小深，今年三十岁了，是杭州市第七人民医院，也就是这座城市最著名的精神病医院的一名精神科女医生。华良在我的办公室告诉了我以上这一切，说完这些，他又要去执行任务了。他穿着竖条纹的病号服，还向我行了一个举手礼，说，我要去破案了，我们区分局刑侦大队每逢大案都少不了我。

但在我开出的病历单上，这位病人并不叫华良，他叫于浅。于浅酷爱刘慈欣的科幻小说，也酷爱东野圭吾的推理小说。根据我结合临床的推论，这位臆想型的精神疾病患者，是把自己分成了两个人，一个是于浅，一个是华良。于浅无意识地虚构了以上这样一个故事，但是他自己不知道，他觉得这是深藏在他内心的一个秘密。他为什么要虚构一个名为华良的警察身份？是因为他每天都看的当地的《都市新报》上，经常出现一个叫华良的警察，他是在全省都有名的神探。

于浅仍然站在我的面前，他说，这一次执行的任务很艰巨，是要破一起失踪案。有一个女人从家里失踪了，小区里那么多的监控摄像头，却没有任何她离开小区的影像记录，你说，这是不是一个奇案？最近市局局长亲自下达了限期破案的任务，我觉得我肯定能行。为我加油吧！

我说，好，加油！

于浅说，那关于我对这个奇怪的失踪案的推理，我明天再来同你讲。对了，你们这个医院属于我，你也是属于我的。一切由我管理。

我说，你不是警察吗？

于浅愣了一下说，对啊我是神探华良啊，我什么时候兼职了？兼职来管理医院，这不好吧。

我说，可能这是你的任务，你暂时潜伏在这儿，我是你的上线。现在我命令你，先回病房休息。

于浅猛地立正敬礼，说，是！

于浅走到门边，像是突然想到了什么似的，转过头来神秘地说，上线，你的代号是什么？

我说，我的代号是麻雀。

于浅说，麻雀同志，你知道时光穿梭吗？那是需要一张黑色卡片的。用这张卡片，就像打开酒店的房门一样，能打开时光之门。

我说，你是从科幻小说上看来的吧。

于浅说，不是。你想想，如果我没有穿越到以前，怎么阻止桑木场的那起案件？

十一

第二天是个雨天，雨下得很大，我甚至能听到隐隐的雷声。从医院办公室窗口往外看，仿佛置身水帘洞。远远的那座山，我只能看到一团黑。一名刑警来找我，他穿着便衣，中等身材，不胖不瘦，不美不丑，混进人群中就会找不到。他因为一起案件找上门来，找到了我们第七人民医院的海院长。海院长自己就像一个精神病患者，一会儿说自己会进入盗梦空间，一会儿说自己是天蓬转世，每天都搞得很忙的样子，不知道他哪句是真话，哪句是假话。他给我打电话的时候倒很平静，他一平静就显得很正常。他说西湖分局刑警大队有一个叫华良的警察，因为一起案件来我们院，想要求助一名精神科的专家，他推荐了我。他说华良想从精神病理学上，对那起案件的嫌疑人的行为做出一些分析，希望我能指导。

我愿意协助他们的工作，因为我对这一切都感到十分好奇。而且我知道了，他才是《都市新报》上介绍的那个真正的华良。

这个阴雨连绵的天气里，我给华良泡了茶。办公室里开了空调，但是屋外的雨声十分巨大，我特别享受这样的声音。本来是华良想要求教一些关于精神疾病的问题，结果成了我给他讲精神病人于浅说的那个故事。当华良听说于浅提到了穿梭时光的那种卡片的时候，表现出莫大的兴趣。

我说，怎么可能有这样的卡片？平行空间，时光穿梭，都是科幻小说和穿越小说中发生的事。

华良说，那你认为他是在幻想？

我说，他是抑郁症引起的精神疾病，非常严重。在人的精神世界里，心情郁闷，思想压力大，遇到难解的心结，都能引发抑郁症。这和遗传因素、社会心理因素以及患者的自身素质都有关，这种病，没有特殊的仪器可以检查，不过治愈后和正常人是一样的。如果病情十分严重，就会出现幻觉、妄想症状。于浅说的故事，就是他妄想出来的。他还以为，他就叫华良，也就是你。

我盯着华良看。华良想了想，最后说，其实我也是一个科幻小说迷。但我总是觉得，这个世界上有一些奇怪的谜团，我们并不一定能解开。尽管我是一名警察。

那天在喧嚣却又安静的雨声中，华良离开了我的办公室。我没有起身送他，他只留给我一个背影。他穿着便衣，手中拿着一柄折叠伞，像一位病人的家属。他在雨声中消失了。

我叫胡小深，一个很男性化的名字。杭州市第七人民医院的一名精神科女医生。我爱拉小提琴，曾经在市卫生系统的文艺汇演上拿过奖。从小我的母亲陪我练琴，比我还勤奋用心。但最后的结果是，我像我父亲大胡一样成了一名医生。我们其实不应该在孩子身上寄予厚望，大部分人都会在长大成人后陷入平庸。当然，这些都不是我想说的，我想说的是，我们其实都生活在巨大的谜团中。

这样想着，我的目光投向窗外。雨点密集，我只能隔着雨阵看到远处模模糊糊的黛青色。那就是窗外诡异的一座山。

尾　声

2020年3月5日，星期四，惊蛰。

我是胡小深。那天我回到家中，父亲大胡正把自己扔在沙发上打瞌睡。在形式上，他是属于我妈妈的，他最终没有和麦豆在一起。准确地说，他从来就不知道有一个叫麦豆的人。他六十岁了，刚刚从医院退休，头顶秃了，眼睛老花，不喜欢往外走，喜欢一个人坐在屋子里回忆往事。在家里待久了，他就爱上了打瞌睡，所以他的日子是在昏昏沉沉中消磨掉的。我们父女两个人，生活在镜湖园。

其实我的真名叫景深，妈妈没了以后，大胡建议我改名胡小深。一直到我妈妈离世，我忍受了她那么多年的强制性培养，我就像一根被压垮了的弹簧，再也没有反弹的能力。

那天晚上，我打开衣柜，看到了一套灰格子毛呢连衣裙。我对着它久久凝望，想，是不是每个人都有一件令自己难忘的物品。后来我背上挂在墙上的小提琴，带了一张黑色卡片去地铁站。我特别想去坐一次地铁。我三十岁了，没有男朋友，在医院里的工作也是死气沉沉。但我们都必须坚守着，因为生活是属于我们的，谁能抢得走？

我带着那张黑色的卡片，进入了武陵门地铁站。我看到了一道白光组成的时光屏，越过那道只有我能看得到的时光屏以后，我的年龄变成了十四岁。我穿着灰格子毛呢连衣裙，大步汇入了人流。

地铁上，一个年轻男人望了我很久，我朝他笑了一下。他说，你很面熟，你多大了？我说，十四岁。

我说，叔叔，我想让你猜个谜。

叔叔摇了摇头说，我不猜。

我说，叔叔，你是干吗的？

叔叔没有说话。但是我已经认出了他，他就是华良。而华良没有认出我来，因为我现在只有十四岁。我们昨天才刚刚在我的办公室里见过面，并且聊得十分投机和顺畅。我笑了，没有人认识我，我却能在十四岁那年和现在之间来回穿梭。这是一件十分美妙的事，我一直都在暗处，所有人却在明处。

所有人都认为这只是一篇小说，但这一切其实却在真实地发生着。只有我知道一个秘密，就是我真的能回到从前。

没有人会相信这一切。

原载《青年文学》2021 年第 7 期

黄咏梅

蓝牙

孙芊蔚没想到丽江古城色彩那么明艳,好像手机屏幕的亮度被谁的手指不小心划到了顶格。花的色彩,油纸伞的色彩,天空的色彩,游人服装的色彩,饱和度极高的阳光——将这些颜色调到最亮。这是她第一次踏入丽江古城,却不合时宜地先在心中盘点箱子里的衣服,哪一件能配得上这些鲜艳?她不是那种喜欢拗造型的女人,这可能是她近年来的一种心理惯性?出门变得有些焦虑,焦虑晴雨,焦虑衣履,焦虑酒店的枕头是否贴合她的颈椎……结果总是失算,每一次出门都会感觉错带或漏带了一件必需品。

唯一庆幸的是,她犹豫再三最后还是放进去了那件帽衫,就在箱子里的最表层,做好了空间不够随时可放弃的准备。这两年,她调暗了自己,衣服基调脱不了黑灰藏青,在她身上找不到一点花卉的图案。那件帽衫是例外,买来打算春天夜跑穿的,颜色是不太常见的嫩绿。不过,孙芊蔚在古城里轻易就找到了它的同色系,在那些抬眼即见叫不出名字的多肉盆栽里,有各种程度的绿,它就是那种透明、亮晶晶的绿。孙芊蔚一眼就辨别了出来。这绿色多少缓解了一些她的焦虑。

预订的房间数量不够，他们要分成两拨分住两处。她被安排住在新义街的一间民宿。门楣被垂落下来的紫藤花遮住，庭院深深，从门口望进去，只能看到尽头一面巨大的照壁。穿过一段近二十米的长廊，拐个弯，才能看到露出天空的院子，以及院子里两两相对的客房。

　　她的房间是103。服务员告诉她，一楼，北面是单号，南面是双号。穿过院子时，她看到一张长条茶几，几只小茶杯里余着绛色的茶，深浅不一。有根烟被搁在烟灰缸沿，慢吞吞将余生最后一口气吐向它旁边那盆又肥又矮的多肉。估计是刚坐在这里的两男两女，他们现在站到了院子一侧，手机对着草地上一匹卧着的木马拍照。发房卡的时候，负责团队后勤的小单告诉大家，这里是当年马帮头子的老宅。103房间门口正对着那匹木马。当中没拿手机的年轻女人朝她笑笑，说："这马好萌呀。"孙芊蔚礼貌地点点头，应了声："是呢。"

　　民宿都是木头建筑，用的是那种不上漆的整木。房间当中一根大梁柱，如果不是屋顶阻隔，会以为那里种着一棵老树，树皮斑驳，枝叶都在房顶之外。仔细看，才能看出人工做旧的手法。木门隔音不太密实。孙芊蔚简单洗了洗脸，等热茶的温度适口，等到院子里讲话的声音消失了，她才打开房门，走近去看那匹匍地的木马。跟建筑的整木相反，它由很多块碎木条拼接而成，色调像灰岩剥落的石块，裸露着骨骼，筋脉、鬃毛与木纹的沟壑纵横吻合，真像是一匹茶马古道退役下来的老马，卧下，就从此走不动了。孙芊蔚在院子里走一圈，从某一些角度看过去，那马不像马，倒像是谁即兴搭起的一堆乱木，即将燃烧起来，即将被人围着跳锅庄舞。刚才路过玉河广场，那里有一块闪动的电子大屏幕，游客在里边围着篝火跳舞，孙芊蔚觉得那是更为壮观的广场舞。

　　转过一个拐角，孙芊蔚斜眼看到了二楼走廊上的老谢。她朝他挥挥手，他随即晃了晃手上的烟，这手势如此熟悉。老谢瘦瘦的中等个，站在某个角落，朝人晃晃手中烟，漫不经心打个招呼。就算在不久的将来，他们不再有关联，在更久一点的将来，他们老得杳无音信了，孙芊蔚相信这动作也会伴随这个人的名字一起浮现。他们没再说什么，对于各怀心事的这类时刻很默契，无话也不尴尬。

老谢使新环境引起的那点兴奋感黯淡了下来。等她转回 103 房门前，那匹正对着的老马又像一匹马了，是一匹忧郁的老马。

来丽江是老谢的选择，作为 PR（公关部）的一次团建，或许说是一次为了告别的聚会更为确切些。老谢将要调离公司总部，到一个三线城市的分公司继续任 PR 经理。这消息瞒不住。即使老谢在公司茶水间悄悄告诉过孙芊蔚，但彼时其实早已不是秘密了。他们这次团建不设主题，务虚，公司就当出钱给老谢请客，答谢一下团队。在梵净山和丽江之间，老谢最终选了丽江。孙芊蔚对老谢讲："我都不好意思说出来，我竟然没去过丽江。"她和老谢都是 70 后，老谢在 70 头，她在 70 尾，行事风格却像隔了一江水。老谢对她的话没反应。说起千禧年前后，文艺青年界忽然流行一句调侃的话：不是在丽江，就是在去丽江的路上。孙芊蔚处于那段时间的河流里，似乎不应该"掉队伍"。老谢很不以为然，不是对丽江，而是对"文艺青年"这个词。按照孙芊蔚对老谢的了解，如果不是照顾手底下那几个 80、90 后，他更希望去腾冲。因为最近他忽然开始对历史产生了浓厚的兴趣，仅有一小时的午休时间，他躺在办公室的沙发上，耳机里播着王树增的《1911》，闭目，迷糊时会被某个高音惊醒。他对现在进行时态的新闻和八卦丧失了议论的兴趣，倒是时不时在跟人聊天的时候会冒出"大多革命都起源于对腐败的抗议"，搞得人不知怎么接话。

在这家美国驻华公司工作之前，老谢是报纸的财经编辑，猎头以年薪六十万的条件把他挖过去，为公司完美处理过几桩影响恶劣的危机公关。升到 PR 经理的时候，他把孙芊蔚也从报社挖了过来。他们一直搭档得很好，老谢利用原先在报社的资源为公司摆平媒体，孙芊蔚为老板起草的新闻通稿，无论在报纸还是网站上发表都恰如其分。他们在真实与谎言之间找到了一些模糊的句式和语法，乃至标点。不过，这几年，除了负责撰写宣传公司形象的新闻稿，他们处理负面消息显得有点束手无措。无论如何，现在人们穷追真相的呼声虽响，但耐心越来越少，而指望制造一个吸引眼球的新热点去覆盖一个负面消息，对老谢他们来说简直就像买彩票。老谢慢慢变得有点"佛系"，工作思路和方式都有了些莫名其妙的改变。相比对外公关他更关心企业内部文化，他在年会上跟员工大谈"情怀"二字，年度工作计划的第一项就是要在公司成立读书小组，定期举办读书分享会。据说老谢在公司某一次中层会上，陈述举办这种形式陈旧的活动的必要性。他打破了历来的报告流程，以沉重至痛心的语气说，整个公司里的人，都不像人，一点人的味道都没有。传出来的话说，老谢讲完，整个会场沉默了三分钟，就像集体进行了一次默哀。孙芊蔚认为这传闻有夸大的成分，但场面之尴尬可以想见。最终的结果是公司随老谢去折腾，反正这类看不见收益的活动，零成本，只会为老谢的年终总结报告写上一笔。暗地里，他们认为老谢对公司发展提不出有建设性的意见。

一个月当中有一个晚上，老谢让下属把咖啡室布置成沙龙，由各部门派员工轮流参加，在临时充电挂上墙的几盏温柔壁灯下，分享指定读物的读后感。参与者大多是资历较浅可差遣的年轻人，他们通常是坐在灯下，照着一张A4纸念，听上去内容专业得可疑，很多是从豆瓣或者知网上复制粘贴下来的文稿。孙芊蔚是读书会的组织者，负责在老谢主持的交流环节给大家递话筒，同时在多次冷场的时候运用她的机智保持活动的流畅。不过，需要孙芊蔚递话筒的机会渐渐少下来，老谢拿着话筒一直讲到了散会。

读书会办了六期下来，孙芊蔚感到有点难以为继。她甚至担心随着一些女员工带着家里没人照看的小孩过来，读书会有可能会变成亲子教育中心。多亏了《了不起的盖茨比》。

春节前夕的一个寒夜，老谢让孙芊蔚从拜访VIP客户的新年礼物里扣下了一些多余的巧克力，用漂亮的包装纸将它们包得像一本本书。他打算给参与者一些"物质营养"。不知道是巧克力还是盖茨比的缘故，发言的年轻人比前几次都活跃。老谢很满意，孙芊蔚读出了他那种微笑里竟然有着父辈的宽容甚至宠溺的成分。几个分享者照着A4纸念出了与故事主题相近的观点，与前几次不同的是，他们用自己的话总结出诸如女主黛西是个"渣女"，盖茨比是美国中产阶级的牺牲品之类的结论。在孙芊蔚给老谢续咖啡的那会儿，老谢轻声对她说："看来选书很关键。"他庆幸遇到了了不起的盖茨比。

气氛的转变从一个新员工的发言开始。这个西服袖口露出一截白衬衫的年轻人，有着那种不放过任何场合来表现自己的欲望，语气跟语速一样冲。他抛出了"《了不起的盖茨比》反映了人性最真实的一面，不应该特指美国或者哪一个国家的人。批判这种真实性的人，都很虚伪"的观点。他滔滔不绝地维护黛西，认为人爱慕虚荣没有什么不对，虚荣是人成功的最大动力，也赞赏盖茨比那种拼命发财之后再将心爱的人夺回来的行为。总而言之，盖茨比和黛西，就是霸道总裁和灰姑娘的故事，是今天所有年轻人的梦想。至于结局，那是因为盖茨比太讲情义，遇人不淑，被坑了。他那种一本正经地自黑的语调，引起了众人几次哄笑，在他讲完"他们完全可以有另外一个结局：女有意，郎有钱，从此过上幸福的生活"这句话之后，还出现了几阵零星的鼓掌声。这情形应该算是读书会成立以来的一次高潮了。接着这个新员工带出来的话题，有人开始抢话筒。其中一个大概处于刚失恋的状态，他拿话筒的姿势像正在喝一瓶百威啤酒。他哭丧着脸说很羡慕盖茨比，被女朋友甩了之后，他没有能力成为霸道总裁，他做梦都想在她家边上盖一座豪宅示威。气氛热烈起来，没抢到话筒的也开始相互议论。一些根本没看过这本书的人，从盖茨比顺利转移到了他们关心的恋爱、买房这样的现实话题上。就在某一个抢话筒的间隙，大家听到有人猛地一拍桌子，又一拍桌子。老谢接连拍了好几下桌子，震落了搁在杯子边的小勺。大家看到他掏出一根香烟，第一次在读书会上打破了室内禁止吸烟的纪律。打火机的火苗跳动了好几下，孙芊蔚在老谢接过话筒时印证了那种颤抖。

有一小段时间，老谢成为公司的热议。年轻人说，PR的那个老谢真能装，明明自己中产了才来跟人谈铜臭味的危害。与老谢共事多年的老友则纷纷为他的职位担心：拿着厚厚的俸禄还到处散布美国梦终究破碎的原因——"美国佬总是以为钱能买下一切。"

在那次取消丽江之行后的十多年间，孙芊蔚去过很多个古城，凤凰、平遥、徽州以及与丽江相邻的香格里拉独克宗，还到过其他国家类似的古镇、古堡。奇怪的是，无论公干还是私游，她与丽江都没有机缘，这样反而使得那次取消行程的前因后果总是会跟着丽江这个地名完整地蹦到她的脑子里。去丽江的飞机上，坐在旁边的那个男人问她是不是第一次来丽江，她又想起了这桩事。她当然不会跟一个陌生人去唠叨那件陈年往事，不过他说他是第二次来丽江，接着又随随便便地说出第一次是跟前女友一起来的时候，她也顺着说了句："我跟前男友差点就来了丽江。"天晓得这个前男友已经前到十多年前了。

男人刚落座不久，孙芊蔚就觉得他看上去很舒服，模样身高都落在她的审美点上。孙芊蔚目测他三十来岁。如果不是赶上计划生育的年代，她觉得母亲会给她生一个类似这样的弟弟，或者说，如果时光倒退十年，她想要一个这样的男朋友。他说不上帅，脑门偏大，肤色可能时常会被别人误解为过于奶油。聊过一阵之后，她认定他有着与年龄相吻合的稳重的朝气。她总是会被这种类型的男人吸引。他们聊得很愉悦。无形中孙芊蔚暗自调低了年龄，尽量以靠近他年龄的姿态跟他讲话，甚至某些不合乎她人生阅历的观点，她也含糊认同。他看起来很放松，仿佛他们已经认识有一段时间了。只有她自己知道，一开始她就不是他称呼中的那个"蔚姐"。

他们坐的刚好是安全门边的两人座位，左右没有第三人打搅。他向乘务员要了两条毯子，盖着毯子抬头看电视的某个瞬间，孙芊蔚竟觉得像是两人在过居家生活。她没有婚姻生活的经验，在认识的人眼中，她结婚的概率慢慢降低只是基于她的年龄，而熟悉的人则认为如果她不改变某种固执的挑剔，她无论处于哪个年龄段都不太可能结婚。她不是个苛刻的人，相反，她善解人意，因而与后辈交往时自然能消弭掉一些隔阂。这个刚认识的男人，相谈不久便发出"你哪里像个四十岁的人啊""你看着好小"这样的赞叹，这类话她听得不少，真真假假她都受用。但在结婚这件事情上，她的固执显得很老土。如果避免用"缘分"这个俗气的词来谈她对婚姻的看法，只能笼统地说那些男性都没能与她的灵魂牵手成功。即使是爱得热火朝天的时候，她都会因为发生的某件小事而冷静下来，仿佛落入了一个没法解除的咒语中，最终理性地分手。

　　孙芊蔚离婚姻最近的那次，便是打算一起去丽江旅行的那个前男友。在定下关系之前，她带前男友回家乡过年，见过了家长，还要见见她的几个发小好友。唱完夜场卡拉OK后，其中一个人不知从哪里搞到了点烟花，他们决定找个僻静处偷偷放烟花。在城乡接合部的一片幽暗小树林边，他们举着烟花筒，朝天空吐出一朵朵张牙舞爪的大丽花。就在这个浪漫的时刻，一束手电筒的光准确地捕捉到了他们，几个巡逻的城管叫喊着从远处跑过来。大家一阵惊慌，商量着要如何应对。在昏暗的夜色中，孙芊蔚注意到她的前男友悄悄地转过身，朝离他最近的小树丛里隐了进去。就像捉到了恋人出轨，这一幕如此隐秘又如此真切，以至于过去那么多年，她连当时心里那阵羞愧都还没忘。她没有告诉前男友分手的具体原因，在爱与不爱这些事情上，她总是自作主张，不拖泥带水，也尽量减少伤害。在孙芊蔚情窦初开的那个年龄，正是日剧《东京爱情故事》流行的年代，她跟许多同龄人一样受到赤名莉香的启蒙，只不过有的人模仿到了莉香的微笑、发型以及服饰搭配，更多一点的就是获得了女生追求爱情的主动和洒脱，而她得到的却是一种被人认为不可救药的古怪——仿佛爱情是她自己一个人的事，相比分享美好，她更擅长独自消化伤害。结束一段爱情，她总能让自己面带着莉香式的微笑，掩饰着，转身，消失于斑马线对面的人群。她没再跟那个前男友见过面，倒是前不久被拉进一个同学群里，她看到了他的头像，跟很多中年人一样，发福，双手交叉搭在肚皮上，痴笑着靠在栏杆前，身后是云雾缭绕的群山。她没跟他打招呼，他也不太在群里讲话。有好些次，她看到他在群里抢某个人丢出来的红包，抢完，总会发出一个"谢谢老板"的职员鞠躬动图。她默默退出了群。

　　飞机落地那阵剧烈的震动还没完全消失，他就迫不及待打开手机要加她的微信。

　　"程木易。我是实名。"

　　"我也是。"她手指一点，把他放了进来。在朋友权限选择那两栏，她的手指犹豫了几秒，为他开放了自己的生活圈。她不认为跟他会发生些什么,只是觉得他不会因为日益了解她之后对她失望。她不介意他了解自己。

"我会在古城住两晚,再去泸沽湖转转。"

"是想去泸沽湖走婚吧?那边可是母系氏族哦,当心被摩梭美女熬成药渣……"分别前,他们已经可以随意开这样的玩笑。

"哈,我最适应母系氏族啦。"

"这两天找个小酒馆,约?"他挨近她,认真地看着她。

"好啊。"她的脸莫名涌上了一股热潮,不过还没忘记大大方方地微笑,是那种她自以为的莉香式微笑。

除了吃饭是集体行动之外,他们的团队在古城没有指定活动内容,可以自由组合逛逛四方街和嵌雪楼,或者在小酒馆坐坐,聊聊八卦,也可以申请为了寻找劳而不获的艳遇而独自行动。他们自然把老谢和孙芊蔚划分在了一起,笑说老同志作息应该会合拍。孙芊蔚倒是觉得古城的作息跟那些年轻人很合拍,晚睡晚起。

在客栈简单吃过一碗米线之后,孙芊蔚出门去附近转转。快九点了,街上还没几个人,凌晨时分还花样百出的小货铺、小酒吧现在都没了动静,大水车在高处独自转动。热闹的鲜花和密集的盆栽原地等待,眼睁睁看着太阳从自己身上没收掉夜间得到的小费——露水。那露水挂在花瓣上是耳环,围在胖嘟嘟的多肉上是项链。好在,这些稍纵即逝的馈赠被孙芊蔚用手机拍了下来。很快,在她朋友圈的九宫图下方,前后脚出现了两个名字,老谢和程木易。她的脑子里立即浮现出那个男人。她现在已经可以清清楚楚地想起他的样子了,甚至比飞机上见到的还彻底。昨晚临睡前,她花了不少时间,悄悄翻着他的朋友圈,他的照片,他的美食,他路过的地方……她屏住呼吸,手指轻轻,好像徘徊在他的家门口,生怕一不小心发出了声响留下了脚印。她还记得他身边那个女人的样子,她多次将那张合影放大到模糊,俗气地认定她的相貌其实配他是不足的。

她漫无目的地走进一条小巷,里边的建筑风格跟主街无异,只是客舍、小饭馆挨得更紧，翘在空中的屋檐与屋檐像是刚刚互诉完心事只剩相对无言。孙芊蔚忽然想到，在这么多间客舍里，他下榻在哪一家？此刻，他是跟她一样已经起床到处闲逛，还是像其他同龄人一样依旧窝在被子里刷手机？这么想着，她心里竟然有点慌张，生怕在某家客栈门口遇到他刚好出来。她不应该让他看到她现在这个样子，至少，她应该穿着那件嫩绿的帽衫。她匆匆转身回去，速度快了许多，凹凸不平的石板路使她看起来走得有点仓皇。

　　快走到大石桥，孙芊蔚远远认出了老谢。他站在桥中央，一会儿低头去看水，一会儿抬头望望远处，好像天上刚落了些什么东西到水里。孙芊蔚觉得那样子还蛮有意境的，她想到了"文艺"这个词，用手机将他跟大石桥一起拍了下来。

　　"听说玉龙雪山的倒影会落在这水面上。"老谢指着一个方向对她说。

　　孙芊蔚也站到了桥中央，望望天边又望望水面。水面除了岸边花树的倒影，什么也没有。她盯着老谢指的那个方向，在一大群浓浓的云朵背后，似乎隐藏着一个比云朵更白更亮的轮廓。如果这轮廓就是玉龙雪山的话，那么等到这些云游过去，应该就能看到了吧。他们一起站了一会儿，这时已经过九点了，渐渐有游人来往，古城醒过来，店铺陆续开门，放出了急不可耐的小狗，在石板路上哒哒哒哒跑，发出撒娇的欢叫声。

　　孙芊蔚不确定是不是要站在这里等那一大片云过去。

　　老谢说："去木府转转吧，丽江紫禁城。"孙芊蔚无所谓，横竖她在丽江去哪儿都是第一次。

　　老谢兴致很浓，一路上就跟孙芊蔚讲木老爷，说这个木老爷聪明，一方诸侯，懂得审时度势，建府邸不设城门，不去犯这个忌。你猜，明里他对人怎么解释这个做法？孙芊蔚问题不过脑，反问他："怎么解释？"

　　"木府，要有个城门，那不就成'困'了？他妈的，绝。我们做PR的，哪有人家这机灵劲儿？"老谢不由自主地嘿嘿笑起来，被一口痰呛着了，咳嗽了好一会儿。

　　孙芊蔚一时无语，她认为老谢自从"被贬"三线城市，就开始各种自我否定、逃避现实，佩服起这种不知真假的野史。又想到此行回去后，他们多年拍档就要散伙了，孙芊蔚有点唏嘘。

没想到来木府的人这么多。老谢请了个女导游，穿着纳西族服装，红色大褂，背上围着那种古城小店里随处可见的"披星戴月"羊皮坎肩，脚上却穿着这一季很流行的匡威小白鞋，感觉有点"跳戏"。她和老谢就跟着这双小白鞋，踏入了朱红色的木府大门。

孙芊蔚一向对导游的解说词不感兴趣，她喜欢自己转悠，乱看，在边边角角能发现一些有趣的东西。很快，有一拨拨游客围过来，蹭老谢的导游听，老谢只好紧紧跟着小白鞋。孙芊蔚嫌人多，故意落在人群后边。趁那株盛放得有点吓人的桃树下没人，她拿出手机取景，眼睛一眨，屏幕里冒出了个人，那个人好像是从她手机微信里掉下来的。

"我就知道，我们肯定会遇到。"程木易咧着嘴，高高举起两只手，似乎早料到她要经过这棵桃树，已经等待多时。

"嗐，古城小嘛。"孙芊蔚故作淡定，脑子里却荒唐地出现那件绿色帽衫，它还摊在行李箱里的最表层。她感到有点懊恼。

他们站在桃树下说话。桃花浓艳，跟他身上那件洁白的 T 恤是很衬的。她看清那 T 恤的正中央印着一行字："我们把你们想得太好了。"她笑了。昨天，他们在飞机上，关闭手机前，最后刷屏看到一条即时新闻：中方代表在阿拉斯加霸气怒斥美国高层官员——"我们把你们想得太好了。"正是这句全民关注的话，使她和他跳过了陌生人试探性的开场白，打开了交谈的护栏，就像在某个酒馆共同看一场世界杯球赛，陌生人会因进球而忘情拥抱。

"九十九一件，这里小店到处都在卖。"程木易用手拍拍胸前那行字。

经他一提醒，孙芊蔚才注意到，在他们身边的游客当中，果然有好些人都穿着这种 T 恤，白 T 恤配黑字，黑 T 恤配白字，男女同款，就像突然涌进来一个规模庞大的旅行团。"动作真快，古城还蛮现代化呀。"

透过人群，孙芊蔚看到老谢跟在那个小白鞋旁边，往后面的狮子山去了。她想爬狮子山，听说上面可以看到玉龙雪山。她跟上了队伍，他跟着她，他们就这样走在最末，慢慢上山。

"你总是一个人出来玩呀？"

"嗯嗯，隔一段时间，我就要出来透气。"

"透气？"孙芊蔚意味深长地看他一眼，坏笑。在丽江，"透气"这两个字几乎可以用"艳遇"来替换。

他从她的表情里猜到了，有点尴尬："不是你想的那样，就是，暂时逃离一下。"

"老婆放心呀？"孙芊蔚记起他朋友圈那张照片，那个普通得没有任何气质可言的女人。

"我老婆是那种很强势的人，认为我什么都不敢做，嘻嘻。不过，我是有底线的啦，总之，不会太离谱。"他朝她调皮地眨眨眼，好像跟她能产生一些默契似的。基于这种他所认为的默契，他又讲了些关于自己家庭的事。他跟老婆是相亲成功的，结婚三年，今年老婆准备要小孩。

孙芊蔚其实不太愿意听到这些，她只愿意知道他是那个在飞机上一起盖着毯子看电视的男人。主要是，听到他说家里大小事都是老婆说了算的时候，她居然有点失落。后来，他长叹一口气又说："不过我已经满足啦，她家在郊区有拆迁房，置换市内两套，给了我们一套。她是独生女。这样，等于我比同龄人少奋斗几十年。"

的确，她从他身上不太能看到在"奋斗"或者"奋斗"过的痕迹。放松，随性，不务正业的涉猎，好像脚底踩着一块西瓜皮，滑到哪里算哪里。她不就是被他的这些所吸引的吗？

"出来透气，有意思吗？"孙芊蔚故意将"透气"两个字说得很重。

"说不上，就是想能遇到一些有趣的人，比如像你这样的啊。"他笑着，忽地抬起手，伸过来，似乎是想摸摸她的头。

出于本能，她生硬地闪开，随即担心自己反应过大会不会伤害到他。这一刻，孙芊蔚特别想做点什么，哪怕像老谢那样，傻傻地顺着小白鞋的手指东张西望，这样可以阻止心里那阵隐秘的悸动奔跑进两人的沉默当中。可是，小白鞋已经领着老谢他们消失在山体的拐弯处。

· 311 ·

他的手再次伸过来了，平摊在她眼前，是一只银色的无线耳机。

"我是想请你听首歌。"

"哦哦，谢谢，好的，好的。"孙芊蔚有点语无伦次。幸好，耳朵里突如其来响起那一阵熟悉的过门，使她的情绪不顾一切，完全集合为一种——一种每次听到这首歌都会不期然而至的感伤。

跟她一样，他研究过她的微信。几个月前，她转了这首歌："音乐响起就泪奔，小田和正七十二岁了，声音还如此清澈，像极了我们逝去的青春和爱情。"他竟很有耐心，从她一日日更新覆盖掉的生活底部找回了这首歌。

《突如其来的爱情》，莉香的微笑如在眼前。1995年，坐在大学宿舍的集体电视机房看《东京爱情故事》，她们一句日语不懂，主题歌响起，她们饱含深情，咿咿呀呀跟着哼。奇怪的是，此后很多年里，这首歌总是在某些时刻从她心里出现，譬如踩着点上班去追那趟正在发动的公交车，鼓足勇气去找上司提出一些异见，某次竞争上岗演说之前，某次应酬独自返家的夜路上……那段副歌的高潮部分到来，如同战歌。妈的，二十多年后，她竟然成了这个样子——宽大舒适的灰外套罩着一个松弛、随遇而安的中年妇女。妈的，1995年，他应该还没开始发育吧。

在歌声中，她的泪水就要夺眶而出了。她只好深吸一口气，假装欣赏前面的风光。

另一只耳机塞在他的左耳，但他什么都不懂。没准儿看到她这副样子，以为她是个有故事的人呢。她没有故事，生活就像现在这样，偶然撞见这首歌，突如其来，又必然地消失在日复更新的微信朋友圈里。

孙芊蔚机械地抬起腿，迈过一级级石阶。转过一个弯，眼前豁然开阔。上山的游客现在全都集合在观景台，顺着大家目光的方向，她找到了雪山。因为角度问题，在这里只能看到与云团相连的那一点雪山尖，但还是能辨认出来，云团混沌，藕断丝连，雪山清亮，棱角分明。不过还是与预期的不同，她以为能望见画册中那座巍峨冰川。她看见了老谢，他站在观景台的最边上，跟大家一样，抬头看着雪山，手掌却一直拍打着栏杆。她听不到他说了些什么。

那首歌一直在孙芊蔚的右边耳朵里播放，单曲循环。几遍后，刚才那阵浓烈的感伤消停下来，望见雪山的激情也逐渐消退。老谢找到她，他们一起下山。她没跟老谢说起程木易，那只小小的耳机不为人知地被她垂下的头发掩盖起来。他就像过往游客中的一个，默默跟在他们身后。有时候，耳朵里的歌声断了，她悄悄回头去看，他在某段狭窄的山路被人群隔远了。近了，歌声又响起。

蓝牙的接收范围，十米。他不断克服拥挤的人群，努力保持孙芊蔚耳朵里那首歌的完整，一遍又一遍。

晚上，团队在一个木楼饭馆聚餐，二楼包厢。老谢姗姗来迟，大家都快把餐前凉菜全吃光了，才见他拎着一个大黑塑料袋推门进来。他先不落座，将塑料袋打开，顺时针走过去，于是每人手上都拿到了一份礼物。老谢说是给大家丽江之行留个纪念。年纪最小的小赵挨着门边坐，他第一个拿到礼物，拆开看，是件T恤衫，抖开在自己身上比画，孙芊蔚就看到了那行黑字："我们把你们想得太好了。"再仔细去看老谢，他穿一件崭新的白T恤，袖口的褶痕还没完全展开，那行字印在左前胸，比程木易胸前那行稍微偏向心脏位置。

老谢反复强调T恤是个人出钱，与公司无关。按人头发完，他坐到孙芊蔚旁边的空位上，顺手将最后一件黑的递给她。

团队里一贯机灵的小赞展开手上的T恤，站起来，脑袋往领口一钻。他太瘦了，T恤里可以装进两个他，看起来很有喜剧效果。大家看着他，嘲笑一通。他索性开始表演，围着桌子夸张地走几步，忽然，朝门口的方向一望，像见到了鬼一样："Oh, Mr. Darcy, Mr. Darcy！（噢，达西先生，达西先生！）"他对着木门点头哈腰说完，又迅速挪到门口的位置，换了Mr. Darcy的语气说，"You are fired！ Get the heck out of my office！（你被解雇了！从我的办公室滚出去！）"靠门边的小赵惊叫几声，配合了他的表演。有段时间，不知道谁做了他们大老板Mr. Darcy的表情包，这句话在公司流传很广。老谢用手指着他，哭笑不得。"Oh, no, Mr. Darcy, give me a chance, please, please！（噢不，达西先生，给我个机会吧，求你了，求你了！）"小赞求饶的表情滑稽，加上他天生八字眉，皱起来真像个倒霉蛋。大家被这个倒霉蛋的形象逗笑，受到笑声的鼓励，小赞身板一挺，瘦长的脖子从空荡荡的T恤里抻直，指着门口那个看不见的Mr. Darcy，抑扬顿挫、中气十足地说了出印在衣服上的字："I think we thought too well of you.（我们把你们想得太好了。）"

小赞用做作的英语念出这句话的时候，笑声收敛了，好像那个看不见的Mr.Darcy真的推开了包厢的门。

"这小兔崽子。"老谢站起来，指着他笑笑，"来，白切一杯，祝贺演出成功！"

孙芊蔚喝的是啤酒，名叫"风花雪月"，跟这两天他们在古城必点的一种叫"水性杨花"的蔬菜很配。

他们订的是全菌宴，每一道菜里都有菌，而且都不重复，牛肝菌、鸡枞菌、羊肚菌、扫把菌……他们认不出几种，每上一道菜都要问服务员，转盘一转，又忘记了哪盘是什么菌，七嘴八舌讨论一番。于是老谢给大家讲了个吃菌的故事。说是多年前有个朋友，吃货，吃遍了常见的食材，就去各地搜罗珍馐。有一次去了大理，当地一个朋友跟他有同好，带他去吃一种菌。这种菌长得很魔幻，菌盖肥厚，布满白色凸点，像苍穹上的星。入口，有一股说不出的腥鲜，长久挂在口腔内，辣酒都冲刮不掉。吃下半小时后，人先是涕泪肆意，继而异常亢奋，眼见一个个小人儿从桌子上骨碌碌滚落地，围着自己跳舞，而自己却变得巨大无比，头顶着苍穹，天灵盖上能感觉有星星擦过，凉飕飕的。老谢讲得真真的，如同是他本人亲历。座中鸦雀无声，不知在怀疑还是吃惊。老谢讲完，小赞赶紧说："百度一下，百度一下。"大家才回过神来理性分析，认为应该是一种毒菌，致幻。

孙芊蔚在老谢讲故事的时候开始坐立不安。吃饭时她收到一条微信："我在小巴黎酒馆,你来不？"他已不再称呼她"蔚姐"，是坐在"我"对面的"你"，一切关系开端的"我"与"你"。接着他又发了个定位过来。虽是意料之中，孙芊蔚依然忐忑。她打开那个定位图，酒吧街在她的西北方向。从图上看，他坐着的那张吧凳与她此刻屁股下的凳子，相距不到五厘米。她觉得凳子的四只脚已经稳不住自己了。她站起来揉了几下腰椎，故作久坐腰酸的样子，扭扭脖子，就像在办公室做的习惯动作。接着她顺势走到窗前，仿佛第一次发现那上边居然摆着那么多怒放的鲜花。她在窗口延宕了一会儿，透过花丛看出去，古城像是在过着某个节日，游人熙攘热情，灯光浓妆艳抹，天上明月催人……她望不见酒吧街。坐下来，他们还在议论老谢讲的那些小人儿，她一句都听不进去。过会儿，她又起身去卫生间。在镜子里，她看见了自己，嫩绿的帽衫显得她年轻了些，"风花雪月"酒使她的脸红扑扑的。她从口袋里掏出口红，给嘴唇补了点颜色。她盯着自己看，认为完全可以从卫生间直接溜出去，去小巴黎酒馆。"嗨，喝到第几瓶了？"她连第一句话都想好了。就在对着镜子表演的时候，她看到了额头上那根白发。它居然又在那儿了！早些时候，它就像跟她玩游戏般，先是潜伏在黑发中，被她找见，她把它拔掉了，过一段时间，它又长出来，小旗杆般竖在头顶，反而特别显眼，她又用手去拔，但是太短了，手指根本没法使力，她只好用剪刀剪掉。春风吹又生，它是什么时候又悄悄发芽的？她不得不花点时间专心对付这根理直气壮的白发。对着镜子，她数次用手指拈起它，可是一用力，它就从指缝里溜掉了。最后一次，她用指甲尖夹住了它，使劲一捋，它立即柔软了下来，变得卷曲，钨丝一般，垂挂在她的额前，是她头发当中的一根变异，在灯光下特别耀眼。这卷曲的战栗，将会成为她与一根白头发"奋斗"过的证据，暴露在他的眼皮底下，她的努力将会被识破。她认为这是不该为他所知的，连同她一开始对那件绿色帽衫的焦虑。

她重新坐回到凳子上。他们的话题没变，还在讲那种魔幻的毒菌。小赞问她："蔚姐，你有没有产生过幻觉？"孙芊蔚咕咚喝下一大口酒，不置可否。如果此刻真的有一个个小人儿从饭桌上跑下来，她一定会命令他们，立即动身，去酒吧街，去小巴黎酒馆，看看那个等待的男人现在还在不在。她会隔一分钟命令一个小人儿出发。

1995年的那个电视机房里，她们一边掉眼泪一边大骂。永尾完治因为关口里美的到来，眼睁睁看着约定的时间一分一秒过去，而那个可爱的赤名莉香在寒风中等到了深夜。这是她们第一次感到爱情的意难平。这画面刻骨铭心，以至于孙芊蔚在现实中遇到这类纠结、软弱的男人，掉头就走。现在，孙芊蔚始知等待有两个部分——等待时间到来和等待时间过去，不能说谁更好受一些。

  大概是酒的缘故，孙芊蔚根本没有睡意。借着清醒的酒劲，她改变了他的权限，轻轻松松的。从此，他看不到她，他点开她的朋友圈，将会看到一条淡淡的灰线，她沉潜在这条灰线以下。在他看不到的时空，每一天，她跟过去一样，更新、等待，更多内容是在做着他所认为的那种"奋斗"。

  做完这一切，她披了件外衣出门。草丛边的路灯，照见那匹匍匐的木马，夜色掩盖了它身上的沧桑，姿态的确是有点萌的。转了一圈后，她站到院子中央。古城灯光褪去，夜空繁星毕现。她有多久没看到过这么清晰的夜空了，越看，星越密。在正北方向，一颗最明亮的星吸引了她，在这颗星导引下，她竟然幸运地串连出了那只大勺子。如此坚定的七颗，如此坚定的距离，她像发现了新大陆，差点叫出声。很快，她的耳朵像被谁塞进了一只耳机，没有任何前奏，突如其来，直接是那段高亢的副歌。仿佛一只无形的手，摁响了天上那七颗音符，忽明忽暗，又远又近。此刻，蓝牙的接收范围是——无限。

原载《钟山》2021年第4期

吴 君

莲塘饭店

我表弟笑古是在厨房一侧的杂物间醒过来的，醒来后，他好像忘记了自己是怎么来到深圳的。在路上颠簸了十来个小时，笑古的身子软得像棉花，他搞不清莲塘属于深圳哪个区，也不知道这里便是自己将要打工的地方。

又过了一会儿，门外似乎有响动。天还没有完全亮，窗外变出灰色。笑古看见了椅子上的猪肉和地上的两捆青菜。猪肉显得有些发紫，他觉得有点像阿妈的嘴唇。青菜紧紧地挨着他的旧皮鞋，鞋上的泥早已被风干，卡在歪歪扭扭的皱褶里。

我表弟笑古很久没有吃顿好饭了，醒来便看到这样的东西，让他感到开心。随后，他听见窗外有鸟在叫。笑古仔细听了两遍，像是家里那只。接下来，他慢慢把脖子向窗边扭了扭，想要看个究竟，结果头发碰到绳子上面吊着的一件胸衣，笑古立马忘记了去看鸟，只是觉得脸有些发麻、发胀，就连耳朵也开始嗡嗡轰响。四周很安静，只能听见心跳。房里除了他，就只有摊散在角落的米粉、地上的米桶、破旧的泥锅和不成对的蓝色人字拖鞋。这是笑古到深圳的那个早晨。

后来老乡对他说，街上的餐厅都是我们蕉岭人开的，就连市场里卖肉的人也喜欢吃我们蕉岭人做的猪肉汤，所以不用担心会没有客人。"在这里做如果不合心，我还可以再给你换家店。"老乡胸有成竹地说。

很长一段时间里，深圳的市场和大排档多数被有胆有谋的潮汕人给占了。蕉岭属于客家地区，虽然离潮汕不远，行事特点却有些距离。他们谨言慎行、做事周密，不善于与人争高低，早年有不少人拖家带口从山区到了莲塘安家。之所以选莲塘，原因是离繁华的市区远，相对安全，这与他们的性格有关，同时也方便做些小生意，比如开餐厅、卖杂货。餐厅多半是些大排档，有的做早餐，有的做消夜。早餐基本是八刀汤、三及第、腌面、汤米粉；中午很简单，基本是猪脚饭和排骨饭；到了晚上则多了些花样，包括简单的川菜、东北菜。笑古就在这样的店里做厨师。

在不少蕉岭人眼里，莲塘是莲塘，深圳是深圳，莲塘是熟悉的，深圳是陌生的。这样的感觉，笑古特别懂。很长一段时间里，笑古对莲塘的印象就是杂乱和亲切，他越发觉得所谓莲塘不过是个比自己老家大不了多少的小镇。有时莲塘人踩着烂摩托，一只脚支在地上，另一只轻放在镫子上，跟路上的人打招呼，笑古在不远处见了，感到安心，这不就是自己老家吗？再回头看看那几个涂脂抹粉的服务员，心也没那么悬着了，有什么好怕的呀？不过是老家镇上那些个妹仔换了件衣服、电（烫）了头发而已。

笑古十几岁便进餐厅打工，一干就是十年，也没嫌过烦。有个老乡过来看他，对笑古说，还是去市区的大酒店干吧，香格里拉、京基百纳都有我们村里的人，过去做事分分钟（随时都行）。笑古听了，笑说先不用，这里还好。对方摇摇头，看了眼笑古身后，在心里嘲笑这个老乡太傻，从老家那个村又跑到了深圳这个塘。很长一段时间，在深圳人的眼里，莲塘是郊区的郊区，与现代化大都市无关。这里除了连普通话都说不好的原住民，街头巷尾还藏着一些来历不明的外地人，他们喜欢披头散发，仙风道骨，用刘海下一双深不可测的眼睛盯人。

笑古一边刷牙，一边围着五花肉仔细端详起来，他太喜欢这种东西了。肉、大米都是我表弟的最爱，当然，肉必须是猪肉，其次才是羊肉、牛肉，至于狗肉、驴肉、马肉、兔肉，他一律看不上，认为那不属于正经肉，是不能随便吃的。

笑古记得出门前，阿妈提醒过他："你身上的钱是我借来的，再回来时要还。"笑古听了，也不说话，像是没有听到，心想，我在镇上干零活的钱都存你那里怎么不说。阿妈总是这样偏心大哥和弟弟。

我表弟的理想跟别人不太一样，他这辈子最喜欢的事情就是做菜。村里多数年轻人都喜欢做生意，愿意别人喊自己老板。笑古不愿意，他就是喜欢看见锅灶上方那团升腾的热气。

家里谁做饭谁是老大，可以按着自己的口味和心情来。笑古家的菜多数由阿妈做主，过去则是阿婆。从小到大，做饭的权力就没有落到笑古手中一次。阿妈最喜欢做酿豆腐和酿苦瓜，如果遇到好日子，她一定会把存好的糯米拿出来，和剁好的肉粒、萝卜干、香菇放在同一个盆里，倒上一小勺花生油，搅拌好之后用手抓好，轻轻捏进切好的豆腐或苦瓜里。一屉十三个，不多不少，分到每个人嘴里也就是一个，而阿妈倒有可能会获得两个。这个时候，她也不推让，毕竟是自己辛苦酿的。在家婆冰冷的眼神中，阿妈动作夸张地迎向筷子上面的食物，她故意让这个宝贝停在眼前和颈部的时间长一些，似乎是种炫耀。所有人都看到了阿妈脖子上面突然暴起的青筋和涨得有些发紫的脸，这一刻，她的眼里放着强光。

笑古的哥哥说，阿妈这么做只是为了气阿婆，当年阿婆总是把好吃的留给自己的儿子，而不考虑阿妈的感受。

从小到大，我表弟都羡慕做饭这件事，他幻想着有朝一日做上满满一围台菜，全是自己喜欢的。我表弟喜欢吃甜食，比如焦糖、白砂糖、蜜糖、甘蔗，他都喜欢。他想过，到时候他要把许多菜都放些糖，他知道哪些菜放点儿糖口感会更好，哪些则完全不用。有时阿妈发现家里的糖少了，便会鼓着眼睛找我表弟。哪怕到了七八岁，其他人哭哭咧咧换牙的时候，我表弟也不敢提，他以为自己的牙早已被蛀虫咬坏。阿妈每次盯过糖罐子后，都会再看一眼笑古的嘴。

我表弟发现吃过糖后，心里特别好受，那些烦心事也变得没有那么大了。所以他总在想，如果有机会做早餐，他要把某些食物做得更甜、更松软些。

后来做了厨师，他会把各种调料全部使用上，让吃饭的客人感受到粮食和蔬菜的美味，让那些开车的人、坐车的人永远记住这里——毕竟餐厅开在路边，大巴和的士司机是餐厅的常客。

我表弟打工的那个餐厅起初叫贝贝餐厅，也不知道是不是店名有撒娇的意味，餐厅里从老板到服务员都不喜欢干活。偶尔的手脚麻利也都有表演性质，要么来了他们喜欢的客人，要么来了愿意点菜又给小费的生意人。平时他们在店里最喜欢懒洋洋地靠在各种能靠的地方发呆，导致有段时间餐厅的生意特别不景气。尽管如此，老板也没有炒掉什么人的意思。有两次，服务员竟然伏在餐台上面打起了瞌睡，老板见了，也不说，还用手赶走飞在半空中的苍蝇，像是担心吵醒他们一样。即使老婆从家里过来看到，狠狠地用家乡话骂他，他也没有变化。当然他会对所有人挤眉弄眼，示意各位要注意点儿，仿佛他不是老板，却跟伙计们是一伙的。听伙计说，这个老板有些不像客家人，年轻的时候，喜欢惹事，有次跟人打架，把个肾打没了，做不了力气活，所以老板娘对他也是一百个放心。

老板对服务员管得不严，可是他对客人口袋里的钱却很上心。见了那些爱说大话、喜欢摆谱的客人，老板会扭动着水蛇腰展示自己的热情好客，殷勤地张罗着为客人点菜和打折，等转过身子，他的眼里则会露出一脸的厌恶。

碰到这样的事情，我表弟都会装作看不见。他坐在一张粉色的满是油垢的塑料椅子上剥蒜，手边还有两个削好皮的土豆，他准备把它们泡在水里，免得很快发黑。菜是老板去买的，他信不过厨房的伙计，有几次带回来的鱼有问题，幸好被老板发现，及时做成松子鱼和剁椒鱼头。我表弟看见土豆的时候，便知道晚上会有谁来了，那是一个喜欢喝酒的东北司机。

有一次这位东北大哥喝多了酒，非要找个人说话，服务员不爱搭理，找理由躲，他只好大声喊老板，老板装作没有听到。这时厨房的菜做好了，老板突然想起了笑古，他让笑古去应对，笑古说不会。老板说："喝了就会了。"随后，他逼着笑古把东北大哥手里的一大杯喝了。喝完之后，笑古转过身，没走几步便摔到地上。这下把东北大哥吓醒了，老板使了个眼色让保安把这个东北大哥推了出去。

这之后，东北大哥来了就会找笑古，他说："我就是喜欢他。"

笑古害羞地笑，也不说话。

有一次东北大哥说："你一天到晚笑，有什么好笑的？有时候看见你在笑，我都想把你掐死。"东北人表达感情的方式很特别，他接着又说，"有一回，我刚刚吃了罚单，一进来，就看见你笑；还有一次，我被两个客人坑了，他们坐了霸王车不说，还想动手打我，进到店里，看见你笑，你说我来气不？"总之，这个东北大哥喜欢大声说话，每次都是一个人来，有时点一桌子的菜，有时只点个土豆丝，不变的是对面永远放着一只空碗和一双筷子，他经常往那个碗里放菜。新来的服务员见了，紧张起来，一路小跑到老板处汇报。老板听了半句，便冷着脸说："我都不担心，你有什么好怕的？"老板最烦的是这个东北大哥说"餐厅"名字不好听，应该叫"饭店"。老板听了也不接茬，笑笑没说话。服务员明白，老板在嘲笑这个东北大哥。老板冷笑道："就他那个样子，下辈子也开不起店，有什么资格在这里指手画脚？"服务员再看其他人，神态自若，显然是在嘲笑她初来乍到，还没经验。常来的客人倒是习惯，甚至还会和这位东北大哥点点头，或是借个火。东北大哥喝的是白酒，每次他都会先给对面的桌位上倒半杯，然后再给自己满上，与对面杯子碰过之后才喝。

我表弟知道土豆就是给这位东北大哥做的。熟悉了以后，东北大哥会拉着我表弟坐下，说："老弟，你做得太好吃了，就是我小时候那种味道，你肯定家里有人在东北待过。"

"家里人都没有出过省，走得最远的就是我。"我表弟怯怯地说。

"那你怎么会做得这么好呢？"东北大哥来了兴趣，端着酒杯也不吃菜了，死死地盯着我表弟。

我表弟被吓着了，像是做错了事，身子慢慢向后躲。

东北大哥见了哈哈大笑，随后五官突然挤在一起，对我表弟做了一个鬼脸，说："我就是喜欢你这个样子，你比我强，我气大，看不惯客人，就会骂。有次我在机场排了五十多分钟，想拉个远点的客人，结果这个家伙只是到福永大道，付钱的时候，十块钱的起步价还说要打折。我在车上说了他几句，他就骂我，到了福永大道，我把客人从车里拉了出来，警告他以后再这样，我就要把他扔到海里。最后我这个车停运半年，因为被投诉了。"说这话的时候，东北大哥又喝了一大口，他笑眯眯地看着我表弟说，"对了，老弟，你去过东北吗？"

我表弟摇头说没有。

"你想去吗？"见我表弟又摇头，东北大哥笑了，说，"对，你是个小南蛮，到了那边会冻掉鼻子。"说完话，东北大哥在我表弟的鼻子上面划拉一下，笑着把酒全部倒进喉咙，随后上半身靠上来，我表弟本能地躲了一下也笑了。

东北大哥看着我表弟的脸说："那里太好了，到处绿油油的，不像这里全是汽车和高楼，没意思。在我们老家，我可以躺在稻田里看天上的云，那些云就在我眼前变，一会儿变成狗，一会儿变成羊，有时候还会看到西天取经的师徒四人。"

见我表弟没有接茬，东北大哥又说："其实我很久没有回家了，特别想那里。前几年没啥感觉，最近这两年很怪，总想着回去。家里也没有什么人，就是想回去看看，我不想看人，就是想看稻田、看树、看那里的天。如果回去，下了火车，我一定不坐汽车而是走路。我要慢慢走，反正也没有人认识我，我相信闭着眼睛也能找到家。先是过一座大桥，然后再走两条长点的小路，就拐到村口了。我想在村头看看我的学校，听说被改造成了超市，真没意思啊！我不会走太快，因为我不着急。我想看看哑巴还活着吗，还有我的一个邻居张奶奶，我很后悔，当年我口袋里的确没有多少钱，可是我还是掏出两百块给我的这个张奶奶，结果被我弟媳妇一把摁住，好像那是她的钱。"

我表弟也不知道该怎么接话，只好沉默。东北大哥见我表弟这样，问："对了，我忘记问了，老弟你叫什么名？"

我表弟说："我叫笑古呀。"

东北大哥一听，乐了："什么？小什么？你再说一遍？"我表弟重复了一次。东北大哥不等听完便夸张地说："我以为你是开玩笑呢！这是人的名吗，这不是小狗小猫的名字吗？"说完东北大哥大笑，只是笑到一半又觉得对不起我表弟，说，"对不起呀兄弟，我是闹着玩呢，不过你们南方人起的名字真是太好玩了。"

笑古也不生气："我是阿婆带大的，听她说，我一出生就喜欢哭，没完没了，然后就起了这个名；很怪，起了这个名字之后，我再也没有哭过。"

东北大哥说："哎呀，什么破名啊，太不负责了，你家里老人是怎么当的？我要是见了她会狠狠批评她。"

"她不在了。"我表弟说。

听到这里，东北大哥愣了下，更觉得对不住我表弟。他站起身，从台面上拿了个大杯子，轻轻倒了些酒，放在笑古眼前，随后给自己倒满，说："这样吧，你喝一口，我全干了。"

笑古说："不行不行，我还在做事呢。"说完话，我表弟偷偷向不远处看了看，他知道老板那个耳机里啥也没有，一直在偷听两个人说话。

东北大哥说："做什么事，今天的工钱我给你，我现在就跟你们老板说。"随后，他扯着嗓门对里面大喝了两声，"喂！喂！"

见没人应，东北大哥又喊了声："老板，我叫你你没听到啊？"接着，他如同央求一个女人那样撒着娇对我表弟说，"陪我喝一杯好不好？不多，我们就一杯好吗？"

"不行不行，我真的不会喝酒。"我表弟可怜巴巴地望着老板。

这时，一个妖里妖气的女服务员走过来，故意站在两个男人中间，她的脸对着东北大哥，一对大胸晃得东北大哥浑身燥热。她说："大哥，你再点个菜呗。"

"为什么点一个？我点两个不行吗？"东北大哥恶狠狠地说完之后，把脸转向我表弟妩媚地笑了起来，说，"我点最贵的。"

我表弟也笑了，说："那我去忙了。"

东北大哥这才想起什么，叹了口气。他本以为可以和我表弟多说几句，并请我表弟吃点菜，想不到这个菜需要我表弟干活，眼下厨房只有我表弟一个人，另一个师傅休假了。

等菜端上来的时候，东北大哥已经伏在桌子上面睡着了。当然，过一会儿他会醒过来的，即便再多睡一会儿，也没关系，因为他就住在不远处。那里还有很多司机，只是多是些雷州人和邵阳人，东北司机已经越来越少，他们有的去了海南与老乡会合，还有的去了北海或西双版纳。东北大哥一直没走，至于什么原因，他从来不说。

我表弟从不提问，常常是东北大哥自己带着问题，然后自己设置难度，最后再自己解答，店里的人已经习惯了他的风格。老板偷偷告诉服务员，无论他点什么，都让他先买了单。所以，每次还没有吃完饭，就会有一个好看点儿的服务员要么把手搭在他的肩上，要么用一条腿蹭着他的腿说："我们快要下班了，您需要加菜吗？"

东北大哥自然明白，马上拿着手机，四处去找二维码。这样一来，女服务员就会拉长了脸，抱怨着："现金也可以的呀，大哥。"东北大哥马上明白，问多少钱，然后掏出一张粉色票子说别找了，剩下是你的小费。

有时候，东北大哥还会增加问题的难度，目的是希望激起对方的好奇，可是我表弟从来只听不问。

老板似乎看出来他对我表弟印象不错，就对我表弟说："你要鼓励那个家伙多点菜，不要一天到晚土豆丝、拍黄瓜，怎么说也要点个水煮牛肉或者酿豆腐吧。"

我表弟从来不说。他偶尔会出来坐坐，就这样看着东北大哥吃饭、说话，这样一来，东北大哥就不会在自己的对面摆上空碗了。

老板暗中奖励我表弟两百块钱，说："你给餐厅做了好事，不然的话，他总这么神神鬼鬼的不知道会把什么给我招来，客人都不敢进来。"

我表弟算是立了功，他可以住单间了。之前，他与另外两个师傅住在一起，那两位打呼噜不说，还喜欢开灯睡，我表弟便非常痛苦。他试着关灯，对方摆出一副要打架的姿势，光着脚站在地上问笑古想干什么，不想待就滚蛋。我表弟只好把被子盖到脸上，而这还不够，光仍然会透进来。我表弟把厚被子压到身上，厚重的被子里面，是一股灼热的气息，很快，我表弟便通身发起了高烧，是那种需要释放点什么的感觉。终于，天亮前他获得了一种清空的快感。有一次事情还没结束,便发现有人站在他的床前,我表弟身上的汗似乎结了冰。

我表弟打工的餐厅离我家不远,踩单车半个小时,休息的时候,他会来我家吃饭。严谨地说,是做饭和洗碗、拖地。很长时间里,家里经常因为这种事情闹得不愉快,笑古过来后,有效解决了这个问题。

我表弟的拿手好菜就是潮州咸菜焖五花肉。他每次到我家就会先打开冰箱,看看有没有这两样东西。如果有,他就直接拿出来,化冻肉,再拿出一个盆,把咸菜泡进水里。如果没有,他喝了一杯茶之后,便穿上拖鞋跑到楼下的市场买回来,顺手还会带上几头大蒜和几块姜之类。冻过的五花肉在案板上慢慢化着,我表弟则坐在沙发上面烧水冲茶,我感觉他在享受做菜前那段等待的时光。

最近一段时间,我妈不想欠笑古人情了,她刚办了退休手续。"哎呀笑古,你天天做饭不烦啊?今天不要做了,姨姨带你吃大餐。海鲜怎么样?姨姨也好久没有吃石斑了。"我妈望了望窗外,不远处又开了几间新的酒楼,说,"等一下随你点。"

笑古说:"不用不用。我每天都在做这个,不想吃了,再说那些东西都是假的。"

"不会吧?"我妈不高兴了,好心请吃饭,却成了吃假的。

笑古有理似的:"是啊,塘里养大的,有的还会喂那种药。"

我妈退而求其次:"那就吃虾。"

笑古说:"都是饲料养的。姨姨你不用管,我愿意做饭,下次我自己带菜过来。"

我妈听了,生怕误会,说:"不用那么麻烦,你一天到晚都在做菜,很辛苦,到我这里就好好休息。"我妈想了一下,又说,"你肯定没有吃过比萨饼,姨姨请你去吃,不用你花钱。"

听到这话,笑古没有办法了,只好跟在我妈身后,把快化掉的肉重新放回冰箱速冻柜。吃饭的时候,我妈只顾着说话,忘记了笑古,后来想起来才说:"你不仅要吃饱,还要多点一份做明天的早餐。"

笑古的表情有些奇怪，说："不用不用，我不饿。"回到家，他把打包好的东西放在我的台面上说："味道怪怪的，吃不惯。"

　　我说："早发现你把饼放在桌子底下捻来捻去，好恶心啊。"

　　这一晚，笑古是饿着肚子回去的。

　　再过来的时候，笑古又要做饭，我妈说："姨姨不用你报答恩情。"

　　笑古说："我不喜欢吃外面的饭，店里的菜从来都不洗，只是抖抖沙子就下锅炒了。鱼和肉只要没有沙子就可以，掉在地上的食物拾起来又放回去，那些鸡蛋也不是土鸡下的。姨姨你最喜欢的酿豆腐里的肉都是老板前一晚在菜市场里捡回来的。"

　　"什么意思？"我妈盯着笑古的脸冷笑。

　　"我如果洗菜，另外两个师傅就会站到一起来对付我，摔东西、骂人，我也没办法。"笑古认真地解释。

　　我妈又问："你是说那些卖菜的不要钱，免费送菜给你们老板？那他们不用赚钱啦？"

　　笑古说："也会花点钱，只是很少，都是剩肉或是被太阳晒坏的，在车里闷得已经变了质。"

　　这样一来，我们全部惊到了，尤其是我妈，差不多一副要吐出来的样子。

　　这时我爸说话了，他说："笑古你这是没有职业道德的，这些事情你怎么能讲出来？"听到这儿，笑古害怕了，他站在客厅中间，不知道接下来该怎么办，说："我是在家里说的，不会对外人讲。"

　　听了这话，我爸正色道："那也不可以，你这是没有职业道德。"我爸说完话，我妈给笑古的碗里夹了块鱼头。我妈特别喜欢这样，她认为这样再去批评对方，对方就不会生气了。要知道这条鱼仅是头就占了三分之一，是笑古喜欢吃的。可是这一次却很怪，不知道什么原因，鱼肉放在嘴里的时候，笑古觉得像是浸过盐水的棉花。

　　又过了一段时间，吃饭的时候，我妈像是自言自语："笑古不会是想讨老婆了吧，不然为什么总想着吃家里的饭？"停了下，我妈又说，"他个子那么小谁会找他，完全没有长开，真是让人发愁。"作为姨姨，我妈开始担心笑古了，她又想了很多，说："上一次，他后背做了那么大的一个手术，如果换成其他人非要休息半个月不可，可他做完就回去上班，真是怪怪的。"我妈若有所思地送进嘴里一个实心的肉丸。

"很简单，那是有的人痛感神经不发达。"我爸皱着眉头，思考问题的时候他喜欢这样。

再见到笑古时，我妈说："今晚我不在家，你也不用做那个菜，没人吃。"这段时间，我妈认为周末没有节目会被人笑话，她可不想被人说自己有多老，于是她用微信约了人逛街。等她出去转了一圈回到家，见笑古还在，便想到笑古可能有什么事情，又不好意思讲，便对笑古说："你怎么没有想过回家去讨老婆呢？"

笑古笑了，说："也不急的。"

我妈说："怎么不急，你都多大了，如果在老家都可以做两个孩子的阿爸了。"

笑古洗过碗就回去了，他这次没有泡茶。我妈一直盯着他，笑古只好低着头，想说什么又咽了回去。我妈坐在沙发上，第一次没有追电视剧。平时她占着电视，谁也不能跟她抢，她说自己心脏不好，血压也高，工作了一辈子应该好好享受人生。退休前我妈一直在企业做管理。就这样想了一个小时，我妈坐到沙发一侧，用座机给妹妹打了电话。放下电话，她没有轻松，反而更加忧心忡忡，她说："这个笑古应该是想在深圳找老婆，这可怎么办啊！他那一大家子还需要他再多挣几年钱呢。这个事情我可是要管的，毕竟我是他亲姨，他做人不能这么自私。"

我爸说："想讨老婆是好事，饭堂里有的是女服务员，人长得也周正。"

我妈听了有些不满："谁要那种人？除了端盘子、讨好男人，什么也不会。"

我爸听了马上说："那些个妹仔，眼光高着呢，个个眼睛盯着有钱人。"

我妈忧心忡忡："倒是可以找个工厂妹的，不过，我们这里的工厂没几间了，他只能去东莞找。"

这次之后，笑古讨老婆成了家里的大事，我父母的关系也恢复到了十几年前的状态，毕竟有了笑古这个共同话题。

又过了一段时间，笑古没有过来，原因是我妈去了新马泰旅游，家里也不怎么开火，多数时间是叫外卖或随便吃。我妈回来不久的一天，笑古来了，说他顺路过来的。

"你顺路还能顺到这里？"我妈盯着笑古的眼睛问。

笑古说："我现在拉客。"说话的时候，他习惯性地看了眼厨房，只是没有留下来做饭。笑古除了上班，还在餐厅附近租了间铁皮房做早餐和消夜，到了晚上则去开摩的。

"怎么干上这种事，不是禁摩了吗？你到处乱窜，影响交通，太没有社会公德心了吧。"

很快，我妈便打了电话，请笑古过来："你喜欢吃的五花肉、潮州咸菜家里都有。"

笑古在电话那边只是笑，也不说来，也不说不来。

我妈又等了一周，还是没有动静，便有些生气："笑古是不是赚了钱就了不起了呀，真是忘恩负义。"到了周六，她也不想约别人打麻将、叹早茶了，说要过去看看笑古。我妈说："笑古的身体本来就不好，万一生病了怎么办？我可是要替他阿妈照顾好他的。"

我妈找到笑古的铁皮房时，是个早晨。她先是见到了正在门口做肠粉的一个女孩。这个女孩身材高挑，眼睛大大的，似乎与笑古是反着长的。她一见到我妈，马上转身对一个脏乎乎的布帘子喊："快起来吧。"

"我再睡会儿。"笑古在里面应了声，似乎又睡了过去。

"你快出来，是姨姨他们。"这个女孩子看见我妈有些不好意思，却一直在微笑。我妈倒是绷着脸，显然她明白了，这个女孩是笑古不到家里做饭的原因。直到笑古顶着一头蓬松的头发出来，我妈才松下脸上的横肉。笑古也不介绍，只是喊了我妈一声"姨姨"。

我妈"嗯"了一声，便径直去视察小店了。

我妈问笑古："你在这里好吗？"

笑古边系上衣扣子边跟我妈说："还可以，我那边的事情还在做，只是我想多赚点钱，再做点消夜和早餐。"

"也好也好。"只有我爸明白，我妈是生气的，因为她没有正眼看过一眼笑古的女朋友。她猜到上一次笑古说顺路到家的时候，这个女孩子一定在楼下等着。

笑古跟我妈说："姨姨，我想去趟四川。"

我妈阴阳怪气地问："不会是去求婚吧？"

笑古脚上的人字拖穿反了，他停下来换好了鞋之后，迎着我妈的目光说："是的，他们那里的礼金很高，我这些天拉客就是想赚点钱，见面时拿给她爸，她很小的时候就没了阿妈。姨姨，我放在你那里的钱也想拿回去，过去了几次没好意思跟你说，我已经看好了车票想跟她一起回去了。"

我妈的脸色越发难看："你为什么不回家里结婚呢？你阿妈不是给你相中了一个妹仔吗？听说人也标致，还说过让你过年回家办事。"

笑古笑了笑，像是担心女孩听见，故意站远一些说话："她是个不错的女仔，愿意跟着我受苦，我这些钱里面也有她的。"

我妈面无表情："我们家族从来都不会接受外地人的，这你应该知道吧？"我妈需要掩饰自己的心烦。她替笑古存的钱，不久前放进了股市，而股市又总不尽如人意。

笑古还没有来得及去四川，就被阿妈叫回老家，很快便在老家摆酒结了婚。

女孩联系过笑古，还来到我家找过他，因为两个人用的是同一个手机，被笑古带回老家关了机，女孩急得直哭。女孩对我妈说："不给礼金也没有关系，我爸说了，就是想看看他有没有诚意。"

后来，东北大哥帮着笑古找过这个女孩，他经常在车上问对方："你认识一个叫霞霞的女孩吗？之前在餐厅干过。"

见笑古越发沉默，东北大哥便不断给我表弟讲那些他认为好玩的段子，见我表弟不笑，他越发着急，于是说："算了吧老弟，她一开始就没有看上你，你又没钱，个子又小，这个你心里清楚。"

笑古说:"我就是个做饭的。"

东北大哥说:"她前面谈的那个人我见过,有老婆孩子,人家就是出来玩玩。"

笑古不说话。

东北大哥继续说:"她也不小了,我看出来,她就是想跟那个人渣结婚,你说可气不?反正不值得你这么苦,再说了,手术的钱也是你出的,你对得起她,餐厅里的人都知道,你完全可以找个好的、干净的!"

听完这一句,笑古腾地站起来,狠狠地瞪了眼东北大哥,转身之前,红着眼睛对东北大哥吼:"你再说,我会杀了你!"说完,他头也不回地进了厨房。

东北大哥知道说错了话,愣了几秒钟,迅速追了进来。他拉着笑古的手说:"大兄弟你要原谅我,我刚才说错话了,如果你不原谅我,我就砍了自己。"听到这里,我表弟的手软了,刀背盖在花菜上,跟着东北大哥重新回到了餐桌前坐下。

东北大哥说:"你知道我那个空碗是留给谁的吗?是我的兄弟,他和我一样,没有回成老家。当年我们一起出来,清水河农批市场知道吗?煤气大爆炸,我差点没了命,就是这个兄弟拉着我跑出来的,连手表都没有顾上,他说那是他的护身符。我们这些人把命都交给老天了,他就是去跑了趟长途就没回来,当时还特别高兴,用对讲机告诉我,路上他接了个大单,非常感谢我。"见笑古不说话,东北大哥说,"不说这些难受的事了,说你的事。"

东北大哥又说:"你应该早点跟我说,我也帮你凑点。"

笑古说:"不行不行,我还不起。"

东北大哥说:"我说过让你还了吗?你这是看不起人。"

笑古说:"那也不用,我还有钱在亲戚那里,她怕我乱用,先替我存起来,说到时候一起拿给我。"

东北大哥生气道:"你就是看不起我。"

笑古说:"大哥,我知道你是个好人,我几次看到你拿钱给一个拾荒老人。"

东北大哥说:"他长得太像我爸,可是我不能回去,我没有挣到什么钱。有过一点,当年又被我赌掉了,等我想回去时,他已经不在了。所以我也不是为了帮那个老人,而是为了让自己好受。"

这一晚,东北大哥喝高了,他指着老板说:"什么'餐厅'啊,太难听了,小时候我们那里管吃饭的地方都叫'饭店'。"

老板没答话,示意服务员让东北大哥买单,然后打发走客人。老板私下骂骂咧咧:"每次喝点酒就忘记自己是谁,你懂还是我懂?'饭店'是什么?计划时期的产物,证明那个时候大家只想着填饱肚子。现在是什么时代?我们要让客人觉得这里的菜和肉都是新鲜的。"说完这句,老板给一个女服务员使了下眼色,说,"过去多收他一些钱。"

这次之后,没有人再见过东北大哥。有人说他生了病没钱治,人已经走了;也有人说东北大哥到了海南,在三亚街上见过他,已经戒了酒,生龙活虎的,像是换了个人。

笑古想过他,东北大哥的事情也不知道完成了没有。那一次就是那个兄弟替他出的车,结果没回来,所以他说死也要给对方的孩子赚出一笔大学学费。

笑古在老家没有待多久,就和老婆离了婚。是对方提的,说不想跟我表弟这样一个魂不守舍的男人生活,浪费青春。笑古把这些年存的钱都留给了老婆。

笑古再次回到深圳时,人老了许多,生了许多白发。这次回来,他也不到我们家了,似乎还戒了肉,再也不提做饭的事情。他不想再做老本行了,尽管酒楼给出的工资非常高。笑古改行开起了的士,他每天都在市区绕,像是在找人一样。

深圳有了"双区"这个称号之后,市容市貌发生了很大变化,最东边的莲塘也不例外,路面明显宽了许多,又开辟了几条公交线路。莲塘很快不叫莲塘了,而要变成艺术小镇,还将有个洋气的名字。一些留着长发的文身男人和抽烟女人从各地赶过来,像是要赴一场世纪之约。

笑古已经很久没有到过莲塘,他像是忘记了自己曾经在这里待过十年。

直到有一天,笑古的车不知道怎么就开到了这里,他看到了自己的老地方。奇怪的是,四周的变化竟然不算太大,只有餐厅的名字变成了"莲塘饭店"。笑古只看了一眼,便有泪水从眼里蹿出,并迅速滑向四周。

原载《中国作家》2021 年第 7 期

夏鲁平

哈拉海有了太平鸟

一

王磊是我单位的同事,也是我的微信好友。有一天,他在朋友圈里晒出一群鸟呼啦啦飞过大地天空的视频,那群鸟头顶一律生长着尖尖的羽冠,身上灰色的羽毛点缀着各种花色,很是扎眼。视频上方写下这样的留言:太平鸟落户哈拉海村。我从没见过这种鸟,平时常见的鸟无非是麻雀、燕子,再就是近几年出现的喜鹊。这时,突然有一件事提醒了我,它如同田野的风,吹拂着我的面颊,我必须给他拨打一个电话。

不凑巧的是,王磊正跟什么人吵架,接听电话的时候,他嘴也没停下来,一边跟对方争辩着什么,一边冲着电话里喂喂,语气挺冲。他可能没认真看一眼来电显示,这会儿听出是我的声音,语调马上降下来,有了短暂的沉默。

我问:"出了什么事?"

王磊的声音又重新打捞出来，有些沉重，结结巴巴地说："没什么，就是，就是……"他似乎犹豫着是否将真相告诉我。

我说："刚才我听电话里吵得很厉害。"

王磊清了清嗓子，勉强挤出一句："是那个伊尔根。"

我的思路有点断档，不知接下来怎么跟他说话。伊尔根这个人，我七八年前就认识，那时我们单位在哈拉海村搞扶贫，我接触过他，知道他是个单身汉，没有妻儿，是个性格古怪的人。这种人做事还挺有主见，说话得理不饶人，但也不是什么时候都有理。

我问："你怎么会跟他吵起来？"

王磊叹了一口气，说："一言难尽，等有时间见面我跟您说说。"

我说："我正想打算去你那儿，搞个采访。"

王磊说："太好了，您什么时候过来，帮我劝劝伊尔根，做做他的思想工作。这个人太固执，我跟他什么道理都说不通。"

据我所知，五年前王磊去哈拉海担任驻村第一书记，带领村民走出一条由资金扶贫转向思想扶贫、技术扶贫的新思路，取得了优异成绩。我想把他的事迹写成通讯，发表在我们单位内部出版物上，用以鼓舞人心。

和王磊通完电话没过十分钟，伊尔根的电话就打过来。他嗓门挺大，说："你应该过来评评理。"

我问："怎么回事？"

伊尔根说："我一两句话说不清楚，你过来就知道了。"

我说："好吧，但你千万不能再跟王书记吵了。"

与两人通过电话，我觉得很有必要见见王磊，见见伊尔根。伊尔根这些年一直一个人过日子，是村里有名的贫困户，关心一下很有必要。对于他的单身情况，以前有过不少传闻，听说很多人帮他介绍过对象，他也看过很多次，都没成，主要是女方嫌他穷。伊尔根的穷，穷在他的"光棍儿"上，如果他能讨上老婆，帮他料理家务，守住钱财，他也不至于穷到这份儿。这两年也许年龄大了，他死了这份心，谁要是给他张罗介绍对象，他反倒跟谁急，看那样子他要继续把光棍儿打下去，并振振有词地说："我一个人吃饱,全家不饿。"

伊尔根和王磊两人都抱委屈,兹事体大,第二天我冒着晨露,一大早开车从省城长春出发,前往哈拉海村,想尽量做些劝解,避免问题扩大化。

二

哈拉海村有村民519户,人口1152。自从王磊担任驻村第一书记以来,他在村民中开展多次走访排查,给192个贫困户建立档案,帮助他们种植红豆、黏玉米、花生等农作物。他还大力开发庭院经济,让每家每户在自家院子里种植万寿菊,并联系到一家企业,签订了收购协议,这样下来,村里的农户每年会有上千元钱的收益。

这项工作最初开展得并不顺利,万寿菊刚引进哈拉海村时,农户们不予理睬,王磊就挎着装有万寿菊秧苗的篮子,挨家挨户推广,苦口婆心解说,手把手教农民如何栽培,如何浇水施肥,不久,这项目总算推广开来,形成了规模。可最让王磊挠头的是,万寿菊种植推广到伊尔根那里,却遇到了不小的阻力。他说什么也不种植,连推带搡把王磊赶出院子,说这么大院子栽植那玩意白瞎了,他要种植木耳,菌包都买好了,放在房后的架子上,外面罩着一大块塑料布,就等着气温适宜,将菌包一个个竖在院子里,等长出木耳,采摘晒干,发往全国各地。伊尔根自行主张的理由是,木耳比万寿菊收益高,同样的院子,种植这东西要比种万寿菊多赚几千块钱。

王磊说:"你这想法好是好,可种木耳也得成规模,这样销路才不成问题。"

伊尔根说:"这个不用你管,我自有办法。"

木耳一年生产两季,有夏耳,还有秋耳,从秋后结果看,伊尔根种植的木耳产量并不理想,原因是哈拉海村地处平原,由于光照、气温等原因,总不如山沟里出产的木耳质量好,品相也一般,价钱自然上不去。第二年王磊又向他推广万寿菊,伊尔根还是不接受,他说他又有了新打算,准备在院子里种西瓜,种完西瓜可以种秋白菜,这账怎么算都比种万寿菊划算。

伊尔根就这么犟，还怪，什么事都想特立独行，又什么都搞不成；在村里落得个贫困户，又不承认自己贫困。

都说伊尔根从小吃百家饭长大的，命苦。他三岁丧父，母亲带着他改嫁到一户姓王的人家，本来好好的日子，他娘儿俩有了归宿，可哪承想，伊尔根五岁那年，母亲得了胰腺癌，离开了人世。都说母亲得这病是心不顺造成的，她跟姓王的男人半路成家，加上带着一个孩子，日子过得别别扭扭，俩人三天两头打架，闹了几次离婚，还没等离成，她自己先得了病，然后愤然离世。年幼的伊尔根只好跟这个姓王的继父生活在一起。虽然母亲活着的时候总跟姓王的继父打架，但母亲离世后，继父待他还算不错，继续收养他。没过多长时间，姓王的继父又找了个老伴儿，伊尔根就在这样一个跟他完全没有血缘关系的家庭里继续生活。天有不测风云，平静的日子又不幸被打破了，姓王的继父跟一个跑长途货运车的司机外出，发生车祸，命丧他乡，伊尔根只好与继母相依为命。继母身体一直不好，那种日子的艰难，谁看了都心酸。有一年村里来了一群干部，其中一名干部看到他的家境，当场从兜里掏出钱，放到继母手里。钱虽然不多，却让伊尔根记忆深刻，那名干部的形象随之在他心中一天天地不断放大，变得极为崇高，他暗暗发誓做人就要做那样的人。

王磊来到哈拉海村的前两年，伊尔根总把他与当年那名干部的形象重叠在一起。他怀疑王磊就是那名干部的后代，几次想与王磊在闲唠中得到验证，但答案是，王磊的父亲也是农民，他从小在农村长大，根本不会有个当干部的爹，伊尔根大失所望。

王磊在单位里曾与我同在一个科室，他的情况我了解一些。他从农村考上大学，学习成绩一直优异，毕业后考上省城的公务员，工作踏实能干。单位遴选驻村第一书记时，他第一个报名，说自己肯定能在扶贫的道路上大干出一番事业。当时，我们都为他那份决心感动了好一阵儿。

像王磊这样的人，怎么能跟伊尔根吵嘴呢？

三

自从王磊在哈拉海村担任驻村第一书记，我从没来过村里。近几年农村变化太大了，大得与我印象中的哈拉海村已经有很大的差别，用日新月异来形容一点也不为过。此时，天公作美，放眼望去，尽是蓝天白云，每家的房屋墙壁粉刷一新，还用美术字在上面写起村规村约，间或配些漫画，生动而形象。刚进村口，我看见有的人家院门口竖起一根长杆，长杆上高高挑起一个个大红灯笼，有风吹过来，灯笼飘起，慢悠悠打着旋儿，旋出乡村特有的趣味。很多年前"入驻"村里的喜鹊，这会儿俨然成了这里的主人，它们在村路两旁的树枝上翻飞跳跃，翘起高傲的尾巴，梳理着羽毛，见到陌生的车辆，嘎嘎叫唤几声，挓挲起翅膀飞向远方报信儿去了。最让人称奇的是，树枝上聚集起的一群鸟，头顶上生长着尖尖的羽冠，身上灰色的羽毛上点缀着各种花色，这无疑是王磊在视频里晒出的太平鸟了。也不知是什么原因，突然有一只太平鸟飞起，紧跟着就有一群鸟飞离树枝，漫天飞舞，好不喧闹。

这么多年，我知道王磊在这里工作不容易。他刚到哈拉海村那会儿，时常背着两面袋子葵花子回到单位，说是扶贫项目，农民用大锅炒熟的，让我们分别品尝。那些葵花子也不知怎么炒的，不是火候太轻，就是太重，我们又不好意思打击他的热情，默声品尝完毕，就听见王磊说，大伙都买一点，多买一点，算支持我工作，也算扶持贫困农民。他很快卖掉两面袋子葵花子，整理出零碎的炒票，回哈拉海村送往贫困户家里。没过两个星期，他又背过来两面袋葵花子，说是这两袋和上两袋不一样，出自两户人家。可我们品尝着那些葵花子，都是一个味道，也照例购买一些，还利用午休时间帮助他到各办公室推销。

这两年，王磊不再使用这种笨拙的方法了，他搞起了电商，利用APP推销各种产品，在长春一些商场设立了驻村第一书记专柜，经营起小米、红豆、黏玉米、花生等农作物，打进来的钱款用的都是支付宝和手机微信。据我所知，哈拉海村的庭院经济早已声名鹊起，万寿菊成为主打产品，它不仅可作为食品染料，也具有药用价值，还可供人观赏。走哈拉海村，就如同走进了一片花海，下一步，王磊准备开发哈拉海村乡村旅游项目。

"欢迎欢迎，总算把您盼来了。"王磊粗壮有力的大手没轻没重抓过来，我感觉他的手掌沟壑纵横，像一把锉刀，割得我手心手背生疼。

"我早就应该过来，准备对你进行一次采访。"我想使劲抽回手，王磊生怕我跑掉似的，更加用力地握住我。

来到村部，喝茶，寒暄，我们的心情比天气还好。忽然感觉窗口有人站立，我不自觉扭头看上一眼，一个左脸颧骨红肿的人忽然闪身躲开了，像一朵云从眼前轻轻飘过。我们继续喝茶、寒暄，在热烈的气氛中，那左脸颧骨红肿的人又出现在窗口，我再次扭头看时，那人又不见了，像捉迷藏。

我问："这是怎么回事？"

王磊笑着说："是伊尔根，他可能着急向您打我的小报告。"

我问："你们之间到底发生了什么事？"

王磊脸色极难为情，他说："没什么大不了的，主要是伊尔根心里过不了一道坎儿。"

我说："有话好好说，何必叫他难受。"

王磊说："说来话长，一言难尽，你来了正好帮我做做他的工作。"

我说："远水解不了近渴，解铃还须系铃人，你也别指望我能解决什么大问题。"

王磊说："伊尔根说他认识您，您的话，他多多少少能听进去一些。"

这时，村部门口出现了骚动，房门推开又被关上，出现了不大不小的撞击声，接着就听到一个人与工作人员急赤白脸地说话。

王磊说："你看看这个伊尔根，做事就是不讲规矩。"

我说："让他进来吧。"

四

当我了解到伊尔根的所作所为并知道他心里的想法时，不禁大为敬佩。

现在的伊尔根，在村里既是贫困户，又是扶贫工作中的先进人物。几年来，村里接受伊尔根捐赠的人家不计其数，谁家有什么大事小情，谁有头疼脑热，伊尔根都会在第一时间赶到，及时献上他的爱心。不仅如此，村里有学生考上大学，不管组织上给予多少扶持，伊尔根都会再从自己腰包里掏出钱，送给人家。有的孩子家里并不贫困，伊尔根也要送去一份心意，虽然不多，也就二三百块钱，且多是零票，但任何人不得拒收，如果拒收，伊尔根会整天跟在人家屁股后面磨嘴皮子，直到人家收下为止。

伊尔根有自己的低保，加上他身体尚可，总能创造点收入，手里还算有些闲钱。他创收和别人不一样，他收废品。头些年，他弄辆手推车走街串巷，捡纸盒，捡矿泉水瓶，还捡些废铜烂铁，有时他走出村子，去更远的村屯捡一些可供卖钱的东西。

伊尔根这种生意做得最好的时候是在冬天，特别是数九寒天，他不仅能捡到废纸盒、矿泉水瓶，还能捡到成坨的人粪、狗粪。那时，他身穿着一件油脂麻花的黄大衣，脚蹬一双不知从哪儿搞来的大皮靴，头戴一顶厚实的大棉帽，方圆几里路走下来，眉毛、鼻孔和棉帽全染上了一层白霜。他把装满手推车的废旧物品拉回家，堆积在小棚子墙根处，等攒到一定程度再拉到废旧物品收购站卖掉。人粪、狗粪则卸到后院，一冬天下来，那些人粪、狗粪能攒上几千斤，快要开春时，隐隐发出酸臭的气味，弥漫在空气中。伊尔根会及时找来买主，将几千斤臭烘烘的大粪变成一沓香喷喷的钞票。

最近这几年，特别是王磊担任驻村第一书记以来，乡村实行网格化管理，集中整顿脏乱差，废旧纸盒、矿泉水瓶不能随便往街上乱扔了，街角旮旯也看不到人畜粪便，伊尔根这份职业眼看就要消亡，但他很快转变思路，将"捡"改成"收购"。这下可好，原来的无本生意一下子有了成本，而且每次上门收废品，总有人跟他斤斤计较，盯着秤杆一点不肯眨眼，一车废旧物品推到收购站卖出去，至少比过去少收入三分之一。这个账伊尔根也认，钱不管挣多挣少，到了他这里都是用来捐献，他自己根本花不了几个子儿。

伊尔根每天一个人吃饭简单，除了一碗饭、一碗菜，他连酱油醋都不买，更别说吃肉了。他对不吃肉还有一套理论，说吃那玩意容易得高血压、高血脂、糖尿病。别看他长得精瘦，啥毛病没有，就是因为不吃肉。可是，据知情人讲，这话多少说得有些绝对，有人亲眼看到伊尔根在家里炖过一次猪肉酸菜加粉条，扑鼻的香味让人老远都能闻到。伊尔根家有一口大缸，每天秋天，大缸搬进屋，他往里面下入上百斤的大白菜，腌渍成酸菜。这酸菜能吃上一个冬天，一直吃到开春大地冒出婆婆丁、小根蒜，他又自得其乐地吃起这些绿色健康的野菜。有人还发现，伊尔根除了爱吃酸菜，还爱做冻豆包。每年天一上冻，他就搞来几盆大黄米、小黄米，找个磨坊碾成面粉，放在家里炕头发酵，再搞几斤小豆，烀上一锅，捣碎，用发酵好的黄米面包成鸡蛋大小的豆包，蒸熟，热气腾腾摆在高粱秸秆编织的帘子上，晾凉拿到屋外，冻成石头一样硬，再收集到面袋子里，存入仓房。这样他就不用每天烧火做饭了。每次出门，从面袋里掏出几个豆包，揣进兜里，路上饿时，拿出一个放在嘴里，慢慢啃咬，啃得硬邦邦的豆包上留下一道道白牙印。再说他身上穿的衣服。他说他身上的穿戴从没花钱买过，都是张三李四家淘汰下来，他看好了拿来，穿在自己身上，舒舒服服，随随便便，没觉得哪儿不妥。

有一年，村里评选"干净家庭"，村民们一致推选伊尔根家。当驻村第一书记王磊将这一光荣牌匾送到伊尔根家里的时候，也同时送给他一套崭新的西装，就等着开表彰大会那天，伊尔根穿着上台领奖。这事真就把伊尔根难住了，他跟王磊商量，他可不可以不要"干净家庭"这一光荣的称号？因为他不想穿这西装。这西装穿在身上，躺不敢躺，卧不敢卧，搞得身子一天到晚紧紧巴巴，难受死了。

王磊当即对他进行了批评，说："牌匾都钉在你家墙上了，还能摘下来退掉？"

伊尔根说："可这西装穿在身上，我还怎么出去收废纸盒、矿泉水瓶？"

王磊说："收废纸盒、矿泉水瓶，和穿西装不冲突，你习惯就好了。"

伊尔根问："你见过穿着笔挺西装收破烂的吗？"

王磊说："我啥没见过，赶快穿上吧。"

伊尔根被逼无奈，只好穿上这套西装，还没等适应过来，人却生了病，可能跟这西装的约束有关，他心理压力太大了。"干净家庭"颁奖那天，伊尔根病得都没有力气上台领奖，彻底掉了链子。王磊对这事也进行了反省，也许当时他的工作太武断，造成了伊尔根的心理负担，结果适得其反。后来王磊推广庭院经济作物万寿菊时，伊尔根坚持搞他的木耳、西瓜和大白菜，王磊也没跟他硬来。

王磊暗暗给伊尔根算了一笔账，按现在伊尔根收废品的收入，加上国家给他的低保，他早已脱贫，不应该纳入贫困户管理。可情况并非如此，伊尔根每年大部分收入都捐赠了出去，实际生活水平仍在贫困线以下，对这样的人，怎么帮扶，成了王磊最为头疼的问题。

五

听了事情原委，我对伊尔根说："你不要捐赠了。"

伊尔根说："捐不捐是我个人的事，别人无权干涉。"

我说："可是，你也是贫困户，你也需要帮助。"

伊尔根说："这我知道，可王书记给我添乱，我不跟他吵怎么办？"

我问："王书记怎么添乱了？"

原来，前天伊尔根收废品时，在一个坡路上摔了一跤，手推车掉进一条深沟里，轱辘摔掉了，人也摔得不轻，膝盖都擦破了，胳膊肘也摔坏了，左脸颧骨不知碰到了什么地方，肿得老高。王磊觉得他这一跤跌得可疑，是不是大病来临的先兆，催促他赶紧去医院检查。伊尔根却不吃这一套，还在琢磨着怎样把摔掉的轱辘再安装到车上去。王磊就对他说："你就别琢磨那破车了，看病要紧，你一旦病倒，会给村里增加很大麻烦。"昨天上午，王磊租了一辆车，要亲自送伊尔根去长春市某医院，伊尔根就急了，说他什么毛病都没有，摔了一跤，破了点皮，有什么可大惊小怪的！撕撕扯扯说什么也不上车，坚持摆弄起他那辆手推车，研究着怎么才能修好。

伊尔根的手推车总能给他闹出笑话,我是知道的。据说有一年他去邻村收废品,赶上县里的领导来检查工作,他忽然从街上冒出头来,扯开嗓门喊:"收废纸盒,收矿泉水瓶,收废锅烂铁了!"本来很愉快的气氛,被伊尔根那一嗓子搞砸了。还有一次,扶贫办同志刚进入那个村,伊尔根的手推车便挡在了路上,气得村委会的人脸红一阵白一阵,催他把车子往旁边挪一挪。不催不要紧,这一催,伊尔根放下手推车干脆站在那儿打挺了。他的手推车不动,扶贫办同志的车也开不过去,相向僵住了,害得车里的人只好下来,帮伊尔根挪手推车。其实那个泥坑早就存在,因为靠近路边,平时来往车辆很容易避让,也就没人上心及时处理。这次村里接到扶贫办同志的下乡工作通知,有人想起了那个泥坑,派人拉来沙石土填上。不巧的是,伊尔根推着他的车子刚走到沙石坑跟前,前面扶贫办同志的车就开过来了,伊尔根赶紧将车子挪向路旁,这一挪不要紧,一只轱辘轧到了沙石土上,扑哧一下深陷进去。若不是车上的同志下来帮忙,凭借伊尔根一己之力,无论如何也无法把车子拽出坑来。

伊尔根说:"眼下正是收废品的好季节,你强迫我去医院搞检查,纯属耽误事。"

王磊跟他解释说:"人的身体比什么都重要,你要是有个三长两短可怎么办?"

伊尔根说:"你咒我得病是不是?"

我接过话茬说:"不是,你不要往歪了想。你赚那么多钱,也是为了捐出去,耽误点时间到医院检查一下,有什么不好?"

伊尔根说:"身体好好的,根本不需要检查。"

我说:"王书记是为你好,你这样又吵又闹,不了解情况的人以为出了多大的事,让外人听见多不好。"

伊尔根说:"这没办法,爹妈给我这大嗓门,我不喊不行。"

六

问题很容易得到了解决。伊尔根决定不再修理那辆手推车,而且密切关注自己身体状况,一旦感觉哪儿不舒服,立马去医院。他还答应,以后抽出时间多琢磨田地里的农作物,种好大田,比如玉米、大豆、高粱,肯定要比收废品收入高。

我抓住一切机会与王磊唠些他工作上的事,收集这些年他给村里办了哪些实事,取得什么成效,以及下一步工作打算。我发现王磊所做的事情很是琐碎,而且事无巨细,忽略了哪一点,都要出问题。自从来到哈拉海村,他每天脑子里的神经都要时刻紧绷,不断地打转转,还要腿勤、手勤、眼勤、嘴勤。总之,他把驻村第一书记这个操心劳神的差事干得风生水起,干得风风火火,实在不易。要是哪天不让他奔跑张罗,说不定他会很难受。

这天,我决定住在哈拉海村,体验一下这里夜晚清新的空气和独有的夜景。吃过晚饭,我和王磊在村街上散步,傍晚的村庄很是热闹,这热闹首先来自路两侧的树梢,那上面落满了喜鹊、麻雀,还有一些我看不清楚的飞鸟。王磊告诉我:"这就是你白天看到的太平鸟。"我抬头看去,它们在树枝上蹦蹦跳跳,相互追逐打闹着。太平鸟过去难得一见,现在它们在大自然中铺天盖地飞翔,着实让人感觉到喜庆。这些鸟也许通人性,见我们仰头观望,更加放开嗓门吵闹个不停,似在跟人对话,又见我们一脸懵懂,干脆脚底蹬开树枝,扇动翅膀,在空中轻歌曼舞起来。

村头有个文化广场,四周相隔几米立起一根根白色灯柱,上面接有太阳能板和风力发电机。这会儿街灯亮了,广场四周的彩灯跟着闪闪烁烁,音乐声从树根、草丛、人造石头缝里悠扬地冒出,一群年龄不小的男男女女奔赴而来,齐刷刷组成队伍,跳起了欢快的广场舞。

我说:"晚上找时间咱们再唠唠你工作上的事。"

王磊笑笑说:"我想跟你说说伊尔根。"

我问:"为什么?"

王磊说:"他是个很有意思的人,这几天闹情绪,可能跟一个人有关。"

我问:"伊尔根怎么了?"

王磊说,目前村里一共有三个人单身,伊尔根算一个,还有两个分别是杨广辉和王亚芹。杨广辉得了脑血栓,丧失了劳动能力;王亚芹腿上有残疾,行走不便。这三个人中,属伊尔根手脚利索。有一阵儿,我们打算把三个单身者归拢到一块儿,方便扶贫,好管理,可是伊尔根家住村西,杨广辉家住村东,王亚芹算好一些,家住在村中间,怎么也无法把他们硬凑到一块儿,只好放弃了。再说王亚芹,因为她腿有残疾,三十岁才嫁人,生了一个男孩。孩子刚生下来,她男人说进城打工,一走便没了音讯。头几年,她拿着村里的低保,加上在家养鸡、养鸭,卖出些鸡蛋、鸭蛋,总算把日子应付过去,渐渐把孩子拉扯大了。那男孩对王亚芹也真是孝顺,一心想外出挣钱,后来他去了城里,在一家建筑工地上干活,结果出了事故。两次打击,把王亚芹搞得精神恍恍惚惚,时好时坏。好时,见人热情,爱说话;坏时,稀里糊涂,自己照顾不了自己,成了村子扶贫工作的老大难。可喜的是,最近有好长一段时间,王亚芹精神状态一直不错,也把自己打扮得干干净净,利利索索,别看腿上有残疾,可脸却是一张美人的脸。

我说:"这是好事,也是你们扶贫的一项成效。"

王磊说:"还真不全是我们的作用,主要是伊尔根的功劳。"

我问:"伊尔根收废品的收入都给了王亚芹?"

王磊说:"我不敢完全确定,但村里很多人看见,伊尔根卖掉废品后,总要去王亚芹那里。"

我说:"也许伊尔根对王亚芹有意思。"

王磊说:"大伙背后都这么说,可是,据我观察,他们的关系一直没什么进展。"

我说:"你可以出面给人家撮合撮合,如果两人成了一家,你们的扶贫工作会省很多力。"

王磊说:"事情没那么简单,咱不敢给人家乱点鸳鸯谱。"

我说:"伊尔根要是对王亚芹没那个意思,为什么对她那么好?"

王磊说:"问题就出在这里。前些日子,大伙的议论不知怎么传到伊尔根耳朵里,他为此发了一通火,气一直不顺,说村里人净给他造谣,他对王亚芹从没动过歪歪心眼儿。你说说,男女之爱,终归是人之常情,怎么能叫动歪歪心眼儿呢!"

我问:"有什么好办法,对他再劝解一下?"

王磊说:"没办法,只能顺其自然,静观其变。"

七

我对王磊说,想去伊尔根家看看,顺便跟他唠唠嗑儿,从侧面为我那篇通讯收集点素材。

王磊说:"好吧。"

我们离开文化广场,往村西走去。村路两旁的树干上缠绕着花花绿绿的彩灯,连同那一根根白色灯柱上的灯光,照得路面通明,如同白昼。我们快步向前走去,身后广场舞的音乐渐渐消失。也就走了十几分钟,王磊领我走进一条细窄的土路,躲过两个水坑,在一座房屋门前停下来。王磊告诉我,这就是伊尔根家。

屋里没亮灯,王磊抬手拍了两下关得严严实实的门板,很用力。随着他手掌的起落,门板来回晃悠几下,仍然没人出来。王磊就继续拍,拍了四五下,屋里还是鸦雀无声。

王磊说:"伊尔根可能出去了。"

我说:"刚才我没注意,他会不会在跳广场舞?"

王磊说:"不会,他从不参与那种活动。"

我问:"这么晚了,他能去哪儿?"

王磊说:"我猜十有八九去了王亚芹那里。"

我问:"他去那里干什么?"

王磊说:"这我怎么知道。"

我说:"他跟王亚芹走动得这么勤,我看有戏。"

王磊："我也是这么猜想。"

　　王磊决定领我去王亚芹家看看，顺便找找伊尔根。我表示同意，就这样，我们转身前往村中。一路上，王磊给我倒出心里的苦水，说他推广万寿菊时，王亚芹、杨广辉、伊尔根三户人家成了他的一块心病。王亚芹和杨广辉不能劳动，伊尔根有劳动能力，但脑子里总有自己的道道。最奇怪的是，伊尔根虽然不种植万寿菊，却热心地帮助王亚芹和杨广辉家种植。他们两家院子里的万寿菊，都是伊尔根出力种上去的，你说他这个人怪不怪？

　　是怪。

　　我们来到王亚芹家，没有看见伊尔根。我对王亚芹嘘寒问暖，简单说了几句话，看到屋里家具电器齐全，日子过得可以，知道王磊工作很是到位，便走出屋门，奔往村东杨广辉家。在杨广辉家里，我与躺在炕上的杨广辉握了握手，说上几句鼓励和安慰的话，很快又与他告辞。一路走下来，我们仍然没有遇见伊尔根。跳广场舞的人已经散了，广场上空空荡荡，只有孤寂的灯光在那里闪烁。我们决定再次返回伊尔根家，今晚一定要见见伊尔根，和他说上几句话。

　　回到村西，天空一轮圆圆的月亮正好挂在伊尔根家门口那棵树的树梢，很美。伊尔根家里依然没亮灯，他到底干什么去了？正想再次敲打门板，就听见身后有脚步声，不用问也知道伊尔根回来了。

　　王磊冲着影影绰绰的人影问："这么半天你去哪儿了？"

　　对方没有急于回答，而是探头探脑走到我们跟前，伸长脖子辨认一下，默默掏出腰间的钥匙，打开院门，自己率先走了进去。

　　王磊故意问："去王亚芹那儿了？"

　　伊尔根说："去她那儿咋的？"

　　王磊说："刚才我们也去了，没看见你。"

　　"没看见就没看见，有什么奇怪？"伊尔根打开屋门，又径自往里走。

　　我和王磊紧随其后，跟了进去。王磊说："你去帮助我们做好事，我们很感谢你。"

　　伊尔根开亮了电灯，仍不说话，看他那样子，好像不欢迎我们到来。

伊尔根家房屋实在是破旧，屋里散发着似乎只有光棍儿男人才有的孤寂的气息。低矮的棚顶被一根裸露的漆黑圆木支撑着，灶台熄了火，锅里盛着水，灶台边上随便放着两只碗，旁边不太讲究地扔着一双用过的筷子，干净，却不利索。炕上除了两条被褥，炕头撂着一堆书，躺在炕上随时都可以拿起来看。我走到跟前，抄起几本，发现那是一堆杂书，里面有哲学的、文学的、数学的，天文地理无所不有，好像都是他走街串巷时随手收来，没舍得再卖出去的。伊尔根喜欢阅读，这有点出乎我的意料。

王磊说："伊尔根爱学习，所以他的很多想法跟村里人不一样。"

我问："他不看电视吗？"刚才我转身在屋子里踅摸了一圈儿，发现伊尔根屋里居然没有普通人家通常摆设的冰箱、彩电等家用电器。

王磊解围似的说："伊尔根平时听收音机。"说着，他随手从炕上拿起一个巴掌大的收音机，送到我跟前，像让我鉴别一件古董一样。

我感觉，伊尔根应该是村里最贫穷的一户人家了。

于是我很不客气地对伊尔根说："你不要再给别人捐了，先自己照顾好自己。"

我这句重复说过的话，也许狠狠刺激了他的某根神经。忽然，他不带好气地说："只许你们捐，就不许别人捐？你们太霸道了吧！"

我以前每次来这里，的确捐了一些钱。我除了从兜里往外掏钱，别的什么也做不了，他拿这件事来反驳，叫我无比难堪。

我说："你和我不一样。"

伊尔根说："怎么不一样，难道你们是人，我就不是人吗？"

话说到这分上，他好像气不打一处来，脚下当啷一声踢响了一只铁盆，他又趁机抬腿朝那铁盆狠狠补上一脚，只见铁盆在地上骨碌碌滚了半圈，惊魂未定似的停在了一个角落，声音大得吓人。

我苦不堪言，想不到自己的一句话惹起他这么大的愤怒，实在心有愧疚。王磊暗暗扯了一把我的衣袖，我随之与他退到院子里，身后窗口投来的灯光将我的身子在地上投下好长一段暗影，伸向了院门外。夜色浓了，整个哈拉海村静下来，我强忍着从心里不断涌起的尴尬，想不明白伊尔根怎么会这样。

八

第二天吃过早饭，我准备离开哈拉海村。沉静了一夜的喜鹊、麻雀、太平鸟又在村里大小树枝上欢声鸣叫，迎接新一天的到来。我无暇驻足，忙着去找王磊告辞。见面后，王磊像对我有所亏欠似的，一个劲儿赔礼道歉，使劲摇晃着和我握在一起的手说："伊尔根的话，你也别太往心里去，他就是这样的人，心直口快。"

我从兜里掏出事先准备好的一千块钱，塞进王磊衣兜说："按惯例，我来一趟总要表示一下。这点钱放到你这儿，你想办法给伊尔根添置些家用电器，二手的也行，别让他这么过日子了。"

与王磊分手后，我开着车特意在村里兜了一圈。此时，正值万寿菊盛开时节，每家院落都是黄澄澄一片，甚是好看。来到村东，我看着杨广辉家院子那一片万寿菊，心里一阵暗暗赞叹，真好哇！这时，伊尔根忽然从门口冒出头来。他来杨广辉家干什么？正纳闷的工夫，伊尔根也看见了我，只见他一愣，那左脸摔肿的颧骨在阳光下格外扎眼。他想缩回身去已来不及了，只见他很不自然地硬着头皮往外走。

我踩下脚底的油门，让车加速驶离。

车在村路上没行驶多长时间，王磊打来电话，带着沮丧的腔调对我说："这个伊尔根，他怎么知道你给了那一千块钱，非从我手中要走不可，这会儿可能又去王亚芹那儿了。"

我没有多少惊讶，苦笑着说："我刚看见他从杨广辉家门口出来。"

原载《民族文学》2021年第8期

杨小凡

重圆

大哥离开我们的时间是他自己定的。

现在,坐在他的灵堂前,觉得一切仿佛都是自有安排,无可逃脱。

腊月二十九,我从省城回到故乡。本是不想回来的,患肺癌四年的大哥从病房里给我打了电话,三,回来过年吧。我年后就要走了!

他的声音已有些沙哑,但底气还挺足的。我强装着笑说,大哥,你别瞎说,你这病没事的,现在医学多发达!

灯里剩多少油,我清楚,不想再熬了。明天我就出院,在家里过了年,过了生日,我就心满意足了!大哥很平静,似乎还有些兴奋地对我说。

我说,你别出院,我明天就回去!年三十那天,我们弟兄几个到医院陪你过年。

腊月二十九,我赶到家的时候,大哥已经回到了乡下的家里。我埋怨四弟和侄子为什么让大哥出院,四弟委屈地说,你还不了解大哥吗?他这么一个明白人,我们能拦得住吗?

说得也是,我们家弟兄六人,加上我上面的一个姐姐,一直都听大哥的。他是老大,高中毕业回乡后他就成了母亲的助手,成为这个家的主心骨。

我们从心眼里敬他，也是怕他的。

年三十那天，大哥的气色突然好起来，满面红光的。他自己剃了胡子，换了衣服，指挥着贴春联。春联贴好后，又与我们一起去村北的祖坟祭祖。他走路很吃力了，但还是坚持自己慢慢走。路上，他指着赵家那片坟地给我说，三啊，赵家人也不少，说散都散了。人这一生啊，真是做梦一样。

中午吃饭，大哥执意要喝酒。在医院都不能顺利进食了，我们当然不让他喝。但他却坚决地拿起酒瓶，给九十二岁的父亲和自己各倒了一杯，然后，吩咐侄子给我们弟兄几个全满上。他先带着我们给父亲敬了一杯，然后，给我们五个弟弟每人也碰了一杯。当然，他只能象征性地喝一点点。我们弟兄一边笑着敬他酒，一边说着宽心的话，气氛热烈乐呵，但每滴酒都那么苦涩和难咽。都知道，这是我们与大哥在一起的最后一顿年酒了。

正月初五早上，大哥像泄了气一样，人就躺在了床上。他的脸颊热红，说几句话就得吐口痰。但他却不想停止说话，我和四弟、侄子陪在他的床前，听他说以前的老事。为了让他少说话，每当他刚开头，我们就接着他的话回忆，只是在不对的地方，他才开口纠正。一个话题完了，他会再提一个话题，他心里好像有说不完的话。我们为了让他休息，就借口打电话或者有事，离开他，让他安静会儿。我知道，他真的快要走了。这情形与我母亲离世前一模一样，人离世前对过往的留恋是一种本能反应。

初六早上，大哥喝了小半碗稀饭，又做了雾喷，气色显得不错。他又开始给我们说1960年他差点没饿死的旧事。刚说一会儿，他的手机突然响了。他显得很兴奋，从枕头边拿起手机，摁下接听键，电话里一个年轻人的声音传出来，爷，听说您回家了，我一会儿去看您！

啊，根生啊！你别来了，咱村子都封了，进不来出不去的。我好好的没事。他怕声音小，说话尽量用着力气，声音也更加沙哑了。

根生？根生是谁啊？我有些不解地看着大哥和四弟。我从来没听说过，这个叫根生的跟大哥是什么关系？

根生的声音又响起来，那我夜里去，就说是送口罩的！

大哥放下手机，看我一脸疑惑，就指着侄子说，儿啊，你办了件好事！

我更加不解了，就问，根生是谁？

大哥笑着说，是赵三胖卖掉的那个儿子！

啊！是赵三胖的儿子？你们是怎么联系上的？这些事，怎么从来没人给我说过？

大哥有些遗憾地说，你从考上学，哪在家待过。老家里这三四十年的事，你咋能知道。

赵三胖的家住在村子最西头。他比我大一岁，小时候，他和四弟像跟屁虫一样跟在我后面玩，我们三个是村子里玩得最好的。只可惜，从1985年到现在，我再也没有见过他。关于他的传说是听过一些，我也多次打听过他的下落，但是，他留给我的印象还是停留在我十八岁以前的记忆。

其实，赵三胖很瘦，正是因为瘦，他娘才给他起了"三胖"这个名字。他前面有两个姐姐和两个哥哥，他在男孩里排行老三，村里人都喊他三胖。他家是我们村里唯一的外姓，据老人说，他爷爷那辈才从黄河北逃荒过来的。我们小的时候，家家都很穷，春天连肚子都吃不饱。他爹脾气很大，动不动就打他们几个孩子，发起火来，近了，朝脸上抽、用脚踹；远了，捡起什么用什么砸。三胖脸上身上常常被打得青一块紫一块的。每次挨打后，他都吓得不敢回家，跑到我们家里，有时就在我们家里吃住。

我母亲看到三胖在我们家不走，就知道他又挨打了。她就领着三胖，骂骂咧咧地向村西头走去。他家低我们一辈，他爹叫我母亲婶子。我母亲总是叫着他爹的名骂，赵胜，你个孬种，打孩子算啥本事！有志气你别生养这么多啊！这时候，三胖他爹就赔着笑说，老婶子别生气，这孩子属猴的，三天不打就上墙！

三胖六岁那年的春天，得了一场大病，差点死掉。村里人都说他被吓破了胆，先是不停地拉肚子，后来发高烧，再后来吃什么都吐。他本来就瘦，这样折腾一个月，刚能出门的时候，走路都得扶墙。我们在一起玩时，他老是坐在地上，或者倚在树上，两个眼珠木刻的一样，每转动一下都很费劲。

他被吓着那天，我也在场，也被吓得不轻，我们两个一起跑到了村外。那是打春不久的一天，天气还很冷，我与三胖一起在村里麦垛边玩了一会儿，就决定去生产队里放喂牛草的那个大屋里暖和暖和。我俩刚走到屋门前，就见三个戴着高帽子、花花绿绿的纸人出来了。纸人的脸被画得黑一块红一块绿一块紫一块，血红的舌头伸出来老长，脖子上都吊着打有红叉叉的纸牌子。纸人比人高大，我俩没看到后面的人，以为这就是大人说的鬼。

半年后，三胖的病好了。从此，他也胖了起来，人像是气吹的一样，一天一个样。村里人都不明白，他咋就胖起来了呢。现在，我想，他如果不是因为那次得病后胖起来，他的命运也根本不是后来的样子。

侄子见我一脸的不解，就对着我说，二叔啊，要说我碰到根生这事啊，比小说还小说，似乎一切都是命中注定的一样。

接着，他讲起了根生的事。

侄子是我们这药都市的律师协会会长，谁家遇到官司，能请到他去打，即使输了，也不再觉得冤屈。

七年前的一个秋天，他的大成律师事务所里，突然来了一个年轻的女人。这女人约莫二十六七岁的样子，人长得还算漂亮，但脸上却写满了冤屈和不平。侄子接待了她，但听她说是一桩因丈夫打伤人入狱的案子，就委婉地拒绝了。现在，他只接经济案子，刑事案都推给其他的律师。这个女人当时就哭了，她说丈夫一审被判六年是冤枉的，明明是对方想抢占他们的家产，丈夫只是出于气愤，一时失手打伤对方，咋能判这么重呢。

侄子说，做律师时间长了，从事主的表情上就能判断出是不是有冤情。他从这个女人的言行上判断，应该是有些冤屈的，于是，就让她先细致地讲一下案情。

女人说，她丈夫叫锁根生，1985年出生，是公公家收养的儿子。她公公叫锁明全，和婆婆一辈子没有生育，根生四岁的时候经人介绍被公公收养。公公家是卖中草药的，开有一家"福满堂中草药贸易公司"，生意不算好也不算差，至于现在家底有多少，她也不太清楚。三年前，她经人介绍认识了锁根生，一年后两人就结婚了，第二年生了个儿子。儿子出生七个月时，公公锁明全心梗去世了。

公公有个哥哥，早年去世，他的儿子叫锁兴光。按辈分说，这个锁兴光与锁根生是堂兄弟。公公的丧事办完的当天下午，锁兴光就来她家里骂，说锁根生是野种，霸占了他们锁家的钱财。他是想贪占公公留下的家产，锁根生肯定不愿意，两个人就对骂起来。骂着骂着，动起手来，锁根生一拳打在了锁兴光耳门上，他就倒在地上，躺着装死。警察来了，立了案，经过鉴定，说锁兴光被打成耳聋和轻微脑震荡。锁兴光的一个亲戚在法院里，他肯定是做了手脚，一拳怎么就能打成耳聋呢？一审，重伤害罪判了六年，外加经济赔偿四十四万六千元。

侄子说，那天他听过案情后，竟立即决定接下了这个案子。按说，对于律师而言，要动感情是很难的，这案子也完全可以交给手下的律师去办，但那天他鬼使神差一样决定亲自办这个案子。

侄子说，在监狱会见室里，他看到锁根生的第一眼，就觉得这人面熟。他详细听过锁根生的陈述后，就开始问一些细节。

你知道自己是锁家收养吗？

知道。

你什么时候知道的？你来锁家时有记忆吗？

我是在十二岁时才听邻居说的，他们说我是四岁时被养父买过来的。

你听说过是从哪里买过来的吗？

我听说出生地是在城西四十里的一个村子。十六岁那年开始，我偷偷地到城西四十里那一带村庄打听过，但没有得到任何消息。

后来为什么不再找了？

我一直在找啊！但没有任何消息。

当你听说自己是被生父卖掉的，还找他干什么呢？难道你不恨他吗？

开始恨，后来我就不恨了。

为什么不恨了？

后来想明白了，为什么要恨他呢？如果他不把我卖到养父这儿，我能过上今天这样有钱的日子吗!

那你找他,是想感谢他?

我就是想知道,当初他遇到了什么难事,舍得把我卖了,想知道他现在过得怎么样。

侄子说,在问话时,他看到了锁根生右嘴角有个黑痦子,加上年龄的巧合,以及似曾相识的神态,他初步断定这个锁根生应该就是赵三胖卖掉的儿子小伟。

侄子比锁根生大四岁,根生四岁还叫小伟时,同在一个村,还抱过他。尤其是,他右嘴角的痦子,侄子是有记忆的。

会见结束时,侄子对锁根生说,我会帮你上诉的。减刑后在里面好好改造,争取早日出来。出来后跟我联系,也许我能帮你找到亲生父亲!

锁根生愣了一下,突然跪下来给侄子磕了一个响头。

侄子对我说,当时我觉得这孩子不是坏人,我想圆他一个梦。

大哥安静地睡了有一个多小时,醒来的时候又不停地咳。几口黏痰吐出来后,侄子和四弟又给他做了一会儿雾喷,他脸上的红潮才褪去一些。

他看着我和四弟说,赵三胖这孩子啊,也是命中注定的。命这东西真是说不清的。从大哥的话中,我判断刚才他应该是没有真正睡着,侄子和我们的谈话他是听到了的。

侄子不想再让大哥多说话,就岔开话题问我,二叔,你说三胖当初咋能卖孩子呢?

我看了看大哥和四弟,就说,我也说不清,可能当时他太需要钱了吧。

四弟点上一支烟,摇了摇头说,我后来问过三胖,他不承认是卖!

应该说,四弟与三胖在一块儿的时间最长,他们一起拜孙大炮为师学武术,有四年时间形影不离。他们一起打对把,互相之间更了解,三胖娶的媳妇芝兰,也曾是孙大炮的徒弟。

说起三胖和四弟拜孙大炮为师学武,我是知道点的。在这之前,我和三胖一起到芮红脸的戏班学过一年戏。那时,农村刚让唱老戏,芮红脸就打了个戏班。那年，三胖十岁我九岁，不知道什么原因，家里就送我们去了戏班。

想到这里，我问大哥，当初我咋去学了半年戏呢？

大哥想想了就说，还不是因为穷啊。进戏班不交钱还管饭，再说了，要得欢进戏班，学成了，还可以走村串户地吃百家饭。

啊，原来是这样啊。我笑着说。

大哥想了想，又吃力地说，还有一层原因是母亲怕你娶不上媳妇。戏班子里女孩多，说是学戏，我猜想母亲是想让你学戏，将来混成一家人。说完，他又笑了一下。

记不清啥原因了，我半年后就从戏班回来了，可能是嗓子不行，只能学丑角，没啥前景。不久，三胖也回来了。三胖回来后，芮红脸来他家找过一次，说三胖是块唱"红脸"的料，将来会有出息的，三胖就是不愿意再回戏班。芮红脸走后，三胖的爹赵胜狠狠地打了他一顿，我记得是用青秫秸打的，打得三胖满院子跑。

就是在那年秋天，三胖又开始学武了。这件事，我是记得很清楚的。

收完秋，村里村外场光地净了。一天下午，村里来了个耍刀卖艺的拳师。拳师带着四个徒弟，拉着一辆板车，上面装着刀枪剑棒和铺盖行李。一阵铜锣敲过，就在村里大人小孩子围成的圆圈内表演了。

看完表演，三胖就迷上了，从家里端出一大瓢黄豆，缠着爹非要跟着去学武功不行。他爹赵胜一想，家里少张吃喝的嘴也是好事，就把这个外号孙大炮的拳师请到家里。赵胜是有算计的人，既然要让三胖学武，就得照应好孙大炮。他从鸡窝里拽出刚歇窝的母鸡，又跑到魏岗集上打了二斤散酒，孙子一样地待承着孙大炮。三胖的娘眼底浅，心疼那只咯咯嗒嗒叫的老母鸡，她怕填了孙大炮这个坑，连一点回头子也见不了。一直到赵胜打酒回来，这只母鸡还没舍得宰。

赵胜一回来，三胖就告状说，俺娘不杀鸡！

赵胜气得涨红着脸，照着三胖娘的屁股就是一脚。女人倒地时，正好被在院子里瞅天看云的孙大炮看到。

老哥，这是咋了？

三胖爹嘿嘿嘿地笑，俺也自小爱武术，这不，见到高人你瘾就上来了，练练腿。孙大炮笑笑，好的拳师是找徒弟的，你一家子都喜爱，你这孩子我就收下了！

三胖的爹一听这话，想踢个弹腿，让孙大炮高兴，可一抬腿，竟摔了个四脚仰天。

那天晚上，我母亲也动了心。她也想把四弟送给孙大炮当徒弟，就让我父亲拿着家里仅有的十几块钱，领着四弟来到三胖家。

第三天，三胖和四弟就跟随孙大炮浪迹天涯，习练拳术去了。三胖他爹可是高兴坏了，这下好了，这下好了，一天家里又少吃九个馍，少喝三碗汤，过几年兴许还能自己领回来个俊媳妇呢。对于三胖他爹来说，这确实是一笔最划算的买卖了。

我母亲却说，学点武艺好，别说行走江湖吃香喝辣了，胳膊腿练强壮了，长大了总不会吃亏吧。

现在看，我的母亲还是有远见的。当她知道娘家有个远方侄子考上大学，就要求我发奋读书。只有读书，将来考上了大学，离开这黄土地才能有出息。

后来，我就到魏岗中学读初中。那时，初中都住校，一个星期才回来一次。也就是从此，我对三胖和四弟学武的事不太清楚了。

这时，我跟四弟说，说说和三胖你俩一起学武的事吧。

四弟叹了口气，又点上一支烟，才说，许多事真是弄不清，怎么走着走着就变道了。

于是，他说起了三胖学武后的事。

三胖十五岁那年，和四弟一起跟着师父孙大炮在城父镇教场子。在那里，他结识了一个也喜欢武术的小女孩——芝兰。芝兰天天跟着三胖看他演练，一连半个月，后来，芝兰也进了场子学武，成了孙大炮的徒弟。

半年后，三胖的父亲赵胜突然去世，他被叫回了家里。一个月后，他的母亲也离世了。十五岁的三胖面对如此变故，像被抽去了脊梁骨一样，蔫在家里，一动都不想动。

临近春节了，三胖突然想起芝兰的那对水汪眼，而且再也不能不去想她。

天不亮，他就朝芝兰的家乡——城父镇奔去。芝兰也是不停地想着三胖，想得心一扎一扎地疼。见三胖来找自己，她立即跟着三胖走了，他们回到我们村，住在家里一间偏房里，这一年他们俩都刚过十六岁。一年后，生了个儿子叫小伟。两个大孩子加一个小孩组成的家，其困难是可想而知的，打打闹闹的事时时发生。

小伟一岁多时，一个常来村里修收音机的人勾上了芝兰。穷人家的女人好上钩，小伟过完两岁生日的第二天，芝兰突然不见了。三胖抱着小伟，找啊找，一找就是一年多。

芝兰就像大海里的一朵浪花，一会儿在三胖眼前浮现，一会儿又汇入大海。三胖看所有的女人都是芝兰，可最终连芝兰的一点消息也没听到过，更没有找到她。

十九岁的三胖带着两岁多的儿子，一大一小两个人，其凄苦是可以想见的。

再深的亲情，也容易被这样的日子磨钝。

后来，三胖听魏岗集上大老苗的话，把儿子送给了一个做药材生意的人家。说是送，其实是收了人家八百元钱的。三胖后来才觉得，儿子是被自己卖了。他把拿到的八百元钱放在黑提包里，按了又按，拉上拉锁，挂在借来的自行车把上。他心里很难受，突然想到要抽支烟，在这之前他是没有抽过烟的，他认定抽支烟自己心里肯定要好过些。于是，他立即拉开黑提包的拉锁，抽出一张票子，就去路边的商店买烟。

当他买烟转身回来的时候，车子被人推走了。转眼间，没了孩子也没了钱。

三胖回到村里，气恼得要死。四弟这时也不再学武了，快到了说媳妇的年龄，被母亲叫了回来。他知道三胖的事后，劝过他几次，但是，这劝是不顶用的。

三胖一直气恼不已。人一气恼，总是要找个发泄的地方。三胖想不出如何把心里的怨气发泄出来，就把头向住的那间房的土墙上撞。一次一次，一天一天，撞，不停地撞，时间长了，头上竟有功夫了。有一次，他喝酒后不想活了，拿酒瓶向头上砸，酒瓶竟一下子粉碎了，他的头却丝毫未伤。三胖愣了半天，突然大笑起来，自己想撞死都找不到硬东西了，因为他有了铁头功。

三胖觉得唯一能让自己生存下来的办法，就是出去走街串村地卖艺了。

于是，他来到了河南的汝南县。当他来到刘老家这个村子卖艺时，被一个丈夫触电而死的寡妇看中。寡妇要看中的男人，可是跑都难跑掉，何况，三胖也是孤家寡人呢，俩人说结婚就合床了。

又一年，他们生了个女儿，加上这女人前夫留下的儿子，三胖觉得很满足，也很幸福，突然间竟儿女双全了，这是他做梦都没有想到的好事。

三胖这个媳妇的二哥是派出所所长，见三胖有一身武功，觉得与坷垃为伍是有些白瞎他这个人了，就让他到派出所当临时民警。

四弟说到这里，用力吸了一口烟，然后说，这人一生向前走的路真是没个定性，有时走着走着，冷不丁地就岔道了。

可不是吗，三胖因祸得福成了警察，这连他自己也是没有想过的。只可惜啊，捣蒜杵顶不住大水缸，三胖生来不是庙里的神，受不了那香火。

这一切都是命啊！

四弟说话时，大哥其实并没有睡着。他动了动身子，向我们摆了摆手，然后有些吃力地说，唉，这些天我想明白了，啥叫命啊？人的命还是人做主，只不过，有的是自己能做主，大多数人的命都是别人在给你做主呢。

听了大哥的感叹，我觉得他下面肯定还有许多话要说。一个快要走的人能说这话，说明是有一些事真正触动了他。

于是，我就问大哥，大哥，难道赵三胖的命运是别人摆弄的？

大哥停了好一大会儿才开口，我以为他没有了说话的力气，其实不然，从他接下来说话的神态和语气来看，他是在想到底该不该说。

大哥长叹一口气，终于开口了，都是要走的人了，还是说了吧，说了也无妨了。三胖这孩子，毁在大老苗手上！

大老苗？我正在惊异的时候，大哥又长出一口气，接着说，他也得了报应！离地三尺有神灵啊，阎王不会放过恶人的。

侄子年龄小，没听说过大老苗，我和四弟对大老苗是了解一些的。

大老苗住在魏岗集西头，年轻时当过土匪，解放军到药都城时他投了诚，跟着大部队说是去过长江，后来自己回来了。他说是因为得了病，被部队退回来的，究竟是什么情况也没有人弄得清。但他很会来事，一次一次运动竟没有真正牵连过他。

他是有媳妇的，是个外地口音的女人，也不知道是哪里人。他们一辈子生养不出孩子，就两个人过着。我六七岁的时候，到魏岗去赶集，常见他腰后面插杆两尺长的枣木秤，在鸡鸭行里转。他一直是鸡行里的经纪人，人们背后都叫他吃秤杆的人。买家和卖家拉好价钱，他用秤杆子一撅，你就得给他几分行钱。

这个人脸很长，有点像马脸，整天黑着脸，眼珠子骨碌碌地转着。别说我们小孩子了，就是来赶集的大人们也怯他几分。

四弟说，十一二年前这个大老苗才死。

我们讨论了一会儿大老苗的事，四弟突然问，大哥，那年，三胖回村，你为啥没给他说？

大哥想了想，摇摇头，叹着气说，不能说啊，木已成舟的事了，说了也晚了。再说，真说了可能会出人命的！

接着，四弟给我讲了十三年前，赵三胖夜里回到村里的事。

那天夜里，四弟并没见到三胖，他正在城里干着一个小工程。三胖回来的事，是大哥后来给他讲的。现在，大哥说话困难，四弟是有意接过大哥的话茬。

他说，那年刚入腊月没几天，就冷得出奇，村西边的沟里开始上薄皮冻了。

大哥那天正好没去城里打工，天刚黑就坐在屋里看电视了。《新闻联播》后面的天气预报还没放完，他就听到院里的黑狗一声急一声地叫。大哥出了屋门，就着屋里散出的灯光，吵着黑狗，走到大门前。这时，他听到两下重重的敲门声，就大声问，谁？

叔，是我！

大哥听着声音不太像本地人，就警惕地又问，你是谁？

我是赵三胖啊！你听不出来我的声音了？

大哥迟疑了一下。三胖？他都快二十年没归家了！他妈的，你到底是什么人？

叔，我真的是三胖啊！不信，你拉开门缝看看。

大哥折回头，把屋檐下的灯拉亮，才小心地把门开个缝。他一看这人模样，还真有点像赵三胖，于是，又大声说，真的是三胖啊？你他妈不会是鬼吧？

赵三胖进了院子，大哥才真正断定这人就是三胖。只是，他没有以前胖了，头秃顶了，在灯光下反着光，衣裳穿得还是干干净净的。他本来下巴就向前伸，现在向前伸得更长了，两个腮上竟长出几道很深的龟裂纹。看这面相，估计这些年在外面没少遭罪啊。

三胖进屋后，从怀里掏出两瓶古井酒放在桌子上，然后，又掏出烟，给大哥敬了一支，而且坚持给点着。

那天晚上，大嫂到城里看孙子去了，家里就只有他们两个人。大哥拉开煤球炉子，炒了盘花生米，又炒了盘鸡蛋，他们两个就喝了起来。

没喝几杯，三胖哭了。哭过之后，他就头上一句脚上一句地讲他那些年经历的事。

他说，在汝南县一个派出所当治安队员一年半的光景，出了条人命。有天夜里，他与其他两个队员去乡下抓赌博的，抓到派出所审问时，那人横着眼就是不吭声。他当时也是年轻，又不懂得审讯的规矩，火气上来了，一巴掌打在了这人的耳门上，谁知一个大人竟这么不经打，只一巴掌下去，这人就口吐白沫，死了。他当即就溜出派出所，跑了。

他跑了两天，就到了陕西潼关一个金矿里去干活。他是在矿洞里打风钻，这活根本不是人干的，打十来分钟，白矿粉起的雾，能让人和人离三尺多都看不到对方；从矿洞出来，用力一擤，鼻子里能出来两坨圆柱，鼻子早就完全被堵住了，只能用嘴呼吸。

干了有半年，与他一起打钻的一个河南柘城人发现了一块明金矿石。他们两个起了贪心，第二天就悄悄地从矿里跑出来，在外面把矿石卖了两万三千块钱。他要了一万，那人拿了一万三，两个人约好从此不再联系，天各一方。

那时的一万块钱算大钱啊。他本来想继续向北走，找一个小城市落脚做个小生意，但是，毕竟出了人命，又怕河南那边公安追过来，就想到山西去挖煤。煤矿上哪里的人都有，不容易被查到的。没想到，他在车站被人骗了，被带到一个黑窑场拉砖坯。

进了窑场就被搜身，身上的一万块钱被收走。赵三胖肯定不愿意啊，这时，老板就指挥着四个人把三胖给绑了起来，先是饿了三天，然后就审他，非问他钱是哪来的。三胖一口咬定，是捡来的。他被打了个半死，先是说要把他送到公安局去，后来又让他拉砖坯。

三胖说，那些天他的肠子都悔青了，不仅丢了钱，还挨打，出苦力，真是死的心都有了。他为了逃出那个地方，只能装作老老实实地干活，以便寻找机会。一个月后的一天晚上，他见看管这些劳工的三个人喝多了，就凭着身上的功夫把看门的一个人打倒，逃了出来。

逃出来后，他打零工挣了点饭钱和路费，向东走。钱没有了，再到建筑工地上干一个月，挣点钱，继续向东走。在泰安时，他听说到威海捞海带活轻，也挣钱，尤其是整日在海上漂，不担心被人认出来，他就搭上车到了威海。

那天晚上，赵三胖边喝酒边给大哥说，这世界上根本就没有农村人干的好活，捞海带这活更是要命。海上的风咸，活也重，整天身上都是汗，一天干下来得喝十斤水。再说了，咱在平地上长大的旱鸭子，晕水也晕船，成天吐，心里吓得缩成一个疙瘩，干了一年多才算适应。

第二年刚入秋，出船了，风太大，竟翻了船，淹死两个四川人。他吓得要了工钱，离开了威海。后来，又到了张家口，混来混去，在一个小区看大门了。唉，不说了。三胖说到这里时，连喝了三杯。

大哥说看大门不是挺好吗，风吹不着，雨打不着的。

三胖却说，好得很呢，俺也不知道咋跟这小区的一个寡妇挂拉上了。女人啊，真是男人的对头，要男人的命，你想着她的那个蜜蜜枣，其实那就是个害人坑。

说到这里，他就不愿意再说下去了。大哥知道他在外面的事不可细问，但是，突然回来的原因，肯定是要问的。

三胖只说那边出了点事，他也想家了，就偷着回来看看，天不亮就得走。

大哥听他这样说，估计着可能又遇到了一些麻烦，就追问说，你这次到底是为啥回来？

三胖想了想，终于开口了。

他说，叔啊，你侄子这次偷跑回来，本来是想找大老苗算账的，现在又改想法了。我这些年啊，想来想去，小伟是大老苗哄着送人的，他妈的，我这一辈子就是他祸害的。可我没有真凭实据，再说了，也是自己当年年轻脑子发热，现在一身事，再杀了他不更麻烦吗！

大哥听三胖说这些，知道这时只能劝了。本来，大哥还想把大老苗一次酒后说漏嘴的话告诉三胖，现在看是不能再说了。就劝他说，人啊，多一事不如少一事，你千万不能再冲动了，往后还有不少日子呢。

他们又喝了几杯酒，大哥说，你咋不回你家，你大哥、二哥都在村里呢。

三胖冷笑了一下，然后说，刚才俺在西头转了转，他们以前都不管我，我现在这样子回去，有意思吗？我从小就在你家玩，受你和俺奶的照应，心里比跟他们亲。对了，我回来的事，你不要给任何人说，谁知道我回来，都不好！

大哥他们俩都喝得有些晕了。

大哥就问三胖，这些年你没想再找小伟和芝兰吗？

三胖苦笑着说，我有啥脸啊？这次回来可能是最后一次回咱村了。我一会儿就得走。

走？夜里走啥！大哥不让他走。

三胖站起身来说，叔，我真得走了，天快亮了。你也别拦我，咱爷儿俩喝了这场酒，把我这些年的大概情况说了，心里好受多了。你要放心，我没做啥丧良心的事。

大哥见拦不住他，就把身上的几百元钱掏给了他。

三胖推辞一会儿，最终还是收了。临出门时，他又跪下给大哥磕了个头。大哥把他送到村东头，他突然抱着大哥哭着说，叔，我把姓也改了，叫卜建伟，一竖一点那个卜。我还回张家口，那边的事如果摆平了，也许我还会回来看您！

说罢，他转身大步走了。

这时，大哥听到三胖边走边唱起了《赵氏孤儿》里面的戏文。

天暗下去了，我走出大哥家的院子，见村街上空无一人，只有几条狗静静地走来走去。由于疫情，人们还没有出门打工，都窝在家里看电视。

我回到大哥的堂屋里，他正咳得厉害。四弟和侄子又给大哥喷了药，才缓和下来。

我在心里埋怨大哥没有听我的话，非要出院回来过年。现在，疫情正紧，医院病房不再接收慢性病人。侄子给大哥的主治医生打电话，说还是想去医院，医院说这病就是在医院也没几天了，况且现在医院里进去了几十个新冠病人，真的是没有必要再来了。

大哥听到儿子跟医院沟通，也摆手制止。

他说话已经十分吃力了，人瘦得皮贴着骨头。他说现在并不疼，只是咳嗽和喘气困难，<u>坚持不再去医院</u>。

家里其他的人都在院子里或偏房里看电视，我和四弟还有侄子，我们仨陪着大哥。

看着床上的大哥，我们心里也觉得难受和无聊，继续用聊天来打发时间。

侄子说，根生在监狱里待了三年零两个月就出来了。他出来的第二天，就找到了我，一是表示感谢，更重要的是打听他爹赵三胖的下落。

其实，侄子只是听大哥说过三胖回过村里的事，具体情况并不清楚。

于是，他只好带着根生回到村里找大哥。

根生见到大哥，没开口说话，就先跪在地上磕了三个响头。大哥赶紧把他拉起来，仔仔细细地看了好大一会儿，两眼也湿了。

时间真快，一晃竟二十多年了。当初，这小孩也常在大哥家吃饭，三胖有时出去的时候，就把这孩子放在大哥家里。现在，这孩子都快三十岁了。

那天，大哥问根生，为什么要找三胖？恨不恨他？根生流着泪说，他这一辈子最大的愿望就是找到三胖，找到他娘芝兰，让一家人破镜重圆。当他知道自己是被三胖送人的，心里就特别委屈，街坊邻居背后对他指指点点时，他就想一定要找到亲爹娘，问问他们为什么要把他送人。后来，他大了，一些事想开了。如果一直跟着三胖，生活又会是什么样子呢？尤其他结婚生孩子后，便劝自己原谅三胖。再说了，现在，三胖和芝兰都漂泊在外，连村子都不敢进，他们心里肯定更苦。

大哥明白了根生的本意，但是，担心他也找不到三胖。三胖上次夜里回村时说得很清楚，他没有脸见根生，也没有脸见村里的人。而且，这二十多年他经历的事太多，可能还有些不好说的。

但是，见根生态度这么真诚和坚决，大哥就把三胖那天夜里回来的事一五一十地给他说了。其实，只有三条信息是有用的，那就是：张家口，卜建伟，在小区当门卫。

张家口这么大，那么多小区，何况，又过去六七年了，三胖极有可能早不在张家口了。到哪里去找呢！

临别时，大哥对根生说，你有这个心是好事，但未必真能找到。找到找不到也无所谓了，你爹还健健康康地活着，他自己在外面二十多年了，没事的。你到张家口碰碰运气就算了，家里的生意别耽误了。

根生却说一定要找到他爹。他就是把张家口这座城里的小区一个一个地打听遍，也要找到他爹的下落。

根生虽然这样说，大哥却不抱希望。

我、四弟和侄子正聊着根生的事，侄子的手机响了。

电话是根生打来的。他已经到魏岗集上了，离村子还有三里多路。

电话是从魏岗集西的疫情检查站打来的。虽然测了体温没有问题，但检查站还是不肯放行，当他打通电话，证实是来看大哥的，才给他放行。

几分钟的时间，根生到了。他停好车，就直接进了院子。

进屋后，我仔细看了看，虽然是第一次见他，但一眼能看出那脸膛和神态都像赵三胖年轻的时候。尤其，他那向前伸着的下巴、那托板嘴更是跟赵三胖像一个模子刻出来的。

他径直走到大哥床前，一把拉住大哥的手，有些激动地说，爷，我才听说你病了！你要放宽心，没大事，你好人有好报！

四弟把大哥扶起来半靠在床头。大哥笑了笑，呼着气说，我能想开，早晚都得走！

大哥想喝水，根生跟大侄争着要喂大哥。他从侄子手里要过来汤勺，舀着碗里的温开水，小心地送到大哥嘴里。

我在旁边看着，心里想，这真是个仁义的孩子。

大哥喝过水，张着嘴断断续续地说着话。话有些含混不清，但个别字眼还是能听明白的。他是在问赵三胖的事。

根生叹了口气，眼皮眨了几下，是怕眼泪落下来。又过了几秒钟，他才说，爷，你还操着心呢！我找到俺爹了，可他犟着不回来。估计您的话，他也许能听。

这时，四弟就说，找到了咋不回来呢？真是的，他从小就是头犟驴。

接着，根生说起了他前年找赵三胖的事。

根生说，我到了张家口，整整找了二十七天，一个小区一个小区地问，最终才找到他的下落。他不在小区当保安了，转到一家养老院看大门去了。那天下午，我来到"幸福里"养老院，到门口一照面，我就知道他是俺爹。

看见他，我就止不住眼泪了。为了让自己镇定，我赶紧点上一支烟，只抽了两口，我又把烟扔了，快步来到门前。

他问我来看谁，我说，爹，我是来看您的！

你、你这孩子认错人了！爹可不是乱叫的。三胖根本不认根生。

根生就说，爹，俺老家是亳州赵湾的，我叫赵小伟啊！

我不知道啥亳州，你认错人了。走吧，走吧！

说着，赵三胖走回门卫室里。

根生说，他肯定认出我来了，就是不肯相认。

这时，我觉得好委屈啊，好生生一个家你没守住，娘不知道现在是死是活，也不知在哪里，我四岁你就把我送人。因为你，我打伤人家坐了三年半的牢，现在找到你，你竟不认。

想到这里，根生推门走进门卫室里，突然开口大骂，你是个什么东西，成家了你守不住家，俺娘被你打跑了，儿子被卖掉，你一个人躲着，对谁都不管不问，你配当爹吗？你还是个男人吗？

他一边骂，一边哭。骂完了，双腿一软，扑通跪在地上，给赵三胖磕了三个响头。然后，他抱着赵三胖的双腿，继续放声大哭。

赵三胖浑身抖动着，弯腰抱起根生，两个人抱在一起大哭起来。

根生说到这里，眼泪不由得流了出来。

我递给他两张抽纸，他擦了擦眼，掏出烟递给我和四弟。

那天晚上，根生给我们说了许多话。

他说，找到他爹那天晚上，两个人就在门卫室里坐了一夜。都是他在说，赵三胖在听，偶尔才说几句话。他是不愿意把这些年的事说出来，问了也支支吾吾地不肯说。

第二天，无论我怎么求他，让他跟我回来，他就是不答应，给他钱他也不要。最后，我硬给他留下一万块钱。临走的时候，他对我说，汝南县留盆镇官庄有个妹妹，让我去看看过得怎么样。他打死人逃走时，这个妹妹一岁零五个月。

根生说，我当时心里好受多了。心想着，找到妹妹后，我们兄妹两个再一道来找他，也许，那时他会同意回来的。

我从张家口直接奔汝南县去了。到了官庄，我没敢直接找妹妹，而是在邻村先打听了一下。一问都知道，说安徽来的姓赵的在派出所打伤了人，留下媳妇和女儿跑了。前两年，那个女孩的母亲得病死了。现在，这个女孩二十多岁,在驻马店职业学院上学。

根生打听清了,妹妹叫赵聪。于是,他就立即到了驻马店职业学院,没费多大劲就找到了妹妹赵聪。

父亲赵三胖的事,赵聪只是听她妈说过,现在突然冒出来个同父异母的哥哥,她怎么也不肯相认。这可难坏了根生。实在没有办法,他又折回头来到张家口,他想让赵三胖跟他一道去认妹妹。

赵三胖现在才知道,当初被打的那人后来又救过来了,但毕竟得了脑震荡,两年后就去世了。他还是担心案底还在,根生就用手机录了三胖的视频,让他跟妹妹说清事情的缘由。根生再次回到驻马店职业学院,找到赵聪。她看了父亲赵三胖的视频,听了三胖的解释,仍然不肯相信。后来,根生又去了两次,最终在半年后,赵聪和他做了亲子鉴定,才接受根生。

根生说,他们相认后就立即去了张家口,但是,他爹赵三胖仍然不愿意回亳州。赵聪的母亲也去世了,家里没有啥亲人,毕业后她就来到亳州,在根生的药厂里帮忙。

说到这里,根生心情变得很好,他毕竟找到了妹妹。但是,让他遗憾的是,赵三胖为啥就不肯回来呢?

他说,他现在最想的就是能再找到他的亲娘芝兰。

那天他与赵三胖第一次见面,快天亮的时候,赵三胖含糊地说到他娘。现在,他是应该知道她的下落的,但就是不肯说。

这一直是根生心里的疙瘩,这个疙瘩只有赵三胖才能真正解开。

那天晚上,我们聊到最后,根生说,这一辈子的愿望就是亲人团圆。

快十二点了,根生要走,说药厂正在加班生产着口罩,活紧,得盯着。

他走后,四弟说,这孩子有这股劲,兴许他们家能团圆的。

我心里想,也许不那么重要。人生中的重圆只是短暂的,大哥不是马上就要与我们离别吗?

四弟没想那么多,他说,现在就差芝兰的下落了。何况,赵三胖也许真的知道。

侄子和我的看法一致。他从律师的角度分析,赵三胖为啥改姓卜?这里面一定还有故事。他在张家口跟那个女人的关系，我们也都说不清。这离重圆还隔着不少呢。

大哥最终还是圆了自己的心愿。正月十五那天，他过完自己第六十七个生日，第二天早上就平静地走了。有时，人的意志力真的是不可估量的。初十那天，我就觉得大哥可能过不去了，可是，他硬是一天只靠两汤勺水，撑过了十五。

大哥出殡那天，根生和他的妹妹赵聪都来了。

棺材入土时，根生跪在地上抽泣着，拉不起来。送葬的人都不认识根生，就窃窃地议论，这是哪个亲戚，跟大哥咋这么亲啊！

后来，听说是赵三胖的儿子赵小伟，人们都很吃惊和感叹。

这孩子，也许是为自己哭呢！

那天，根生与赵三胖的大哥、他的大伯相认了。赵三胖的二哥在外地打工时，受伤去世了。但让我没有想到的是，根生跟他大伯只是礼节性地相认，并没多说几句话。

他心里到底想的是什么？这也是亲人啊，不也是团圆吗？

后来，我与四弟聊到这事时，四弟说，这孩子哑巴吃饺子——心里有数，他知道跟谁亲近。当初，如果他大伯肯帮帮赵三胖，他们家也许就散不了！

看来，根生要想在心里与亲人重圆，也是不易的。

原载《作家》2021 年第 9 期

陈昌平

雪户型

1

谁碰见这么说话的人能不生气呢？一大早，又是在自己的办公室里。你是不是谢永祥吧？矮个子，三四十岁模样，臃肿的羽绒服，声音一尖一尖往上蹿。这个人昨天就在公司门口堵他，今天又来了，保安赶也不走。你是不是谢永祥吧？谁敢跟他这么说话？谢永祥的名字是你叫的吗？他打量了一下来人，又看了一眼来人身后的二刚，点了下头。

你不认识我，我叫张盼盼。一尖一尖的声音即刻钝了，还朝屋里蹭了几步。张盼盼？陌生的名字。他摇摇头，你找我什么事？

我……这个"我叫张盼盼"欲言又止，掉头瞅了一眼身后的二刚。

二刚，带他去办公室，问下啥事。他拿起花镜，戴上，沉在厚重的靠椅里，准备处理案头的文件了。二刚是他的司机，比这个张盼盼又阔又厚，往那儿一杵，押运他一般。

哎你干吗……你认不认识佟晓雪？就在他低头的瞬间，听到张盼盼尖利的叫声。

佟晓雪？他怔了一下，抬起头，越过镜框上沿，只见二刚正扳着张盼盼的肩头往外拽。

你说谁？

佟晓雪！三个字是喊出来的。

他神情茫然起来——是那种似乎想起却又无法确认的茫然。他下意识摆了下手，示意二刚住手。只是他摆手的动作有点含混，于是二刚出手更重了，一把扭住张盼盼的胳膊。张盼盼哎哟一声，身子向斜上方一耸，随即一下子弯下腰，拗成了一个倒U形。他赶忙一指二刚，你出去。这回语气和动作都清楚了，二刚像被拔掉电源一样迅速收手，仓促间神情错愕，却也不忘挤出一丝歉意。

二刚走了，出门时还不忘把门虚掩着——这是他一直满意二刚的地方。他起身绕过写字台，来到张盼盼跟前，你刚才说……哪个佟晓雪？

建丰县，八杖子镇，我妈，我妈佟晓雪！声调噌地蹿了起来，嗓音和神情都带着恼怒，同时夸张地揉搓着肩膀和胳膊。

建丰？八杖子？他摇摇头。

张盼盼哧的一声拉开羽绒服，从怀里掏出一个塑料袋，啪地一抖，捏出一张折叠的信纸，展开，摊到他跟前。

这是一张早年间常见的红格信纸，上面有两行蓝色钢笔字。天头，居中，写着两个大字——借据，下面是一行工整的小字：谢永祥欠佟晓雪肉款共计人民币一万元整，此证。

就这两行字，他觑觑着眼打量了好一会儿，接着去写字台取过花镜，戴上，再看。算上标点符号不过二十几个字，他看了足足五分钟。

你是谢永祥吧？是你的字吧？进屋有一会儿了，张盼盼身上依然寒气凛冽。

顶棚的中央空调出风口发出细密的嗡嗡声响。他去饮水机那儿接了杯水，递给张盼盼，示意他坐下。知道这个是什么字体吗？他取过自己的保温杯，旋开杯盖，抿了一口，自言自语道，这是当年流行的庞……庞什么硬笔书法……庞中华，对，庞中华！当年流行这个字帖，好多人都学这个。

那你看，这个是你写的吗？显然，张盼盼最关心的依然是这个问题。

你和佟晓雪什么关系？他又拿起了借据。

她是我妈。

你妈？他抬起眼，她现在在哪里？

在家里呗……当然在家里，不在家里在哪里？

她怎么样啦？

不太好，病啦。

什么病？

心脏病，还有脑血栓。张盼盼眼皮耷拉着，声音闷在嗓子里转。

你妈得这么重的病，怎么还在家里，不住院呢？张盼盼往沙发上一靠，无奈地说，住过，咱家条件不好，住不起，啥啥都是钱，所以就回家了，在家吃药也一样。

这是你妈给你的？谢永祥指了指借据。

当然啦。张盼盼赶紧点点头，当然是我妈给我的。

此刻他的手机响了。他看了看屏幕，点了接听键，走到窗口附近接电话。

现在，张盼盼估计眼前这个人就是他要找的谢永祥了。他两条腿快乐地抖动着，喜悦地四下打量。屋子里最醒目的就是写字台。写字台像镜子一样明亮，像床一样阔大。墙上挂着一幅巨大横幅，龙飞凤舞的几个大字，他一个也不认识。落款一行字，勉强分辨出永祥先生雅正啥啥的。墙边立着一溜书柜，里面的书都是厚厚的。书柜里摆放着一溜相框，张盼盼好奇地凑过去端详。相框里大多是谢永祥跟一个男孩儿的合影。男孩儿戴着两道杠，男孩儿穿着黑袍子，男孩儿——这时已经长大成人了——携手穿着婚纱的新娘与谢永祥合影……不用说，这人就是谢永祥啦！

你怎么找到我的？谢永祥坐回来了。

嗐，费老鼻子劲儿啦！我在网上搜，哗哗搜啊，一下子搜到了好几个谢永祥。

好几个谢永祥？

是啊，我找了一周了，经历老有意思啦。张盼盼像在讲一个传奇故事。高新园区的一个科长叫谢永祥，他说我是诬陷他，还要报警——你不是就不是，叫警察干啥呀？太原街有一个串儿店老板也叫谢永祥，一看就是个酒蒙子，连借条都看不懂，以为我妈欠他一万块，说我要是还给他钱，他给我回扣……沈阳真是啥人都有啊！今天一看你，才觉得找着真格儿的啦。

你怎么觉得我会是真的？他问。张盼盼一怔，旋即讨好地说，敢借钱的人，都有魄力，一定是老板。那两个谢永祥，抠抠搜搜的，一看就不是……哎呀这到底是不是你写的？张盼盼追问道。

庞中华这个字体啊，写得好的，跟字帖一模一样。我写得一般，所以我能认出来，这是我的字，他确认道。你找我什么意思？

这是一张借条，一般借出钱的人，手里才会有这个，对不？这张借条，说明你当年借了我妈的钱。你要是还了钱，这个借条就不该在我妈这儿啦，对不？张盼盼话说得很慢，看得出他在斟酌字句，说完这些话，他紧张地盯着对方。

我能跟她通个电话吗？他说。

她"栓"住了，说不了话啦。张盼盼嗓子一哽，又嘟囔一句，再说，她也没个电话。

那我怎么知道你是不是佟晓雪的儿子呢？他盯着他。

你你你……你啥意思？她是我妈，这还用证明吗？张盼盼呼地站起来，几乎是在呐喊了。就在恼怒的一瞬间，他从张盼盼的眉宇间依稀看到了佟晓雪的模样。他赶忙宽慰道，欠债还钱，天经地义！说罢，他叫来了二刚，吩咐他让财务送一万块钱过来。

这时，他的手机又响了。他踱回办公桌，一边接着电话，一边把借据折叠起来。

此刻进来一个男子——白衬衣、红领带。张盼盼一愣，认出了这个人正是照片里的男孩儿。男子瞅了一眼张盼盼，径直坐到沙发里。他手里捏着一摞钱，拇指灵活地拨弄着，发出噗噗噗的脆响。片刻，他看见了地板上的水渍，并且发现水渍来自张盼盼的脚下。他从纸巾盒里拽出几张纸，弯腰擦了擦。

谢永祥接完电话，男子叫了一声董事长，然后把钱递上。

怎么是你送来了？谢永祥接过钱。我正好在财务，就便儿。男子说，晚上的包间定好了，六点，白酒和红酒都交给二刚了。办公室只有他们三个人，但是谢永祥却并没有介绍他俩认识的意思。嗯，你去忙吧。谢永祥对男子说。男子嗯了一声，走了，出去的时候依然虚掩着门。

谢永祥把钱递给张盼盼。张盼盼迟疑地伸出手，他的脸瞬间红涨起来，眼皮快速眨动，赞扬道，一看你就是讲究人儿，讲究人儿！大老板，绝对大老板！

办公桌上的座机响了。谢永祥看了看，显示的是一个老领导的号码。张盼盼见状，赶忙说了一句，我就不耽误你工作啦。然后他双手合十，像是致谢，也算是道别，倒退着出了门，匆忙的样子像是逃跑一般。谢永祥觉得意犹未尽，但这又是一个必须接听的电话。他跟张盼盼做了一个再见的手势，拿起话筒的时候，顺势把借条夹进了台历。

跟老领导通完电话，明知道张盼盼已经走了，他还是来到窗口，向楼下张望着。公司独门独院，前面办公楼，后面厂房。楼外风雪迷茫，院里连个脚印都没有了。他展开借据，又看了一遍。他知道自己做了一件应该做的事情，但是又觉得没有做完。他甚至有点懊恼，怎么连个电话也没留下来呢？只是知道个人名——张盼盼。这个时候，他哪里会想到三天之后这个张盼盼还会再一次找上门来呢。

2

今天市税务局领导来访，谢永祥需要出面接待一下。上午八点多，他就来到公司。车头还没靠近门岗呢，门杆便抬了起来。半截车身刚进入院子里，谢永祥突然喊了一句停车。

怎么啦？二刚一点刹车。回去。他摆摆手。二刚把车子灵巧地倒回门口，车轮在薄薄的雪地上拧出两道黑色弧线。门口的狮子脚下蹲着一个人。这个人看见车子倒了回来，缓缓站起身，向覆膜的车窗里张望着，一脸茫然。

摁下车窗玻璃，谢永祥身子一探，你在这儿干什么？

我在等你啊。张盼盼呼地站起来，跟跟跄跄地扑到窗口，头顶和肩膀顶了一层雪花。车外的寒气瞬间灌了进来。我给你看个东西。张盼盼摸出一张巴掌大小的彩照，塞到谢永祥眼前，你看你看，这是我跟我妈的合影，这能证明我们是一家人吧。

照片上一个女人抱着一个孩子，背后是北京亚运会的吉祥物———一只奔跑的熊猫举着奖牌。这个女人正是佟晓雪，只是比他记忆里的她苍老了，臃肿了。谢永祥缩了缩脖子，你找我，就是让我看这个？

我、我……张盼盼咝咝地吸气，表情很疼，像一个被当场抓住的作弊学生。

进去说吧。他摆了下手。

几分钟之后，暖和的办公室里，又一张纸条来到了谢永祥手里。

今欠佟晓雪肉款人民币八千八百八十八元整，立此为证。1988年12月26日。

只有一行字，没有落款，却有时间。巴掌大的纸，是从那个年代常见的日记本里扯下来的，一边还有着锯齿形的撕痕。谢永祥拿起纸条，凑在鼻尖端详，因为离得太近了，看起来像是在闻。纸面微黄，有着浅浅的蓝线，像平静的水面。

我妈又给了我一张。张盼盼嗫嚅着，表情带有歉意。

是我写的。谢永祥干脆地说。

我妈说这是最后一张啦。张盼盼的口气是安慰的。

你妈病情怎么样啦？

还行，还行，这不是有钱了，马上用了一些新药，贵的，好多了，不疼啦。张盼盼说，我妈说谢谢你。

谢永祥走到办公桌边，用分机通知财务，送一万块钱过来。

张盼盼顿时喜悦起来，嘴里发出含混的呜呜声，似乎是赞叹与感慨。当谢永祥坐回他对面的时候，他揉搓着膝盖，磕磕巴巴地说，谢总，你真是讲究人儿！这上面也没有你的签字，你还是把钱还啦……我祝你发财吧！说着，他猛地伸出手，抓过谢永祥的手，飞快地握了一下。

粗糙的手掌有力地一握，瞬间软化了凝重的话题。现在，谢永祥有机会跟他唠唠家常了，你今年多大啦？

三十八了。

你母亲哪年结的婚？

我1991年出生的……他们应该是1990年结的婚吧，亚运会那年……要不我咋叫盼盼呢？你知道亚运会那个吉祥物吧？熊猫，叫盼盼的熊猫？

盼盼。谢永祥心里骤然一酸，拿起水杯，抿了抿。

你结婚啦？

没呢。张盼盼的嘴唇紧紧地抿着。

谢昊比他小四岁，儿子都三岁啦。谢永祥知道这个话题没法继续了，便转而问道，你现在干什么工作？

也没什么正经活儿，随便打杂。

谢永祥哦了一声，你干过什么工作？

我干的活儿多了去啦，卖彩票、刮大白、修车、开过食杂店，还干过保安……说起干过的工种，张盼盼像是展示自己的业绩。谢永祥截断他的话头，我这里正招工，你可以来试试，月薪五千，奖金另算，有五险一金，每年有带薪休假。

有这样的好事？！张盼盼声音一挑，眼珠一瞪。

财务送来了一个厚厚的信封，谢永祥把信封转手递给张盼盼。张盼盼接过来，用力搓揉着信封，然后打开，麻利地数出一叠，递给谢永祥，这是一千一百块，还差你十二块呢。谢永祥摆下手，意思是算了。这时二刚敲门进来，说税务局的领导到了。谢永祥嗯了一声，取过自己的名片，递给张盼盼，下周一，就是后天，公司招聘，你拿我的名片找谢昊——他是总经理，你就说是我介绍来的。

你也给我留个电话号码吧！他扯过一张纸，看着张盼盼写下了一串歪歪扭扭的数字。他吩咐张盼盼在办公室等他一会儿，他还想跟他说点什么，他想给他妈妈带点什么补品或礼物。可是，待到他回来的时候，张盼盼却已经走了。

地上残留着水叽叽的脚印。茶几上放着一叠钱，一千一百块。

3

明天谢永祥要去北京，得几天才回来，下周一的公司招聘他赶不回来，所以走之前，他得跟谢昊交代一点事情。

他看得出来，谢昊对张盼盼来访的事挺关心的。一方面，儿子关心老子是天经地义；另一方面，他现在是公司的老总。于公于私，他都有关心的道理。谢昊是这样想的，也是这样做的。前几年，他出差在宾馆泡澡，出浴缸时滑了一跤，摔断了两根肋骨。从此之后，只要出差，谢昊都不忘打电话叮嘱他，后来，索性亲自给宾馆打电话，要求客房部在浴缸外面加铺防滑垫。儿子如此细致，谢永祥觉得自己没白疼他。去年秋天，他做了个胆囊手术，术后一段时间，身体恢复得很慢。借此机会，他就慢慢地把公司交给谢昊了。他想通了，早交也是交，晚交也是交，既然这一摊儿早晚都是儿子的，不如借此机会退居二线吧。所以，今年开始，他逐渐淡出公司了，每周只来三两次，上午九十点钟过来，喝喝茶，吃个午饭，下午两三点钟便打道回府。公司里人还叫他董事长，但是，谁都知道管事的是他的儿子，总经理谢昊。

谢昊也算争气，把公司打理得井井有条，也把他这个"太上皇"规划得井然有序。东京全身体检、爱琴海豪华游轮、郭德纲相声专场……谢昊几乎把他当成老爷子一般伺候了，或者说把他当作老爷子一样管理起来了。

本来张盼盼这件事，谢永祥不想让任何人——尤其不想让谢昊知道，更不想让他插手。但是现在，去海南之前，他必须向儿子交办张盼盼应聘之事。这就等于他必须先开口讲这件事了。

当天晚上，谢昊过来给他送别。他跟儿子住一个楼层，门对门，一个保姆、一个厨师，打理他们一家五口的生活。儿子每天都要来他这边坐一坐。

今天儿子来得挺晚，一进门，就嚷嚷着要喝茶，随即抓起桌子上的苹果大口大口地啃起来。谢永祥一看就知道，今天他又没少喝。

公司这次招聘，你考虑下这个人，看看有什么岗位，给安排一下。谢永祥烧上水，把张盼盼的电话号码递给谢昊。

就是今天来的人吧，来要钱的那个人。谢昊倒是直率，一下把事儿挑开了。

不是要钱，是欠人家的钱。谢永祥立马更正道。但是谢昊随即反驳说，爹，我还不了解你？你啥时候欠过别人的钱啊。他说的是实话，经商这么多年，谢永祥别说借钱，连贷款都没有一分钱。

谢永祥没想到儿子一下把话挑明了，一时间竟然不知怎么回答。

爹，我有心理准备，如果这个人是你的种，我会把他当兄弟看的。谢昊郑重地说，你需要我保密，我也会保密。说这些话的时候，谢昊把身子挨近他，甚至还用肩头顶了他一下。只是，谢昊这些话，在谢永祥听来无比遥远，遥远得似乎与己无关。

如果是我的孩子呢？

那我就把他当兄弟看！

这话让谢永祥心里一热。他淡淡地说，不是，真的不是。

哦——那就好办啦！

什么好办？

爹，我看了那两张借据，退一万步讲，就算是你的借据，第一张是无期限合同借款，第二张写着借款日期。如果我没有猜错的话，这两张借款条，期限都三十多年啦，早就超过法律保护的时限。爹啊，这样的借据是不受法律保护的！谢昊平时在公司都叫他董事长，到了家里，还是小时候的样子，一口一个爹地叫着。

我不管什么期限，借了就得还……这是规矩。谢永祥说罢，问了一句，你喝什么茶？

这哪是你的字啊，你的字我还不认识啊？

你哪知道我学过庞中华的字帖啊。谢永祥在心里感叹道。你看了借据？

嗯，你夹在日历上，我给你收拾桌子看到了。爹，你是不是有啥……有啥难处啊。谢昊说话时，肩头晃了晃，还歪头瞅了眼卧室。老伴儿在卧室看电视——一部正火着的言情剧，边看边泪眼婆娑。这一集正演到男主人公发财之后抛弃了发妻，却发现自己身患绝症。

难处？这句话距离谢永祥此刻的心理活动太遥远了，遥远到他一时没领会"难处"的具体含义。他有些懵懂地问，啥难处？

咱是不是有啥把柄落他手里啦？"把柄"两个字咬得非常清晰，他还注意到儿子没说"你"，说的是"咱"，透着一股诡秘的关切。

我有什么把柄？谢永祥依然不明白"把柄"的具体含义，但是谢昊暧昧的表情却让他嗅到"把柄"可能包含的气息。你说的肉款，我猜你……是不是跟她有点……有点啥情感方面的瓜葛……谁年轻时候没点荒唐事啊。谢昊终于把话挑明了。

此时，谢永祥方才恍然大悟——儿子所理解的"肉款"，原来指的是女人的身体。肉款、瓜葛、荒唐……这几个词让他组合在一起，分明指向包二奶、养小蜜甚至更加不堪的男女之间的荒唐事。这一瞬间，谢永祥身体里万马奔腾，他知道血压上来了，他知道自己现在的身体状况不容许他生气上火。他赶紧闭上眼睛，努力让自己平静下来。而此刻的谢昊一定觉得自己说到父亲的心坎上了，他压低声音，语气里既有理解，也有不满，你让他写收据啦？他如果再来索要利息怎么办？这个钱，你给了一次，就有第二次，有了第二次，就有第三次第四次！你怎么能这样对待一个无赖呢？现在政府部门特别重视私营企业的营商环境建设，他这是干扰企业日常经营活动，我们只要一个电话，政府就会把这家伙揪走。爹，这事交给我吧，你放心，我肯定给你摆平。谢昊在大学选修过法律，讲起条款头头是道。

谁是董事长？！谢永祥微微睁开眼，大吼一声。这一吼，他觉得身体舒服了一点，便又吼了一声，谁是董事长？！

谢昊想不到，他如此苦口婆心竟换来这样一声断喝。他刚想辩解几句，身后的门吱嘎一声开了。他知道妈妈出来了，于是赶紧抓起一把坚果，来来爹,你吃点这个,上年纪的吃这个有好处……嗯,这回去北京还住昆仑饭店吗?你洗澡的时候留心点儿。

儿子的絮叨和机灵让谢永祥更堵了。他拿起遥控器,也不看儿子,冷冷地说,你就照我说的办吧。

4

最近总觉得腹胀,谢永祥自己去了一趟医大,诊断一出,怀疑是结肠癌。很有可能与前年的胆囊手术有关,所以他联系了北京的301医院。只是在确诊之前,他不想跟老伴儿说,也不想跟儿子说。

检查结果出来了,结肠癌早期,病情尚不影响生活。他跟医生商定了接下来的手术事宜。四天之后,他回到了沈阳。关于病情,他没跟生病的老伴儿吐露一个字。第二天他来到公司,正想着怎么跟儿子开口说病情,却被儿子安排着跟新招聘的员工见个面。董事长跟新员工见面,这是公司的惯例了。他翻看着新员工名单,刻意地找了找张盼盼的名字。十二个人,扫了两遍,没有。

他叫来人力资源部部长。部长是追随他多年的老员工,做事细致,无须翻看记录,便记得这个人。她说张盼盼来了,根据初选情况,这个人无论是学历还是工作经历都不符合招聘条件,但是因为有总经理的吩咐——总经理说是董事长你的意思——我们就给他做了登记,并且通知他复试的时间。但是,他没来。

为什么没来?是他觉得条件不合适?

咱们公司的条件,他哪能觉得不合适?复试那天,谢总还特地让我打了电话,他说他病了,来不了。部长的表情明显压抑着对张盼盼的不满。

谢永祥要来张盼盼的号码。电话通了,没接。再拨,还是不接。

在会议室,他与新入职的员工见了面。学历都不错,专业也对口,还有两个刚毕业的211研究生。年纪都不大,穿戴也得体,举手投足,谦恭里显示着对这份工作的珍惜。其中一个小女生,条件差点,是区长的外甥女,谢永祥和蔼地多问了她一个问题。

新员工都要培训,董事长与他们见面,便是培训的一个内容。谢昊主持见面会,在介绍谢永祥的时候,用了"缔造人、创业者"这样的庄严词汇。一片掌声中,谢永祥讲述了公司的创业历程、本行业的竞争态势与下一步的规划。其间几次掌声,都是超乎寻常地热烈,热烈到谢永祥觉得多了点什么,也少了点什么。少了点什么?他也不知道,但是却神差鬼使地想起了一个人——张盼盼。

张盼盼如果坐在这里,会是什么样子呢?什么病能让他放弃这个机会呢?是不是佟晓雪的病情加重了?

会后,他一个电话打给老朋友邹局长。邹局长要来名字和电话,不出半个小时,雷厉风行,查到了张盼盼的家庭住址——建丰县八杖子镇西营子北街34号。

建丰县,离沈阳不远啊!为什么不去一趟呢?从这个念头一出现,到他驶上沈丹高速,只用了二十分钟的时间。走之前他查了地图,张盼盼家离公司也就八十多公里的距离。

原来佟晓雪就住在离自己这么近的地方啊,他想。

5

路况良好,车辆稀少,感觉就像地里没有庄稼。东北经济下滑,从此一目了然。从建丰一下高速,刚才还平坦舒适的路面一下子就颠簸不平了。先是双车道变成单车道,然后是柏油路面开挖,修了一半的路面就龇牙咧嘴地扔在那里。奥迪磕了几次底盘,后来几乎窝住了。看导航,八杖子近在咫尺,也就十几分钟的车程。谢永祥只得又给邹局长打了电话,一是要辆拖车,再是让他帮忙找个向导,带他去找张盼盼。

也就不到十分钟的时间,一辆闪着警灯的吉普开了过来。事先已有电话沟通,谢永祥知道来人是镇派出所的所长,姓杨。杨所长没穿警服,浑身上下透着洒脱与干练。他快人快语,一口一个谢老板地叫着,自我介绍是省厅下来锻炼的,邹局长是他的恩人,他的媳妇还是邹局长的夫人给牵线介绍的。

玉琴大姐眼光不会错!谢永祥说的玉琴大姐,是邹局长爱人。他轻描淡写的一句话,就表明了他与邹局长的亲密关系。

说话间,来了一辆拖车。杨所长高声吩咐拖车司机,把奥迪驮到服务区,加满油,擦干净。小心点儿,这可是A8哦。杨所长羡慕地瞅着奥迪。他开着一台老款切诺基,底盘高,四驱,对付坑洼路面绰绰有余。当谢永祥说要到八杖子找一个叫张盼盼的人时,杨所长哦了一声,马上问道,他咋会认识你?

我是他母亲那头的亲戚,算是他舅吧。谢永祥略一沉吟。

亲舅?

拐点弯儿吧。谢永祥说,你认识他啊?

杨所长一拍方向盘,不瞒你说谢老板,这一带调皮捣蛋的,哪个不在我这里挂号?!

谢永祥哦了一声,转过头,默默看着道路两旁萧瑟的田野。不一会儿,车子跌跌撞撞地进了一个村子。说是村子,不过就是一片老旧的房屋,没有富裕农村常见的小楼和瓷砖什么的。路上几乎看不到人,春节将至,也没有任何节日气氛。杨所长摁下车窗,打听到了张盼盼的住处。道路更加狭窄,又坑洼不平,他们只得下车步行,不一会儿,就来到了一处歪歪斜斜的门楼前。

三间歪斜的红砖瓦房,外面横了一道低矮的院墙。院门上的对联残破了,辨不出意思,倒是檐下的横批"国泰民安"四个字是完整的。院门虚掩,只剩下一个门环,谢永祥捏起,当当敲了几下,里面没有回音,又敲了几下,依然没有声音。吱嘎一声,他小心地推门进院。

院里积雪高耸,几乎遮住了窗台,其间踩出一溜蜿蜒小道。房檐下高悬一排冰溜子,阳光下像一排长长短短的宝剑。封在窗户外面的塑料布破了,噼里啪啦地扑打着玻璃。谢永祥站在院里,朗声道,张盼盼在家吗?

屋子里隐约传来欢快的二人转声,其间夹杂着钝钝的咳嗽声。谢永祥又喊一声，屋里传来含混的应答。谢永祥迟疑地推门进屋，屋子里一片昏暗，二人转的声音更响了。眼睛适应了片刻，谢永祥看到炕上窝着一个人，浑身包裹着厚实的被褥，正目光灼灼地盯着他。不待他说什么，这个人又咳嗽开了，一边咳嗽一边说，你是来要账的吧？兔崽子不在家，你看我这个破家，有啥值钱的你就拿走吧。

你是……谢永祥问。

我是他爹，张盼盼他爹！他咳嗽的时候浑身的被褥一抖一抖的。

他爹？佟晓雪的丈夫？佟晓雪呢？谢永祥问道。在那儿！张盼盼他爹努努嘴。谢永祥顺着他指示的方向一看，墙角立着一个高低柜——上个世纪80年代流行的款式。高低柜上摆着一个红色的牌位，牌位后面竖着一张巴掌大小的黑白照片，照片左右各摆着一个干巴巴的苹果，牌位前面摆着一个饭碗，饭碗里外散落着灰白的香灰。谢永祥凑近一看，照片上正是模样老了许多但还是一眼就能认出的佟晓雪。

炕沿上搁着一台小半导体收音机，插科打诨的二人转就是从这里传出的。她什么时候去世的？谢永祥问。两个月啦。本来觉得我能走她前面，结果她倒没啦。估计是谢永祥的神情引起了他的警觉，他猛然问道，你是谁？

谢永祥窘住了，不知怎么介绍自己。杨所长在身后高声道，这是沈阳来的谢老板，你老婆的远房亲戚。

谢老板？你就是谢永祥吧？他又开始咳嗽了，用浑身的力气，一下一下咳嗽，像是在凿穿自己的身体。咳够了，他呼哧呼哧地喘开了，边喘边骂，盼盼这个兔崽子，翻出他妈的日记，找出什么借条，硬要找你要钱，不要脸，没志气……那个时候，谁有那么多钱？！老佟家有钱她还会嫁给我？

张盼盼呢？杨所长问。

兔崽子有钱还能消停？准打麻将去了。这个人的脸瘦得只剩下了骨头，说话就是吼叫。

走吧，我知道他在哪里。杨所长拽了拽谢永祥，低声说道。

你等等，听我说句话。张盼盼他爹从被子里伸出一只手，一把薅住谢永祥的胳膊，我知道你，你是我老婆的男朋友，初恋吧？嘿嘿，她没忘记你，从来没忘记你……我跟晓雪结婚时她还是个姑娘咧……我知道你是好人，好人哪！

6

这是一家大锅鱼饭店后院的包房，门帘油腻沉重，屋内烟雾缭绕。一屋的人都扎在麻将桌上，层层叠叠，大呼小叫。当有人看见谢永祥——准确说是看见他身后的杨所长时，顿时炸锅了。两个手脚灵便的，推开窗户跳上窗台就跑。余下的一些人看着杨所长，战战兢兢地赔着笑。杨所长横在门口，眼皮一耷拉，身体一侧，于是这些人便佝偻着身子，蹭着门框依次溜走了。片刻，刚才还喧闹无比的麻将桌边只剩下一个人了，傻愣愣地坐在那里。

这个人就是张盼盼。他面前的麻将桌上，绿白相间的麻将牌纵横交错，中间蓬起一堆花花绿绿的人民币。谢总来啦，坐坐，坐呀！张盼盼热络地招呼着，正准备站起身打招呼，却咣的一声撞翻简易麻将桌，麻将牌倾泻而下，蹦蹦跳跳地散落一地……这时候，谢永祥蓦然看到张盼盼的右腿小腿上缠裹着厚重的纱布。

这是怎么啦？谢永祥一指。

让车碰了一下。张盼盼满不在乎地说。他的右腿像穿着一只巨大的白靴子，身边还横着一副脏兮兮的拐杖。

你们唠，我在车上等你。身后的杨所长拐了谢永祥一下，低声道。

杨所长一走，张盼盼呼哧一下跪下了。谢永祥一惊，只见张盼盼匍匐在地，一边双手急速地抓薅地上散落的纸币，一边讪讪道，吓死人啦，还以为警察来抓赌呢……我们就是耍点小钱儿。

这回谢永祥看清了，张盼盼的腿上打着厚重的石膏，所以他跪下来的姿势特别别扭。责任在谁啊？谢永祥看着他笨拙的姿势，拧紧了眉头。

我站在路边，他们的车头剐了我，责任当然在他们！张盼盼气鼓鼓地说着，把纸币划拉在怀里，样子就像是捧着一束鲜花。

交警怎么裁定的？

裁定个啥啊，车都没停，嗖就跑啦！张盼盼头也不抬，把钱归整在一起，一卷，塞进怀里，然后支起麻将桌，捡拾散落的麻将牌。

跑啦？这不是肇事逃逸吗？你没报警？

报警？报啥警啊？谁管咱啊？我去了派出所，就是刚才这个所长接待的，扔过一张纸，登了个记就算完事儿啦，连个屁也没有。再说我也没看清车牌，上哪儿抓他们？张盼盼的声音一下子蹿了起来，认倒霉吧，看这条腿花了我一千多呢……好在没断。说罢，他用麻将牌敲了下腿上的石膏，声音脆响。

我去你家了。谢永祥说，你为什么说你妈还在呢？

张盼盼一张一张地码着麻将牌，摆出一个规规矩矩的"口"字。他眼皮低垂，声音窝在嗓子眼儿里，人死账清，怕你赖账……哪知道你是那么讲究的人。

谢永祥摸出电话，点了一个号码。片刻，身边就传出了"你是我的小呀小苹果"的歌声。张盼盼从兜里摸出手机，看看号码，然后咬着下唇，一声不吭。

你为什么不接我电话？谢永祥质问道，你还想不想去沈阳工作啦？

我觉得我不该去。张盼盼梗起脖子，口气生硬地说。

你架子还挺大嘛。谢永祥有点来气了，我那庙小，装不下你是不是？

那倒不是。张盼盼嘀咕一句，我这样的无赖，去你那儿还不是烧高香啦。

那为什么不去呢？他从张盼盼唇间依稀看到了佟晓雪的样子，口气不由得和缓了。

我觉得谢总……不怎么欢迎我，我不配去。张盼盼手里捏着一张麻将牌，拇指和食指把牌搓得吱吱直响。

回到警车里，谢永祥第一句话就对杨所长说，你能不能帮我个忙？

邹局长是我恩人，你吩咐我，就等于他吩咐我！杨所长的表态干脆利落。

张盼盼被车撞了，在你们那里报过警，你得帮我查查。谢永祥郑重说道。

得，你放心，你外甥的事就是我的事，我一定帮这个忙。车里开着呼呼的暖风，杨所长的话比暖风还要贴心入肺。刚才张盼盼他爹的话，等于说破了他的身份，但是杨所长依然一口一个你外甥地叫着，谢永祥觉得这个所长真是善解人意。

谢永祥要追查肇事车辆，当然是为张盼盼打抱不平，但是他的潜意识里，似乎也想印证点什么。印证什么呢？自然不是怀疑张盼盼撒谎，而是他在怀疑这不是一起普通的交通事故。是的，他在怀疑或担心这是有人蓄意为之。如果是蓄意为之，那么嫌疑人可能就在自己的身边。没错，他在怀疑谢昊和二刚。谢昊有这个动机却缺少这个狠劲儿，二刚有这个狠劲儿却没有动机，他俩结合起来，还有什么是他们不敢干的？况且面对的还是张盼盼这样一个被他们怀疑成敲诈勒索的无赖。

二刚从前是他的司机，现在则专门给谢昊开车。二刚还有一个模模糊糊的身份，彼此都不点破——他和儿子的保镖。早些年沈阳挺乱的，二刚那个块头和眼神，往那儿一站，真替他们挡了不少事。现在会开车的人多了，司机这个工作早就不吃香了，二刚似乎更珍惜司机背后这个角色。

当然，这只是一个怀疑。只是这个怀疑一经萌发，便像一根钉子一样越扎越深。他希望这个怀疑只是自己的胡乱猜想。他想消除这个怀疑，他想消除怀疑的愿望甚至要大于他要证实这个怀疑的愿望。显然，无论消除还是证实，都需要证明。

如果事故发生在城市，星罗棋布的交通监控系统会轻易抓住逃逸车辆。但是，事故发生在偏远闭塞的八杖子，谢永祥心里没底了。也许正是这个没底的感觉，撩拨着他去消除自己的怀疑。

张盼盼的报案记录上有时间、地点，也有车辆状况——白色丰田吉普。用杨所长的话说，此地确实没有铺开监控系统，但是，只要掌握了肇事时间、地点与车辆状况，可以在相关时段、点位，在周边的几个关卡进行逆推与延伸排查。他们来到派出所，杨所长坐在电脑屏幕跟前，噼里啪啦地敲打着键盘，一会儿快进，一会儿放大，搜寻着嫌疑车辆。看着这样的办案手段与效率，这时候谢永祥倒有点后悔了。

杨所长把可能的一些嫌疑车辆做了截屏，用鼠标拖到一个文件夹里，准备让张盼盼来辨认一下。谢永祥说，我先看看吧。说罢，他坐到电脑跟前，用鼠标一个一个点开杨所长选定的嫌疑车辆图片。他没戴花镜，所以看起来格外费力。屏幕上满满的图片，都是各种颜色的吉普车。杨所长说一般人在紧张的时候对颜色判断有误，所以他把各种颜色的吉普车都收罗进来了。拍摄角度大多面对车头，对着驾驶室。谢永祥想不到监控成像如此清晰，尤其是晚上的照片……他一张一张点开，像是检阅一列长长的车队。终于，看到了他最不想看到的一张照片——一辆银色的本田SUV的车头。

这是二刚的私家车！他一眼就认出了驾车的二刚。

因为驾驶员的个头高，监控只拍到了他的下半张脸。即便是半张脸，谢永祥还是一眼就认出，这就是二刚。

他跟杨所长要了杯热水，准备吃药，借此支走了他。趁着这个当口，他把脸几乎贴到了屏幕上，核对着每一个细节。车牌尾号888，挡风玻璃后面的关公摆件，后视镜下面垂挂的招财貔貅挂件……他觉得自己的血压一下子蹿了起来，手指不住地颤抖。杨所长端着热水进来时，他迅速地点开另一个画面，指着画面上的丰田霸道问道，怎么能认定他们是可能的肇事者呢？

杨所长说，一般肇事者都急于逃离现场，所以在一个特定时间周期里，与报案人描述车况相近的车辆都可以锁定为嫌疑车辆。如果是外来车辆，进出建丰的路口都有记录，再说了，有的商家自己还装了摄像头……我学过视频侦查，这点业务一直没扔，没想到在这个小山沟倒派上了用场。杨所长说得很详尽，谢永祥听得也很有耐心。

谢老板，你恐怕不知道，你这个外甥不是善茬。他有个小学同学，叫大坑，是个"社会人"，大坑名下有桑拿、歌厅和旅店，整个一个色情产业链，你外甥就跟着他混。现在，大坑已经被我们打掉啦——我的前任就是因为这个受到牵连，"皮"都扒啦。就是因为这个缘故，省厅下派了不少干部过来，我就是这么过来的。说好了锻炼一年，现在都快两年啦，上面也没动静。杨所长气恼地说，说不上是冲着黑社会，还是冲着省厅。

那……我外甥跟黑社会有牵扯？

你外甥倒没有什么重大劣迹，从犯，被拘了几天。大坑判了，但是他的那些生意牵扯不少人，我怀疑你外甥被撞也许跟这个有关。如果是蓄意肇事，一般犯罪分子都不会用本地车辆，所以我首先锁定的就是进出建丰的外地车辆。杨所长语速很快，带着不容辩驳的力量。谢永祥趁着他停顿的当口，赶紧打断他的话，我这外甥太不省心啦，我得把他带回沈阳，远离这个地方。这件事，我看就到此为止吧，你也别追究啦！

他殷切地望着杨所长。他并不后悔追查这件事，只是觉得不能任由杨所长发挥下去了。

杨所长缓缓地点下头。谢永祥不放心，又跟了一句，你可是答应我啦？这回杨所长嗯了一声，重重地点了下头。

7

在地下车库停好车，他走进电梯间，用门禁卡刷亮自家楼层的按键。就在电梯门徐徐闭合的瞬间，他又走出电梯。

现在他不想回家。

新世界花园毗邻浑河，是沈阳公认的高档楼盘，一年四季，园区打理得整洁利落。他在小区里沿着步行道漫步，抬起头，就能望见顶层自家的那一排窗口。

高考落榜，他参加了县高中的补习班，在补习班里认识了她。他们都住校，她家在阜蒙，他家在彰武。补习班里严禁谈恋爱，好学生谈恋爱影响高考，不好的学生谈恋爱影响好学生高考。但是他们依然偷偷摸摸好上了，是那种不说破，却彼此心知肚明的好。那个年代的好，也就是心照不宣地坐在一起。白天不敢，只有在晚自习时间，悄悄地坐到教室的后排。几次摸底考试下来，他们都知道自己高考无望，所以上课的时候也坐在一起了。他们已经无心复习了，那段时间他迷上了庞中华的硬笔书法。他写得比她好，她就跟着他学习。

每天晚自习快结束的时候，她都偷偷溜出去，给他买来几串羊肉串，外加一个苞米面饼子。她说她不喜欢吃羊肉，他信以为真。当她用饼子把竹签上的油揩下来，香香甜甜地吞咽时，他知道她是省给自己吃的。那个年月，羊肉串可不是每天都吃得起的。更多的时候他们会泡一袋方便面。华丰方便面——他脑际一下子就跳出了当年那款方便面的名字。黄色的塑料包装，拿在手里唰唰直响。相比之下，羊肉串太奢侈了。

他的家境不好，她的家境更窘迫。每一次吃了她的羊肉串或者方便面，他都有一种歉疚和尴尬。好几次，他都说这算我借你的钱哦，然后用庞中华的字体写下借据，比如"谢永祥欠佟晓雪肉款共计人民币一万元整，此证"。每一回佟晓雪都开心地收好纸条，悄悄说，我是万元户喽。当年的万元户就是有钱人，这是一个让人艳羡的称呼。记忆里，这样的字条，他写了不止两张。

像他们这样出身农家的孩子，改变命运的唯一途径就是上大学。知道都考不上，他们就更多地待在一起，好像就是为了相爱，也好像为了告别。

那是1988年年底，元旦一过，他们都离开了学校，永远离开了学校。

那个冬天，每周都下雪。下自习的路上会经过操场边上的小树林，这短短的一段路，是他们每天能够独处的唯一时间。他把棉猴脱下来，披在她身上。每当这个时候，她都要撑开棉猴，示意他一起披着。于是他俩一起蜷缩在棉猴里，彼此把手伸向对方的袖筒。在温暖的袖筒里，他第一次触摸到女生细腻软滑的皮肤。

我得回家了。她轻声说。沉浸在幸福里的他，还以为她是元旦放假回阜蒙呢。她又说了一句，我爸给我说了一门亲事。

这回他听明白了。他在袖筒里紧紧攥住她的胳膊。对方出的彩礼，能让我两个哥哥盖上房子结婚。她的声音轻得像一片雪花，只是落下了，却像冰块一样砸向他。他知道她上面有两个哥哥，因为穷，盖不起房子，说不上对象。

这是啥时代啦，还有这样的事？这不是封建买卖婚姻吗？你这不是把自己卖了吗？雪粒抽在脸上，风呛着他，本来就空洞无力的声音被寒风扯得细细碎碎。

那我怎么办呢？她就像掉在冰窟里，他近在咫尺，却无力搭救。

你别结婚，你等着我！你等我一年，这一年我去挣钱，我一定要发财，我发财以后一定娶你。他说话的时候，顶着细碎的雪花。

她郑重地点点头，袖筒里的手攥着他的胳膊。她唇尖上翘，像撒娇，也像生气。以后很长一段时间，只要想起她，他眼前都会浮现那张面孔。

他想亲她，却不敢。尤其刚刚说起这样沉重的话题，亲吻似乎有点没心没肺。他们在树林里来来回回地走，一直到了宿舍关门的时间。校园静谧安详，他们走出树林，来到了空寂的操场。

雪停了。他捡起一根树枝，胡乱地抽打着地面。什么时候，我能有自己的房子呢？她低低地说。

他不说话，用树枝在雪地上画了一座房子。树枝入地，清晰地画出了一座两室一厅的大瓦房，又给大瓦房套上了一圈阔大的围墙。这时候，她也捡起一根树枝，在两室一厅里点点画画。她一边画一边说，这里是炕，这里是衣柜，这里是锅台，这里是饭桌……一会儿工夫，她把大瓦房都填满了。接着她把树枝移向了院子，这里是猪圈，这里养鸡，这里盖个仓库，这里还可以种菜……他打断了她，用手把猪圈和鸡窝抚平了，晓雪，我们将来进城，不回农村，养鸡养猪干什么？

晓雪并不看他，兀自用树枝在空空荡荡的院子里写下三个数字：382。

啥意思？他不解地问。

还有十七天过元旦，加上一年，不就是三百八十二天吗？

他猛地把她拥在怀里，不由分说地亲吻起来。他不会吻，她也不会，两人的亲吻更像是互相咬……他感到了嘴里有血腥味，看到了她脸上有泪流。血和泪混合着咆哮，他瞪着她凶狠地说，你等着我，等着我！

分手之后就是热切的通信。刚开始天天写信——用工整的庞中华的字体；一个月后是一周一封信——努力用庞中华的字体；几个月之后，他已经是一个月一封信了，用潦草的字体，努力拼凑自己的经营喜讯。这期间他东挪西借了三万块钱，摆地摊卖服装，倒腾煤炭和草莓，生产工业洗涤剂，经营家电……1989 年最后一天——第 382 天，到了他兑现誓言的时候，他已经两个月没有给她写信了。他非但没有发财，还欠了亲戚好友一屁股债。

就在那年冬天，他从阜新来到了沈阳。先是在热闹路一带摆地摊，贩卖从阜新倒腾来的玛瑙、麦饭石什么的。几个月忙乎下来也仅仅能填饱肚子，却发现了商机——热闹路一带的五爱市场正在扩建，那里终日人潮汹涌，无论什么商品，只要价格公道不愁卖不出去。他费尽周折挤进了扩建后的五爱市场，从此开始了南来北往的抓货与批发。到了 1990 年冬天，他不仅还上了欠债，而且隔三岔五还能去银行存点钱了。

他不敢给她去信。他通过当年的同学打探她的消息，得到的回复是她刚刚结婚了——就在上周。他想寄点钱给她，却得知她离开了阜蒙。他没想到她就嫁在离沈阳八十公里的建丰。

现在想起来，他庆幸自己当年留给她的"借条"。这等于他给自己留了一条后路，至于这条后路通向什么，他也说不清楚。

沈阳的雪说下就下，毫无征兆。慢慢腾腾的雪片，犹犹豫豫的样子，像是在迟迟疑疑地找一个落脚的地方。他走累了，找了张条椅坐下。他折下一根树枝，在脚下的雪地上画出了一座房子。他是按照回忆里的模样画的，依然是大瓦房，这里是炕，这里是衣柜，这里是锅台，这里是饭桌……他还记得晓雪画过猪圈和鸡窝。他用庞中华硬笔的笔触，写下了"佟晓雪"三个字，又在她名字后面，写下了"谢永祥"三个字。两个人的名字挨在一起，就像从前上课一样。他看着脚下的房子和两个人的名字，鼻腔骤然酸胀起来，两道突如其来的热流灼过脸颊……他赶紧抬起头。他不想伤心，现在的身体也不容许他伤心。下周就要手术了，手术前还要处理很多要紧的事情，尤其是今天发生的事情。

这时候手机响了——杨所长来电。他蓦然想起来了，临走时杨所长给他的后备厢里塞进了两箱山货——算是年货吧，一箱给他，一箱让他转送给邹局长。他给邹局长拨了个电话，电话里，谢永祥感谢了他的关照，当然也不会忘记替杨所长美言几句——他知道这是杨所长希望自己做的。他跟邹局长说，杨所长给他捎带了一点年货，明天让司机二刚给他送去。当然了,除了杨所长的山货,二刚也会带去他的一点心意。

现在可以给杨所长回电话了。他的手指在屏幕上滑动着,正准备回拨,嘀的一声,屏幕上端弹出了一行文字——杨所长的短信:谢老板,告诉你一个好消息,我给你查到肇事车主啦。

原载《作家》2021年第9期

朱　辉

事逢二月二十八日

1

　　时值正午，阳光灿烂，有风。东边房间的门开了，又重重地关上，一串清脆的足音，由近而远，款款而去。谛听中，足音的节奏变了，这是她在下楼梯，细巧的高跟鞋踩出舒缓的顿挫，然后听不见了。李恒全走到窗前，轻轻地把窗户推开，他看见那女人窈窕着身子，沿着楼前的小路渐渐远去了。

　　二月份，即使是正午风也还凛洌，像挟了针。他关上窗，躺到了床上。她这是去上班，每天都是这个时间离开，后半夜才回来。他的眼前，晃动着她的影子。她是做什么的，他并不明确，但他住到这里已个把月，了解了她的生活规律。她过年后就回来了，只拖着个小拖箱，他知道是老住客。他起身，拉开了自己的门，门外立即飘来了一丝香气。四顾张望，楼道顶头的窗户明晃晃的，破了玻璃的地方露着蓝天；地上亮得像是蒙尘的镜子。

没有人。一只老鼠蹿到走道中间，停住了，歪歪头，嗖的没了影子。

这楼里只有香气是新鲜的，其余一切都破败陈旧。这是一栋老楼，所有的房间都朝南，门前是一条走廊，连接着盘旋的楼梯。走道的水泥地不知被多少人蹭了多少年，粗糙坑洼，只靠墙的地方还留有原来的地漆。墙大致还是白的，以白为主，墙皮脱落处是灰黑的，还遍布着更多奇形怪状的痕迹。鞋印当然一眼就能看出，可位置高得很奇怪；还有很多圆斑，顶上都有。李恒全上学不多，刚来时想了半天也没明白这是什么印子，直到他发现一只瘪掉的篮球。它落在墙内的一个玻璃柜里。玻璃破了个洞，但还能看出"消防"两个字。

他喜欢眼前的香味。他似乎能看见香味，与阳光混合了，金粉一样弥漫。他深吸一口气，返身进房，从墙角的柜子底部拿出几样东西，拢在袖子里。

自己的门虚掩着，并不关上，他习惯性地给自己留好后路。女人的房间在他房间东边，隔一间空房。他步态正常地过去，贴近门。他看准了门锁，直起身子，双手配合着动作。没有声音，走道里没有声音，只有他的手能感觉到声音。吧嗒一颤，门开了。

他侧耳听一下，猫腰走了进去。他当然要轻手轻脚，却突然想起了什么，笑一下，坦然直起了身子。眼前的格局与他的那一间类似，一张床，一个立柜，一张桌子，但女人把桌子变成了梳妆台，一面镜子倚墙立着，前面随手摆着不少化妆品。大楼外风声呼啸，他看见这里的窗户下面，有一片水渍，跟他那里一样有点漏水，还有点漏风。

这是女人的住处，是她的房间，香味幽幽。奇怪的是，这源头的香味并没有走廊里浓。他这是第二次进来。他立即注意到，这里有了一些变化，窗户和门之间拉着的一根绳子，上次绳子上挂满了衣服，这次是空的。他拿眼一扫，看见那些衣服都已收在床上，还没有叠。衣服散乱着，红的、白的、淡黄的，还有一些难以形容的颜色，如半床的乱花。一只丝袜黑蛇般蜷曲着，另一只从衣服底下露着头。他忍不住要把它拽出来，手伸出去，又缩了回来。

他使劲地吸着房间里的味道。上个月十五号，他呼吸到了久违的自由空气，在这里，他再一次嗅到了美好的人间气息。他的心脏狂跳，脸色绯红。如果可以，他真想把这些衣服叠叠好。曾经，他无数次钻到别人家里，带走一些东西，他不把别人家搞乱，只是为了不让别人发现，或者说晚一点发现。现在不同了，他可不想再回到那个肃杀的号子里。他绝不会再带走别人家一件东西。他一进门就看见了床头的钱包，小巧可爱，镶着玻璃钻，鼓鼓囊囊的。他习惯性地拉开，里面有不少钱；立即又拉上了，摆回远处。钱包就在枕头边，枕头上垫着花枕巾，中间有脑袋留下的印痕。他终于没忍住，脑袋对着枕上的凹痕，躺了下来。

很香。他的手不听话，摸向那堆衣服。他闭着眼，手划拉过去。丝绸滑爽，针织粗粝。他的脸更红了，热烘烘的，像被人抽过。他腾地起身，走向了那张桌子。

瓶子、管子、小镊子，李恒全不太懂这些。女人好复杂。他能认出的只有口红，有好几管。忽然想起了什么似的，他的右手伸进了自己的衣兜。就在这时，大风又加了一把劲，尖利的呼啸中，走廊里传来砰的一声。他被枪打中了似的一颤，飞步跑出去，呆住了：他的门被风吸上了，推不开了。

他一时有点发蒙。怎么办？当然，他立即就想起了自己的专长，这对他来说不是问题。曾经那么多的门，只要他看中了，差不多都不是问题。工具是现成的，就在裤兜里。现在的问题是，他还从来没有面对过这种情况，就是说，他要用技术打开的，是自己的门。他晃晃脑袋，摆脱了暂时的恍惚。手伸进裤兜时，他触到了一个东西，他一愣，快步跑回了她的房间，走到梳妆台那里，把兜里的东西摆了上去。那是一管口红。每次见到她，她的嘴唇都油光锃亮，红里发黑，他觉得这不够好看，老气。应该红一点，但不要黑。

他知道他还会再进来。这个地方让他留恋。他有点舍不得走，把桌上的几管口红都旋开了，一个个在自己的左手背上划一下，一排颜色。他认出了她最常用的那管。毫无疑问，他自己带来的口红最好看。他恨不得当面告诉她。

当然不能。他那么多次看见她，从来不敢开口。也曾点头打过招呼，还冲她笑笑，可是她戴着墨镜，面无表情，也没搭理过他。他眼前总是浮现出她的墨镜、发黑的口红和她婀娜的身姿，这些是她的概括，通通被她的气味笼罩。

他仔细地关上她的门，回去，轻易地把自己的门锁打开了。这栋楼所有的锁都差不多，A级锁，最容易打开的那种，他只需要不到十秒。上个月的那一天，在等待高大的铁门打开的那一刹那，他狠狠地在心里说："李恒全，你决不再干了！永远不要再进来！"他确实做到了。在进入她的房间前，他犹豫，挣扎，但制备一套工具对他来说太简单了，稀里糊涂地就去弄齐了。事实是，他确实没有拿她的钱，还用口红对她提了一个隐秘的建议。他管住了自己的手，准确地说，他只是管住了自己手的某一类动作，却没有完全管住。不偷窃，却送礼，想到这个，李恒全咧嘴笑了起来。

以他的技术，这城市一半以上的锁，他都可以视若无物。一切房子，无论它们多么规整呆板，或是曲折复杂，在他眼里，都只看见锁：无数的锁，一行行，一列列，凌空悬置。他那时的目标，就是要挑出最容易开、最值得开的那一把。现在这栋楼，地处城郊，周边拥挤简陋，住着各式各样的人。租金很低，房客都是些身份不明的男人女人，跟他也差不多。他能看出身份的，就是几个大学生，还有几个人大概干着他熟悉的营生。他不说破，也不搭理。既然已经洗手，那就不再沾惹。

2

李恒全出门时太阳已经偏西。他把那套家什摆到柜子底部，上了街，匆匆而行。他其实没有目的地，没有家等着他回去，也没有锁等待他搞开。他从前上街，搜索，踩点，都是碰碰运气。现在他还是碰运气，不同的是，他希望的运气是一份工作。

工作不好找。除了开锁以及相关活动，他别无专长。他身子骨本来就不算强，精瘦。在号子里待了两年，早晨六点半吹哨起床，七点出工，晚上五点半收工，八点半锁门收封，十点睡觉。作息规律，三餐有时，倒长胖了些，不过干重活还是不行，吃不消。出来后，除了过年那几天猫在屋里，他一直留意着工作，但高不成低不就，左不行右也不成。他心里揣着朦胧的希望，在街上瞎逛，至少，自己觉得是在努力。突然，他眼前一亮，心里说，怎么这么笨呢，这不现成的吗？

一个小摊子，架子上挂着无数钥匙，一个招牌："专业开锁"。不少街上都有这样的摊子，开锁的业务也肯定不少，因为并不是所有人都身怀绝技。那个专业开锁的汉子三十刚过就谢了顶，这会儿正在给人配钥匙。他把待配的钥匙和一个钥匙坯分别夹在台钳的两端，手一摁电门，两把钥匙同步动作，火花四溅，转眼间，钥匙就配好了。他迎着阳光瞄瞄，拿锉刀修修，说："好了。"来配钥匙的是个少妇，她说："你要保用呀，不行还来找你。"她掏出十块钱，接过钥匙走了。

他忍不住多看了那少妇一眼，又看看自己手背上的几道口红印子。这女的显然没有东边房间的那个女的好看，不过她的口红倒不黑。片刻就挣十块，不慢，而且可以光明正大地挂牌子。这老兄配钥匙要用电动工具，谈不上技术含量，不知他开锁是个什么架势。这老兄的头顶在夕阳下亮晃晃的，李恒全脸上不禁漾出笑来。配钥匙的老兄问："你什么事？"

他一怔。他刚才想的是，是不是每配一把钥匙，这人就会掉一根头发呢？立即换了请教的笑，说："我没事。我看看。你手艺不错啊。"

那人嗯了一声，看着他。

"是这样的，我看你这营生不错，也想摆个摊子，来学习学习。"

配钥匙的说："摆呗。就摆我边上，这儿还有个空。"

他连忙摆手说："不不，不在这儿。你放心，不抢生意的，我懂规矩。"

"你懂规矩？"配钥匙的手一指钥匙架上的招牌，"这你就不懂了吧？配钥匙开锁是特种行业，要到公安局挂号的——""的"字拖得老长，有一种注册登记的自豪。果然那招牌上有一行小字："开锁登记第××号"。配钥匙的补一句："我们开锁，都是公安派下的任务，接私活是犯法的。"

李恒全被噎得说不出话。他拿起一个钥匙坯，朝眼前一举，看看，扔下；又捏起一个钥匙坯，拿起锉刀直接开锉。他闭着眼，头扭向一边，盲锉。

那配钥匙的眼看着他把钥匙往台子上一扔,走了。两把钥匙并起来,分毫不差。配钥匙的目瞪口呆。

事实上,他可没敢显摆。这是他的想象,解气。他笑笑,摆摆手就走了。就他这个身份,才出来,又去公安局挂号?他有这个技术,可这技术有案底。他信得过自己,但别人信得过他吗?他早已决意不再碰这块记忆,但他有艺在身,管得住手,这回却没管住腿,讨了个没趣。惯性太大了。

也不全是惯性。如果刚才来配钥匙的不是个女人,他可能就不会停在摊子前。他又抬手看了看手背上的口红印,印子基本已经看不见了,但那个黑口红的女人仍在他脑海中晃动。

他初中时的那个女同学,声音细细的,身条也细长,但胸前已有了起伏。她头发有点发黄,自来卷,这一点与那个黑口红黄头发的女人有一点相似。他早已离开了她的生活,当然知道这两个女人没有一点关系,可他很想有机会跟她搭话。但要说什么,他不知道。她作息很有规律,下午出去,半夜回来,不知道她在外的这大半天,具体做什么。可这是不能问的,你问了,人家要是反问:"你做什么的?"他一个才放出来的人,只能扯谎。这天半夜,她回来了,脚步声有点杂乱。他人在床上躺着,耳朵却在走道里。有轻轻的说话声,两个人,另一个也是女的。他松了一口气。两个女人在房间里弄出不少动静,间或还咯咯地笑。第二天一早,东边的门里有响动,他飞快地打开门,走了出去。

黑口红的女人在关门,边上站着一个胖胖的女子。他大方地说:"你好。"黑口红的女人扭头朝他看看,墨镜晃闪一下。胖女人向他咧嘴笑笑,他立即看见,她的嘴唇红艳艳的,显然,他摆在梳妆台上的口红被用了,用在了一个外人的嘴上。他顿时瞪大眼睛呆在那里。转眼间她们已经走了。

他有点难过。她发现多了一管口红,就没有起疑心吗?可以想见,那胖女人一定狠狠地用过口红,像啃火腿肠那样;可以肯定,他的口红这会儿已经被胖女人放在包里了。

李恒全忍不住想到她的房间去。他想验证一下,他摆的那管口红还在不在。但他犹豫了,柜子底的家什已经拿在手上,不超过十秒他就可以进入她的房间。他想了一会儿，把家什又丢了回去。

兔子不吃窝边草，这句话，上点段位的人都知道；瓦罐不离井上破，常在河边走哪能不湿鞋，这里面更有切身的教训。站在她门前的那一会儿，恍惚中他面前的门，就是号子的门。这两个相伴出门的女人，说不定什么时候就会突然回来。

他确信自己那天没有进去，但他万万没想到，女人的房间失窃了。门被撬了，乍一看完好无损，但他眼一扫就知道是怎么开的。那是中午，女人出门前才发现少了东西。她把楼下的门卫喊来，自己站在一边抽泣。她说："钱丢了，首饰也没了。"她倒老实，自己说首饰不值钱，但是钱有三千多块哩。

门卫能干啥，他连疏于看门的责任都赖得精光。他指着完好的门锁说："你看，哪儿有人进来过？也就你自己说。"女人哭出了声，她实在是太委屈了。她争辩着取下了自己的墨镜，这是她第一次不戴墨镜。她泪眼婆娑，并没有朝他这里看一眼。

那门卫挺胸凸肚，穿着制服，胸前还有"特勤"两个字。他很精明，完好的门是他推卸责任的有力帮手。女人一迭声地强调她真的丢了东西。门卫打开手电筒，东照照，西扫扫，最后又把光圈对准了门锁。大白天的，这手电筒无疑只是个道具。李恒全看不下去，突然说："这门确实被开过。"他声音很大，爆破音似的，自己都吓了一跳。门卫皱眉看着他，说："你怎么知道？你有什么证据？"李恒全还是没管住自己的嘴："不撬锁就不能开了？"门卫往前走几步，盯着他说："哟嗬，和平进入，你懂的还挺多啊，我看你是个行家！"他目光如炬。李恒全慌了，他结结巴巴地说："你盯着我干啥？我看人家一定是真的丢了东西。"

有人帮腔，女人马上说你们不管，我就报警。门卫说："你以为警察吃饱了撑的要消食？你说丢了钱都要上门？你报呗。"他一脸的满不在乎。李恒全顿时紧张起来，他比门卫更不愿意让警察过来。他走到门边上，装模作样地打量一番，对女人说："门还真是好好的。是不是你记错了，还是把首饰和钱放在别的什么地方了？"

女人真是个没主见的。李恒全的话立即起了作用，她咕咕哝哝地在自己房间里翻找起来。门卫对李恒全很满意，点点头就挺着肚子走了。

李恒全心里不好受，说什么都显得心虚，悄悄走了。他那身形步态，像猫一样无声，像老鼠一样警觉，与他当年做事得手后的撤离十分相似。

3

这楼里有很多老鼠，他厌恶老鼠。曾经，他也是一只老鼠，老鼠当然一眼就能认出同类。那门卫下楼后，三个年轻人从那头的房间出来了，他们脚步轻松，有一个还吹了一声口哨。李恒全狠狠瞪了那边一眼，不等对面的眼光射过来，就转身进了自己房间。这几个小子的身份，他有九成把握，女人失窃八成也与他们有关。如果他们对她劫财劫色，哪怕他们拿着刀，他都不会装疯。但他们只是偷窃。一只老鼠指认另几只老鼠，其结果可能是一起被拍死。此后三天，他强忍住，没有再进女人的房间。女人的那个胖女伴没有再来过，她依旧独来独往。他突然想，说不定是那胖女人顺手牵羊呢？她可能也想到了这个，或许，她们已经吵翻了。这么一想，情况复杂了，他没有挺身而出指认偷窃者的内疚也减轻了。

那几天风雨交加，走道被鞋子们带了水，亮汪汪的。女人的行踪略有些不规律，有两天一大早就出门了；回来得也晚，有一天她居然第二天早晨才回来。这是不对的，女人这样不好。没有人管她，李恒全没资格管。他在走道上遇到女人，女人香味依旧，但混合了酒气。依然戴着墨镜，他看不见她眼睛的神情，但她朝他点了点头。这算是打招呼了。李恒全有点激动，无数的话往外涌，被他用嘴唇封住了。

他听见过她说话，有点口音，但肯定不是老乡。他不由又想起了初中时的女同学。他们那里结婚是要彩礼的，初中时他就盘点过，他出不起。等他手上的钱时多时少潮涨潮落，他却明白自己已经失去了娶她的资格。东边的女人身材妖娆，个子也高些，他无端觉得她们有一种相似。也许，只是她们的下巴都有点尖。

还有一点好。不论她是做什么的，却从来没有带男人回来过。这真的好，不容易。她的房间是进过男人的，但她不知道。

风雨交加，阴沉湿冷。风被大楼的尖角撕得呻吟，像报复似的，把雨水朝窗户里灌。雨一下，李恒全的窗户就开始渗水。雨稍一歇，他去街上买来了老粉和刮刀，调了胶，把窗户堵上了。他很细心，因为不是熟手又加了耐心，一寸一寸补好，抹平。

剩下的泥子暂时没有扔掉，摆在墙角。他的眼前浮现出她的房间，那个窗户比他这边漏得还要厉害。他在床上躺了一会儿，侧耳听听，轻轻打开了自己的门。

他再一次进入了她的房间。

这是第三次，他记得很清楚。一进去就觉得暖和，暖和得不正常。他看见她的床前摆着一台取暖器，居然还是开着的！他吓了一跳，仿佛是自己的大意。他跑过去把取暖器关掉，摸摸床上的被褥，热，有点烫手。这东西也许一直没事，但说不定什么时候就会出事，出大事。他惊魂甫定，一时间竟忘了自己为什么来。四处看看，窗户那里果然漏水，但情况倒比预料的要好一点。他愿意给她补墙，但不能当面跟她提。她如果反问："你怎么知道我这里漏水的？"他跳进黄河也洗不清了。

房间里有点乱，比以前乱。香气和酒气带着热量弥漫着，简直把能见度都降低了。晦暗中，闻到的是她的鼻息。他想到了那管口红，但此刻已经没了兴趣。窗户漏下来的水汪在地上，像是小孩调皮撒的一泡尿。床上很凌乱，好女人不该这样的，但乱糟糟的被子和衣物，显得更家常了。他立即面红耳热，站在床前，身体直挺挺地倒了下去。这简直有点调皮，是她的床令他迷醉。他深深地呼吸，紧紧抱着她的被子，很暖和，超过了她的体温。枕头边有一只胸罩，他拿起来亲亲，抚摸着。

一时间他有些恍惚，心狂跳，手开始动作。半晌，他轻轻哼了一声，紧绷的身体断弦般松了下来。他腾地起身，看着自己手上的胸罩，心跳难抑。

他闯祸了。他无数次进过别人的家，但像今天这样，还是第一次。这个房间注定要发生他的很多第一次。送口红也算是一次，后面说不定还会有。刚刚，躺在她床上，还没看到她胸罩的时候，他还想着或许有一天，他可以鼓起勇气说要帮她补窗户；如果她推辞，话又不太狠，他就以玩笑的口吻请她索性住到自己不漏水的那间去。现在，他觉得自己很脏。

这胸罩怎么办？正想着，一串巨大的声音鞭炮般炸响。是他身上的手机。他吓坏了。这是一个疏忽，正因为他现在的目的与从前决然不同，他才忽视了这个细节，以前他们的手机绝对是静音的。他像是被打了一梭子，身体被洞穿。他飞快地蹿了出去。

他疾如闪电。在铃声的短暂间隙中，他已跑进了自己的房门。电话是老西打来的，他刚要接，又把手机扔下，他想起，女人的门还没有关！

手机还在响，催命似的。他的床上，那只胸罩被他带过来了，他飞快地塞在被子底下。他拿起床上的手机接通，立即又扔在床上。接通只是为了让它不再响铃。他出门探头看看，跑过去，把她的门关上了。回来拿起手机唔唔地听着，手随着心脏颤动。老西是当年的大哥，是他把李恒全带入了行。他那时只会翻人家门前的地垫，翻到钥匙就试着开，是老西教了他全套手艺。他感谢过老西，也恨过，现在不想再搭理。反正，他出来后从不主动联系老西。神通广大的老西在他一出来时就找到了他，给他钱，老西说："这是你应得的，你没有乱咬。"但李恒全只肯要一半，似乎全拿了，就意味着要全盘接受老西的安排。他说我想找个工作，正式的，你能帮就帮。老西来过几次电话，前几次都是劝他继续跟着干，这次不同了，真的有个工作。老西说："保安，你干不干？"

李恒全愣了一下。他有点心不在焉。老西在那边嘻嘻怪笑起来，嘎嘎嘎，像只鹅。他这一笑，李恒全脑子清楚了。他说："不干。"老西不笑了，说："可别说我没帮过你，是你自己不干的。"

"不干。"

语气很坚决，理由并不明确。他眼前浮现出楼下的胖门卫，他不就是个保安吗，虽穿着件"特勤"制服，但他欺负女人。这还不是关键，厉害的保安也有的，他当年被弄进去，可能就是栽在一个瘦保安手里。不堪回首，他不想被往事纠缠。他是觉得，一只曾经的老鼠，现在要披挂上阵做猫，这特别怪异。他几乎一眼就能看出谁是老鼠,万一遇到以前的同行,那说不定就要惹麻烦。

4

他真的管住了自己的手,没有再开她的门;但他的腿也真的不太听话,老是要自动往女人的房间那边走几步。他很想给女人的房间放一点钱,可惜没有这个实力,反而带来了人家的一只胸罩。他不承认这是偷,可不是偷又是什么?太恶心了!他鄙视自己。他把手狠狠地在墙上抽了两下,发誓绝不再到她房间去——除非,除非他有机会把她的胸罩送回去。

至少应该提醒她取暖器要及时关掉,但怎么提醒,却是个难题。显而易见,她的生活不如以往那么规律了。这才是傍晚,通常这时间她是不会回来的。自从她的房间失窃后,他只要在自己房间,就会留意着她那边的动静。这有点像个守门人了,很可笑,他宁愿自己是个等待妻子下班回家的男人。这其实更可笑。她由远而近,足音清脆。她开门,进去;门关上,再出来时,已是第二天早晨。

他们在楼梯上相遇了。他买早饭回来上楼,先听见了她节奏明朗的脚步声,一抬头,眼帘中是两条穿着黑丝袜的小腿。他在转弯处站住了。她戴着墨镜,似乎正在看他,其实不是,她视线向下,是盯着脚下湿漉漉的楼梯。他说:"你好。"

这是不得不说话的局面了,但她没开口,只点点头。她依然戴着墨镜,如果不是他曾看见她摘下墨镜抹眼泪,一定认为她眼有残疾,或者是个吊疤眼。楼梯间的玻璃破了,寒风呜呜钻进来,他身上紧了一下。她衣服单薄,但是好看。他的目光不禁落在她胸部——胸罩,他眼睛立即像被溅进了火星子,躲闪开去。他的脸发热,突然说:"你,你还没吃早饭吧?给你。"她愣住了。看不出她墨镜后是什么意思,但她肯定错愕。他的话却顺溜了,说:"我吃不下,正好,见面分一半。"说着把手里的塑料袋一扯,又扯出一个袋子;鸡蛋正好是两个,煎饼隔着袋子对半一撕,早饭一分为二。他的动作麻利,很卫生,很巴结。她不得不接住了,笑笑说谢谢。她动了一下脚步,问:"你上次说我的门,不撬锁也能进去,是真的吗?"

他吓了一跳,脸煞白:"我说过吗?哦,想起来了。我相信你是真的丢了东西,故意帮你说话,我瞎扯的。"

她嗯了一声,迟疑地说:"我真的丢了东西,肯定是被人偷了。连衣服都偷。"

他的脸像被抽了一下,火辣辣的。这时,倒是墨镜帮了他的忙,她看不见他异常的脸色。他急中生智说:"偷衣服,那肯定是女人,女人偷了自己穿。"

她不见得没听说过有男人专偷女人内衣,但不愿多说。她鼻子嗤了一下:"恶心!"

李恒全连连点头。女人说:"我最恨小偷了!我以前逛街,手机就被偷了。"

他立即说:"我也丢过手机,谁都丢过。这是小事,倒是你一个人,水啊,电啊,要注意。"她嗤一声笑道:"你倒大方,小事。好在有你这个大男人做我邻居,我还胆大些,不过我还是要早点搬走。"她笑笑,笑意漾出了墨镜的范围,抬手扬了扬手里的早饭,继续下楼了。

高跟鞋敲击着楼梯,一下一下,声声清晰。他呆在那里,半晌才想起上楼。他脚步沉重,她丰腴的胸已然离去,但那只胸罩还在他房间里。这东西肯定很贵,她并不富裕。他仔细把胸罩洗干净了,阴天里,胸罩又厚,他经常摸摸,一直都不干。她的生活目前有点捉摸不定,他能确定她在不在房间里,但她会不会突然回来,那可说不定。

他原谅自己了。他当面提到了水、电,不知她有没有领会;总不能每天等她出了门,立即进她房间检查一下。她那么讨厌小偷,他李恒全现在也讨厌,但他无法忘记她说这话时的表情和语气。很久以后,他才偶然听说,她的丈夫因为盗窃,那段时间正在服刑。也许,他们还在号子里见过哩。

李恒全出来一个多月了。二月很冷,也很短,转眼就临近月底。出来的时候,他计划尽快找到工作,二月份一定要解决。他完全没有意识到,二月比别的月份要短——实在不行,就学着当个泥瓦匠吧,这活儿技术含量很低。

到目前为止,他是个不着实的人,飘着。且不谈他的过去,就现在,他的工作没着落,老婆只知道一定是个女的;就连身份也可疑,至少,他确实又去拿过别人的东西。这么一想,他心里很憋屈。细雨绵绵,时断时续,据说春雨贵如油,有利于庄稼,可他再找不到工作,庄稼丰收了他也没吃的。他打了几个招工电话,都是生产线的,有一个"零基础",下午可以去试试;又到街上乱逛,餐馆也是个去向,不能掌勺,洗碗端盘子也行,只可惜所有的餐馆都还没有开门,他连点个盖浇饭的地方都没有。他目前只吃得起盖浇饭。幸亏天气总是在往暖里走,他忍一忍,可以不必再添置冬衣。

总算还有一家开门的水饺店,他要了一碗吃完,把汤也喝了。这里离住处很近,路很窄,倒是四通八达,怎么走都走得通,到处都是卖各式小商品的摊子。一辆小轿车使劲地按着喇叭,催促一辆卖棉拖鞋的三轮车让路。他伸手帮了一把劲,把三轮车推上了路牙。路牙边蹲着几个男人,面前摆了几个三夹板牌子,上面写着:"泥瓦工,专业堵漏,水电工"。几个男人蓬头垢面的,一见他停下来,马上站了起来。他本来还想打听打听行情的,他们一站,他连忙摆摆手,继续往前走了。不知道这几个男人,他们的老婆是做啥工作的?毫无缘由地,他突然想起了他的女邻居。

也就在这时,远处似乎乱了。有人在喊叫。他一下子没听懂,但他的眼睛立即就明白了:南边一箭之遥的方位,腾起了烟雾。

他跑到街的另一边,仰头望去。阴雨天气,烟被压着,低低地和水汽混合了,宽大的楼面中间像被谁泼了黑墨水,慢慢地洇散。大概是四楼,正是他住的那一层!他的鼻子飘进了刺鼻的焦煳味。

"着火啦!"好多人喊了起来。他怔一下,拔腿跑了过去。很多人都往那边跑,他不是第一个启动的,但绝对是跑得最快的。地面湿滑,无数人呼啦啦跟在他身后。乱了,街上全乱了套,有个女的摔倒了,手里买的菜撒了一地。她大呼小叫地保护她的菜,跑到路边捡滚得老远的西红柿,有个人一脚踩碎了一个,立即就起了纠纷。好些人不跑了,站住了围观。

他们只是爱看个热闹，哪边的热闹都一样看。

5

大楼周边好多人，乌泱泱的，所有人都仰着头，指指点点。着火的确实是四楼，浓烟很黑，夹着火星子从一个窗户里往外蹿，噼里啪啦的。那是她的窗户！李恒全踩着湿滑的草地，绕到大楼南面。好几个人从大楼里往外跑，男的女的，衣冠不整，十分狼狈。有人上去打探情况，他们都不答，只咳。可能已经烧了一阵子了，但没有人救火。他们都不是专业人员，这里也没有水。乱哄哄的，不知谁叫了一声："快报警啊！"那胖门卫站在远处的草地上说："报啦！"

李恒全跑到那门卫面前，大声问："她在不在里面？"

胖门卫一愣，说："谁呀？"

李恒全说："里面还有没有人？"

"那我可不知道。"胖门卫咕哝着，走到远处去了。一个小伙子裹着被子说："要不是呛醒，我就完了。"小伙子面熟，贼头贼脑的，咳嗽得像只生病的大白熊。"你命大呀！"他边上一个穿着红马甲的女清洁工说，"说不定还有人！我第一个报的警，刚冒烟我就看到了，我好像听到有个女的在那儿喊救命。"她拿着扫把一指门卫："胖子！你应该一个门一个门地敲！"

刹那间，李恒全脑子像是空了，又似乎塞得满满的。他拔脚蹿出，朝大楼飞奔。

踏上楼梯他就摔了一跤，鞋底的烂泥太滑。好在楼梯上烟雾还轻，李恒全右手抓着栏杆，三步并两步，飞快地旋转上升。烟雾渐浓，李恒全气喘如牛，烟呛得他呼吸有点困难。他掀起衣服捂住嘴，拼命向前跑。虽然视线有点模糊，但他熟悉方位。一只老鼠撞到他脚上，他跑得更快了。他扑过去，使劲敲打她的房门。咚咚咚！

没有反应。门缝里往外挤着烟。侧耳贴上去听听，脸上感到热，却没有声音。"里面有人吗？"他大喊，"你在里面吗？"

隐约听到轻微的火花爆裂声。门是铁的防盗门，他使劲踢。楼下隐约有人喊："你使点劲啊！"李恒全脚疼，但门很坚固。暴力入室从来不是他的专长。他飞跑到自己的门前，打开。他的房里暂时还只有轻烟，他扑到柜子前，弯腰伸手，立即又起身。跑出房门时他趔趄了一下，差点摔倒。他手里攥着那套家什，再一次站在她门前。

他犹豫了。她在里面，还是不在？

南面传来了消防车的鸣笛声，楼下聒噪起来。警笛声由远而近，却在远处停住了。消防车使劲地鸣笛，车顶的喇叭也在喊话。道路太窄，肯定是车进不来了。

他摸出了家什。如果她在里面，他这是救命。他救的是她，也是他朦胧的希望。时间就是命。可她如果真在里面，却还有意识，他开门进去必会被她认出，那怎么办？不是小偷，怎么会开锁？以前的失窃，难道不是你？！

他略有些迟疑，但还是举起了那根铁丝。这是第一步。烟雾遮眼，他一时瞄不准。

烟雾呛得他眼睛流泪，但身为一个老手，不该手抖成这样，是他的心里腾起了烟雾。铁丝只要伸进去，他几乎不再需要试探，马上就可以进钩子，然后，啪嗒，门就能开……可她如果被他救出来，即使她当时不知道具体情况，事后，她又怎能不知道救命的人是如何进去的？谁有义务帮他李恒全保密？

他的手还在动作，但脑子发昏，感觉完全不对。他似乎看见她头发焦黄、脸庞发黑地伸手向他道谢，但她眼睛里有鄙夷，嘴角在冷笑。他哆嗦了一下——可他必须救她！他定定神，加快了动作。

没想到他曾经的提醒还是起了作用：她的门今天反锁了。这显然增加了难度，但也不过再多花几分钟。手上原本运用自如的铁丝这时却像是细树枝，又钝又软，他额上的汗水挂了下来。

楼下乱哄哄的，人声嘈杂。有个人突然冒了一嗓子："你个鸟人在听壁脚啊！"一片哄笑。人声最擅长的是传递秘闻隐私，不知道他们是否也在为消防车进不来而着急。黑压压的人群一齐注视着这里，众目所聚——火可能还没全熄灭，所有人都将知道，那个救人的英雄原来擅长开锁。烟雾遮挡不了众目睽睽。

楼梯上响起了杂沓的脚步声，两个消防员冲了过来。"你在干什么？"高个子消防员厉声喝道，"你怎么还在这里？！"

李恒全立即把家什拢到袖子里，后撤一步。他还没想好说辞，那消防员骂道："你要钱不要命啦？赶紧撤！"

李恒全转身慢慢往外走。虽然来的只是消防员而不是警察，不管闲事，但他从前的经验还是近乎本能地阻止了他乱开口。他此刻只能默认这是他自己的门。很可能，她本来就不在里面。果真如此，一切就是最美好的。她若安然无恙，他在事后或将有勇气告诉她，我曾为你担心，为你冒险冲上去……可是他转回身，对消防员说："这房间可能有人，我踹不开。"

话音未落，她的房间里轰隆一声巨响，房间的门被水柱冲得直颤。水终于接过来了，房间里不断传来玻璃掉落的声音。李恒全指着门，正要再重复一句，走道里咣当一声，矮个子消防员已砸破了墙上的消防柜。他骂了一句脏话，抄起手里的消防斧，对准门锁位置，狠狠砸了下去。一下，两下，三下五除二，高个子抬腿一脚，门开了。两个消防员冲了进去。楼下传来一片掌声。

他跟了过去。到处是飞舞的水，浓重的烟雾，还有酒气。还没等他看清，两个消防员已把人从床上连被子抱起，朝外冲去。李恒全躲闪不及，脚下一滑，一屁股坐在水里。手一撑，很疼。

她真的在里面！他的头像是挨了一记重击，嗡嗡的。他爬起来，跟在他们后面。经过楼梯的时候，他扬手把袖子里的家什扔掉了。她怎么样了？她会不会死？如果他一上来就把门打开，她一定不会死。他跟着她跑出大楼，湿漉漉地蹲在地上。

她被暂时平放在草地上。人群围拢过去；另有几个人靠过来，一迭声地打听情况。李恒全捂着头,什么也不说。上衣里的手机响了,一直响,不屈不挠。他掏出手机,这才发现手被划破了,伤口不大,他不理会。是老西的来电。李恒全在屏幕上点一下,挂掉了。屏幕上染上了血,他抬起衣袖擦擦,看见了上面模糊的日期:二月二十八日。他觉得这日子好像与自己有关,却又有点犯晕。远处传来了救护车的声音。担架下来了。他挤过去。救护人员把她往上抬,连着被子一起抬。他帮不上忙,只看见被子上有红色的血闪了一下。她的头发焦了,缩成破烂的黑布片;头侧着,微微晃动。她的眼睛似乎睁着,正朝向他。他心中一震——这是她唯一一次注视他,而没有戴墨镜。

手机又响。救护车鸣着笛开动了。李恒全摸出手机,再一次看见了这个日期:二月二十八日。离他的生日还有一天。有泪珠滴落在屏幕上,洇着手指的血,他以为是雨滴。他生于二月二十九日,那是好几年才会出现一次的日子,一个经常不存在的珍稀的日子。今年,就没有那个日期。

原载《钟山》2021年第5期

毕　亮

告诉我，你的房间号

女儿六岁生日那天夜里，我牙龈发炎，吞了一粒布洛芬缓释胶囊便睡了。半夜醒来时，浑身汗淋淋的，仿佛刚从泳池上岸的人。房间是黑的，窗外也是黑的，我爬起来，牙仍隐隐作痛。

我想喝点酒，用酒精麻醉致疼的神经。摁亮厅灯，摸出前夜喝剩的伏特加，往玻璃水杯里倒了小半杯，又从冷柜冰桶夹出冰块，添至杯中。酒含嘴里，冰凉，吞下肚，疼痛并未减轻。划开手机屏幕，有高妍的信息，仅两个字——在吗，是凌晨一点二十五分发来的。犹豫两秒，我没回她，端起水杯，抿一口伏特加，删除信息。我猜她肯定会继续联系我。

高妍的微信名是火星女孩。

我们大概是五年前认识的，也许是六年前，具体时间我忘了。我和高妍同属于深圳一个名叫"天堂电影院"的民间观影群，那个乏味的春天，我们一群电影同好看完伍迪·艾伦的《午夜巴黎》，在微信群分享观影心得。

大家都对生活的"此处"不满意，有人想穿越前往文艺复兴时代、前往古罗马古希腊，有人想回到春秋战国、回到盛世唐朝……火星女孩说，你们太油腻了，我哪儿也不想去，我想离开地球。

就算我罹患阿尔茨海默病，死了化成灰，也不会忘记高妍那句话，似警句——我哪儿也不想去，我想离开地球。仿若坠入深井中的人，抓到救命稻草，我立马申请加她为好友，附言：离开地球时，务必叫上我。稍后我通过"好友资格审查"，便开始了跟她初识时的对话。

我说，火星女孩，你是个孤独的人吧？

她没正面回答，发了一串省略号。

我继续问，孤独吗你？

她说，难道你不是？

我说，深圳人都在跑步前进，哪有时间孤独。我也一样，没空去想。

她说，跑得太快，总得停下来，等一等。

我知道她想说什么，很快，她敲出两个字——灵魂。又说，你真要跟我一起离开地球吗？可要想明白。

我说，当然。

她说，算了吧，你还有牵挂，放不下。

我说，放不下什么？

她说，你比我更清楚放不下什么，不单是你一个人，大多数人都跟你一样。

因为高妍，我终于在那个乏味的春天，看到生命的火花。但我的生活依旧是老样子，苍白、无趣而又焦躁，无穷无尽的加班、出差，永远处理不完的一堆数字和报表。工作之余空闲时，带女儿游览深圳大大小小的公园，深圳湾公园、香蜜湖公园、大沙河公园，做亲子游戏。偶尔，夜深人静，失眠睡不着，我会打开视频网站，搜出韩国导演金基德的《空房间》，消磨时间。这部电影，我看过不下十遍，记得每一帧镜头，以及人物细微变化的表情。

……

喝完小半杯伏特加，我站在阳台点燃一支香烟，目视远处的黑暗，渴了似的猛吸。我感到疲惫，伸手摸额头，发烫，寻来耳温仪，测量体温，38.5度。夜很静，耳旁传来电冰箱轰轰的响声，更远的地方，传来工地地基打桩的声音。

摸回卧室，睡躺过的位置，我闻到一股潮气。床的另一头，妻子睡得香甜，发出细微鼾声。眼望窗外的黑暗，我想起高妍的信息"在吗"，犹豫要不要回复她，或者爬起床，再看一遍电影《空房间》。后背蹭床单挪了两下，我没起身，只是在心里默算，差不多有两年吧，火星女孩没联系我。这次她主动找我，究竟是想干什么？

派对就要开始了。

我们八个人，四对夫妻，四男四女在包房化妆间换装，这一次派对的主题是"骑士与公主"。我穿上骑士服装，戴上骑士面具，来到包房正厅。四位公主已经就位，她们坐在长条形餐桌旁，妻子也在其中，虽戴了面具，我还是一眼认出她，今晚的爱莎公主。她的三位闺密，分别是白雪公主、贝儿公主、茉莉公主。

每年春天，妻子和闺密们都会举办一场派对。派对设置许愿环节，填写愿望卡，再将卡片汇总存放，等到下一年派对时宣读，看各自愿望是否实现。女人们的意思是，这样安排，设定一个小目标，会显得更有仪式感。

四位骑士就位，坐在公主妻子对面。按惯例，男士喝白酒，女士喝红酒。我们斟好酒，一起举杯，为派对剪彩。白雪公主取出许愿卡，她说，你们还记得一年前的愿望吗？眼神扫视一圈厅里的每一个人，她又说，重要的时刻马上到来，准备好了吗你们？

我们齐声说，时刻准备着。

白雪公主从八张卡片中摸出一张，她说，购买一套学区房，不论面积大小。又说，这是谁的愿望？

伸手扶正面具，贝儿公主说，是我，房子买了。

白雪公主说，让我们共同举杯，为贝儿表示祝贺。

包房响起玻璃杯碰在一起的声音，还有吆喝声——这杯得干了。白雪公主从七张卡片中摸出一张，说，竞拍深圳车牌，再添置一辆车，宝马X7。环视一圈，白雪公主端起红酒杯说，不好意思，是我自己的愿望，实现啦！

闹哄哄的空间再次响起碰杯的声音和喝彩声。我注视着白雪公主的右手伸向卡片，挪走一张，抽出底下一张。手指敲了两下面具额头部位，我希望她抽出的那张，是我的愿望卡，同时又希望不是。像一场审判，想它早点到来早点结束，又希望它晚一点或者最好不会到来。

卡片被白雪公主扬起来，搁在眼前，舌尖舔了舔嘴唇，她说，公司做大做强，至少要在外地新开一家分公司。

茉莉公主对面的骑士说，是我的愿望。世界经济形势恶化，加上疫情影响，愿望没达成，这一年做公司太不容易了。他端起白酒杯，喝了个底朝天，酒的残汁洒在青铜色面具上。

……

许愿卡片仅剩最后一张。

是我的。脸上冒出热气，似一块烙铁被泼了瓢冷水。包房瞬间静下来，我能听到自己心跳的声音、粗重的呼吸声，十根手指搅在一起，搓揉手掌，等待白雪公主宣判。

白雪公主捡起卡片，目光注视着我，又移到卡片上。她说，写一篇两万字的小说，送给自己。她将视线从卡片挪开，转向我，问道，堂吉诃德，小说写好了吗你？

小区附近有一座高架桥，铺了铁轨，每天高铁飞驰而过，站在阳台眺望一晃而过的火车，我似乎能从中听到奔向远方激荡的回响。夜里跑步，沿着高架桥奔跑，有时候，头顶高铁驶过，我跑得更欢腾，像一个追赶火车的人。跑完五公里，汗流浃背，我停下脚步，想一些事，其中包括离开，离开深圳这座城市。

女儿出生前，我就在考虑，一天又一天，但却没走。直到遇到火星女孩高妍。

起初，我和高妍只是微信交流，聊各自看过的电影。比如我说《西西里的美丽传说》《美国往事》《海上钢琴师》，她就说《教室别恋》《杀人回忆》《低俗小说》……我感觉她看电影的口味比我重。

后来，我们又交流起喜欢的电影台词。

她说，上帝会把我们身边最好的东西拿走，以提醒我们得到的太多。马文，你知道是哪部电影吗？不知道吧？告诉你，是《四根羽毛》。

我说，如果你真的有权力，也是因为你能宽容谁，而不是能够惩罚谁。出自《辛德勒的名单》。

她说，当我们没有得到正确答案时，那只是因为我们问错了问题。不好意思，我忘了是哪部电影里的台词。

我说，我们要学会珍惜我们生活的每一天，因为，这每一天的开始，都将是我们余下生命之中的第一天。除非我们即将死去。

没等我发电影名字，高妍发来信息，这是《美国丽人》。

我说，高妍，功底不错，你现在都学会抢答了。

……

背台词，孩童式的幼稚游戏，我们玩得乐此不疲。就在春天结束，初夏某个夜晚，我说，高妍，其实我更喜欢没有台词的电影，无声胜有声。你喜欢金基德吗？

高妍说，谈不上，但我喜欢《空房间》。

我说，是吗？《空房间》，我可以把它的画面一帧一帧背给你听。

高妍说，别拿我当三岁小孩骗。你敢不敢当面背给我听？

我说，什么时候？

高妍说，现在。

瞄了眼离我两米远、搁在桌面的奶粉罐和奶瓶，我说，抱歉，现在脱不开身，一会儿还得给孩子冲奶，下次，下次可以吗？

高妍说，一堆托词，我就知道你骗我。

但我还是找机会证明了自己。在高妍租住的公寓，她泡了壶咖啡，听我讲《空房间》，讲泰石和善花，讲电影中巨大的沉默。高妍说，沉默，沉默是我们生活的常态。其实伍迪·艾伦不是我的菜，他过于聪明；好莱坞也不是，观众想吃肉，它就给你肉吃，观众想吃素，它就喂你青菜。我说，那你喜欢谁？高妍说，至于我喜欢谁、喜欢什么，我自己也不知道，但我清楚我不喜欢什么。

那年夏天，只要有空闲，我便会跑去高妍公寓，跟她一起看电影，再像泰石闯入陌生人房间一样，主动找点活干，给高妍抹桌子、拖地，或者给她养的绿萝、铜钱草浇水。她眼睛不眨地看我干活，拿起苹果或梨，削水果给我吃。

她说，当初你加我微信，我以为你别有用心。

我说，当然。

她说，你说实话？

我说，就是实话。

她说，你有病吧？

我说，要不咱试试。

目光在房间游荡，又收了回来。她说，别试了，我信你。我们看电影吧，就当一起看电影的朋友。过完这个夏天，我就要走了，离开深圳，去厦门。

我没跟高妍交底讲实话说自己也想离开深圳，而是说，来了就是深圳人。

她说，深圳的朋友越来越务实，我不喜欢。我也不想做深圳女孩，把财富的无限叠加当成幸福追求。我必须得走了，再不走，我会变成她们当中的一员。

我说，高妍，别把自己封闭在茧房里，你要融入进来，成为她们，再改变她们。

……

高妍离开深圳前，在她的公寓，跟平常一样普通的夜晚，我们坐在漆黑的房间看香港电影《踏血寻梅》。跟电影里的男女主角肥仔丁子聪、王佳梅一样，我和高妍也是孤独的人，幸好我们有电影，能从中找到慰藉。

告别前，我考虑讲点什么。站在阳台抽烟，发现公寓对面住的那对年轻男女似乎吵架了，男孩双手捂脸，女孩一只手握水果刀，激动地在男孩眼前比画，嘴唇一张一合。女孩说的话，我一句也听不清，抽完一支烟，昂头看了眼天空，我说，火星女孩，离开地球时，务必告诉我。高妍说，你一直在犹豫，别挣扎了，好好待在深圳，过好自己的生活。

路上，我又收到高妍发来的微信，马文，你是深圳病人。

骑士和公主望着我——派对中的堂吉诃德，想知道答案。我告诉他们，工作忙得连轴转，想东想西心静不下来，没动笔写小说。但这并不是实话，我很想告诉他们，计划写的那篇小说，若是完成，会写出梦破碎的声音。

白雪公主举起酒杯，扭头，眼望窗外，又把头恢复到原来的位置。她说，让我们共同举杯，期待堂吉诃德今年完成大作。

我知道，他们不会有人期待我的小说，包括我的妻子。他们期待的是房子增值、股票和基金增值，期待的是孩子的成绩和特长日渐精进，一定不能输在起跑线上。

愿望卡宣读完毕，骑士和公主端起酒杯，一群面具人开始自由活动。大家像是积攒了一年，就等着喝这一场大酒，喝得又快又猛。茉莉公主的骑士借酒浇愁，频繁跟我碰杯，他说，堂吉诃德，什么都别说，咱俩先干了。又说，你那篇小说写的是什么？

我说，聊点别的吧。

骑士说，今晚莫谈那些乱七八糟的事，咱们说点走心的话。

我感觉自己喝得有点多，酒上头了，但还在可控的范围。我说，真想听？

骑士说，特别想。

我说，小说写的是一个人，想变成一只飞鸟。不是走到穷途末路的人，而是活得好生生的人，生活和工作一切尽在掌握中，却突然感到累了，不是生理上的累，是心累、灵魂深处的累。他不想做人了，想变成一只鸟，飞离生活的城市，飞往其他地方。

骑士说，真好，我要是孙悟空，能变成一只鸟就好了。

我说，小说还没完。

骑士说，你这是奇幻小说。

我说，人为财死，鸟为食亡。鸟要生存、要吃饭，结果飞了一遭，发现做鸟也累，跟做人一样，不容易。

骑士说，堂吉诃德，小说太深刻了。活着，真没有谁容易。我的公司做成那样，现在骑虎难下。老家父母亲戚看我在深圳开公司，当我是成功人士，他们哪里知道我的苦。今天跟你摊牌说实话，我都是硬撑着。

我说，不说了，干。

骑士说，堂吉诃德，我快撑不下去了，银行一堆贷款等着还。

我们又把杯中酒喝得一滴不剩。身旁传来嘤嘤哭声，是白雪公主喝多了。抽泣一阵，她说，太累了，别人拥有的，我也想拥有，甚至还想比别人拥有得更多。你们说，我是不是有病？

艾莎公主说，我跟你一样。

茉莉公主说，我也是。

贝儿公主说，我们都有病。

白雪公主说，我从来没有想过，自己真正想要什么。举起手中酒杯，将红酒喝掉一半，她说，她们有的，我也要有，我不能输给她们。我就是有病。又说，他妈的太累了。

……

离洗手池三米远，我发现茉莉公主的骑士，他的手从白雪公主腰际移到臀部。扬手揉眼睛，再看时，他俩冲我迎面而笑，白雪公主的水晶发卡在头顶亮闪闪的，似一盏巨灯发出耀眼光芒。

或许是幻觉。

走回包房的路上，我收到高妍微信，你在哪儿？我回她，正应付一个饭局。她说，我在北站维也纳酒店，现在能过来吗？她发了位置定位，确实是深圳北站。我没答复她。

包房仅剩茉莉公主，她独自一人，手指夹住红酒杯，似在深思。

我说，人呢？

茉莉公主说，我不是人吗？

我说，他们呢？

茉莉公主说，堂吉诃德，你真想变成一只飞鸟？

我说，你知道了。

茉莉公主说，我想听答案。

其实我想写的是另一个故事，但我没告诉她。我盯着她的眼睛、她的嘴唇，目光移到她的胸部，一枚银杏叶胸针。我闭上了眼睛。她的嘴唇鲜亮，应该重新抹过口红。

举起手，手指有节奏地敲击面具下方的脸颊。脸又开始发热了。耳旁传来茉莉公主的呼吸声，夹带浓重酒精的气息。

仿佛是一场梦，眼前那扇关闭的门，被我开启。

高妍发来一条又一条微信，马文，我就要离开地球，来跟你道个别，你想跟我一起走吗？

她说，现在你能来吗？火星派来的飞船快到了。

她说，我知道你不敢跟我一起走，你放不下。

她说，马文，现在不来，你就别来了。

……

高妍离开深圳，前往的第一站是厦门。她在一家广告公司当设计师，做了不到半年，便离开厦门。走之前，她在鼓浪屿给我寄了一张明信片。后来，她又在拉萨、漠河给我寄过明信片。最后一次是2018年5月，她从法国戛纳寄来明信片，说日本导演是枝裕和的电影《小偷家族》拿了金棕榈奖，电影节太棒了，建议我也应该找个时间去看看。她说，马文，不到世界各地走一走，你会觉得深圳就是世界的中心、宇宙的中心。

高妍的明信片，我一直留着，搁在公司文件柜抽屉里。偶尔，我会拿出来，一张一张仔细翻看，看明信片上的鼓浪屿、布达拉宫、冰封的北极村、戛纳海滩，也看高妍娟秀的字迹，想象这些文字的主人，此刻身处何方，在世界的哪个角落。

我似一只困兽，被囚禁在铁笼里。

夜里跑步，我依然沿着高架桥，追赶火车。跑完五公里，我就掉头回家，继续过以深圳为中心的生活。女儿大了，我不用再半夜起床冲奶粉。夜晚属于自己的时间似乎更充裕，我却不想看电影，甚至金基德导演的电影《空房间》，我连男女主角的名字都忘了，曾经一帧一帧倒背如流的电影画面，也忘得一干二净。

我和茉莉公主坐在包房里，她又重新抹了口红。

茉莉公主说，堂吉诃德，我也想变成一只飞鸟，你写我吧！

我说，其实这不是我要写的小说，是我读过的一本书。你看，外面天黑了。他们呢，去哪里了？

瞥一眼窗外，茉莉公主说，大概是抽烟，管他呢。

我说，半小时，一盒烟都该抽完了。又说，胸针呢，你的银杏叶胸针？

茉莉公主低头，摸连衣裙的蕾丝领口，再摸胸口，意味深长地冲我笑。她说，你适合当侦探，我先去趟化妆间。

等茉莉公主佩戴好胸针回来，其他骑士和公主也陆陆续续返回包房。白雪公主头顶的水晶发卡换了位置，从左边换到右边，但依旧璀璨闪耀。包房的气息似乎变得混沌，大家的表情大概也变了，但被面具遮蔽着。

我们围坐桌前，又开始喝酒，仿佛任何事情也没有发生。

我给高妍回信息，告诉我，你的房间号，一会儿来找你。五分钟，十分钟，高妍没回信息。我担心再喝就高了，走出包房抽烟，顺便醒酒。

一拨又一拨男人女人从门前路过，他们望着我，嘴里嘀咕着什么，我没听清。我意识到自己的骑士装束在他们眼里可能是个笑话。一支烟抽完，我又抽了一支，回想起大学写小说的经历，以及计划要写的那个小说，仅起了个头，没再往下推进。

小说计划写的是一桩凶杀案。

他要杀一个人。一个女人。

是他的妻子。

杀人的方法很多,投毒、锁喉、刀具杀人……他爱他的妻子,起码曾经爱过,不想让她死得过于痛苦。他思考用哪一种方式了结一条生命,一想就是一个月,还是下不了手。磨磨叽叽,半年过去了。其间,杭州发生杀妻碎尸案。他的妻子还活着。他也还活着,过得不错,起码不算坏。

随着时间流逝,他杀人的念头,逐日变淡。

他想找个时间,跟妻子坐下来好好谈一谈,谈他的爱,他的恨,他的渴望和失望,他的惶恐与慌张……

抽完第二支香烟,我找到小说无法完成的原因,是小说中的"他"已经放弃杀人念头。我似乎又听到梦破碎的声音,伸手,却触不可及。

高妍仍没回信息。

我连发两遍微信——告诉我,你的房间号。跑出会所大堂,拦截一辆的士,我告诉司机前往深圳北站维也纳酒店。的士司机上下打量我,目光变得迷离。我说,刚拍完戏,没来得及换装。

的士穿行在深圳的夜色里。

期待高妍回信息,却始终等不到一句话,哪怕一个字。我想起两年前,观影群的朋友告诉我,高妍离开厦门后,并未满世界跑,而是折返家乡汶川,长时间居家养病。我告诉对方,高妍那不是病,她不过是对待生活的态度,比我们一般人更较真、更纯粹。我不愿相信,高妍罹患轻度精神分裂症,我不清楚那些明信片是如何从西藏拉萨、大兴安岭漠河、法国戛纳寄到我手中。

酒店门口人来人往,我等着高妍回复,十分钟,半小时,一小时,站累了,我换了个姿势,蹲在路边。我预备进酒店,一间房一间房敲门,寻找高妍。想到房门开启,客人们看我时古怪异样的表情,我放弃了。

女孩从维也纳酒店地面停车场下车,目光东游西荡,发现了我,她对身旁男人说，我们到罗马了吗？看，这里有个骑士。给我拍张照片，我得发条朋友圈，这也太魔幻了吧！女孩瘦得离谱，似骷髅。她凑过来，当我是摆拍道具，跟我合影。临走，她对男人说，你愿意当我的骑士吗，今晚？

  腿蹲麻了，手机一声铃响，划开屏幕，不是高妍，是爱莎公主发来的微信——堂吉诃德，你在哪儿？赶紧回来，我们马上要填愿望卡了。

原载《钟山》2021年第6期

石一枫

半张脸

"我仿佛在哪儿见过你。"

"真的是你?"

对话是这么开始的,既顺理成章又猝不及防。

夜晚明亮,但毕竟是夜,因而也有难得的、幽暗的角落。俩人坐在一个过道里,头上缀满半街霓虹。滑不叽溜的台阶下,石板路通向熙攘的四方街。再往远看,那个标志性的大水车遥遥在望,白天也不动,这时却似随着光的流溢而缓缓旋转。

发起这场对话时,单眼皮男人已经给自己留好了退路——一旦对方感到被冒犯,那么他可以声称认错人了,随即全身而退。而这又是多么陈腐的路数,甚至带有某种怀旧色彩。在他生活的北方城市,类似的一幕曾在不同时空反复上演。就连单眼皮男人本人也尝试过不知多少次了,在酒店大堂,在夜店舞池,在停车场里进口跑车的车窗内外。每次都是同样的话,一字儿不差:"我仿佛在哪儿见过你。"说得多了,近乎箴言,更像咒语。但那往往是一句失效的咒语。大多数被搭讪的姑娘会翻个白眼儿,唯恐避之不及,而他则自我安慰:这未见得说明她们讨厌他,毕竟都挺忙的。到了他这个年代,连拒绝也缺乏必要的仪式感。

哪儿像传说中的当年,"飒蜜"会啪啦抖开一柄扇子,上书两个大字:有主。

唯一有点儿意思的是在某所著名艺术院校的内部餐厅里,受其滋扰的姑娘立刻露出了八颗牙的标准微笑,转眼掏出一根签字笔来:

"我只能给你签个名,合影的话得问我经纪人。"

因此,对于这位搭讪爱好者来说,眼前双眼皮女青年的回答,不亚于一场意外收获。简直是对他锲而不舍的精神的奖励,天道酬勤啊。

单眼皮男人打了个激灵,至此才第一次认真打量起了对方。刚才,他只是晕头转向地溜到酒吧门外,找个公共厕所卸掉膀胱中的残留物。酒吧有卫生间,但和他一起的那些人正在排队,老家伙们的前列腺多半又不太好。所以他才差点儿踢到台阶上这个单薄的背影,进而腿一软坐了下来,又进而判断出对方的身份——女的,活的——随后便甩出了那句陈词滥调。那话脱口而出,滑溜得像嚼过无数遍的口香糖,即使放在单眼皮男人那并不漫长的搭讪史中加以考量,这也是少有的、未经踌躇的率性而为。

在某种意义上,也要感谢他们所处的这个地方。古城里尽是陌生人,天南海北,虽然陌生却建立了熟悉的共识,因而同时具有陌生人的轻松和熟人的热络。记得刚下飞机时,他就看见了赫然写着"约吗"的广告牌,那时他就觉得类似的召唤过分直接了。

嗯,缺乏仪式感,是他这个年代的通病。

所以现在,单眼皮男人正在尽力补上那一课——郑重而不失谨慎地凝视着双眼皮女青年。对方眼神儿没躲,令他如受激励,愈战愈勇。除去长了一双明艳的大眼睛,这位女青年给人的整体印象是清瘦、镇定,脑门儿还幽幽映着微光。头发半长、略黄,在脑后随意扎了个辫子,像喜鹊的翘尾。在他的印象中,类似面貌经常属于学校的女田径队员,脸部造型或如鹿类般温婉,或带有肉食尖嘴小兽的狡黠。在他还是个孩子的时候,就曾对上述两种脸型的异性着迷,并拖着书包郁郁寡欢地在操场外围假装来回路过。

可惜他只看见了半张脸,脸的下半部分蒙在蓝色医用外科口罩里。

这当然也不奇怪,这是今天世界的常态。在来时的大巴上,一车人只有半张脸;在民宿的前台,茶几背后端坐着半张脸;在载歌载舞的表演现场,篝火照亮的都是披金戴银的半张脸。防疫举措不能停,佩戴口罩常洗手。已经有多久了?身边人们习惯了除去吃和睡,仅以半张脸示人,尤其是陌生人。也正是在诸如此类的不懈努力下,他这样的异乡来客才有机会离开半张脸的城市,登上半张脸的飞机,降落在半张脸的古城。

没错,此刻他的脸上同样蒙着这玩意儿。而对面的半张脸也在盯着他,并声称认出了他的半张脸。这才是令单眼皮男人倍感振奋的原因,同时他还有些许诧异。他不确定自己的半张脸是否有那么特征突出,分明也没有刀疤或者少了条眉毛嘛。

于是单眼皮男人清了清喉咙:"我可没跟你开玩笑……"

不料,双眼皮女青年也清了清喉咙:"我像是在跟你开玩笑吗?"

听这话时,单眼皮男人忍不住竖起耳朵,试图辨别对方的口音。很可惜,那是一嘴纯正的、近乎播音腔的普通话,不带任何地域特征。经过又一轮的试探,对方的反问愈发笃定,这倒令单眼皮男人有点儿心虚了。难不成他果然偶遇了一个故人,并且对方还先于他而认出了他?倘若如此,倒真是一件神奇的事儿,不过想来也不是没有可能。毕竟这些年来,他匆匆忙忙见过太多的人,却与其中的大多数再未发生什么交集。他们变成了通讯录上的一个号码,抽屉底部的一张名片,或者社交软件上永不互动的一个好友。这是他的生活状态所决定的,也可以说,与今天人们的普遍状态差不多。那么话说回来,眼前这姑娘是谁?他到底在哪儿碰到过她?还有,尽管他是发起对话的那一方,但凭什么她对他有印象而他对她没有,她的记性怎么就那么好呢?

还是说,他具有某种令人过目不忘的特殊气质——起码对她而言?

这么想着,单眼皮男人不禁稍微有些得意了。但想想又是多么可笑,他这个岁数的男人了,居然还不放过任何一个自我陶醉的机会。妈的,油腻。除去建立必要的仪式感,我们生活中的另一要义就是避免油腻。单眼皮男人纠正了他的"北京瘫",改为正襟危坐,姿态略显谦恭。他还有意无意地把右手放在左腕上，遮住了伯爵手表和硕大的紫檀手串。与此同时，他继续打量并努力辨认着对面蓝色医用外科口罩上方露出的那半张脸。

无数人影从他眼前飘过，无数场景在他心里重组。他像个积极配合警方调查的目击者，正在尝试根据草图复原嫌疑人的长相——然而未果。

这又让他焦躁起来，伴随而来的还有惭愧。

终于，他抬起手来，伸向耳畔的口罩系带——如果他这样做了，那么对方也应报以同样的坦诚和互信。世界骤变之后，也只有真正的熟人之间才能裸脸相见。

而按她的说法，他们不是早就认识了吗？都熟到仅凭半张脸就能彼此相认了。

但立刻，单眼皮男人听见双眼皮女青年说："别，千万别。"

他听出她声音发颤，如同畏惧。难道她是一个防范意识极强的抗疫模范？这当然也不稀奇，他的生意伙伴里就有那种开门之前都要用酒精擦拭一遍门把手的老大姐。只不过倘若如此，她又何必来到这个古镇，出现在人群摩肩接踵的酒吧街呢？

单眼皮男人站起身来，向后退了两步。他示意给对方留出了安全距离，并再次揪住了口罩。然而双眼皮女青年也警觉地站了起来，背手靠在墙上，眼光流向台阶之下，一副随时要逃之夭夭的模样。酒吧里的光换了个角度照在她的半张脸上，如同兵刃出鞘。突如其来地，单眼皮男人有了似曾相识之感——他的确认为自己"仿佛在哪儿见过她"了。但陡然，他又听见双眼皮女青年的口气软了下来，甚至是在哀求：

"……还是算了吧。"

"什么算了？"单眼皮男人愣了愣，反问她。

"我们就戴着口罩聊会儿吧。"双眼皮女青年沉吟片刻，又说，"反正我们也早就知道对方长什么模样了……不是吗？"

单眼皮男人迟疑着点了点头，使得双眼皮女青年松懈下来，但她又像怕冷一样把外衣拉链往上提了提。这个动作其实没有必要，正是高原的春季，白天阳光肆无忌惮，留下的余温尚未褪去。单眼皮男人自己只穿了一件松松垮垮、形同道袍的定制款亚麻衬衫,还热得微微冒汗呢。他也注意到她穿得挺"潮",尽管是一身破洞牛仔裤配运动帽衫,但牌子相当讲究,做工也不像淘宝上买的冒牌货。而纵观他在与异性交往方面取得的成就,又有多久没被这种"痞帅范儿"的女青年另眼相看过了啊。

尤其这两年,在他彻底改头换面以后,贴上身来的就尽是些肉隐肉现的十八线网红,以及少数靠装疯卖傻来博取关注的女文青了。没劲,俗。他一边和她们周旋却一边避免琢磨她们,他的周旋是套路,却为她们的套路而感到乏味。

随即,双眼皮女青年的另一个动作又让单眼皮男人心里怦然一跳。何止是怦然,简直是轰然。只见她反手拽了拽运动衫背后的帽子,从里面掏出一包香烟与一只打火机来。那动作灵巧而滑稽,让人想到猴子在挠痒痒。女孩身上兜少,如此这般携带不值钱的零碎物品也情有可原。不过,她干吗宁可不背包,倒把帽子当成百宝囊呢?

双眼皮女青年从烟盒里掏出一支,两指夹住,另一只手正要点火时却扑哧一笑。她好像这时才想起自己也戴着口罩,而口罩除了防止病毒以外还可以防止吸烟。她耸了耸肩,把那盒混合型的"中南海"放在他们之间的台阶上。

单眼皮男人接手捡起烟来,也掏出一支。

他不抽烟,但他宁可夹起一支陪着对方,尽管对方同样有烟抽不了。经由那个反手从帽子里掏烟的动作,他开始回忆。

大概是七八年前了吧。地点是他所在的那个北方城市。二环里,金融街,两栋玻璃外墙的写字楼之间。人在这种地方会幻觉自己的影像被重叠倒映,一直反弹到天上去。那时单眼皮男人已经在一家银行工作了若干年,刚从柜员转为大堂经理。

他总会在午休时间来到写字楼之间的小花坛。花坛没花,一圈儿水泥台子,对面的垃圾箱前放了两个灌了一半水的可乐罐,权当吸烟处。写字楼里不让抽烟,因而此处的人络绎不绝。前面说过,他不抽烟,但他愿意过来透透气。

他相当累,但越累越得拿出振奋的模样,不仅人前如此,独处更不能松懈。他会脱了西装,小心地叠好装进塑料袋,然后蹦蹦跳跳,在没有花的花坛上压腿。午饭有时也在这里解决,吃的是从自助餐厅里拿出来的三明治。中午不要摄取过多的糖分和脂肪,那会造成下午犯困。饭后他还会打开手机播放广播体操的音乐,像个中学生一样做操。

这一天,身后恍然多了个人。当他停下来时,扭头看见身后站着一位双眼皮女青年。不是半张脸而是一张脸,像即将上场比赛的女田径队员一样清瘦、镇定。对方从容地收拢胳膊,并起双腿——她刚跟他一起完成了一套"调整运动"。

做个操也有人凑热闹。单眼皮男人似乎这时才从疲惫中醒过神来,话也滑了出来:"我仿佛在哪儿见过你……"

那时,他还没培养起和异性搭讪的勇气,更没有随时随地找点儿乐子的闲情逸致,因而这话仅仅是它字面的意思。他单纯地感到双眼皮女青年有些眼熟。

而对方朝一旁甩了甩头:"没错,就那儿。"

顺着尖下巴的指向,他越过对方的肩头,往垃圾桶和可乐罐望去。那个角落聚集着另外几个男女青年,岁数都比他小不少,虽然套着各式制服,但一律衣冠不整,染着黄头发,打着耳钉,还有两个男孩胳膊上盘旋着大片文身。那些孩子抽着烟,嘻嘻哈哈地观望着他们。很显然,他们把双眼皮女青年的行为视为一场即兴的游戏。

也很显然,那些孩子虽然和他同在一片写字楼里,但却属于另一个族群。他们不是金融机构的雇员,连公司前台都不是,而是些楼下底商的售货员、服务员和外卖员。通常情况下,单眼皮男人也只有在叫快餐、和客户喝咖啡或者结束加班后去便利店买夜宵的时候才会与他们发生简短的对话。在他的印象里,他们也是这片楼里活得最悠闲的一个族群了,所以有大把的时间溜到外面来厮混,也不知怎么就那么大的烟瘾。他不仅会在每天中午的休息时间瞥见他们,有时呆立在银行大堂里,以肃穆的站姿两手捂裆茫然望向窗外，也会看见他们正凑在花坛旁边打闹——夸张的造型夸张的表情夸张的动作。

在那时，他又会做出经典的政治经济学判断：这些孩子活得如此悠闲，并不是因为有着悠闲的资本，而是因为注定无法获得"不悠闲"的资格。而为了不沦为这一族群中的一员，他又曾经付出过多么持久、勤奋的努力啊。

所以他再看回双眼皮女青年时，分明带有隔阂的冷漠，目光是俯视性的。

对于他的言外之意，双眼皮女青年当然有所察觉。对方本已露出了半个笑脸，突然眼里一凛，两颊也绷了起来。在对方看来，他这人起码"不太识逗"。

双眼皮女青年搪塞了一句："我看您天天做操，也想跟着动弹动弹……"说完转身，走向她的同伴。她一定吐了吐舌头或撇了撇嘴，男孩女孩们哄笑了起来，还有人噗地喷出一口烟。这无疑让单眼皮男人不快，如果是在对方工作的店里——通过她罩在运动帽衫里的围裙，他已经知道她是一楼茶餐厅的服务员了——他很可能会发起一场投诉，就像那些银行里不耐烦的客户会不分青红皂白地投诉他一样。

也就在这时，啪啦一记声响打断了他的迁怒。

地上落着一只打火机，它掉出来的地方，居然是运动衫的连体帽。单眼皮男人这才看清，双眼皮女青年正在做出一个灵巧而滑稽的动作，试图反手从帽子里往外掏香烟，好像一只猴子正在抓痒痒。不巧围裙绷得太紧，碍手碍脚，于是没拿稳。基于条件反射，单眼皮男人捡起了打火机，递回给对方。他在银行大堂里总这么做。

双眼皮女青年接过打火机，点了支"中南海"："谢谢啊。"

单眼皮男人顺势问："东西干吗放这儿？"

"店里有规定，上班不让带包，身上兜儿又少。"

单眼皮男人又接口道："这是哪门子规定？"

"老板宣布的，怕我们往外'顺'吃的。"

双眼皮女青年好像在说一件天经地义的事儿，单眼皮男人却忍不住替她委屈了起来，同时顾影自怜。他联想到了自己工作中的种种规定。有些当然是白纸黑字，还有些就是领导的潜规则了，旨在拢住优质客户，防止被他这样的小年轻"挖角"。因为犯过此类忌讳，他还遭受了排挤，否则也不会在此时孤零零地晃悠到写字楼外。而在那一瞬间，他甚至感到和这个打搅了他的女青年同病相怜了。他们都像防贼似的被人防着。

所以他面无表情，牙缝里龇出一个字，气流很轻，听起来像"擦"。

一"擦"之下，双眼皮女青年眼里似有火苗晃动，两人之间的温度也提高了似的。在某些情况下，人们对于某些事情的态度会让他们拉近距离，好像突然认出了"自己人"。双眼皮女青年也"擦"了一声，然后把话头拽回去：

"你做的是第八套广播体操吧？"

"您"变成了"你"。单眼皮男人问："你也学过？"

"那当然。"她说，"不过我上学的时候，已经改成第九套了。"

回忆着上述场景，单眼皮男人和双眼皮女青年正在古镇里缓缓而行。他们漫无方向，不时躲避着身穿纳西服装或汉服或破洞乞丐服的游人。也不知是谁先走起来的，反正他们下了台阶，开始游荡，每人手上夹着一支无法点燃的香烟。迎面飘来的满街男女也尽是半张脸，这是一座昼夜不分、今古不分、中外不分的半面之城。

对话是由单眼皮男人发起的，但换了个地方，就变成了双眼皮女青年喋喋不休，而他顶多在对方喘口气的时候"嗯""哦""啊"一声，像个滥竽充数的捧哏演员。但也怪了，双眼皮女青年所说的话却跟往事无关，她的注意力似乎尽被眼前的景象吸引了。当然也可以从眼下的特殊时期来理解：整个世界都在经历萧条，国内也刚复苏不久，因此仅仅是摩肩接踵的人群就足够令人兴奋了。

她的话音缠绕在他耳边：

"这种'云腿'煲汤反而浪费，按伊比利亚火腿的做法切片配乳扇就挺好。"

"国际友人寥寥无几了啊？民俗贩子们的生意不好做了。"

"都什么时候了怎么还尽是敲鼓唱民谣的？哼，千篇一律的时髦。还有那些门脸的装潢，用昆德拉的话说，这就叫脱俗也即媚俗吧？"

她似乎对这地方很熟，透着来过不止一次。而她又是什么时候开始对昆德拉感兴趣的？这就有点儿不像印象中的双眼皮女青年了。即使是他这个受过高等教育的人，也是近年来才开始恶补那些拗口的文化符号——主要目的是为了混进另一个圈子，同时也有提高搭讪品位的功效。但话说回来，毕竟时隔已久，或许在这些年里，双眼皮女青年也经历了一些变化。此外还可以猜测她过得不错：昆德拉、服装牌子以及来到古镇这个行为本身，都说明她八成不再是一个职高毕业、薪水日结的服务员了。

单眼皮男人一边走神，一边揣测，一边继续回忆。如果她果真过得不错，也就说明那件事情并没对她构成什么影响。这令他心安，甚至可以说是今晚的另一个惊喜。而那件事情又是怎么发生的呢？临时起意还是酝酿已久？他仿佛第一次有了反思的愿望。

在此之前，还得说说他们在那段日子的日常交往。还和广播体操有关。有了第一次，在日复一日的午休时刻，双眼皮女青年常常会不打招呼来到他身后，和他一起做操。可见她不仅以模仿他来取乐，也的确是一个广播体操的拥趸。这当然也没什么好奇怪的，现在的孩子总有些不合时宜的复古爱好，还有人在网上收集不同版本的《毛主席语录》呢。

不光是她，就连她的那些同伴也加入了进来。孩子们在他身后列成阵势，随着手机洪亮的外放，扩胸、踢腿、下腰。初时还是凑热闹，到后来居然一个比一个认真，做完收工，每人额上一层薄汗。这就构成了两栋写字楼之间引人注目的一景。人多势众，连他都觉得此时的做操又和往日不同，不再是宣泄，倒像示威了。

同事都问他："你怎么跳上广场舞了？"

还有人评价："没想到这哥们儿是个搞行为艺术的。"

说时用力挤眼，好像意在证明他是一个多么古怪的、不合群的人。

单眼皮男人无言以对。的确，他也知道自己在原来的群落里不受待见，同时意识到自己无意间开拓出了另一个群落。在新的群落里，他拥有发言权，可以决定是做第八套广播体操还是第九套广播体操；他展示了慷慨的气度，可以把留着招待客户用的"软中华"拆开两盒分给大伙儿；他还建立了不怒自威的仪态，现在那些孩子称呼他时，都是在姓氏后面加个"哥"了，透着亲热与敬重。这令他稍感可悲，孩子头儿不都是那种甘愿自降身份的成年人吗？但这个角色又给他带来了一丝欣慰。他想起自己小时候，也爱跟在工厂宿舍区里的几个青工屁股后面转悠，人家多看他一眼就能让他激动不已。只可惜当他也到了可以培养一群狐假虎威的小跟班的年纪，宿舍就拆迁了，连他父母都一并搬到远郊去了。

他甚而还获得了行侠仗义的机会。做了约莫一个月的操，包括双眼皮女青年在内的几个孩子试用期满，拿到了劳务公司发下来的合同，围在花坛旁互相比对。而他扫了一眼就发现了纰漏：基本工资低于法定标准，没有节假日的加班费，更关键的是连保险都没上全。他把问题指出，引得众人一片咒骂，但也表示没辙，还怕一有怨言就把他们换掉，连班儿都没得上。都是本地孩子，看着挺"野"，骨子里还是老实，既好管又好骗。单眼皮男人笑了笑，给他们讲清形势：依照劳动法，这种情况一告一个准儿；再说打工的需要店，开店的需要人，说到底都是博弈，你以为现在低端劳动力就不紧缺吗？

又是"博弈"又是"紧缺"，说得孩子们直犯愣，连那个戳人的"低端"都给忽略了。后来就决定，去找劳务公司闹一闹，有枣没枣打三竿子。他还给他们介绍了一家跟银行有业务关系的律所，那种地方为了扩大影响，会做点儿法律援助之类的公益事业。一竿子下去，果然打下来仨瓜俩枣，各人的合同条款纷纷得到了改善。一切反动派都是纸老虎，大家表示，他这个"哥"可真不是白当的。

有了战果就要庆祝，众人同去撸串，不过后来还是"哥"请的。那天他也没少喝，晕头转向地走进西二环里狭窄的胡同，身边只剩下双眼皮女青年。

前面还没说吧，这时他跟她已经很熟了。两人除了中午做操，还养成了晚上溜胡同的习惯。他们每天结束加班的时间刚好差不多。溜的时候往往也没话，各怀心事。胡同其实不黑，头顶就是通体放光的写字楼，还有那些网红店的半街霓虹。他们缓缓而行，不时侧身避开迎面飘来的魑魅魍魉，就和多年以后单眼皮男人在古镇所经历的情形相仿。

往复几个来回，一个奔了地铁站，一个去赶末班公共汽车。

只是那天他没想到，双眼皮女青年会突然一拍他肩膀，接着就把脑袋拱到他胸前，在他的制服上发出了类似擤鼻涕的声音。然后他才发现这姑娘哭了起来。不过这同样没什么好奇怪的，谁喝多了情绪都不稳定，哪个酒吧门口没坐着俩一把鼻涕一把泪的"果儿"？

接着，双眼皮女青年就说："你有对象吗？没有我去你家。"

就连这也不奇怪。混得久了，他知道她那个族群在男女方面相当随意，身边没合适的还能网上约。这就和他所处的环境不一样，起码占了个磊落，不像他的前女友，在一家赫赫有名的公司做销售，自打好上就没让他碰过，有一天正逛着街突然血崩了，送到医院急救，才知道子宫都快被刮漏了。

单眼皮男人反问："我要有对象呢？"

双眼皮女青年就说："那咱们去宾馆。"

说得单眼皮男人呵呵一乐，随即摊开一只手掌，按在双眼皮女青年的天灵盖上。她的脑袋在他手里像个小皮球，而按她那个岁数的人的流行用语，这个动作被称为"摸头杀"。"杀"了一会儿，他把那只小皮球轻轻挪开：

"我看咱们还是聊点儿别的吧。"

也和多年以后的情况相仿，当他们走到古镇的另一端站定，单眼皮男人突然提议："我看咱们还是聊点儿别的吧。"只不过事先省略了那记"摸头杀"，这是因为对方不再是个可以让人随便胡噜脑袋的孩子了。唉，她也大了，而他都快老了。

对面的半张脸问："咱们不是一直都在聊吗？"

单眼皮男人说："但聊得太务虚了。我是说，可以聊点儿具体的，跟我们有关系的……"

"我们有什么关系吗？"双眼皮女青年突然顶了他一句，又带着十足的挑衅意味问道，"那你说吧，你想听点儿什么？"

单眼皮男人既搪塞又试探:"可以聊聊你这些年……"

"我这些年?你还有工夫关心这个?"双眼皮女青年咄咄逼人地再次插嘴,俄尔一笑,古怪而讽刺,头颅也随之微微转动,向他露出了侧脸弧线。刚才的一路上,单眼皮男人注意到,她总是乐于将侧脸朝向他,或许她对自己这个角度的视觉效果更有信心。根据他所了解的知识,这叫作"侧颜杀"。只不过印象里的双眼皮女青年是没有这个习惯的,此外如果从侧面看去,眼前的双眼皮女青年似乎也和过去不太一样了……怎么说呢,她的耳朵变尖了,腮部轮廓呈现出近乎西方人的棱角……不过他好像也记不住她以前侧面的长相,再说人都在变……单眼皮男人这么说服着自己,打消了蠢蠢欲动的疑虑。

"瞧你说的。我是挺忙的,但还是会时不常地想起你来,毕竟我们……"他继续搪塞并试探着,"对了,你后来去哪儿工作了?"

这时他听见双眼皮女青年说:"去了深圳那家公司,做媒体运营。你给介绍的门路还挺地道,没忽悠人——所以我得谢谢你呀,师兄。"

单眼皮男人也正是在这时意识到事情不对的。他按住了口罩,也按住了口罩下面尚未合拢的嘴,近乎惊悚地瞪着双眼皮女青年。

跑偏了,两岔了。单眼皮男人仿佛看到两条缠绕在一处的曲线,原本越来越近几乎重叠,突然间却往相反的方向滑去。

比方说,他记得他们是在距今更为久远的年代认识的,那时银行还可以称为一个热门行业,苹果手机也刚出到第五代。但按照双眼皮女青年的说法,当他们开始"交往"之时,大批纸媒已经开始纷纷倒闭转型了,而他送了她一台 iphone8 plus。再比方说,他们从没去过那座城市北部的上地和西二旗一带,可在双眼皮女青年的叙述中,两人的见面地点却总在"联想"总部斜对面的"孵化器"附近。所谓"孵化器"其实也是一栋写字楼,楼下恰巧也有一个吸烟处。还比方说,他明明记得是她先来招惹他的,如果不是她跟他有样学样,他们才不会组成一个做广播体操的小分队。然而双眼皮女青年却把他描述成了一个相当孟浪的形象——径直把手伸到她的帽子里，掏出烟来点上，然后眉飞色舞地等她相认。

更遑论他们压根儿就不是什么"师兄"和"师妹"。

一言以蔽之，认错人了。刚开始是她认错了他，后来他也认错了她。现在就像肥皂泡被戳破，留下一片真相大白的空洞。

至于认错的原因，首当其冲当然是口罩喽。他们所露出的半张脸一定与对方以为的"那个人"高度相似，无论是眉眼、年龄还是神色。其实自打习惯于戴着口罩出门，单眼皮男人就总在怀疑，如果只看半张脸的话，人与人之间的相似程度会陡然增高。你完全有可能把丑陋的认成俊俏的，把猥琐的认成端庄的，把晦暗的认成明艳的。除此之外，口罩也过滤了他们的声音，一律失真地发闷，都变成了老款收音机里的音质。他还有一个经验：在口罩的掩护下，完全可以碰上不想打招呼的人却坦然地视若无睹。

可既然如此，他们又为何非要如此积极地"相认"呢？这就不能不涉及两人的另一种心态了——在某种意义上，他们也许同时渴望着他乡遇故知的戏剧性效果。

回看方才走过的那段路，也堪称一个小小的奇迹：他们不仅不明就里，而且还像还真正的熟人一样相互鼓劲，已经远离了人烟稠密之处，顺着崎岖的台阶，直爬到一个半山腰上来了。朝远方望去，白天银装素裹的雪山成了一团暗影，飘浮在墨蓝色的云里。身边是一家新开的客栈，门可罗雀且散发着新木头和漆的味道。到底氧气稀薄，双眼皮女青年两手撑膝喘了会儿气，而后走进那道门里。

临进门她说："师兄，我们坐会儿吧。"

客栈自带回廊露台，提供茶水饮料，他们相向坐在靠边的桌旁。

也奇怪了，在单眼皮男人的视线中，刚才怎么看怎么熟稔的半张脸，现在就怎么看怎么陌生了。可见在某种意义上，"认识"只是一个心理概念，要先"认"后"识"。不识庐山真面目，只认他乡作故乡。

更奇怪的是，他居然迟迟没向对方指出这个错误。现在的情形是他心知肚明，对方却还一派懵懂。这就有点儿成心了。难道他还指望着以"师兄"的身份和"师妹"发生点儿什么吗？当然，事情虽然略显诡异，但还不至于发展成一出拙劣的喜剧，"谁家师妹上错床"之类的。当双眼皮女青年喘息甫定，又开始继续她的讲述时，单眼皮男人便屡屡涌起冲动，想要结束眼下的尴尬场面了。看着对面的半张脸，他还隐隐担忧会不会陷入什么意想不到的麻烦。别人的事儿最好不要知道得太多，尤其是陌生人的。只不过他又发现，局面已经变得骑虎难下——如果此刻贸然戳穿，对方又会怎么看他？会不会认为他实际上已经将错就错地窥探了自己的隐私，进而认定他是个居心叵测的变态呢？

尤其是在这样一个前提下：双眼皮女青年刚一落座就声称，当初她和"师兄"交往也并不是因为"喜欢上了对方"，而其实是"另有所图"。

"所以你大可不必自我感觉良好。至于我呢，说得损点儿跟'卖'也差不多。"说这话时，她的口吻变成了近乎恶毒的坦率。

这让单眼皮男人愈发心悸。他又寄希望于外界因素能帮自己脱困，于是向吧台招了招手。什么都可以，看着上就行。上来的又是啤酒，对待仅有的一桌客人，服务员反而心不在焉。但这就够了，喝什么倒是其次，关键是"喝"这个动作所伴随的必要条件——单眼皮男人再次将手伸向口罩，并尽力装得像个下意识的动作。

他又听见双眼皮女青年断然厉喝："打住——停！"

双眼皮女青年冷峻地盯着他，眸子像猫眼一样扩张放大。对于单眼皮男人的小把戏，她洞若观火。对于只能"戴着口罩聊会儿"的原则，她保持着毫不通融的坚守。单眼皮男人忍不住叫起屈来："这又何必呢？一定要蒙着脸吗？你要是不放心，我可以向你出示我的健康码，比绿帽子还绿……社区还要求我测过好几遍核酸，都没问题……"

双眼皮女青年说："你别装傻了，我不摘口罩可不是因为这个。"

"那为了什么呢？这不是自己折腾自己吗？"单眼皮男人试图说服她，"你觉不觉得闷得慌？我都快喘不过气来啦——"

双眼皮女青年又说："为了什么你还不知道？当初不是你答应，我们再不见面的吗？"

单眼皮男人恍惚道："你是说——只要戴着口罩，那我们就不算见面？"

"是这个意思。"

"这就有点儿自欺欺人了——"

"自欺欺人就自欺欺人吧,反正我就是这么觉得的:说了不见就不见。"

"那你又干吗非说认出我来了呢?你明明可以掉头就走,像碰上一个臭流氓一样让我哪儿凉快哪儿待着去。如果你那么做,朗朗乾坤我也不敢造次吧?"

"你当然不敢。但我一直好奇,如今你对那件事是怎么看的?"

"哪件事?"

"你又装傻,该不会连那件事都想否认吧?"

两人语速越来越快,又在一瞬间定格,迷茫地看着对方。

那是半张脸与半张脸的面面相觑,单眼皮男人越发猜不透对面的口罩后藏着什么了——可能并不是一个鼻子一张嘴,而是空洞,是云团,是他从未到过也难以想象的未知之境。他还心惊胆战地意识到,原来他们的心里都藏着一个"那件事"。在这个异乡之夜,令他们互相吸引的与其说是误会、是寂寞,倒不如说是"那件事"。

与双眼皮女青年那半张脸上的锋芒毕露相反,单眼皮男人的半张脸上写满了无奈。不仅无奈,还有疲倦。事实上,他已经装不下去了。他缓缓站了起来,扫了双眼皮女青年一眼,然后迟疑地转身,朝客栈门外走了两步。既然他掉进了一场错乱而对方又不给他纠正错乱的权利,那么还是适时地抽身而出吧。再多说一句,他已经察觉到这个双眼皮女青年有点儿不正常了,他很后悔自己选错了搭讪对象。

临走前,他拿起啤酒,在另一瓶啤酒上碰了一记,权当告别。

但他又对自己失算了。当他听见背后传来一声"回来",立刻就回来了。对面的口罩里传来一声"坐下",他立刻就乖乖地坐下了。他怎么变得这么听话,像被慑住了一般?慑住他的是双眼皮女青年那偏执的、不容争辩的态度,还是古城之夜亦幻亦真的氛围?抑或仅仅是"那件事"——藏在他们心里但又呼之欲出的"那件事"?

正当单眼皮男人既战战兢兢又魂不守舍之时,双眼皮女青年便开始了新一轮的讲述。她的嗓音不再尖锐，语调也变得和缓。她眼里的光芒熄灭了，口罩上方的半张脸也好像暗了一层。与之相应，连她所说的话都不再没头没尾，而是逻辑清晰地串联在了一起，前后照应且环环相扣。就像一个醉酒的人忽然醒了，或者一个癫狂的、胡言乱语的家伙忽然意识到自己正在做报告。但也恰因如此，单眼皮男人心里又升起了一个疑虑：如果她是在对"师兄"讲述，而师兄又是"那件事"的当事人，她又何必事无巨细地从头讲起呢？是时隔久远因此她怕"师兄"忘了，还是说，她其实早已知道他并不是她的"师兄"？

念头划过，像触电一样，令单眼皮男人脑中轰然一响。

但还没等再深想下去，他已经被裹挟进了一个与己无关的陌生故事。他半推半就，随波逐流。故事的内容，乍听起来不过是一场常见的男欢女爱，简直常见到了男不欢女不爱的地步。双眼皮女青年也是在写字楼下的吸烟处遇到了"师兄"，她那时刚毕业，正在熬过如履薄冰的试用期，并不知道自己能否留下，此外还刚结束了一场旷日持久的异地恋。乘虚而入，当"师兄"认出了她，两人就此好上了。也按照她此前的说法，双眼皮女青年之所以会开始这场逢场作戏的办公室恋爱，图的无非是在公司里有个靠山罢了。他们那个新媒体公司是做"内容服务"的，写手们采访热点事件，写成报道出售给网上的公号，再按照点击量从广告费里分成。谁的报道上头条，谁的报道动用更多资源去推，已经混成策划总监的"师兄"还是有发言权的。毕竟不是在学校里的时候了，游戏规则大家都明白。

这样的关系，两人谁也没真当回事儿。事实上，没过多久，双眼皮女青年就不再到"师兄"那儿去过夜了。相看两厌，连自己都讨厌。又然后，"师兄"给她介绍了一个薪水不错的新职位，地点在深圳。这说起来是"替她打算"，当然更主要的还是免得为个"萌新"在公司里落人口舌。游戏规则大家都明白。

听到这里，单眼皮男人几乎在口罩后面打起哈欠来了。晚上第一场没少喝，又鬼使神差地出来溜了一圈儿，酒劲儿返上来了。对于那位"师兄"的做法，他不仅理解，而且还认为处理得相当得当呢。有那么两次，他也是如此这般摆脱麻烦的。

但他又听见双眼皮女青年说:"你也别觉得我是想缠着你,我现在不用靠……男人过日子了。我想说的还是那件事。"

单眼皮男人机械地重复:"那件事?"

"是啊。"双眼皮女青年再度无法压抑情绪,蓦地拖出哭腔,"咱们玩儿就玩儿,你让我走我就走,干吗逼我去害别人呢?"

话题终于绕回到了"那件事"上。而单眼皮男人意识到,他等的其实就是这个。他叹了口气,任由双眼皮女青年疾风骤雨般地倾吐着言语。这时她就没有能力故作镇定了,话含在嗓子眼儿里像一口滚水,必须在最短的时间内排空,否则会把她烫伤。单眼皮男人也终于听明白了:"师兄"还希望她做一件事,就是把她所在的微信"写手群"里的某些聊天记录截屏发给自己。群里有个老写手,姓岑,在报社做深度调查出身,爱发些不合时宜的牢骚。而那位老岑死追着不放的两个案子,正好与深圳那家公司有些利益冲突,人家记恨他很久了。如果能找个由头敲打敲打老岑,让他收手,也算是双眼皮女青年带过去的投名状。

就连"师兄"也有好处:趁机整顿一下写手团队,将来做事更顺畅些。对于这一点,"师兄"未曾讳言。毕竟有此前的关系在,谁也不必遮掩什么了。

"所以你后来还不是……"听到这里,单眼皮男人插嘴道。这话几乎是替那位"师兄"说的了,他还想开导双眼皮女青年:做都做了,就别事后瞎琢磨了。

但双眼皮女青年说:"对,我答应了你……我太需要一份工作了,毕业以后漂了两年,房租还得管家里要,我爸我妈唠叨得我脑袋都快炸了。那时我也没想到那么做会有多大后果,觉得顶多是内部警告老岑两句罢了。可谁想到你们把他的话断章取义放到网上去了呢?又谁想到正好赶上了一阵网络风潮,那帖子会产生那么大的影响,还有那么多不相干的人旷日持久地声讨他'人肉'他,导致公司不得不开除了他——你知道他现在怎么样了吗?"

"怎么样了……"单眼皮男人只好再替"师兄"问道。

"你们没问过吧？我打听过。他没再找着工作，别处都不敢要他。他老婆本来就有抑郁症，后来崩溃了，从楼上跳了下去，脸都摔没了一半。去年他来到古城隐居，租了间房子住着，文章也不写了，靠在工艺品商店给人看摊儿糊口。也不瞒你说，我刚去看过他，都戴着口罩，半张脸也没被认出来……不过就算认出来也没意义，他到现在还不知道当初是谁把那些截屏传了出去，再说我也不敢承认……"

双眼皮女青年的语速慢了下来，音量渐小，但她的两眼又开始灼灼放光，死盯着单眼皮男人。她还做出了一个举动：划开手机找出一张照片，展示在单眼皮男人面前。照片上是一家古城常见的商店，做旧的木门脸，柜台旁坐着个黑瘦男人。单眼皮男人下意识地一闪。他与此事无关，尽管被迫听了但他与此事无关，他这么提醒着自己。而再回过头去，却看见双眼皮女青年面色潮红，太阳穴上凸出了淡蓝色的青筋。

她霍地起身，连手机也没拿，快步冲向一侧的卫生间。

木板门后传来断断续续的呕吐和冲水声，单眼皮男人这才意识到对方其实也早喝多了。两人身上的酒味儿混在一处，此前竟未留意。风一吹，她终于也上头了。而他刚刚经历了什么？酒后吐真言吗？她又希望"师兄"做何反应？忏悔？道歉？无地自容？此外还有，此刻在她眼里，他又是谁？到底是不是"师兄"？如果是的话，方才的问题又回来了，她何必把"那件事"画蛇添足地再讲一遍呢？

在酒与重重疑虑的共同发酵下，单眼皮男人几乎不知自己身在何处。然而他的手却做出了一个明确的动作：拿起双眼皮女青年落在桌上的手机，点亮屏幕。刚才他就看见了对方的解锁密码，只要沿着九个小圆点画出一个"Z"就行，也幸亏双眼皮女青年没给手机设置面部识别。这动作充满了冒险，也很不符合他现在的身份，此外他还觉得吧台后面那个半张脸的服务员正在鄙夷地审视着他。然而单眼皮男人不由自主。

微信里没什么好看的，她看起来没有男朋友，交际面也很窄，和他这种人恰好相反。关掉微信后，单眼皮男人又扫了一眼双眼皮女青年的常用软件，这才发现了那款他从没用过也没听说过的APP。一个蓝色的小方格子，中间有片不规则的红色印记，看了一会儿他才辨别出那图案是一张嘴。软件的名称叫作"说出秘密的一百万种方法"，从商业推广的角度考虑，这恐怕不是一个好名字，太长了。

单眼皮男人的手指在屏幕上悬了几秒，正犹豫着是否点开那款软件，卫生间的木门吱扭响了一声。他迅速按灭了屏幕，把手机重新放回桌上。而完成了一场倾诉和呕吐，双眼皮女青年又复归了平静。她闭上眼睛，似乎养了会儿神才开口：

"事儿就是这么个事儿，我说完了。"

她也不管他叫"师兄"了。她吊起了他的胃口，但这时单眼皮男人才明白，她其实并不在意自己做何感想。她是一个毫无责任感的悬念制造者，说完了就完了。

果不其然，双眼皮女青年站起身来，其姿态不仅如释重负，简直身轻如燕。她拿起一瓶啤酒，在另一瓶啤酒上碰了碰。他们消耗了两支没抽的烟和两瓶没喝的酒，终于迎来了毫无仪式感的告别。但此时，他绝不能将双眼皮女青年视为一个没有仪式感的人了，相反，他认为她的仪式感有些太强了。他想劝告她，这其实不一定是个好习惯。

他还想问她：我是一百万分之一吧？

但连这也没说，他只是答道："是有点儿晚了，还有人等我。"

"……你不会怪我吧？"双眼皮女青年指了指半张脸下方的口罩。

单眼皮男人摇头："说好不见就不见，这不是大家都同意的吗？"

"谢谢你。"

"不客气。对了，还有件事……"

"你说。"

"当初你那位'师兄'……哦不，就是我……我跟你打招呼的时候，说了点儿什么呢？"

"就一句：我仿佛在哪儿见过你。"

两人点了点头，双眼皮女青年拿起手机，转身出门。她的身影缓缓飘向山下，逐渐融入黑暗之中，但在即将完全隐去之前又停下，亮起了一小团光。点烟的时候，她的口罩总算可以摘掉了吧，但单眼皮男人已经看不见她执意深藏的另外半张脸了。

坐了很久，单眼皮男人才结了账，从客栈里出去。

这才发现回去的路其实不远，十来分钟就走到了。这也与夜彻底深了下来有关，街上的行人稀稀落落，道路变得畅通，半面之城正逐渐接近一座空城。

酒吧的包间里塞满了人，那场流动的盛宴仍在继续。朋友，朋友的朋友，天知道在这个千里之外的异乡还能遇到多少拐弯抹角的熟人。他那个圈子的人们每逢这种季节大都是要出国的，但今年特殊，假如你不想滞留在哪个海滩或者哪艘邮轮上有家不能回，那么最好把相对安全的国内景区当成备选方案。

也和他所来的那座城市一样，类似聚会上总少不了几个来路不明的"果儿"，而在人困马乏的下半场，老男人们的兴趣就只剩下了跟她们穷"撩"：

"别看我现在就一俗人，当年也算知识分子，还有教授职称呢。"

"您这身板儿，搁教授里绝对是比较壮硕的类型吧？"

"别听丫瞎扯，他是体育系的教授。"

"妹妹也读诗吗？"

"我特喜欢徐志摩。"

"你不必欢喜，更无须讶异——"

当单眼皮男人出现，酒桌上立时飞升起一串杯子：扎啤杯，红酒杯，威士忌方杯……单眼皮男人也捏起一只色彩斑斓的珐琅杯，与众人相碰后把白酒送到嘴边，这才发现隔着一层口罩。他惶然着半张脸，看着四周那片或通红或惨白、或浮肿或干枯、或涂粉或冒油但一律完整的脸，尴尬地把杯子放下，找了个溜边的沙发座，将自己缩了进去。

立时又有人大呼着"没劲"要把他揪起来，还有人咬定他不肯摘口罩是因为"在哪儿刷糨糊让人挠了"。单眼皮男人既客气又虚弱地应付着，叫来服务员添了轮酒，这才得以脱身。他点开自己的手机，下载了一个程序：说出秘密的一百万种方法。

再次印证了单眼皮男人的判断，这绝对是个毫无市场前景的软件：注册人数极少，其内容也类似过时的论坛，无非是几个或真或假的心理咨询师在对会员进行义务疏导。按照那些人的说法，秘密在心里存久了会影响身心健康，就像过期食物会在地窖里腐败发酵，最终把整栋房子搞得臭气熏天。因此他们建议，要尽可能地把秘密倾倒出去，但他们又提醒大家，尽可能地不要在网上尝试这种行为，那毕竟不安全——而这也就是那个软件存在的真正意义了，会员们集思广益，互相交流着"绝对不会造成麻烦"的向陌生人说出秘密的方法。这些方法又被统称为"找树洞"。这大概来源于一个童话，而在那些人看来，世界上行走着无数个活的、可靠的、可以随时发挥作用的"树洞"，只看你能不能在恰当的时间以恰当的方式将他们激活了……

单眼皮男人瘫在沙发里，诡异地笑了一声。他刚刚经历了一场故弄玄虚的网上游戏。多幼稚啊，几乎不是他这个年龄的人所能理解的。但他确实被激活了。像个开关咔吧响了一声，他的酒也醒了，脑子里一派澄明。

趁着酒桌上掀起了新的混战，他抽了个空又溜了出去。夜凉如水，让他坦露的半张脸感到寒冷，但他隐藏的那半张脸却还闷得发热。营业场所纷纷关门，剩下的门脸就像嘴里寥寥无几的牙。在一条仿佛来过的街上，他看见了那家仿佛来过的商店。门脸不大，内里也不幽深，摆设的尽是一些"民族风"的手工艺品，东巴纸、刺绣或木雕之类的。

门口的方凳上坐一黑瘦男人，面目不清的半张脸，仿佛也是在哪里见过的。单眼皮男人走过去，累垮了似的坐在店门口的青石板台阶上。

黑瘦男人用普通话问："要点儿什么？"

单眼皮男人说："喘不上气，我歇会儿。"

黑瘦男人打量他一眼说："你口罩该换了，戴一晚上又没少说话吧？都潮了，不透气。"

说完欠身，从柜台里拿出几个口罩递给他。当地作坊做的，缎面刺绣，并不符合防疫标准，但聊胜于无。口罩上绣着各色图案，有鸳鸯戏水，有东巴文的字句，单眼皮男人挑了一个格外显眼的换上。那图案是张血红的嘴，微微开启，似在言语。空气果然透亮了许多，单眼皮男人问了价，用手机付了款。

然后他问："你不是本地人？"

黑瘦男人一笑："这儿就没什么本地人。"

一群外地人在外地接待外地人，构成了这座半面之城。这的确是一个适合吐露秘密的地方。黑瘦男人掏出一盒烟来，放在两人身边——对于半张脸，烟只是个摆设，但同时意味着一场对话的开始。

大家都有过往，此时恰巧又都没事可做，聊聊就聊聊。

然而单眼皮男人心里虽然涌起了一些话，却还是打消了把它们说出来的念头。和那位双眼皮女青年不一样，他已经过了吐露秘密的年龄。他的生活需要仪式感，但就像墓前的贡品罢了，宣告着墓里的内容虽然永远存在但又被永远埋藏。

就像另一位双眼皮女青年，其实单眼皮男人已经记不清她的长相了。别说半张脸，就算看见了整张脸他也认不出她。然而他知道，和她相关的故事不是感伤，而是欺诈。当他还是个银行职员时，就清楚地判断出那份职业没有再做下去的价值了——网点正被大量清撤，未来的风口属于那些野蛮生长的新行当。他也早和写字楼里一些机构的人接洽过，如果带着足够数量的客户投奔过去，可以在人家那里占据一席之地。包括双眼皮女青年在内的那些孩子都成了他的投名状。他们既缺钱又乐于相信他，是新风口新行当里难得的优质资源。至于此后那些孩子又会经历什么，却与他无关了。追债，威胁，"社死"，都是下游产业的勾当。在"金融科创公司"的账面上，他们都是报表上的漂亮数字。

单眼皮男人还记得当年，在那个同样明亮而又突然空旷下来的夜里，他们松松散散地说了几句话。被一记"摸头杀"推开，双眼皮女青年点了支烟，随口问他想聊点儿什么。单眼皮男人说聊聊你吧，这份工作你还想一直做下去？双眼皮女青年说当然不想，她只是想攒点儿钱。单眼皮男人说攒钱做什么？双眼皮女青年说了古城的名字。她想来，因为人家来过。

单眼皮男人告诉她，何必攒钱呢，参加一个金融计划就可以，也不用抵押也不用证明。他还说如果能介绍更多的参与者，她的利率可以打折。但他从没告诉过她，在那份令人眼花缭乱的电子合同里，利率算法和人们通常以为的不一样。

从那以后，他就再没见过那个双眼皮女青年。他也从来不指望能见到她，直到今晚。而今晚实际已经结束，手表显示，早就是第二天凌晨了。他度过了旧的一天又换上了新的半张脸，和一个似曾相识的男人坐在一起，像古城的所有过客一样内心沉默。那两个双眼皮的女青年却早已离他们远去。

街边突然又嘈杂起来，一群夜归的游人经过，被单眼皮男人吸引了视线，旋即侧目而视着匆忙离开。那男人的半张脸上敞着一张血红的嘴，好像露出了秘密的一角。

原载《野草》2021年第5期

南　翔

苦楮豆腐

　　我们这个县地处丘陵，常说的"七山一水两分田"，用在我们这里，是瘦屁股坐小沙发，将将好。

　　我们这个县从没有戴过贫困县的帽子，故而就不存在脱贫与摘帽的问题。本县从未戴过此帽子，一是因为人口少，十余年冉冉而过，才从 12 万人口攀升到 14.5 万；二是因为山林资源丰富，竹木出产较多，尤其是杉木和毛竹，按照农户的讲法，逢一三五赶集，鸡叫起身，到自家承包的山边，信手斫二三十根四五年生的老山竹，拖到圩场卖掉，就当得一两个月厨房里的开销。

　　原本这样的日子安稳，比上不足比下有余，既无动力也无压力，也是将将好。自从朱县长来了以后，这个将将好的阵脚就不那么好了，显得有点急促而凌乱。朱县长是外地人，从小在湖南长大，祖籍在东北，这在本县近一二十年登场的一二把手中，也是绝无仅有的。朱县长来了不到一个月的时辰，县委书记因患急性阑尾炎开刀，不慎引发感染，一度危及性命。临危受命的朱县长，便加冕为临时的一把手。是不是因为如此，他就更加有一种紧迫感与使命感呢？总之他在县委县政府班子扩大会议上，斩钉截铁道，本届班子一定要在任期内打破无所作为的思想、小富即安的观念、得过且过的态度。接着他举了例子：养猪的东边县，简称猪县，名字不好听，但腰包鼓了才是实惠。西边县种植猕猴桃，简称猴县，这个绰号好，金猴奋起千钧棒，朱县长这样挨边20世纪60年代末梢出生的人，自然知其出处。南边邻县水域面积辽阔，除了养鱼，还有各种水产养殖，为方便计，得名鱼县。北边邻县种植黄花菜，得名花县。这个县的头儿是学中文出身，还能为黄花菜说出一连串的名堂，黄花菜除金针菜之外，又称萱草、忘忧草。他还能念几句古诗："萱草生堂阶，游子行天涯。慈亲倚堂门，不见萱草花。"这是孟郊的。"萱草虽微花，孤秀能自拔。"这是苏轼的。

就为拿一个别称，我们县也应该奋发有为吧？应该奋起直追啊！这一问一叹，着实掷地有声。

那两个月，县府内外，都为如何开拓进取、奋发有为而绞尽脑汁，不唯经发局、招商局在开夜车、谋布局，教育局、文化局，这些平时看似与经济没有关联的部门也在迂回鼓劲，从旁加油。

朱县长更是起早贪黑，用一双四十三码的大脚，把全县十二个乡镇一一丈量。原本他的手机计步，每天早起是有六千到八千的步数可以在朋友圈炫耀的。如今一是睡得太晚，起不了早，再是，即使起早也有太多案头文件要等着处理，便把坚持数年的晨起跑步免了。聊以自慰的是，走遍全县的山山水水不也是一种锻炼吗？行走，一头挑起了工作，另一头兼顾了身体，是一种更值得褒奖的生活状态啊！

这一天朱县长命秘书兼司机小桂开车，去东坑乡调研。车子进得乡政府，再出来，多了一辆车，东坑乡的尤乡长，不离尤乡长前后的是助理小肖。朱县长道，为了谈话方便，一辆车够了，也环保喔。

于是四人一车驶出乡政府大院。尤乡长啧啧道，不是恭维县长，平时无论是陪同县里什么干部下来，哪一次不是七八人上十人的阵仗，多到二三十人也是有的。像你我这样上山，孤家寡人的，那是大姑娘坐轿子——头一回。

朱县长眉头一跳。

副驾上的肖助理听出了乡长言语的不知轻重，孤家寡人可以是领导的自嘲，岂是下属能够乱说的！赶紧补救道，是啊，那次农业局下来考察调研，一顿饭就吃了四个围桌。像朱县长这样轻车简从的，多乎哉，不多也。

朱县长一笑道，你当我是鲁迅笔下的孔乙己，一颗一颗数着吃茴香豆啊！

但见挽回了形势，肖助理高兴道，茴香豆就是蚕豆，我们这里家家户户有蚕豆、豌豆，屋檐下挂满没剥壳的毛豆，县长要吃嘛多得是。

你们要把一粒小豆子种出一个远近闻名的产业来，我才高兴喔！朱县长感叹，就像养鱼、养猪、种猕猴桃、种黄花菜那样，你们也不是没有啊，但都是小生产者，不成气候，默默无闻！要像人家那样，一弄就是一个大产业，声名远播，那我当县长的，脸上才不抹猪油也有光啊！

桂秘书补充解释道，以前有一个穷秀才，家徒四壁，他却死要面子，每次出门都要用猪油在嘴边抹一下，以炫耀吃得好。

三人都笑了，东坑乡的两人笑得有点勉强，不晓得是不是刚才不经意的"一粒小豆子"打击了他俩的积极性，这样就不好了。朱县长觉得，出来一步步踏勘调研青山绿水是一方面，另一方面是要鼓干劲、拓思路、出点子、迈大步，便续上此前的话头道，大姑娘坐轿子——头一回，是北方的歇后语，你们南方人也这样讲吗？我们那里还有，大年初一翻皇历——头一遭，乡里人进皇城——头一回，驴驹儿上磨——头一次，诸如此类啊！

回头见尤乡长的音容还没来得及张扬，肖助理接道，现在南北都流通了，不仅语言相通，连饮食习惯也互通。譬如北方人也讲"搞定"，南方人也讲"整一个"。

朱县长赞道，所以要拿出自己的特色，无论个人成就还是地域贡献，都要有独活儿，仅此一家，别无分店。又问，你们知道大姑娘坐轿子——头一回，后面还有一句是什么吗？

三人有讲离开了娘家，心里悲伤的，有讲那要看嫁去怎样的人家，如果去了家境好的，应该高兴才是……朱县长向左右打开两只手，各伸出三根指头道，就六个字：脸上哭，心里笑。你们想一想，既然坐轿子去，肯定去的是有钱人家，公婆家笃定不会差到哪里去，好比现如今开来宝马、奔驰接去的，笃定比脚踏车带去的强啵！

三人都啧啧称是，夸赞县长的解答既言简意赅，又意味无穷。

一路说笑，倒也走得快。

时值晚秋，一行人逶迤上山。车停在一块突兀的坪地，望过去，是一片喧闹的黄霸占了四野的调色板：赭黄的是灌木，土黄的是稻田，金黄的是银杏。间或有几棵鸡爪槭，红得滴血一般绚烂，被绿叶、黄叶拥戴着，高贵得如鹤立鸡群。

一两个钟点过后，也路经了几个村寨。朱县长并不让随行介绍自己的身份，屋场前坐一坐，问几句年景收成，家有几口，打工是在广东还是福建。也有认得尤乡长或助理小肖的，看得出乡长身边那一位瘦高瘦高的，才是比他更大的官，因了乡长顺手在长条凳子上抹了一把，请他坐下，自己才肯在对面落座。农家递上茶水和香烟，那是有男主人在家的，问及为何不去外头打工，回答是家里的老人病了，毛伢子没人照拂。再问为何不把小孩带出去呢，现在各地上学并不难，而且城市里的教育条件也比乡里好。回答一是城里生活开销太大，二是将来考试还是要回来的，到时候倒怕是不适应了。

再起身，朱县长侧身道，看到了吧？一窝蜂都外出打工，会带来很多隐性问题，一是农村的空心化，老无所依；二是留守儿童，也会带来一系列的心理和社会问题。

尤乡长赞同道，那是，那是。老一代农民工，像是五六十年代，或者70年代出生的，还能回来，你看看那些砌了两三层楼房的，毕竟对家乡还有感情。只怕以后的90后、00后，对老家、田地就不再有感情了，他们因为没有高等学历、技术专长，既在城里待不住，可是也没得办法回乡来，他们不想种田也不会种田了，如何是好喔！

尤乡长搓搓手，既表忧虑，也是无可奈何。

朱县长右手一个斜劈，斩钉截铁道，所以尽快搞起一两个有特色、有前途、有吸引力的地方经济品种才是纲举目张!

挨近吃中饭了,尤乡长看看腕表,提议就近下山到马路边,他刚要吩咐肖助理通知司机将车开到龙潭村的大樟树边来接,朱县长摆手道,不去乡里吃饭了,我也知道乡政府食堂是真材实料,一来二去的浪费时间,不如走到哪里就坐在哪里吃饭,村民家的谷子是新打的,喷喷香,没有菜也吃得两碗!

一路过来没吭声的桂秘书道,那次下到霞塘乡,食堂里野味就吃了三样,腊麂子、炖山鸡、红焖野猪肉。

朱县长假作疾言厉色道,野生动物都是被你们这些天不怕地不怕的饕餮之徒吃光了!以前上山下乡还能看到穿山甲,现如今连穿山甲的一块鳞片都找不到了!

尤乡长苦笑道,是喔,以前东坑的溪谷里,娃娃鱼好多啊,七八十年代,农家不吃剁了喂猪,现在哪里还寻得到喔!

桂秘书说,娃娃鱼的学名叫大鲵,是国家二类保护动物。中华穿山甲原本是二类,因为濒危,今年6月已经提升为一类保护动物了。

肖助理道,我三年前去东莞,被一个老同学请去吃了一次农家菜,一盆红烧肉端上来,吃了几筷子,都不晓得是什么肉,但不像是猪肉,兜底主人才告知吃的是一盆秘制穿山甲,吓得我们一起站起来鞠躬。

尤乡长不屑道,假模假式!

朱县长叉着腰站定道,被你们一路讲吃,讲得我肚子都咕咕叫了。

尤乡长赶紧道,前面是龙潭老村,可以去寻一家吃午饭。

于是下山,先是肖助理,后是桂秘书,在路边和树下发现不少小小的圆栗子。这种栗子多半是手指头大小,圆圆的顶,尖尖的屁股。两个人都讲是野生板栗,所以个头儿小。边说边咬开赭红色的外壳吃,同时递给朱县长和尤乡长。

朱县长吃的一颗是苦涩的,呸呸吐了。

尤乡长吃的一颗是甜的,他从肖助理手中挑出几颗递给朱县长道,你尝尝我给你挑的，包甜。

果然。朱县长疑惑道，你怎么区分野生栗子的甜与不甜？我也在汨罗乡下待过几年，从小生活过的地方还有一片板栗树林，先人种植的，那是我们小时最爱去的地方。尤其是秋天，板栗成熟的季节，用石头打，用弹弓射，也有爬到树上去摘的喔。

尤乡长狡黠地眨眨眼，举起两颗栗子问，你们看看这两颗栗子有何不同？

三人趋前，都讲除了外壳的色泽略有差异，一颗淡棕色，一颗深棕色，看不出有何不同。

尤乡长道，深色的才是栗子，浅色的根本就不是栗子！

朱县长一惊，下意识再呸了一口问，那是什么？

尤乡长举起那颗淡色的栗子，安抚道，没关系，其实这个也是可以吃的。这是苦槠，与板栗同属一个壳斗科，沾亲带故，祖上原本是一家。

朱县长啊啊两声，赶紧接过来又尝了尝，叫道，那就对了，我小时候吃过很多苦槠豆腐，后来，很多年不见了喔！

尤乡长拍手道，县长想吃童年的味道，太简单了，今天中午就可以让你重回童年！

下山之后，在窄窄的龙潭街市一路寻过来，路边或蹲或坐有些个卖菜的，脚边的竹篮或土箕里盛着毛豆、番薯、红白萝卜、白菜、蕹菜、萝卜秧子。街边有杂货店、铁匠铺、肉案台、豆腐作坊和小饭馆，拢共八九家店铺吧。拣了一家尤乡长眼熟、看上去还干净的"老味道"饭馆坐下，先就发一声问，有没得苦槠豆腐？头上扣一顶藏青色鸭舌帽的店主殷勤招呼道，本家没有，乡长要吃，我可以到隔壁讨得来，都是当日现做的，蛮新鲜！

一二十分钟时辰，桌上就摆了腊肉炒冬笋、芋梗肉丝炒酸辣椒、荷包鲤鱼、酸辣土豆丝，最后端上来的是一盘肉末辣椒焖苦槠豆腐。

朱县长眼睛一亮，连夹了几筷子到碗里，一边吃一边品，终于停下来感叹道，是二三十年前吃过的味道，有一点点苦涩，也有一点点回甘，辣和香更胜过以往。

店主站立一旁，恭敬道，那时节少油缺肉，裸豆腐涩味会更重。苦槠豆腐需要在清水里浸泡得够久，让它吸饱水，然后热油煸炒肉末，加姜蒜辣椒继续炒香，再放自家腌制的雪里蕻，最后放豆腐，加水、加各式调料焖熟。

桂秘书是学汉语言文学的，记得《红楼梦》里的一个情节，献技道，刘姥姥当年在大观园里吃了一道茄子，不相信是茄子。后来听凤姐详解这个茄子里面，得鸡肉、香菌、新笋、豆干各种美味搭配，惊得舌头都吐出来了说，我的佛祖，倒得十来只鸡来配他，怪道这个味道。

尤乡长道，到底是高才生，桂秘书将来得空，借你一支笔，把我们东坑乡好好对外宣传宣传，纵使飞不来凤凰，引得几只打鸣的公鸡落户也好，免得我们费几大的劲搞起一个工业园区，至今还是大山里头的小庙——冷冷清清。

朱县长嘴里一直在品咂，忽然两眼放亮，将一双筷子径直戳在苦槠豆腐上道，既然引进凤凰那么费劲，或许外来的凤凰不如鸡！既然是鸡，不管是公鸡、母鸡，不就自己孵出来得了！何劳去外面引进，劳心费力的！

桂秘书和肖助理对视一眼，又看着朱县长，不明其意。

尤乡长试问，朱县长是想拿苦槠豆腐做成一道菜？

朱县长斩钉截铁道，不是做成一道菜，做一道菜我们来你东坑乡随便进一家小饭馆吃就得了，我要做成一道席，一席宴，一道光景！让四面皆知，八方闻名啊！

尤乡长有些兴奋了，再问，你是想叫一味苦槠豆腐的香味，不仅飘出东坑乡，也飘出我们县？

朱县长道，那还用讲，光是香飘东坑乡，那我就不是朱县长，而是朱乡长好啵？

桂秘书掰着指头道，东边是猪县，西边是猴县，南边是鱼县，北边是花县，我们中间来一个苦槠豆腐县？如果相称，只能是一个字，那就叫苦县？不不不，叫豆县？

朱县长站起身道，豆县，莫非我们是大种豆子？豆县也容易听作豆馅的馅，红豆馅还是绿豆馅？这个不是叫你做材料的顺口溜，三个一，四个五的，现在我们就要分头做调研，摸家底，一旦看清是可以推布的，就大干快上，不干则已，一干就如哪吒踩上了风火轮，红红火火，飞快如风！

因了这个发现及动议，朱县长兴奋起来，接下来没吃饭，将一盘苦槠豆腐扒拉一半在碗里，吃得稀里哗啦的，另半盘被其他三人分而食之，均吃得有滋有味，吧嗒吧嗒，颜面放光。

店主听他几个讲得热闹，也知晓今天过来的是本县的一县之主，心情大好，把鸭舌帽一把摘了，露出一头净顶。他讲自家先前也是做苦槠豆腐的，水缸、磨子、簸箕和脱粒的碌子都还在柴草间放着，一旦乡里、县里准备大干，他也要把父辈用过的做苦槠豆腐的家伙寻出来，跟着县长、乡长在致富路上迈大步呦，我们回来正是想找一条路径的。

朱县长指着他道，你看看我们现在农民的觉悟，你出去打过工的？一看就是见过世面的。

店主点头道，县长好眼力，先前在深圳、东莞打过几年工。在那里买不起房子，扎不下根，挣了一点钱，回老家来砌栋屋开个店，生活比上不足比下有余，不像在城里那么累哦。

县长朝他竖起拇指道，这叫倦鸟思归，叶落归根。

一行人起身回府。尤乡长忽问，如果真搞起来，销路是一个问题，本县也未必有那么多苦槠树啊。这是另一个问题。

讲来讲去，你强调的就是困难吧。朱县长反问，你听讲过一句话没有，办法总比困难多！当然，我们也要实事求是，先从调研做起。

很快地，我们县的苦槠调研队成立了，朱县长亲自挂帅任队长。本县十二个乡镇，分设十二个小组，各乡镇长兼任组长。规定的一个月调研结果次第报上来，十二个乡镇共有苦槠树一千二百五十三棵。朱县长认为，这个结果比想象的还乐观。与此同时，调研队已经在两广等省引进种苗，并聘请南方林业大学两位老师做种苗的培育与推广。接下来便是最为艰难的工作，说服自留山的农民斫伐原本的竹林、杉木，不仅在山上广泛种植，也在房前屋后、地头塘边，见缝插针地种上苦槠树苗。

朱县长在全县三级干部动员会上大声说，见过一直以来最难的拆除违建，也见过更早最难的计划生育工作，现在说服农民种植苦槠树，会比那两难更难吗？

台下百余人鸦雀无声。却忽然从右边一个角落里传出来一句，没有最难，只有更难。

声音虽小，朱县长却是听见了，没有困难，要我们这么多干部做什么呢？吃干饭吗？你知道一年县财政要拿出几多给你们发薪水呢？

下面便有了窃窃的议论。

正是抓人心、拧成绳的时刻，朱县长不希望走题，赶紧道，苦槠豆腐虽苦，一旦形成一个大大的产业带，就免去了我们大多数农家每年候鸟一般地去广东、福建和上海打工的辛苦！也免去了我们那么多留守儿童与父母分离的伤痛！你们晓得什么叫"三八六一九九部队"吗？

右边的角落又传出一句，三八妇女节，六一儿童节，九九八十一，是个啥子东东嘛？

朱县长伸出两只手，食指做出两个弯钩道，学习使人进步，思维不能僵化！这两个九九不做乘法，九九相叠，九九重阳节，形容老人喔！打工大潮席卷乡村，青壮年都出去了，家里就剩妇女儿童和老人，你们讲，这样长期下去好不好？

有呼应的声音，不好，也耽误毛伢子读书。

还有道，现在外面打工也不好打了。

朱县长手一劈道，所以啰，我们就要立足乡村建设，发展新经济，创造更美好的未来！

他强调，散会以后，各级干部，尤其是乡村干部，立马行动，首先要带头砍去自家山地的灌木、杂木和竹子，种苦槠；其次要动员亲戚朋友种苦槠；再是一家一户地动员，不留余地，不见死角，不容落单！

大会散后，留下十二个乡镇一把手继续开小会，继续听取意见及做动员。

小澜乡乡长直言道，自己家带头斫伐山林做得到，难的是动员亲戚朋友一道斫伐，有的人家的杉树林，再过两三年正好成材了，眼望到要卖一个好价钱。如同十八啷当的女妮出落得莲花一样水灵灵的，这时节却要掐掉她的尖尖。

下埠镇的镇长瞥见县长的眉头拧成了一条蚯蚓，强颜一笑道，姑娘的尖尖在哪里，你也看得拎清？我看呢，主要是苦槠树要结子，也不是头年种下去，第二年就坐果啵。只怕眼光浅，想搂快钱的农家等不及喔。

霞塘乡的代表见言无禁忌，也跟上问了一句，只怕到时候我们苦槠县家家种苦槠，户户都做苦槠豆腐，销得动啵？这个比不得家常豆腐，那是人人都爱吃，苦槠豆腐无论如何做，毕竟还有一股子苦味啵！

朱县长虽想听听不同意见，一旦反对声音渐起，他也是难以下咽。车已发动，窗已打开，起跑线上的发令枪分明鸣响了，士气需要的是百般鼓舞，而非伸出手来强拔气门芯啊！

他郑重道，这些你们都不用操空心，我跟林学院的教授仔细探讨过，甄选好苗子，三四年就能大面积坐果，在此之前，我们先把本县的苦槠子拢起，同时派人到外县大量收购，先要造势，《孙子兵法》讲："激水之疾，至于漂石者，势也。"有了这股势，就能攻无不克，战无不胜。黄豆做豆腐，普天之下皆是，没有特色，唯有苦槠豆腐才是独一无二。况且现在讲养生，苦槠豆腐是天然有机食品，有人说可以减肥，清凉，泻火，降低胆固醇，延缓脑功能衰退……宣传出去，只怕不够卖，不怕没人买！

是夜，朱县长在一份《关于在全县范围内大力种植苦槠的建议》文件上批了十六个字：组织推动，落实到人；媒体跟进，推波助澜。

如果此前你来过我们县，几个月之后再来，便可见山上山下、房前屋后、地头塘边，到处是翠绿生生纤条嫩腰的苦槠树苗。也有力争上游，种下杯口粗细的，为了运苗与保持生长的需要，上头截平，四围的枝条也要修剪一番，这些较粗的树苗移栽于屋前屋后的多，上面讲，为的是有利参观或观光。可是一眼望过去，就像一排排高矮不一的学童，为了守纪律剃成了整齐划一的马桶盖盖。

东坑乡从一开始就是我们县立志成为苦槠豆腐县的示范地。在陂头村有三棵百年以上的苦槠树，周围又种植了从指头粗到碗口粗的几百棵苦槠苗木，挂牌"陂头苦槠示范园"。

示范园前戳着一块水泥碑，上面镌刻着描红的介绍：

苦槠，国家二级保护珍稀植物。壳斗科，栲属（或锥栗属、苦槠属），拉丁学名：Castanopsis sclerophylla（Lindl.）Schott., 分布长江以南五岭以北各地。苦槠树体高大，树冠浓密，树形优美，寿命长，为优良的园林绿化树种。壳斗有坚果名槠子，偶见有 2—3 颗，近圆球形，顶部短尖，果脐位于坚果的底部，4—5 月开花，10—11 月开始结果成熟。槠子为药，具有涩肠止泻、生津止渴之功效。制苦槠豆腐则为佳肴，消暑，去滞，活血，化瘀。《小雅·四月》是唯一提到"栜"——苦槠的诗篇，此诗开创了我国历史上迁谪诗的先河，为后世迁客逐臣打开了发泄忧愤的窗口，屈原、杜甫等诗人，都在一定程度上受到它的影响。诗曰："山有蕨薇，隰有杞栜。君子作歌，维以告哀。"……

这个时节，我们县的"七山一水两分田"，起码七山的百分之八十以上，风卷残云一般，很快都种上了苦槠树。县文化馆半年一本的文学内刊《红杉》易名《苦槠》，原来一年出一本，现在文体局同意追加两万元经费，一年出两本。新出的这一本，打头的是一个诗歌专辑，新诗和旧体诗都有，是一个广泛征文的结果，主题不言而喻：苦槠。大都是泛泛的应时之作，有几首倒也清新可喜。譬如：

一树成景，一粒含秋。把苦涩深藏在心头，却把甘芳播向人间。

县文联酝酿将原本一年一度的"谷雨诗会"，改为"苦槠诗会"，但县中有一位旧体诗做得颇染老杜之风的语文老教师坚决反对,他的理由是,谷雨是春季的最后一个节气,寓意"雨生百谷",改成苦槠不对吧,意头不好喔。因他的据理力争,诗会名称一仍旧贯。

当各地收购的苦槠子、苦槠粉源源不断运到我们县,连国有粮仓也不能不为之腾出容身之所。这些来自江西、湖南、浙江、福建,以及四川和贵州东部的苦槠豆腐原料,大小粗细不一,口味也有差异,有的先苦后甘,有的涩味极重,生尝不能入口,加工也需要多道工序,反复浸泡还难以纠偏。

一旦发现苦槠豆腐供大于求,各种苦槠粉加工的食品也很快研发出来了,我们县最有名的第一高山是月亮山,海拔一千二百多米,"月亮山"牌的苦槠粉之后,排着队的是苦槠粉条、苦槠酒、苦槠糕、苦槠饼、苦槠糖……

当远近有人谑称我们的朱县长为苦槠县长之时,他在想,如果比照猪县、猴县、鱼县、花县,把本县简称为什么县好呢?总不能叫作苦县吧?叫槠县呢?好像也不妥,跟邻县重音了,容易听作猪县。

县文化局会同县文联打商量,还是那位语文老教师出了个主意,既然《诗经》把苦槠称作栩,我们就叫栩县吧。这个简称报到朱县长那里,很快就被否了。他道,虽然认字认半边,不问老先生,可是这个栩字也太冷了吧,严重脱离群众啊!我虽然不是学文科的,却也了解过,这个栩,是不是苦槠,也是有争议的喔。

此事只好暂时搁置。

又是一年秋景,稻子待割,山叶转黄。头年种下去的各色苦槠,好像发育不良的孩童,毛发稀疏,形容不整。尤其令人沮丧的是,屋前屋后那些杯口粗的树苗大都叶子枯萎,用指头抠开一点树皮,掐进去才看得到逐渐远去的绿色——凭经验得知,这些树大都在慢慢走向枯死。

紧急咨询林业专家,回答是,这些苗木移植之时过大,加之水土不服,养育不当,成活率很低。

与此同时,月亮山牌苦槠系列食品,费了一大笔钱在各类媒体进行几轮轰炸之后，确实卖出去不少，却也只占库存的十分之二三，很快就卖不动了。放在仓库里，既占用地方，又占用资金。销售方法不能太传统，也要与时俱进喔，于是模仿当下的网络美食红人李子柒，这边请了一个团队，打造一个00后的靓丽女子名"苦槠妹"。这个娉娉婷婷、容貌娇美的"苦槠妹"也是一语不发，拍摄的是山上苦槠的采摘、暴晒、浸泡、磨浆、过滤、加热、成块、切割、再浸泡，以及制成佳肴的全过程。

上微博、进抖音、联快手……费了老大劲，"苦槠妹"得到的社会化反响，还没得一块瓦片削向水面飞起的涟漪多。县政府发文，让机关干部带头转发抖音和快手，抖了几抖，很快就偃旗息鼓了。

面对各路传来的不利消息，尤其是不断有农民告状，提出山林被强令种植的苦槠树占据，严重影响了原本应有的竹木收入，朱县长头都大了，个把月都没睡一个囫囵觉，梦里都听到人家叫他苦槠县长，有些人吐字不清晰，干脆就省去了一个槠字，成了简练的"苦县长"。

朱县长利用到省城出差的机会，去财大拜访了一位他尊敬的退休多年的经济学家，那位教授耐心听完县长的娓娓叙述，看着眼前这位五十出头的老弟，鬓生华发，两个大大的眼袋衬托的是两只炭画过一般的黑眼圈，不由心生同情。他分析给这位老弟听，你调研不可谓不辛苦，干活不可谓不卖力，跋山涉水，东进西出，起早睡晚，兢兢业业，可为何求仁不得仁，天不从人愿呢？你想过没有，野菜里面还有马齿苋、鱼腥草、蒲公英，还有蕨啊、野蒜啊，是不是都是药，也都是菜？是不是也都可以清这个补那个？是不是都可以做成有机产品？都可以啊！为什么却都没有像萝卜青菜各有所爱，走向千家万户，进入一日三餐？

朱县长若有所思地喔了一声。

教授是过来人，忆往昔峥嵘岁月稠，为了坚持一些常识，他吃过很多无妄的苦头，那样的日子希望不再重现。教授吃了一口茶，继续道，北方的苹果、大枣，南方的橘子、香蕉都可以做成产业，还有南方产的板栗、沙田柚、菠萝、百香果……也行，可同样是南方的波罗蜜就不行，波罗蜜不是菠萝，菠萝是凤梨科凤梨属，波罗蜜是桑科波罗蜜属。道理讲透了就很简单，要为人们普遍接受的菜蔬和水果才能普及。

朱县长问，那榴梿呢？榴梿很多人不适应，避之唯恐不及，在东南亚却是顶有名的水果之王啊！

教授略一思索道，榴梿是一种很特殊的水果，价格昂贵，因其气味浓烈，爱之者赞其香，厌之者怨其臭。我有一位老友，对榴梿的喜爱到了如醉如痴的地步，可以当饭吃。榴梿是纯热带作物，经济价值很高，如果你那里能剑走偏锋，培植出来，功德无量，一下子就可以打个经济翻身仗。但你肯定不行，榴梿是一个火烧鬼，要一年四季的高温，气温二十度以上。这也是常识，常识不可违背。几十年以来，我们吃了很多苦头，从一个基本点看，就是违背常识。

朱县长苦恼道，你的意思是，可以剑走偏锋，我劳心劳力搞苦槠豆腐，正是如此啊，可是得到的结果却是，此路不通。让老百姓陪我吃苦了赔钱了，我这老大不小的一张颜面往哪里放哟！

经济学教授仰身道，《吕氏春秋》里有一句，以狸致鼠，以冰致绳，虽工不能。

挨近年底，朱县长被调任市乡镇企业局副局长，保留正处待遇。

临走他又去了一趟东坑乡，此行他没告诉任何人，只让桂秘书开车，先到了陂头苦槠示范园，但见那三棵老苦槠树浓荫如盖，经冬不凋。那些后种的苦槠苗则七歪八倒，周边蔓生着一人多高的蒿草，絮花乱飞，早将那一块水泥碑遮去多半。

离开示范园，又开车来到龙潭街市，在"老味道"饭馆门前停下。朱县长下车前扣上墨镜，穿上风衣。

进去之后，戴藏青色鸭舌帽的店主迎过来，鼻子冻得通红，缩着手写菜牌。

他没有认出一年前的秋上来过此店吃饭的县长。

桂秘书第一道菜就点了肉末辣椒焖苦槠豆腐。

店主啊啊道，没有这道菜喔。

桂秘书问，没有原料吗？

店主道，是的喔。原先做豆腐的关张了，去了东莞，帮打工的崽带孙子去了。

朱县长眉头一蹙问，前一段家家户户都有，现如今见鬼了，你家一点存货都没得吗？

店主道，原先有蛮多，放久了怕霉掉，上个月都给人家拿去喂猪了！什么东西就怕热闹起来一窝蜂，吃多倒了胃口，就再没人过问了！

桂秘书不悦道，那你不能留一点在冰箱里，我们去年过来，还点了苦槠豆腐喔！

店主一愣，眨巴眨巴眼道，我们这山路边，不比得城里，就算你们一年必来一次，哪里晓得你们今天过来，将将好就要点一道苦槠豆腐哟！

朱县长倏然起身道，没有，我们就不吃了。

桂秘书拿起包跟在身后，快步跨出店门。

店主在后面叫道，莫走哟，还有冬笋煲鸡、藜蒿炒腊肉、油焖麂子肉……

车子颠簸着开往县城。后视镜里，桂秘书见朱县长头一歪，好似困着了。忽听他叽咕了一句，激水之疾，至于漂石者，势也。……

好一阵，桂秘书都不晓得县长是自言自语，还是梦呓。

后记：现如今，你若是到我们县来，想买一点土特产，在一些老店里还是找得到苦槠粉加工的食品。只不过里面的苦槠粉含量，远不像大干快上的那一年含量那么高。苦槠粉的含量一般不会超过百分之二十，其他的便是面粉、饴糖、果脯、菜脯、色素与调味剂。

你尝一尝，化过妆的苦槠糕、苦槠饼、苦槠糖……是不是觉得比单纯的苦槠豆腐口感好很多呢？

原载《长江文艺》2021 年第 5 期